계용묵 전집

1
소설

계용묵(桂鎔默, 1904~1961)

왼쪽 위부터 시계 방향으로 경제학자 최호진, 평론가 백철, 계용묵, 정비석.

문학 모임의 한 장면. 왼쪽 뒤편이 계용묵.

제주 피난 시절 해수욕장에서. 아랫줄 왼쪽에서 두 번째가 계용묵.

제주에서 열린 하기 대학 강좌. 아랫줄 왼쪽에서 네 번째가 계용묵.

「백치 아다다」의 영화 제작 현장. 이강천이 감독하고 나애심이 주연을 맡은 이 영화는 1956년에 개봉되었다. 왼쪽 끝에 서 있는 이가 계용묵.

둘째 손자 돌잔치에서. 왼쪽 끝이 계용묵.

망우리 묘지에 안장되는 장면. 1961년 57세를 일기로 타계했다.

망우리의 계용묵 묘소.

일러두기

1) 이 전집의 표기는 발표 원문과 단행본을 토대로 원문의 표기 방식을 따르되, 띄어쓰기는 현행 맞춤법에 맞게 고쳤다. 단, 평북 방언의 경우 가급적 원문의 표기를 그대로 살렸다.

2) 작품은 소설, 수필, 논고와 그 밖의 글로 구분했다. 소설은 발표 순으로 제1권에, 수필은 수필집에 실린 순서대로 제2권(논고와 기타 글 포함)에 실었고, 새롭게 발굴한 작품은 발표된 작품들 다음에 수록했다.

3) 원전과 단행본 제목의 차이가 있을 경우, 뒤에 간행된 단행본의 제목을 따랐다. 그리고 원전에서 판독이 불가능한 어휘들은 '○'로 표시했다.

4) 작품 뒤에 발표지와 수록 단행본의 서지사항을 표기하되, 이 전집에서 사용한 텍스트 앞에 '＊' 표시를 했다.

5) 텍스트와 관련된 정보가 필요한 경우, 각주에 설명을 달았다.

계용묵 전집

桂鎔默 全集

1

소설

민음사

『계용묵 전집』 발간에 부쳐

우리는 너무 강렬한 것들, 큰 것들에만 눈길을 주고 있는 것은 아닐까. 계용묵 탄생 100주년을 기념하는 전집을 발간하면서 문득 이런 의문을 떠올리게 된다. 계용묵은 소품의 작가요, 과작의 작가다. 단 한 편의 중·장편도 남김 없이 오직 단·장편(掌篇)으로 일관한 작가며, 작품 수도 그리 많지 않다. 더구나 시대적 조류에 편승하거나 그에 정면으로 맞서, 단번에 눈길을 사로잡을 만큼 강렬한 주제의식이나 실험적 형식을 보여준 것도 아니다.

그러나 작고 잔잔한 작품들을 세심하게 들여다보면, 우리는 거기서 많은 미덕을 발견해내게 된다. 계용묵은 일제의 압력에도 불구하고 염치없이 친일적인 작품을 양산하지 않고, 올곧은 작가정신을 견지하며 작품을 창작했다. 또 문장 하나하나도 허투루 쓰지 않고 완벽에 가깝도록 공을 들였다. 그러면서도 현실에 대한 관심의 끈을 놓지 않고 있어, 당대인이 처한 삶의 국면을 생생하게 포착해내고 있기도 하다. 그럼에도 계용묵이 지닌 그 모든 미덕들이 점점 잊혀만 가고 있어 안타까운 마음 금할 수 없다. 따라서 계용묵 전집의 출간이 그의 작품세계의 총체를 본격적으로 조명하는 계기가 되기를 바라마지 않는다.

전집 간행을 준비하면서 단순히 산재한 작품들을 모으는 데 그치지 않고 새로운 성과를 보텔 수 있게 된 것을 기쁘게 생각한다. 그간 간행된 작품집에도 실려 있지 않아 쉽게 접할 수 없었던 그의 등단작 「상환」, 그리고 「제비를 그리는 마음」과 야담 「효양방의 애화」, 서간

문 「김환기 형」 등을 비롯하여 계용묵 선생의 장남이신 명원(明源)씨
의 협조로 필자의 소장본 원고(발표작을 제목뿐만 아니라 내용까지 수정
하였다)를 찾아 실은 것은 독자와 연구자에게 대단히 반가운 소식이
되리라 믿는다. 또 가능한 대로 사투리를 복원하고 제목의 혼란을 바
로잡은 것도 그 의의가 작지 않다고 볼 수 있다. 하지만 여러 가지 제
약으로 텍스트 확정 작업을 완벽히 하지 못한 것이 아쉬움으로 남는
다. 앞으로 미약한 부분에 대한 보완이 있으리라 기대한다.

짧은 시간에도 불구하고 여러 사람의 도움으로 전집의 출간이 순조
롭게 진행될 수 있었다. 자료를 찾는 수고를 아끼지 않은 이정석 박
사, 자료 정리 작업을 도와준 김상철 박사, 멀리 제주도에서까지 계용
묵 관련 자료를 보내주신 소설가 이명인, 김동윤 선생님께 깊이 감사
드린다.

특히, 입력 작업을 도와준 구정혜 선생님과 부천대학 제자들에게
고마운 마음을 전한다.

2004. 11.

민충환

차례

상환(相換)*

밤 열두 시가 훨씬 넘은 때이다.

창수는 두근거리는 가슴을 느낄 여지도 없이 발에 채찍질을 하여 두 주먹을 부르쥐고 부리나케 집으로 돌아왔다.

대문을 들어선 그는 놓이는 마음보다 졸이는 마음이 더하였다. 허리와 등 그리고 목까지 들썩거린다. 땀은 비오듯 맺혀 떨어진다. 손과 다리는 푸들푸들 떤다. 숨은 하늘에 닿았다.

쿵쿵거리는 발자국 소리에 놀라 깨인 창수의 아내는 그 쿵쿵거리는 소리가 '찌궁' 하는 대문 소리와 같이 멎고 아무 인적이 없음을 이상하게 여기어 등잔에 불을 켜놓고 의복을 추려 입었다.

'쿵' 하는 소리가 토방 위에서 나자 문고리 소리와 같이 문이 열리고 창수가 들어선다.

창수는 마치 도깨비에게 홀리운 사람 같았다. 전 같으면 점잖게 곤두기침을 서너 번 하고 들어설 그가 오늘 저녁에는 웬일인지 인적도

---

* 〈조선문단〉 제8호(1925. 5.)에 발표된 이 작품의 지은이는 '自我靑年'으로 되어 있다. 그 때문에서인지 그동안 계용묵의 작품집에 이 소설이 등재되지 않았다. 여기에서 이 작품을 계용묵의 소설로 추정하는 이유는, 이 글의 말미에 '宣川에 서'라고 계용묵의 고향명이 적혀 있고 또 「나의 소설수업」의 다음 내용 때문이다.
—소설 「상환」이 끝나기가 바쁘게 점심도 못 먹고 5리 밖의 우체통에 달리여 가쓰러 넣었다. 그리하야 그것의 발표를 보게 된 것이 該誌(〈조선문단〉을 이름— 편자) 제7호(5월호)로 어떻게도 기쁘든지……

없이 들어와서 둘레둘레 사방을 살피기만 하고 아무 말이 없다.

어쩐 셈인지는 모르나 무슨 일은 단단히 있는 사람이다. 웬 입성은 물에 빠졌다 나온 사람 모양으로 땀에 쥐어짜고 얼굴에서는 김이 물물 난다. 한참 만에 겨우 정신을 차린 듯이 한숨 한 번을 길게 쉬고 길머리에 그대로 주저앉는다.

아내는 쿵쿵거리는 소리에 울렁거리는 가슴은 다 까라지고 이제는 남편의 이상한 태도에 대신하였다. 그리고 아까 쿵쿵거리던 소리가 남편의 발자국 소린 줄은 알게 되었다.

너무도 뜻밖의 일이라 아내는 어쩐 영문인지를 몰라 멍하니 앉아 있는 남편을 한참 바라보다가

"왜 그리우 무슨 일이 났소?" 하고 물었다.

"가 가마……."

"가 가마…… 라니요 왜 그래요?" 하고 재차 묻는 아내의 목소리는 떨렸다.

"글쎄, 가 가마……."

"왜 말을 못 하시우. 아이구 무슨 일이야……." 하고 다시 힘있게 재차 묻는 아내의 눈에는 안개같이 뽀얀 눈물이 어리었다. 그리고 쏟아졌다.

한참 동안 말이 없었다. 아내의 눈에서는 여전히 눈물이 줄이어 나왔다. 아내가 무엇을 생각하는 모양이더니 흐르는 눈물을 치마고름으로 문지르며 부엌으로 나가 커다란 자배기에 냉수를 는짓는짓하게 길어가지고 들어와 손발을 씻어 주었다. 이것은 여편네들이 흔히 하는 까무러친 데는 유일의 양약으로 알기 때문이다. 그리고 남편을 끌어다 아랫목에 눕히고 얇지 않은 이불을 덮어 주었다. 그리고 그 옆에서 아내는 남편의 손과 발을 주무르며 밤이 새도록 지켜앉아서 동정을 살피었다. 그러나 동정을 알 수 없었다. 그 후에 남편은 이어 잠이 들기 때문에…….

그 이튿날 아침이다. 장밋빛 해가 그리 훨씬을 나오지 못한 때이다. 그때에 "창수! 창수!" 하고 대문 앞에서 창수를 부르는 사람이 있었다.

"전에 없이 이 이른 아침에 누가 찾을까. 어제 저녁에 기어이 무슨 일이 났구나." 하고 아내는 속으로 중얼거리며 미닫이를 열고 "누구요?" 하고 물었다.

"창수 계시나요?"

"네— 계시긴 합니다만은 갑자기 두통으로 꼼짝 못하고 누웠습니다. 누군가요?"

"이 아랫동리에 사는 김홍득(金弘得)이라는 사람인데요, 긴급히 좀 볼일이 있어서요. 정 꼼짝 못하시거든 저녁때 찾어오마고 말씀드려 주시오. 그럼 갑니다."

"네— 그러리다. 안녕히 내려가시우." 하고 아내는 그 사람을 보냈다.

창수는 아직도 이불 속에서 일어나지는 않았으나 어젯밤 증세는 멎었다. 멀거니 눈을 뜨고 지금 김홍득이가 찾아와서 하던 이야기도 다 들었다. 그러나 속으로 무엇이 간지러운 듯이 조마조마하다는 기색을 얼굴에 드러내놓고 눈을 가슴츠레하고 있었다.

아닌 게 아니라, 홍득의 말소리를 듣기만 하여도 치가 떨릴 터인데 이 아침에 찾아까지 와서 긴급한 볼일이 있다고 함에는 창수의 마음이 아니 간지러울 수가 없다.

창수는 속으로 '야— 큰일이다. 어떻게 난 줄을 알까?' 하는 생각과 아울러 두근거리는 가슴은 금할 수 없었다.

그리고 그는 또 '저녁때 찾아온다 하였다. 아! 찾아오면 어떻게 말을 하여야 할까. 단녕 난 줄은 아는 이상 그런 일은 절대 없다고 부정할 수도 없는 것이고 아! 어쩌면 좋단 말이냐? 큰일이다. 그러나 나를 잡지는 못하였으니 아니라고 그냥 우겨볼까? 그러나 또 그것이 탄로가 되면 그때에는 진작 자백을 하고 지나던 것만도 못할 것이요 아! 모르겠다. 되는대로 대답을 하자. 하다가 탄로가 되면 되고. 그러나 우겨볼 일이다. 그렇다. 될 수 있는 대로는 우기리라.' 하고 그는 한숨 한 번을 후— 내쉬고 무어라고 한참 생각하더니 '뛰는 것도 좋다. 그가 저녁에 찾아오기 전 어디로 몸을 감추었다가 형님을 찾아 봉천으로 뛰리라. 그렇다, 그것이 상책이다. 그러면 아내는 어떻게 하여야 할까. 데리고 가자니 여비가 없고 만일 데리고 간다 하면 그때에는 무엇을 할 것인가. 형님과 같이 농사를 짓자. 그러나 농사 바탕은 있을까. 아니다, 아니다. 그러면 이 방성 일판에서는 나를 가지고 목이 불거지도록 욕을 하리라. 야성(野性)을 가진 개 같은 놈이라고. 아니 아니 내가 왜 어젯밤에 그곳엘 갔을까. 유부녀 강간, 아! 그것은 차마 못할 짓이다' 라고 순서 없이 또다시 속으로 중얼거리며 초조하다는 듯이 벌떡 일어나 헝겊 지갑에서 장수연(長壽煙)을 꺼내어 곰방대에 붙여 물고 눈을 감았다 떴다 하면서 무슨 묘계를 또다시 생각하는 모양이다.

창수의 일어나는 꼴을 본 그 아내는 잃었던 남편을 찾은 듯한 어떻다고 할 수 없는 반가움에 남편의 곁으로 바싹 다가앉으며 얼굴에 웃음을 띠우고,

"이제 좀 나신 게외다. 어젯밤 일을 기억하십니까?" 하고 물었다. 창수는 귀찮다는 듯이 턱을 가슴에 붙이고 머리를 벅벅 긁으며

"어젯밤 일이란 무엇이야?"

"그럼, 어젯밤에 정신을 도무지 몰랐습니다그려. 그런데 들으셨겠지만은 아침에 김홍득이라는 사람이 찾아왔으니 무슨 만날 일이 계시우? 무슨 긴급한 일인지 매우 긴급한 일이라 하면서 저녁때 오겠다고 합니다그려."

"일이야 무슨 일은 없어. 아니 그런데 마누라 우리 봉천 가서 살아 보지 않을까?"

"아니 그게 무슨 소리요. 어두운데 홍두깨도 분수가 있지 웬 뚱딴지로 봉천은 무어요?"

"글쎄, 이 말이 어두운데 홍두깨 푼수도 되네만은 여기서야 살 수가 있어야지. 연년이 흉년에 지금 빚이 얼마인지 자네 아나? 삼천 냥이야! 삼천 냥[三百圓]." 하고 아내를 노려보더니 다시 말끝을 이어,

"내년까지 흉년이 들면 거랭이밖에 그래서 더할 것이 있을 줄 아나?" 하고 급하다는 듯이 아내를 쳐다본다.

"글쎄 그렇지 않은 것은 아니지만 이곳을 어떻게 떠나요?"

"떠나면 떠나지 어떻게도 있나?"

창수의 말이 채 떨어지기 전에 새삼스럽게 무엇을 생각한 듯이,

"그럼 김홍득이라는 사람하고 봉천 가자는 약속이 있었습니다그려. 옳지 그런 게야……."

창수는 김홍득이라는 말을 듣고는 아무 말이 없이 또다시 턱을 가슴에 대고 무엇을 생각하더니 벌떡 일어서 밖으로 나갔다. 나서는 그의 발부리는 무슨 결심이 있는 듯 힘이 있어 보이었다.

저녁때라는 때는 되었다. 문전에서는 아침 모양으로 "창수! 창수!" 하고 또 부르는 소리가 난다. 창수의 아내는,

"또 왔구나! 김홍득이가." 하고 부엌에서 가시를 닦다가 물 묻은 두 손을 행주치마 앞자락에 문지르며 벽문 턱을 나서 고개를 대문으로 갸우듬하게 돌리고

"지금 곧 나가셨습니다."

무어라고 입안 말로 볼 부은 소리로 중얼거리더니

"어디로요?"

"어디론지 말하지 않고 갔어요."

아! 그놈 놓쳤구나 하는 듯이 고개를 끄덕끄덕하며 먼산을 바라보고 한참 주저하더니 돌아서 나간다. 나가는 홍득의 발에는 거름풀이 적어졌다.

어느덧 해는 서산 너머로 기어들고 온 누리는 붉으레한 황혼의 품

속에 안기어 버렸다.

밥을 지어 놓은 창수의 아내는 들어올까 들어올까 하고 기다리다 못하여 가까운데 사람이 보이지 않을 만치 어두워질 때까지 대문 지두리에 비켜서서 남편이 들어오기를 기다렸다. 그러나 들어오지 않았다. 그날 밤에도 기다렸다. 그 이튿날도 기다렸다. 한 달 두 달이 되도록 창수의 그림자는 보이지 않았다. 봉천을 갔나 하고 조카에게로 편지까지 하여 보았으나 회답이라고 오는 것은 모두 재미없는 회답이었다.

창수가 떠난 지 사흘 만에 그 동리에는 이러한 소문이 퍼졌다. 홍득의 아내하고 창수하고 어디로 도망을 하였다고……

이 일이 난 후에 홍득은 아내를 찾으려고도 아니하고 "세상이란 이렇구나." 하고 픽 웃었다.

홍득의 아내와 창수의 그림자가 사라진 지 석 달 만에 이 동리에는 이러한 소문이 또 들리었다. 창수의 아내하고 홍득이하고 한날 한시에 없어졌다고……

그러나 그 후에는 그들의 소식을 아는 사람은 하나도 없었다. 지금껏 그들의 소식은 막연하다.

(宣川에서)

〔발표지〕*《조선문단》 제8호(1925. 5.)

최서방(崔書房)

1

　새벽부터 분주히 뚜드리기 시작한 최서방네 벼마당질은 해가 졌건
만 인제야 겨우 부추질이 끝났다.
　일꾼들은 어둡기 전에 작석을 하여 치우려고 부리나케 섬몽이를 튼
다. 그러나 최서방은 아침부터 찾아와 마당질이 끝나기만 기다리고 우
들부들 떨며 마당가에 쭉 둘러선 차인꾼들을 볼 때에 섬몽이를 틀 힘
조차 나지 않았다. 그는 실상 마당질 끝나는 것이 귀치않다느니보다
죽기만치나 겁이 난 것이다.
　그것은 하루에도 몇 번씩 찾아와 호미값〔胡米價〕이라 약값〔藥價〕이
라 하고 조르는 것을 벼를 뚜드려서 준다고 오늘 내일 하고 미뤄오던
것인데 급기야 벼를 뚜드리고 보니 그들의 빚은 갚기는커녕 송지주의
농채도 다 갚기에 벼 한 알이 남아서지 않을 것 같아서 으레 싸움이
일어나리라 예상한 까닭이다.
　"열 섬은 외상 없이 나지?"
　사랑 툇마루 위에서 수판을 앞에 놓고 분주히 계산을 치고 앉았던
송지주는 이렇게 물었다.
　"열 섬이야 아마 더 나겠지요."
　최서방은 열 섬이 못 날 줄은 으레 짐작하지만 일부러 이렇게 대답
을 했다.

"글쎄…… 그리고 벼는 충실하지?"

지주는 놓았던 산알을 떨어버리고 마당으로 내려와 들여놓은 벼를 여물기나 잘하였나 하고 시험 삼아 한 알을 골라 입안에 넣고 까보았다.

"암, 충실하고말고요. 이거야 소문난 변데요."

이것은 일꾼 중에 한 사람의 이야기였다.

섬뭉이 틀기는 끝이 나고 이제는 작석이 시작되었다. 차인꾼들은 제각기 적개책을 꺼내어 든다.

"십오 원이니 섬 반은 주어야겠소."

호미값 차인꾼이 한 섬을 갓 되어 놓은 벼를 가로 깔고 앉으며 이렇게 말을 건넨다.

"글쎄, 준다는데 왜 이리들 급하게 구오."

최서방은 또 한 섬을 묶어 놓았다.

"오 원이니 나는 반 섬이면 탕감이 되오."

이것은 포목값〔布木價〕 차인꾼이 들채는 소리였다.

"섬 반이고 반 섬이고 글쎄 벼를 팔아서야 돈을 갚아도 갚지 있는 벼가 어디로 도망을 치겠기에 이리들 보채오."

최서방은 우선 이렇게밖에 대답할 수 없었다.

"벼자 돈이고 볏값도 빤히 금이 났으니 어서들 갈라 주소. 괜히 이 치운데 어둡기나 전에 가게."

약값 차인꾼은 이렇게 말을 붙이고 또 한 섬을 깔고 앉는다.

"여보, 그것이 무슨 버릇들이오. 남의 벼를 그렇게 함부로 깔고 앉으니."

"그러기 날래들 갈라 주어요."

"글쎄, 팔아서야 준다는데 무얼 갈라 달라고 그래요."

"그러면 그럼 오늘도 안 주겠다는 말이요, 말이."

"안 주겠다는 게 아니라 벼를 팔아서 주마 하는데 되어 놓는 족족 한 섬씩 덮쳐 깔고 앉으니 어디 체면이 되었단 말이요, 그럼."

“그래 오늘 내일 하고 속여온 당신의 체면은 그래서 잘됐단 말이요, 그래.”

“오늘이야 글쎄 벼를 팔아서야지요.”

“그럼 오늘도 정말 안 줄 테요?”

“아니 못 주지요.”

“정말.”

“정말 아니고.”

“정말.”

“정말이야 글쎄.”

“정말이야 글쎄가 무어야 이 자식.”

호미값 차인꾼은 분이 치밀어 푸들푸들 떨리는 주먹을 부르쥐고 최서방의 턱 앞으로 바싹 다가섰다. 그리고 주먹을 홀끈 내밀었다.

최서방은 ‘히’ 하고 뒷걸음을 쳤다. 그러나 아무 반항도 안 했다.

작석은 또한 끝이 났다. 열 섬을 믿었던 벼는 겨우 여덟 섬에 그치고 말았다. 송지주는 그것 가지고는 청장이 빳빳하다는 듯이 머리를 흔들며,

“이번에도 회계가 채 안 되는군. 모두 오십이 원인데.”

하고 다시 계산을 틀어 본다.

“어떻게 그렇게 되오.”

최서방은 자기의 예산과는 엄청나게 틀린다는 듯이 깜짝 놀라며 이렇게 반문을 했다.

“본〔元金〕이 사십 원에 변〔利子〕을 십이 원 더 놓으니까.”

“무어 그 돈에다 변까지 놓아요?”

“변을 안 놓으면 어쩌나. 나도 남의 돈을 빚낸 것인데.”

“그렇다기로 변은 제해 주세요.”

“그 돈으로 자네 부처가 일 년이란 열두 달을 먹고 산 것인데 변을 안 물단 게 안 돼 안 돼 건.”

그는 엉터리 없는 수작이라는 듯이 ‘안 돼’ 하는 ‘돼’ 자에 힘을 주었다.

최서방은 보통의 농채(農債)와도 다른 이물푼삯[引水稅]에 고가의 변을 지우는 데는 젖먹던 밸까지 일어났으나 송지주의 성질을 잘 아는 그는 암만 빌어야 안 될 줄 알고 아예 아무 말도 안 했다. 실상 그는 말하기도 싫었던 것이다.

“그러니까 태반이 넉 섬씩이지. 한 섬에 십 원씩 치고도 모자라는 십이 원을 어쩌나? 오라 가만있자, 또 짚[藁]이 있것다. 짚이 마흔 단이니까 스무 단씩이지. 그러면 한 단에 십 전씩 치고 이 원, 응응 겨우 우수떼논 그래 십이 원은 어쩔 테야?”

그는 최서방이 그리 해주겠다는 승낙도 얻지 않고 자기 혼자 이렇게 결산을 치고 다짜고짜로 일꾼들을 시켜 한 섬도 남기지 않고 모두 자기네 곳간으로 끌어들였다.

행여나 벼로나 받을까 하고 온종일 추움에 떨면서 깔고 앉았던 볏섬을 놓아준 차인꾼들은 마치 닭 쫓아가던 개가 지붕을 쳐다보는 격으로 눈들만 멀뚱멀뚱하여 어쩔 줄을 모르고 멀거니 서서 송지주의 분주히 왔다갔다하는 꼴만 쳐다보고 있었다. 그들은 한껏 분하면서도 우스웠다. 그래서 하하 하고 웃었다. 그러나 다시,

“돈 내라, 이놈아.”

“오늘 저녁에 안 내면 죽인다.”

“저렇게 속이기만 하는 놈은 주먹맛을 좀 단단히 보아야 아마 정신이 들걸.”

하고 제각기 이렇게 부르짖으며 달려들었다. 그것은 마치 이제는 돈도 받기 글렀는데 그 사이에 품 놓고 다니던 분풀이로나 때워버리려는 듯하였다.

그들은 골이 통통히 부어서 갖은 욕설을 거들이며 덤비었다.

호미값 차인꾼은 최서방의 멱살을 붙잡았다.

"놓아, 이렇게 붙잡으면 누굴 칠 테야."

최서방은 이제는 팔아서 준단 말도 할 수 없었다.

"못 치긴 하는데 이놈아."

호미값 차인꾼은 최서방의 귀밑을 보기 좋게 한 개 갈겼다.

약값 차인꾼과 포목 차인꾼도 각각 한 개씩 갈겼다.

"아이."

최서방은 뒤로 비칠비칠하며 전신을 떨었다. 그리고 당연히 맞을 것이라는 듯이 아무런 반항도 안 했다.

"돈 내라, 이놈아."

호미값 차인꾼은 이번에는 불두덩을 발길로 제겼다. 여러 차인꾼도 또한 같이 제겼다.

"아이고."

최서방은 기절하여 번듯이 뒤로 나가 넘어졌다. 넘어진 그의 코에서는 피가 흘렀다.

추움에 떨던 차인꾼들은 땀이 흠뻑이 났다.

최서방은 죽은 듯이 넘어진 그대로 여전히 누워 있었다. 한참 만에 그는 알뜰히 아픔을 강잉히 참는 듯이 얼굴을 찡그리고 이빨을 뿌득뿌득 갈며 손을 허우적거렸다. 그리고 불두덩을 한 손으로 움켜 쥐고 간신히 일어섰다. 그의 일어선 자리에는 코피가 군데군데 빨갛게 물들어 있었다.

그가 완전히 걸어 막살이를 찾아 들어갈 때에는 날은 벌써 새까맣게 어두워 있었다.

2

최서방에게 있어서 여름내 피땀을 흘리며 고생고생 벌어놓은 결정이라고는 오직 죽도록 얻어맞은 매가 있을 뿐이다. 그 밖에는 아무러한 것도 없었다.

그는 밤이 깊도록 오력을 잘 못 썼다. 더구나 불두덩이 아파서 잘 일지도 못했다. 그는 이렇게 남 못·보는 고초를 맛보지만 어느 뉘더러 호소할 곳도 없었다. 있다면 오직 사랑하는 아내가 있을 뿐밖에 다만 자기 혼자서 아파할 따름이었다.

그는 참으로 불쌍한 사람이었다. 이같이 불쌍한 처지에 있는 소작인(小作人)이 이 나라에 가득 찬 것이 그것이지만 그 중에도 최서방처럼 불행한 처지에 앉았는 사람은 별로 없을 것이다. 이렇게 그가 불행한 처지에 앉았게 된 원인은 오직 단순한 두 가지가 있을 뿐이다.

하나는 악독한 독사(毒蛇) 같은 지주를 가졌다는 것이요, 하나는 그가 본래부터 성질이 착하다는 것이니, 모든 사람들은 정의와 인도를 벗어나 남의 눈을 감언이설로 속여가며 교활한 수단으로 목숨을 연명하여 가지만 이러한 비인도적이요 비윤리적인 행동에는 조금도 눈떠보지 않은 그에게는 밥이 생기지 않았다. 이따금 밥을 몇 끼씩 굶을 때에는 도적질이란 것도 생각해 본 적이 한두 번이 아니었지만 이런 것을 생각할 때마다 비인도적이라는 것이 번개처럼 머리에 번쩍 떠오르곤 하여 그는 차마 그를 실행하지 못하였던 것이었다.

그가 이같이 착하니만치 그 반면에는 악독한 지주가 있어 이렇게 불쌍한 그의 피를 또한 빨아내는 것이었다.

예년은 말고 금년 일 년만 하더라도 이 동리 앞벌에 지독한 가뭄이 들어 모두들 볏모를 말라 죽이다시피 하였지만 송지주의 작인치고도 오직 최서방 하나만이 인력(人力)으로는 도저히 인수(引水)할 수 없는 물을 빚을 얻어 가며 펌프를 세내어 물을 한 방울 두 방울 빨아올리게 하여 볏모를 꾸준히 구하여 온 것이었다. 이렇게 그는 오직 살겠다는 생존욕에서 남 아니하는 고생을 하여 가며 남 못 하는 수확을 하였지만 '수확'이라는 것을 걸금 주었던 송지주의 빚이라는 것이 고가의 이자까지 쓰고 나와 그로 하여금 도리어 가해를 지게 하여 그들의 피땀의 결정은 결국 송지주네 고방으로 들어가게 된 것이었다. 그리고 보니 그는 당장에 먹을 것이 없는 것이라 농사를 지어 줄 셈치고 안 쓸 수 없어 사소한 용처를 외상으로 맡아 썼던 것이 일이 이렇게 되고 보니까 차인꾼들한테 매를 얻어맞는 경우에까지 이른 것이었다. 실상 그들의 빚은 송지주의 그것과는 다른 관계로 감사히 절하고 갚아야 될 것이건만 더구나 호미값이란 잊을 수 없는 것이었다.

이 지방 풍속에 으레 소작인이 먹을 것이 없으면 추수를 할 때까지 식량을 지주가 당해 주는 법이건만 유독 송지주만은 먼저 당해 준 식량에 고가의 이자를 끼워 계산을 틀어가다가 추수에 넘치는 한이 있게 되면 예사로 그때에는 잡아떼고 작인들은 굶어 죽든지 말든지 그것을 상관하지 않고 다시는 주지 않는 것이었다. 그래서 금년에 최서방은 사흘이라는 기나긴 여름날을 굶다 못하여 이전부터 친분이 있던 그 고을에서 호미 장사 하는 사람을 찾아가서 그런 사정을 말하였다. 그도 가난을 겪어본 사람이라 지극히 불쌍히 여겨 호미를 두 포대나 맡아 준 것이었다. 그래서 최서방네 내외는 주린 창자를 회복시켜 오늘까지 목숨을 이어온 그러한 호미값이었다.

그런데 그는 오늘 마지막으로 뚜드린 벼를 지주의 권력에 못 이겨 이 아닌 추운 겨울에 쫓겨날까 두려워 호미값을 미리 끊어주지 못하고 그의 빚에 그만 탕감을 치워 버린 것이었다.

3

최서방은 지금 불김이 기별도 하지 않는 차디찬 냉돌에 누워서 발길에 채인 불두덩과 주먹에 맞은 귀밑이 쑤시고 저림도 잊어버리고 불덩이같이 뜨거운 햇볕이 내려쪼이는 들판에서 등을 구워 가며 김매는 생각과 오늘 하루의 지난 역사를 머릿속에 그리어 본다.

"나는 왜 여름내 피땀을 흘리며 김을 매었노. 그리고 호미값을 왜 미리 못 끊어 주었을꼬. 송지주는 왜, 그렇게 몹시도 악할꼬. 나는 왜 그리 약한고, 나는 못난이다. 사람의 자식이 왜 이리 못났을까? 그런데 차인꾼들은 나를 왜 때렸노, 그들은 너무도 과하다. 아니 아니 그런 것이 아니다. 그들도 밥을 얻기 위하여 나와 그렇게 피를 보게 싸웠던 것이다. 그들은 내가 피땀을 흘리며 여름내 농사를 짓는 것과 조금도 다름이 없이 그래야만 입에 밥이 들어오기 때문일 것이다. 아니 그들은 농작이 없어 농사도 짓지 못하고 막벌이로 품팔이로 저렇게 남의 돈을 거두어 주고 목숨을 붙여가는 그들이 나보다 도리어 불쌍하다. 나는 조금도 그들을 욕할 수 없다. 야속하달 수 없다. 그러나 지주네들은 왜 아무러한 노력도 없이 평안히 팔짱 끼고 뜨뜻한 자리에 앉았다가 우리네의 피땀을 온 송이째로 들어먹을까, 암만해도 고약한 일이다. 금년만 하더라도 우리 부처가 얼음이 갓 녹아 차디찬 종아리를 찢어내는 듯한 봄물에 들어서서 논을 갈고 씨를 뿌렸으며 불볕이 푹푹 내려쬐는 볕에 살을 데여가며 물 푸고 김매고 가으내 단잠 못 자고 벼베기와 싯거리질이며 겨우내 추움을 무릅쓰고 굶어가며 마당질을 하였는데 우리는 한 알도 맛보지 못하고 송지주네 곳간에 모조리 들여다 쌓았것다. 괘씸한 일이다. 그리고 우리 부처가 이렇게 노력을 할 때 송주사는(그는 늘 송지주를 송주사라 부른다) 긴 담뱃대 물고 뒷짐지고 할일 없어 술 먹고 장기 두고 더우면 그늘을 찾고 추우면 뜨뜻한 아랫목에서 낮잠질이나 하였었다.”

이까지 머릿속에 그리어 생각해 온 그는 실로 분함을 참지 못하였다.

“에이.”

그는 자기도 모르게 이렇게 부르짖으며 두 주먹을 불끈 쥐었다. 그리고 부르르 떨었다.

“왜 — 그리우?”

산후에 중통을 하고 난 그의 아내는 발치목에서 어린애 젖을 빨리고 있다가 무엇을 생각하고 있는 듯하던 남편이 그같이 아지 못할 소리를 지르고 떠는 주먹을 보고 의아하게도 이렇게 물었다. 남편은 아무런 대답도 없이 여전히 부르쥔 주먹을 펴지 못하고 떨었다. 한참 만에 그는 입을 열었다.

"여보 마누라, 우리는 여름내 무엇을 하였소?"

이 소리는 매우 친절하고 측은하고 어성이 고왔다.

"무엇을 하다니요, 농사하지 않았어요?"

"그러면 지은 농사는 왜 없소?"

아내는 이 소리에 실로 기가 막혔다. 정신이 아찔하여지고 대답이 나오지 않았다. 저녁때 남편이 매를 맞던 꼴과 송지주의 벼를 떼어 들어가던 현장이 눈앞에 갑자기 환하게 나타났다.

"에이."

그는 또다시 주먹을 부르르 떨었다.

아내는 어쩔 줄을 모르고 남편의 곁으로 다가앉으며 눈물을 흘렸다.

"울기는 왜 우오, 우리 의논 좀 하자는데."

하고 그는 다시 무엇을 생각하더니 아내를 노려보며 말끝을 이었다.

"마누라, 우리는 왜 빚을 졌는지 아시오?"

"호미와 강냉이(옥수수) 사다 먹지 않았어요?"

"그런데 우리는 그 호미값을 왜 못 무오?"

아내는 기가 막혀 또 말문이 막혔다. 지난 여름에 사흘씩 굶어 떨던 그때의 현상이 또다시 눈앞에 나타났다. 남편도 이렇게 묻고 보니 생각은 새로워 아지 못할 눈물이 눈초리에 맺혔다.

"우리가 이리로 이사온 지 몇 핸지?"

"십 년째 아니오."

"옳아, 십 년째 우리는 십 년째를 이 독사의 구덩에서."

하고 그는 혼잣말 비슷이 이렇게 부르짖고 한숨을 괴롭게도 한 번 길게 빼고 다시 말을 이었다.

"여보게 마누라, 남 보기에는 우리가 송주사네의 덕택으로 먹고 입고 사는 줄 알지만 실상 우리는 우리의 두 주먹으로 우리의 몸을 살린 것일세. 우리는 송주사의 은혜라고는 반푼어치도 없고 도리어 그들한 테 피를 빨리운 것일세. 내나 자네나 이렇게 핏기 없이 뽀독뽀독 마른 것이 모두 송주사한테 피를 빨리운 탓일세. 우리가 그렇게 피와 땀을 흘리며 죽을 고생을 다하여 벌어 놓으면 그들은 그것을 가지고 잘 먹 고 잘 입고 그리고도 남으면 그 돈으로 또 우리의 피를 빠는 것일세. 그러면 금년의 우리가 벌은 그것으로 또 내년에 우리의 피를 줄 것이 아닌가. 어떻게 생각하면 그런 줄을 빤히 알면서 피를 빨리는 우리가 도리어 우스운 것일세. 그러기에 우리는 이제부터 피를 빨리우지 않게 방책을 연구하여야 되겠네. 그래서 자유롭게 살아야 되겠네. 만일 우 리의 두 주먹이 없다 하면 그들은 당장에 굶어 죽을 것일세. 죽고말고 암 죽지 죽어."

하고 그는 매우 흥분된 어조로 이렇게 장황히 부르짖었다. 그는 상 당히 무엇을 깨달은 듯하였다. 아내는 이런 소리를 남편에게서 듣기는 실상 이번이 처음이었다. 그리고 가슴이 시원하다는 듯이 빙그레 웃 었다.

"글쎄, 참 그렇긴 하지만 어찌하우?"

아내는 무엇을 생각하는 듯하더니 한참 만에 어찌할 바를 모르겠다 는 듯이 이렇게 물었다.

"어찌해, 싸워야 되지. 싸울 수밖에 없네. 그들의 앞에는 정의도 없 고 인도도 없는 것을 어찌하나. 아니 이 세상이란 또한 역시 그런 것 이니까. 남의 눈을 어떻게 패측한 수단으로라도 가리우지 않고는 밥을 먹을 수 없는 것을 나는 이제야 비로소 깨달았네. 우리는 이제부터 이 모든 더러운 독사 같은 무리와 필사의 힘을 다하여 싸워야 되겠네. 싸 워야 돼. 그래서 우리는……."

하고 그는 무엇을 더 말하려다가 참기 어려운 듯이 주먹을 또다시 부르르 떨었다.

“글쎄요, 아이 참 낼 아침 밥질 게 없으니 이 일을 또 어찌하우.”

아내는 새삼스럽게 잊히지 못하던 아침거리가 머리에 또 떠올랐다.

“그러기에 싸우잔 말이야.”

해어진 창틈으로 바람은 씽씽 들어오지만 추운 줄도 모르고 이렇게 그들 내외는 생활고에 쪼들려 닥쳐오는 고통을 서로 하소연하며 장차 어찌 살꼬 하는 앞잡이길에 온 정신을 잃고 깊은 명상 속에서 밤이 새도록 헤매었다.

4

그 이튿날 아침 일찍이 송지주는 최서방을 불러다 놓고 어젯저녁 벼에 탕감이 채 되지 못한 나머지 십 원을 들채기 시작했다.

어젯밤 밤새도록 한 잠도 자지 못한 최서방의 눈은 쑨죽처럼 풀어지고 눈알엔 발갛게 핏줄이 거미줄처럼 서리어 있었다.

“자네 농사는 참 금년에 장하게 되었네. 농사는 그렇게 근농으로 하지 않으면 이즘 전답 얻기도 힘드는 세상일세. 참 자네 농사엔 귀신이야. 그렇기에 그래도 근 백 원 돈을 이탁데탁 청당했지, 될 말인가.”

하고 송지주는 점잖음을 빼고 최서방을 추어 하늘로 올려보내며 다시,

“그런데 어제 오십이 원에서 사십이 원은 귀정이 된 모양이나 이제 나머지 십 원은 어쩔 셈인가? 조속히 그것도 해 물고 세나 쇠야지?”

최서방은 없는 돈을 갚겠다지도 또한 안 갚겠다지도 어떻게 대답을 하여야 좋을지 몰라 한참이나 주저주저하다가,

“금년엔 물 수 없습니다. 그대로 지워 주십시오.”

하고 그는 낯을 들지 못했다.

“물 수 없으면 어쩐단 말이야.”

“그럼 없는 돈을 어찌합니까.”

“물지도 못할 걸 쓰기는 그럼 왜 그렇게 썼어, 응!”

“그 돈 꿨기에 주사님네 농사를 지어 바치지 않았습니까?”

“이놈 나를 거저 지어 바친 것 같구나. 바루 온 천하의 말버릇 같으니. 에이 이놈.”

그는 기다란 댓새를 최서방의 턱 앞에 홀근 내밀었다.

“아니 그럼 아시는 바 한 말도 없는 벼를 무엇으로 돈을 장만해 내라십니까?”

“이놈, 그럼 없다고 안 물 테야 응! 이놈아, 내가 너희들은 그래도 불쌍한 것이라고 특별히 먹여 살렸건만 에이, 이 은혜 모르는 놈, 이놈 썩 나가, 전답도 모조리 다 내놓고 이 도야지 같은 놈, 아직도 밥을 굶어 보지 못하였던 거로구나.”

하고 그는 누구를 잡아삼킬 듯이 벌건 눈을 홀근거리며 댓새로 최서방의 턱을 받쳤다.

최서방은 이렇게 여지없는 욕설을 들을 때에, 아니 턱을 댓새로 받치울 때 담박 달려들어 댓새를 부러치고 대항도 하고 싶었으나 그는 약하였다. 그리고 머리끝까지 치밀어 오르는 분이 진정할 수 없이 가슴을 뛰게 하였지만 또한 그는 말을 못하였다. 나오려는 말은 입안에서 돌돌 굴다 사라지고 말 뿐이었다. 최서방이 집으로 나간 뒤끝에 송지주는 곧 멈들을 불러 가지고 막살이로 쫓아 나와서 약간한 가장으로 십 원을 또한 탕감치려 하였다. 우선 그는 멈들을 시켜 김장을 하여 넣은 독과 부엌에 걸은 솥을 뽑아 내왔다.

이때에 최서방은 더 참을 수 없었다. 여러 해를 두고 곪기고 곪겨 오던 분은 일시에 탁 터져 나왔다. 마치 병의 물이 꿀럭꿀럭 거꾸로 솟듯이.

“이놈!”

최서방은 주먹을 부르쥐었다. 그리고 입술을 푸들푸들 떨며 송지주와 마주섰다.

"이놈이라니, 야이 이이 무지한 버릇없는 놈아……."

송지주는 어쩔 줄을 모르고 몽둥이를 찾아 사방을 살피며 덤볐다. 실상 그는 나이 오십에 이놈이라는 소리를 듣기는 이번이 처음이라. 젖 먹던 뺄까지 일어나 섰을 것도 그리 무리는 아니었다.

"에이, 이 독사 같은 사람의 피를 빠는……."

하고 최서방은 허청 기둥에 세웠던 도끼를 들어 솥과 독을 단번에 부쉈다. '찌릉땡' 하고 깨어져 사방으로 달아나는 소리는 마치 폭발이나 터지는 듯이 요란하였다.

"독을 깨깨깨 깨치면 이이 십 원은."

"이놈아, 이이 내 피는."

그들의 형세는 매우 험악하였다. 최서방은 앞에 들어오는 것이든 무엇이든지 모조리 때려부술 듯이 주먹과 다리는 경련적으로 와들와들 떨렸다.

이런 광경을 멀거니 보고 있던 그 아내는 세간의 전부인 독과 솥이 깨어져 없어지는 아까움보다 승리가 기쁘다는 듯이 빙그레 웃었다.

송지주는 멈들의 손에 끌리어 못 이기는 체하고 끄는 대로 끌리어 들어갔다.

멈들에게 독과 솥을 지워 가지고 들어가려 가지고 나왔던 지게는 멈들의 등에서 달랑궁달랑궁 비인 대로 쫓아 들어갔다.

5

겨울은 가고 봄이 왔다. 어느 일기 좋은 따뜻한 날 석양에 무순(撫順) 차표를 손에다 각각 한 장씩 쥔 최서방 내외의 그림자는 S정거장 삼등 대합실 한구석에 나타났다. 그들의 영양 부족을 말하는 수척한 얼굴은 몹시도 헬끔한 것이 마치 꿈속에서 보는 요물을 연상케 하였다. 더구나 그 아내의 등에 업힌 겨우 두 살밖에 안 되는 어린애는 추움에 시달렸음인지 한 줌도 못 되리만치 배와 등이 거의 맞붙다시피 쪼그린 데다가 바지저고리도 걸치지 못하고 알몸대로 업혀서 빼악빼악 하고 울며 떠는 꼴이란 차마 볼 수 없었다.

그들은 송지주와 싸운 그 자리로 그 막살이를 떠나 끼니를 굶어가며 혹은 방앗간에서 그도 없으면 한길에서 밤새워 가며 정처 없이 일자리를 찾아 돌아다니다가 어떤 자그마한 도회지에서 최서방은 삯짐과 품팔이로 아내는 삯바느질과 삯빨래로 간신간신히 차비를 장만하였던 것이다.

그들이 그 막살이를 떠날 때의 본래의 목적은 어떻게 죽물로라도 두 내외의 배를 채울 수만 있으면 내 고국은 떠나지 않으리라 생각하였었건만 그것조차 여의치 못하여 최후의 수단으로 마침내 서간도 길을 단행한 것이었다.

그의 내외는 차 시간이 차차 가까워 와 몇 분 격하지 않은 앞에 잔뼈가 굵은 이 땅, 같은 피가 넘쳐 끓는 동포가 엉킨 이 땅을 떠나 산설고 물 설은 이역의 타국에 고생할 것을 생각할 때에 실로 사무쳐 흐르는 눈물을 금할 수 없었다.

기차가 도착되자 플랫폼으로 앞서거니 뒤서거니 엉기엉기 걸어나가는 사람들 틈에는 그들 내외도 섞여 있었다. 시각이 있는 차 시간이다. 그들은 할 수 없이 차에 몸을 담았다. 호각 소리가 끝나자 차는 바퀴를 움직였다.

"아! 차는 그만 가누나! 우리는 왜 이같이 눈물을 뿌리며 조국을 떠나지 않으면 안 되노?"

하고 그는 입속말로 중얼거리며 바람이 씽씽 들이쏘는 차창으로 머리를 내밀고 차마 고국은 못 잊어 하는 듯이 눈물에 서린 눈으로 사방을 힘없이 살펴보았다. 그리고 좀 더 기차가 머물러 주었으면 하는 듯하였다.

그러나 내닫기 시작한 사정 없는 기차는 흰 연기 검은 연기 번갈아

토하며 세 생명의 쓰라리게 뿌리는 피눈물을 씻고 줄달음치기 시작
했다.

(1927. 1. 7. 宣川 賢洞의 바람 부는 날 밤에)

〔발표지〕 *《조선문단》(1927. 4.)
〔수록단행본〕『현대한국단편문학전집』 제8권(문원각, 1974)
『한국문학대전집』(태극출판사, 1976)

백치(白痴) 아다다

질그릇이 땅에 부딪치는 소리가 났다고 들렸는데, 마당에는 아무도 없다.

부엌에 쥐가 들었나? 샛문을 열어 보려니까,

"아 아 아이 아아 아야!"

하는 소리가 뒤란 곁으로 들려온다. 샛문을 열려던 박씨는 뒷문을 밀었다.

장독대 밑, 비스듬한 켠 아래, 아다다가 입을 헤벌리고 납작하니 엎 뎌져 두 다리만을 힘없이 버지럭거리고 있다. 그리고 머리 편으로 한 발쯤 나가선 깨어진 동이 조각이 질서 없이 너저분하게 된장 속에 묻 혀 있다.

"아이구테나! 무슨 소린가 했더니 이년이 동애를 또 잡았구나! 이년 아! 너더러 된장 푸래든 푸래?"

어머니는 딸이 어딘가 다쳤는지 일어나지도 못하고 아파하는 데 가 는 동정심보다 깨어진 동이만이 아깝게 눈에 보였던 것이다.

"어 어마! 아다아다 아다 아다아다……."

모닥불을 뒤집어쓰는 듯한 끔찍한 어머니의 음성을 또다시 듣게 되 는 아다다는 겁에 질려 얼굴에 시퍼런 물이 들며 넘어진 연유를 말하 여 용서를 빌려는 기색이나 말이 되지를 않아 안타까워한다.

아다다는 벙어리였던 것이다. 말을 하렬 때에는 한다는 것이 아다 다 소리만이 연거푸 나왔다. 어찌어찌 가다가 말이 한 마디씩 제법 되어 나오는 적도 있었으나 그것은 쉬운 말에 그치고 만다.

그래서, 이것을 조롱 삼아 확실이라는 뚜렷한 이름이 있음에도 불구하고, 누구나 그를 부르는 이름은 아다다였다. 그리하여 이것이 자연히 이름으로 굳어져, 그 부모네까지도 그렇게 부르게 되었거니와, 그 자신조차도 "아다다!" 하고 부르면 마땅히 들을 이름인 듯이 대답을 했다.

"이년까타나 끝이 세누나! 시쿋엘 못 가갔으문 오늘은 어드메든디 나가서 뒈디고 말아라, 이년아! 이년아!"

어머니는 눈알을 가로세워 날카롭게도 흰자위만으로 흘기며 성큼 문턱을 넘어선다.

아다다는 어머니의 손길이 또 자기의 끌채를 감아쥘 것을 연상하고 몸을 겨우 뒤재비꼬아 일어서서 절룩절룩 굴뚝 모퉁이로 피해 가며 어쩔 줄을 모르고 일변 고개를 좌우로 둘러살피며 아연하게도,

"아다 어 어마! 아다 어마! 아다다다다다!"

하고 부르짖는다. 다시는 일을 아니 저지르겠다는 듯이, 그리고 한 번만 용서를 하여 달라는 듯싶게.

그러나, 사정 모르는 체 기어코 쫓아간 어머니는,

"이년! 어서 뒈데라. 뒈디기 싫건 시집으루 당당 가가라. 못 가간……?"

그리고 주먹을 귀 뒤에 넌지시 얼메고 마주선다.

순간, 주먹이 떨어지면? 하는 두려운 생각에 오싹하고 끼치는 소름이 튀해논 닭같이 전신에 돋아나는 두드러기를 느끼는 찰나, '턱' 하고 마침내 떨어지는 주먹은 어느새 끌채를 감아쥐고 갈짓자로 흔들어 댄다.

"아다 어어 어마! 아 아고 어 어마!"

아다다는 떨며 빌며 손을 몬다.

그러나 소용이 없다. 한 번 손을 댄 어머니는 그저 죽어 싸다는 듯

이 자꾸만 흔들어 댄다. 하니, 그렇지 않아도 가꾸지 못한 텁수룩한 머리는 물결처럼 흔들리며 구름같이 피어나선 얼크러진다.

그래도, 아다다는 그저 빌 뿐이요, 조금도 반항하려고는 않는다. 이런 일은 거의 날마다 지내보는 것이기 때문에 한대야 그것은 도리어 매까지 사는 것이 됨을 아는 것이다. 집의 일이 아무리 꼬여 돌아가더라도 나 모르는 체 손 싸매고 들어앉았으면 오히려 이런 봉변은 아니 당할 것이, 가만히 앉았지는 못했다.

선천적으로 타고난 천치에 가까운 그의 성격은 무엇엔지 힘에 부치는 노력이 있어야 만족을 얻는 듯했다. 시키건, 안 시키건, 헐하나, 힘차나, 가리는 법이 없이 하여야 될 일로 눈에 띄기만 하면 몸을 아끼는 일이 없이 하는 것이 그였다. 그래서 집안의 모든 고된 일은 실로 아다다가 혼자서 치워놓게 된다.

그러나 어머니는 그것이 반갑지 않았다. 둔한 지혜로 차부 없이 뼈가 부러지도록 몸을 돌보지 않고, 일종 모험에 가까운 짓을 하게 되므로, 그 반면에 따르는 실수가 되려 일을 저질러 놓게 되어 그릇 같은 것을 깨쳐먹는 일은 거의 날마다 있다 하여도 옳을 정도로 있었다.

그래도, 아다다의 힘을 빌지 않고는 집안 일을 못 치겠다면 모르지만, 그는 참례를 하지 않아도 행랑에서 차근차근히 다 해줄 일을 쓸데없이 가로맡아선 일을 저질러 놓고 마는 데 그 어머니는 속이 상했다.

본시 시집을 보내기 전에도 그 버릇은 지금이나 다름이 없어, 벙어리인 데다 행동까지 그러하였으므로 내용 아는 인근에서는 그를 얻어가려는 사람이 없었다. 그리하여, 열아홉 고개를 넘기도록 처묻어 두고 속을 태우다 못해 깃부로 논 한 섬지기를 처넣어 똥 치듯 치워버렸던 것이 그만 오 년이 머다 다시 쫓겨와 시집에는 아예 갈 생각도 아니하고 하루 같은 심화를 올렸다. 그래서, 어머니는 역겨운 마음에 아다다가 실수를 할 때마다 주릿대를 내리고 참례를 마라건만 그는 참는다는 것이 그 당시뿐이요, 남이 일을 하는 것을 보면 속이 쏘는 듯이 슬그니 나와서 곁을 슬슬 돌다가는 손을 대고 만다.

바로 사흘 전엔가도 무명을 할 때 활짝 달은 솥뚜껑을 차부 없이 맨손으로 열다가 뜨거움을 참지 못해 되는대로 집어엎는 바람에 그만 자배기를 깨쳐서 욕과 매를 한모태 겪고 났었건만 어제 저녁 행랑 색시더러 오늘은 묵은 된장을 옮겨 담아야 되겠다고 이르는 말을 어느 겨를에 들었던지 아다다는 아침밥이 끝나자 어느새 나가서 혼자 된장을 퍼 나르다가 그만 또 실수를 한 것이었다.

"못 가간? 시집이! 못 가간? 이년! 못 가갔음 죽어라!"

붙잡았던 머리를 힘차게 획 두르며 밀치는 바람에 손에 감겼던 머리카락이 끊어지는지 빠지는지 무뚝 묻어나며 아다다는 비칠비칠 서너 걸음 물러난다.

순간, 어찔해진 아다다는 넘어지지 않으려고 애써 버지럭거리며 삐치는 다리에 겨우 진정을 얻어세우자,

"아다 어마! 아다 어마! 아다 아다!"

하고, 다시 달려들 듯이 눈을 흘기고 섰는 어머니를 향하여 눈물 글썽한 눈을 끔벅 한 번 감아 보이고, 그리고 북쪽을 손가락질하여, 어머니의 말대로 시집으로 가든지 그렇지 않으면 죽어라도 버리겠다는 뜻으로 고개를 주억이며 겁에 질려 어쩔 줄을 모르고 허청허청 대문 밖으로 몸을 이끌어냈다.

나오기는 나왔으나, 갈 곳이 없는 아다다는 마당귀를 돌아서선 발길을 더 내놓지 못하고 우뚝 섰다.

시집으로 간다고는 하였으나, 아무리 생각해도 남편의 매는 어머니의 그것보다 무섭다. 그러면 다시 집으로 들어가나? 이번에는 외상 없는 매가 떨어질 것 같다. 어디로 가야 하나? 갈 곳 없는 갈 곳을 짜보니 눈물이 주는 위로밖에 쓸데없는 오 년 전 그 시집이 참을 수 없이 그립다.

　―추울세라, 더울세라, 힘이 들까, 고단할까, 알뜰살뜰히 어루만
져 주던 시부모, 밤이면 품속에 꼭 껴안아 피로를 풀어 주던 남편.
아, 얼마나 시집에서는 자기를 위하여 정성을 다하던 것인고?
　참으로 아다다가 처음 시집을 가서의 오 년 동안은 온 집안의 사랑
을 한몸에 받아왔던 것이 사실이다.
　벙어리라는 조건이 귀에 들어맞는 것은 아니었으나, 돈으로 아내를
사지 아니하고는 얻어볼 수 없는 처지에서 스물여덟 살에 아직 장가를
못 들고 있는 신세로 목구멍조차 치기 어려운 형세이었으므로 아내를
얻게 되기의 여유를 기다리기까지에는 너무도 막연한 앞날이었다. 벙
어리이나 일생을 먹여줄 것까지 가지고 온다는 데 귀가 번쩍 띄어 그
자리를 앗길까 두렵게 혼사를 지었던 것이니, 그로 의해서 먹고 살게
되는 시집에서는 아다다를 아니 위할 수가 없었던 것이다. 그러한 가
운데 또한 아다다는 못하는 일이 없이 일 잘하고, 고분고분 말 잘 듣
고, 조금도 말썽을 부리는 일이 없었다. 그래서 생활고가 주는 역겨움
이 쓸데없이 서로 눈독을 짓게 하여 불쾌한 말만으로 큰소리가 끊일
새 없이 오고 가던 가족은 일시에 봄비를 맞는 동산같이 화락의 웃음
에 꽃이 피었다.
　원래, 바른 사람이 못 되는 아다다에게는 실수가 없는 것이 아니었
으나, 그로 의해서 밥을 먹게 되는 시집에서는 조금도 역겹게 안 여겼
고, 되레 위로를 하고 허물을 감추기에 서로 힘을 썼다.
　여기에 아다다가 비로소 인생의 행복을 느끼며 시집가기 전 지난날
어머니 아버지가 쓸데없는 자식이라는 구실 밑에, 아니, 되레 가문을
더럽히는 앙화(殃禍) 자식이라고 사람으로서의 푼수에도 넣어 주지 않
고 박대하던 일을 생각하고는 어머니 아버지를 원망하는 나머지 명절
목이나 제향 때이면 시집에서는 그렇게도 가 보라는 친정이었건만 이
를 악물고 가지 않고 행복 속에 묻혀 살던 지나간 그날이 아니 그리울
수가 없을 게다.

그러나, 그날은 안타깝게도 다시 못 올 영원한 꿈속에 흘러가고 말았다.

해를 거듭하며 생활의 밑바닥에 깔아 놓았던 한 섬지기라는 거름이 차츰 그들을 여유한 생활로 이끌어, 몇 백 원이란 돈이 눈앞에 굴게 되니 까닭없이 남편 되는 사람은 벙어리로서의 아내가 미워졌다.

조그만 실수가 있어도 눈을 흘겼다. 그리고 매를 내렸다. 이 사실을 아는 아버지는 그것은 들어오는 복을 차 버리는 짓이라고 타이르나, 듣지 않았다. 그리하여, 부자간에 충돌이 때때로 일어났다. 이럴 때마다 아버지에게는 감히 하고 싶은 행동을 못 하는 아들은 그 분을 아내에게로 돌려 풀기가 일쑤였다.

"이년 보기 싫다! 네 집으루 가거라."

그리고, 다음에 따르는 것은 매였다. 그러나, 아다다는 참아가며 아내로서의, 그리고 며느리로서의 임무를 다했다.

이것이 시부모로 하여금 더욱 아다다를 귀엽게 만드는 것이어서, 아버지에게서는 움직일 수 없는 며느리인 것을 깨닫게 된 아들은 가정적으로 불만을 느끼게 되어 한 해의 농사를 지은 추수를 온통 팔아가지고 집을 떠나 마음의 위안을 찾아 주색에 돈을 다 탕진하고 물거품 같이 밀려 돌다가 동무들과 짝지어 안동현(安東縣)으로 건너갔다.

그리하여, 이 투기적인 도시에 무젖어 노동의 힘으로 본전을 얻어선 '양화'와 '은떼루'에 투기하여 황금을 꿈꾸어 오던 것이 기적적으로 맞아나기 시작하여 이태 만에는 2만 원에 가까운 돈을 손에 쥐고 완전한 아내로서의 알뜰한 사랑에 주렸던 그는 돈에 따르는 무수한 여자 가운데서 마음대로 흡족히 골라가지고 집으로 돌아왔다.

그리고는, 새로운 살림을 꿈꾸는 일변 새로이 가옥을 건축함과 동시에 아다다를 학대함이 전에 비할 정도가 아니었다. 이에는, 그 아버지도 명민하고 인자한 남부끄럽지 않은 뻐젓한 새 며느리에게 마음이 쏠리는 나머지 이미 생활은 걱정이 없이 되었으니 아다다의 깃부로서가 아니라도 유족할 앞날의 생활을 내다볼 때 아들로서의 아다다에게 대하는 태도는 소모도 마음에 거슬리는 것이 없었다. 그리하여, 시부모의 눈에서까지 벗어나게 된 아다다는 호소할 곳조차 없는 사정에 눈 감은 남편의 매를 견디다 못해 집으로 쫓겨오게 되었던 것이니, 생각만 하여도 옛 매 자리가 아픈 그 시집은 죽으면 죽었지 다시는 찾아갈 생각이 없었던 것이다.

그래서, 집에 있게 되니 그것보다는 좀 헐할망정, 어머니의 매도 결코 견디기에 족한 것이 아니다. 그리고, 그것은 날마다 더 심해만 왔다. 오늘도 조금만 반항이 있었던들, 어김없이 매는 떨어지고 말았을 것이다.

그러나, 어디로 가나? 아무리 생각을 해 보아야 그저 이 세상에서는 수롱이네 집밖에 또 찾아갈 곳은 없었다.

수롱은 부모 동생조차 없는 삼십이 넘은 총각으로, 누구보다도 자기를 사랑하여 준다고 믿는 단 한 사람이었다. 그리하여 쫓기어날 때마다 그를 찾아가선 마음의 위안을 얻어 오던 것이다.

아다다는 문득 발걸음을 떼어 아지랑이 얼른거리는 마을 끝 산턱 아래 떨어져 박힌 한 채의 오막살이를 향하여 마당귀를 꺾어돌았다.

수롱은 벌써 일 년 전부터 아다다를 꾀어 왔다. 시집에서까지 쫓겨난 벙어리였으나, 김초시의 딸이라, 스스로도 낮추 보여지는 자신으로서는 거연히 염을 내지 못하고 뜻 있는 마음을 속으로 꾸여 가며 눈치를 보여 오던 것이, 눈치에서보다는 베풀어진 동정이 마침내, 아다다의 마음을 사게 된 것이었다.

아이들은 아다다를 보기만 하면 따라다니며 놀렸다. 아니, 어른들까지도 "아다다, 아다다" 하고, 골을 올려서 분하나, 말을 못 하고 이상한 시늉을 하며 두덜거리는 것을 봄으로 행복을 느끼는 듯이 손뼉을 치며 웃었다.

그래서, 아다다는 사람을 싫어하였다. 집에 있으면 어머니의 욕과 매, 밖에 나오면 뭇 사람들의 놀림, 그러나 수롱이만은 자기를 사랑하는 것이었다. 아이들이 따라다닐 때에도 남 아니 말려 주는 것을 그는 말려 주고, 그리고, 애에 터질 듯한 심정을 풀어 주는 것이었다.

그리하여, 아다다는 마음이 불편할 때마다 수롱을 생각해 오던 것이, 얼마 전부터는 찾아다니게까지 되어 동네의 눈치에도 어느덧 오른 지 오랬다.

그러나, 아다다의 집에서도 그 아버지만이 지체를 가지기 위하여 깔맵게 아다다의 행동을 경계하는 듯하고, 그 어머니는 도리어 수롱이와 배가 맞아서 자기 눈앞에 보이지 아니하고, 어디로든지 달아났으면 하는 눈치를 알게 된 수롱이는 지금에 와서는 어느 정도까지 내어놓다시피 그를 사귀어 온다.

아다다는 제 집이나처럼 서슴지도 않고 달리어오자마자 수롱이네 집 문을 벌컥 열었다.

"아, 아다다!"

수롱은 의외에 벌떡 일어섰다.

"너 또 울었구나!"

울었다는 것이 창피하긴 하였으나, 숨길 차비가 아니다. 호소할 길 없는 가슴속에 꽉 찬 설움은 수롱이의 따뜻한 위무가 어떻게도 그리웠는지 모른다.

방안에 들어서기가 바쁘게 쫓겨난 이유를 언제나같이 낱낱이 고했다.

"그러기 이젠 아야, 다시는 집으루 가디 말구 나하구 둘이서 살아 응?"

그리고, 수롱은 의미 있는 웃음을 벙긋벙긋 웃으며 아다다의 등을 척척 뚜드려 달랬다. 오늘은 어떻게 해서든지 자기의 것으로 영원히 만들어 보고 싶은 욕망에 불탔던 것이다.

그러나, 아다다는,

“아다 무 무서! 아바 무 무서! 아다 아다다다!”

하고, 그렇게 한다면 큰일난다는 듯이 눈을 둥그렇게 뜬다. 집에서 학대를 받고 있는니보다는 수롱의 사랑 밑에서 살았으면 오죽이나 행복되랴! 다시 집으로는 아니 들어가리라는 생각이 없었던 바도 아니었으나, 정작 이런 말을 듣고 보니, 무엇엔지 차마 허하지 못할 것이 있는 것 같고 그렇지 않은지라 눈을 부릅뜨고 수롱이한테 다니지 말라는 아버지의 말이 연상될 때 어떻게도 그 말은 엄한 것이었다.

“우리 둘이 달아났음 그만이디 무섭긴 뭐이 무서워.”

“……”

아다다는 대답이 없다.

딴은 그렇기도 한 것이다. 당장 쫓기어난 몸이 갈 곳이 어딘고? 다시 생각을 더듬어볼 때 어머니의 매는 아버지의 그 눈총보다도 몇 배나 더한 두려움으로 견딜 수 없이 아픈 것이다. 먼저 한 말이 금시 후회스러웠다.

“안 그래? 무서울 게 뭐야. 이젠 아야 가지 말구 나하구 있어 응?”

“응, 아다 이이 있어, 아다 아다.”

하고, 아다다는 다시 있자는 말이 나오기를 기다렸던 듯이, 그리고 살길은 찾기었다는 듯이, 한숨과 같이 빙긋 웃으며 있겠다는 뜻을 명백히 보이기 위하여 고개를 주억이며 삿바닥을 손으로 톡톡 뚜드려 보인다.

“그렇지 그래, 정 있으야 되 응?”

“응, 이서 이서 아다 아다!”

“정말이야?”

“으, 응 저 정 아다 아다.”

단단히 강문을 받고 난 수롱이는 은근히 솟아나는 미소를 금할 길이 없었다.

벙어리인 아다다가 흡족할 이치는 없었지만, 돈으로 사지 아니하고는 아내라는 것을 얻어 볼 수 없는 처지였다. 그저 생기는 아내는 벙어리였어도 족했다. 그저 일이나 도와주고 아이들, 딸이나 낳아 주었으면 자기는 게서 더 바랄 것이 없었다. 아내를 얻으려고 십여 년 동안을 불피풍우 품을 팔아 궤 속에 꽁꽁 묶어둔 일백오십 원이란 돈이 지금에 와서는, 아내 하나를 얻기에 그리 부족할 것은 아니나, 장가를 들지 아니하고 아다다를 꼬여 온 이유도, 아다다를 꾐으로 돈을 남겨서, 그 돈으로 가정의 마루를 얹자는 데서였던 것이다. 이제 계획이 은근히 성공에 가까워 옴에 자기도 남과 같이 가정을 이루어 보누나 하니 바라지도 못하였던 인생의 행복이 자기에게도 이제 찾아오는 것 같았다.

"우리 아다다."

수롱이는 아다다의 등에 손을 얹으며 빙그레 웃었다.

"아다 다다."

아다다도 만족한 듯이 히쭉 입이 벌어졌다.

그날 밤을 수롱의 품안에서 자고 난 아다다는 이미 수롱의 아내 되기에 수줍음조차 잊었다. 아니, 집에서 자기를 받들어 들인다 하더라도 수롱을 떨어져서는 살 수 없으리만큼 마음은 굳어졌다. 수롱이가 주는 사랑은 이 세상에서는 더 찾을 수 없는 행복이리라 느끼었던 것이다.

그러나 영원한 행복을 위하연 이 자리에 그대로 박혀서는 누릴 수 없을 것이 다음에 남은 근심이었다. 수롱이와 같이 삶에는, 첫째 아버지가 허하지 않을 것이요, 동네 사람도 부끄럽지 않은 노릇이 아니다. 이것은 수롱이도 짐짓 근심이었다. 밤이 깊도록 의논을 하여 보았으나 동네를 피하여 낯 모르는 곳으로 감쪽같이 달아나는 수밖에는 다른 묘책이 없었다.

예식 없는 가약을 그들은 서로 맹세하고 그날 새벽으로 그 마을을 떠나 신미도라는 섬으로 흘러가서 그곳에 안주를 정하였다. 그러나 생소한 곳이므로 직업을 찾을 길이 없었다. 고기를 잡아먹고 사는 섬이라, 뱃놀음을 하는 것이 제 길이었으나, 이것은 아다다가 한사코 말렸다. 몇 해 전에 자기네 동네에서도 농토를 잃은 몇몇 사람이 이 섬으로 들어와 첫 배를 타다가 그만 풍랑에 몰살을 당하고 만 일이 있던 것을 잊지 못하는 때문이었다.

그렇지 않은지라, 수롱이조차도 배에는 마음이 없었다. 섬으로 왔다고는 하지만 땅을 파서 먹는 것이 조마구 빨 때부터 길러 온 습관이요, 손 익은 일이었기 때문에 그저 그 노릇만이 그리웠다.

그리하여, 있는 돈으로 어떻게, 밭날갈이나 사서 조 같은 것이나 심어가지고 겨울의 불목이와 양식을 대게 하고 짬짬이 조개나 굴, 낙지, 이런 것들을 캐어서 그날그날을 살아갔으면 그것이 더할 수 없는 행복일 것만 같았다.

그러지 않아도 삼십 반생에 자기의 소유라고는 손바닥만한 것조차 없어, 어떻게도 몽매에 그리던 땅이었는지 모른다. 완전한 아내를 사지 아니하고 아다다를 꾀여 온 것도 이 소유욕에서였다. 아내가 얻어진 이제, 비록 많지는 않은 땅이나마 가져 보고 싶은 마음도 간절하였거니와, 또는 그만한 소유를 가지는 것이 자기에게 향한 아다다의 마음을 더욱 굳게 하는 데도 보다 더한 수단일 것 같았기 때문이다.

그런 데다, 본시 뱃놀음판인 섬인데, 작년에 놀구지가 잘되었다 하여 금년에 와서 더욱 시세를 잃은 땅은 비록 때가 기경시라 하더라도 용이히 살 수까지 있는 형편이었으므로, 그렇게 하리라 일단 마음을 정하니, 자기도 땅을 마침내 가져 보누나 하는 생각에 더할 수 없는 행복을 느끼며 아다다에게도 이 계획을 말하였다.

"우리 밭을 한 뙈기 사자. 그래두, 농살 허야 사람 사는 것 같다. 내가 던답을 살라구 묶어둔 돈이 있거던."

하고 수롱이는 봐라 하는 듯이 실경 위에 얹힌 석유통 궤 속에서 지전 뭉치를 뒤져내더니, 손끝에다 침을 발라 가며 펄딱펄딱 뒤어보인다.

그러나, 그 돈을 본 아다다는 어쩐지 갑자기 화기가 줄어든다.

수롱이는 이상했다. 기꺼워할 줄 알았던 아다다가 도리어 화기를 잃은 것이다. 돈이 있다니 많은 줄 알았다가 기대에 틀림으로써인가?

"이거 봐! 그래뵈두, 1천5백 냥〔一百五十圓〕이야. 지금 시세에 이천 평은 한참 놀다가두 떡 먹두룩 살 건데."

그래도 아다다는 아무 대답이 없다. 무엇 때문엔지 수심의 빛까지 역연히 얼굴에 떠오른다.

"아니 밭이 이천 평이문 조를 심는다 하구, 잘만 가꿔 봐, 조가 열 섬에 조짚이 백여 목 날 터이야. 그래, 이걸 개지구 겨울 한동안이야 못 살아? 그렇거구 둘이 맞붙어 몇 해만 벌어 봐? 그적엔 논이 또 나오는 거야. 이건 괜히 생……."

아다다는 말없이 머리를 흔든다.

"아니, 내레 이게, 거즈뿌레기야? 아 열 섬이 못 나?"

아다다는 그래도 머리를 흔든다.

"아니, 고롬 밭은 싫단 말인가?"

비로소 아다다는 그렇다는 듯이 머리를 주억거린다.

아다다는 돈이 있다 해도 실로 그렇게 많은 돈이 있는 줄은 몰랐다. 그래서, 그 많은 돈으로 밭을 산다는 소리에 지금까지 꿈꾸어 오던 모든 행복이 여지없이도 일시에 깨어지는 것만 같았던 것이다. 돈으로 위해서 그렇게 행복일 수 있던 자기의 신세는 남편(전남편)의 마음을 악하게 만듦으로, 그리고, 시부모의 눈까지 가리는 것이 되어, 필야엔 쫓겨나지 아니치 못하게 되던 일을 생각하면, 돈 소리만 들어도 마음은 좋지 않던 것인데, 이제 한푼 없는 알몸인 줄 알았던 수롱이에게도 그렇게 많은 돈이 있어 그것으로 밭을 산다고 기꺼워하는 것을 볼 때, 그 돈의 밑천은 장래 자기에게 행복을 가져다 주기보다는 몽둥이를 벼리는 데 지나지 못하는 것 같았고, 밭에다 조를 심는다는 것은 불행의 씨를 심는다는 것만 같았기 때문이다.

아다다는 그저 섬으로 왔거니 조개나, 굴 같은 것을 캐어서 그날그날을 살아가야 할 것만이 수룡의 사랑을 받는 데 더할 수 없는 살림인 줄만 안다. 그래서, 이러한 살림이 얼마나 즐거우랴! 혼자 속으로 축복을 하며 수룡을 위하여 일층 벌기에 힘을 써야 할 것을 생각해 오던 것이다.

"고롬 논을 사재나? 밭이 싫으문?"

수룡은 아다다의 의견이 알고 싶어 이렇게 또 물었다.

그러나, 아다다는 그냥 고개만 주억여 버린다. 논을 산대도 그것은 똑같은 불행을 사는 데 있을 것이다. 돈이 있는 이상 어느 것이든지간 사기는 반드시 사고야 말 남편의 심사이었음에 머리를 흔들어댔자 소용이 없을 것이었다. 그리하야, 그 근본 불행인 돈을 어찌할 수 없는 이상엔 잠시라도 남편의 마음을 거슬림으로 불쾌하게 할 필요는 없다고 아는 때문이었다.

"흥! 논이 도흔 줄은 너두 아누나! 그러나, 어려운 놈에겐 밭이 논보다 나았디 나아."

하고, 수룡이는 기어코 밭을 사기로 그 달음에 거간을 내세웠다.

그날 밤.

아다다는 자리에 누웠으나 잠이 오지 않았다.

남편은 아무런 근심도 없는 듯이 세상 모르고 씩씩 아침부터 자내건만 아다다는 그저 그 돈 생각을 하면 장차 닥쳐올 불길한 예감에 잠을 이룰 수가 없었다. 이불을 붙안고 밤새도록 쥐어틀며 아무리 생각을 해야 그 돈을 그대로 두고는 수룡의 사랑 밑에서 영원한 행복을 누릴 수 있으리라고는 믿기지 않았다.

짧은 봄밤은 어느덧 새어, 새벽을 알리는 닭의 울음 소리가 사방에서 처량히 들려온다.

밤이 벌써 새누나 하니, 아다다의 마음은 더욱 조급하게 탔다. 이 밤으로 그 돈에 대한 처리를 하지 못하는 한, 내일은 기어이 거간이 밭을 흥정하여 가지고 올 것이다. 그러면 그 밭에서 나는 곡식은 해마다 돈을 불려 줄 것이다. 그때면 남편은 늘어가는 돈에 따라 차차 눈은 어둡게 되어 점점 정은 멀어만 가게 될 것이다. 그 다음에는? 그 다음에는 더 생각하기조차 무서웠다.

닭의 울음 소리에 따라 날은 자꾸만 밝아온다. 바라보니 어느덧 창은 희끄스름하게 비친다. 아다다는 더 누워 있을 수가 없었다. 옆에 누운 남편을 지그시 팔로 밀어 보았다. 그러나 움찍하지도 않는다. 그래도 못 믿기는 무엇이 있는 듯이 남편의 코에다 가까이 귀를 가져다 대고 숨소리를 엿들었다. 씨근씨근 아직도 잠은 분명히 깨지 않고 있다. 아다다는 슬그머니 이불 속을 새어나왔다. 그리고 실겅 위에 석유통을 휩쓸어 그 속에다 손을 넣었다. 그리하여 마침내 지전 뭉치를 더듬어서 손에 쥐고는 조심조심 발자국 소리를 죽여 가며 살그머니 문을 열고 부엌으로 내려갔다.

그리고는, 일찍이 아침을 지어 먹고 나무새기를 뽑으러 간다고 바구니를 끼고 바닷가로 나섰다. 아무도 보지 못하게 깊은 물속에다 그 돈을 던져 버리자는 것이다.

솟아오르는 아침 햇발을 받아 붉게 물들며 잔뜩 밀린 조수는 거품을 부걱부걱 토하며 바람결조차 철썩철썩 해안을 부딪친다.

아다다는 바구니를 내려놓고 허리춤 속에서 지전 뭉치를 쥐어들었다. 그리고는 몇 겹이나 쌌는지 알 수 없는 헝겊 조각을 둘둘 풀었다. 헤집으니 1원짜리, 5원짜리, 10원짜리 무수한 관 쓴 영감들이 나를 박대해서는 아니 된다는 듯이 모두들 마주 바라본다. 그러나, 아다다는 너 같은 것을 버리는 데는 아무런 미련도 없다는 듯이 넘노는 물결 위에다 휙 내어뿌렸다. 세찬 바닷바람에 채인 지전은 바람결 좇아 공중으로 올라가 팔랑팔랑 허공에서 재주를 넘어가며 산산이 헤어져, 멀리, 그리고, 가깝게 하나씩 하나씩 물 위에 떨어져서는 넘노는 물결 좇아 잠겼다 떴다 소꾸막질을 한다.

어서 물속으로 가라앉든지, 그러지 않으면 흘러 내려가든지 했으면 하고 아다다는 멀거니 서서 기다리나 너저분하게 물 위를 덮은 지전 조각들은 차마 주인의 품을 떠나기가 싫은 듯이 잠겨 버렸는가 하면, 다시 기웃거리며 솟아올라서는 물 위를 빙글빙글 돈다.

하더니, 썰물이 잡히자부터야 할 수 없는 듯이 슬금슬금 밑이 떨어져 흐르기 시작한다.

아다다는 상쾌하기 그지없었다. 밀려 내려가는 무수한 그 지전 조각들은, 자기의 온갖 불행을 모두 거두어가지고 다시 돌아올 길이 없는 끝없는 한바다로 내려갈 것을 생각할 때 아다다는 춤이라도 출 듯이 기꺼웠다.

그러나, 그 돈이 완전히 눈앞에 보이지 않게 흘러 내려가기까지에는 아직도 몇 분 동안을 요하여야 할 것인데, 뒤에서 허덕거리는 발자국 소리가 들리기에 돌아다보니 뜻밖에도 수롱이가 헐떡이며 달려오는 것이 아닌가.

"야! 야! 아다다야! 너 돈 돈 안 건새핸? 돈 돈 말이야 돈……?"
청천의 벽력 같은 소리였다.

아다다는 어쩔 줄을 모르고 남편이 이까지 이르기 전에 어서어서 물결은 휩쓸려 돈을 모두 거둬가지고 흘러 버렸으면 하나, 물결은 안타깝게도 그닐그닐 한가히 돈을 이끌고 흐를 뿐, 아다다는 그 돈이 어서 자기의 눈앞에서 자취를 감추어 버리는 것을 보기 위하여 그닐거리고 있는 돈 위에 쏘아박은 눈을 떼지 못하고 쩔쩔매는 사이, 마침내 달려오게 된 수롱의 눈에도 필경 그 돈은 띄고야 말았다.

뜻밖에도 바다 가운데 무수하게 지전 조각이 널려서 앞서거니, 뒤서거니, 둥둥 떠내려가는 것을 본 수롱이는 아다다에게 그 연유를 물을 겨를도 없이 미친 듯이 옷을 훨훨 벗고 첨버덩 물속으로 뛰어들었다.

그러나, 헤엄을 칠 줄 모르는 수롱이는 돈이 엉키어 도는 한복판으로 들어갈 수가 없었다. 겨우 가슴패기까지 잠기는 깊이에서 더 들어가지 못하고 흘러 내려가는 돈더미를 안타깝게도 바라보며 허우적허우적 달려갔다. 차츰 물결은 휩쓸려 떠내려가는 속력은 빨라진다. 돈들은 수롱이더러 어디 달려와 보라는 듯이 휙휙 소꾸막질을 하며 흐른다. 그러나, 물결이 세어질수록 더욱 걸음발은 자유로 놀릴 수가 없게 된다. 더퍽더퍽 물과 싸움이나 하듯 엎어졌다가는 일어서고 일어섰다가는 다시 엎어지며 달려가나 따를 길이 없다. 그대로 덤비다가는 몸조차 물속으로 휩쓸려 들어갈 것 같아, 멀거니 서서 바라보니 벌써 지전 조각들은 가물가물하고 물거품인지 지전인지도 분간할 수 없으리만치 먼 거리에서 흐르고 있다. 그러나, 그것도 한 순간이었다. 눈앞에는 아무것도 보여지는 것이 없다. 휙휙 하고 밀려 내려가는 거품진 물결뿐이다.

수롱이는, 마지막으로 돈을 잃고 말았다고 아는 정도의 물결 위에 쏘아진 눈을 돌릴 길이 없이 정신 빠진 사람처럼 그냥그냥 바라보고 섰더니, 쏜살같이 언덕켠으로 달려오자 아무런 말도 없이, 벌벌 떨고 섰는 아다다의 중동을 사정없이 발길로 제겼다.

"흥앗!"

소리가 났다고 아는 순간, 철썩 하고 감탕이 사방으로 튀자 보니 벌써 아다다는 해안의 감탕판에 등을 지고 쓰러져 있다.

"이— 이— 이……."

수롱이는 무슨 말인지를 하려고는 하나, 너무도 기에 차서 말이 되지를 않는 듯 입만 너불거리다가 아다다가 움찔하는 것을 보더니 아직도 살았느냐는 듯이 번개같이 쫓아내려가 다시 한 번 발길로 제겼다.

"푹!"

하는 소리와 같이 아다다는 가꿉선 언덕을 떨어져 덜덜덜 굴러서 물속에 잠긴다.

한참 만에 보니 아다다는 복판도 한복판으로 밀려가서 솟구어 오르며 두 팔을 물 밖으로 허우적거린다. 그러나, 그 깊은 파도 속을 어떻게 헤어나랴! 아다다는 그저 물 위를 둘레둘레 굴며 요동을 칠 뿐, 그러나, 그것도 한 순간이었다. 어느덧 그 자체는 물속에 사라지고 만다.

주먹을 부르쥔 채 우상같이 서서 굽실거리는 물결만 그저 뚫어져라 쏘아보고 섰는 수롱이는 그 물속에 영원히 잠들려는 아다다를 못 잊어 함인가? 그러지 않으면 흘러버린 그 돈이 차마 아까워서인가?

짝을 찾아 도는 갈매기 떼들은 눈물겨운 처참한 인생 비극이 여기에 일어난 줄도 모르고 '끼약 끼약' 하며 흥겨운 춤에 훨훨 날아다니는 깃〔羽〕 치는 소리와 같이 해안의 풍경만 도웁고 있다.

(乙亥 4월)

〔발표지〕《조선문단》(1935. 5.)
〔수록단행본〕*『백치 아다다』(대조사, 1946)

장벽(障壁)

짚을 축여 왔다. 그러나, 손이 대여지지 않는다. 어서 새끼를 꼬아야 가마니를 칠 텐데— 그래야 내일 장을 볼 텐데— 생각하면 밤이 새기 전에 어서 쳐야, 아니 그래도 오히려 쫓길 염려까지 있는데도 음전이는 손을 대기가 싫었다.

맴을 돈 것같이 갑자기 방안이 팽팽 돌며 사지가 휘주근하여지고 맥이 포근히 난다. 왜 이럴까 미루어 볼 여지도 없이 그것은 한 달에 한 번씩 있는 그 생리적인 징후가 또 사람을 짓다루는 것임을 알았다.

가마니를 쳐서 빨간 댕기를 사다 지르고 설을 쇠리라, 그리고 고무신도…… 하고 벼르고 별러 오던 설날, 그 설날은 이제 앞으로 이틀밖에 남지 않았다. 내일은 섣달 그믐의 대목 장날이다.

음전이의 마음은 괴로웠다. 조용히 감은 눈앞에는 빨간 댕기가 팔랑거린다. 콧등에 파아란 버들 이파리가 쪽 갈라붙은 분홍 고무신이 보인다. 그리고는 그 댕기를 지르고, 그 신을 신고 뛰어다니며 남부럽지 않게 놀을 즐거운 그날이—.

그러나, 몸은 점점 더 짓다른다. 좀 누웠으면 그래도 멎겠지? 마음을 늦먹고 자위를 하여 보나 소용이 없다. 머리는 갈라져 오고 아랫배는 결결이 쑤신다. 이번 설에도 댕기를 못 지르나? 새 신을 못 신나? 생각을 하니 이를 데 없이 안타깝다.

"야레 이거 생 어느 때라우 그냥 넘어네! 너 그르단 괜히 댕기 못 디른다!"

일어날까 일어날까 기다리며 혼자 분주히 새끼를 꼬고 앉았던 오라비는 위협 비슷이 또 재촉이다.

그 오라비도 음전이보다 지지 않게 설이 그립고 기둘렀다. 인제 열일곱 살이니 음전이보다 두 살은 위라고 해도 아직 애들의 마음이었다. 양말과 조끼를 바라고 가마니를 치기가 급하였던 것이다.

그들 남매는 한 달 전부터 가마니를 쳐서 설빔을 만들자고 의논을 하고 어머니에게 가마니 열 잎은 저희들이 팔아 쓴다고 벌써부터 승낙을 얻어 놓고는 설빔부터 미리 장만을 하여 두고 싶은 생각에 짬짬이 그 기회만을 엿보아 왔다. 그러나, 그들의 앞에는 그만한 촌극의 여유도 던져지지 않았다. 한 잎을 쳐도 두 잎을 쳐도 쌀을 사와야 되고 나무를 사와야 되는 것이었다. 이리하여 내일 내일 하고 미루어 오는 것이 급기야는 대목장을 앞둔 오늘까지 끌고 오지 아니치 못했다.

언제라고 그들에게 있어 살림에 여유가 있었으랴만 이번 명절만은 남과 같이 차리고 놀아 본다고 그들 남매는 어떻게도 성화같이 조를 뿐 아니라, 그 어머니 자신으로서도 남 같은 처지를 못 가지고 살아오기 때문에 놀음에까지 주린 자식들이 측은하기 짝이 없어 그것이 난 그들의 원대로 하여지고 싶은 생각도 간절하여 세말이라 옹색함이 여느 때보다도 더하였건만 그것만은 눈 딱 감고 마음대로 하라고 내어맡겼던 것이다.

옛날부터 백정이라는 천업을 대대손손이 이어 내려오던 그들은 인생의 저 뒷골목에서밖에 존재의 인정을 받지 못하고 살아왔다. 그리하여 뭇사람들과는 자리를 같이 할 수가 없었다. 그저 인생의 뒷골목길을 고독하게 눈물로 걸어오며 언제나 어디를 가나 인가와는 적이 떨어져 박힌 산탁 밑 도살장 근처가 그들의 상주처이었다. 그러니 사람으로서의 같이 타고난 뜨거운 피는 언제나 인간을 그리기에 아니 끓어오르지 못했다. 인간의 정에 주린 그들——더욱이 뛰놀지 않고는 만족을 얻을 수 없는 아이들은 어느 때나 남과 같이 같은 자리에 섞여서 마음대로 뛰며 놀아 볼까? 처지를 한탄하는 천진한 그들의 말없는 한숨은 끊일 날이 없었다. 그리하여 그 아버지도 다시는 곱장칼은 아니 잡으려 몇 번이나 맹세를 하여 보았으나 달리 직업은 얻어지는 것이 아니요, 소나 돼지의 목을 땀으로써 받는 보수로 생계를 삼아 오던 그들이라 놀고 먹을 여유인들 있으랴! 아니 아니 하면서도 이미 배운 기술이 그것이다. 배고프니 그 칼을 던졌다가도 다시 아니 잡을 수가 없었다.

그리하여 이 천업을 놓지 못하고 뜻 없는 칼을 그냥 붙들고 오다가 행이든지 불행이든지 그만 그 아버지가 세상을 떠나게 됨에 그 어머니는 굶어서 죽는 한이 있더라도 백정이라는 누명을 벗고 인간의 따뜻한 품속에서 서로 정을 바꾸고 살리라, 남편의 삼년상을 치르기가 바쁘게 자식에게는 다시 그 곱장칼은 들려 주지 않기로 애들의 눈에 그 칼이 뜨일세라 땅속 깊이 내다 묻었다. 그리고 어린 자식 두 남매를 이끌고 옛 소굴을 떠나 자기네의 존재를 모르리라고 인정되는 사십 리 밖인 이 촌중 끝 빈 주막의 쓰러져 가는 한 채의 오막살이를 있는 세간을 다하여 사가지고 바로 지난 가을철에 이리로 이사를 왔는 것이다.

처음 계획은 자기네도 남과 같이 농작을 얻어가지고 소작을 하여 지내리라, 은근히 믿고 왔었건만 존재 모를 그들에겐 농작도 그리 수월히 얻어지는 것이 아니었다. 그래서 하는 수 없이 이 품 저 품을 팔아가며 짚을 사다가 가마니를 치는 것으로 생계를 도모하였으나 그것으로는 으마 세 식구의 목숨을 처 가는 데도 족한 것이 못 되었다. 아니 구차함은 오히려 전에보다도 더한 편이었다.

그러나 지난날의 더러운 때를 벗었다고 아는, 그리하여, 자기네도 인제 한낱 인간으로서의 존재가 인정될 것이어니 하는 인생에 주렸던 끓는 피가 모든 괴로움을 이겨 넘기며 포중을 이루고 사는 이 촌중에서 생후 처음 그들로 더불어 같이 뛰놀며 즐길 수 있다고 믿는 처음 맞는 명절이라 그들 남매는 실로 이 설을 손끝이 닳도록 꼽아서 기다려 왔던 것이다.

"야가 아니 상구도 못 니러나?"

다시 재촉하는 오라비의 음성은 좀더 높아진다.

그러나 음전이는 들은 척도 아니한다.

"야아?"

오라비는 꽥 소리와 같이 음전이의 치맛자락을 당긴다.

그래도 음전이는 차마 못 일어나겠다는 듯이 걷어 올라간 치맛자락을 다시 당기어 무릎을 감싸고 허리를 딱 까부라치며 몸을 웅크린다.

"아니 너 지금 밤이 어드케 됐는데 니러나디 않구 이르네? 이르길!"

오라비는 치맛자락을 다시 더듬어쥐고 힘있게 잡아당기었다. 음전이는 더르르 한 바퀴 굴며 제물에 일어나 앉히운다.

"아니 난 머 잘 줄을 몰라서 안 잔대던? 빨리 새끼를 꼬야디 않간!"

역시 음전이는 아무 대답이 없다. 할 말이 없는 것이다. 오라비의 재촉은 너무도 지당하다. 어떻게도 기다리던 이번 설인데 하고 생각할 때 여간 몸이 좀 고달프다고 그것을 못 이겨 누워만 있을 수가 없는 것이다.

음전이는 부시시 일어선 머리를 손으로 쓸어재우고 비뚤어진 옷깃을 가뜬히 여미며 짚뭇을 마주앉는다.

"볼쎄 니러나슴은 서룬 발은 꽉갔는데 자빠만 제서? 그래! 이거 봐라 난 볼쎄 이거야 이거 — ."

하고 오라비는 꽁무니 뒤에 빼어 사려 놓은 새끼사리를 힐끗 돌아다본다.

"글쎄 몸이 아픈 걸 어드커간. 밤을 밝히자꾸나."

하고 음전이는 미안쩍게 짚뭇으로 손을 내민다.

겨울밤 찬 기운은 밤이 깊어 갈수록 방안을 엄습한다. 수분이 흠뻑 밴 축인 짚은 곱은 손가락에 서툴리 감겨 돌아가며 물방울이 이따금씩 얼굴에 뛰어선 그러지 않아도 오슬거리는 음전의 몸에는 산뜻산뜻 끼치는 촉감이 더욱 더하다.

먼동이 훤히 틀 때에야 겨우 여섯 잎의 가마니가 꾸며졌다.

이것을 오라비에게 지워서 장으로 보내고 난 음전이는 눈 붙일 겨를도 없이 아침을 먹고는 또 말라 두었던 검정 목세루 치맛감을 광주리에서 들어내어 무릎 위에 올려놓고 바늘을 잡았다.

아픈 몸이 좀 나은 것은 다행이라 하더라도 순간 잠이 제법 눈가죽을 무겁게 내려누르것만 설 준비는 아직도 오늘 하루 빳빳하게시리 그의 손을 필요로 하고 있었다. 자기의 치마도 치마려니와 오라비의 대님, 어머니의 버선, 이런 것이 다 오늘 하루 안에 자기의 손으로 아니 지어져서는 안 될 것들이었다.

오늘은 작은 명절이라고 벌써 어떤 아이들은 새 옷에 새 신까지 받쳐신고 이 집 마당에서 저 집 마당으로 세 다리 네 다리 추운 줄도 모르고 뛰어다닌다.

처음으로 새 옷을 얻어입은 아이들은 한없이 기쁜 마음에 그것을 자랑하느라고 뜨문이 문을 열고 우르르 밀려 들어와선 말없이 음전이를 우뚝 마주선다. 그러면 음전이는,

"네 입성 거 참 곱구나. 엄메레 해 주던? 뉘레 해 주던?"

하고 묻는다. 하면 그들은,

"엄메레—."

"뉘레—."

하고 너무도 기꺼워서 벙글벙글 웃으며 우르르 다시 밀려 나간다.

음전이는 그들이 그렇게 기꺼워하는 것을 왜 칭찬을 아니하여 줄까 하였다. 옷이 비록 자기의 눈에는 맞지 않는다손 치더라도 그것을 거들어서 모처럼 즐거움에 뛰는 그들의 기분을 조금이라도 상하게 하기도 싫었거니와 그 어머니들은 없는 것을 가지고 오죽 애들을 써서 그만치라도 지어 입혀서 내세웠을까 할 때에 더욱이 칭찬을 아니할 수 없었다.

음전이는 바늘을 때때로 멈추고 한없이 즐거움에 뛰는 아이들을 해

어진 창 틈으로 내다본다. 그리고는 자기도 내일은 새 옷을 입고 동무들과 같이 주룽주룽 서서 놀 수가 있겠거니 하니 빨간 댕기, 파랑 고무신이 더욱 빛나게 눈앞에 어리운다. 그럴 때면 오늘 하루에 하여야 할 수두룩한 일감이 빳빳한 중한 짐인 것을 다시금 깨닫고는 그러다가 치마가 미참이나 되지 않을까 하는 두려운 생각에 다시 무릎 위로 눈을 떨구어 바늘을 놀린다.

그러면서 발자국 소리가 문 밖에 좀 크게 들리기만 해도 오라비가 돌아오는 것은 아닌가 생각만 하여도 너무나 기꺼운 마음에 잉큼잉큼 가슴을 뛰놓이며 고무신과 댕기를 그려 본다.

그러나 오라비는 좀처럼 돌아오지 않는다. 기다릴 대로 기다리고 해를 지웠어도 돌아오는 것이 아니다.

저녁을 먹고 난 음전이는 신작로변으로 오라비 마중을 나섰다. 벌써 날은 어둡기 시작한다. 고개탁에 넘어오는 사람이 가물가물 누구인지 썩 분간이 가지 않는다. 희끈 하고 넘어서는 그림자만 있으면 오라비가 아닌가 눈알이 빳빳하게 피로를 느끼도록 어둠과 싸우며 어서 오기를 기다려보는 것이었으나, 와 놓고 보면 모두 생면부지의 딴 사람들이다. 아이 오라비는 왜 이리 늦어진담? 가마니를 못 팔아서 그럴까? 가마니는 팔구두 댕기를 못 사서 그럴까? 연유를 알 수 없는 조급한 마음은 그대로 서서 참아낼 수가 없었다. 어둠을 뚫고 고개탁을 향하여 달렸다. 희미하게 고개를 타고 흘러 넘어오는 귀익은 아리랑 소리. 오라비에 틀림없었다.

하아늘두 청텬에 별두나 많구
요오내 가슴엔 정두나 많다

연달아 흘러 넘어오는 소리를 들으며 저도 모르게 음전이는,
"거 오래비가?"

하고, 소리를 쳤다.

"엉어! 음전이 나왔네?"

마주 건너오는 반가운 목소리.

음전이는 부리나케 달려갔다. 오라비는 벌써 고개를 넘어선다.

왕복 칠십 리를 걷고 났을 오라비이었건만 조금도 피로한 기색이 없이 희색이 만면하여 장감을 싸서 들은 신문지 뭉치를 봐라 하는 듯이 내젓는다.

"얼마나 추웠네? 무겁디 않으니?"

장감을 받아들은 음전이는 오라비야 따라오나마나 앞을 서서 분주히 집으로 돌아왔다. 그리고는 방안에 들어서기가 바쁘게 노끈을 끌렀다. 맞잡혀 엎혀 있던 한 켤레의 고무신이 신문지를 안고 모로 근더진다. 그리고 그 속에서 비죽이 나지는 빨간 인조견 모본단 댕기감이 하나.

음전이는 댕기보다도 파란 바탕에 분홍꽃이 알숭달숭 돌라붙은 고무신이 더 눈에 띄었다. 자기도 모르게 입이 벌려졌다. 그런 신을 한 번 신어 보면 신어 보면 했더니 정말 신어 보누나 하는 생각에 더할 수 없이 기꺼웠던 것이다.

'맞을까? 왜, 안 맞을 견양을 해가지고 갔는데' 생각을 하며 급한 마음에 앉은 자리에서 목다리(꿰진 버선) 채로 그냥 신어 보았다. 그린 듯이 맞는다.

"이거 얼마 줬?"

"엿 낭을 꼿꼿이 내리웠느니라."

"또 이 댕긴?"

"건, 두 낭에 외상 없구."

하고, 오라비는 거드러청을 넣어서 대답을 하고 나더니, 또 무슨 딴 말을 할 게 있는데 어머니가 거리끼는 듯이 일변 어머니를 길끗길끗 바라보다가 마침 은전이가 하다 말고 나갔던 설거지를 끝내려고 부엌

으로 나가는 눈치를 보자,

"내 족께와 양말꺼지 사구 이잉? 그르커구 말이야, 한 낭이 남거던, 그래서 내레 그걸루 엣다 받아라!"

하고, 사서는 그 자리에서 그냥 입고 나왔다는 새까만 양달리 조끼 주머니에서 박가분(朴家粉) 한 갑을 꺼내어 음전이 무릎 위에 던진다.

음전이는 놀랐다. 반가움보다 놀람이 앞섰다. 너무도 뜻밖의 일이라 꿈인 것만 같은 것이다. 무릎 위에 와서 턱 하고 떨어져 안기는 분 갑을 음전이는 물끄러미 내려다볼 뿐, 창졸간 뭐라고 말을 해얄지를 몰랐다. 그러지 않아도 분을 한 갑 사다 달라리라 총알같이 별러 왔으나 어쩐지 그것은 댕기 같은 것과는 달리 수줍음을 느끼게 함이 떠날 때까지 차마 입이 열리지 않아 필경은 말을 못 내고 혼잣속으로 종일 분이 마음에 걸려 제 못난 속을 얼마나 꾸짖으며 한탄해 왔는지 모른다. 그렇던 것이 이제 이렇게까지 자기의 마음을 헤아려 주는 오라비의 남다른 따뜻한 정을 받아 보니 세상이 자기에게 대하는 냉정은 더욱 차기만 한 것 같았다. 음전이는 기꺼운 마음에도 알 수 없는 감격에 눈 속이 뜨거워 옴을 느꼈다.

"그 댐엔 또 말이야, 요골 좀 보람으나?"

하면서, 샛노란 단풍갑을 꺼내어 경례나 붙이듯 귀 곁에 바짝 들어 보인다.

음전이는 그게 무언지 몰라서 멍하니 바라만 보았다.

"이걸 몰라? 골련이야 골련. 멩질날이니 나두 이걸 한 대 푸이야디. 엄메 대주디 말라 너 괜히?"

하고 나서 어느 틈에 벌써 개봉을 해서 피웠던지, 피다 둔 반쯤 탄 꽁다리를 등잔불에 붙여서 삽작 물고 한 모금이라도 허비하기가 아까운 듯이 첫 모금부터 사알살 들여마시어선 두 콧구멍으로 삐국이 연기를 몰아내며 어머니가 그러다가 들어오나 해서 나오는 연기를 일변 손을 내저어 이리저리 헤친다.

밤이 새었다. 설이다. 기다리고 기다리던 설이다.

가마니 치기에 어젯밤을 꼬박이 새고 난 밀려온 잠이면서도 음전이는 잠이 깊이 들지를 못하고 새벽부터 깨어서 밝기를 기다리며 오늘 하루의 지날 모양을 이불 속에서 갖가지로 그려 본다.

— 분홍꽃 바탕에 파란 버들 이파리가 콧등에 쪽 갈라붙은 고무신, 금자수복(金字壽福) 앞뒤 끝에 새겨진 빨간 댕기. 그 댕기를 지르고 그 신을 신고 널터로 간다. 널은 몇 집이나 놓았을까, 아이들은 얼마나 모일까, 그들도 다 그런 고무신을 신고 수복 달린 댕기를 질렀겠지, 널을 뛸 땐 무엇보다도 빛나는 것이 댕기다. 뛰어오를 때마다 굽실거리는 머리채와 같이 공중에서 나는 댕기. 자기도 오늘은 널 위에서 빨간 댕기를 날려 존재를 알리리라, 자랑하리라, 호박떼기, 여우잡기, 오늘 밤은 놀면서 밝히자 — 한참 공상이 아름다운데, 프드득 프드득 홰에서 닭이 내리는 깃부츰 소리가 연달아 들린다. 음전이는 일어남이 늦어진 듯이 사뿟이 이불을 젖히고 일어났다. 창이 희그스름하게 밝았다. 언제 어머니는 또 일어나서 부엌으로 나갔던지 벌써 차렛메가 잦는 구수한 밥물 냄새가 샛문 틈으로 스며든다.

음전이는 세수를 하고 들어와 윗간으로 올라가서 장지를 닫았다. 오라비 보지 않는 데서 조용히 분성덕을 하자 함이다. 언제나 감추어 두고 혼자 살근이 꺼내어 보던 몇 조각인지도 모르게 떨어져나간 조각거울을 바라지 문턱 위에 기대어 놓고 얼굴을 돌려 비춰어 가며 분을 바른다.

그러나, 처음으로 발라 보는 분은 아무리 손질을 해야 골고루 필 줄을 모르고 몇 번이고 고쳐도 얼룩 흔적을 말끔히 없앨 수가 없었다. 그러지 않아도 발라 보지 않던 분 바른 얼굴이 여느 때와는 달리 수줍은데, 얼룩 흔적이 더욱 마음에 키어 어머니가 혼자 밖에서 차례 준비에 배바쁜 줄을 모르지도 않건만 옷을 다 갈아입고도 나가지 못하고 이리도 문질러 보고 저리도 문질러 보며 맵시를 보다가 필경은 어머니의 부름을 받고야 부엌으로 내려갔다.

마을 안은 벌써 사람의 물결이다. 울긋불긋하게 가지각색으로 차리고 나선 아이들은 떼를 지어가지고 세배꾼을 따라 우르럭우르럭 밀려다닌다.

이것을 본 오라비는 차례가 끝나기 바쁘게 자기도 세배를 다닌다고 마을 안으로 들어갔다.

세배꾼들은 패거리 패거리 집집마다 드나든다. 그러기 음전네 집에는 누구 하나 세배랍시고 들어오는 아이도 없다. 온대야 대접할 음식도 여투어 놓지 못하였거니 도리어 미안할 노릇이나, 마치 호구조사나 하듯 가가호호 한 집도 빠짐없이 온 동네를 들고 나면서도 유독 자기네 집만은 살짝 빼고들 돌아가는 것이 그리 유쾌한 일은 아니었다.

음전이는 마당 끝에 나가 서서 모든 즐거움을 오늘 하루에 못 즐기면 즐길 날이 없으리라는 듯이 남녀노소 할 것 없이 마을 안이 온통 떠나서 이리 돌고 저리 나며 추운 줄도 모르고 설레는 마을 안의 설날 풍경을 멀거니 바라보고 어서 자기도 저 속에 한몫 끼었으면 하는 생각에 마음이 바쁘다. 계집애가 아침부터 서둘지를 말고 해나 좀 퍼진 다음에 떠나라는 어머니의 말림도 듣지 않고 음전이는 다시 방안으로 들어가 거울에 얼굴을 비춰어 매를 내고 옷고름을 단정히 다시 고친 후 부랴부랴 널터로 달려갔다.

널을 놓은 집은 이 마을에 세 집이 있었다. 음전이는 그 가운데서 제일 아이들이 많이 모인 배선달네 널터로 갔다. 거기엔 자기와 같이 나이 지긋한 처녀들도 수두룩이 모였다.

음전이는 무엇보다 먼저 자기의 차림차림이 그들보다 떨어지는 것은 아닌가 그것부터 살펴보았다.

그러나, 오십 명은 훨씬 넘을 그 처녀들 가운데서도 몇몇 색시를 내놓고는 별로 자기보다 뛰어나게 차린 처녀가 없다. 아니, 도대체 보자면 오히려 자기보다 못하게 차린 편이 반은 넘을 것 같다. 고무신은 물론, 인조견 댕기 하나 못 사다 지른 아이들이 수두룩한 것이었다.

이것을 보니 음전이는 자기의 옷도 그들과 같이 섞여서 놀기에 조금도 부끄러움이 없는 것을, 아니, 도리어 빼고 나서기에 족한 형편임이 한없이 기꺼웠다.

널은 쉴 새가 없다. 한 패가 내리면 다른 한 패가 제각기 먼저 뛰겠다고 서로 다투어 밀치며 제치며 오른다. 그래 가지고는 취— 취— 서로 소리를 내어 가며 밟는다. 그럴 때마다 공중을 뛰며 내리는 처녀들의 엉덩이까지 츠렁거리는 칠같이 새까만 탐스런운 머리채가 물결같이 굽실거리며, 그 바람에 팔느락팔느락 공중에 나부끼는 댕기들은 그들의 이 한때의 더할 수 없는 자랑인 듯하였다.

음전이도 이 널에 비위가 아니 동할 수 없었다. 늠실늠실 마음은 설렌다. 이 많은 처녀들 가운데서 자기의 댕기도 공중에 날려 빛내고 싶다. 그러므로 자기의 존재도 알려질 것이 아닌가 생각은 더욱 음전의 마음을 설레게 했다.

멀거니 바라보고 섰던 음전이는 널을 뛰던 한편짝 처녀가 그만 기운이 진해서 맥없이 주저앉는 것을 보자 이 기회를 놓치지 않으리라, 후덕덕 달려드는 무수한 아이들을 밀어제치고 덥석 널 위로 먼저 뛰어 올랐다.

그러나, 저편짝 처녀는 널을 밟지도 아니하고 그대로 서서 마주 바라만 본다.

"너머 세게 말구 응? 난 잘 못 뛰."

하고, 음전이는 사양을 하며 저적저적 밟고 있었으나, 그 처녀는 널을 밟지도 아니하고 무엇을 생각하는 듯이 그냥 서서 있더니,

"아이구 나두 이전 멕이 나서 못 뛰갔다. 누구 여기 올라세 안 뛰간?"

하고, 사방을 둘러 살피며 내린다.

이 음전이는 이상했다. 언제까지든지 혼자 도맡아 가지고 뛰려는 듯이 앙탈을 부리며 내려서기를 아까워하던 그 처녀가 이렇게도 사양을 하는 것이다.

그러나, 이 또한 웬일이랴! 자기네들의 차례가 오지 않아 그렇게도 널 뛰기를 서로 다투던 처녀들은 누구 하나 음전이와 마주 그 자리에 올라서려고 하지 않는다. 뉘가 음전이하고 그 널을 뛰나나 보랴는 듯이 제각기 서로 얼굴들을 돌려 가며 서로 살피고 있을 뿐이다.

음전이는 더 생각할 것도 없이 벌써 그것이 무엇을 의미하는 것인지를 알았다. 금시에 가슴이 메어지는 듯하였다.

그렇다고 널 위에 다투어 올라섰다가 그저 내려서잠도 창피한 노릇이다.

"너 나하구 안 뛰간?"

음전이는 자기 곁에서 아까부터 서둘던 제일 허줄하게 차린 아이에게 말을 건네 물었다.

그러나, 그 처녀는 음전이의 이 말이 자기를 붙잡아 끌기나 하는 듯이 뒤로 비실비실 피해 가며,

"난 어즈께 너네 마당에 놀레 갔다가 엄메한테 욕꺼지 얻어 먹었다야!"

하고, 되지도 못할 소리를 한다는 듯이 눈을 동글하게 뜬다.

아, 이 모욕! 음전이는 정신이 아찔했다. 그들과 자기와의 사이에는 이렇게도 높다란 장벽이 여전히 가로 막혀 있는 것이다. 이 한 마당 모인 처녀들이 일제히 트리나 한 듯이 자기와는 놀음의 상대가 되어서는 안 된다. 완전히 벗었다고 알던 옛날의 때[垢], 그것은 그냥 자기의 얼굴에 두드러지게 붙어 있는 듯이 같은 사람으로 대하여 주지 않는다.

섧다 할까 분하다 할까 뭐라고 할 수 없는 아픈 마음에 음전이는 어릿더릿한 정신을 수습할 길이 없이 널 위에 그대로 선 채 어찌할 바를 모르고 멍하니 땅만 바라보다가 멋쩍게 슬며시 내려섰다. 그대로 이

널 위에서 내려선다는 것은 더욱이 자기의 모욕을 말하는 것 같았으
나, 금시 터질 것같이 가슴속에서 들먹이는 눈물을 참아낼 길이 없어,
그 위에서 눈물을 보인다는 것은 그보다도 오히려 더한 모욕을 사는
것 같았음으로서였다.

"아츰부터 놀레를 못 가서 서둘더니 너 와 발쎄 오네?"
불의에 돌아오는 음전이를 보고 그 어머니는 이상해 묻는다.
음전이는 열어 잡은 문고리를 채 놓지도 못하고 대답 대신 엉엉 하
고 설움을 터뜨린다.
"아니 야레 이게 웬일이가!"
하고, 어머니는 의아한 눈이 더욱 둥글해진다.
세배를 와 앉았던 남창 아저씨도 까닭을 몰라 역시 의아한 눈이 둥
글해서 음전이를 바라만본다.
이 남창 아저씨라는 이는 이 면의 구역을 맡아 가지고 있는 백정으
로서 음전네와는 둘도 없는 세교 집안이었다. 경사 때이면 서로 빠지
는 일이 없이 거래를 하여 온다.
그러나, 오늘의 어머니는 백정이라는 직업을 씻어 버리고 옛날의
때를 벗기 위하여 남 모르게 이 촌중으로 이사를 해왔던 것이니. 남창
아저씨가 세배라고 찾아온 것도 그리 향그럽지 않았다. 아니, 그가 자
기네 집에 드나들므로 자기네의 옛날의 불미가 드러날 우려가 없지 않
아, 짐짓 불안한 생각까지 갖게 하였던 것이다.
하지만, 음전이는 이 순간, 남창 아저씨를 보자, 반가운 정이 전에
보다 더욱 샘솟아 넘침을 금할 길이 없었다. 남 아니 오는 세배를 와
준 자기의 집에는 단 한 분의 세배 손님이었다. 그러기에 호소할 길
없는 자기의 이 안타까운 심정을 어머니나 오라비를 내놓고는 이 세상
에서는 다만 남창 아저씨 하나밖에 더 알아줄 사람이 없는 것이다.
음전이는 억에 넘치는 분과, 반가운 정에 참을 수 없이 남창 아저씨

의 무릎 위에 달려들어 머리를 내던지고 느낀다.

"아니, 음전아! 이게 웬일이가 응? 음전아!"

영문을 모르는 아저씨는 안기는 대로 음전이를 안을 밖에 없었다.

음전이는 말없이 그저 제 설움에 어깨만 들먹인다.

"아, 이년이 이게 글쎄 무슨 지랄이냐? 남창 아저씨보구 웬 지랄이야 지랄이! 말을 하구나 울나무나. 시원히 이년아!"

어머니가 답답한 듯이 음성을 높이며 손을 대려고 하니,

"글쎄 아덜이 올에두 나허군 놀디 안을내는데 멀 너울두 너울두……."

하고, 음전이는 이 설움을 어떻게 참고 견디느냐는 듯이 머리를 이리저리 앙칼스럽게 아저씨의 무릎 위에 흔들며 비빈다.

그제서야 어머니는 비로소 영문을 알았다. 더 할 말이 없다. 별안간 안색이 흐리더니 바깥으로 나가 버린다.

아저씨도 이에는 위로할 말을 몰라, 저도 모르게 음전의 머리만 만지고 있었다.

"아제야! 우리 어드메 멀리루 이새가서 살자우 응? 아제야!"

한참 만에 음전이는 이렇게 애원을 하며 눈물에 젖은 눈을 든다.

"나는 또 쌈을 했다구. 그까짓 걸 멀 다 개지구 서러워서 그르네? 어서 그체라. 정월 초하룻날 왜 울음으루 쇠갔네 쇠길!"

하고, 아저씨는 달래었다.

그러나, 음전이는 그 모욕을 그대로 참기에는 너무도 서러운 듯이 다시 눈물이 터진다.

"글쎄 아제야! 난 여기선 아무래두 안 살래, 그까지 꺼."

음전이는 설움에 흐득이며, 그러니 이걸 어떻게 살겠느냐는 듯이 오늘 하루의 지난 경과를 눈물과 같이 쏟아 놓는다.

아저씨는 이것을 들어 가며 갖가지로 위로를 하여 보았으나, 음전이는 설움을 그쳤는가 하면 다시 생각하고는 느끼고, 또 흐득이기를

한나절이 넘도록 그치지 않는다.

남 다 즐기는 이 하루를 음전네는 애수에 찬 눈물을 이렇게도 짜낸다. 세배를 다닌다고 아침을 먹기가 바쁘게 뛰어나가던 그 오라비도 세배꾼들이 같이 따라다니게를 못한다고 풀이 죽어서 이어 들어와서는 불안한 심사에 문 밖에도 나가지 않고 진종일을 방구석에 들어박혔다.

이것들 두 남매의 처지를 생각할 때 어머니의 마음은 메어지는 듯하였다.

"음전아! 그만 그치고 일어나 저녁 먹어라. 이놈의 고당을, 음전아! 우리 또 데나자!"

저녁을 들여다 놓고 하는 어머니의 말은 음전이를 위로하려고만 해서 하는 말만은 아니었다. 어머니는 어떻게 해서든지 자식들이 머리를 들고 사는 것을 보기 위하여 단연히 이 촌중을 다시 또 떠나려고 결심을 하였던 것이다.

"새완(아저씨)! 이 집 얼른 좀 팔아 주우 에? 새완!"

아저씨는 돌연한 이 부탁에 큼 놀라며 뜨던 밥술을 놓는다.

"새완! 고롬 이 고당에서야 사람이 어드케 사우? 어드메던지 또 사람 살 곳으루 떠나야디요."

"엄메야! 정……?"

"정말이디? 이잉야! 엄메야!"

음전이와 오라비는 어머니의 그 떠나자는 말에 새 정신이 드는 듯이 일시에 닥챈다.

이 소리에 어머니는 너무도 기에 차 말보다 눈물이 쭈루룩 두 눈으로 앞서 나온다.

"새완! 웃는 말이 아니에요. 부디 좀 아덜을 살게 해 주우? 그르니 새완밖에 믿을 사람이 세상에 어디 또 있소?"

"부디 이잉야! 아제야!"

아저씨를 떠나 보내면서도 잊지나 않았을까 다시금 그들은 아저씨를 붙들고 제각기 당부를 한다.

음전이는 아저씨를 떨어지기가 싫어서 신작로까지 따라나가 작별을 하였다.

이미 날은 어두웠건만 마을 안 처녀들의 널 뛰는 소리는 끊임없이 터드럭터드럭 들려온다.

음전이는 이 널 뛰는 소리를 가슴 아프게 들으며 발길을 돌렸다.

저녁 바람은 차갑게도 가슴에 안기며 댕기를 쓸데도 없이 팔랑팔랑 날려 준다.

(乙亥 12월)

〔발표지〕《조선문단》(1935. 12.)
〔수록단행본〕*『백치 아다다』(대조사, 1946)

인두지주(人頭蜘蛛)

1

S시에는 산업박람회(産業博覽會)가 열리었다. 구경이라면 머리를 동이고 달려드는 사람들은 오늘도 이른 아침부터 모여들기 시작하여서 너른 터전은 그야말로 인산인해를 이루었다. 그것은 이런 대목을 보려고 각처에서 모여든 마술단, 연극단 무슨 단 무슨 단 하는 온갖 노름놀이가 귀가 소란하게 뚱땅거리며 그들을 꾀어들이는 까닭이었다.

이날도 경수는 빈 지게를 지고 무슨 벌이가 혹시 있을까 하여 이 광장을 빙빙 돌다가 한낮 후에는 그만 화가 나서 집으로 돌아가려던 차에 홀연 사람거미라고 외치는 소리를 듣자 그는 걸음을 멈추고 귀를 기울였다.

"자— 구경하시요! 오 전씩. 남양 인도산(南洋印度産) 사람거미— 사람 대가리에 거미 몸뚱이란 이상한 짐승이올씨다……."

맞은편 막다른 골목에다 가마니와 섬거적으로 막을 치고 출입하는 문 위에다는 새 옥양목 바탕에다 사람 대가리가 돋친 거미를 이상스럽고 울긋불긋하게 그려서 걸고 그 옆에는 해진 양복을 입은 장대한 남자가 서서 목이 터지도록 이렇게 외치고 있다.

"참, 세상에 별 괴상한 것도 다 보겠군! 허! 허. 원 세상에 사람의 머리 돋친 거미란 놈이 다 있단 말인가?"

거기는 들고 나는 사람이 연신 줄달으며 나오는 사람들마다 희한하다는 듯이 모두 이렇게 중얼거린다.

이때 경수도 속으로 혼자 중얼거리며 오고가는 사람들 틈에 끼어서 얼마 동안 그 그림을 쳐다보았다.

그는 들어갈까 말까 하고 주저하다가 제일 구경값이 싼 김에 그만 지게를 벗어 놓고 단풍 한 갑 사 먹을 돈 오 전 있는 놈을 자선하기로 결심하였다.

들어가 보니 그것은 과연 사람거미였다. 눈이나 코, 입 모든 것이 영락없는 사람이다! 아니 사람 중에도 미남자다. 갸쭉한 얼굴에 이목 구비가 번듯한데 머리는 왼쪽을 타서 하이칼라로 갈라 붙였다. 그런데 몸뚱이는 사방 한 자 반씩이나 될 놈이 검붉은 빛으로 게[蟹]발 같은 발을 뻗치고 있는 것은 보기에도 흉한 큰 거미 몸뚱이가 아닌가. 이런 괴물을 바야흐로 단풍이 물들기 시작하는 가지가 무성한 큰 나무 두 개를 양쪽에 세워놓고 그 가지에다 굵은 노끈 같은 거미줄을 늘어놓고 는 그 한가운데에 매달았는데 그것은 암만 보아도 사람 대가리가 돋친 거미가 분명하였다.

"아이구 저 얼굴 좀 봐…… 사람 같으면 좀 잘생겼나—."

기생 같은 여자 하나가 이렇게 부르짖으며 좀 자세히 보려고 그 곁 으로 가까이 가 보았다. 이때 거미는 혀를 쑥 빼물고 눈을 이상하게 끔쩍이며 고개를 앞으로 내밀고는 앞발로 줄을 당기며 흔든다. 그것은 마치 기생에게로 달려들려는 것같이 보이었다.

"애고머니!"

이때 기생은 정말로 달려드는 줄 알았는지 그만 기절을 하며 뒷걸 음질을 치는 바람에 구경꾼들은 모두 허리를 잡고 웃었다.

그러나 경수는 웃지도 않고 이상한 태도로 자세자세 들여다보며 이 이상한 괴물의 정체(正體)를 알아내려 하였다마는 아무리 보아야 그것 은 사람거미였다. 그는 다시 생각해 보았다. —사람이 거미의 탈을 썼다고 하자니 두 다리는 어디다 처치를 하였을까? 아무리 다리를 꼬

부려 넣었다 하더라도 양편으로 쑥 두드러진 무릎마디는 드러날 것이
다……. 그러나 그가 처음 볼 때에는 혹시 고무로 만들어서 전기 작용
을 한 것이나 아닌가 하였으나 결코 그런 것은 아니었다. 그 괴물의
얼굴에는 분명히 따뜻한 붉은 피가 살 속으로 흘러 있다. 그러면 정말
로 사람거미라는 이상한 괴물이냐? 그러나 이런 동물이 이 세상에 있
을 수는 없다. 경수는 이 풀기 어려운 스핑크스의 수수께끼를 속으로
또 풀어 보려던 중, 그때 마침 괴물이 기생에게 히야까시를 하는 것을
보고 그것은 정녕 사람을 알아보는 모양이라는 짐작이 나서 마침내 그
것에게 말을 붙여 보았다.
“너 지금 몇 살이냐?”
괴물은 머리를 흔든다. 그것은 말을 모른다는 형용 같다.
“말을 못 알아들어?”
이번에는 고개를 앞으로 끄덕였다. 그것은 그렇다는 형용인 듯싶게
―경수는 비로소 그 동물이 말을 알아듣는 줄 알게 되었다. 그래 그
는 한 걸음 다가서며 또다시 물어보았다.
“끄덕거리는 뜻은 무슨 뜻이냐?”
괴물이 이번에는 아무런 형용도 내지 않고 뚫어지도록 경수를 바라
볼 뿐이다. 웬일이냐! 그의 눈초리는 실룩하고 안색은 이상하게도 안
타까운 빛으로 변하였다. 그러자 두 눈에서는 눈물이 텀벙텀벙 쏟아진
다……. 이때 경수나 모든 구경꾼은 물론이요, 이 괴물의 주인까지도
어인 영문인지를 몰라서 많은 사람들의 시선은 모두 괴물에게로 쏟았
다. 그러나 이때 경수의 생각은―저것이 말을 하고 싶으나 말이 나
오지 않아서 그러는가보다 하였지마는 주인이 놀라는 기색은 그 괴물
이 평소의 태도가 아니라는 것을 넉넉히 짐작하게 하였다. 그러나 그
괴물이 하필 경수를 보고 눈물을 흘린다는 것은 경수 자신도 아무래도
해석할 수 없는 일이었다.
‘저게 어째서 나를 보고 눈물을 흘릴까?’

경수는 자기도 모르게 이렇게 중얼거리고 마주 쳐다보았다. 참으로 괴상한 일이다.

그러나 괴물의 눈에서는 더한층 눈물이 펑펑 쏟아진다.

나중에는 흑! 흑! 느껴운다. 이때 괴물의 안색은 온통 슬픈 표정이 가득 찼었다.

2

이 광경을 본 주인은 경수와 괴물 사이에 무슨 심상치 않은 관계가 있나보다 하였다. 그러나 지금 그것을 물어보다가는 괴물의 정체가 폭로(暴露)될 것이요, 그렇게 되면 영업(營業)에 방해가 될까봐서 이때 주인은 어찌할 줄을 모르고 당황할 무렵에 별안간 공중에서 프로펠러 소리가 요란하자 관중은 우 하고 휘장 밖으로 몰려나갔다. 경수도 이때 비행기를 구경하고 싶은 생각도 있었으나 그보다도 이 괴물이 무엇인가 알고 싶어서 그대로 서서 괴물을 쳐다보고 있었다. 이때 장내는 주인과 경수의 단 두 사람만 남아 있었다.

"경…… 경수! 아ー."

이때 별안간 괴물은 이렇게 부르짖더니 주인에게 무슨 눈치를 한다.

이 괴상한 사람거미가 별안간 자기의 이름을 부르는 소리를 들을 때 경수는 소스라쳐 놀라지 않을 수 없었다. 그는 더욱 웬 영문인지 몰라서 홀린 듯이 괴물을 쳐다보고 있을 뿐이었다. 이때 주인은 거미줄을 풀르고 그 괴물을 번쩍 들어서 땅에 내려놓았다. 괴물은 훌떡훌떡 거미까풀을 벗더니 엉금엉금 경수 앞으로 기어나오는데 그것은 두다리가 엉덩이까지 짤라진 두루뭉수리인 사람이었다.

"아ー 경수…… 그래도 나를 몰라보겠나……? 나는 창……."

앉은뱅이는 떨리는 목소리로 이렇게 부르짖자 별안간 경수의 손목을 덥석 쥔다. 이때 경수는 정신이 벌떡 났다. 그는 비로소 그게 누구인 줄 알았다. 이 두 다리가 없는 사람은 과연 창오가 분명하였다. 죽은 줄로만 알던 창오가ㅡ. 창오는 경수의 예전 친구였다. 그때 그 지진난리통에 서로 갈린 후로 벌써 3, 4년째나 소식이 묘연한 그는 필경 죽은 줄만 알았는데 이렇게 다시 만날 줄이야, 실로 꿈에도 뜻하지 못한 일이었다. 비로소 경수도 와락 달려들어 창오의 손목을 잡아 흔들며,

"아! 창오ㅡ!"

하고 부르짖는 그의 목소리는 절반 목메인 감격에 찬 소리였다.

3

경수와 창오는 어려서 한 동리에서 자랐을 뿐만 아니라 남달리 친하게 지내던 터이었다. 그래 나무를 하러 가도 같이 다니고 일을 가도 같이 다녔었다. 그러나 그들은 가난한 소작인이었으므로 남의 땅마지기를 부쳐 가며 간곤한 생활을 부지하던 터인데, 그들이 부치던 땅이 ○○으로 넘어가는 바람에 그들은 일조에 밥줄이 끊어지고 말았다. 그러나 그대로 앉아서 굶어 죽을 수는 없으므로 어디 가서 노동이라도 해서 돈을 벌어야 하겠다고 그때 한참 돈벌이가 좋다는 ……으로 그들은 정처 없는 길을 떠났었다.

그러나 급기야 들어가 보니 듣던 말과는 딴판으로 아무 발년도 없고 말도 모르는 벙어리들에게 일자리를 주는 놈은 없었다. 그래 그들은 ……에서 ……로 다시 ……으로 무여걸인처럼 방랑하다가 생각만 하여도 끔찍한 저ㅡ 관 ……통을 치르는 통에 그때 그들은 풍비박산이 되었다. 그래서 그 뒤로는 어떻게 된 줄을 모르는 까닭으로 그들은 지금까지 서로 죽은 줄만 알고 있었던 것이다. 그때 경수는 죽을 고비를 여러 번 치르고 간신히 몸을 숨겨서 고국으로 돌아왔으나 창오는

그때에 ××에게 붙들리어서 거진 ……맞고 다시 ××서에 한 달 동안을 갇혔었다 한다.

"그래 그 후에 어떻게 되어서 저 지경이 되었나?"

하고 경수는 궁금한 듯이 그의 굼뜬 말을 채치었다.

"아— 그 뒤에 그 난리가 간정된 뒤에 무사히 놓이기는 하였지마는 그날부터 또 먹을 것이 있어야 살지…… 그래 ……이라면 진저리도 나고 하여 ××탄광에를 가지 않았겠나— 그때 유치장에 같이 갇혔던 어떤 친구가 그리로 가자는 바람에—."

하고 말을 끊자 창오는 힘없이 또 한숨을 내쉰다.

"그래서…….."

"다행히 일자리를 붙들어서 일을 잘하게 되었는데 이듬해 봄에 탄광이 무너지는 바람에 나도 그때 속에 들어가서 석탄을 파내다가 그만 아랫도리를 치었다네…….."

하고 그는 다시 말을 이어서

—그때 자기도 꼼짝없이 죽을 것을 같이 일하던 동무들이…… 구해서 살기는 살았지마는 두 무릎이 부러졌다는 말과, 그때 그 굴이 무너지는 통에 무참하게 죽은 우리 동포가 얼마나 되는지 모른다는 말과, 그래 할 수 없이 자기는 병원으로 떼메 가서 썩어 들어가는 두 허벅다리를 자르고 몇 달 동안을 죽다 살아났다는 말과, 병원에서 나올 때는 위로금 한푼 받지 못하고 빈손으로 앉은뱅이 병신걸인이 되어서 노상에 내던짐을 받았다는 말과, 그날부터 할 수 없이 남의 집 문전에다 턱을 걸고 촌촌이 빌어먹으며 앉은뱅이 걸음으로 이태 만에 고국땅을 밟게 되었다는 말과, 어떻게든지 거지 노릇을 면하여 보려고 그때 탄광에서 같이 병신이 된 동무와 밤낮으로 연구한 결과 마침내 이런 짓을 꾸미게 되었다는 말과, 그것은 그런 생각이 ○○에서부터 들었는데 그때 바로 그 동무가 여간 쉬운 일을 해서 번 돈과 자기가 공원과 길거리에 앉아서 번 돈으로 그곳 마술가를 찾아가서 그런 사정 이야기

를 하고 거미탈을 만들어 달라고 간청한 결과 그 사람이 무슨 맘이 있었는지 대번에 승낙하여 잘 만들어 줄 뿐 아니라 그곳 경찰서에 교섭하여 흥행(興行) 허가까지 맡아 주었다는 말과, 그 뒤부터는 가는 곳마다 그 짓으로 돈을 꽤 잘 벌어서 고생을 덜하고 바다를 건너왔다는 말과, 고국에 와서는 차마 그 짓을 말자고 하였으나, 고향이라고 돌아와 보니 부모는 돌아가시고 아내는 개가하고 역시 노동할 자리도 없거니와 할 수도 없어서 곤란하던 차, 마침 이 땅에 박람회가 열린다는 소문을 듣고 이런 기회에 돈푼이나 벌어 볼까 하고 그 짓을 또 시작하였다는 말을 일장설화하였다.

이때 경수는 듣기만 하여도 뼈에 저리었다. 그러나 경수는 다시 그를 데려갈 자기 집이 없음을 슬퍼하였다.

"아! 그렇게 되었나……? 나는 지금 무에라고 자네를 위로할 말이 없네…… 그러나 자네가 저렇게 된 것은…… 알겠네그려! 그러면 자네가 그것을 안다면 자네는 그것으로써 위안을 얻지 못할까? 이 넓은 세상 ……는 혹시 자네보다도 불행한 사람이 없을 것도 아닌가…… 그러면 말일세! 자네는 저렇게 되니만큼 도리어 ……가지고 누구 ……감하게 우리 ××에서 ……지 않겠나……."

하고 경수는 그를 쳐다보고 말하였다.

"그야 더 말할 것이 있겠나. 그러나 나 같은 병신이 무슨 일을 할 수 있으며 또는 나 같은 사람을 누가 같이 할 동무로 알겠나, 다만 병신걸인으로 알 뿐이겠지…… 아! 나는 그렇다고 자네는 그 후에 어떻게 되어서 지금 이곳에 와 있는가?"

하고 창오도 강개한 듯이 경수를 마주볼 뿐이었다.

"나도 자네와 같이 사고무친한 나 한 몸이 남아서 정처 없이 돌아다니는 중일세. 그러나 나는 여기 온 뒤로는 고독을 느끼지 않게 되었네— 그날그날 품팔이를 해서 살기는 사네마는 나 같은 우리 ……에는 수백 명의 건장한 동무가 있으므로 그들과 함께 …… 배우는 것이

나의 지금 통쾌한 생활일세. 그러면 자네도 나하고 같이 가세. 자네 하나 더 있으나 덜 있으나 내 생활에는 별로 다를 것이 없겠네마는 자네는 …… 가면 할 일이 많을 줄을 내가 잘 아니까—.”

“아! 그럴 수가…… 그럴 수가 있겠나. 그렇다면 가다뿐이겠나. 가다가 죽더라도 가겠네. 참 이젠 자네 보고 말일세마는 내가 이 꼴을 해 가지고 무엇을 더 바라고 살겠나마는 부모 처자가 어떻게 되었는지, 그들이나 한번 만나 보고 죽었으면 하는 생각으로 고향에를 나왔더니 일이 이 지경이 되었으니 다시 무엇을 바라겠나…… 내게는 그런 영광이 없겠네. 그러나 내가 가서 할일이 무무…….”

“아니 그런 여러 말은 그만두고 지금부터라도 갈 수만 있거든 가세…… 내가 오늘 놀기를 잘했군! 만일 오늘 쉬는 날이 아니었으면 내가 여기 왔을 리가 만무하였을 것이니 그러면 자네를 못 만났을 것이 아닌가?”

하고 경수는 다시 한 번 그의 손을 힘있게 잡아 흔든다.

“아 그러면 가겠네! 가다 뿐이겠나…… 그러나 여기서는 기위 시작한 것이고, 박람회도 며칠이 안 남았으니 이곳에서 떠나는 날 자네를 찾아갑세.”

“그럼 그렇게 내일모레 밤에 그럼 내가 또 오지.”

“아! 그럼 모레 만나세.”

“그러세!”

하고 경수가 창오의 손목을 놓고 나가자 창오는 다시 거미 까풀을 뒤어썼다.

“자! 구경하시오! 남양 인도산 사람 대가리에 거미 몸뚱이란 이상한 짐승을 한 번 보는 데 오 전씩…….”

돌아오는 경수의 귀에 다시 이런 소리가 들리었다. 그는 창오의 아까 그 모양을 연상하고 저절로 몸서리가 쳐졌다. 경수는 별안간 까닭 모를 눈물이 핑― 돌자 그의 두 주먹은 무의식적으로 꽉 쥐어졌다. 그

리고 이런 말이 마치 공중에서 부르짖는 것같이 자기도 모르게 부르짖
었다. ……

(1928. 1. 10. 宣川 賢洞에서)

〔발표지〕 *《조선지광》(1929. 2)
〔수록단행본〕『현대한국단편문학전집』제8권(문원각, 1974)
『한국문학대전집』제8권(태극출판사, 1976)

제비를 그리는 마음

삼월도 그믐이 넘었건만 제비는 들어오지 않았다.

영하 노인은 해마다 하는 버릇으로 금년 철도 잊지 않고 처마끝에다 신짝을 매어놓고 날마다 기다리나 제비는 여전히 들어오질 않았다.

제비가 들어와서 깃을 들여야 그 집이 운이 든다는 이야기를 그대로 믿는 영하 노인에게는 이것이 한낱 적지 않은 근심이었다.

작년에도 제비가 들어와서는 웬일인지 깃을 들이지 못하고 봄내 지붕 위를 빙빙 돌다 그대로 나가 버리고 말더니 대판(大阪)에 가 있던 아들에게서 벌이를 찾지 못하여 동경으로 간다는 편지를 받고 뒤이어 거기서도 또다시 북해도로 떠난다는 기별을 받게 되더니 또 어디로 무엇을 찾아서……? 생각을 하면 물 위에 뜬 기름과 같이 안주를 잃고 떠서만 돌 줄 아는 아들의 신상이 언제야 마음에 놓아 본 적이 있었으련만 이즘은 더할 수 없이 아들 생각이 간절하였다.

노인은 오늘 아침도 놓이지 않는 마음에 눈이 뜨이자 미닫이를 열어제끼고 처마끝을 거쳐 헛간 도리 짬에 매인 빨랫줄을 내다보았다. 거기에는 해마다 제철이면 아침 한동안은 한 쌍이 가지런히 앉아서 재롱스레 지저귀는 것을 보아 오던 것이기 때문에 행여나 오늘은 들어왔을까 하는 급하게도 기다리는 마음에서 아침마다 하는 버릇이었다.

그러나 제비는 하냥같이 찾을 수 없었고 참새 몇 마리가 의연히 졸고 있을 뿐이다.

이제 와서는 이것이 노인에게는 이상하게 생각된담보다는 차라리

낙망이었다. 끊어져 가는 간닥거리는 운명이 제비와 같이 영원히 가고 마는 것 같았기 때문이다.

하고 보니 제비의 재롱터이던 빨랫줄을 참새가 점령하게 된 것이 어쩐지 더할 수 없이 서럽다. 아니 얄망궂게도 고놈들이 미워 보였다.

무심코 바라보던 노인은 홧김에 한 팔을 힘껏 걷어추키며 "훼—" 하고 고함을 지르며 쫓아나갔다. 그리고는 겁을 집어먹고 지붕을 날라넘는 참새들을 시름없이 넘겨다보며 서글픈 한숨을 꺼지도록 내쉬었다.

"아이 아직도 거기 계셨소? 편안하기에 소식이 없겠지 그리도 서두르리!"

아침상을 가지고 부엌에서 나오던 마누라는 실상은 자기도 아들의 소식에 한숨을 아니 쉬지 못하는 것이었만, 한시라도 놓지 못하고 마음을 괴롭히는 영감이 한껏 불쌍도 하고 측은도 해서 또다시 이러한 말로 위로를 주는 것이었다.

그러나 생각만 하면 자기도 모르게 깊어지는 괴로운 한숨은 마누라 스스로도 어찌할 수가 없이 지금도 베어져 나오는 것을 영감의 눈을 피하여 입안에서 숨어져 버렸다.

정신없이 마당귀에 섰던 노인은 이 소리에 비로소 잠이 깨는 듯이 자기를 인식하였다. 그리고 보니 해는 벌써 훨씬 퍼지어 산 위로 쏘던 붉은 햇살이 차츰차츰 슬어지는 것이 보였다.

노인은 아무 대답도 없이 마누라를 뒤따라 방안으로 들어갔다. 그리고는 생각 없는 밥상이었만 마주앉지 않으면 안 되었다. 그의 일과인 오늘 하루의 노동을 위한 시업 시간이 벌써 늦어질 염려가 있는 것을 어느새인지 올라와서 퍼진 햇발이 말하고 있는 것을 보았음이다.

아침을 먹은 노인은 새거리를 향하여 분주히 걸었다.

그러나 다 가지도 못해서 "뛰—" 하고 시업을 알리는 사이렌 소리는 요란하게 들렸다.

이 소리와 같이 노인은 문득 걸음을 세우고 무엇을 못 참아 하는 듯이 강경히 얼굴을 찌푸린다.

작업 시간이 늦어짐으로써 감독의 눈총을 맞을 것이 두렵지 않은 것도 아니었으나 지금 노인은 그까짓 것까지는 생각할 겨를도 없었거니와 생각하는 것도 아니었다.

그는 다만 붓구에 오르는 참을 수 없는 한 가지가 있는 것이니 그만하였으면 지금에 와서는 그에게도 귀에 익었을 사이렌 소리 그것을 좀체로 잊을 수 없었던 것이다.

벌써 몇 해를 두고 하루 세 때씩 늘 듣는 그 소리이면서도 들을 때마다 생각은 새로워 그리운 옛날을 많이 더듬어 볼 수 없게 됨과 동시에 알 수 없이 뻐근하여지는 가슴을 참을 수 없게 되는 것이니 그것은 이 이상한 소리를 뱉아놓는 그 굴뚝자리가 바로 이 노인이 뿌리를 박고 살던 옛터이었기 때문이다.

그리하여 그것이 못 잊히는 것이었다. 아니 그것을 어떻게 잊을 수 있었으랴!

노인이 그 굴뚝자리에 집칸이라고 지니고 살 때에는 이 S라는 거리는 S라는 마을로 불리어졌다. 그때에는 노인도 먼 옛날부터 대대손손이 물려 내려오는 땅마지기도 손수 농사를 지어 가며 남부럽지 않게 살아왔다. 그렇던 것이 마을 한복판으로 철로가 들어놓이고 정거장이 생기자부터 마을은 좀이 들기 시작하였다. 초가는 헐어 놓였다. 놓여서 마을 밖으로 쫓겨나고, 함석집이 들인도 이 위력에는 어찌할 수가 없어 집 재목을 헐어가지고 마을 밖으로 쫓겨나지 않음을 면할 수 없었다.

그러나 근대의 도시계획은 이 마을 안으로서만은 또한 만족하지 못

하여 마을 밖으로 마을 밖으로 차츰차츰 잠식을 하여 나아갔다. 그리하여 마을 사람들은 물러앉다 물러앉다 못해서 살길을 찾아 고향을 등지고 동으로 서로 헤어지지 않지 못하였다.

이때에 노인의 아들도 떠나야 산다고 아버지더러 같이 떠나기를 간청하였으나 노인은 종시 듣지 아니하고 아들은 떠나 보내면서도 노인은 차마 내 땅은 떠나지 못한다 하여 마누라와 어린 손자, 며느리, 세 식구를 거느리고 마을 밖으로 또 밖으로 이렇게 쫓겨나가기를 세 번째나 하다가 네 번째만에는 안전지대라고 찾는다는 것이 거리와는 어지간히 떨어져 있는 선조의 뼈가 묻힌 산 밑에 단 두 칸의 모옥을 움켜 놓고 가족이 뭉개어 들었다. 그러는 바람에 땅값은 나날이 올라가 문전옥토의 아쉬움으로써 손에 들어온 약간의 대가는 쫓겨날 때마다 찍어넣어 밑천조차 놓게 되니 생도는 궁경에 아니 빠짐을 면치 못해 벌써 몇 해 전부터는 늙은 몸이 할 수 없이 도시계획의 공사에 몸을 팔아서 그날그날의 목숨을 붙들어 오는 것이었다.

자기의 생명을 깎아먹는 이 거리 공사에 몸을 팔게 될 때 노인의 가슴은 말할 수 없이 아팠다. 그러나 네 식구의 절대한 생명을 돌아다 볼 때엔 아무래도 이것을 참지 않으면 안 된다. 그리고는 모든 것을 잊어버리자 하면서도 때로는 문득 생각이 간절하여 둘러메었던 곡괭이도 힘없이 내려놓고 자기도 모르게 먼산을 바라보다가 감독의 눈에 띄어 아니꼬운 눈살을 맞게 되는 것은 항 다반의 일이거니와 담지 못할 욕에 뼈저린 가슴을 누르고 치를 떨게 되는 때도 하루에 몇 차례씩은 있는 것이었다.

이럴 때마다 노인은 더욱 더 옛날이 그리워짐을 참을 수 없었다. 그러나 그리울수록 옛날의 그림자는 되살아 더한층 마음을 괴롭히는 것이어서 생각을 잊자 하나 갈수록 신세는 괴로워만지니 괴로울수록 괴로움은 옛날을 못 잊게 하는 것이었다.

그러한 가운데 안전지대라고 믿던 이 산밑도 P라는 거리와 상로를 위한 연락을 손빨리 시켜야 S거리의 발전을 들이라는 조건 밑에서 신작로를 닦는다고 마당귀에 말뚝을 또 꽂아놓으니 또다시 쫓겨나지 않고 그대로 배길 수는 없게 됨에 갈길이 막연한데 아들은 소식조차 없고 봄이 왔다고 올 줄 아는 온갖 새들은 잊지 않고 찾아와서 깃을 들이건만 유독 제비만은 봄도 가는데 올 줄을 모르니 집안의 운은 이제 다시 올 줄 모르는 영원한 나라로 걷고 있는 것 같았다.

노인은 이러한 상서롭지 못한 생각에 옛날을 그리며 악마와 같은 굴뚝을 한참이나 시름없이 바라보다 자기도 모르게 북해도 쪽이라고 인정하는 산과 산이 갈라져 그윽이 내다보이는 바다 저쪽에 다시 높이 솟은 그 산 너머로 마음을 보내 놓고 아들의 신상을 그려 보았다.

그러나 노인의 눈에 비취는 아들의 신변에는 아무런 이상도 없었다. 다만 씩씩한 노동자였다. 지금도 어떤 캄캄한 공장 안에서 기계를 돌리고 있는 현상까지 보였다.

그러면 어찌하여 소식이 없나? 도무지 종잡을 수 없는 마음에 온갖 생각은 또다시 하나씩하나씩 모여들어 머릿속에서는 팔을 벌리고 난무를 하는 듯이 어지럽고 무거워 가뜩이나 괴로운 마음에 더할 수 없는 설움이 복받쳐 울음을 참을 수 없었다. 그리고 자기도 모르게 스며드는 따뜻한 눈물은 주름 잡힌 두 뺨 위에 흘러내려서 아침 햇빛에 반사되어 순전한 깨끗한 이 눈물은 그러나 섧게도 빛나고 있었다.

거리에 발을 들여놓은 노인은 그에게 던져진 분업인 시멘트 반죽을 하기 시작했다. 그러나 생각은 여전히 딴 곳에 있었고 그저 기계적으로 삽을 놀릴 뿐이었다.

오정이 되자 점심 시간이었다. 일꾼들은 삽과 개손을 집어던지고 벤또를 들고 저마다 둘러앉았다.

밥맛이 나는지 안 나는지 힘없이 젓가락을 놀리고 있던 노인은 갑

자기 물었다.

"자네들— 제비가 들어오지 않는데 아는가?"

하고 젊은 사람을 둘러보았다.

노인은 자기 가정의 불운을 남에게 밝히는 것이 부끄럽기도 하려니와 싫기도 해서 오늘까지 이렇다 말이 없이 마누라에게 한하여서만 의논이 있는 제비 문제를 생각다 못하여 아니 그 원인을 알지 못하고는 견딜 수가 없어서 아니하자 하면서 마침내 여러 사람의 앞에 공개를 하는 용단을 내인 것이었다.

그러나 이것은 이 S거리를 주위로 십 리 밖까지에는 어느 집에도 금년 철에는 제비가 들어오지 않은 것임에 집집마다 이상해하는 문제였다. 그리하여 그들도 궁금해하는 무리의 하나이었다.

"노인님 댁에도 아니 들어오나요?"

"아— 우리 집에도 참 아니 들어온대!"

"흥! 우리 집엔 작년부터 아니 들어오는 걸!"

하고 그들도 이런 말을 서로 던지고 의아해할 뿐이었다.

노인은 여기서 비로소 제비가 자기의 집에 한하여서 들어오지 않는 것이 아니요 온 동리(노인은 아직도 동리라고 부른다)에 다 같이 들어오지 않는 것을 알게 됨에 그것이 더욱 이상하였다. 그리고 이것이 온 동리의 불운을 말하는 징조인 듯싶었다. 어쩐지 자기의 집에만 찾아오던 불운으로 알던 때보다 더한층 마음이 좋지 않았다. 그것은 동리가 생긴 이후로 한 번도 아니 들어와 본 적이 없던 제비가 동맹이나 한 듯이 일시에 아니 들어오게 되는 것은 기필코 이 동네의 심상치 아니한 무엇을 말하는 것 같았기 때문이다.

그러나 제비가 들어오고 아니 들어오는 것으로 그 운, 불운을 말한다는 것은 현대과학의 앞에서는 너무도 입증이 되지 않는 한낱 미신에 지나지 못하지만 제비와 농촌과는 그 운명을 같이하였다고 하여도 그것은 결코 지나치는 말은 아니다. 제비와 같이 이 마을이 쫓겨나고 있는 것은 어쩔 수 없는 사실이 되어 있지 않은가? 하고 보면 아닌 게 아니라 그것은 동리의 불운을 말하는 것이 아닐 수가 없었다.

그러면 제비는 이 동네의 불운을 영원히 말하며 다시는 들어오지 않을 것인가. 마을이 쫓겨났음에 들어올 수가 없었다. 이 거리가 아직 마을이었을 때에는 해마다 봄 따라 들어왔건만 마을은 완전한 근대도시에로 나날이 화하여 오늘에 와서의 시멘트 처마 위에서는(아직 완전한 시멘트 지대는 아니지만) 깃을 들일 그 재료의 결핍에 어찌할 수가 없었던 것이니 삶(생명의 번식)을 위하여 마을 따라 아니 갈 수가 없었던 것이다.

그렇지 않아도 거리에 대한 불평이 마음속에 떠나지 못하는 노인은 비로소 이러한 사실을 알게까지 될 때에 거리에 대한 증오의 불길은 더할 수 없이 극도에 타올랐다.

밥을 위하여 노력은 팔았으되 그 노력이 이 거리의 완성에 대한 노력이었던 것을…….

그리고 따라서 그 노력은 도리어 장래에 있어서의 자기의 생명을 희롱하는 무서운 노력이 되어 있었던 것을 생각할 때에 노인은 터져오르는 가슴을 어쩔 수 없었다.

그리고 자기의 노력이 팔림으로써 지어지는 죄는 자기 개인에게 한하여서 뿐이 아니요 널리 동리에까지 아니 미치지 못하게 되었을 것을 마음속 깊이 뉘우쳤다.

그리고 이 거리 공사에는 영원히 노력은 팔지 않기로 그 당장에서 본인이 삽을 집어던지었다.

그것은 자기의 노력이 팔리느니만큼 그만큼 자기에게는 불리한 영향이 미칠 것을 미루어볼 때 한 푼의 지체라도 더할 수가 없었던 것이다.

며칠이 지났다.

마당귀에 박힌 말뚝자리로는 필경 며칠 안으로 신작로의 공사가 착수된다고 급히 집을 내라는 소리가 들리자 제비와 같이 그리던 아들이 뒤미처 대문으로 들어선다.

노인은 내려앉는 듯한 가슴을 헤아려 볼 여지도 없이 아들을 맞게 되니 반가운 아들이었만 반가운 줄을 몰랐다.

제 고향이라고 아니 제 집이라고서 찾아서 온 아들은 당장으로 갈 곳도 없는데 다시 쫓겨나지 않으면 안 될 것을 생각할 때 반가운 푼수보다 무어라 말할 수 없는 아픈 마음이 반갑다는 감정을 앞서 누르고 넘어서는 것이었다.

그러한 가운데 아! 그러한 가운데 뜻이나 하였으랴. 잠시라도 생각에 떠나지 못하던 아들, 몸이 튼튼하기를 마음 다하여 바라던 아들, 그리고 오직 성공에 심축하던 아들, 그 아들이 이제 뜻밖에도 과연 뜻밖에도 한 팔이 없다는 병신의 몸이 되어서 돌아온 것이 아니었던가?

노인은 너무도 놀래어 기절을 할 지경이었다.

"아버지! 아버지! 저는 아버지를 대해서 할 말이 없습니다. 그만 그 몹쓸 기계에······."

아버지의 놀라는 기색을 본 아들은 다만 이 한마디로 인사를 하고는 더 말을 못하고 목이 메인다.

노인은 이 소리를 듣는지 못 듣는지 정신 잃은 사람같이 아들의 왼편 팔에 쏘아진 채 주어다 박은 눈알처럼 돌지 못하던 눈이 스르르 힘없이 돌며

"네가 애비에게 지은 죄보다 내가 너에게 지은 죄도 결코 적지 않다. 이후에는 그보다 더 큰 불행이 우리들에게 올 것이다. 이것쯤이야 약과다. 너 살던 곳에 제비가 있더냐! 제비 없는 나라에서 사람이 무엇을 먹고 살 것이냐! 이 마을 앞에 좋은 전답은 모두가 공장촌으로 되고 말았다. 이 마을에도 제비는 금년부터 들어오지 않는다. 제비!

제비!"
하고 새거리와 처마끝을 향하여 번갈아 손가락질하며 부르짖었다.

〔발표지〕 * 《신가정》(1934. 1.)

연애삽화(戀愛揷話)

1

　두 달 전에 우리 학원으로 찾아온 여교원 마미령(馬美鈴)은 이상한 여자였다.

　──중학을 마치고 전문까지 다니던 여자라면 취직을 하여도 그리 눈 낮은 데는 하지 않을 것인데 서울서 일부러 칠백 리나 되는 농촌의 개량서당인 우리 학원으로 그것도 자진하여 보수도 없이 왔다는데 이상히 아니 볼 수 없는 것이요, 스물여섯이면 여자로서의 결혼 연령은 지났다고 볼 수 있는데 아직 시집을 아니 갔다는 것이 또 한 이유이다. 이따금 정신없이 우두커니 서서 무엇을 심심드리 생각하다가는 긴 한숨으로 끝을 맺는다는 것이 더욱 그 여자를 이상하게 보게 만드는 점이었다.

　그리고 생각하면 미령이가 우리 학원으로 오게 된 동기부터 이상한 데 있었다.

　C일보 '독자 이용란'이라는 것을 통하여 하루는 농촌에 있는 사립 소학교로서 경비 부족으로 교원을 못 쓰는 학교가 많은 듯하오니 어디든지 기별만 하시면 원근을 물론하고 찾아가서 힘 가는 데까지 조력을 해 드리고자 합니다 하는 기사를 보고 때마침 교원 문제로 쩔쩔매던 우리 학원에서는 아직 학교로서의 양식조차 이루지 못한 존재였으므로 웬걸 하면서도 만일을 위하여 엽서 한 장을 띄웠더니 두말없이 승낙을

하고 찾아온 여자가 미령이다.

그래서 우리 학원에서는 무산 아동을 위하여 나선 여자라고 귀엽게 두렵게 우러러 그리고 감사하게 맞았다.

그러나 무산 아동의 교육을 본위로 나선 여자라면 학원의 설비 같은 것은 문제도 삼지 않을 것인데 걸상, 책상 하나 없고 삿자리만을 깔아 놓은 너무도 초라한 존재에 놀라며 공연히 찾아왔다고 후회하는 빛이 보일 때 학원을 위하여 짐짓 컸던 우리들의 기대는 여지없이 깨어지고 말았다. 며칠도 못 되어서 그는 다시 돌아가려고까지 기회를 엿보고 있는 것이 아니였던가!

숙소도 비교적 거처에 편할 만한 곳을 택하여 우리 마을 잡고도 가장 깨끗하다는 집 사랑방을 한 채 얻어서 따로이 맡겼건만 2, 3일이 지나도 행리도 풀지 아니하고 이불만 뎅그러니 자고는 일어났다.

그러던 것이 자기를 지성으로 대하는 학원의 정성에 감화되어 떠나지를 못하여 며칠을 지나는 가운데 이러한 학원의 존재로서는 너무도 지나칠 만큼 인격자들의 교원들임에 그는 놀라는 한편 여기에 마음이 기울어져 아주 있기로 마음을 재우고 행리를 풀어 놓았다는 것이 우리들의 추측에서뿐이 아니라 그것은 분명한 사실이었다.

어떻게 핑계를 대면 집으로 돌아갈까 궁리를 하던 끝에 미령은 자기의 집에다 아버지 병환이 위독하니 빨리 올라오라고 기별을 하여 달라고 편지를 부쳐놓고서 회답이 왔으면 하고 기다리는 동안에 교원들의 이력을 알게 되매 마음의 위안을 느끼어 급기야 받은 회답은 오히려 학원의 눈에 뜨일까 두렵게 찢어 버리고 그런 티도 없이 있었다는 것을 얼마 후 미령을 동무하느라고 같이 자며 묻혀 놓던 그 주인집 딸 신덕에게서 자세히 들을 수 있었다.

그러나 미령이가 학원을 위해서 있었던 것이 아니요, 교원들이 인격자들이기 때문에 있었다는 그 이유가 어데 잠재해 있을 것인가는 아직도 알 수 없다.

하지만 미령이가 우리 학원 꼴을 보아서 교원들만은 상당하다고 본 것은 그리 잘못은 아니었다. 오직 나자신만이 이 학원의 10년 전 야학 당시의 수료밖에 없는 미미한 존재이었을 뿐이고 그 밖에 세 분 교원은 모두 간판이 좋았다. H대학을 나온 서선생, S전문을 마친 이선생, 그리고 졸업까지는 못했지만 최선생도 M대학을 맛본 이였던 것이다.

그러나 내용을 알고 보면 이들은 다 가사에 관계하는 분들이어서 교원이라는 명목만은 걸어 놓았으나 학원에 전력은 못 쓰고 틈 있는 대로 시간을 보게 되는 것이므로 열흘이면 닷새는 출근을 못했다. 더구나 손수 농사까지 짓지 않으면 먹고 지낼 수가 없는 처지이어서 이렇게 보는 시간도 겨울 한동안이었고 봄을 잡으면서 가을 추수때까지는 어쩔 수가 없었다.

하므로 우리 학원에서는 전임으로 일을 보아 줄 의무교원을 구하여 오던 차 우연히도 이번에 마선생을 맞게 된 것이었다.

그러나 급기야 마선생에게 학원의 전 책임은 맡겼으나 마선생은 학원을 위하는 빛은 조금도 없고 그저 월급에 뜻을 맨 교원처럼 상학종이 울리면 마지 못해 들어가고 하학종이 울리면 시원한 듯이 나오고 할 뿐이었다. 그러면서 무엇엔지 일상 기분을 좋게 못 가지고 늘 우울한 태도로 지냈다.

하학이 되면 교원끼리 사무실에 모여 앉아 놀 때에도 마선생은 우울한 속에서 기분을 고쳐 즐기려 하였고 또는 어디까지든지 모든 것을 잊고 지내리려는 듯이 지나기로 애를 쓰는 빛이 보였다.

그러나 그러다가도 불현듯 우울한 기분에 잠기어 고개를 푹 숙이고 무엇인지를 심심드리 생각하는 것이었다.

그래서 언제인가 한번은 서선생이

"마선생, 기분이 늘 좋지 못한 것 같으니 무슨 불편한 일이나……."

"아녜요. 무슨…… 제가 머…… 그렇게 뵈세요? 저는 머 별로……."

하고 그것은 천만의 소리라는 듯이 대답을 한다.

"그래도 무슨 수심이 있는 것 같은데요."
"글쎄요. 그렇다면 그것은 제 천성인 게지요."
한다.

그러니 서선생은 더 캐물을 수도 없어 잠자코 말았거니와 그 후부터 마선생은 자기의 그러한 태도가 교원들의 이상한 주시를 받게 된 것 같아서 어디까지든지 자연한 태도를 취하려고 하나 그것은 언제까지든지 부자연한 태도로 나타나 우리들로 하여금 의혹해하는 점에서 벗어나지 못하게 하였던 것이다.

2

마선생의 가정은 비교적 부유한 편이라고 볼 수 있었다. 아침 저녁으로의 식사밖에 용처 한푼 이렇다 인사에 간단한 우리 학원이었으나 그는 쓰단 말도 없이 매삭 2, 30원씩의 용처를 집에서 가져다 썼다.

그러면서 그는 거기에게 그만한 물질로서의 여유가 있다는 것을 내세우고 스스로 높이 앉아 그것으로 자기의 인격을 돋우어 보이려고 하였다. 찬(饌) 같은 것도 우리 학원으로서 대접하는 이외에 쇠고기니 달걀이니 자기의 돈으로 실상 사 오며 그리고 농촌에서는 구경도 할 수 없는 라이스카레이니 돔부리니 하는 음식을 손수 만들어선 때때로 우리 교원들을 청해다가 한배반씩 내곤 했다.

이것도 그가 우리를 대접하기 위한 성의에서라기보다는 자기의 솜씨를 자랑하기 위한 데라고 볼 수 있었다. 그는 어디까지든지 우리로 하여금 고상히 보게끔 자신을 내세우기에 무척 애를 쓰는 빛이 보였다. 의복범절로 보더라도 값비싼 비단과 모물이 아니고는 입지 않았다. 이것도 한두 벌에 그치는 것이 아니요, 우리 학원으로 가지고 들어온 것만 해도 수십여 벌이나 되어 버들고리 두 개가 모두 의복이라는 것이었다.

그래서 마선생은 이것으로 하루 걸러 옷을 바꾸어 입었다. 어떤 때는 하루에도 수삼차씩 바꾸기를 반복하는 적도 종종 있었다. 그리고 이것은 그의 가장 게을리하지 않는 일과의 하나였다.

하니 쑥덕거리기 좋아하는 마을 사람들은 마선생을 칠면조(七面鳥)라고 조롱 삼아 부르게 되었다.

그런데 마선생을 칠면조라고 부르게까지 되기에는 그 의복이 때때로 바뀌는 데서였지만 그렇게 불러 놓고 보니 왼쪽 눈초리를 기점으로 귀밑과의 사이에 조선의 지도형으로 생긴 꽤 커다란 허물이 칠면조의 아룻볕 모양으로 비하기에 적당하다 하여 손뼉을 치며 웃음으로 지어 놓은 이름이 그냥 굳어지고 만 것이다.

그러니 말이지 이 허물은 참으로 그 여자로 하여금 치명적인 상처였다. 미인이라고는 볼 수 없으나 좀 길짓하게 생긴 혈색 고운 얼굴이 그 윤곽만은 수수하게 생겼는데 이 허물로 말미암아 미령에게서 여자로서의 미(美)를 절반이나 빼앗는 것으로 이는 보는 사람마다의 아까워하는 점이었다.

여자의 생명이라고도 볼 수 있는 그 얼굴에 이렇게 보기 흉한 허물이 그 자신으로서도 마음에 아니 거리낄 수가 없어 일상 화장을 짙게 하여 그 허물을 감추기에 애를 쓰나 그것으로 사람의 눈을 속일 수는 없었다.

미혼여자로서의 미령이가 여기에 번민을 갖는다고 보는 것도 무리한 추측이라고는 할 수 없지만 또한 그렇다고만 하기엔 미령의 수심은 보다 더 심한 상처에 있다고 하기에 족한 정도의 태도였다.

그리하여 미령의 태도에 있어서 까닭도 모를 수수께끼는 날이 갈수록 깊어 갔다. 그러면서도 미령의 인망은 조금도 떨어지지 않고 인근 일대의 앙모를 한 몸에 받았다.

무산 아동을 위하여 농촌으로 찾아왔다는 빛 좋은 간판이 인근에 왁자하니 퍼지어 본래 오십 명밖에 안 되는 학생이 배나 늘어 백여 명에 달하여 학교로서의 빛도 날 뿐 아니라 월사금의 수입도 전의 배나 늘게 되니 첫째 학교의 경비에 있어 군색을 어느 정도까지 벗어나게 되었기 때문이다.

그리하여 학원에는 정성 없는 그였건만 학교 당국으로서는 그를 허스러이 대할 수가 없었다.

그러한 가운데 이 여자 때문에 우리 교원들은 전에 없는 특별한 정성으로 학원을 위하게 된 것이니 틈을 타서 가르치던 교원들은 미령이가 오게 되자부터 알 수 없이 그것이 남자의 본능이라 할까, 하여튼 다른 아무 의미도 없으면서 여자와의 접촉을 즐겨하며 가사 이후에 학교이던 것이 학교 이후에 가사로 돌아졌던 것이다. 사십이 넘은 늙은 교장까지도 매일같이 출근하여 이 학기 초부터의 출근부는 예전에 없이 빨간 도장이 나란히 박히곤 했다.

그래 일상 교원이 모자라서 한 사람이 두 반 혹은 세 반을 맡아가지고 분주히 돌아가도 오히려 감당에 어렵던 것이 한두 사람은 늘 남아 돌아갔다. 그래서 이것을 본 동리 사람들은 마선생에게 모두 미쳤다고 하였다.

그러나 교원들은 이런 시비는 들은 체도 아니하고 밥숟갈을 놓으면은 그저 학원으로 기어 올랐다. 그리고는 하학을 하여도 헤어지지 않고 사무실에 모여들 앉아 쓸데없이들 시시덕거렸다.

이렇게 놀며 지나기를 미령이 또한 원하는 것이어서 그의 기분을 즐겁게 하여 항상 우울한 가운데서 미간의 주름을 못 펴는 그를 어떻게 해서라도 잊게 해 주려는 것이 교원들의 누구나 다 같이 애쓰는 것이었다. 이것은 단순히 미령의 마음만을 즐겁게 하여 주기 위한 것이 아니요, 미령이가 즐거워하는 것을 봄으로 자기네들도 즐거움을 느끼는 때문이다.

나는 미령의 마음을 위로하여 주고 싶은 마음은 누구보다도 허스럽지 않았다. 그래서 나는 그가 우울하여할 때마다 노래를 불러서 그의 마음을 위로하려고 했다. 노래는 가장 나의 좋아하는 것으로 그렇지 않아도 늘 불러 가지고 있던 나였지만 미령을 위하여 노래를 부를 때 내 마음은 이를 데 없이 즐거웠다.

미령이도 성대는 그리 좋은 편은 아니었지만 노래는 퍽으나 좋아서 불렀다. 속된 유행가까지도 그는 모르는 것이 없었다.

그러나 여자가 함부로 노래를 부르면 자기의 위신에 관계되는 것을 꺼리는지 혼자로서는 절대로 입을 벌리지 아니하고 내가 시작을 하여야만 따라서 그리고 흥에 겨워 불렀다. 그리하여 우리 둘의 합창 소리는 사무실이 떠나갈 듯이 때로 불러졌다.

하지만 다른 교원들은 미령이와 내가 단둘이 늘 흥에 겨워서 부르는 노래를 싫어했다. 미령이가 즐거워하는 것은 싫을 이치가 없었지마는 내가 미령을 즐겁게 하는 것이 그들로 하여금 질투심을 일으키게 한 것이었다.

이것은 교장도 마음에 걸렸던지 하루는,

"이제부터 고성으로 창가를 사무실 안에서 주거니 받거니 하는 것은 주의를 해야 되겠네. 우선 동네 사람들의 시비도 시비려니와 학교의 체면으로서도 안 되었으니까……."

하고 주는 주의도 받았지만 사실 동네에서도 꽤 떠든 모양이었다. 이런 소문이 어떻게 내 아내의 귀에까지 미쳤는지 본래 질투가 심한 내 아내는 폐결핵으로 3년째나 누워서 오늘 내일 하고 있는 목숨이 내가 학교로부터 돌아오기만 하면 뭘 하다 지금에야 오느냐고 꼬집어 물으며 자기 듣는 데도 창가를 좀 불러 달라고 물어뜯곤 했다.

해서 나는 그 후부터 남들의 숙덕거리는 소리도 듣기 싫고 또 내 아내의 심신을 괴롭히는 것이 병에 영향이 미칠 것이므로 나는 그 후부터는 일체 노래는 입 밖에 내지 않았다.

그러나 날이 갈수록 낯이 익어져 농담 같은 것도 함부로 건네게 된 미령이는 부끄럼 없이, 거리낌 없이, 혼자 노래를 불러서 울적한 심사를 푸는 것이었다.

그리하여 노랫소리는 여전히 우리 학원 사무실 안에서 그칠 줄을 몰랐다.

3

가을이 깊어 학원의 화단에 만발하였던 코스모스도 된서리에 떨어져 후줄근히 늘어지고, 운동장에는 벌써 포플러 잎이 한 잎 두 잎 떨어져 데굴데굴 굴며 마주치는 소리가 살랑거렸다.

마을에서도 추수가 다 되고 농촌으로서의 한가한 시절은 찾아오고 있었다.

우리 학원에서는 농한기를 이용하여 야학을 또 시작했다. 그래서 밤까지도 교원들은 부지런히 학원으로 모였다가는 헤어지지 않고 12시까지 지절거리며 시간 가는 것을 아꼈다.

하룻밤은 누구의 제의로이든지 하학 후에 조조(曹操)잡이를 시작하게 된 것이 미령이는 여기에 무한한 흥미를 느끼어 밤마다 조조잡이를 하자고 졸랐다. 우리들은 거기에 그토록 흥미를 느끼는 것이 아니었지만 미령이의 청이라 싫더라도 거역하지 못하고 조조잡이는 시행이 되곤 했다.

이렇게 지나가기를 아마 한 보름이나 계속하였을까 한 때였다.

이날 밤은 미령이가 특별히 나의 곁을 바투 당기는 눈치이더니 한번은 조조를 잡게 되었을 때 그때도 미령은 나와 바투 앉아서 눈을 델편델편 굴리며 찰색을 하더니 별안간

"선생님 내놓세요(조조를)."

하고 나의 손목을 붙드는데 손 안에 조조패는 보려고도 아니하고 특별히 힘을 주어 손목만 잡는 것이었다.

나는 이상했다. 손목을 서로 붙들며 놀던 일을 볼 때 얼마 전부터

있어 오던 것이지만 어디인지 그 붙드는 것은 아무리 해도 그 의미가 다른 데 있는 것 같았다. 나는 어쩔 줄을 모르고

"조조 아니외다."

하며 관운장을 들고 있던 패를 내놓고 조조잡이에는 정신이 없이 여러 가지로 딴 생각을 해 보며 그의 태만 살피고 있노라니 재차 조조 패를 잡게 되었던 미령이는

"선생님 이번에야 어디……."

하고 또다시 아까 모양으로 나의 손목을 잡아쥔다. 자기의 태도를 내가 몰라주는 것이 안타까운 듯이 열정에 타는 빛나는 눈으로 이상히 나를 쏘아보며—.

순간, 더 의심할 여지가 없는 나는 아하! 연애! 하고 뛰는 가슴을 억제하지 못했다.

"나는 시집 안 가요. 독신으로 사는 게 얼마나 신성한데요."

하고 서로 이야기하던 그의 말을 믿어서가 아니라 여자로서의 그 대담한 행동에 나는 짐짓 놀랐던 것이다.

그리고 그 여자의 나에게 대하는 대담한 짓이 좌중의 눈에 채이지 나 않았나 무슨 죄나 범한 듯이 확확 달아 오는 얼굴을 느끼며 그 여 자가 나의 팔목을 어서 놓게 하기 위하여 손에 패를 얼른 집어 던지려 니까 조조를 들고 몸이 달았던 이선생은 멋도 모르고

"아하하 조존 내게 있어. 하하하."

하고 시원한 듯이 웃음을 친다.

그러나 다른 군들은 나만 바라보고 있는 것 같아 어찌할 바를 모르 다가 나도 하하 하고 부자연한 웃음을 맞받아 웃으며 패를 내던졌다.

그리고는 미령이가 아내 있는 나에게 연애를 걸다니 하고 가만히 생각을 해 보니 그에 대한 의문은 더욱 깊어지는 것이었다.

상당한 지식을 가진 여성으로 더구나 도시에서 생장한 여자가 근 삼십이 되도록 독신으로 지내다가 아무러한 지식도 없는 한낱 농부에

지나지 못하는 미미한 존재인 나에게 연애를 건다는 것은 아무리 생각해도 모를 일인 것이다. 설혹 연애를 건다 하여도 우리 학원 가운데서도 학식은 물론 재산이나 인물에 있어서까지도 서, 이, 최 제 선생이 다 나보다는 눈 높이 보일 것인데 하필 나를 골라잡는다는 것이다. 그것도 내가 먼저 그러한 눈치를 주었다면 모를 일이어니와 이러한 태도는 도리어 서선생에게서 찾을 수 있었다. 그러면 나의 아내가 불치의 병으로 누웠으매 으레 죽고 말 것을 짐작하여 나에게 넌지시 예비조건으로 눈치를 보여주는 것인가 이렇게 생각해 보려고 해도 서선생도 아내는 없는 사람이다.

"아— 연애란 참 이상한 것이군!"

이렇게밖에 더 결론을 지을 수 없는 나는 뒤숭숭한 생각에 그 밤은 밤새도록 잠을 못 이뤘다.

아직 어떤 여자로부터 단 한 번의 추파도 주고받아 본 적이 없이 연애란 오직 활자 속에서밖에 구경해 본 일이 없는 내가 이제 난생 처음으로 그것도 대담하게 팔목을 붙들리고 보니 그것이 싫지는 않건만 어쩐지 두려웠다. 첫째 나에게는 아내가 있지 않나? 그리고 연애를 한다면 그것은 무슨 큰일을 저질러 놓는 것도 같기 때문에.

4

한 10일 후였다. 첫눈이 내리기 시작하는 날 나의 아내는 마침내 세상을 떠나고 말았다.

이 일 때문에 나는 학원에를 못 가다가 7, 8일 만에 가니 미령의 태도는 전에 찾을 수 없는 명랑한 기분이었다.

"말못된 얘기는 다 말할 수 없죠만 거 원참 그렇게도……."

하고 미령은 고개를 숙인다.

"할 수 있습니까?"

내 말이 떨어지기도 전에,

"멀― 이군이야(나) 땡 잡았지 더 고운 색시 얻을 텐데―."

하고 서선생이 농을 붙인다.

"그럼요. 바루 말하면 남자들야 무슨 관계가 있습니까?"

그리고, 미령이는 가볍게 한숨을 쉰다.

색안경으로 늘 그를 비춰 보려고 해서 그런지 그 한숨 속에는 무슨 애수가 담기운 듯했다. 그러나 전날 쉬던 한숨보다는 퍽이나 가벼운 명랑성을 띤 것이었다.

며칠이 지난 어느 날 석양이었다. 그날은 마침 볼일들이 있다고 하학이 되자 교원들은 다 돌아가고 사무실에는 미령와 나와 단둘이만 남아 있게 되었다.

소제하던 아이들까지 다 돌아가고 학원 안이 고요하여졌을 때 테이블 위에 놓인 신문지 여백에다 쓸데없이 연필로 무엇인지 끄적이고 앉았더니

"선생님 저를 어떻게 생각하세요?"

하고 약간 떨리는 음성으로 반쯤 고개를 든다.

나는 벌써 속으로 지난날의 조조 잡던 그날 밤 일을 연상하고 가슴이 뜨끔하였다.

"네? 선생님! 저는 그동안 선생님의 말씀을 얼마나 기다렸는지 몰라요!"

그리고 엄숙한 빛을 띤 얼굴에 열정에 타는 눈이 대담하게도 나를 쏘아본다.

나는 대답에 궁했다. 나는 실상 나를 사랑하는 미령이가 싫지 않았다. 나도 그동안 미령으로부터의 태도를 살피며 적지 않게 혼자 속을 태워 온 것이 사실이다.

그러나 연애를 한다면? 하고 뒤에 올 두려움이 사랑의 불길을 가로막고 서는 것을 얼마나 애달파했는지 모른다.

　하지만 지금은 아내가 없는 나이다. 그 여자를 사랑하는 데는 얼마쯤 몸이 가벼워진 듯했다. 하나 무엇 때문인지 사랑해서는 안 될 것만 같았다. 하면서도 내가 사랑을 받지 않을 때 그 여자는 얼마나 나 때문에 마음이 괴로울고 생각하는 순간 나는 다음과 같은 말이 끝날 때에야 그렇게 대답할 줄을 알았다.

　"마선생만 저를 사랑하여 주신다면……."

　그리고 다음 순간에는 상배한 지 한 달도 못 된 놈이 이 말 한마디가 죽은 아내에게 무던히도 미안스럽고 좀더 나아가선 무슨 죄까지 짓는 것 같아 소름이 쫙 하고 느끼어짐을 느끼었다.

　"저는 언제부터 선생님을 사랑하고 있었는지 몰라요."

　그리고 숨었던 한숨이 밀려나오는 듯이 길게도 고이 쉬며 짓는 미소는 내가 미령이를 알게 된 후 처음 볼 수 있는 아름다운 미소였다.

　이것을 보면 미령이가 나 때문에 얼마나 마음이 괴로웠더라는 것을 짐작할 수 있었으나 나는 그의 괴로워함만을 위하여 더 말할 용기가 없었다. 만일 이때에 교장만 들어서지 않고 단둘이 있게 맡기어 두었던들 나는 얼마나 대답에 땀을 흘렸을지 몰랐을 것이다.

　그래서 그 후부터 나는 미령이와 단둘이 있어지는 기회를 될 수 있는 대로 피하려고 했다. 미령이가 싫지는 않으면서도 아니 사랑한다고 내 마음조차 허락하면서 그 마음을 똑바로 밝히기가 두려워 퍽이나 괴로웠다. 학교 일도 집안일도 마음이 들떠서 아무런 성의도 생기지 않았다. 그러한 가운데 교원들은 미령이와 나와의 관계를 무엇에선지 눈치를 챈 듯했다. 이것을 보니 나는 더욱 생각이 많아졌다.

　내가 만일 미령이와 영원히 살진댄 모르지만 그렇게 못 될 바에야 이런 시비 저런 시비 남의 눈치 위에서 돌아갈 필요도 없고 또는 우리가 아동의 교육을 위하여 데려온 여자를 교원 중의 한 사람인 나로서 관계를 갖는다. 내 자신으로서도 그렇거니와 같이 있는 교원들의 체면, 좀더 나아가선 학교라는 덩어리를 위하여서의 불명예라는 것을 생각하면 단연히 관계를 끊고 이 경계선에서 어서 벗어나 바른 길로 내 몸을 이끌어 가야 할 것이 무엇보다의 급무 같았다. 뿐만 아니라 나에게는 소위 현대 인텔리 여성이 손톱만큼도 필요한 점이 없었다. 나는 놀고 먹을 처지가 못 된다. 내 아내 될 사람은 나와 같이 농사꾼이어야 할 것이다. 그래서 종아리를 에어내는 눈석임물에 들어서서 씨를 뿌려야 하고 숨이 막히는 햇볕 아래서 김을 매야 한다. 그리고 가을에는 그것을 베어서 등짐으로까지 져 들여야 한다. 미령은 그것을 과연 감당할 것인가? 아니다. 미령의 손은 너무도 보드랍고 옷가지는 너무도 사치하다. 만일 미령이가 나의 아내로서의 이러한 조건에 마음을 굳게 갖는다 하더라도 이런 고통을 이겨낼 만한 억센 힘은 이미 배양조차 못 한 그이다. 나의 아내로서의 자격은 그가 나를 사랑한다는 그것밖에 없다. 그러나 그것도 그 힘이 내 마음을 위로하지 못할 때 그 사랑은 걸지 못한 땅 위에 선 꽃나무와 같이 이글이글하는 원만한 꽃송이를 피워내지 못할 것이다.

나는 단연히 미령이를 잊지 않아서는 안 될 것 같았다.

그러나 나를 사랑하는 그 사랑의 마음이 알 수 없는 그 무슨 힘으로인지 이끌어 그렇게도 나에게 바치는 열렬한 사랑을 나는 모릅네 하고 새파랗게 금을 그어 놓음으로 괴로워할 미령의 마음을 헤아려 볼 때 차마 꼬집어서 나의 태도를 밝히기는 어려운 노릇이었다.

그러고 보니 나에게 바치는 미령의 사랑은 점점 둥그러만 가는 것 같았다.

"제가 이 학원으로 오게 된 것이 우연한 기회에서는 아닌 것 같애요."

이렇게 주는 말에도 대답에 간난을 보는 것이

"수교 씨! 저 밭을 한 뙈기 살래요. 사과 재배에 적당한……."

이러한 말까지 받게 됨에랴! 어느덧 선생에서 수교 씨로 나를 부르는 대명사는 바뀌어졌고 그리고 은근히 살림 차비까지 의논하여 보는 것이 아닌가!

"이 지방은 사과에 의토가 못 됩니다. 질땅이어야 되는 것인데 여기는 전부가 모래땅입니다."

"양계는 어떨까요?"

"더구나 양계! 그것은 판로가 있어야 아니합니까?"

나는 요리조리 핑계를 하여 넘으며 공연히 나의 태도를 똑바로 밝히지 못하고 미령이로 하여금 나를 이렇게까지 믿게 만들어 놓은 것을 후회하여 마지 않았다.

5

겨울방학이 되자 낮에는 비교적 한가하였다.

나는 이 기회를 이용하여 오랫동안 아내의 누워서 앓던 방을 좀 수리해 볼 양으로 하루는 벽에다 신문을 바르고 있노라니 누이동생이 신문지에서 그림을 구경하노라고 신문지를 뒤지고 앉았더니 별안간

"오래비!"

하고 부른다.

"왜?"

나의 대답이 떨어지기가 바쁘게

"여기 마선생이 있어. 이게 웬일이야!"

하면서 신문지 한 장을 들어 보인다.

"뭐야?"

나는 신문에 풀칠을 하다 말고 고개를 들어 보니 눈에 뜨이는 타원형의 한 개 사진은 참으로 마선생과 비슷했다. 아니 자세히 들여다보니 그것은 흡사했다. 만일 신문에 미령의 사진이 있으리라는 선입견을 가지고 보았던들 단박에 그라고 아니 할 수 없을 정도의 미령 그대로였다.

그러고 보니 그 신문지를 그대로 놓고 말게끔 부질없는 생각은 두지를 않아 그 사진의 임자를 더듬어 찾아 보니 '馬美龍(假名)'이라고 썼었다. 그리고 현재의 미령의 집 주소에서 글자 한 자 틀리지 않았다. 그러니 이것이 마미령의 가명이라고 아니 볼 수가 있으랴!

나는 기사로 눈을 옮겼다.

'무엇이 그 여자를 그렇게 만들었나?'

라는 커다란 활자로 된 기역자 형의 제목을 읽고 다음 순간 놀람을 마지못했다.

그 옆에 '자살을 도모하기까지의 경로'라는 소제목을 찾을 수 있었거니와 이 기사는 소설식으로 4, 5회를 계속하여 내던 것으로 4년 전 봄에 신문이 배달되기가 바쁘게 주워 읽고 그 여자로 하여금 세상을 저주하지 아니치 못하게 된 동기에 눈물겨워 동정하는 맘으로 일시는 우리 학원 안에서도 커다란 화제가 되던 그 기사였다.

하니 이제 그 주인공이던 여자가 우리 학원의 교원으로 아니 나를 사랑하는 여자가 되어 있는 것을 알 때에 어찌 놀라지 않을 수 있으랴.

나는 신문 뭉치에서 5회까지의 기사를 찾아내려고 산산히 풀어헤치고 뒤졌으나 이미 나선 '1'밖에 찾을 수가 없었다.

그러나 그때의 묵은 기억으로서도 그 기사의 문면은 아직도 머리에 새롭다.

세 번째의 실연──S여고보 3년 때 어느 동무의 오빠의 동무라는 동경 유학생으로 첫사랑의 꽃이 1년을 남아두고 피어 오다가 철석같은 언약으로 남자의 간절한 청을 차마 거역하지 못한 그 일순간이 다음 순간에는 남자로서의 한낱 향락의 도구로서밖에 지나지 못하였던 것을 알았다.

그리하여 처녀로서의 생명을 잃은 미령이는 남 모르게 혼자 애를 태우며 눈물을 삼켜 오다가 모든 것을 단념하고 오직 공부에 전심하여 우수한 성적으로 그 학교를 졸업하고 전문으로 들어가 꾸준히 학업을 계속하여 오다가 졸업을 전후해서 우연히 알게 된 어떤 전문학생과 교제를 하여 오던 것이 그 학생에게서의 모든 조건을 갖추었다고 찾게 된 것이 모르는 사이에 지난날의 상처는 잊은 듯 사랑의 움이 싹뜨기 시작하여 스위트홈의 꿈속에서 청춘의 피는 끓을 대로 끓어 그야말로 그 학생을 순정으로 사랑하게 되었다.

그러나 그 학생에게서 찾을 수 있던 온갖 미점은 역시 일시의 불타는 욕심에 미령을 끌기 위한 가면 속에서의 짓인 것을 다시금 경험하고 났을 때 미령이는 모든 남성을 저주하는 나머지 세상을 비관하게 되었다. 학교도 집어치우고 두문불출로 1년을 방구석에서 히스테리에 가까운 상태에서 빚어낸 온갖 공상이 그 여자로 하여금 전율할 생의 변화에로 이끌어 냈다.

현대의 모든 남성을 저주하고 세상이 비관될 때 여자로서의 자기의 존재도 그것을 상대로서밖에 더 나아가서는 있지 않을 것 같았다. 그리하여 치욕의 생과 영예의 사(死) 두 갈래 길에서 방황을 하였으나 오늘까지 받아 온 수양이 자리잡고 앉은 양심은 차마 치욕의 생을 찾을 수가 없어 일시는 영예의 사를 바른 길로 자살을 꾀하여 오다가 더러운 세상으로부터 받는 능욕이 너무도 분하여 살진댄 복수라도 하여 보자는 무서운 생의 힘이 머리를 들고 서둘러 마침내 몸을 카페에 던져 문명의 세례를 받고 젠체하는 모든 남성을 줌 안에 넣고 자기의 에로틱한 웃음에 머리를 숙여 가며 침을 삼키고 날뛰는 그들을 봄으로 행동을 일삼아 왔다.

그러나 미령은 여자였다. 그리고 아직 20이라는 청춘의 끓는 피가 혈관을 뜨겁게 오르내리고 있었다. 아무리 악마 같은 사내들이 추악한 존재이었으나 그 추악한 속에서도 이성으로서의 알 수 없는 매력이 안타깝게도 끌어 사람으로서의 본능인 청승맞은 사랑의 얄궂은 새는 미래를 부르게 되었으니 자기를 천사같이 따라다니던 어떤 시인을 못 잊는 것이었다.

그러나 그 시인은 카페의 여급이라는 성질에서밖에 더 나아가서 미령을 대하려고는 하지 않았다.

그래서 세 번째 실연을 당한 미령이는 자기 역시 사람이요, 여자인 것을 이제 쫓아 깨닫고 지난날 꾀하던 자살의 쓸데없는 연장이었던 것을 뉘우침과 동시에 이 현실에선 죽음이라는 데 대하여 한 점의 미련도 없이 바야흐로 봄이 무르녹기 시작하는 잔 물살 위에 황혼의 그림자가 신비롭게 물든 한강의 푸른 물속으로 뛰어들었던 것이다.

그러나 세상은 이름 그대로의 고해였다. 이것이 그만 용산서원의 눈에 띄어 즉석에서 구호선을 저어 경찰은 기어코 성공을 하고야 말았다.

"저, 절, 그대로 버려두세요. 저를 살려내 가지고는 또 짓밟아 주렵니까. 남이 아파하는 것을 보는 것이 그렇게도 즐겁습니까? 놔요. 놔."

하면서 발버둥치는 것을 마침내 배 위에다 끄집어 올려 놓으니

"놔요, 놔요. 저 악마들! 이 악마들! 이 악마쌈지들!"

하고 이를 악물고 손을 뿌리쳐 왼쪽 눈초리를 손톱으로 박아쥐고 당기어 제 손으로 상처를 남겼다는 것이다.

이까지 묵은 기억을 짜내던 나는 그제서야 마선생의 눈초리 뒷허물을 연상하고 이렇게까지 하지 않고는 견디지 못하게 비친 현실은 얼마나 그 여자의 마음을 괴롭히며 있었더라는 것을 짐작케 하였다.

그리고 그 후 4년 동안에 있어서 그 여자의 생활이 어떠하였는지는 그것은 알 수 없는 일이지만 이런 사실로 미루어 볼 때 오늘까지의 비관하는 태도로 우울한 속에서 날을 보내던 그 심정이 이 사실에 관련해서일 것은 틀림없는 것 같았다.

무산 아동을 위해서는 아닌 여자가 일부러 시골의 보잘것없는 우리 학원으로 찾아오게 된 것도 이 사실에 관련된 것 같고, 더욱이 나를

사랑하는 데서? 하고 생각할 때 그 여자는 4년 전 카페에 들어가던 그때의 심리와 같은 동기에서 남성에의 복수를 위하는 수단에 내가 걸린 것은 아닌가? 나는 문득 이런 생각을 아니 해 볼 수 없었다.

그러나 다음 순간 그 여자의 사람이 참으로 열정적인 것에서 다시금 저울질해 볼 때 아무리 해도 그런 것 같지는 않고 사람으로서의 본능을 버리지 못하는 데서의 순진성이 있는 것 같았다. 그리고 나는 그러리라고 단정하고 싶었다. 만일 다른 의미에서 사람을 요구하는 것이라면 젠체하는 도회심에 물들은 사람을 상대로 하는 것이 본의일 것이나 눈치를 달리 가지는 서선생 같은 이는 꿈도 안 꾸고 나에게 사랑이 쏠리는 것을 볼 때 나에게 구하는 사랑만은 그런 의미를 참으로 넘어선 순진한 사랑이라고 아니 볼 수가 없었다.

그리고 생각하면 미령이가 우리 학원으로 찾아왔다는 동기도 다른 데 있을 것이 아니요, 비교적 현대 문명에 물들지 않은 농촌의 웬만한 순진한 지식 청년으로 사랑의 대상을 찾는 데 있다고 아니 볼 수 없다. 이제 생각하면 미령의 모든 행동이 그렇게 비치었거니와 첫째 우리 학원의 존재를 보고 다시 돌아가려던 것이 지식 청년들이 교원들이었음에 있었다는 사실이 증명하는 것이요, 그리고 그 근본 방침에의 성공을 위하는 것이 칠면조라는 이름까지 듣게 행동을 가졌다고 보여지는 것이었다.

이렇게 미령을 만들어 놓고 보니 나의 마음은 더욱 괴로웠다. 농촌으로 찾아오기까지 그리고 나를 사랑하기까지에는 얼마만한 심뇌가 숨어 있었던 것일까?

그러나 나는 그의 사랑을 받을 수가 없는 것이다. 내가 그의 사랑을 거부함으로 나는 미령에게 사형을 내리는 잔인무도한 사람이 되는 것 같았으나 미령을 위하여 나는 내 생활의 태도를 그릇 가질 수는 없었던 것이다.

6

봄을 잡으면서 나는 김자수 딸과 약혼을 하여 놓았다.

아내를 묻은 지도 몇 달 되지 않았을뿐더러 그럭저럭 미령의 마음도 늦구어 줄 겸, 한 1년쯤은 지나서 재취를 하리라 하였으나 금년 농사할 생각을 하면 아내 없이는 할 수가 없었던 것이다. 작년에도 아내의 병으로 여름내 삯김을 처매게 되어 빚을 지게 되었거니 마침맞은 혼처가 나면 이 자리를 나는 놓칠 수가 없었다.

그리하여 슬그니 혼사를 지어 놓고는 얼마 동안이라도 미령의 귀에 소문이 들리지 않도록 입을 봉해 오며 미령에게 장차 어떻게 말을 하여야 될고? 만단으로 궁리를 하여 오던 차 어느 날 미령이와 나는 단둘이 사송정으로 산보를 할 기회가 지어졌다.

무슨 불편한 일이 있는지 사흘째나 또 우울한 속에서 한숨을 쉬던 미령이는 조용히 무슨 할말이 있는 듯이 애써 나를 사송정으로 이끄는 것이었다.

나는 그것이 한껏 두려우면서도 장가들 날도 앞으로 한 달 남짓밖에 남지 않았으므로 그 전으로 솔직하게 미리 사정을 말하는 것이 좋을 듯도 싶어서 조마조마한 마음을 붙잡아 가며 잔디밭을 거닐었다.

"당신 같은 재사(才士)는 전 처음 보았세요."

배래바위 밑까지 오르자 미령은 뚝불견 이런 소리를 하며 곁을 바투 든다.

나는 내 자신이 특별히 남다른 재주를 가지고 있는 것 같지는 않은데 일반은 나를 재사라고 불러 주는 것을 나는 듣거니와 무슨 점이 이제 이 여자로 하여금 내가 재사로 보였는고? 이렇게 생각을 해 보며 나는 되물었다.

"왜요?"

"글쎄 학교도 안 다녔다시는 분이 모든 방면에 남만 못한 게 계세요? 재사는 참 생이지지하나봐!"

애교에 가까운 미소를 미령은 입가에 보인다.

"비행기 태웁니까."

"아녜요. 비행기는 누가…… 아이 참 야속한 게 간판이지 당신같이 풍부한 학식으로 '간판'만 가졌으면…… 간판을 얻으세요, 일본 같은 곳으로 가셔서."

"허! 요것이 원수랍니다."

나는 두 손가락으로 동그랗게 원을 만들어 보였다.

"생각만 계시다면 그야 걱정될 게 뭐 있어요, 그만한 거야 뭐 저래도."

나는 놀랐다. 이런 말을 하려고 나를 재사라고 어두를 꺼낼 줄은 몰랐던 것이다.

"말씀만 해도 고맙습니다. 그러나 어디 돈만 가지고 공부를 합니까?"

"왜요?"

"못해요."

"사정이 계세요."

"네."

"사정이 있을 게 뭐예요. 떠나면 그만이죠. 그렇게만 하신다면 저도 따라가서 밥을 지어 드릴 테니깐. 얼마 안 가지고도 됩니다. 네? 봄으로 떠나게 하세요. 학비 걱정은 마시고요. 네!"

나는 땀을 냈다. 어떻게 대답을 해야 할지 몰라 얼른 담배를 내어 입에 물고 그것을 붙이는 것으로 핑계 삼아 어물어물하다가 아무래도 한 번 비극은 일어나고야 말걸 하는 생각에서 이 기회에 말을 시원히 하여 버리리라 마음을 단단히 조려잡고

"저 저를 잊어 주세요."

하고 말을 꺼내 버렸다.

미령은 아무 말 없이 고개를 땅으로 떨어뜨린다.

"저는 사실 마선생을 사랑할 자격이 없습니다. 마선생 자신의 명예를 위하여 저를 잊어 주시는 것이 행복이오리다. 초로에 묻혀 사는 일개 농군에게 출가를 하셨다면 세상은 선생님을 무엇으로 볼 것입니까? 그렇지 않아요?"

고개를 숙인 채 까딱 아니하고 서서 듣던 미령이는 물송진 같은 하얀 눈물이 두 눈에 맺히며 잔디밭 위에 쓰러진다.

"여— 여— 여— 여— 보— 미— 미령 씨."

나는 미령의 팔을 붙잡았다. 미령은 흑흑 느낀다.

"일어나세요. 뭘 이러십니까. 사람들이 봅니다."

아무리 달래도 듣지 않고 미령은 더욱 소스라쳐 울 뿐이다.

"여 여보 마선생. 마음을 돌리셔요. 저는 농사꾼입니다."

"저 저는 순진한 당신의 마음에 눈물을 흘리는 거예요. 저는 선생님이 얼마만큼 저를 사랑하여 주시는 줄을 잘 알아요. 저를 버리는 선생님을 저는 원망하지 않으렵니다. 그저 사랑만으로는 원만한 가정을 이룰 수 없는 그 처지를 저는 저주할 따름이에요."

한참 흐느끼고 나서 다시

"선생님! 저는 필경 이렇게 될 줄을 미리 알았었어요. 사흘 전 저는 우연한 기회에 선생님의 일기장을 보았습니다. 용서하여 주세요. 걸지 못한 땅 위에 선 꽃나무에는 이글이글하는 원만한 꽃송이는 피어날 수 없다고 적힌 것을 보았습니다. 그러나 선생님 저는 어디로 갑니까? 흐— 흐 흑흑—."

미령은 목까지 놓고 운다.

나는 미령의 손을 잡은 채 아무 말도 못하고 정신없이 있었다.

한참이나 흐느끼던 미령은

"선생님! 마지막으로 불쌍한 저를……."

하고 말끝을 못 마치며 미령의 머리는 땅에 박은 채 내 손에 잡히운 팔을 끌어 당긴다. 나는 팔목을 놓지 못하고 자석에 끌리는 한 개의 쇠못같이 가볍게 달려갔다.

그 순간 나는 아무런 의식도 몰랐다.

무엇에 놀랐는지 푸뜩 하고 머리 위를 날아 넘는 비둘기 스치는 소리에 놀라 눈을 주위에 살폈을 때에야 나는 내 무릎 위에 눈물 어린 미령의 얼굴이 놓여 있음을 깨달았다.

그러나 미령은 그냥 울고 있었다.

언제까지라도 그칠 줄을 모를 듯이 그냥 그냥 울었다.

그 후 미령은 몸이 괴롭다고 사흘째 학원에 나오지를 않고 자기 방에서 뒹굴더니 닷새 만엔가 우리 학원을 영원히 떠나갔다.

학원 안에서 교원들은 물론 온 동네에서까지라도 미령의 갑자기 떠나가는 그 연유를 몰라서 궁금해하며 종래의 의문에서 풀 수 없던 수수께끼는 더욱 얼크러져 모여앉으면 그 여자를 두고 수근거렸다.

그러나 나는 나도 모르는 체 누구에게도 나와의 관계는 물론 그 여자의 경력조차도 일체 입 밖에 내지 않았다.

〔발표지〕《신가정》(1935. 6.)

〔수록단행본〕*『현대한국단편문학전집』 제8권(문원각, 1974)

『학원한국문학전집』 제12권(학원출판공사, 1993)

고절(苦節)

1

이 봄을 접어들면서 우제는 아버지가 자기를 더욱 대수롭지 않게 여긴다는 것을 알았다. 믿지는 않으면서도 그래도 전에 같으면 가다가 한 번씩이라도 가사에 관한 의논은 있을 것이 일체 없어진 것으로 알 수 있었다.

이것은 좀더 자세히 말하면 자기라는 인간은 있으나 없으나 마찬가지로 여긴다는 말도 되는 것이라, 아니 이렇게까지 자기를 천단해 버린 아버지의 마음은 얼마나 괴로울꼬 생각할 때 우제의 마음은 앞뒤가 꼭 막힌 듯이 답답했다.

아버지가 자기를 이심으로 밉게 보아서 그런다면 반감이나 생길 것이, 그렇다면 마음이나 오히려 편안할는지도 모를 것인데, 사랑은 하면서도 아니 사랑하길래 큰 소리 한마디 없이 아들이 없는 줄 아자꾸나 하고 인제는 아예 의논을 말려는 것인 줄을 아니, 가슴이 아픈 것이다.

본시 성질이 남달리 뚝하여 아들에게도 말 한마디를 곰살갑게 하여 본 일이 없는 아버지였건만 자기를 누구보다도 알뜰히 사랑하고 있다는 것만은 우제가 모르는 배 아니었다. 오륙 식구를 거느리고 오십이 넘은 아버지가 혼자 이것들을 벌어먹이기에 사철 다리를 부르걷고 진날 마른날 없이 감탕 속에 무젖어나며 농사를 짓기가 오죽 힘들련만

모 한 대같이 꽂아 주기는커녕 섬대가리 한번 맞들어 주지 않고 남의
일같이 눈 한번 거들떠보는 법 없이 밤낮 손 싸매고 방구석에 틀어박
혀 책으로 씨름을 하는 것이 아니면 하릴없이 뒷짐이나 지고 산등성이
나 거니는 것이 그의 생활의 전부이었건만 이렇다 쓴소리 한마디 아니
하던 그 아버지였다.

사실, 그 아버지 자신도 우제가 삼십이 되도록 책이 아니면 붓대나
들고 고이 놀리던 손끝으로 일(농사)을 하리라고는 애초에 믿지부터
않았다. 공부를 하였거니 취직을 한다든지 무엇이나 한 자리 해서 돈
벌이를 하여 집안 식구를 먹여살릴 것이겠거니, 그리하여 어떻게 찌그
러져 가는 가정을 바로 세워 놓았으면 하는 생각은 은근히 있어 왔다.
이것은 우제도 잘 안다.

그러나 우제는 취직은커녕 용돈 한푼 벌지 못하고 되려 그 늙은 아
버지가 수염에 흰물을 들여 가며 벌어 놓은 돈을 쪼아먹고만 있었다.
돈벌이를 못하고 집에 있겠거든 아버지가 그렇게 손이 모자라서 배바
쁘게 돌아가는 것이 어심에 미안해서라도 좀 맞들어 줄 성싶은 것이련
만 그것은 나 몰라 하는 듯이 우제는 눈 딱 감고 지냈다.

그러는 것을 아버지는 손이 정 모자라 돌아가지 못할 때면 마지못
해 힘들지 않는 일로 놀면서라도 꽤 하염직한 일이면 이따금씩 시키는
일이 있었다. 그러나, 시켜 놓고 보면 그것은 결국 도리어 시키지 않
았던 것만 못한 결과를 맺는 일이 반은 넘었다. 그것은 아버지가 시키
는 일이므로 거역할 수가 없어 대답은 하지만 마음에 없는 일이라 모
르는 가운데 일은 저질러지고 마는 것이었다.

며칠 전에는 그날도 모는 내기 시작하고 갑자기 양식이 떨어져 집
근처에서 벼를 한 섬 꾸어다 말리어 찧으려고 멍석에 널어 놓고 닭 볼
사람이 없어 우제더러 닭을 좀 보라 이르고 아버지는 안심하고 모를
꽂으러 들로 나갔다가 점심참에 들어와 보니, 닭은 마당으로 하나 벼
를 차 버리고 한 멍석 들어서서 일변 목들이 메어서 캑캑거리며 쪼아

110

먹고들 있었다.

이것을 본 아버지는 어쩔 줄을 모르고,

"야! 야! 닭! 데닭! 닭! 닭!"

하고 고함을 치며 찾았으나, 우제는 기웃도 아니했다.

그래, 방안에 사람이 없나 아버지는 팔을 내저으며 마당으로 뛰어들어가 닭들을 쫓아내고 우제의 방을 기웃해 보니, 제법 닭을 보겠다고 "네에" 하고 대답을 하던 것이 얼굴 위에다 책을 올려 놓고 번듯이 늘어져서 세상이 오는지 가는지 코만 드르렁드르렁 골고 있었다.

아버지는 저것이 저러고도 밥을 먹고 살아갈 수가 있을까 하는 생각에 어처구니가 없어 멍하니 우제를 바라만 보다가 그래도 낮잠을 자는 것이 몸에 이롭지 못할 것을 생각하여,

"애! 애! 우제야 잠 깨라."

하고, 무릎마디를 잡아 흔들었다.

"에!"

하고, 우제는 놀래어 눈을 썩썩 비비며 성큼 일어나 앉았으나 아직도 잠은 덜 깬 모양으로,

"아이고 깜짝이야! 난 또…… 아! 아!"

하고 선하품을 내쉬었다.

이것을 본 아버지는 그저 한심하다는 듯이 "끙—" 하고 속으로 가쁜 한숨을 내쉬일 뿐 다시는 더 아무 말도 아니하고 건넌방으로 건너오고 말았다.

그러니 이런 것을 하루이틀도 아니고 일상 화를 내려다가는 한정도 없겠거니와 또 들을 것도 아닌데다 자식을 사랑하는 마음이, 그렇다고 또한 큰 소리를 하므로 아들의 비위를 상하기도 싫었던 것이다.

그래서 아버지는 인제 아들은 아예 없는 줄 알고, 아니 믿어야 저나 내나 서로 마음이나 편하리라 생각을 하고 일은 물론, 가사에 관한 의논까지도 일체 아니 하기로 마음을 먹었던 것이다.

2

　이런 일을 아버지는 무엇에나 입 다물고 말은 하지 않아도 우제는 아버지의 속을 들여다나 보는 듯이 빤히 알았다. 알 수 있는 것이 우제의 마음을 더욱 괴롭히는 것이었다.

　우제는 자기가 발벗고 나서서 어떠한 짓을 해서라도 돈을 벌어야 집안 식구를 붙들어살릴 것도 모르는 것이 아니었다. 하건만 마음에 없는 노릇은 죽어도 하기가 싫었다.

　사실 농사 같은 것은 장담코 제 자신도 못 하리라 믿지만 무슨 회사라든가 그러한 데는 손을 쓰면 들어가지 못할 것도 아니었다. 그리하여 게서 나오는 보수가 집안 식구를 다 붙들어가지는 못한다손 치더라도 자기의 입만 치워도 아버지의 등은 얼마쯤 가벼워질 것인데, 우제는 반드시 의지를 희생해서라도 살아야 된다기는 무엇 때문엔지 달갑게 마음이 허치 않았다. 아니 의지를 희생하여 빚어진 돈이 설혹 목숨을 붙들어간단들 그 목숨은 무슨 가치가 있을 것이냐? 그것은 도리어 의지에의 죄악도 같았다.

　그리하여 이렇듯 삶에 대한 불안이 우제로 하여금 문단에서 은퇴를 하여 농촌으로 떨어져 손 싸매고 틀어박히게 한 원인이었거니와 그의 소설은 꽤 평판이 좋았다. 농촌을 묘사하는 데 남다른 독특한 수법으로 엄청난 작품이 이따금씩 튀어나와 문제를 일으킴과 같이 일약 신진 작가로 등단을 하는 영예를 가졌었다.

　그러나 소설을 쓴다는 그것으로는 생계를 지지할 수가 없었다. 신문과 잡지에는 우제의 이름이 끊일 새 없이 휘날리니 집에서는 우제가 훌륭한 인물이 되어 돈을 많이 벌겠거니 하여 돈 좀 보내야 살겠다고 실로 편지가 빗발치듯 책상머리에 떨어졌다.

　그러나 아무리 악을 써야 자기 한 몸밖에는 더 나아가, 아니 이것도 빳빳한 것이거늘 5, 6인의 집안 식구――그것은 도저히 불가능한 사실이었다.

여기에 비장한 결심으로 단연히 붓을 들고 문단에 나서게 되는 우제, 1년 내로 빚에 몰려 오던 가정이 몰락의 비운을 피치 못하여 6, 700석의 추수를 거두던 토지를 전부 들내놓아 팔 때에 한껏 섭섭한 마음은 있었지만 그 아버지는 고사하고 동리 사람들의 아까워하는 마음의 십분의 일만도 못하게 무관심하던 마음, 부르조아의 자식이라는 향기롭지 않는 레텔이 뜻 있는 사람을 대하기에 부끄럽던 마음, 그리하여 그 재산이 일조에 흩어지고 말 때 되려 인간적으로는 이제야 바른 사람이 된다는 마음까지 느끼며 두 주먹을 든든히 믿는 마음, 그리하여 지렁이같이 푸른 힘줄이 울근불근하는 두 개의 팔뚝을 들여다볼 때면 그 힘으로 무엇인들 못 할 것 같지 않았었다. 그래서 자기의 주먹으로 벌어서 가족을 붙들어살릴 것이 얼마나 신성한 살림일 것이냐, 당시 동경에서 동양대학을 다니던 그는 일 년을 앞둔 졸업까지 집어던지고 서울로 뛰어나와 원대한 희망 속에서 문학적 활동을 시작하였던 것이다.

그러나 소설은 밥을 먹이는 것이 못 되었다. 먹어야 사는 사람은 분명히 밥을 필요로 하고 있었다. 그리하여 뜻 아닌 마음이 돈이라는 그 물건에 이끌리어 들어감을 어찌할 수 없을 때 옛날의 원대한 희망은 완전한 한낱 아리따운 공상으로밖에 더 되어 나타나는 것이 없으니 이에 믿지 못하는 힘은 고민의 싹밖에 낳는 것이 없었다.

그리하여 집에다 회답할 문구에조차 궁해서 애를 태우며 돌아가니 소용이 있을까. 돕는 이 없으니 집안의 형편은 차츰 쪼들려, 심지어는 생전 쥐어 보지도 못하던 호미자루까지 어머니 아버지는 드시고 근처 집 소작을 하느라고 코피가 익어서 돌아가게까지 되었다.

그러나 그렇다고 우제는 밥을 먹는 것만으로 생활의 수단을 삼기는 싫었다. 하지만 그렇게 아니하면 밥을 먹을 수가 없는 것이 빤히 내다보이는 현실이요 등에 짊어진 일이다. 그러니 현실에 대한 고민은 날로 커 가고 그리하여 그것은 또한 권태와 오뇌까지 가져다 주어 자기도 모르게 무능한 인간으로 화하여 문단에서는 우제의 소설을 불렀건만 그는 손이 묶인 듯이 움직여지지 않아 농촌으로 굴러떨어지게 된 것이니 그것이 벌써 사 년 전의 일이다.

그리하여 이태 삼 년을 집에 꼭 박혀서 주위의 온갖 치소를 한 몸에 받으며 끼니의 구차에까지 사정은 절박하였었건만 그는 그 치소를 되려 비웃고 보는 것이었다. 때로는 자기도 남과 같은 처지에서 수양을 못 받고 향상을 힘써 온 것이 도리어 이렇게 자기를 무력하게 만들어 집안 식구를 굶기게 하고 또는 자기의 마음까지 괴롭히지 아니치 못하게 된다고, 그리고 그것은 분명히 과도한 수양의 죄라고 저주까지 하여 보다가도, 또한 그 수양이 주는 위안이 실로 자기라는 생을 이끌어 가는 것임을 알 때 그 속에서 참 생의 희열을 느끼는 때문이었다.

그리하여 오히려 스스로가 높이 앉아 현실을 내려다보고 싶은 자존심이 오직 생을 붙들어 가고 있는 것뿐이었다.

3

"아니 여보! 참 어떡할 모양이요? 난 아부님 보기가 부끄러워 못 살겠어요. 올해도 월급 자리루 못 가게 되면 농사래두 허야 않아우?"

아내는 남편의 동정을 살피다 못하여 농사 시절이 되어도 또 손 싸매고 앉았으매 어느 날 저녁 우제가 상을 받으려 건넌방으로 건너온 짬을 타서 말을 꺼냈다.

내외간이라고 하지만 아내는 실상 남편에게 말 한마디 자유로 할 기회가 없었다. 아내는 아침 일찍이 일어나 아버지와 같이 들로 일 나갔다 어둡게야 들어오고 우제는 늦도록 자다 하루 세 때 밥상을 받으러 큰방으로 건너올 뿐 자기 방에는 누구 하나 얼른하지 못하게 하고 혼자 틀어박혀 있는 것이었다. 그래도 겨울에는 나무 때문에 두 방 부지를 할 수가 없어 우제도 큰방 윗간으로 건너와 아내와 한 방에 모이지만 해춘만 되면 건너방으로 건너가 혼자 박혔다. 그래서 아내는 또 이 봄을 잡으면서부터는 무슨 할 말이 있어도 상 받으러 건너오는 그때를 이용하지 아니하고는 기회가 없었다.

"글쎄 안 그렇소? 당신이 일을 하면 이렇게 사는 것도 그래두 발이 좀 페울 터인데 아버님 혼자서 감당을 못하고 농사하는 걸 쌌을 늘 넣게 되니 농사는 지으나마나, 글쎄 금년도 벌써 양식이 떨어진 게 아니요."

아내는 역심과 안타까움에 울 듯한 표정으로 그러나 남편의 환심을 사지 않아서는 안 될 것인 듯이 반은 애교에 가까운 어조를 이룬다.

우제는 아무런 대답도 없이 그저 먹는 밥이나 먹었다.

"그러구 글쎄 애쌔끼들이 또 한심하지 않소. 공부를 못 시키겠으면 연골에 농사라도 배워 주야디 석 달치나 월사금을 안 가져가니 선생이 벌을 씨운다고 어젯밤은 밤새두룩 울며 조르드니 오늘은 학교에도 안 가고 그래서 아부님이 아침에 모나 꽂자고 들로 데리고 나간 걸 당신은 아마 모를걸요. 글쎄 어떡해요, 이것들을……."

이런 것을 우제가 비록 외딴 방에 혼자 묻혀 있었다 해도 모르고 있었던 것도 아니었거니와, 하나도 아니요 엄창 둘인 자식들의 장래 문제에 대하여 생각해 오지 않은 배 아니어니 이런 소리에는 더욱 가슴만 답답할 뿐 언제나 생각하고 한숨 쉬던 때와 같이 저것들은 왜 생겨 나왔을까? 저것들만 없어도 몸은 한결 가볍지 않을 것인가? 우제는 다시금 외어 보며 말없는 한숨만 꺼지게 쉬었다.

이때에 모를 꽂으러 나갔던 자식들이 사지가 나른하여 다리를 뚝 부르걷은 채 할아버지와 같이 주렁주렁 달려 들어왔다.

우제는 아내의 입에서 좀더 무서운 말이 나올 것 같아 은근히 뒷말에 마음을 졸이고 앉았다. 아내가 더 말할 기회를 잃고 밥상을 가지러 부엌으로 내려가는 것을 다행으로 그래도 좀 늦어지는 것 같은 마음의 고비에 다시 밥술을 들었다.

밥상이 들어오자 윗간으로 뛰어올라가 손을 넣어 보던 맏놈 덕숙은 잠깐 눈이 둥그레지더니,

"아니! 내 수깔! 이새끼 홍순이 내 수깔 감췄구나."

하고 동생 홍순을 향하여 눈을 부릅뜬다.

그러나 홍순이는 아무 대답도 없이 이불귀에서 숟갈을 끄집어내선 밥상을 마주하고 앉는다.

"요새끼 수까락 내라. 놈으 수깔을 감춰 놓고 이제 함자 밥 다 먹으려구?"

단박 달려 내려와 홍순의 따귀를 겨눈다.

"어즈께는 너 고롬 내 수까락은 와 감춰 놓고 나보단 밥 많이 먹었네?"

홍순이도 지지 않으려고 눈알을 발가쥐고 딱 마주선다.

"뭐시야, 요새끼 그래서 너 어즈께 내레 수까락 감추는 걸 봤네?"

"넌 그래서 내레 감추는 걸 봤네?"

"요새끼 고롬 누구레 감췄간 너밖에."

"글쎄 넌 어즈께 와 내 수까락 감추고 밥 함자 다 먹었네?"

"요새끼 내레 내레 감추는 걸 봐서 글쎄?"

"넌 또 내레 감추는 걸 봔? 그래."

누구도 족히 항복은 아니 하려 하고 서로 걸러 댄다.

오늘도 또 싸움이 일어나는 것을 본 어머니는 얼마나 저것들이 배가 고파서 어제부터는 전에 없던 밥싸움까지 할꼬 생각할 때 어머니의 마음은 알뜰하게 아팠다. 그러나 그들의 배를 불려 줄 여유에 군색하니 위로할 말이 없다.

"낼은 많이 담어 줄 거니 어서 쌈질들 말구 식기 전에 먹어들 치워라. 작은놈 넌 내 밥 더 먹으렴?"

어머니는 달래며 자기의 밥그릇을 밀어 놓는다. 그러나 피차에 홍

분이 된 그들은 어머니의 소리는 듣는지 마는지 그냥 입눈을 계속하더니 마침내는 서로 손이 오고가고야 만다.

우제는 목구멍으로 밥이 넘어가지 않았다. 자식들의 이 밥싸움은 자기의 무력을 비웃고 그리고 모욕을 주는 것 같았다.

"이 자식들아!"

벌떡 일어선 우제는 당연히 할 수 있는 자기의 책임이라는 듯이 어느새 두 자식의 따귀를 한 대씩 갈기고 가장 위엄 있게 아니 있는 성이 모두 두 눈에 불꼬치를 붙였다.

그러나 다음 순간 우제는 더 할 말을 몰랐다. 자기의 무력을 자식들이 말하는 것은 불쾌한 일이나 자기의 무력은 자기가 아니 질 수 없는 책임인 것을 아는 때문이다 하니, 밥에 구차를 받는 자식들이 금시에 불쌍하기 짝이 없었다. 자기는 오늘도 뒷짐을 지고 산 속을 거닐며 돌아간 일밖에, 그리고 쓸데없는 공상이 있었던 것밖에 없었음을 생각하고 그래도 자식들은 온종일을 밥을 위하여 다리를 부르걷고 모를 꽂은 것이 아니었던가 하니 자기는 자식들에게 도리어 머리를 숙이고 부끄러워하여야 할 자기였던 것이다. 그는 자식들의 앞에서 자기의 배를 불리겠다고 다시 밥술을 잡기가 부끄러웠다.

그리하여 이내 건넌방으로 뛰어 건너왔건만 내었던 증이 잘못인 줄은 알면서도 누르지 못하고 그래야 마땅한 듯이 그대로 눈을 흘겨빨며 건너오지 않을 수 없었던 자기를 역시 건너와서야 자기의 되지 못한 자존심을 스스로 책할 수 있는 우제였다.

자식들은 아버지의 매가 억울하다는 듯이 어머니와 할아버지가 그렇게도 달래건만 그치지 않고 느끼며 울고 있었다.

4

"내 그 겨울 양복하구 책들을 저녁에든가 뉘가 와서 달라거든 내주시오."

며칠이 지난 어느 날 아침 우제는 아내를 마주하고 섰다.

이야기만 들어도 심상치 않은데 양복까지 갈아입은 남편을 볼 때 어디로 떠나려는 행색임을 일견 눈치챌 수 있었다.

"왜 어드루 가우?"

"응."

이 밖에는 더 말하려고도 아니하고 더 듣기를 원치도 않은 듯이 우제는 휘적휘적 대문 밖으로 나갔다. 갈 곳이 있는 것도 아니였다. 어제 아침 자식들이 밥에 주려 싸움까지 하는 광경을 목도하고 났을 때, 우제는 그들의 배를 곯림으로 자기의 밥그릇에 들어오는 그 밥은 차마 목구멍으로 들어가지 않았다. 그리하여 어디 만주로나 떠나 보자는 계획이었던 것이다.

특별히 그가 만주를 택하게 된 것은 의지를 희생하여 뜻 아닌 마음을 판대도 밥 먹기가 힘든 세상임은 이미 지내 본 경험인, 팔진댄 눈 딱 감고 가장 악하게 팔아 보자는 데서였다.

읍으로 들어간 그는 생명과 같이 귀히 여기던 마저 남은 이백여 부의 서적을 이미 말하여 두었던 책전에 다시 부탁을 하고, 양복도 역시 같은 방법을 취하여 백 원에 가까운 돈을 묶어 가지고 북행차를 잡아 탔다.

사냥꾼이 짐승을 찾아 산을 뒤타듯 행여나 여기는 무엇이 없을까, 그렇지 않아도 투기 도시로 이름난 곳이라 우선 안동현에 내렸다.

여기서는 한창 시세를 만난 은 밀수가 제 시절이었다.

누가 얼마를 잡았느니 누가 얼마를 떼이었느니 맞았으면 누구나 하는 것이 그 소리다.

우제도 여기에 마음이 동했다.

무엇이나 돈만 생기는 일이면 하여 보려 마음을 먹고 떠난 길이라 앞뒷굽을 재어 볼 여유도 없이 그는 남들이 하는 방법 그대로 여자의

××를 사용하여 그 운반을 취하기로 하고 곧 여자 다섯 명을 사서 은밀수를 시작하였다.

그러나 일단 착수를 하여 놓고 보니 아무리 눈을 감자 해도 감을 수 없는 짓이었다.

남들도 다 하는 짓이요 또 밥이 없는 여자들이니 이것이 오히려 그들의 원하는 짓이라고는 해도 우제의 양심의 눈은 여기에까지 감기지는 못했다.

하루에도 몇 차례씩 매일 같은 길을 왔다갔다하는 여자들이라 해관에서도 그러한 종류의 여자들에게는 응당히 밀수품의 간직이 있으리라는 것은 짐작하지만, 인류 도덕상 거기에까지 손을 못 대고 단지 몸을 훑치게 하여 보는 그런 방법에 그치고 마니 이 난관만을 넘게끔 교묘하게 간직만 하면 그것은 확실히 안전한 운반 방법이요, 따라서 돈이 잡힐 것도 빤히 눈앞에 내다보였다. 하건만 이 인간의 모욕! 두 눈을 갖추 뜨고 앉아서 무엇을 못하여 여자의 ××을 사용함으로써 입을 치자는 것은 그 치는 본의가 어디 있는지 알 수 없었고, 그렇지 않은지라 스스로가 인간을 모욕하는 사람이 되는 것을 생각할 때 이 노릇을 그대로 차마 계속할 수가 없었다.

이틀 동안에 여섯 차례를 하고 난 우제는 참다 못해 마침내 사용하던 여자들에게 해산을 선언했다. 그러니 이 돌연한 우제의 태도에 그들은 한 차례도 떼이지 아니하고 일을 잘 보아 주는데 왜 그러느냐고 어서 더 자기네들을 써 달라고 애원복걸, 아니 이것도 직업이라 한 여자는 그날의 끼니에 딱한 사정까지 호소하였다.

그러나 이때의 우제의 마음만은 세었다. 오늘도 모여드는 여자들을 일일이 물리치고 달리 그 운반하는 방법을 찾다 못해 그는 다시 북으로 차를 탔다.

봉천을 거치어 신경까지 곳곳이 뒤타며 달포나 두고 헤매어 보았으나 눈에 띄는 것이 없었다. 물론 상당한 자본이 있다면 투기적 사업이 없는 것도 아닌 것은 아니었으나 그만한 여유가 있다면 본래 이런 짓을 하려고 이까지 들어오지도 않았을 것이다. 그러니 하잘 것이 있나, 소자본으로서는 역시 소규모의 밀수가 아니면 색시 장사나 아편 밀매가 내다보이는 장사였다.

그리하여 우제는 좀더 내 마음이 악해져라 스스로 격려를 하며 개원(開原) 지방에 자리를 잡고 앉아 모르핀 소매를 벌여 놓았다.

하나 아무리 악의 화신에로 마음을 채찍질하였으나 그렇기에 얼마 동안은 견디었다 할까, 이 또한 끝내 그의 마음을 붙잡고 견디는 것은 못 되었다.

어떻게 생각하면 이 노릇이 현실에 대한 불평을 품은 이의 괴로움을 잊게 하여 주는 위안이 확실히 없는 것은 아니었으나 그러기에 이러한 이유를 내세우고 스스로 마음을 속여도 온 것이지만 여기에 한번 입을 대인 사람이면 기필코 일 개월 내외에 중독이 되어 심지어는 처자까지 팔아먹고 몸까지 망치고 마는 예가, 아니 그것은 백이면 백이다 그러한 것이다.

새파란 젊은 층들이 와서 약을 사갈 때 우제는 썩 대답을 못 하곤 했다.

"당신은 젊으신 양반이 왜 이런 데 입속을 하십니까. 끊어 주십시오."

하고 알뜰히 타이르고 싶은 충동에 마음이 끓는 때문이었다. 그러나 팔기 위하여 열어 놓은 장사다. 아니 팔 수도 없는 때문에ㅡ.

그리하여 이런 경우를 당하고 나면 우제는 말없는 눈물을 아프게 삼키고 온종일 불안한 기분 속에서 벗어날 수가 없었다.

하루는 아침에 자고 일어나 문 밖에 나서니 아편쟁이 하나가 토방 아래 죽어 넘어져 있었다. 가까이 가서 보니 어젯밤 자기의 손으로 팔목에 침을 놓아 준 일이 있는 사십 전후의 조선 청년이었다.

그때 그 청년의 기상이 말이 아니기에 아편을 끊으라고 팔기를 주

저하니 끊는 것은 나중 문제이고 맞아야 시제 사람이 살겠다는 죽는
짓을 하며 어서 놓아 달라고 팔을 부르걷고 애원을 하였다.

이것은 아편쟁이의 누구나 하는 버릇이다. 우제는 눈 딱 감고 또 한
대를 그의 팔뚝에 되는대로 꿰어 주었었다.

이제 그랬던 것이 원인이 되어 그의 주검을 눈앞에 놓고 어젯밤 일
을 생각하니, 새삼스럽게 그 침 한 대를 종내 아끼었더라면 그 청년은
죽음의 길에서 구원을 받았을는지도 모를 것이 아닌가 하면 용서할 수
없는 죄를 진 듯이 마음이 두려웠다.

그러나 그동안에 약간의 이익을 내다보고 자기의 손으로 봉지를 지
어 준 그 하얀 가루는 몇 천 명의 생명을 이제 앞으로 죽일는지 또는
자기 모르게 죽였는지 모를 것을 생각할 때에 우제는 그 노릇을 더 계
속할 수가 없었다. 그것은 분명히 인류에의 죄악이었던 것이다. 어떤
사람은 확실히 이익이 날 것이니 색시 장사를 동업하자고 붙잡고 놓지
않는 것을 우제는 이제 그런 노릇은 다시 할 용기가 없어 이렇게 아니
하고는 살 수 없는 것이 사람인가? 다시 그곳을 떠나 둘 곳 없는 심사
에 어떻게 마음을 풀지를 몰라 쓸데없이 남북 만주를 무른 평초 같이
밟으며 돌아가기 시작했다.

5

그러나 다시 두 달 후였었다. 눈보라 몰아치는 섣달 중순의 어느 날
아침 우제는 고향의 K읍 조그마한 역에서 차를 내리는 몸이었다.

어디를 가나 눈 뜨고 할 말이 없었고 그런지라 불안한 마음은 둘 곳
이 없어 두 달 동안의 방랑이 아편 노름에서 확실히 손에 넣을 수 있
었던 이백 원에 가까운 돈도 모두 술잔 위에 띄워 버리고 손을 쓸 수
가 없었던 것이다.

불그레하게 솟아오르는 아침 햇살을 등에 받으며 그래도 집이라고

우제는 찾아들었다.

마당에 들어서니 아버지는 반가워하는 기색을 숨기지는 못하나 당황한 빛에,

"너 인제 오누나—."

한마디의 인사가 있을 뿐,

"떠들지 말고 윗방으로 가만히 들어가거라."

하고 이상하게 입안에다 말을 넣고 속삭이다시피 이른다.

우제는 웬 까닭인지를 몰라 대답도 없이 멍하니 섰으니,

"네 아낙이 산고를 하는데 사람을 꺼려서 그런다."

하고 먼저 웃방 문을 조심스럽게 연다.

우제는 자기도 모르게 뒤따라 문 안에 발을 들여 놓았다. 장지는 닫아서 보이지는 않으나 아랫방에서는 고통을 못 참는 산부의 신음성이 그칠 새 없이 흘러 올라오고 있다.

우제는 정신 빠진 사람처럼 앉지도 못하고 그대로 우뚝 서서 있었다. 이미 있는 자식도 자기에서는 과중한 부담이거든 그 위에 또 한 아이 생기다니, 이 고해에 무엇 하러 그것이 또 기어나와? 하나 그 다음 순간 우제는 확 하고 낯가죽이 달아오름을 참기 어려웠다. 분명히 부부의 관계에 있어서는 범연하지 않았던 자기임을 깨달은 때문이다. 아내를 사랑하였던 것도 아니요 아니 도리어 역겨움에 못 참는 적이 많았건만 그 관계에 있어선 역시 참을 수 없었던 것이 자기였던 것이다. 아! 이 5년 동안의 생활의 찌게미! 오직 그것이 숨길 수 없이 드러나는 뚜렷한 생활이었던 것을 생각하니 부끄럽기 짝이 없어 고개도 못 들고 묵묵히 섰노라니,

"으아악! 으아악! 으악……."

하고 마침내 산성이 흘러올라온다.

우제는 그 소리를 차마 들을 수가 없었다. 자꾸만 으악 하는 그 소리는 이 고해에 나를 왜 쏟아 놓소, 능히 사람을 만들어 줄 힘이 있소

하고 에미 애비를 원망하는 소리같이 들려 큰 죄나 짓는 것처럼 몸이 오싹거렸던 것이다.

"아들이와? 딸이와?"

그래도 아버지는 자손이 귀함인지 남녀의 구별에 궁금한 듯 장지를 방싯이 열며 마누라더러 묻는다.

"아들이외다."

"분명 아들이야? 귀하다 참 셋째로구나!"

아버지는 손자를 연달아 셋째나 보는 것이 장한 듯 새삼스럽게 기세를 높인다.

그러나 우제는 아들이라는 것이 더욱 과중한 짐인 듯, 그 무슨 강압 관념에 장쾌한 생각도 아무것도 없었다. 그리고 그저 안이한 마음이 무엇 때문이라고 꼬집어 말할 수는 없으면서도 못 견디게 줄어들음을 느낄 뿐이었다.

〔발표지〕《백광》(1935)

〔수록단행본〕 *『한국문학대전집』(태극출판사, 1976)

병풍(屛風)에 그린 닭이

　사흘이면 끝을 내던 이 굵은 넉새 삼베 한 필을 나흘째나 짜는데도 끝은 안 났다. 오늘까지 끝을 못 내면 메밀알 같은 그 시어미의 혀끝이 또 오장육부까지 한바탕 할퀴낼 것을 모름이 아니다. 손에 붙지 않는 베라 하는 수가 없다.

　박씨는 몇 번이나 이래서는 안 되겠다 마음을 사려먹고, 놓았다가는 다시 북을 들어 들고 쨍쨍 놓고 쨍쨍 분주히 짜 보나 북 속에 잠긴 실은 풀려만 가는데도 가슴에 얽힌 원한은 맺혀만 가, 그만 저도 모르게 북을 놓고는 멍하니 설움에 잠기게 되는 것이다.

　생각하면 참 눈에서 피가 쏟아지는 듯하였다. 하기야 애를 못 낳는 죄가 자기에게 있다고는 하지만 남편까지 이렇게도 정을 뗄 줄은 참으로 몰랐던 것이다. 어떻게도 섬겨 오던 남편이였던고? 돌아보면 그게 벌써 십 년 전——시집이라고 와 보니 남편이란 것은 코 간수도 할 줄 몰라서 시퍼런 콧덩이를 입에다 한입 물곤 훌쩍거리지를 않나, 대님을 바로 칠 줄 몰라서 아침 한동안을 외로 넘겼다 바로 넘겼다——남이 볼까 창피하여 시부모의 눈을 피해 가며 짬짬이 코를 닦아 주고, 아침마다 대님을 쳐까지 주어 자식같이 길러낸 남편이요, 그날그날의 끼니에 쫓아 군색하여 먹기보다 굶기를 더 잘하는 가난한 사람살이를 어린 몸이 혼자 맡아 가지고 삯김, 삯베, 생선자배기는 몇 해나 였으며, 심지어는 엿광주리까지 이어, 그래도 남의 집에 쌀 꾸러는 아니 다니게 만들어 신세를 고쳐 놓은 것이 결코 죄 될 일은 없으련만, 이건 다자

꾸 애를 못 낳는다고 시어미는 이리도 구박이요, 남편은 이리도 정을
떼는 것이다.

글쎄 뉘가 애를 낳고 싶지 않아 안 낳나? 성주님께 빌기는 몇 번이
나 했는데——불공도 드리기를 철 따라 게을러 본 적이 없다. 그래도
안 생기는 것을 어쩌자고…….

생각할 때마다 아픈 눈물이 가슴을 찢으며 나왔다.

그러나 그것이 자기의 죄임에는 틀림없다. 집안의 절대를 생각해도
그렇거니와, 나이 근 사십에 남 같으면 벌써 아들이라, 딸이라, 삼사
형제를 슬하에 오롱오롱 놓고 흥지낙지 할 것인데, 도무지 사람 사는
것 같지가 않게 밤낮 수심으로 한숨만 짓고 앉았는 남편이 하도 가긍
해서 언젠가는,

"이전 난 아들 못 낳갔넝거우다. 첩이라두 얻어 보구레."

하니,

"글쎄 첩을 얻으문 집안이 편안하야디. 그르문 님재레 더 불쌍하디
않갔습마?"

이렇게 자기를 위하여 자제까지 하다 얻은 그러한 첩이다.

그렇게 얻은 첩에게 이제 남편은 빠졌다. 처음에는 그래도 며칠 만
에 한 번씩은 자기 방에도 들어와 잘 줄을 알더니, 이 봄을 잡으면서
는 그림자도 얼른하지 않는다. 이것이 무엇을 말하는 것일꼬. 시어미
야 아무리 구박을 주어도 남편의 정만 있으면 살지 하고 한뜻같이 그
시어미를 섬겨 왔고, 남편은 또 어머니를 글타고 자기 편을 들어 왔
다. 그러나 이젠 남편마저 어머니 편이다. 누굴 믿고 살아야 하나? 아
무캐서도 첩년보다 자기가 시퍼런 아들을 하나 먼저 낳아 가시 돋친
시어미의 혀끝을 다듬고 첩년에게 빼앗긴 남편의 정을 온통 끌어다 평
화로운 가정을 만들어 놓아야 할 텐데 그래서 어디 선달네 굿에나 한
번 더 가서 애를 빌어 보리라 총알같이 별러 왔으나, 그것도 임의롭지
못하다. 어제도 굿 이야기를 했다가 퉁바리를 썼다. 그러나 오늘 밤까

지 굿은 끝나고 만다. 아무리 생각해도 욕이 무섭다고 이 좋은 기회를 놓치기는 차마 아깝다. 박씨는 다시 잡았던 북을 놓고 베틀을 내려 건넌방으로 건너갔다. 한 번 더 시어미의 의향을 품해 보자는 것이다.

"오마니! 아무래두 굿에 가 보야가시오?"

시어미는 들었는지 말았는지 머리를 숙인 그대로 겯던 꾸리만 그저 겯을 뿐이다.

"그래두 알았소, 선앙님(성황님)이 복을 줄디."

"아아니 이년이 요즘엔 바람이 났나 보더라. 짜래는 베는 안 짜구 날마다 먼산만 멍하니 바라보고 앉았더니 글쎄, 무슨 일을 내구야 말디. 시퍼렇게 젊은 년이 가랑이를 벌리구 서나덜이 우글부글하는 굿 구경을 간다!"

과하다. 가슴이 미어지는 듯하다. 이렇게도 말을 할 수가 있나? 분한 생각을 하면 마주 대항을 하여 될 대로 되라 가슴속에 구긴 분을 풀어도 보고 싶었으나 시어미의 말대답을 며느리 된 도리에 받는 수가 없다.

"아이고 오마니! 거 무슨 말씀이요? 그래두 내 몸에 자식이 나야 안 되갔소? 온나제〔今夜〕 오마니 제레 아무래두 명미 한 되만 개지구 가 볼래요."

"아이구 참 집안이 망헐내문 폐난이나 망하디. 메느리 바람 닐었대는 소문 냉기구 망할 건 머잉고. 귀떼기레 있으문 너무 동내서 너까타 나 쉴쉴 허는 소리를 들었갔구나, 에 이년아."

"놈이야 아무랬댐 멜 허우 나만 안 그랬음은 되디요. 아무래두 갔다 올내요."

"아 이년아! 아무래두 갔다 오갔댐엔 나 있는 덴 와 와서 이리 수선이냐? 수선이. 응, 이년이 굿 핑계를 대구 무슨 수를 푸이누라구? 다 알디 다 알아, 이년 네, 오늘 저녁 선달네 굿엘 어디 갔단 봐라 내 집 문턱에 발을 못 들여놓으리라. 볼래 야〔子息〕레 미물이디 미물이야,

그래두 데따운 년을 에미네라구……."
　박씨는 더 말하고 싶지 않았다.
　만일 남편이 이 소리를 들었으면 나를 화냥년이라고 당장 내어쫓을
까? 아니, 아무리 정은 첩년에게 갈렸다고 하더라도 십여 년을 같이
살던 내 마음을 몰라줄 리는 없을 거야. 그 입에 담지 못할 험담으로
나를 집어먹으려는 그 입놀림을 남편이야 마뜩해 곧이들으리! 박씨는
도리어 남편이 이 소리를 좀 들었더면 오히려 속이 시원할 것 같다.
아무리 몰인정한 사람이기로 애매한 누명을 뒤집어쓰는 이 나를 보고
짐승이 아닌 다음에야 내 이 터져오는 가슴을 마음으로라도 어루만져
는 주겠지 하니, 남편이 그립기 그지없다. 장에서 돌아오기만 하면 이
런 소리를 반반이 외어 바치고 가슴속에 서린 분을 풀어 보고 싶다.
그래서 남편이 내 맘을 알아만 준다면 명미도 아니 줄 리 없을 것이
니…….
　생각을 하며 박씨는 가슴에 넘쳐 흐르는 울분을 삼키고 다시 베틀
로 돌아왔다.
　참으려야 참을 수 없는 눈물이 가슴을 할퀴기 시작한다. 마음 놓고
실컷 울기나 하면 분이 풀릴까, 참기도 어려웠으나 참으려고도 아니하
고 그냥그냥 울다 보니 벳바닥 위에는 어느 새 벌써 은하수같이 기다
란 해 그림자가 꼬리를 길게 달고 가로누웠다.
　벳바닥 위에 해 그림자가 가로누우면 또 저녁을 지어야 하는 것이
다. 박씨는 치마폭을 걷어들어 눈물을 씻고 일어섰다.

　저녁을 먹고 나서도 남편은 돌아오지 않는다. 이제나 돌아오려나
문 밖에 나서니 은은히 들려오는 선달네 굿 소리!
　둥 둥둥 둥둥둥!
　둥 둥둥 둥둥둥!
　한참 흥에 겨워 치는 장구 소리다.

이 소리에 박씨의 마음은 더욱 초조하다. 그래도 달려가기만 하면 신령님은 복을 한 아름 칵 안겨줄 것 같다.

아이, 그이가 오늘은 또 속상하는 김에 술을 잡수셨나 보지, 들락날락, 기다리나 어둠이 짙어 가는데도 돌아오는 기척이 없다. 박씨는 안타까웠다. 어둠은 점점 짙어 가는데 그러다 굿이 끝나면 하는 생각은 그대로 참지를 못하게 했다. 아이를 못 낳는 한 그러지 않으면 시어미의 그 욕을 면해 볼 도리가 있을까? 시어미 눈이야 얼마든지 피해 갈 수 있을 것이나 시어미의 치마끈에 매달린 고방문 쇠를 어찌할 수 없으매, 복을 빌 명미를 낼 수 없음이 자못 근심일 따름이다. 그러나 그렇다고 또한 이 밤을 그대로 보낼 수는 없다. 생각다 못하여 박씨는 애지중지 농 밑에 간직해 두었던 은바늘통을 뒤져냈다. 이것은 어머니가 시집올 때 노리개도 못 해 주는데 이것이나 하나 해 줘야 된다고 옥수수 엿 말을 팔아서 만들어 주던 것으로 자기의 세간에 있어선 다만 하나의 보물이었다. 그러나 박씨는 이제 자식을 빌러 가는 명미의 밑천으로 그것을 팔자는 것이다.

바늘통을 뒤져 들은 박씨는 한 점의 미련도 없이 그것을 들고 동구 앞 주막집 뚜쟁이 늙은이를 찾아가 일금 이 원에 팔아서 입쌀 한 되, 백지 두 장을 사들고 부랴부랴 선달네 굿터로 달려갔다.

굿은 한창이었다. 사내, 계집, 어린이, 큰 애, 늙은이, 젊은이 할 것 없이 동네 사람들은 거의가 다 모인 성싶게 마당으로 하나 터질 듯 둘러섰다. 보니, 그 앞에선 떡이라, 고기라 즐비하게 차려 놓은 상을 좌우에 놓고 남색 쾌자에 흰 고깔을 쓴 무당이 장구에 맞추어 흥겨운 춤이 벌어져 있다.

박씨는 선달네 마누라에게 온 뜻을 말하고 놋바리 두 개를 얻어 담뿍담뿍 쌀을 담아 정하게 백지를 깔고 굿상 위에 받쳐 놓았다. 복을 빌러 온 사람은 박씨 자기만이 아니었다. 남편이 앓아서 무꾸리를 온 색시, 자손들을 잘살게 해 달라 공을 드리러 온 늙은이, 소를 잃고 점을 치러 온 사내——무어라 무어라 꼽을 수 없이 수두룩하다.

무당은 춤을 한참 추고 나더니, 복 빌러 온 사람들을 차례로 불러 복을 주기 시작한다. 박씨는 여덟째 번이었다.

"야들아!"

큰무당은 한참 장구에 흥겨운 시내들을 소리쳐 부른다.

"에에이!"

"어허니야 시내들아! 너희들 들어 봐라. 김해에 김만복이 서얼훈에 무자하여 목욕 재계 사흘 후에 성수님께 자식 빌려 명미 놓고 등대했다. 성주님을 모셔다가 오옥동자 금동자를 오늘루서 주게 해라. 자아 노자! 노자 노자아 하!"

큰무당은 다시 팔을 벌려 춤을 울신울신 추기 시작하니 시내들은 또 엉덩춤에 장구다.

둥둥 둥둥 둥둥둥…….

둥둥 둥둥 둥둥둥…….

큰무당은 한참이나 춤을 추고 나더니, 박씨를 불러 자기가 입었던 쾌자를 벗어 입히고 고깔을 씌운다.

박씨는 자못 그것이 사람 많은 가운데서 부끄러운 노릇이나, 그것을 가릴 차비가 아니다. 무당이 시키는 대로 정성껏 받지 않으면 안 된다. 그러나, 다만 한 가지 근심은 추어 보지 못한 춤이라 어떻게 팔을 벌리고 다리를 놀려야 할지 알 수 없는 것이요, 그것이 서툴러서 뭇 사람들의 웃음거리가 되면 하는 것이 순간 낯을 붉히었으나 자식을 비는 춤이어니 하면 저도 모르게 온 정신이 춤에만 쏠려 들었다.

"성주님 오셨나이까, 김해에 김만복이 임전에 자식 빌려 가노이다. 금동자를 주소서. 금동자를 주옵소서. 야들아! 시내들아! 자— 때려라. 노자 노자—."

"에에이!"

큰무당의 호령에 시내들은 또 일제히 받으며 춤 장구를 울린다.

“쿵!”

박씨는 한 팔을 들었다.

“쿵! 쿵! 쿵덕쿵!”

장구 소리에 맞추어 박씨의 팔은 올라가고 내려오고 처음 그 한 팔을 들기가 힘이 들었지 들고 나니 아무것도 아니다. 들었다 놓았다 춤도 아주 곱다.

얼마 동안을 추고 난 뒤, 큰무당은 또 시내들을 불러 장구 소리를 멈추게 하고 박씨를 붙들어 쾌자와 고깔을 벗긴 다음, 명미 바리에 쌀을 한 줌 집어내어 공중으로 올려던졌다. 다시 그것을 잡아 가지고는 그것이 쌍이 맞나 안 맞나를 검사하여 안 맞으면 버리고, 맞으면 박씨를 준다. 그러면 박씨는 그것을 받아서 잘근잘근, 그러나 경건한 마음으로 씹어서 삼킨다. 그것이 복인 것이다. 무당은 그 쌍이 맞는 쌀알이 박씨의 나이와 같이 될 때까지 몇 차례를 거듭하고 나더니,

“어허니야아…… 어허니야아…….”

큰무당은 춤을 얼신얼신 추며,

“성주님이 김해에 김만복이 무자하사 천복 디복 다 주시다. 서른 여섯 다섯 쌍이 다 맞아떨어졌다. 옥동자 금동자가 머지 않아 생기리라. 성주님을 박대 마라. 선앙님을 박대 마라. 야! 박씨야아!”

하더니, 굿상 위에 괴어 놓았던 흰떡 한 개를 박씨의 치마를 벌리래서 집어넣는다.

“이건, 금동자니라.”

또 한 개를 집어넣고,

“이건, 옥동자니라.”

그리고 나서 냉큼냉큼 세 개를 연거푸 집어 두며,

“옥동자 금동자 오형제를 두었더라. 이 복 받아 성주님께 물러 주고 성공을 드려라 아아하아!”

하니, 박씨는 받은 떡을 떨어질세라 조심히 치마귀를 둘러싸 안고

대문으로 빠져 집으로 돌아왔다.

그리고는 무당이 가르친 대로 뒤란 밤나무 밑 구석 오쟁이에 싸고 온 떡을 정성스레 하나하나 집어넣고 공손히 읍을 하여 허리를 굽혀 절을 하였다.

"성주님! 아무케두 자식을 낳게 해 줍소사."

또 한 번 절을 하고 나서,

"시어머니 마음을 고쳐 줍소사."

또 절을 한 다음,

"남편을 제 방으로 건너오게 해 줍소사."

그리고 또 한 번 절을 하고는 조심조심 물러나 뒤란을 돌아왔다.

변씨의 방에는 불빛이 익은 꽈리처럼 지지울리게 창을 비친다.

남편이 장에서 돌아왔나 가만가만히 문 앞으로 걸어가 엿들으니 사람이 없는 듯이 방안은 고요한데 남편의 고무신도 변씨의 그것과 같이 가지런히 토방 위에 놓여 있다. 돌아오기는 왔다. 그러나 아직 잘 때는 아닌데 왜 이리 조용할꼬? 해어진 창 틈으로 가만히 엿보니 남편은 술이 취한 양 아랫목에 번듯이 누웠고 변씨만이 등잔 앞에 펄짝이 앉아 남편의 해진 양말 뒤축을 꿰매고 있다.

박씨는 전에 달리 남편이 더욱 그리웠다. 행여나 오늘 밤은 제 방으로 건너와 주무시지 않으시려나? 자기의 돌아온 뜻을 알리려고,

"아까 어둡뚜룩 안 돌아오시더니 언제 돌아오셨나."

하며, 발칵 열었다.

그러나 남편은 세상 모르게 잠에 취했고, 변씨가 한 번 힐끗 마주 쳐다보더니,

"아니! 이 밤뚱에 함자 어딜 갔더랬소!"

가시가 숨은 말을 그저 한 번 던질 뿐 눈은 다시 양말 뒤축으로 떨어진다. 남편이 그리운 생각을 하면 그 옆에라도 좀 앉았다 나오고 싶

었으나 눈에 가시같이 변씨가 거슬린다.

"술을 또 잡디?"

박씨는 남편의 얼굴을 한 번 들여다보고는 돌아나와 자기 방으로 건너왔다. 등잔에 불을 켜고 앉으니 울적한 마음 더한층 새롭다. 이불도 펴 놓을 생념이 없어 그대로 초조하게 앉아서 혹시 남편의 잠이 깨지나 않나 정신을 변씨 방으로만 모았다.

그러나 아무리 앉아서 기다려야 남편이 깨는 기척은 들리지 않는다. 한 번 더 건너가 보리라 문을 여니 어느새 변씨 방에는 불이 없다. 불 없는 방에 건너가선 안 된다. 우두커니 문을 열어잡고 새카만 변씨 방을 건너다보는 박씨의 마음은 안타깝기 그지없었다. 울고 싶도록 마음은 아프다. 그러나 할 수 없는 일이다. 서러운 한숨을 저도 모르게 꺼질 듯이 쉬고 힘없이 문을 되닫았다.

새벽녘에야 겨우 눈을 붙였던 박씨는 참새 소리에 그만 잠이 깨었다. 처마 밑에 배겨 자던 참새가 포득포득 기어나올 때면 아침밥 차비를 하여야 되는 것이 습관적으로 그의 잠을 깨우는 것이었다.

박씨는 졸림에 주름지는 눈을 애써 비벼 뜨며 뒤란으로 돌아가 재삼태를 들고 부엌으로 내려갔다.

그러나 부엌에 발을 막 들여놓으려는 순간 박씨는 뜻밖의 사실에 놀라고 문득 걸음을 세우지 않을 수 없었다. 어느새 언제 나왔는지 전에 없이 시어미가 부엌에 나와 앉아서 쌀을 일고 있는 것이었다. 이상한 일이다. 박씨는 한참이나 그것을 멍하니 바라보다가,

"아니 오마니! 와 일찌거니 나오셨소?"

한 발을 마저 문턱 너머로 들여놓았다.

시어미는 일던 쌀만 그저 일 뿐 아무 대답도 없다.

"아이구 오마니두! 아침엔 요좀두 추운데."

박씨는 자기가 쌀을 일려고 함박을 붙들었다.

"해가 대낮이 되도록 자빠져 자다가 이제야 나와서 이리 수선이야 이년이! 어드메 가서 밤을 밝케 개지구 와선……. 너 같은 더러운 년이 짓는 밥은 이젠 더러워 먹을 수 없다. 이거 썩 놔! 어즌낮엔 어디멜 갔든 게냐 이년!"

박씨는 쥐었던 함박을 놓지도 주지도 못하고 섰다.

"야, 이년이 더럽대두 안 나가구 버티구 섰네. 안 나갈 테냐? 그래! 야 있네? 야! 야! 만복이 있네? 아, 이년을 그래, 그대루 둔단 말이가? 계집년이 밖에 나가 밤을 새고 들어온 년을!"

시어미는 소리를 질러 아들을 부른다.

이에 응하여 쿵 하는 건넌방 문소리가 난다고 듣고 있는 순간 턱 하는 소리와 같이 박씨는 함박을 쥔 채 부엌 바닥에 엎드러졌다. 어느새 남편은 달려와 발길로 사정없이 중동을 제겼던 것이다.

"이년! 이 개만두 못한 쌍년! 어즌낮엔 어드메 갔드렌? 나래는 새끼는 못 낳구 한대는 게 서방질이로구나 엉? 이년! 제 서나두 모르게 바늘통을 내다 팔아 개지구 밤을 새와 들어오는 년이 화냥년이 아니고 그럼 뭐이가? 바늘통을 몰래 팔문 내레 모를 줄 알았든? 내레 주막에서 다 들어서. 이년, 그래 내레 이년을 에미네라우 데리구서 에! 참 분하다."

박씨는 기가 막혔다. 정은 변씨한테 빼앗겼다 하더라도 그래도 어디른지 한껏 믿고 있던 남편의 입에서 이런 말이 나올 줄은 참으로 몰랐다. 아무리 시어미가 불어 넣었기로서니 밉지만 않다면야 이런 행동까지는 차마 없었을 것이다. 분한 생각을 하면 이 자리에서 죽더라도 같이 맞싸워 보고 싶으나 그래도 남편이다. 그래서는 안 된다.

"아니 여보! 이게 무슨 일이요? 난 당신이 이렇게 내 속을 몰라줄 줄은 몰랐수다레. 굿이 어즌나쥐꺼지래기 당신은 당에 가서 오시지 않구 해서 아, 거길 갔다가 이내 와서 잤는데 뭘 그르우?"

박씨는 아무렇지도 않다는 듯이 치마를 털고 일어서 청백한 나를 좀 보아 달라는 듯이 남편의 턱 아래로 기어들었다.

"이전 네까진 쌍년 소린 백 번 해두 곧이 안 듣겠다. 이 쌍년 같으니 썩 게나나가라."

그 억센 손이 끌채를 덥석 감아쥐는가 하니 사정없이 흔들며 끌어낸다.

"이년! 다시 내 집에 발길을 또 들여놓아라. 어디 가서 뒤지든지 도와허는 놈허구 맞붙어 살든지 내 집엔 다시 못 두로리라."

휙 잡아 둘러 놓으니, 박씨는 넘어지지 않으려고 비칠비칠 힘을 주다 못해 개바자 굽에 번듯이 나가 자빠진다.

박씨는 다시 일어나고 싶지도 않았다. 그냥 그 자리에서 죽고 싶었다. 남편에게까지 이 더러운 누명을 쓰고 살아서는 무엇 하나? 차라리 죽는 것이 편하리라. 그러나 목숨을 임의로 하는 수가 있나? 죽지 못할 바엔 남이 볼까 창피하다. 박씨는 일어났다.

그러나 대문은 걸렸다. 갈 데가 없다. 갑자기 몰렸던 설움이 물에 밀리는 모래처럼 터져나왔다. 친정이나 있으면 남같이 어머니나 찾아가지 않겠나? 아버지의 뒤를 쫓아 어머니마저 돌아가신 지 오래다. 박씨는 생각다 못해 이 집에서 학대를 받고 붙어 사느니보다는 어디로든지 가는 것이 차라리 편하리라. 가다가 죽으면 죽고, 살면 살고 아무리 계집이기로 제 몸 하나야 치지 못하리. 또 치기 어려우면 시집이래두 가지. 남이라구 두 번 세 번 서방을 얻을까? 에구 그 시어미 딸년, 첩년의 눈독――그만한 시집이야 어딜 가면 없으리 생각을 하며 박씨는 마을을 어이돌아 신작로 큰길을 더듬어 나섰다.

하지만 무슨 미련이 뒤에 남았는지 차마 발길이 앞으로 내달아지지 않았다. 한 발걸음 두 발걸음 촌중을 살펴보고, 그리고 자기의 집을 찾아 내고는 눈물을 흘렸다. 그런데다 방향조차 없는 길이라, 가다가는 산모퉁이에 힘없이 주저앉아 한숨을 짓다가는 다시 일어서 걷고,

걷다가는 또 쉬고 하기를 몇 번이나 반복을 하다가 이윽고 해는 저물어 색시 적에 같이 엿장수를 다니던 조씨라는 엿장수 늙은이의 집을 찾아 들어가 그날 밤을 쉬기로 하고 저녁을 얻어먹었다.

그러나 먹고 누워서 피곤을 풀며 가만히 생각해 보니 자기가 이까지 떠나온 것이 열 번 잘못 같게만 생각되었다. 비록 갈 데는 없으되 어디나 가서 자리를 잡고 정을 붙이면 못 살 것은 아니지만 아무리 악한 시어미요, 이해 없는 남편이라 하더라도 이미 자기는 그 집 사람이었다. 어떠한 고초가 몸에 매질을 하더라도 그것을 무릅쓰고 그 집을 바로 세워 나가얄 것이 자기의 반드시 하여야 할 의무요, 짊어진 책임 같았다. 욕하면 먹고, 때리면 맞자. 욕도, 매도, 다 참으면 그만이 아닌가. 내가 왜 그 집 대문을 떠나 시퍼렇게 젊은 년이 뉘 집이라고 이 늙은이네 집에서 자려고 할까? 그만 것을 참지 못하여 마음을 달리 먹고 떠나온 것이 여간 마음에 뉘우쳐지는 것이 아니다. 병풍에 그린 닭이 홰를 치고 우는 한이 있다 하더라도 나는 그 집은 못 떠나야 옳다. 죽어도 그 집에서 죽고 살아도 그 집에서 살아야 할 몸이다.

박씨는 다시 발길을 돌렸다.

이미 어둡기 시작한 날이라 이십 리나 걸어야 할 밤길이 적이 근심되었으나 가다가 죽는 한이 있다 하더라도 아니 돌아설 수가 없었다. 아득한 밤길을 헤엄이나 치듯 갈팡질팡 어릅쓰러 마을 앞까지 이르렀을 때는 밤은 이미 자정에 가까웠으리라. 고요한 정적에 잠겼는데, 이따금 개 소리만이 경경 하고 건너 산에 반향을 일으킨다.

박씨는 요행히 주막집에 불이 켜 있는 것을 보고 달려가 아직 주머니 귀에 남아 있는 바늘통을 판 밑천으로 양초 두 자루, 백지 다섯 장을 사들고 우선 뒷산 서낭당으로 올라갔다. 자기의 지금까지의 그 잘못을 서낭님께 뉘우쳐 보자는 것이다.

초에다 불을 켜서 서낭님의 앞에 가지런히 한 쌍을 꽂아 놓고 공손히 읍을 하고 서서 오늘 하루의 지난 일을 눈물을 흘리며 뉘우쳤다.

　그리고 시어미의 마음을 고쳐 달라 빌고, 남편을 이해시켜 달라 빈 다음 아무럭해서도 자손을 보게 하여 남편의 그 수심을 하루바삐 풀게 해주고 집안의 대를 이어 달라 간곡히 빌었다. 그리고 다시 절을 하고 나서 백지 다섯 장을 연거푸 소지를 올렸다.

　그런 다음, 집으로 발길을 돌리며 내려다보니 남편의 방에도 시어 미의 방에도 아직 불은 빨갛게 켜져 있는데, 오직 자기의 방만이 홀로 어둠에 싸여서 어서 주인이 돌아와 밝혀 주기를 기다리는 듯하였다.

　박씨는 불빛을 향하여 걸음을 재촉했다.

　개 짖는 소리가 사탁 아래 또 들린다.

〔발표지〕《여성》(1935. 1.)

〔수록단행본〕*『병풍에 그린 닭이』(조선출판사, 1944)

심월(心月)

“이애 저, 저 두란에 가두운 닭 모이 좀 줘라. 그만 깜박 잊었구나.”

“건 줘서 뭘 해요?”

“뭘 하다니 — 종일 굶었겠으니 오즉 배가 고프겠니?”

“아이 어머니두! 저녁에 잡을 걸 모인 줘서 뭘해요?”

“그래두 그렇지 않으니라. 아무리 잡을 거래두 목숨 있는 즘생이니 목숨이 있기까지야 배고픈 게 오죽 거북하겐? 왜 그 고방 문 안에 쉬쌀이 있지!”

“어머닌 아이 벌써 두신데 — 여섯 시문 뭐 제녁 질걸.”

“무슨 계집애가 이르는 말을 그리두 안 듣게 차부냐! 또……?”

자꾸만 우기는 어머니의 말을 금순이는 거역할 수가 없었다.

배고플 것을 애처롭게 여길진댄 목숨을 끊기는 더욱 애처로울 것인데 그것은 조금도 생각지 않는 것 같은 어머니의 마음은 알 수가 없다고 금순이는 생각을 하며 고방 문 안에 쉬쌀 바가지를 들고 뒤란으로 돌아가 한 줌을 푹 퍼서 가리 위로 떨어 주었다.

우두커니 쭈그리고 앉아서 눈만 껌벅거리던 닭은 성큼 일어서 모이를 쪼아 먹는다. 몇 시간 아니 있어 목숨이 끊길 것도 모르고 그저 먹어야 살겠다는 듯이 그냥그냥 쪼아 먹는다.

이것을 본 금순이의 마음은 까닭없이 그 닭이 불쌍해 보였다. 사랑은 받으면서도 목숨은 빼앗겨야 한다. 그것이 닭의 목숨이다. 어머니의 엄령에 아니 받을 수 없는 닭의 운명이다. 열 마리나 남은 닭 가운

데서 하필 왜 저놈이 붙들렸을까? 아버지 생신 때문에 저놈은 죽누나! 금순이는 생각을 하며 모이를 재냥스레 쪼아 먹는 닭의 주둥이를 물끄러미 바라보고 있었다.

곰배님배 모이를 주워치던 닭은 별안간 캑캑 하고 주둥이를 땅에다 쥐어박는다. 그러면서 안타까운 듯이 주둥이를 땅에다 줄줄 끌면서 어쩔 줄을 모르고 뒤로 물러걸음을 치며 가리 안을 뱅뱅 돈다.

웬 까닭일까? 금순이는 가리를 방싯이 들고 손을 넣어 닭의 발목을 붙들어 내었다. 그리고 주둥이를 비집어 보았다. 뜻밖에도 주둥이 아래턱과 위턱 사이에 부러진 바늘 토막이 딱 모로 서서 걸려 있었다.

고팠던 배에 가릴 여지가 없이 분주히 주워 먹다가 그만 바늘까지 겹집어 삼킨 듯 싶었다. 금순이는 나무 꼬치로 바늘을 걸어서 퉁기어 보았다. 꽤 깊이 박혔다. 움직이지도 않는다. 닭은 아픈 듯이 캑캑 하고 요동을 친다.

어떻게 해야 바늘을 바로 뽑아낼까, 금순은 새끼손가락을 닭의 주둥이에 들이밀어 바늘을 걸었다. 아픔을 참지 못하는 듯 닭은 화드닥 하고 깃부츰을 한다. 그 바람에 걸렸던 바늘은 얼결수에 손 끝에 걸려 나왔다. 그러나 품 안에 닭은 자기도 모르게 빠져 나서 담 모퉁이로 비칠비칠 달아나고 있다.

아하, 닭을 놓쳤구나! 저 닭을 어떻게 붙드나? 하는 생각과 같이 그렇게도 닭의 목숨만을 애처롭게 생각하던, 그리고 걸린 바늘까지 그것도 어떻게 아프지 않게스리 하는 생각만에 그저 닭에게 향한 애처로움만으로 가득 찼던 금순의 마음은 한 떼의 구름 앞에 침노를 받은 달같이 갑자기 마음이 흐리어졌다. 저 닭을 잡지 못하는 날이면 어머니한테 꾸중을, 아니 매까지 맞을 것이라는 두려운 생각이 무엇보다 먼저 떠올랐다. 그리하여 금순이는 아무것도 생각할 능력을 잃고 오직 두려운 공포 속에 마음이 떨릴 뿐이었다.

금순이는 멍하니 섰다가 달아나는 닭 따라 눈을 쫓아 굴리며 쫓으려 달렸다. 닭은 나무수풀 새로 풀포기 새로 잡히지 않으려고 요리조리 피해 다닌다. 금순이는 있는 지혜를 다 짜내어 닭을 잡기에 마음을 다했다.

한참이나 쫓아다니니 닭은 그만 기진하여 더 달리지를 못하고 피신할 곳을 찾는다는 것이 담 뜸 새에 대가리만을 박고 숨는다. 금순이는 옳다구나 하고 달려가 덮쳤다. 그적에야 안심을 말하는 듯한 한숨이 길게 새어나왔다.

닭의 주둥이에서는 바늘에 받은 상처 때문인지 붉은 피가 입술 좌우 술가리로 긍정해서 비질거리고 있었다.

그러나 금순의 눈에는 그것도 보이지 않았다. 그저 전과 같이 그 닭을 어머니가 모르게 가리 안에 어서 가져다 넣어 둬야 된다는 생각만이 다만 금순이로 하여금 닭의 다리를 힘있게 붙들고 있게 하였다.

〔발표지〕《학등》(1935. 9.) —원제는 '금순이와 닭'
〔수록단행본〕*『병풍에 그린 닭이』(조선출판사, 1944)

목가(牧歌)*

1

"이번에는 네 처까지 다 데리고 올라가게 하고 내려왔지?"

내가 집으로 내려온 날 밤에 아버지는 나를 불러 앉히더니 이렇게
물으신다.

봄에 내려왔을 때 아버지가 이제는 돈을 아니 주시겠다고 하시므
로, 이번까지 돈을 주시면 내 아내까지 다 서울로 데려다 살림을 하겠
다고 굳이 졸라서 그때에도 또 돈 3백 원을 가지고 올라갔던 것이므
로, 이번 내려오면 으레 이러한 말씀은 들으리라, 예기하였던 것이다.
그러나, 아직 그렇게 되지는 못하였다. 나는 대답할 말이 없었다.

"네— 장차로는 그리 되겠습지요."

할 밖에. 하니까 아버지는,

"무엇이! 장차라니."

놀라신다.

"일이 아직 채 되지를 못해서 그럽지요."

했더니,

"아니 일이라는 게 대관절 무슨 일이관데 그리 힘이 든단 말이냐?

어디 좀 자세히 알어나 보자. 이게 삼 년쨴가 원 사 년쨴가?"

아버지는 그 일이라는 것이 너무도 세월이 없는 듯이 이렇게 대들며 턱을 내미신다.

아닌 게 아니라, 일이라는 것을 아버지도 의심하지 않을 수가 없었다. 그 실에 있어서 나의 일이라는 것은 취직에 있었으나, 학교를 졸업하고 나서 사 년 동안이나 취직을 못 하고 돈만 가져다 쓴다기는 너무도 창피하여 돈을 얻어내는 한 수단으로 회사를 하나 만든다고 거짓말을 해 놓았던 것이다. 그러니, 그 일이라는 것은 내가 취직이 되어서 달리 거짓말을 꾸며대기 전에는 끝은 언제나 나지 못할 것이다.

그런 데다가 나는 이번에도 이러한 형편에서 또 돈을 가지러 내려왔으므로 역시 그 뜻대로 대답하지 않을 수 없었다.

"글쎄 그 회사 때문에 그렇지요, 뭘—."

"거 무슨 회사기에 그렇게 힘이 든다느냐?"

"한숫 다 되었는데 아직 돈이 좀 부족해서 그래요."

아무래도 나는 돈 이야기를 또 꺼내야 될 것이었으므로 아예 이 기회에 대답 삼아 또 내다 붙었다.

"아니 뭐 뭣이! 또 돈?"

아버지는 인제 돈 소리는 듣기도 무섭다는 듯이 흠칠 하고 놀라시며 얼굴을 모으로 돌리신다.

내 일을 내가 생각해도 한심하지 않은 것은 아니었다. 학교를 졸업한 지가 벌써 사 년이나 넘었는데 취직을 못 하고 집에서 돈을 가져다 쓰자니 실로 아버지를 대할 면목이 없었다. 그것도 남과 같이 여유나 있는 돈이면 모르거니와 얼마 되지도 않는 전답을 팔아다 쓰자니 딱한 노릇이었다.

그러나, 집에는 있을 수가 없는 것을 어찌하노. 오락기관이 있나, 이야기 동무가 있나, 이렇게 와서 며칠씩 있는 것도 참으로 참기 거북한 노릇이어늘……

그래서, 어떻게 해서라도 서울 같은 도시에 취직을 하고 살으려니까 좀처럼 되지를 않는 것이다. 됨네 하고 속아서 넘어가는 되지도 않는 취직에 운동비만 쓰게 되는 것을 생각하면 시켜 준다는 그 녀석들이 괘씸해서 그만 집어치우고 집으로 내려와 문화주택이나 하나 본때 있게 지어 놓고 라디오, 축음기나 쓱 틀어 놓고 앉아서 소일을 하고 싶은 생각도 없지는 않으나, 그러니 위명이 대학을 졸업하고 취직 하나 못한다는 것은 자신으로서도 부끄러운 노릇이어니와, 우선 동네 사람들의 치소란 원 들을 수가 없었다.

속세(俗世)를 벗어난 성자(聖者)처럼 도시를 떠나 청아한 농촌에 파묻히는 것도 누가 그렇게 알아주기만 한다면 오히려 보다 더한 명예가 될는지도 모르겠는데 땅이나 파먹는 무지한 것들이란 이런 것을 알아주지를 못한다. 이건 바로 대학을 졸업하면 반드시 무엇든지 한 자리 해야 되는 줄로만 안다. 공부란 자기 수양을 위해 하는 것이지 취직을 위해 하나? 생각하면 참 기가 막힐 지경이다. 더 참고 앉았을 수가 없었다.

"이제 5백 원만 가졌으면……."

아버지야 놀라건 말건 나는 또 이렇게 내다붙였다. 아무리 해도 나는 그렇게 못 살 것이니까 아니 조를 수가 없었던 것이다. 취직 운동비도 그렇거니와 우선 가을 양복도 또 한 벌 하여야겠고 겨울까지 서울서 나려면 아무리 절약을 하여도 그렇게 아니 가지고는 예산이 맞지를 않았다.

"아니 회사를 금으로 만드니 은으로 만드니?"

대답도 없이 앉았던 아버지는 입맛이 쓴 듯이 끙 하고 갑으며 한숨만을 남기시고 획 나가 버리신다.

2

　"아버님! 어서 5백 원만 더 해 주세요. 이번까지 주시면 제 손으로 벌어 쓰게 될 것입니다."
　그 이튿날 아침 나는 아버지를 또 붙들고 졸랐다.
　"안 된다! 안 돼!"
　아버지는 이제는 도무지 안 주시기로 결심을 한 듯이 힘있게 막고 패를 주지 않으신다.
　"그러니, 하던 일을 성사를 해 놓아야지 이제 다 된 일을 돈 5백 원 때문에 못 한다면 일을 하던 본위도 그렇거니와 어디 제 체면상이 되었습니까?"
　"체면! 체면이 안 될 게 무엇이냐? 그러다 그 체면 더 버리지 말고 아예 그런 생각을 단념해 버려라."
　"그러면 그것두 안 하면 놀기야 어떻게 합니까?"
　"놀다니! 이게 무슨 소리야. 놀고야 밥을 먹나! 농사해야지 농사―."
　나는 이렇게 몰이해한 아버지인 데 자못 놀랐다.
　"아버님! 그게 어떻게 하시는 말씀이십니까? 제가 농살 해요? 대학을 졸업하고 농살 한다면 그 치소는 뉘가 받습니까. 제 자신도 그렇거니와 그건 아버님께도 도리어 불명예에요."
　"치소는 엇놈이 한단 말이냐. 내 손으로 내가 일하는데……. 공부한 놈은 뭐 밥 안 먹구 산다듸?"
　아버지는 비웃는 태도이시다.
　"또 그뿐 아니라, 아버님 이거 보세요. 성자야 능지성인이라고 농촌에서야 사람을 알아주어야 안합니까. 그러니, 그 몰상식한 것들과 어떻게 밤낮 마주앉아 살어요?"
　"네가 그것부터 틀린 정신이야. 네가 공부를 하였거든 몰상식한 촌 사람들을 가르쳐서 가히 이야기 동무가 될 만한 사람으로 만드는 것이

네 자격이지 뭣이 어째? 어떻게 마주앉어? 난, 원, 요즘 놈들 알 수 없더라. 공부를 해가지고 와선 눈깔이야 높아 가지구 촌사람들을 무시하고 우쭐거리며 서울 서울…… 서울이 밥 먹여 주냐? 사람은 흙 속에서 향기를 맡을 줄 알아야 사는 게야 내 원 참, 응…….”

힘없이 한숨을 내쉬며 아버지는 재떨이에다 대를 탁탁 터신다. 이렇게 이야기하는 아버지가 나는 딱했다. 다시 더 말하고 싶지도 않으나 그것은 아무리 해도 내 자신을 두고 하는 말 같아서 잠자코 있을 수도 없었다.

“아버님! 그거야 어디 된 말씀입니까. 거 다 사람 나름으로 가는 게지요. 그리고, 또, 모르는 사람을 가르치는 데도 분수가 있지 낫 놓고 기역자도 모르는 것들을 어떻게 가르칩니까. 전문학교의 교수는 못 돼도, 적어도, 중학교쯤은 되어야지 우선 체면상이 안 그래요?”

나는 아버지가 너무도 나라는 인물을 몰라주는 것 같아서 이렇게 이야기를 했더니, 어처구니없는 듯이 픽 웃으신다. 하시고는 간지럽게 내 낯을 쳐다보신다.

나는 부끄럽담보다 불쾌했다. 아버지가 아니면 하고 싶은 말을 다 하여 한번 튀겨서 마음을 풀고 싶었으나, 아버지인지라, 아무리 불쾌해도 그럴 수는 없었다. 그리고, 내 뜻을 이루자면 또한 어디까지던지 아버지의 마음을 상하지 않고 사야만 되겠기에 나는 그대로 잠자코 말았다.

3

그래서 어떻게 해야 아버지의 뜻을 살꼬 하고 가까스로 궁리를 하며 며칠을 지나자니까 어느 날 밤 아버지는 나를 건넌방으로 부르신다.

건넌방 윗간에는 맏형님, 작은형님 두 분이 아버지를 향하여 고개를 숙이고 앉아 있었다. 나는 내게 대해서 무슨 의논이 있나 생각을 하며 나도 한켠짝에 치우쳐 앉았다.

"자! 내가 너희들을 다 청해 논 것은 다른 게 아니로다."

아버지는 내가 들어와 앉는 것을 보시더니 말을 이렇게 꺼내신다. 우리 삼형제는 잠자코 들었다.

"인제는 이렇게 하는 수밖에 없다."

다시 아버지는 이런 말씀을 하시며 나를 바라보신다.

"네ㅡ."

무슨 말인지는 모르면서도 나는 급한 마음에 얼른 대답을 했다.

"오늘 저녁 너희들의 세간을 아예 다 가르자. 그래야 되겠다."

그리고, 우리 형제를 한 번씩 훑어보신다.

아버지의 이 계획은 나를 어디로 가지 못하게 살림살이를 맡겨서 붙들어 두려는 수단에서 나온 것임을 나는 짐작했다. 그러나, 나는 이 소리가 어떻게 반가웠는지 모른다. 그러지 않아도 전권에 자유가 없는 나는 언제부터 속으로는 그리 해 주었으면 하고 바라고 있었으나, 아직 형도 세간을 안 났으므로 나부터 먼저는 내줄 수도 없을 것 같아서 말을 못 내고 있던 차이다. 그렇지만 이 자리에서 바로 대답을 하면 너무도 제 속을 들여다보이는 것 같아,

"글쎄요."

이렇게 시원치 않은 뜻을 보였다.

하니까, 아버지는 떨지해하는 대답인 줄만 알고 바짝 다지신다.

"글쎄요라니! 아예 오늘 저녁 제 몫금씩 다 가르자."

이러한 아버지의 의견에 형님 두 분은 물론 동의였다. 그것은 자기네들은 돈 한 푼 쓰지 못하고 꾸덕꾸덕 일만 하는데 벌어 놓으면 내가 죄다 올가다 쓰는 것이므로 혹은 이것이 형님들의 간청으로 된 일인지도 모를 일이었다. 형님들은 나의 대답이 어서 떨어지기를 기다리는 듯이 나의 얼굴을 쳐다보고들 있었다.

나는 할 수 없이 하는 듯이,

“글쎄요 아버님이 그렇게 하여야 되시겠다면 그리도록 합지요.”
하였다.

하니까, 아버지는 뜻대로 되는 것이 반가운 듯이 빙그레 웃으시며,

“한데, 세간은 이렇게 갈러야 되겠다. 너희들도 다 알지만 우리 논
이 지금 남아 있는 게 꼭 1만 2천 평인데 큰집이 5천 평, 그리구, 작
은 아 4천 평, 셋째 너는, 3천 평. 나는 벌써 속으로 다 이렇게 작정
을 해놓았다. 셋째는 3천 평이 적다고 하겠으나 적은 게 아니야. 이렇
게 해야 작은 아가 나무럽질 않어.”

계획적인 선언을 하신다. 나는 도무지 어째서 그런지 몰랐다. 그래
그 이유를 물으니까 하시는 말씀이 내가 공부를 하며 쓴 돈이 1만 5천
원이나 나마 된다고 하시면서 집안 돈을 혼자 썼으니 나의 목은 으레
적어야 옳다는 것이었다.

나는 그 말을 들을 수가 없었다. 내가 세간 나는 것을 바라는 뜻은
갈라 놓은 후에는 그것을 내 임의로 팔아서 서울 올려다 집을 잡고 살
려던 차이었다. 예산대로 제 몫 다 온다 하더라도 그것 가지고는 수지
가 틀리거니 이제 그나마도 못 되는 것을 나는 받을 수가 없었던 것
이다.

“그렇게 하시면 저는 세간 안 납니다. 단연히 안 납니다.”

나는 굳게 이의를 제출하였다. 그러나, 한번 말씀을 내신 아버지는
종시 듣지 않으셨다. 형들도 그리해야 옳다는 듯이 모두 아버지의 편
이었다.

나는 도무지 골이 나서 뛰어나오고 말았다. 하지만 아버지 역시 태
도는 강경하셨다.

4

며칠이 지난 어떤 날 아침이었다. 나는 읍에를 좀 가 볼 일이 있어

서 양복으로 옷을 바꾸어 입으려니까, 양복이 두었던 곳에 없었다. 어머니더러 물어보아도 모르신다 하시고 누이도 알 수 없다고 한다. 그러면 아내가 어떻게 했을 것인데 세간을 갈랐다는 소리를 들은 이후부터 아내는 기뻐서 벙글거리더니 오늘 아침은 일찍이 우리의 몫에 던져진 논에 새를 보러 나갔다고 한다.

나는 아내의 심사에 더할 수 없이 불쾌했다. 세간을 꼭같이 갈라주지 않으면 끝내 안 난다고 졸라야 할 것인데 아내는 그것으로도 만족해서 새까지 보러 다니는 것이다. 양복 건도 물어볼 겸 나는 담박 들로 나가서 끌어 들여오고 싶었으나 차시간이 급해서 그리 할 여유가 없었다. 그래서 저녁때 돌아와서 톡톡히 알아듣도록 일러야겠다고 머릿속에다 불쾌한 금을 빡 긋고 할 수 없이 두루마기를 떨쳐입고 떠났다.

그러나, 저녁때에 돌아오자던 것이 하루를 묵어서 그 이튿날도 저녁때에야 나는 돌아왔다.

뒤란에서 넘어진 바주를 세우시던 아버지는 내가 주의를 벗고 나오는 것을 보시더니,

"얘!"

부르신다.

"금년에 참 벼는 잘 됐느니라. 이삭이 막 방망이 같두나. 어제 종일 벌을 한 바퀴 돌아보니까 우리 벼가 제일이드라."

나더러 들으라는 듯이 이야기를 하고 나시더니,

"너 고래에 나가서 새 좀 봐라. 저녁때가 되면 참새 때문에 얼마나 축이 나는지. 내 뒤란에 바주 마저 세우고 나갈게 좀 나가 봐라."

이르신다.

나는 그것이 어지간히 싫었지만 대답을 아니 할 수가 없었다. 네 논에 새를 보아라 하고 따지어 이르신다면 그것은 볼 수 없었지만 따지지 아니하고 보라는 데는 마달 수가 없었다. 할 것도 없으니 나는 산

보 겸 나갔다.

집에 내려온 지가 십여 일에 나는 이 고래트리를 처음 나왔다.

벼는 내 소견에도 참 잘 된 것 같았다. 알이 뚜굴뚜굴한 것이 다닥다닥 붙은 참된 이삭이 논배미마다 즈런히 깔려서 바람이 스칠 때마다 굽십굽실 파문을 놓으며 우쭐거렸다.

이 1천 5백 평이나 되는 고래트리를 주위로 내 몫에 갔다는 한쪽 구석의 논배미에는 허재비 하나가 위풍 좋게 작대를 들고 섰는데 작대 끝에 매달린 산산히 찢어진 타울이 바람에 풍겨서 이리 뛰고 저리 뛰며 펄럭거렸다. 소를 먹이려 타고 나가는 마을 아이들 서넛이 지나가며 이 허재비를 보고 노래 격으로 다음과 같이 부르며 지나간다.

누른 논에 허재비 우습고나야
양복쟁이 허재비 신사허재비

이 소리를 듣고 보니 그것은 과연 양복쟁이 허재비였다.

비가지로 그린 박첨지 상에다 맥고모자를 비스듬히 쓰고 앞가슴을 턱 잡아 젖히고 서 있었다.

순간, 나의 마음은 나도 모르게 산뜻하였다. 그 양복은 빛이 심히도 나의 것과 같았음이다. 그것이 내 양복이 될 이치는 물론 없다고 생각은 하면서도 그래도 미안쩍어 가까이 가서 보았더니 놀라지 않을 수가 없었다. 그것은 분명한 나의 양복이었던 것이다.

나는 이것이 아버지의 소위일 것을 짐작했다.

전답을 꼭같이 주지 않으면 세간을 아니 난다고 고집을 하여도 듣지 않고 건넌마을에 내 집까지 사 놓고 내 뜻에 맞게 수리를 하려고 하는 것을 굳게 듣지 않았더니, 아버지 역시 굳게 나의 발목을 잡아매려고 양복을 버렸는가보다 짐작되었다. 그러나, 양복을 감춘다면 모르지만 저렇게 버리게 만드는 것은 너무 과한 일이 아닐 수가 없었다.

나는 입맛이 쓰담보다 골이 났다. 그것은 갓 지은 것임에 아깝지 않은 것도 아니지만 도무지 불쾌해서 견딜 수가 없었다. 그리고 보니 나더러 새를 보라고 한 것은 허재비를 보라고 고의로 이른 말인지도 모를 것 같았다.

대체 아버지는 양복이 왜 저리 미우실까.

나는 볼이 부어서 집으로 달려 들어왔다.

5

"너 왜, 벌써 들어오니? 지금이 한참 새들이 모여들 땐데……."

하시다가 아버지는 나의 통통히 부은 볼을 살피시고는 어쩐 일인지 몰라 이상한 눈으로 바라보신다.

생각하면 말도 하기가 싫어서 나는 잠자코 앉아 있었으나 아무래도 그대로는 견딜 수가 없어 말을 꺼냈다.

"제 양복 간수 안 했나요? 아부님."

"머 논에서 못 봤니?"

"논에서 보다니요?"

"왜 그 허재비를 논에서 못 봤어?"

"아부님 망년이세요? 일부러 그리셨어요?"

"아니, 난 또 그건 못 쓸 게라고? 걔가 양복으로 허재비를 만들어 세우더니 그게 그럼 쓸 겐가? 난 모르겠다. 네 아낙이 어제 아침에 내다 세웠으니."

아버지는 도리어 의아한 눈을 동그랗게 뜨신다. 나는 그제서야 그것이 아내의 장난인 것을 알고 세간을 나서 농사를 해먹자고 밤낮 조르더니 필야엔, 하고 생각을 하며 안으로 달려 들어갔다.

"내 양복 어쨌니?"

나의 이 말에는 날이 서 있었다.

“제발 이젠 양복 생각은 말으세요 좀.”

아내는 미안한 듯이 머리는 못 들고, 그러나 반은 아양에 가까운 목소리로 어른다.

“양복 어쨌나 하는데……?”

“글쎄 일하실 데야 양복해서 멀 하우. 고운 옷을 입으시문 손에 흙 묻히기가 싫은 거애요.”

“이년은 계집년이 멀 안다구 밤낮 벙벙? 이년아! 양복을 어쨌어?”

나는 참을 수 없어 소리를 높였다.

“아이구 글쎄 참 그 허재비 같은 양복쟁이라구 동네 사람들이 수군거리며 손꾸락질하는 꼴은 참 전 부끄러워 못 보겠어요.”

나는 창피하여 더 말을 못했다. 과연 동네에서들은 이렇게까지 수군거리는 것인가 하니 한껏 벼르고 있던 나의 주먹은 그만 힘없이 떨렸다.

“글쎄, 고 열 마지기로 농사나 지어먹어야지 서울 가서 계시면 몇 해에 없어지겠어요. 그거마자 팔아먹으면 불쌍한 건 나에요. 그래 제 것 없으면 어딜 가 밥을 빌어먹어요?”

나는 아내가 그 열 마지기에 만족해하는 데 그렇지 않아도 치부해 있던 그어 넣었던 금이 갑자기 불룩하고 일어섰다.

“이년아, 너는 똥을 줘도 그저 좋아서 먹겠구나. 그 논 열 마지기가 그렇게 귀하니? 다시 그 논에 새 보러 다녔단 봐라.”

핀잔을 주었더니,

“아이구 그래서 당신은 봄에는 내 노리개까지 살살 긁어 올려다 다 팔아먹었군. 안 속아요. 글쎄 이전.”

톡, 쏜다.

아버지가 뒤란에서 이 소리를 듣고 히죽히죽 하고 웃으신다.

뽐내던 내 위신에 창피해서 견딜 수가 없었다. 등골에서 땀이 오싹하고 서리우며 낯이 확확 달아왔다.

그러니, 뱉아 놓은 말이라, 다시 틀어막을 수도 없고, 손을 한 개 대서 창피한 꼴을 자위라도 시키자니 북처럼 치면 더 큰 소리만 날 것 같아서 흥분에 떨리는 마음을 억지로 누르고 눈을 흘겨서 그러지 않아도 어느새,

"그리구……."

하고, 뒷말을 꺼내는 아내의 주둥이를 틀어막으며 문 밖으로 나왔다.

　　누른 논에 허재비 우습고나야
　　양복쟁이 허재비 신사허재비

소를 먹여가지고 고래트리로 들어오던 아이들이 그 허재비를 보고 또 이렇게 노래 격으로 건드리는 소리가 들린다.

이제 와서 이 소리를 들으니 나를 두고 하는 소리인 것처럼 부끄럽다.

〔발표지〕《신인문학》(1935. 12.)—원제는 '신사 허재비'
〔수록단행본〕*『병풍에 그린 닭이』(조선출판사, 1944)

오리알

1

반 삼태기가 넘게 짊어 놓은 자갈을 만금은 지고 일어섰다. 뼈마디가 졸아드는 듯이 짐은 무겁게 내려누른다. 누르는 맛이 아침결보다 차츰 더해 오는 것은 피로에 지친 까닭인가, 발자국을 떼니 걸음까지 비친다.

그러나 만금은 지게 작대기에 몸을 실어 가며 또박또박 걸음을 옮겨짚는다. 열 살 난 아이에게는 확실히 과중한 짐이다.

부르걷은 무릎마다 아래로 튀어질 듯이 불근거리는 두 개의 종아리, 자식의 그것을 뒤에서 좇아오며 내려다보는 어머니의 마음은 꽤 애처로왔다. 자식의 짐을 좀 헐하게스리 자기가 좀더 갈라 였더라면…… 하는 생각도 순간 미쳤으나 그것은 애처로움에서의 정뿐이요, 이미 광주리 전이 넘도록 인 자기의 돌 광주리만 해도 목이 가슴속으로 빠져 들어가는 듯이 거북한 것을 뒤미처 느낄 땐 오직 그만한 억센 힘을 못 가진 것만이 안타까웠다.

아버지나 생존해 계셨으면 자식은 아직 이런 고생은 아니 하고도 지내게 될 것이 아닌가— 하는 쓸데없는 생각도 해 보며 고르지 못한 산등의 사탯길을 조심조심 걸어내려와 후유 하고 한숨과 같이 걸음을 세우고 숨을 돌리며,

"애, 만금아 좀 쉬어서 가지 않겐?"

하고 아들을 내려다보았다.

"그대로 가요."

만금은 귓바퀴에 진땀을 쭉쭉 흘리면서도 힐끗 한 번 어머니를 돌아다보았을 뿐 배칠배칠 그대로 걸었다.

무엇보다도 지게 멜빵이 매달린 양쪽 어깨가 부풀어나 일어서는 듯 쓰리고 못 견디게 허리는 끊어져 왔다. 그러니 만금인들 좀 쉬어서 가고 싶은 마음이야 없었을 것이랴만, 모아 놓은 그 돌은 오늘 하루 안에 초시네 집에까지 말짱하게 져다 놓아야 돈을 받을 수 있으리라는 것을 미루어 보고, 아직 남은 돌이 다섯 짐도 더 될 것과, 벌써 한나절이 기운 해와를 맞비겨 볼 때 만금은 한 걸음이라도 지체할 수가 없었던 것이다.

돈 50환, 그것은 확실히 오늘 저녁 안으로 필요했다.

'어머니도 아버지도, 아니 집까지 모두 잃어버리고 노상에서 헤매는 전재 고아를 위하여 우리 가난한 주머니라도 다 같이 털어서 전반생도가 50환씩 동정을 하기로 하자.'

이런 의미의 말을 담임 선생으로부터 들었을 때, 만금은 눈물을 흘렸다. 그것은 자기의 사정도 같았기 때문이다.

바로 작년 여름 그 끔찍스럽던 물난리로 말미암아 자기네 집에서도 지은 농사는 물론 숟가락 한 가락 남기지 않고 집채로 물에다, 아니 이 통에 아버지와 누이까지 잃어버리고 어찌다 어머니와 자기만이 살아나서 쌀 한 알 없이 굶던 생각, 그 여울은 지금까지도 벗을 수 없어 빚을 잔뜩 지고도 끼니에조차 헤매이게 되는 신세임을 생각할 때, 어머니조차 없는 그들의 정황이야 오죽하랴 싶어 만금은 자기도 그 돈 50환은 어떻게 해서라도 가져오리라 마음에 새겼다.

그러나 한 달에 백 환씩인 월사금도 아직 두 달 것이나 밀려오는 처지였다. 50환이란 하잘것없는 돈이었지만 그것이 그리 용이하게 마련되는 것이 아니었다.

만금은 이것이 어쩐지 월사금을 못 가져가는 것과는 달리 마음이 안타까웠다. 비록 50환이라는 돈이 그들의 배를 끝내 불려 주지는 못한다 하더라도 당장 주린 배에 한술 밥이라도, 그리고 따뜻한 자리에서 하룻밤의 잠자리라도 보태어 주고 마련해 주면, 아니, 그 한술 한술 밥이 모여서 한 그릇 밥이 될 것이 아니냐 하던 선생님의 말씀 그대로 만금은 자기도 한술 밥을 그들의 곤 밥그릇 위에다 덧얹어 주고 싶었다.

만금은 그날 밤 선생님의 이런 말씀을 듣고 야학에서 돌아오는손, 어머니를 붙들고 50환만 해 달라고 졸랐다.

어머니도 만금의 그 말을 듣고는 어떻게 해서든지 그 돈 50환만은 마련해 주리라 무척 애를 써 보았건만 하는 수가 없었다. 그러다가 지난 토요일 날 밤에 선생님은 오는 화요일 날 저녁까지에는 전반 생도가 죄다 가져오도록 하라고 또다시 재촉하는 말을 듣고 만금은 또 눈물을 흘렸다. 지금 형편으로서는 아무리 애를 써봤댔자 그때까지에 그 돈이 마련될 것 같지 않았기 때문이었다. 그랬던 것이 뜻밖에도 그 이튿날 아침 나무하러 산으로 가다가 윤초시네가 집을 지으면서 자갈을 산다고 동네 아이들이 분주히 돌주이를 하는 것을 보고 만금이도 그 자리에서 지게를 벗어던지고 그 아이들과 같이 돌주이를 시작하였던 것이다.

그리하여 어제는 진종일 돌을 주워모으고 오늘은 아침부터 그것을 져 나르던 것이었으나 짐을 져 보니 생각과는 달라 혼자로서는 도저히 오늘 하루에 그 돌을 다 져나를 수가 없어 점심참부터는 어머니까지 졸라서 끌고 나왔던 것이다.

2

윤초시네 집 밭 도랑에는 올송졸송 돌더미가 수십 개 이루어졌다. 그리고 그 돌더미 곁에는 돌 임자 아이들이 제각기 지켜 서서 어서 검사를 마쳐 주기를 기다리고 있었다. 만금의 돌더미도 그 많은 가운데 서 빠지지 않게 큰 더미에 꼽힐 하나이었다.

윤초시네 머슴은 석유통을 들고 다니며 일변 돌 되기에 바쁘고 초 시 아들은 수첩을 꺼내들고 연필 끝을 혓바닥에다 찍어 가며 머슴이 부르는 대로 치부를 한다. 만금의 돌은 열 상자였다.

"너는 4백 환이다."

하고 초시 아들은 조그만 것이 돌은 많이도 졌다는 듯이 만금을 한 참 노려보더니 혀끝에 굴리던 연필을 또 수첩 위로 옮겼다.

4백 환, 만금은 야학에서 갓 배운 구구법을 외어 보았다. 한 상자에 40환씩이면 열 상자이니 일 사는 사, 4백 환, 그리고 그것이 틀림없음 을 알고 순간 형용할 수 없이 기뻤다. 그것을 가졌으면 그렇게도 애타 던 그 50환은 우선 오늘 저녁으로 학교에 갖다 낼 수 있을 것이다. 자 기의 힘으로 벌어서 헐벗고 굶주려 우는 전재 고아들의 한술 밥에 자 기의 힘도 이처럼 미치는 것이 더할 수 없이 기꺼웠다. 그리고 남은 3 백 50환으로는 밀린 월사금 낼 수 있으므로 부끄럽지 않게 뼈젓이 학 교에 다닐 수 있을 것이고 또 손에 잡히지 않을 만큼 닳아빠진 연필꽁 다리도 인제 집어던지고 새것을 마련할 수 있을 것이다. 그리고 또 공 책도…… 하고 생각하니 만금은 기꺼움에 피곤한 줄도 모르고 밭도랑 위에 두 다리를 쭉 펴고 주저앉아서 어서 돈을 받았으면 하고 딴 아이 들의 검사도 빨리 끝이 나 주기를 눈이 빠지도록 기다리게 되었다.

해가 이미 저물어서야 돌 검사는 끝이 났다. 아이들은 이제야 돈을 받게 되었구나 하고 마지막 검사가 끝나기 바쁘게 초시의 아들 앞으로 모두들 우루루 몰려들었다. 그러나 초시 아들은 돈은 계산해 줄 염은 커녕 수첩을 그대로 접어서 호주머니 속에 쓸어넣었다. 해가 이미 졌 으니 돈은 낼 수가 없다는 것이 그 이유다. 그것은 해만 지면 어떠한 일이 있더라도 돈은 일체 대문 밖으로 내어보내지 않는 옛날부터 지켜 온 윤초시네의 엄중한 가풍이었던 것이다. 그러면서 내일 오정때쯤 모두 사랑으로 와서 돈을 받아가라는 명령뿐이었다.

이 소리에 아이들은 그만 맥이 탁 풀렸다. 더욱이 오늘 저녁 안으로 돈이 필요한 만금이는 눈앞이 다 아찔하였다. 돈을 벌어 놓고도 그 돈을 못 가져다 내다니, 내일은 그것을 전부 신문 지국에 가져다 맡긴다는데―. 생각하면 할수록 안타까운 일이었다.

"주사님, 전 돌값 이제 주문 좋겠어요."

만금은 생각다 못하여 입을 열었다.

"오늘 저녁은 못 준다니까 그래."

하고 초시 아들은 만금을 한참이나 쳐다보더니,

"으응, 네가 최만금이지. 넌 이제 너의 어머니를 좀 보내라."

하고 수첩을 다시 꺼내어 만금의 이름 꼭대기에다 무어라고 표시를 하였다.

이것을 본 만금은 자기는 따로 특별히 고려를 하여 주는가보다고 기꺼움에 두말없이,

"네에."

하고 대답을 흘리면서 집으로 내달렸다. 그리고는 저녁이나 먹고 가 보자는 어머니를 재족재족 졸라 초시네 사랑으로 보냈다.

만금 자신도 진종일을 시달린 몸이라 어지간히 시장한 것이 아니었으나 저녁을 먹을 생각도 아니 하고 야학이 늦어지는 것 같아 책보까지 미리 싸서 대문 밖으로 나와 어머니를 기다렸다.

그러나 어머니는 좀처럼 돌아오지 않았다. 이미 날은 어두웠다. 벌써 마을에서는 한 집 두 집 불을 켜기 시작했다. 야학에서도 머지 않아 종소리가 들릴 것 같았다. 만금의 마음은 초조하였다. 어둠 속에다 고개를 내빼고 기웃거리며 기다리다 못하여 이어 초시네 사랑으로 가서 어머니를 만나고 야학으로 직접 가리라 생각하는데 그제서야 어머니는 어슬어슬 돌아오고 있었다.

만금은 반가움에 저도 모르게 달려가 치맛자락을 붙들고,

“4백 환이지!”

하고는 어머니의 손아귀부터 더듬었다.

그러나 어머니의 그 손에도 아무것도 없었다.

“응, 4백 환이지? 어머니.”

하고 만금은 어머니의 다른 한 손에다 또 손을 가져갔다.

그러나 어머니의 그 손 안에도 아무것도 쥐인 것이 없었다.

순간, 만금은 어쩐지 마음이 섬드레해짐을 느끼며 어머니의 치마끈으로 손을 옮겨 붙들었다. 그리고 얼굴을 올려다보았다. 어서 하여 달라는 조급한 대답의 재촉이었다. 어머니는 아무 대답도 없이 한참이나 만금을 내려다보다가,

“넌 뭘 잘 듣지두 못하고 와서 그러니, 우리는 돈을 주지 않겠다는데—.”

하고 한숨을 꺼지게 쉬었다.

이 소리를 듣는 만금이는 그 이유를 물을 여유도 없이 갑자기 정신이 팽 돌며 눈앞이 아물거렸다.

“그러니 할 수 있니. 네 아버지가 작년 여름에 보리쌀 두 말을 갔다 먹은 게 있는데 그걸 갚지 못했다구 그 값으로 그 돌 값을 탕감한대더라. 그래서 날 오라구 그랬구나.”

하고 어머니는 쓴입을 다시었다.

그러나 만금이는 아무리 아버지가 진 빚이 있다고 해도 이제 그 돈 50환을 필요로 해서 그렇게 힘들게 일한 그 돌 값을 그 빚으로 때어 버릴 수는 없을 것 같았다. 그리고 설혹 그런 생각을 초시네가 가지고 있다고 하더라도 자기가 그 돌을 지게 된 그 연유를 말하면, 그리하여 오늘 저녁으로 절박하게 된 사정을 알게 된다면 딴 애들은 안 주더라도 자기의 돈만은 곧 내어줄 것 같았다. 분명히 어머니가 자기 사정을 전하지 못한 탓이리라 여기고 만금이는 선 자리에서 초시 댁으로 내달았다.

3

"너 왜 또 오니? 어머니 보지 못핸?"

사랑문 안으로 들어서는 만금을 보자, 초시 아들은 귀찮다는 듯이 눈살을 찌푸렸다.

"어머닌 봤어요."

"봤는데 왜 또 와?"

"보리쌀 값은 요 다음에 벌어 갚아두 오늘 돌 진 값은 이제 주믄 좋겠어요."

그리고 만금은 이 밤 안으로 돈 50환은 학교에 가져다 내지 않아서는 안 될 절박한 사정이라는 것을 낱낱이 말하였다.

그러나 초시 아들의 귀에는 그런 말이 들어가지 않았다.

"글쎄 너의 어머니에게 말을 다 했대두 그러누나."

하고 초시 아들은 그러니 더 말할 필요도 없다는 듯이 휙 안으로 들어가 버리고 말았다.

그래도? 하고 한 줄기 희망을 품고 왔던 만금의 눈앞은 다시 아찔하였다. 참기 어려운 눈물이 순간 쭈루루 쏟아졌다. 만금은 발길을 돌렸다. 그러나 길이 보이지 않았다. 야학으로 가야 하나 집으로 돌아가야 하나, 어떻게 해야 좋을지를 몰라 망설이며 초시네 사랑 뜰을 나와, 담 모퉁이를 꺾어돌던 순간 휭 하고 여무지게 땅바닥에 나가 엎드러졌다. 그러지 않아도 어두운 길에다 마음의 갈피를 못 잡아 돌부리에 걸렸던 것이다.

그러나 놀란 것은 그것만이 아니었다. 넘어지는 바람에 손에 들었던 책보가 두 발 가웃이나 앞으로 달아나 대뜸 기슭으로 떨어졌기 때문에 간신히 정신을 수습하여 그 책보를 찾으려 어릅쓸며 돌아가다가 하마터면 뒤로 또 곤두박질을 할 뻔하였던 것이다. 어릅쓸던 손이 담 밑으로 들어갔을 때, 그 안에서 오리 한 마리가 기겁을 하여 날개를 치며 면판을 밧쫓고 마주 달려나왔던 것이기 때문이다.

그러나 그 다음 순간 그것이 어떻게 된 연고이었던 것임을 알았을 때 만금은 가슴이 두근거림을 느끼었다. 책보를 더듬으려 다시 어룹쓸던 만금의 손에 잡히는 것이 있었던 것이다. 담뜸 밑으로 오목하게 닦인 집검부지 속에 낳아 놓은 오리알이 그것이었다. 쓸어 보니 오리알은 한 알이 아니요, 세 알이나 대글거렸다. 만금은 그것이 오리알이라는 것을 짐작하게 되는 순간 그것을 학교 앞거리 상점에 가져다 팔았으면 50환은 넉넉히 받을 수 있으리라는 생각이 머릿속에 떠올랐던 것이다. 그리고 그것은 안타깝게도 만금의 마음을 찰지게 붙들고 놓지 않았다.

'죄다. 남의 물건을 훔친다는 것은 죄다.'

만금은 몇 번이나 이런 생각을 하고는 그 자리를 떠나려 하였으나, 뒤미처 그의 눈앞에는 헐벗고 굶주려 우는 전재 고아가 나타났다. 그리고는 살려 달라는 듯이 자기의 어깨에도 그들이 무수히 달려와서 매어달리는 것 같은 환상이 눈앞에 어릴 때, 그의 손은 어느새 벌써 오리알에 가 닳아서 떨리고 있었다. 그는 더 생각할 여지가 없었다. 한 알, 두 알, 세 알 연거푸 들어내어서 책보에 쌌다. 그는 죄를 범하였다는 두려운 생각보다 돈을 마련할 수 있다는 것이 앞서서 그의 마을을 즐겁게 하였다. 만금은 가게에 달려가 한 알에 20환씩 세 알에 60환을 받아들고 그 길로 사무실로 들어가 그 60환을 모두 내놓았다.

"넌 이거 10환이 더 왔구나."

하고 돈을 세어 보던 선생은 만금의 앞으로 10환 한 장을 도로 밀어 놓았다.

"선생님, 전 그 60환 다 내겠어요."

만금은 그것이 잘못이 아니고 10환을 더 낸다는 뜻을 밝히었다.

선생은 만금의 뜻밖의 대답에 눈이 둥글하여,

"아니, 그럼 너는 10환을 더 낸단 말이냐?"

하고 만금을 뚫어지게 바라보았다.

"네에, 저는 10환을 더 내겠어요."

선생은 놀라지 않을 수 없었다. 이 눈물의 성금! 월사금도 못 가져 오는 만금의 처지를 모르지 않았다. 그 실은 50환도 만금에게서는 믿지 않고 있던 선생이었다. 그렇던 만금이가 이제 50환에다 10환을 더 얹어 가져왔다! 이 10환 한 장은 실로 몇 만 환 금을 누르는 참된 성의 그대로의 큰 돈이라고 선생은 생각하였다.

"너 아무쪼록 공부 잘해라. 너는 반드시 장래에 훌륭한 인물이 될 것이다."

하고 선생은 참으로 감격하여 만금의 머리를 어루만져 주었다. 그리고 첫 시간인 산수 시간은 만금의 칭찬으로 탁상을 울려 가며, 가난뱅이로 세상에 이름을 떨친 '링컨'이니 '후버'니 하는 위인들을 끌어다 그 내력을 말하며 수양 강화를 한 바탕 베풀었다.

4

이튿날 만금의 전재 고아 동정금에 대한 사실은 온 동네에 쫙 퍼졌다. 동네에서도 동정금을 모집하게 된 야학 선생은 동네 사람들로부터는 동정금을 내게 할 그 성의를 고취하기 위하여 가는 곳마다 만금을 내세우고 칭찬을 하였던 것이다.

그리하여 만금의 동정금에 대한 사실은 이 집 건너 저 집 건너 온 동네에 쫙 퍼져 이야기거리가 되고 보니 그 돈은 오리알을 판 돈이라는 사실이 자연히 상점 주인의 입으로 흘러나와 오리알을 잃은 초시네 귀에까지 흘러들어가게 되었다. 그리하여 그 돈은 초시네 오리알을 밤에 훔쳐다 판 돈이라는 것이 필경 밝혀지고 말았다. 그러니 만금을 두고 동네방네 칭찬을 돌아다니던 선생은 멋쩍은 입을 다시지 않을 수 없게 되었다.

“너 어제 그 돈 60환을 어디서 마련했니?”

그날 밤 선생은 야학으로 올라가자 만금을 사무실로 불러들이고 질문이었다.

“……”

“요눔아, 왜, 대답을 못 해?”

선생은 분함을 참을 수 없는 듯이 다짜고짜 만금의 뺨을 한 대 후렸다.

“요눔, 뉘가 도둑질 해다가 그 돈을 가져오라구 이르던? 그리구는 빤빤스럽게 선생을 속이구. 응 요눔.”

다시 건너가는 선생의 손은 만금의 귀곁으로 가서 또 찰싹 소리를 내었다.

할 말이 없는 만금은 그저 바들바들 떨며 눈물을 흘릴 뿐, 부끄러움에 못 참는 머리만이 점점 수그러질 뿐이었다.

“거짓말을 다시 또 할 테냐? 요눔.”

“안 하겠습니다.”

“도둑질을 또 할 테냐? 요눔.”

“안 하겠습니다.”

“다시 그런 못된 짓을 어디 또 해 봐라. 이 자리로 당장 그 오리알을 물러다가 초시댁에 가져다 드려.”

하고 선생을 돈 60환을 테이블 서랍에서 꺼내어 책상 위에 다 휙 밀어던졌다.

선생의 손끝에서 힘있게 밀리는 돈이 눈앞으로 미끄러져 들어오는 순간, 만금은 갑자기 설움이 북받쳐 울음을 어찌할 수가 없었다. 들먹이는 어깨 따라 가다듬었던 눈물이 또다시 주르르 흘러내리며 지전 위에 뚝뚝 떨어졌다.

“냉큼 집어들고 나가지 못해!”

깩 소리와 같이 텅 하고 선생은 주먹으로 테이블을 울렸다.

만금은 말없이 떨리는 손으로 돈을 움켜들었다.

어제 저녁 상점에서 오리알과 바꿔들었을 때의 그 돈과의 감정의
교차를 손안에 느낄 때 만금은 가슴이 찢어지는 듯하였다. 힘없이 발
길을 돌리는 걸음 좇아 마룻바닥 위에 점점이 떨어지는 말간 눈물 방
울을 만금은 밟고는 또 떨어뜨리고 떨어뜨리고는 또 밟으며 무거운 걸
음을 옮겨놓고 있었다.

〔발표지〕《조선농민》(1936. 4.)

〔수록단행본〕 *『신한국문학전집』 제6권(어문각, 1976)

심원(心猿)

가산이 패한 것은 확실히 마음에 언짢았으나, 원통까지 한 일은 아니었다. 그러나 가세가 떨림에 인격조차 떨어지는 것은 원통한 일이 아닐 수 없었다.

성재 씨는 감자를 캐가다도 문득 떠오르는 생각에 호미를 먼즛 놓았다.

'법이 없어도 살 사람이디. 성재야 머 악한 짓을 해 본 때가 있가끼.'

'악한 짓두 눈깔이 바루 백이구야 허지. 원래 성잰 위인이 어리석은 걸. 제레 밥을 안 굶고―.'

확실히 전자보다 후자는 듣기 역한 소리다. 아니 모욕에 가까운 말이다.

그러나 그것은 지금 일반으로부터 자기를 가리키는 말이다. 그런 말을 듣는 데 마음이 허한다면 역할 것도 없겠다. 그러나 그렇지 않다고 아는 자기의 마음을 몰라주는 데 안타깝다. 옛날이나 지금이나 그 성재, 그 성재임에는 누구보다 자신의 양심이 자신을 더 잘 안다. 그 무엇이 세인으로 하여금 자기의 마음을 이렇게 삐뚜로 엿보게 만들었노.

그러나 그것은 이 밖에 더 나아가 그 귀착점에 생각의 실마리는 풀리지 못하고 얼크러진다. 재산이 있을 때 오던 찬사가 이렇게 바뀐 것이니 파산에 원인이 있으리라는 그저 막연한 추측이 저로라고 나설 뿐, 그리고 다음 순간엔 더러운 돈이란 귀결로 언제나같이 끝맺혔다.

하지만 그렇게도 더러운 돈이라고 내심으로 저주는 하면서도 그 돈을 다시 잡아 보려 될 수 있는 데까지 힘을 다해 보기에 애를 쓰고 있는 자신임을 부정하지 못할 때 가장 바른 마음의 소유자라고 자처하던 자신의 신상에 일어나는 한 커다란 의욕을 물리칠 수가 없었다.

모을래서 모았던 돈이 아니었고, 또 알뜰히 돈에 목을 매고 살지도 않았다. 한결같이 사랑문을 열어 놓고 오고가는 손님 접대를 잊지 않았고 공공사업에 기부 같은 것도 기회만 있으면 아긴 적이 없었다. 그리고 만 원에 가까운 채권을 포기하여 인근 수백여 빈농으로 하여금 북만주 길을 잊게 한 적도 있다.

이로써 사람들은 자기를 가리켜 법이 없어도 살 사람이라는 믿음의 칭호를 주었거니와, 이것은 결코 명예를 위하여 불러 왔던 사실도 아니였고, 장차 그 명예 속에서 행복을 찾는 것도 아니었다. 다만 그 명예가 양심의 반증이라고 아는 것이 기꺼웠고 기꺼우니 그 속에서 행복을 느낄 뿐이었다.

그러나 이런 행복 속에서 삶을 찾는 마음은 돈에 대한 애착을 몰랐다. 세간을 임의로 할 수 있는 자유를 가진 지 불과 십여 년에 천여 석 추수의 토지는 냉정하게도 뭇사람들의 손으로 흩어졌다. 그리고 궁박궁한 나머지 집칸을 파는 것으로 밑천을 삼아 마을 끝에 한 채의 주막을 움키고 술을 파는 것으로 생계를 삼지 않아서는 안 되는 구차한 살림으로 전락을 하게 되니 법이 없어도 살겠다던 성재 씨의 신상에는 별의별 소리가 인격을 물어뜯기 시작했다.

오십 년 생애의 이 한 사람의 몸뚱어리에 오고 가는 변화—. 내 돈을 내가 없앤 것이요, 또 그리함에 그들을 위함이 있었을지언정 누구의 것 하나 다친 것이 없건만 무리하게도 주었다 빼앗는 명예—.

성재 씨는 새삼스럽게나 생각하는 듯이 다시금 놀라며 한숨과 같이 힘없는 손에 또 호미를 들었다.

패어서 헤치는 흙 속에서 콩알 같은 감자알이 수둑이 묻어 나온다. 한 달만 지나면 마음대로 주먹같이 크게 자랄 감자알들이다. 그리고 그때면 제법 양식이 되어 줄 그 감자이언만 무참히도 호밋날에 목이 잘리는 것이 마음에 아쉽다. 아직 감자 포기를 파 들추기에는 너무도 이른 시기인 것은 모르는 배 아니었으나 시재의 용도에 말유하다. 기 껏 컸대야 몇 포기 새에 달걀만큼씩한 것이 한 알씩 덧묻어 나오는 그 요행이 이렇게 한참 자라는 감자 포기를 파 들추게 되는 것이다.

이러다가는 맺히는 감자를 다 파 버리게 되지는 않을까 짐짓 염려 가 없지 않았으나 여름철의 술장수는 맞돈에 궁하다. 떨어진 안주감에 저녁 술 손님을 볼 수 없으리란 것이 이렇게라도 하지 않으면 안 되었 던 것이다. 내키지 않는 마음이언만 성재 씨는 포기마다 호밋날을 아 니 끌고 다니는 수가 없었다.

간신히 마련된 감자알이 납작납작하니 엷게 썰려서 접시 위에 뒤개 어 얹히었다.

그러나 개똥벌레가 불을 켜기 시작해도 손님은 얼씬도 않는다.

단오목을 지나니 손님은 알아보게 발을 끊는다. 여름철과 술장수는 이렇게도 인연이 멀었다.

그래도 밤마다 손님이 서넛은 없어 본 일이 없는데 이제나 오려나, 이러다가는 이달엔 색시의 몸값도 어렵잖을까, 이십 원도 큰돈일 것 같다.

색시는 쓸데없이 윗간에 혼자 넘어져서 노랫가락을 입버릇처럼 흥 얼거린다.

저것을 데려다 놓고 사람들을 호려들임으로 삶을 지탱해 가려는 자 신이 가엾기도 했다.

　동네의 새파란 젊은 축들이 저것을 보고 밀려나와 뒤덤벅실 때 당연히 일러야 할 도덕상 책임을 지고 있는 윗사람으로서 못 본 체 슬그니 자리를 피하지 않아서는 안 되는 것이다. 여기에 마음이 괴롭다.

　그러나 그들이 갈 때에 떨어치고 간 돈을 손에 쥘 때는 말 바로 상쾌한 일이다. 분명히 전에 느껴 볼 수 없던 더러운 즐거움이다. 그렇지만 그 즐거움을 굳이 찾고 또 가지지 않아서는 안 된다. 그것은 부정할 수 없는 사실이다. 지금도 그 즐거움의 대상이 되어 줄 손님을 기다리고 있는 것이 아닌가 할 때 성재 씨는 자기의 맘속을 이렇게도 알 수 없이 파먹는 벌레가 야속도 했다.

　한숨과 같이 몸을 뒤채 일으켰다. 그리고 샛문을 밀고 손님을 위하여 준비하여 놓았던 술상 위에서 주전자를 집어들었다. 괴로움의 벗이 술인 줄을 안다. 마음의 위안을 찾자는 것이다.

　"그 바른 술을 또 축내디. 에이구 뒤상두!"

　마누라의 말은 듣는지 마는지 성재 씨는 잔에 술을 따른다.

　"술이 없다던 걱정두 그저 괴닌 소리야! 그러기 우린 이런 노릇두 못 해먹구 산대니깐."

　이 소리는 분명히 남편의 인격을 물어뜯는 말이다.

　그러나 비로소 지나 보는 것이 아니다. 대꾸를 하려다가는 한정이 없음을 안다. 잠자코 부어서는 곰배님배 마시는 사이 주전자는 점점 가벼워지며 까꿉서기를 요하더니 주룩 하고 방울만이 뚝뚝 잔 안에 든다. 열 잔도 못 부었다고 아는데 술은 끝이 난 것이다.

　성재 씨는 그것을 한 병이라고 넣어서 사람을 속이는 것이 비로소 깨닫기는 듯 낯이 간지러웠다. 반 병은 좀 넘을까, 그렇지 않으면? 생각하여 보는 동안, 저적거리는 발자국 소리가 마당에 들리다 멎는다. 성재 씨는 안주로 가던 손을 내밀다 말고 다시 귀를 가다듬었다. 수군거리는 소리가 극히 가늘게 흘러든다. 얼른 주전자를 밀어놓고 눈짓을 색시에게 주며 골방으로 들어갔다. 자기 때문에 자유로 들어올 수 없는 젊은 술꾼들의 행색임을 짐작할 수 있었던 것이다.

손님을 맞아들인 색시는 손님이 다섯이나 되는데 술이 모자라겠다고 마누라와 같이 상을 차리며 수선거리는 소리가 들린다.

다섯 명의 손님이라는 데 성재 씨는 적지 않이 정신이 새로웠다. 그러나 술이 모자라서 양전에 돈을 남겨 돌려보낼 생각을 하니 그 바른 술을 축낸 것이 금시 후회스럽다.

성재 씨는 은근히 계획해 오던 창안을 생각해 보았다. 그리고, 그것의 실현을 순간 미련도 없이 이제 베풀기를 주저치 않았다. 술에다 물을 타자는 것이다. 이 법칙에 손님들은 으레히 상들을 찡글 것이나, 그런 술을 먹이기 위한 색(色)이 있고, 또 이런 노릇은 색에 끌리는 축들이야만 뜨끔이 떨어뜨리는 것이 있다. 그러한 인물이 수두룩함을 이제 손님들 가운데서 진맥해 온 것이다.

성재 씨는 가만히 일어나 뒷문을 밀고 부엌으로 돌아가 두 병 술에다 한 병쯤 물을 타서 세 병을 만들기를 일렀다. 그리고 취한 기색이 드러났음에도 술을 그냥 찾을 때에는 좀더 물질을 해도 괜찮으리라고 다시 한 번 참고로 이르고 골방 속으로 되돌아와 누웠다.

협착하고 불 없는 골방 속은 가슴을 누르는 듯이 답답하다.

방안은 차츰 시끄러워진다. 손님을 호리는 색시의 노랫가락이 귓가에 역하다. 이런 짓을 아니 하고는 못 살까? 차라리 듣지 않으리라, 성재 씨는 잠을 청하려고 눈에 힘을 주어 감았다.

거의 열 잔 푼수나 들이킨 술은 벌써 어릿더릿 정신을 흐리기 시작한다. 감은 눈앞에서 천장이 빙글빙글 돌아가는 것 같다. 잠이 어릿어릿 몸이 녹아진다고 느끼고 있는 순간, 성재 씨는 바늘에 귀를 찔리는 듯 놀라고 눈을 번쩍 떴다.

"크으, 에에 이게 무슨 술이야. 이거 물을 탔구나! 이렇게두 원 물을 탐담! 이년아, 대관절 물에다 술을 탔네? 술에다 물을 탔네? 크으!"

그렇게도 지껄이는 소리가 무슨 소리인지 모두 몽롱하게 귓전을 흐르고 말건만 그 한 마디, 그것은 귀를 때리는 것같이 쑥 들어왔다.

"사람의 일은 참 모를 거로군."

"참말이야. 제것 없으문 굶어 죽을 줄만 알았던 성재 영감이 술에다 물을 타다니!"

"흥, 이제야 눈깔이 바루 백이는 모양이디."

뒤미처 흘러드는 그들의 대화──성재 씨는 몸이 흔들릴 만큼 놀랐다. 자기를 비방하는 데서가 아니라, 그것은 결코 악평으로만 볼 수 없는 반은 더 자기의 인격을 돋우보는 말이라고 아니 들을 수 없는 까닭이다.

싱거운 술에 상들을 찡그리면서도 그들의 말은 이런 데 일치된다. 차마 못 할 짓이라 내심 허하지 않는 것을 눈을 딱 감은 데 지나지 않았으나, 그것은 도리어 종래의 악평에서 버젓이 벗어날 수 있고 따라서 또한 명예를 도웁는 소임도 되어 있는 것이다.

악의를 베풀수록 반비례로 인격은 올라간다. 명예가 결코 언짢을 이치 없지만 현재의 생활에서 삶의 가치를 찾지 못하는 성재 씨의 마음은 만족할 수 없었다.

바로 말하면 그 명예는 자기에게는 더할 수 없는 모욕인 것이다. 그러니, 삶을 위하는 수단은 앞으로 자기에게서도 악의와 인연을 멀리할 수 없는 것임을 알 때, 좇아서 점점 올라갈 자기의 인격을 미루어보니 우스운 것이 세상사 같았다.

"자아, 어서 잔을 따려므나, 물 아니라 물 해내빌 탔대문 어때? 누가 머 술 먹으려 왔나?"

"암 그렇지, 그렇구말구. 누가 참 머 술 먹으려 왔나, 요것 보러 왔디."

"아니, 참 요년 옥심이 너, 사람을 그렇게도 녹여 내는 법이 어디 있다든?"

술에다 물을 탔건 말건 그들은 좋아라고 옥작이며 그저 진탕치듯 먹어댄다.

마음이 허하는 계획은 아니었으나 색으로 위하여서는 아무런 불평도 없이 손님들은 그 술을 이렇게 먹는 것을 볼 때 성재 씨는 그 계획의 성공이 은근히 기꺼웠다.

그리고, 앞으로도 그런 법칙을 계속만 한다면 어느 정도까지 군색은 면해질 것이 아닌가 하니 마음의 고삐도 한결 늦춰지는 것 같았다.

성재 씨는 손님을 호리는 옥심의 애교가 귀여운 듯이 코웃음을 하며 녹아져 오는 몸에 사지가 늘어나는 듯하게 기지개를 켰다.

〔발표지〕《비판》(1938. 5.)

〔수록단행본〕 *『병풍에 그린 닭이』(조선출판사, 1944)

붕우(朋友)

1

　주문하여 놓은 차라고 반드시 먹어야 되랄 법은 없다.

　청한 것이라 먹고 나왔으면 그만이련만 조군은 금방 문을 삐걱 열고 들어서는 것만 같아, 기다리기까지의 그동안이 못 견디게 맘에 조민스럽다.

　어떻게도 만나고자 애타던 조군이었던가. 주일 나마를 두고 와 줄까 기다리다 못해 다방을 찾아왔던 것이 와 놓고 보니 되레 만날까 두렵다. 가져온 차를 계집이 식탁 위에 따라 놓기도 전에 백통화 두 푼을 던지다시피 쟁반 위에 떨어뜨리며 나는 다방을 뛰어나왔다.

　조군이 나를 찾기까지 기다려 봐야지 내가 먼저 조군을 찾는다는 것은 아무리 생각해야 자존심이 허하지 않았던 것이다.

　그러나 다방을 나와 놓고 보니 조군의 자존심 또한 나를 먼저 찾아 줄 것 같지는 않다. 이러한 경우에 나를 먼저 찾아 줄 조군이었더라면 벌써 나를 찾았을 그이었을 게고, 또, 우리의 사이가 이렇게까지 벙으도록 애초에 싸움도 없었을 게 아닌가.

　생각은 또 이렇게 뒤재어지니 내가 그를 먼저 찾지 않는다면 서로의 자존심은 언제까지든지 벗걸려 조군과의 사이는 영원히 멀어지고 말 것 같다.

　사람의 사이란 이렇게도 벙으는 것인가, 우스운 일에 말을 다투고

친한 사이를 베이게 되었다.

——문학은 로맨티시즘이어야 된다거니 리얼리즘이어야 된다거니 다투던 끝에 조군의 가장 아는 체하는 태도에 불쾌해서 "조군은 아직도 예술을 몰라." 하고, 좀 능멸하는 듯한 태도로 내받은 한마디가 조군의 비위를 어지간히 상한 모양이다.

이상한 안색이 말없이 변하는 것을,

"군은 아직 예술의 그 참맛을 모르지."

농담에 돌리려고 맘에 없는 농을 붙이니,

"자식이 잔뜩 건방져 가지고……."

조군 역시 농담 아닌 농담으로 받는다.

"건방진 게 아니라 군은 모른달 밖에."

"옳고 그른 것을 따지는데 건방지다는 건 다 머야."

"건방지다는 건 모르고도 아는 체하는 것."

"군과 같은 존재?"

"뉘가 할 말인데."

서로 튀기는 동안 좀 불쾌한 말이 오고가게 되니 남 듣기에는 제법 정식으로 하는 싸움이나 같았던지 때마침 찾아오던 손군이 싸움으로만 알고 왜들 이러느냐고 영문도 모르고 꾸짖으며 말리는 서슬에 피하면 누구나 지는 것 같아 서로 달려들어 어성은 높아지며 말은 격렬하게 되어 결국은 정말 싸움처럼 되고 만 것이다.

나도 조군에게는 그렇게 보였겠지만 실상 혼자만 아는 체하는 조군이 얄밉기는 했다. 이 때문에 참다 못해 가다가 한 번씩은 누구나 말을 튀기고 진정으로 불쾌한 기색을 서로 감추지 못하는 적도 한 번 두 번에 그친 것이 아니었으나, 그런 티도 없이 조군은 나를 찾고, 나는 조군을 찾았다. 각별히 언쟁이 격심했다고도 볼 수 없는 이번 일에 날마다 오던 우리 집을 조군은 주일 나마를 찾지 않는다.

조군은 나를 그처럼 아니꼽게 보았나 하니 조군에게 향하는 내 마

음 또한 좋지 않다. 조군의 모든 단처가 얄밉게 드러나며 허하지 않는
자존심에 나도 일체 그를 찾지 않았던 것이다. 그러나, 벗과 벗 사이
는 끊으랴 끊을 수 없는 무슨 탄력이 있는 듯싶게 조군에의 우정은 날
이 갈수록 그립다. 벗이 많되, 내 마음에 위안을 주는 벗은 없다. 예
술을 이해하는 진정한 벗이 없을 때 마음의 어느 한 구석은 비인 듯이
공허함을 느낀다. 예술상 견해는 달리 가지면서도 예술 그 물건에 있
어선 무슨 공통된 정신이 떨어질 수 없게 머리를 서로 맞매어 놓은 듯
도 하다. 군과 밤낮 마주앉았을 때 못 느끼던 조군에의 우정이 알뜰함
을 이제 알았다. 생애에 둘도 없을 영원한 반려를 잃은 듯도 싶어 오
늘은 기어이 그를 만나고야 말리라 그의 전용 휴게실과도 같은 다방
장미원을 찾기로 하였던 것이다.

2

 ──조군도 내가 군을 그리듯 나를 이렇게 그리워할까. 그리우면서
도 자존심이 허하지 않아 지금껏 찾아 주지 않을까. 군에게도 군을 이
해할 벗은 오로지 나밖에 없을 텐데……. 그 저주할 자존심이 적용되
지 않을 방법으로 이렇게 그를 만날 수가 없을까? 그리하여 피차의 부
끄러움도 없이 그만 만날 그러한 방도를 나는 거리로 걸어나오면서 꾀
하여 보았다.
 특별한 일이 없으면 오늘도 으레 이때쯤은 조군이 장미원을 들를
것이 빤한 일이다. 그가 오는 길목에서 기다리다가 오다가다 만나는
것처럼 만나는 것이 어떨까, 만일 만나고 보면 조군도 나를 보고 가만
히 있지는 않겠지, 한번 입만 떨어지면 화해는 되는 날이다, 생각하니
그것이 가장 묘한 방법도 같다. 나는 시험하여 보기로 하였다.
 장미원의 골목을 나서 큰 거리로 걸어나오던 나는 가장 분주한 체
걸어 내려가고 있었다.

그러나, 조군은 아직도 오는 사람이 아니다. 순식간 종로다. 종로는 필요 없는 길이다. 나는 다시 온 길로 돌아섰다. 안국동으로 내려오면 정면으로 만날 수 있으나 종로로 들어오면 나의 뒤에 달리리라. 나는 몇 발걸음에 한 번씩 뒤를 돌아보며 빨리 걷는 체 활개를 놀리면서도 걸음은 될 수 있는 데까지 속력을 아꼈다.

몸놀림과, 걸음에 조화되지 않을 나의 이 걸음은 거리 사람들에게는 무던히도 우스운 꼴일 것 같다. 나와 같은 경우에서 나와 같은 행동으로 취하는 사람이 이 거리에도 있을까? 사람마다의 걸음에 부질없는 눈이 갔다.

장미원을 거의 다달아 다시 돌아서려 할 무렵이다. 나의 시야에는 틀림없는 조군이 날아든다. 금방 안국동 사가에서 꺾어 내려오는 골목 길을 조군의 조고마한 뚱뚱한 체구는 아그작아그작 사람들 틈을 새어 내려온다.

나는 가장 급한 볼일이 있는 사람처럼 속력을 다하여 활개를 치며 마주 걸어올라갔다. 조군도 나를 본 듯하다. 금시에 머리가 숙어진다.

거리는 점점 가까워온다. 가슴이 후득후득 뛴다. 할 말의 준비에 가난을 느껴 어리둥절하는 동안, 휙 하고 바람이 얼굴에 씌운다. 벌써 조군과는 어느덧 지나치고 마는 것이다.

만나고도 말할 수 없었음이 이를 데 없이 안타깝다. 조군의 마음도 내 마음과 같을까? 아니 조군은 미련도 없이 나를 지나쳐 버린 것은 아닌가? 그랬다 하더라도 지나치고도 혹시 마음이 언짢아 나를 돌려다 볼는지 모른다. 나도 한 번 돌려다보고 싶다. 그러나 마주칠지 모를 시선이 두렵다. 마주치면 고의로 지나쳤음이 증명되는 것이다.

나도 조군을 못 보고 지나친 체 고개를 숙이고 달아날 수밖에 없다. 몇 번이나 돌려다보고 싶은 것을 나는 눈앞만 바라보고 그저 걸었다.

3

이튿날도 또 그 다음날도 조군은 찾아 주지 않는다. 만나고도 모른 척하고 지나치게 되었음이 더욱 조군과의 사이를 멀리하게 만드는 짓이 된 것은 아닌가. 나 자신조차도 그 후부터 조군을 만나야 그때에 지나쳐 보내고 지금 만나기가 더욱 어색할 것 같음을 느낀다.

그가 일상 와 주던 시간이라고 아는 열 시로부터 오전 동안, 그동안을 나는 오늘도 은근히 기다리고 있었건만 조군은 얼씬도 않는다.

나의 집이 아니면 다방, 다방이 아니면 본정의 서점 주유——그것이 그의 날마다의 하는 버릇이다. 지금도 다방이 아니면 서점일 게다.

나는 장미원에 전화를 걸었다. 조군이 거기에 있다 해도 만나러 갈 것 같지는 않으면서도 왠지 그저 그가 거기에 있나 없나가 알고 싶다.

"거기가 장미원이죠? 저 조우상 씨 거기 안 계수?"

"금방 다녀 나갔습니다."

오늘도 장미원엔 틀림없이 조군은 다녀갔다. 그 길로 어디를 갔을까, 나를 찾아오는 것은 아닌가.

"여보서요! 나가신 지가 얼마나 오래됩니까?"

"한 십 분 가량 아니, 한 십오 분 가량은 될 겝니다."

"어디로 가신지는 모르시죠?"

"알 수 없는걸요."

장미원에서 나의 집까지 삼십 분이면 올 게다. 나를 찾아나선 것이라면 이제 십오 분이면 조군이 보일 것이다.

나는 그가 당장 와 주겠다고 약속이나 하여 준 것같이 초조하게 조군이 찾아 주기를 기다린다.

"허 허군!"

왔다! 가슴이 뛰기 시작하는 찰나, 문을 밀고 나타나는 것은 뜻밖에도 손군이다.

"산보 안 가려나? 날이 좋구먼……."

"어디?"

"흠부라래도."

그러지 않아도 한 십오 분 동안 기다려 보아 조군이 오지 않으면 본
정으로 가 보려던 참이다. 조군을 만나는데 동무가 있음이 더욱 도움이
될 것 같고 또 일부러 조군을 만나러 간 것처럼도 아니 보일 것 같다.

"글쎄 가 볼까?"

나는 마음에 없는 것을 끌리어 가는 사람처럼 마음을 속이며 대답
했다.

"그럼 어서 옷 갈아입어."

자꾸만 독촉하는 것을 십 분 또 십 분 이렇게 손군을 속여 가며 시
간을 지체케 하여 조군을 기다려 보았으나 역시 필요 없는 시간의 낭
비밖에 없었다.

본정은 나 역시 책전에 마음이 끌린다. 새로 난 레코오드를 듣자고
조르는 손군을 나는 책전으로만 끌었다.

날이 좀 차진 탓인지 거리에 사람은 알아보게 드물다. 사람 틈에 잃
기 쉬운 작은 체구의 조군을 찾기에는 그리 복잡한 인파는 아닌데 조
군은 찾기지 않는다.

혹은 나의 앞을 서 다녀간 것인가 그렇지 않으면 뒤로 따로 따라오
나 다녀온 책전을 다시 한 번 훑어서도 역시 조군의 빛은 보지 못하고
되돌아 전차에 올랐다.

그동안에 조군이 나의 하숙으로 찾아오지나 않았을까. 손군은 종로
에서 보내고 나는 바쁘게 집으로 돌아오다가 정말 나는 하숙집 문전에
서 저격거리고 섰는 조군을 볼 수 있었다.

순간, 나는 나도 모르게 골목 안으로 몸을 숨기고 그의 행동을 엿보
았다.

조군은 하숙집 대문을 들어서려고 머리를 기웃하고 발을 떼는 듯하

더니 다시 돌아서 두어 걸음 내려오다가 아무래도 미련이 있는 듯이
되돌아서 들어서려 야릇야릇하더니 아주 지나가고 만다.

조군은 분명히 나를 찾아왔다. 찾아왔으나 차마 어색하여 망설이
다 돌아가는 눈치다. 조군도 차마 나를 못 잊고 그리워하는 것임을 알
았다.

조군이 그대로 돌아감이 더할 수 없이 안타깝다. 내 마음이 이렇거
늘 조군의 마음인들 안 그러랴. 조군 하고 불러 볼까 하나 차마 입이
무겁다.

조군은 다시 찾기는 단념한 듯이 뒤도 돌아다보지 않고 잰걸음으로
그냥 골목을 빠져나간다.

나는 어찌할 바를 모르고 바재다 못해 골목으로 빠져들어가 마주
올라오다 만나리라 싶여 집을 싸고 앉은 골목을 뛰다 싶은 걸음으로
어이돌아 천변길을 걸어올라왔다.

그러나 조군은 벌써 어디로 빠졌는지 보이지도 않는다. 그동안에
이 골목길을 어느새 다 추어 큰 거리로 나섰을까. 혹시 내가 뒷골목을
어이도는 동안 나의 하숙을 다시 들어간 것은 아닌가. 나는 부리나케
집으로 뛰어들어왔다. 그러나 나의 방문은 여전히 덧문까지 닫히어 있
다.

"누구 나 찾어오지 않었읍디까?"

"아뇨."

"아, 금방 왔든 손님 없어요?"

"없습니다."

필시 그대로 간 조군이다.

4

내가 조군을 못 잊어 하듯 조군도 나를 그렇게 못 잊는다면 혹시 군

은 오늘도 나를 찾아 줄는지 모른다.

이튿날은 전에 다른 기대를 가지고 나는 아침부터 조군을 기다리며 문 밖을 들락날락하였다. 그러나, 오라는 벗은 아니 오고 뜻하지 않았던 가끼도메 한 장이 찾아온다.

나의 소설을 꼭 받아가지고야 편집에 착수하겠다는 ××지의 원고 독촉이다.

돈이 생기는 일이니 아무렇게나 끄적여 보냈으면 그만이련만 예술적 양심은 차마 그렇게까지 허하지 않는다. 오늘까지 써 온 과거의 작품을 모두 불살라 버리고 싶은 충동을 못 참는 나다. 이제 게서 더 일보를 나아가지 못한 필법은 차마 손에 붓이 가지 않는 것이다.

나는 이 일 년 내 소설 제작에 있어 커다란 고민을 느끼어 온다. 그것은 소설이란 무엇인지가 비로소 알아진 때문도 같다. 그러나, 알아진 그 소설을 시험하기에는 자신의 역량에 쓴웃음을 금할 길이 없다.

그 소위 저널리즘 위에서 총애를 받는 작품들이 나의 수준에서 뛰어남을 찾지 못할 때 나의 용기는 확실히 되사나, 나는 여기에 집필에의 위로를 얻기보다 오히려 폭소를 금치 못한다. 그것도 소설이요 하고 침묵을 못 지키는 그들의 낯이 빤히 들여다보이기 때문이다.

조군과 나와의 사이에 가끔 언쟁이 있게 되는 원인도 그 실인즉 이러한 관계에서였거니 조군도 어쨌든 쓰고야 보는 작가의 한 사람이므로서다. 그러나, 조군의 작품은 발표할 때마다 월평가의 붓대 끝에 찬사의 표적이 된다. 그러면 일반은 그 작품을 믿고 저널리즘은 그 이름을 안고 춘다. 그리하여 그는 확실히 인기 작가의 한 사람이다.

그러나, 나는 그와 같은 작품을 내어놓으므로 자신에 만족을 느끼고 명예를 얻고 싶지는 않다. 그러나 자신이 허하는 작품은 쓸 수가 없다. 차라리 침묵을 지키는 원인이다.

나는 이제 나의 소설 못 쓰는 마음을 솔직하게 적어 놓아 내 마음을 세상에 알리고 싶은 충동을 못 참는다. 그리하여 이해할 수 있는 벗으로 손뼉을 같이 쳐 주는 공감을 사고 싶다.

나는 문득 그것의 소설화를 생각해 본다.

그러나, 나의 붓끝은 나의 마음을 충분히 그려내기에 충실한 사자가 되어 줄까 신용되지 않는 자신의 역량이 몇 번이나 머리를 흔들어 대건만 참을 수 없는 창작욕에 마침내 원고지 위에 하필을 하여 본다. 일 년 만에 처음으로 든 붓이다.

곤란한 일이다. 내 마음을 살리기엔 조군이 상대가 아니 되고는 내 뜻을 완전히 표현할 수 없는 것이 곤란한 일인 것이다. 조우상이라 똑바로 그대로 이름을 끌어다 대고 쓰자는 것은 아니로되, 조군이 보면, 아니 벗들은 누구나 보아도 그것이 조군인 줄은 알 것이다. 내 마음을 표현하기 위하여 벗의 허물을 드러내는 것은 마땅한 일이 될 수 없다. 될 수 있는 대로 조군의 신상을 생각해 가며 쓰고자 하나 내 뜻이 옳다는 것을 표백하려니 조군은 언제나 거기에 눌리우고, 나를 내세울수록 그는 떨어진다.

나는 몇 번이나 이래서는 안 된다. 붓대를 내던져 보았건만 나의 이 생명인 창작 충동은 벗에 관한 한 개의 악감, 그리고 신의를 생각하기보다 예술사상인 창조 충동이 보다 더 강렬한 힘으로 붓끝에 열을 올렸다.

마침내 닭이 울 무렵까지 조군에게는 재미롭지 않은 한 편의 짤막한 소설이 짜여지고야 말았다.

이것을 발표해서 옳은가 몇 번이나 읽어 보아도 조군이 걸렸으나 내 생명이 담기운, 아니 어떻게 생각하면 그것은 그대로 내 생명이라 아니 차마 버리고 싶지 않다. 이렇게 글로는 조군을 비웃었다 해도 지금도 나는 조군을 진심으로 그리워하거니, 결코 무슨 악의에서 비웃는 것이 아니라 그것은 한 개의 사상이요, 주의의 싸움이다 하는 생각은 마침내 발표에까지 마음을 정하게 하고 말았다.

5

이튿날 나는 이 소설을 ××지에 부치고 우편국을 막 돌아나오는 무렵 공교하게도 조군과 서로 문을 밀거니 당기거니 하고 있었다. 내 편의 밀음이 좀 세었던지 문고리를 비슷이 놓고 몸을 비키며 내가 먼저 나오기를 기다리는 사람은 뜻밖에도 조군이었던 것이다.

"요우!"

나를 보기가 바쁘게 조군은 조금도 어색한 티 없이 나의 손을 붙든다.

순간, 반가우면서도 당황하던 나의 마음에 비춰 보면 조군의 인사법은 확실이 나보다 단련된 품이 있다.

"이거 참 오래간만이야."

"한 보름 됐을까?"

비로소 어색한 입을 나는 떼였다.

"우편소 출입을 할 땐 호경긴 모양이군."

"아니 저 원고 하나 잠깐…… 오래간만에 소설 하나 썼네."

"응?"

내가 소설을 썼다는 말에 조군은 닝큼 놀라며,

"소설! 물론 역작이겠군. 일 년 동안이나 닦고 닦은. 그래 어디야?"

"저 거시기."

"으— ××지 아닌가? 거긴 나도 썼는걸!"

"군도 소설인가?"

"아니 평론, 이달 창작평야."

"이크! 그럼 이기영(李箕永)이가 또 비행기를 타겠구먼."

"그야 군이 창작평을 쓴다면 이효석(李孝石)이가 체베린을 안 탈 겐가?"

"이 사람, 선 자리에서 복수인가. 어쨌든 나의 창작이 이달에 없었던 것만은 천만다행이군. 군의 붓끝에서 천길 만길 뚝 떨어질걸."

"그럴 수 있나. 그런 경우면 쓱 지면이 모자라서 하는 의미로 척 빙 그러쳐서 빼어 놓거든."

"하하하—."

"아닌 게 아니라 친지의 작품을 지상으로 내려 깎고 만인의 앞에 공개하기란 참 거북한 일이거든. 그러기에 이러한 태도를 취하는 것이 근자엔 뭐, 월평가의 레투가같이 되어서."

"그러면 이번에도 군은 또 누구에게든지 지면이 모자라겠구먼."

"하하하."

우리는 그동안 서로 틀렸던 티도 없이 천연스럽게 이야기를 주고받으며 걷는다.

그러나 사이가 벙으렀던 원인, 그리고 그리웠더라는 말은 안 하기를 서로 내기나 한 듯이 누구나 입 밖에 내려고 하지 않는다.

그렇게 그리워하는 벗 사이라도 자기의 위신을 위하여 굳이 감추고 비밀을 지키지 않아서는 안 되는 것이었다. 이러고도 벗일까. 그러면서도 그리워는 서로 한다! 나는 우리들 사이의 그 심리의 작용이 묘하게 움직이는 것을 들여다보며,

"우리는 그동안 어쩌면 거리에서 그렇게도 한 번도 못 만났담."

나는 관훈동 거리에서 만났던 일을 생각하고 은근히 그의 마음을 엿떠 보았다.

그러나 조군은 글쎄 하고 다른 아무 말도 없더니,

"언젠가 한 번 관훈동 거리에서 지나치고 보니 그게 군이라고 보았는데 군은 나를 못 봤나?"

도리어 나의 마음을 엿뜬다.

그러나 나 역시 그의 말에 넘어갈 내가 아니다.

"나는 군의 그림자도 못 봤는걸."

"못 봤어?"

하는 것은 너도 어지간히 속을 안 주누나 하고 속으로는 입을 비쭉하는 것 같다.

"참 군은 다니는 길목이라 우리 집 앞을 더러 지났을 텐데 그렇게도 한 번도 안 들린담?"

"지날 턱 있나 그동안은 참 꼭 집안에 백혀 있었네."

조군도 그에 대한 이야기는 일체 입 밖에 내려고 하지 않는다.

우리는 그 다음으로 바아로 들어가 얼근히들 술이 취하여 못 하는 이야기가 없이 지껄여 대면서도 그렇게 그리워하였더라는 이야기는 누구의 입에서도 나오려고 하지 않았다. 생각하면 그것은 우리들의 영원히 지켜야 할 비밀일 것도 같다.

〔발표지〕《비판》(1939. 2.)

〔수록단행본〕*『병풍에 그린 닭이』(조선출판사, 1944)

청춘도(靑春圖)

서곡(序曲), 창조(創造)의 마음

　자유로 허여된 꿈일진댄 아름다운 꿈이라도 꾸고 싶다. 세상을 경도시킬 걸작이야 꿈엔들 그려 보기 바라련만 하다못해 마코라도 한 갑 생기거나 그렇지 않으면 계집이라도…… 쓸모없는 시시한 꿈이 비록 몇 시간 동안이나마 현실의 시름을 잊고 지날 수 있는 행복된 잠을 또 깨워 놓는다.
　——어디로 들어왔는지도 모를 한 마리의 생쥐——바르르 책상 귀로 기어올라 꿰어진 양말짝을 하릴없이 쏜다. 그리던 그림에 붓대를 대다 말고 조심스레 손을 어이돌려 책상 위로 늘어진 꼬리를 붙드는 찰나, 날쌔게도 그놈의 생쥐 팩 돌아서며 손잔등을 물고 늘어진다. ‘아 야 아’ 놀래며 손을 뿌리치니 어이없다. 새까만 방안은 보이는 것 없이 눈앞에 막막하고 곤히 잠든 아버지의 숨소리만이 윗목에 한가하다.
　무슨 꿈이야 못 꾸어서 하필 생쥐에게 물린담. 꿈조차도 아름답게 못 가진 자신이 가엾기도 했다.
　상하는 반듯하게 누웠던 몸을 모로 뒤챘다.
　눈을 뜬대야 보일 턱이 없는 새까만 방안이요, 게다가 눈을 감기까지 했건만 눈앞은 환히 밝다. 빽빽히 둘러선 송림, 그 산탁을 떨어진 약수터 풀밭 길을 꼬불꼬불 금주는 걸어내려온다.
　“벌써 아침 물참을 보고 오십니까?”

"네, 머, 전보다 별로 일러 뵈지도 않는데요."

"아침 물은 방불이 차지요?"

"막 가슴이 뚫어지는 것 같애요."

제법 만나기나 한 듯이 말을 주고받기까지 해 본다.

이렇게 금주가 안타깝게 잊히지 않은 것은 그 여자에게 반했으므로 설까, 아무리 이성에 주렸었기로서니 가슴이 반이나 썩어진 듯한 그의 표정──배꽃을 비웃는 하이얀 얼굴은 금시라도 피를 콸콸 쏟아낼 듯한 정경이 아닌가. 그런 여자, 그 여자를 못 잊는다면 대체 어찌해 볼 심판인가. 그래도 그 여자가 못 잊힌다면 자기는 오직 한 가지만을 아는 짐승과도 같지 않은가. 이것이 자기의 본성일까, 사람의 마음일까.

등잔에 불을 켜고 일어나 앉으니 스스로 생각해도 우스운 꼴이다. 담배라도 있으면 하니 마코 향기가 혀끝에 일층 새롭다.

몇 번이나 털어 봐도 없던 담배가 있을 턱 없는 지갑 귀를 다시 털어 보니 소용이 있을까. 삿귀라도 돌아가며 들쳐 보자니 없는 꽁초는 샘날 수 없고.

허하지 않는 담배는 있었다. 선반 위에 아버지의 장수연 갑이다. 도덕상 금단의 율칙이 두려운 것이 아니다. 율칙을 범하기 벌써 몇 번──초저녁에도 꺼내고 남은 것이 몇 대 되지 않음을 안다. 노여(勞餘)에 아껴 가며 한 대씩 피는 담배여니 이제 마지막 남은 밑바닥을 긁어내기 거북함이 마음에 걸리는 것이다.

그러나 이성을 그리는 마음보다 못지않은 형세의 담배 맛이다. 참을래 참을 수 없어 한 대에 적당하리만한 분량을 다시 집어내어 궁여의 고안 그대로 신문지 여백을 쭉 찢어 두르르 말아 침으로 붙인 다음, 성냥갑을 더듬어 들고 문 밖으로 나왔다.

스무날 달이 하늘에 밝다. 누동섶 개천에 돌돌돌 물소리가 청아하다. 달밤에 물소리는 이상히도 마음을 당긴다.

담배를 붙여물고 누동으로 나갔다.

한 바퀴 뚜렷한 달이 개천 속에 떨어져 잠겼고, 몸을 헤치고 달을 찢으며 잘박잘박 역류(逆流)하는 송사리 떼——귀엽다 말을 할까, 나불거리는 지느러미, 오물거리는 주둥이, 달빛에 번득이는 찬란한 비늘——몸을 뒤챌 때마다 눈이 부신다.

물 속에 가만히 손을 넣으니 놀래어 흩어진다. 그러나 얼마 아니 있어 다시 송사리 떼는 몰려와 툭툭 하고 길을 막는 손바닥을 주둥이로 치받친다. 정신을 차려 먹고 날쌔게 줌을 쥐니 포드르르 줌 안에서 한 마리의 송사리가 생명을 원하는 듯 꼬리를 떤다.

다시 한 번 또 한 번 거듭하여 보는 사이, 올라가고 또 내려오고 수없이 뒤를 따라 오락가락 몰려다니는 송사리 떼임을 깨닫고 평범한 행동에서의 향락만이 아님을 알았다. 본능에 충실하려는 봄의 행사임이 틀림없었다.

본능의 만족을 위한 거룩한 행사에 구속의 손을 대였음이 극히 죄송한 듯하였다. 본능의 만족, 자연의 행사——거기에는 털끝만치라도 구속이 있어서는 안 된다. 미련도 없이 둔덕에 집어 던졌던 몇 마리의 송사리를 다시 물속에 집어넣었다. 물 밖에 자유를 잃었던 몸이 둔탁하게 헤엄을 쳐간다. 오그그 송사리 떼가 다시 몰려와 그놈을 에워싼다.

문득 한 마리의 새가 깃을 펴고 물속에 나타나며 송사리 떼를 놀래고 달을 가린다. 누동으로 날아드는 공중에 뜬 해오라기다.

돌아옴을 반겨 맞는 듯 버드나무 상가지 둥우리 옆에 앉았던 한 놈이 끼익 끽 소리를 지르며 목을 뺀다.

무심코 바라보던 상하는 거기에도 봄이 왔음을 알았다.

생동의 힘, 봄의 사자——그것은 물속에도 공중에도 찾아왔다. 그러나 오직 땅 위에 선 자기에게만 없는 것 같았다. 알 수 없는 촉감에 다시 몸서리를 쳤다. 둘 곳 없는 심사에 담배꽁초를 개천 속에 힘껏 메어던지니 마음이 시원할까. 난데없는 물살에 송사리 떼만이 놀래어 흩어진다.

1 예술

캔버스를 들고 산으로 올라갔다. 심심하니 소일로서가 아니다. 예술적 감흥에 못 참아서다. 산간의 시내, 곡간의 괴석, 약수터의 풍경 ─어린 날 모르던 이 모든 고향 풍물이 상하의 붓대를 끌었다. 오늘은 약수터의 풍경을 눈 담고 떠난 것이다.

산탁을 떨어져 박힌 커다란 바위 위에 두 다리를 쭉 버드러치고 앉았다. 경사진 켠 아래를 내려다보니 한 폭의 그림 같다.

─건너 산 너머 바라보이는 드높은 교회당 지붕, 그 산탁 밑 떨어져 일대엔 채찍을 들고 소를 몰아 밭 가는 농부, 좀더 가까이 앞으로 큰길엔 무엇이 분주한지 끊일 새 없이 줄달아 속보를 놓는 행객, 눈 아래 약수터엔 생명을 붙안고 싸우는 수객들─모두 생을 위한 싸움임에는 틀림없으나 그 아름다운 자연의 경개임에도 흥취를 잃고 허덕이는 고달픈 인간이 상하의 마음을 흔든 것이다.

약수터엔 지금도 수객들이 떼를 잊지 않고 모여들었다. 담창쟁이, 속증앓이, 긴병쟁이─건강을 잃은 가지가지의 환자가 배지를 들고 행렬을 짓는다. 금주도 의연히 그들의 행렬에 끼이기를 잊지 않았다.

벼랑진 돌 틈새로 솔솔솔 끊임없이 솟아오르는 약수─받으며 배지 안에 뽀얗게 안개가 서리는 물, 산 속의 정기와도 같은 이 물에 생명을 맡기고 봄을 찾는 그들.

그러나 이 산간에는 이미 봄이 무르녹았으되 그들에게는 봄이 오지 않았다.

벌레 먹은 몸이 서리에 절고 바람에 시달려, 그대로 한겨울 동안 눈 속에 생동의 힘을 빼앗겼던 산간의 생명인 온갖 종족들─잣나무, 들매나무, 섶나무, 구름나무, 소나무. 켠을 등지고 떨어진 평지엔 소민

재리, 도라지, 범부채, 뺨박덩굴, 칡덩굴——꼽을래 꼽을 수 없는 초목들은 파랗게 잎새에 초록물이 오르고 줄기는 싱싱하게 살이 찐다.

이것들의 생명을 길러내는 대자연——하늘을 엄한 아버지라면 땅은 자애로운 어머니다. 하늘에 솟은 해는 아버지의 눈이요, 땅 속을 흐르는 물은 어머니의 젖이다. 어머니는 젖을 주어 살을 찌우고 아버지는 열을 주어 건강을 단련시킨다. 비교적 숙성에 빠른 진달래와 동동할미는 이미 꽃까지 피었다.

그러나 이 같은 아버지 같은 어머니를 가진 자연 속에 생명의 부여는 같이 받았으나 한번 시들은 인간에게는 같은 산 속의 정기를 받되 어머니의 젖이나 아버지의 단련도 아무러한 효과가 없었다.

삼십 명은 확실히 넘을 수객들의 얼굴에는 한 점의 봄빛을 찾을 길이 없고 구름같이 무거운 우울 속에 주름살을 못 편다.

금주, 이미 이 자연의 혜택을 받고자 세고에 병든 몸을 이끌고 산 천 리 물 백 리, 천백 리 길을 더듬어 이 산 속을 찾아온 지 이미 이태——산간의 신선한 공기를 호흡하며 산간의 종족을 길러내는 자애로운 어머니의 젖가슴 속에 안기어 두 돌의 봄을 맞았건만 금주에게는 봄을 주지 않았다.

그래도 금주는 게을리하지 아니하고 하루같이 산 속을 뒹굴며 때찾아 약수터로 내려왔다.

이렇게 지성을 들여 삶을 위하여 마음을 다하면 서리에 절었던 풀잎이 거센 땅을 들치고 다시 봄을 맞아 파랗게 생을 빛내며 살이 쩌자라는 것과 같이 금주에게도 다시 봄이 돌아올까. 두드러진 뺨을 능히 감추고 살이 올라 배꽃같이 하이얀 그 얼굴에도 진달래 꽃빛 물이 들어볼까.

이것을 그리는 것은 자유요, 그것은 예술이었다.

데생에 시험의 붓을 들었다.

배지를 한 손에 들고 골짜기의 잔디밭 위에 넋없이 앉은 한 여인의

횡면——흰 닭에 검정 닭 모양으로 뛰어나게 차린 품이, 그리고 그 날
씬한 몸맵시가 금주임에 틀림없었다.

한 사람의 폐병환자를 취급할 것은 잊을 수 없는 대상이었으나 하
필 금주를 그리고자 한 바는 아니었건만, 참을래 참을 수 없는 예술의
충동에서 시험하려는 붓끝에 못 잊는 금주가 모르는 듯 날아들음이 이
상한 감흥을 자아내 주었다.

폐병환자임에도 불구하고 마음을 당기는 금주, 애타는 속에서도 못
잊는 예술의 감흥, 알 수 없는 신비로운 심경, 그것을 자연미와 조화
시켜 놓으려는 충동——그 소재의 하나가 금주다. 금주는 예술이다.
예술 속에 금주가 있다. 금주는 내 붓끝에 가리가리 요리될 것이다.
금주는 이미 내 것이다.

상하의 붓끝은 금주의 얼굴에서 몸집까지 선에 힘을 주고 다시 그
었다.

금주는 나를 그리라는 듯이 옴짝도 아니하고 앉아서 장글장글한 햇
볕을 가슴에 받으며 시간 나마를 그린 듯이 앉았더니 두세 번의 얕은
기침 끝에 괴로운 표정을 지으며 산 속으로 더듬어 오른다. 일상 가서
앉은 샘칫가 바위 위이려니 하였더니 뜻밖에 상하를 향하고 직로를 놓
는다.

"오늘도 풍경이세요?"

상하의 앞에 우뚝 와 마주 서며 하는 인사다.

"네 그저…… 요샌 어떠십니까?"

"머…… 그저 그래요. 미안하시지만 제 초상 하나 그려 주실 수 없
을까요?"

자진하여서라도 그려 주고 싶은 상하의 마음이다. 그러나 대번에
승낙은 싱겁다.

"내가 머 그림을 잘 그립니까? 어디."

"천만에요."

하다가 금주는 풍경 속에 그려진 여자 위에 문득 눈이 가고 시선에 힘을 준다. 아직 선으로밖에 되지 않은 그림이지만 그 윤곽만으로도 어딘지 그것이 자기임을 알아낼 수 있었던 것이다.

"아니 이게 제가 아니에요!"

금주는 자못 놀란다.

"네?"

"왜 풍경 속에다 저를 이렇게 그리세요?"

"그걸 모르십니까?"

금주는 가볍게 미소를 짓는다.

"알 수 없이 금주 씨가 그립습니다."

"알겠어요. 그러나 선생님! 용서하세요. 저는 며칠을 못 가 죽을 인간인가 보아요. 오늘도 각혈을 했답니다."

"모르지 않습니다."

"그러시면서 선생님은……."

"네, 내 마음을 나도 모릅니다. 까닭없이 금주 씨가 그립습니다."

"선생님, 절 잊어 주세요. 저는 살겠다는 욕망밖에 아무것도 없습니다. 저도 봄이 그립습니다. 청춘을 잊을 길이 있겠어요."

세상이 쓰림을 못 참는 듯 한숨 끝에 주려잡은 눈가의 주름.

상하는 다시 더 말을 못했다. 삶의 위대한 힘에 마음이 찔린 것이다.

삶의 힘, 그것은 금주의 욕망의 전부다. 청춘을 짓밟고 청춘에 살려는 봄꿈의 보금자리에서 썩어지는 봄의 생명이 가엾기도 했다. 안타깝기도 했다.

상하는 이 가엾은 생명을 예술의 힘으로 영원히 살리고 싶었다. 다시 붓끝에 정신을 모았다.

"저를 그린 그림은 저를 주서야 해요, 네? 선생님! 약속하여 주실 수 있겠지요?"

금주는 두 번 세 번 당부를 한다.

2 애욕(愛慾)

그림을 그리는 며칠 동안 쉬임없이 자란 산 속은 진초록으로 푸름이 거울같이 맑다. 산 속은 청춘의 요람이라고 할까, 생기에 뻗은 산 속, 이 산 속에서 금주가 시들음이 거짓말 같지 않은가.

상하는 금주의 신변에 염려를 못 잊으며 일단의 정성을 다하여 끝낸 그림을 들고 산 속으로 기어올랐다. 샘칫가 도랑을 끼고 잔솔을 피하여 기름진 풀잎을 밟으며 꼬불꼬불 돌았다.

샘칫가 바위 위에는 언제나같이 금주가 앞가슴을 풀어 놓고 일광욕을 하고 있었다.

"할미꽃은 벌써 머리를 다 풀었군요."

"진달래꽃도 지나봐요."

하다가 금주는 캔버스 위에 주었던 눈을 문득 돌려,

"아이, 다 되셨군요 그림이!"

그리고, 손을 내밀어 그림을 눈앞으로 당긴다.

"원하셨던 초상만 그린 것이 아니라 금주 씨의 마음에 어떨까 해서 퍽 자제됩니다."

다 그려졌다고 아는 그림이었만 상하는 그래도 어딘지 만족할 수 없는 듯이 들여다본다.

"아네요. 이 그림이 제겐 더욱 좋아요."

"글쎄 그러시다면……."

"이게야 완성한 예술품이 아니에요? 이 그림 속에는 생명의 고민상이 여실히 표현되어 있어요. 봄을 모르는 제 심정이 제 얼굴에 어떻게 이렇게 드러났을까요."

"영원한 기념으로 드립니다."

"아이, 고맙습니다."

하기는 하나 맘에 없는 그림을 받는 듯이 별안간 표정이 구름같이
흐린다.

상하는 까닭을 몰라 다음 말에 간난을 느끼고 준비에 바쁜 동안,

"현실은 참 괴로운 것이에요. 이것이 산 인간 풍경이 아니겠어요?
생명은 무엇으로 따질 수 있습니까? 선생님!"

"글쎄요, 욕망의 전부라고나 할까요."

"적절한 말씀이에요. 욕망이 제어된 곳에 생명은 없을 거예요. 청춘
이 구깃구깃 구기운 제 심정이 어떠할 것입니까? 선생님!"

"가는 봄은 다시 돌아올 때가 있습니다."

"아네요, 그야 위로의 말씀이지요. 인생의 봄은 거기에 적용되지 못
하고 영원히 늙는가 보아요. 이제 보세요. 제가 며칠을 더 사나. 모든
것은 다 거짓이에요. 속아서 사는 것이 인생의 진리 같습니다. 저 너
머, 저 교회당의 종소리는 성스럽게도 사람의 마음을 유혹합니다만 인
간의 생명이야 좌우할 수가 있겠어요. 전도부인의 설교에 이 약수터에
서도 벌써 몇 사람이나 쫓아가 기도를 받았습니다만 기적도 없었습니
다. 저는 이제 이 그림 속에서만 영원히 살까 합니다. 요구하였던 초
상이 제 마음을 이렇게 표현한 그림을 얻게 되니 저라는 고깃덩어리는
썩어져도 정신만은 영원히 살 것이예요."

"세상을 그렇게만 해석하실 수 있을까요?"

"그렇지 않으문 뭐 기적이게요! 단지 제가 요구하던 제 초상만을 그
리셨다면 저라는 인간밖에 더 그린 것이 되겠어요? 여기에는 제가 모
든 인간을 대표한 한 본보기로 된 것이 더욱 좋아요. 세상을 비웃고
제 정신만을 살린 것이 되어 있지 않습니까? 새파란 청춘이 저기에 영
원히 남는 것 같습니다……."

"그러시면 애초에 초상을 원하셨던 뜻은 무엇입니까?"

"그건 묻지 마세요."

"비밀입니까?"

"비밀이랄 건 없지만 말씀드리기 거북해요."

"거북한 일 같으면야 나더러 원했으리라고요?"

"그런 걸 기어코 알으셔야 하나요? 뭐 말씀 못 드릴 것도 없긴 없어요. 그럼 얘기하지요. 저는 이미 약혼을 했드랍니다. 결혼을 앞으로 얼마 남기지 않고 참다 못해서 이리로 왔어요. 그러니 사랑하는 이를 이렇게 멀리 떠나보내고 객지에서 그이가 오죽이나 제가 그리울 게야요? 그래서 저는 아내의 책임을 다하지 못하는 그이의 심정을 위로하여 드리려고 선생님에게 제 초상을 원하였던 게지요. 말하자면 저는 괴악한 년이예요. 제 목숨만이 살아나겠다고 아내로서의 책임을 피하는 년이 괴악한 년이 아니예요. 선생님!"

상하는 놀랐다. 금주를 위하여 정력을 다한 예술품이 자기를 박차고 금주를 사랑하는 사나이의 청춘을 위로하므로 금주의 사랑에 만족을 줌이 되는 것이다. 사랑하는 이를 예술화시키므로 만족할 것 같던 상하의 심정은 예술에 있지 아니하고 애욕 속에 있었다.

애욕, 그것은 예술보다도 위대한 힘으로 상하의 마음을 불태웠다. 이 세상에서의 온갖 힘으로도 꺾을 수 없는 가장 큰 힘 같았다.

누가 그러고자 해서 그런 힘을 길러 왔을까. 한 포기의 풀이 때가 오면 아무리 꺾어 버려도 몇 번이고 거센 땅을 들치고 나와 기어코 아름다운 꽃을 피워내는 그것과도 같이 꺾이지 않는 힘이었다.

"금주 씨! 그 그림을 내 눈앞에서 용감하게 찢어 보일 수 없습니까? 네에? 금주 씨!"

그것은 곧 자연의 힘이요, 생명의 부르짖음인 듯이 열정에 타는 외침이었다.

벅찬 소리를 듣는 듯이 고민의 표정이 깊어 간다고 보여지는 순간, 금주는 서너 번의 괴로운 기침 끝에 붉은 핏덩이를 선지로 쏟는다.

뿌리박은 사랑의 위대한 힘에 용납할 수는 없는 고민의 상징일까.

그렇지 않으면 사랑에 제어된 구기운 청춘의 발버둥일까.

상하는 오직 아연하고 더 할 말에 간난을 느꼈다.

3 생명(生命)

마음의 평화를 잃은 상하는 그날 밤을 거의 새우다시피 고요히 앉
아서 이러한 경우에 들어맞을 선철의 명구를 무수히 끌어다 자위에의
수단으로 일삼아도 보았으나 그것은 모두 거짓부리였다.

자기의 예술은 금주의 사랑에 완전히 사로잡힌 것같이 아무리 하여
도 불안한 마음을 가라앉힐 길이 없었다. 그것은 마치 생명을 잃은 것
과도 같았던 것이다.

예술은 곧 자기의 생명이 아니였던가. 십여 년 동안 예술을 위하여
닦은 공부는 그대로 자기의 생명이었다. 만일 자기에게 예술이란 세계
가 제어되어 있었던들 자기는 스스로 목숨을 끊고 영원한 예술 속에
깊이 잠들고 있었을는지도 모른다. 오직 예술 그 속에서만 참 삶을 살
수 있었던 것이다.

거지 같은 오늘의 생활—그것도 다만 예술에 충실하려는 마음이었
다. 밥만을 위하여 삶을 찾았더라면 자기는 결코 이러한 처지에서 한
대의 담배에조차 궁하게 되지는 않았을 것이다.

예술을 희생하고 뜻 아닌 곳에서 밥을 빌 수는 없었다. 그것은 곧
자기라는 생명을 희생하는 것과도 같았던 것이다. 그리고 지금도 결코
그것을 후회하는 것이 아니다. 한 개의 예술을 창조할 때 그 속에서
생을 찾고, 생의 가치를 느낌으로 자기라는 존재를 내다본다. 어떠한
예술적 소재를 머릿속에 두고 캔버스와 마주앉을 때, 그리하여 새로운
세계가 붓끝에서 창조될 때 역시 자기의 생은 그 속에서 빛났다.

약수터의 풍경을 그릴 때에도 금주의 영원한 생명을 위하여 자기의
생명을 정성을 다하여 기울여 넣었다. 그리하여 예술 속에 남아질 영

원한 생명을 꿈꾸고 세상을 비웃었다.

그러나 금주의 사랑 앞에는 예술의 힘도 생명을 잃는다. 확실히 자기는 금주를 못 잊는 것으로 자기의 마음을 증명할 수 있지 않은가.

이것이 자기의 마음일까, 사람의 본성일까. 상하는 자신의 존재에 대한 회의를 풀 길이 없었다.

내어다볼 수 있는 죽음을 앞에 놓은 금주나, 씩씩한 건강을 자랑하는 자기나, 생명이 없는 점에 있어서는 조금도 다를 것이 없었다. 금주의 생명을 가이없어하며 캔버스 위에 그려 놓은 자기의 생명도 반드시 가이없게 보아 주어야 마땅할 것이다. 아니 금주의 생명이 도리어 자기의 생명을 비웃을는지도 모른다. 그림을 원하여 은근히 자기의 마음 속에 알뜰하게 사랑의 패를 주는 듯하다가 약혼설을 말하여 냉정히 돌려따는 것은 자기를 조롱하는 것이 아니었던가. 더욱이 그 그림으로 사랑하는 이의 만족을 주자는 것은 확실히 자기의 예술을 비웃어 줌도 되는 것이다.

금주를 마음대로 할 수 있든지 그렇지 않으면, 그 그림을 다시 빼앗아 금주의 눈앞에서 빠악빡 찢어 불살라 버리든지 하지 아니하고는 언제까지나 마음의 평화는 올 것 같지 않았다.

종곡(終曲), 창조의 성격

이튿날 상하는 약수터의 아침 물참에 금주를 찾아 떠났다.

그러나 이태 동안을 하루같이 빠져 본 일이 없다는 금주가 오늘은 약수터에도 산 속에도 보이지 않았다. 반나절 동안을 산 속에 기다려 보았어도 금주의 그림자는 나타나지 않았다.

상하는 선뜩 그날의 각혈을 연상하고 그의 죽음을 뒤미처 생각해 보며 몸서리를 쳤다.

그러나 금주는 죽음의 길을 찾아간 것이 아니요 삶의 길을 찾아간

것이다. 금주가 거처하던 주인집을 찾으니,

"에— 그 아가씨요? 회당으로 갔어요. 전도부인이 늘 예수를 믿으면 병이 낫는다구 해두 쓸데없는 소리라구 귀담아도 듣지 않더니 어젯밤 피를 연거푸 세 번인가를 토하고는 근력 없이 밤새도록 누워서 뜬 눈으로 새고 나더니 무슨 생각으로 아침 일찍이 그리로 갔답니다."

주인 마누라는 분명히 대답하였다.

상하는 금주의 흉보를 듣는 것에 못지않게 놀랐다. 그렇게도 믿지 못하던 교회당을 필야엔 금주도 찾아가고야 만 것이다. 생명을 위하여 알고라도 속지 않을 수 없는 것이 금주의 마음이었다.

상하는 교회당을 향하여 발길을 옮겼다. 황혼에 물드는 교회당의 신비로운 지붕을 바라보며 산탁 길을 추어올랐다.

뜻밖에 금주는 교회당 뒤 솔밭 잔디판 위에 힘없이 앉아서 건너 산허리 너머의 마안한 바다를 무심히 바라보고 있었다.

"이리로 또 오세요? 왜 자꾸 이렇게 저를 따라다니는 게에요?"

상하의 그림자를 대하기가 바쁘게 금주는 독을 뽑는 듯한 날카로운 눈초리로 새침하여 쏜다.

상하는 그 대담함에 놀라고 멈칫 섰다.

"젊은 계집이 산 속에 혼자 앉았는데 따라오는 것은 무슨 뜻이에요?"

"어제는 실례했습니다."

대답에 궁하여 늦어진 인사를 어색하게 하였다.

"글쎄 안 그래요? 선생님! 선생님에게 생명이 있다면 응당히 저에게도 생명은 있어야 옳을 것이 아닙니까? 생명은 선생님의 전유물만이 아니니까 말이에요. 안 그래요? 선생님!"

"……"

"그러나 선생님은 선생님의 청춘만을 위하여 남의 청춘을 짓밟으려는 것이 욕망의 전부이지요? 다 알고 있어요. 저인들 왜 청춘이 그리울 길이 없겠습니까. 빠에서 카페, 카페에서 티룸으로 이렇게 굴러다니는 동안 가지가지의 세파에 마음이 늙은 계집이랍니다. 왜 청춘이 그리울 길이 없겠어요. 청춘에 목말랐지요. 영원한 청춘에 목이 말랐에요. 그러나 선생님! 생명이 있고야 청춘이 있지 않습니까? 이렇게 된 팔자에 뭐 거리낄 것 있겠어요? 털어놓고 씨원히 말하겠습니다. 저는 실상 남편도 아무것도 없는 계집이에요. 선생님이 다자꾸 저에게 맘을 두는 눈치를 엿보고 선생님의 사랑의 정도를 저울질하여 보자고 제가 초상화를 청해 본 것이에요. 그랬더니 그 그림 속에서 확실히 선생님의 사랑이 열정적인 것을 찾고 어떡하면 그 열중된 선생님의 사랑의 불길을 고이 재워 볼 수 있을까 하는 데서 냉정히 선생님의 마음을 단념시키자는 것이 남편이 있다고 거짓말을 꾸며대인 원인이었더랍니다. 그러나 선생님은 그럼에두 불구하시구 저더러 그 그림을 찢으라고 열정적으로 부르짖으실 때 저는 저같이 천한 계집을 그처럼 사랑해 주시는 선생님의 열정에 감복하여 청춘의 힘을 이길 길이 없이 흥분되는 마음에 그만 각혈까지 하게 되었더랍니다. 마음이 흥분되면 또 각혈을 할까 두렵습니다. 저를 다시는 괴롭히지 말아 주세요, 네? 선생님! 이게 저의 선생님에게 알뜰한 원이에요. 영원히 잊어주실 수 있겠지요? 네? 선생님!"

말끝을 여물게 맺을 길이 없이 뒤미처 스미는 눈물을 금주는 걷어잡지 못한다.

순간, 상하는 금주의 농락에 불쾌함을 느끼기보다 뜨겁다 못하여 냉정하지 않을 수 없었다.

청춘에 끓는 그의 마음이 오죽이 괴로웠을까. 괴롭다 못하여 냉정하여졌을까. 냉정히 거절을 하고도 참을 수 없이 떨어뜨리는 눈물! 청춘에 끓는 정열의 눈물이 아니었던가. 생명이 발버둥치는 냉정한 눈물이 아니었던가. 생명은 곧 청춘의 힘이다. 이 눈물 앞에 어찌 마음이 흔들리지 않을 수 있을까.

자기가 생명으로 아는 생명과 금주가 생명으로 아는 생명과의 그 생명을 가지는 성질은 비록 다르나 하되 생명인 점에 있어서는 공통된다. 오직 목숨을 생명으로 아는 금주에게 있어선 이 이상 더 생명을 사랑할 줄 아는 아름다운 맘씨를 가지기 바랄 수 없을 것이다.

이미 이러한 맘씨가 금주의 마음속에 숨어 있었음에도 헤아리지 못하고 그의 마음을 괴롭혀 온 상하는 자책의 마음에 고개가 숙였다. 대답에의 빈곤을 느껴 어리둥절하는 동안 교회당의 저녁 종소리가 성스럽게 산곡을 울린다.

뜨앙! 뜨앙! 땅땅! 땅…….

그것은 마치 상하의 난처한 정경에 동정이나 하려는 것처럼 금주를 불러들였다.

비탈진 산탁 길에 조심스레 발자국을 옮겨 짚는 금주의 힘없는 거동을 멀거니 바라보며 성스럽게 들리는 종소리의 음향을 타고 상하는 알 듯하면서도 알 수 없는 창조의 성격에 고요히 생각을 깃들이며 있었다.

〔발표지〕《조광》(1938. 12.)

〔수록단행본〕*『병풍에 그린 닭이』(조선출판사, 1944)

유앵기(流鶯記)

1

앞문보다는 뒷문이 한결 마음에 든다.

——끝이 없이 마안하니 내다만 보이는 바다, 그렇게 창망한 바다 위에 떠도는 어선, 돛대 끝에 풍긴 바람이 속력을 주었다 당기었다…… 결코 마음에 드는 풍경이 아니다. 어딘지 거기에는 세속적인 정취가 더할 수 없이 담뿍 담기운 듯한 것이 싫다. 무엇이 숨었는지 뒤에는 꿰뚫어볼 수도 없이 빽빽히 둘러선 송림, 오직 그것밖에 바라보이지 않는 뒷문 쪽의 풍경이 턱없이 좋다.

성눌은 마침내 뒷문 곁에 책상을 놓았다.

놓고 나서 마지막 정리인 책상 위까지 정리를 하여 놓은 다음, 뒷산을 대해 마주앉으니 병풍을 두른 듯이 앞을 탁 막아 주는데 마음이 푹 가라앉는다. 가라앉으니 앞은 막혔건만 앞이 터진 바다보다 눈앞은 더 환하니 내다보이는 것 같다. 역시 끝없는 바다와도 같은 현상이다. 그러나 거기에는 세속적인 생선을 실은 배가 아니고, 그렇지 않은 그 무엇이 필시 실려 있는 듯한 그러한 배가 오락가락한다.

환상일시 틀림없으나, 이런 것을 사색케 하는 그러한 자리가 성눌에게는 좋았다.

시원하다. 산으로 내려오는 바람도 시원하거니와, 마음도 시원하다. 비록 산경의 초라한 모옥이라 하여도 서울의 여사보다는 기분일지 모르나 마음이 붙는다. 앞문 쪽을 현실이라면 뒷문 쪽은 확실히 초현실적이다. 마음에 부딪치는 세속적인 모든 것을 떠나, 이런 마음의 바다 속에서 영원히 산들 어떠리. 신앙도 희망도 생활의 목적도 모두 다 잃고 가장 이상적이어야 할 청춘의 정열까지 마저 식은 생활의 패배자라고 비웃어도 좋다.

성눌은 마음을 풀어 놓고 새 생활이 비롯하는 첫 끼를 이 산 속에서 먹었다.

2

새 생활이라고는 하지만 성눌은 무슨 이렇다할 원대한 포부를 품고 선조의 산막을 찾은 것도 아니요, 수양이나 정양 같은 것을 염두에 둔 것도 물론 아니다. 다만 벗이 미쁘지 않으니 마음 둘 곳이 없다. 마음 둘 곳이 없으니 고독하다. 고독이 떠나지 않을진댄 차라리 미쁘지 않은 벗을 보지 않음으로 고독함이 한결 덜려질 것도 같은 데서 어디 한 번 하여 보자는 데 지나지 않는다.

누가 성눌만한 생활의 과거를 안 가졌으랴만 성눌은 그것을 결코 평범시하고 싶지 않았다.

——유족하지 못한 가산을 털어 바치고 공부를 하였다. 사회의 가장 참된 일원으로 일을 하기에 목숨을 바치자던 정열의 이상은 사회생활의 첫 관문에서 부서졌다. 난치의 병이 그의 몸을 아주 단단히 붙든 것이다. 더할 줄만 아는 각혈은 절망에 가까운 공포를 주었다. 사회의 참된 일원이 되기 전에 죽는다! 아까운 일이다. 살아야 되겠다! 아무리 해서도 살아야 되겠다! 약으로 병을 다스려야 한다! 그러나 십여 년 동안의 닦은 공부는 전 가산을 새빨갛게 긁어먹고 오직 남은 것이라고는 빈손 안에 앞길의 운명을 판단하고 있을 손금밖에 쥐인 것이 없다.

거기, 도와주려는 사람도 없고, 집으로 내려와 누웠으면 병에는 좀 더 나을 것 같으나, 역시 손금밖에 쥐인 것이 없는 어버이에게 가난의 설움을 더 끼치기 싫다. 도리어 집에서는 알까 두렵게 곧장 병든 몸을 알키려는 법도 없이 운명에 목숨을 맡겨 그저 한산한 여사에 누웠다.

가끔 친구들이 찾아온다. 과자도 가지고 오고, 철 따라선 과실로 들고 온다. 먹기를 권하고 병을 근심한다.

그러나 근심하는 것만으로는 그들도 탈이 낫지 않을 줄을 모를 리 없다. 갈 때마다 하는 말이 공기 좋은 산간으로 전지 요양을 가란다. 그것이 약물 치료보다 낫다고 간곡히 권한다.

과자나 과실을 권하는 것은 인사요, 전지 요양을 권하는 것은 생명이란 거룩한 거기에 정성을 표시하는 말일 것이다.

그러나 전지 요양에조차 여유가 없는 줄을 모르는 벗들이 아닌 그들이 이런 말을 할 때는 이것도 역시 과자나 과일이나의 권과 같은 인사말에 지나지 않는다. 전지 요양을 백번 권한댔자 탈이 나을 수는 없는 것이다.

"왜 전지 요양을 가래두 안 가?"

자꾸만 이렇게 권할 때는 딱도 하다.

벗과 벗이 서로 대하는 의무는 이런 말로 다해지는 것일까.

모르는 사람은 모르니 서로 지나치고, 아는 사람은 아니 서로 모자 벗고 인사하고, 벗은 벗이니 악수하고, 가령 점심때면 점심이나 나누고, 그리고 술잔이라도 들게 되면, 한 일 원 정도에서 오 원 십 원도 비용은 나게 된다. 이것이 친한 벗 사이에서 가장 벗다운 성의를 표하는 인사다. 벗 아닌 사람보다 더한 것이 그것이다. 다만 그것이 벗의 필요성인 듯싶다. 점심 한 그릇 술 한 잔 그것으로 벗으로서의 사명이 다하는 것이라면 그것을 원치 않을 때는 벗의 필요성은 없는 셈이 된다.

　성눌은 그런 것을 원치 않고도 벗의 필요성이 있을 그 무슨 두터운 성의와 정열이 있어야 할 것을 믿고 싶고, 그 정열이 서로의 마음을 얽어 놓으리라야 사람의 벗 됨에 부끄러울 것이 없을 것 같다.

　병 앓아 누으니 성눌은 전에 못 느끼던 벗이 이렇게도 미쁘지 못하다. 외로운 여사에는 벗밖에 의지할 데가 없고, 또 따뜻한 정이 벗에게로만 향한다. 그러나 벗은 벗대로의 인사가 있을 뿐, 성눌의 생각과 같은 그런 두터운 성의는 그들의 염두엔 없는가 싶다. 건강을 잃은 성눌의 베갯머리는 언제나 외롭고 쓸쓸한데 세월은 그대로 가고 병세는 차도를 모른다.

　이러한 때 어떻게 알았는지 아버지가 성눌을 찾아 올라왔다. 집을 팔고 밥을 빌어 먹어도 병은 고쳐야 아니하느냐고 병을 속이고 누웠음을 꾸짖고 시골로 데려 내려갔다. 성눌은 아버지의 아들에 대한 성의에 눈물이 났다.

　아버지! 아버지가 아들에게 대하는 그러한 성의로 사람들은 서로 대할 수 없는 것인가. 아버지는 자기를 죽음 속에서 꺼내 가지고 가는 듯싶었다. 처음에 돼지를 팔아 약을 사오고 또 소를 팔고, 그래도 차도가 없어서 집을 저당하여 금융조합에서 빚을 내다 뜸을 뜬다 침을 놓는다 할 수 있는 자력과 할 수 있는 정성을 다 들여 치료하는 동안 이 삼 년, 무엇에 효과를 얻었는지 그렇게도 난질이란 관사를 달고 다니던 병이 씻은 듯이 나았다.

　성눌은 생활의 무대에 다시 나섰다. 서울로 올라온다. 벗들은 반갑게 악수하고 투병(鬪病)축하회를 연다. 그것도 성대히 요릿집에다 기생을 셋씩이나 불러 성눌을 위하여 축배를 드린다. 누구나가 성눌을 위하여 지성으로 술을 권하고, 기분을 상치 않으려 될 수 있는 데까지 즐겁게 놀기를 위주한다. 기생도 제일 이쁜 것은 제각기 사양하고 성눌에게 맡긴다. 마치 성눌을 위한 세상 같다.

　그러나 성눌은 이런 자기의 세상에서 응당히 기분이 즐거울 것이나 즐겁지 않았다. 만일 자기가 구사의 일생에서 생을 건지지 못하였더라면 물론 이런 축하회는 없었을 게고, 조전(弔電)이나 조문이, 그리고 추도회를 여는 정성이 있었으리라, 병이 나으면 반가우니 축하회, 죽으면 슬프니 추도회, 왜 축하회와 추도회를 여는 그런 정성으로 병들어 누웠을 때 목숨을 건져 주기 위한 구조회는 못 열었던가? 살아 반가우니 축하회를 여는 정성이라면 죽음에 슬픔도 그만한 성의에 못지 않았으리라고 보인다. 요행 살아났으니 말이지 죽고 말았더라면 그들의 이러한 성의는 보람없는 슬픈 일이 되고 말았을 것이 아닌가.

사람을 위한다는 것은 다 제 자신을 위하는 일임에 틀림없다. 과일 꾸러미도 축하회도 그것이 다 실질에 있어 자기에게 도움이 되지 못하는 한 그들 자신이 낯밖에 더 나지는 것이 없다. 그렇다면 지금 술 먹기를 그렇게도 권하는 십여 인의 벗들은 그럼 자기를 위하는 정성보다 다 제 자신을 위하는 정성이 더 클 것인가 하니 세상이 금시 어두워지는 것 같다. 성눌은 아버지의 사랑이 그리웠다. 아버지는 왜 자기 때문에 당신의 재산을 희생하여 세간을 팔아 공부를 시키고 알뜰히 죽음에서 자기를 또 구해 내시고는 지금 밥에 구차를 받고 계시나?

"아버지!"

입 밖에 나오지는 않았으나 확실히 불러는 졌다.

"왜!"

아버지의 대답도 분명히 귀에 들렸다.

"저는 이번에 꼭 죽을 걸 아버지의 정성에 살아났습니다."

"애, 부끄럽다. 그게 무슨 말이냐, 내가 네 소원껏 다해 준 일이 있니? 내가 돈을 좀더 모았더라면 너는 네 마음을 팔지 않고도 살 수 있을 걸……."

"아버지 무슨 말씀입니까? 저 때문에 세간을 파시고 늙으신 몸이 농사를 짓느라 다리를 부르걷으시고……."

"애 별말 마라. 누구 때문에 사는 줄 아니 내가."

눈가죽이 뜨거워 온다고 느끼는 순간,

"자, 어서 잔을 따세요."

간드러지게 청하는 소리가 고막을 울린다. 바라보니 아버지는 간데없고, 기생의 동글하게 쥐인 손깍지 위에서 남실거리는 술잔이 턱 앞에 와 기다린다.

환상! 환상에 왔던 아버지! 누구 때문에 사느냐는 그 한 마디, 그 한 마디가 어떻게도 성눌의 마음을 찔렀는지 모른다. 그리고 그것은 지금까지 성눌의 마음을 지배하고 있다.

성눌은 그 후 곧 어느 회사에 취직을 하였으나 "누구 때문에" 하는 그 한 마디를 잊을 수가 없었다.

누구 때문에? 자기는 누구 때문에 사는 것인가? 아버지는 자기 때문에 모든 사랑과 정성을 다하심으로 삶을 일삼으신다. 그러면 자기는 누구를 위하여 사랑과 정성을 바치므로 삶을 다해야 될까? 자기에게도 아버지가 자기를 위하듯 그러한 사랑과 정성은 아버지 못지않게 마음속에 간직되어 있다고 알고 또 그것을 믿고 싶다. 그리고 무엇에든지 지성으로 사랑을 베풀고 싶고 또 마음을 다하고 싶음이 못 견디게 가슴속에서 용솟음치고 있음을 느끼기도 한다. 그러나 그 사랑과 정성을 베풀 길이 없이 그저 그날그날을 밥을 위하여 비위에도 맞지 않는 일을 하고 있다. 문화사업이란 미명 아래서 사람을 속이고 돈을 빼앗고 하는 회사의 정책에 따라가야 한다. 지난날 사회의 일원으로라던 정열의 이상이 병마의 간섭에 식어감이 안타까워 아무케서도 살아야겠다던 그 욕망을 생각하니 하고 있는 일에 손맥이 탁 풀렸다. 하지만 그렇게 아니하고는 생활의 방편이 도모되지 않는다. 먹어야 사는 것이 사람이니 역시 범속한 한낱 사회의 일원임에 틀림없고 또 그러한 존재의 사람의 벗임에 언제나 충실하게 된다. 그러니 그 어떤 공허감에 생활의 정력은 자꾸만 식어간다. 도무지 마음 가는 데가 없고 손이 붙는 데가 없다. 그러나 식어 가는 정력 속에 도리어 자기의 존재가 있는 듯싶게 그것〔退社〕은 아깝지 않았다.

그런데도 우울과 고독은 여전히 깃을 들이고 속속들이 파고든다. 그러면서도 그것은 그 무슨 진리를 담은 껍데기 같게도 그 속에는 찾아질 진리가 있는 듯 싶었다. 우울과 고독은 알을 낳을 때의 그 모체의 괴로움인 듯이도 생각이 된다. 그리하여 그것을 족히 이겨 벗기기만 하면 그 속에서는 노른자위와 흰자위를 제대로 가진 진리의 알이 쏟아져나올 것 같다. 그러나 그 우울과 고독은 못 견디게 사람을 괴롭힌다. 성눌은 불에나 뛰어든 것같이 몸 가질 바를 몰랐다. 이리도 뛰어 보고 저리도 뛰어 보고 싶다. 그래서 시험해 본 것이 이렇게 농촌으로 내려오게 된 것이요, 또 비교적 한적한 곳을 찾는다는 것이 이 산막이었다.

3

산막은 언제나 조용하다. 건넌방에는 산지기 늙은이 내외가 자식 오뉘를 데리고 있다고는 해도 있는지 마는지다. 늙은이는 신소리 한번 크게 마당을 거닐 기력이 이미 진했고, 아들은 식구를 벌어 먹이기에 종일을 산 속에서 부대를 패다가는 밤이면 곤한 잠에 주검과 같이 곯아지고, 과년한 처녀의 거동은 늙은이의 거동보다도 조심성이 있다. 아침 저녁 밥상을 드려다 놓을 때까지도 치맛자락 한 번 허투루 날리지 않는다.

이렇게 고요한 속에서도 성눌은 여전히 고독하다. 언제나 떠나지 못하는 그 공상이요, 사색에다 주위가 더할 수 없이 고요하니 여느 때보다 공상과 사색은 더 늘어 갈 뿐이다. 그러나, 찾긴 것은 없다. 그래도 찾기지 않은 무엇인지도 모르게 그리운 것은 더욱 알뜰해진다. 손을 내어밀면 잡힐 듯이 그 진리는 눈앞에 있는 것 같으나 내어밀고 보면 역시 아득한 공허다. 우울하다. 찾다 못 찾으면 그것은 언제나

선철에게서밖에 찾을 곳이 없을 것 같아 생각이 진하면 던졌던 책을 또 집어든다. 하이데거, 야스파스, 파스칼, 니체, 그러나, 또 속아 넘는다. 언제나같이 거기에서도 또, 이렇다 개완한 위안을 얻지 못하는 것이다. 속이 탄다. 시원한 바람이 그립다. 산으로 올라간다. 이것이 날마다 반복되는 생활이다.

오늘도 라·뿌류이엘의 『인간의 탐구』를 안은 채 산으로 올라온다.

가을의 산 속은 귀뚜라미 소리에 누른다. 밤새도록 귀뚜라미가 울고 나면 이튿날의 산 속은 알아보게 누른 빛에 짙는다. 오늘도 어제보다는 확실히 색채에 가난하다.

산기슭에 매어달린 풀밭에는 혼자 우뚝 솟아서 기세를 뽐내는 듯하던 방초도 인제는 나도 늙었쉐 하는 듯이 새하얀 머리를 힘없이 풀어 놓고 호드기처럼 말려드는 잎사귀는 소생할 힘조차 없는 듯이 늘어졌다. 아니, 산중의 거족에 틀림없는 아름드리 나무들도 벌써 잎새에 누런 물이 들었다.

인간 사회는 세파에 누르듯이 산 속은 서릿바람에 누른다. 지금 서리를 실은 한 줄기 바람이 떡갈나무 가지를 스치다 숱 많은 잎사귀 속을 헤어나지 못해 몸부림을 치는 바람에 이리 갈리고 저리 갈리면서도 애써 제자리에 부지하려고 매어달려 팔락시는 잎사귀들——그것은 꼭 세상 사람의 운명과도 같지 않을까, 자기도 분명히 저 나무 잎새가 이리 갈리고 저리 갈리며 시달리듯 속세의 세파에 쫓긴 존재에 틀림없다고 생각하는 순간, 마침내 한 잎의 잎사귀가 더 대항할 힘이 없이 그만 제 자리를 떨어져 바람조차 공중에 뜬다.

성눌의 눈은 그 잎사귀를 따라 간다. 잎사귀는 바람에 풍겨 높았다 낮았다 한 마리의 새같이 서쪽 하늘을 그냥그냥 날아간다. 성눌은 쓸데도 없는 것을 잃지 않으려고 가슴을 넘는 풀밭 속을 허방지방 헤치며 맞은쪽 언덕까지조차 넘다가 뜻 아니한 인기척 소리에 문득 발길을 멈추었다.

"엄메야! 여긴 멀구레 그대루 있구나! 막."

머루와 다래 넝쿵이 엉킨 경사진 언덕 아래 언제 올라왔는지 산지기 늙은이 모녀가 머루를 따며 지껄이고 있었다.

처녀는 일찍이도 머루나 다래 사냥을 다니는 일은 있었으나, 아무리 집 뒤라고는 해도 늙은이가 이 험한 산길에 얌전이를 대동하고 떠났음을 본 일은 없다. 그리고, 머루 따려 온 모녀가 다 새 옷을 갈아입고 떠난 것은 수상하다. 얌전이는 전에 볼 수 없던 자지 길소매를 단 흰 옥양목 저고리에 구김살도 가지 아니한 싯누런 삼베 치마를 입었다. 웬일일꼬. 성놀은 한 그루의 소나무에 등을 지고 그들의 대화에 귀를 기울인다.

그러나, 그들은 다시 아무 말이 없고, 늙은이는 휘돌아진 모롱고지 좁은 길을 이따금 기웃기웃 넘석어려 보는 품이 필시 누구를 기다리고 있는 성싶다.

조금 만에 한 삼십 되어 보이는 농군 하나이 역시 바구니를 들고 무엇을 찾는 듯이 일변 좌우쪽을 살펴보며 모롱고지 길을 걸어 내려오는데 보니 그 어머닌 성싶은 역시, 백발이 헛나는 늙은이 하나이 또, 뒤에 달렸다.

이것을 본 산지기 늙은이는 별안간 얌전이에게 눈을 주며 바람에 약간 거슬린 머리칼을 쓸어내리고, 저고리 앞섶까지 단정히 여며 준다.

산턱까지 밎은 농군은 뚝 떨어져 언덕 위로 올라가고, 늙은이만이 그냥 풀밭 길을 지팡이로 헤치며 산지기 늙은이 앞까지 오더니 지팡이에 힘을 주며 우뚝 걸음을 세우고 허리를 뒤로 편다.

"후— 여긴 멀구두 많기도 많수다레! 후— 노친넨 어드메서 왔소?"

그리고, 얌전이를 한 번 힐긋 쳐다본다.

"우린 요 아래서 왔수다. 노친넨 어디메서 왔소?"

"난 데 넘에 샘꼴 사는 늙은이우다. 그래 이 애긴 딸이요? 아이구 머리두 끔즉이두 도왔수다레!”

늙은이는 엉덩이까지 츠렁츠렁 따 늘인 얌전이의 칠같이 새까만 머리를 탐스러운 듯이 쓸어 본다.

“예에 딸이우다.”

“조고리두 딱 맞게두 해 입었다! 입성은 네레 다 했갔구나?”

“고로무뇨. 갸레 일을 잘 헌담무다. 베두 잘 짜구, 김두 잘 매구, 머 못 허는 일이 있기 그루우?”

얌전이는 대답할 겨를도 없이 어머니는 딸의 칭찬이다.

“예에 베두 잘 짜구요? 메체 났기 어느새 베를 다 배왔소? 쯔쯔! 웬!”

“에라들베 났담무다.”

“에라들베 난간허군 키두 크기두 허우다! 귀두 복상스럽게 생기구…….”

귓바퀴도 한 번 만져 본다.

하는 양이 꼭 얌전이의 선을 보려 온 짓 같다. 사나이도 머루 딸 생각은 않고 얌전이를 볼 것만이 할 일이라는 듯이 언덕 위에 마음놓고 앉아서 주의 깊은 시선을 얌전이에게로만 보내고 있는 것이 아닌가.

성눌은 얌전이의 선! 하고 깨닫는 순간, 새파란 칼날이 가슴을 스치는 것처럼 오싹하고 전신이 위축됨을 느낀다. 이상한 감정이었다. 얌전이의 선을 보는데 자기의 마음에 동요가 생길 필요는 없는 것이다. 그러나, 분명히 동요가 있음을 제 자신 인식한다.

그러면 일찍이 자기가 얌전이를 사랑하고 있었나 성눌은 생각해 본다. 그러나, 결코 그러한 생각조차 가져 본 일이 기억에 없다. 다만 속정에 물들지 않은 소박하고, 순진한 마음씨가 좋았을 뿐이다. 그러나, 그렇다고 그것으로 또한 얌전이의 간선에 마음이 흔들릴 이치는 없는 것이다. 무슨 때문일꼬? 그렇게 순진한 처녀가 아무것도 모르는 우둔한 농부의 손안에서 구애될 것임이 얌전이를 생각하는 동정심에서 생기는 마음일까. 성눌은 제 마음이면서도 그 까닭을 알 수 없었다.

늙은이는 너도 가까이 와서 얌전이를 자세히 보라는 듯이 두어 간쯤 떨어진 최둑섭으로 걸어가며 다래는 여기가 많다고 아들을 불러 내린다. 그리고는 무어라고 수군거리며 아들도, 늙은이도 한 번씩 얌전이 편을 바라보곤 한다.

이런 눈치를 살필 때마다 얌전이는 모르는 듯 그저 수긋하고 머룬지 다랜지를 따기는 따나 어딘지 그 몸가짐은 더욱 조심을 요하는 듯하고, 또, 초조해하는 빛이 드러나 보인다.

틀림없는 간선이다. 성눌은 진정되지 않는 가슴에 물결을 뛰놓으며 애써 그들의 공론을 엿들으려고 일거동 일거정에 고요히 주의를 모아 청각에 여유를 주었으나 그들이 돌아갈 때까지 이렇다 한 마디도 비밀한 내용 이야기는 엿들을 수가 없었다.

4

산막으로 내려온 성눌은 전에 없이 얌전이가 그리움을 느낀다. 그의 용모에서보다는 마음에 끌리는 것 같다. 눈, 코, 입, 그 어느 것에 흠잡을 것이 없다고는 해도 결코 미인은 아니다. 어디서든지 찾을 수 있는 그저 평범한 한 여성에 지나지 않는다. 이러한 얌전이가 이제 그렇게도 그립다. 그리고, 얌전이를 그 사나이가 아무렇게나 할 수 있을 것이겠거니 하면 못 견디게 그 사나이가 밉기까지 하다.

아니 내 마음이 왜 이럴까 생각에 잠겨 보는 동안 얼른하는 그림자에 주위를 살피니 어느새 밥상이 들어온다. 얌전이는 저녁상을 조심스레 들고 문턱을 넘어서 사뿐사뿐 걸어와 성눌의 앞에 놓는다.

그러나, 놓는가 하니 어느새 얌전이는 벌써 돌아서 문 밖으로 사라지고 만다.

하나, 성눌의 눈앞에는 여전히 얌전이가 있다. 환상임을 깨닫고 밥

그릇을 연다. 따뜻한 김이 모락모락 피어 오르는 새하얀 이밥 속에도 얌전이는 있다. 고사리 나물 위에도 있다. 조기 토막 위에도 있다. 눈이 가는 곳마다 얌전이는 있다. 성눌은 정신을 깨닫는다. 마지막 넘어가는 해 그림자가 불그레하게 밥상 위에 물을 들인다.

그러나, 그것도 그 순간뿐이다. 얌전이는 그대로 있다. 물에다 밥을 말아 뜨니 밥 숟갈 위에까지도 얌전이는 뛰어 올라온다.

"상 가져가거라."

실로 성눌은 얌전이가 그렇게도 그리워 이렇게 밥술을 놓자 조급하게도 소리를 질러 보기는 처음이다.

곧 달려온 얌전이는 떠 넣었던 밥을 채 씹어 삼키지도 못한 것같이 그래서 그것을 비밀이 처리하려는 것처럼 입을 꼭 다물었다.

"너 낮에 멀구 얼마나 따 왔니?"

돌연한 질문에 얌전이는 밥상을 들다 말고 멈칫 선다.

"너 낮에 멀구 따려 산에 올라 왔두나?"

별안간 얌전이는 홍당무같이 빨개지는 얼굴을 숙인다. 그럼 낮에 성눌은 자기의 선을 보이는 꼴도 보았겠구나 하는 생각이 처녀의 마음에 심히 수줍은 성싶다.

그러니, 또, 성눌은 얌전이의 그 난처해하는 태도에 자기의 마음까지 똑같이 난처하다. 공연히 물었나보다. 그의 난처해함이 스스로 변해될 그러한 말은 없을까 생각에 바쁜 동안,

"이에ㅡ."

대답을 남긴 얌전이는 어느새 벌써 상을 집어든다. 그런 다음엔 한 걸음 한 걸음 멀어지는 얌전이ㅡ그렇게 멀어져서 얌전이는 부엌으로 사라지니, 또, 뒤이어 허공에 나타나는 얌전이도 역시 수줍어 고개 숙인 얌전이다.

사나이의 버릇인 일시적인 탐욕이 이렇게도 얌전이를 자꾸만 눈앞에 끓어다 놓는가 성눌은 생각해 본다. 그러나 결코 그러한 종류의 탐

욕이 아닌 것을 곧 양심은 증명한다. ──지금까지 알뜰히도 마음이 괴롭게 찾아오던 것은 얌전이를 찾는 데 있었던 것 같고, 또 얌전이를 찾았다 하니 미였든 마음에 무엇이 꽉 들어차는 듯하다.

성눌은 불을 켜고 언제나같이 책을 펴놓는다. 그러나, 책 위에도 얌전이는 따라온다. 그리고 책보다도 얌전이를 보는 것이 마음에 개완하다. 만 가지의 공상도 얌전이와 같이 아름다워 본 적이 없었고, 책 속에서도 얌전이같이 아름다운 구절을 일찍이 찾아 본 적이 없다. 얌전이를 영원히 자기의 것을 만들므로 아름다움에 주린 공허한 마음을 얌전이로 채우고 싶다. 그리고 그것은 못 견디게 마음을 짓다른다. 며칠을 두고 누를내 누를 수 없는 마음이었다.

마침내 성눌은 얌전이와의 통혼에 사람을 내세운다.

5

이튿날 성눌은 전에 없이 명랑한 기분을 안고 산으로 올라온다. 얌전이와의 통혼 교섭 전말을 이 산 속에서 들려주기로 그 벗은 약속하였던 것이다.

산토끼처럼 제 길을 잊지 않고 제 발부리에 닦여진 풀밭 길을 성눌은 언제나같이 밟아서 언덕 위 바위 위에 자리를 잡는다.

큰 바위의 주위는 여전히 어지럽다. 지리가미 조각, 담배 꽁다리, 성냥개비, 말라붙은 가래침, 근 한 달 격이나 버릴 줄만 알고 쓸어 보지 않은 생활의 찌게미다. 누가 보든지 그것은 뚜렷하게도 사람이 살아난 자체로 아니 볼 수 없으리라. 그러나, 예서 살아난 자체는 오직 그것을 뿌려 이 산 속을 어지럽힌 것밖에 없다.

그러나, 성눌은 이 산 속에서 무심히 낙엽만을 지우고 있는 자신이 아니었던 것을 믿고 싶다. 얌전이를 찾은 것이다. 많은 여성 가운데서 흔들려 보지 못하는 마음이 얌전이로 위해서 흔들린 것이 아닌가. 분

명히 자기는 한 잎의 낙엽을 쫓아 언덕을 넘다 머루를 따는 얌전이를
보고 마음에 동요가 생겼다. 그것은 결코 자위도 아니요, 공상도 아닌
뻐젓한 현실인 것을 다시금 인식하며 통혼의 보고가 올라오기를 기다
린다.

그러나, 그것은 그리 초조한 것도 아니었다. 언제나 생각해도 자신
의 위신에 미루워 산지기 늙은이 내외는 일언에 쾌히 승낙을 하리라
믿는 까닭이다.

오히려 공상은 이런 데 있었다. ──

얌전이로 더불어 어디서 어떻게 생활을 할꼬? 서울은 싫다. 얌전이
를 더럽히지 않을 이 산 속에서 차라리 농사를 하리라, 그래서, 또한
속세에 눈을 감는 것만으로라도 커다란 짐을 벗는 듯이 한결 몸은 가
벼워질 듯하고 마음은 개완할 듯하다. 생활의 진리를 담은 껍데기 갈
게도 우울하던 마음은 여기에 완전히 벗겨지고 가슴속에 꽉 찬 정열은
샘물처럼 터져 흘러서 우울과 고독을 깨끗이 씻어낼 것 같다. 아름다
운 공상 속에 여념이 없는 동안, 보고를 안은 벗이 언덕 아래 나타
난다.

"아니, 이거 나 님재 볼 낯이 없게 됐네."

언덕을 추어 오르기가 바쁘게 입을 연다.

"낯이 없다니!"

"아, 소한데 물린 셈이야."

"머시?"

"아, 그런 목고대 뒤상 같으니 죽여도 님재와는 혼인을 안 한다누
만."

성눌은 짐짓 놀래고, 또, 약간 수치를 느끼며,

"안 하겠대?"

"님재 같은 고급 인종은 당초에 얌전이 짝이 될 수 없대. 기름과 물
은 아무리 뒤섞어도 합하는 법이 없다나! 님재는 기름이요, 얌전이는

물이래. 님잰, 왜 저— 보통학교에 와 있던 네훈도같이 구두 신구, 또
초매 깡뚱하구, 머리 지지구, 기름 바르구 헌, 머, 그런 네자야 짝이
똑 맞는대나! 그래서 성눌이는 주의가 그렇지 않어서 그른 네자는 춤
밭구 얌전이같이 김 잘 매구, 베 잘 짜는 네자를 구한다니께 그건 글
쎄 시잰 그래두 열흘두 못 가 맘이 변한다구! 그르니, 머, 더 할 말이
있으야디. 어, 참!"

　소리없는 한숨이 성눌의 입에서 새여 나온다.

　"내 이렇게꺼지 이야기해 봤지. 아니, 영감이 산막에 있으멘서 성
눌이 청을 안 드르문 어걸 모양이냐구. 허니께니 그건 막, 사람을 엎
누르랴는 것이라구 하면서 나가래문 나가두 얌전이는 못 내놓갔다는
거야. 그래서 또, 마즈막엔 이렇게두 말해 보지 않았나. 아니 그래,
영감이 그 처지에 얌전이를 농사 집에밖에 더 살릴 데가 없을 건데
그래, 즌날 마른날 없이 코피가 닉두룩 따이나 파며 고생을 식히느니
보다 와 성눌이를 줘서 월급 타서 팔땅 디리구 뜨뜻한 아루에 펜안히
앉어서 놀구 먹을 팔자를 마대느냐구. 허니께니 놀구 먹는 것보다 일
해서 먹는 게 더 귀허다나! 그르멘서 사람이 손발 됐단 멀 허는 거
냐구 그르겠디. 그리구, 또, 허는 말이 성눌이야 김을 한 고랑 맬
줄 아나, 모를 한 대 꽂을 줄 아나. 우리 얌전이는 백이 백 말 해두
그저 김 잘 매구, 모 잘 꽂는 장정 일꾼으루 얻어 주갔대는 거야.
그르니 머, 헐 말이 있나. 그른데, 할민지는 또, 그 뒤상 옆에 딱
경매를 붙에들고 앉어서 머이 이러쿵저러쿵 골치가 아파서…… 여부
시! 님재만하구야 아니 참, 그, 뒤상 말마따나 구두 신구 거드럭거
린 걸 어디, 얌전이 궁둥이 따를 건 머이와? 지친헌 게 에미난데.
난, 님재레 말해 달내기 해는 봤쉐만 그만두지 그만둬 기까지 걸
멀……."

　그만두라지 않어 승낙을 않는데는 할 수 없는 일이다. 더구나 필요
없는 인물로 간주하는 데는 무어라 더 말할 용기조차 없는 것이다.

성눌은 얌전이에게 있어 자기는 손톱만한 필요도 없었던 것을 순간 생각하고 이 세상에서의 자기의 필요성을 생각해 본다. 자기는 그럼 무엇에 필요한 존재이였던고? 아무 데도 없었다. 미래의 일은 추측할 배 못 되지만 현재에는 없다. 과거에도 없었다. 모 한 대, 밭 한 이랑을 임의로 처리할 줄 아는 능력을 이미 배양하였던들 이렇게도 불필요한 존재로 얌전이에게서 절대의 거절은 받지 않았으리라. 성눌은 오히려 자책의 부끄러움에 머리가 숙어졌다. 이 한 달 동안의 산간의 생활을 미루어 보더라도 산지기 일가의 눈에서뿐이 아니라, 자기 자신 무능한 한 개 생활의 패배자에 틀림없었다. 얌전이는 늙은 어버이를 위하여 있는 정성과 노력을 다해 하루갈이에 가까운 터앝에 옥수수를 혼자 걷어들였던 것을 빤히 안다. 그러나, 자기는 그동안 무엇을 하였던고? 밤이나 낮이나 계속해서 하는 독서, 그리고 공상! 그러나, 책 속에서도 공상 속에서도 얻어진 것은 없다. 역시 보람없는 그날의 생을 보내고 있었을 뿐이다.

"그까진 거 도무지 그놈으 늙은이를 산막에서 내여쫓으시. 멧퀀의 말을 안 듣는 메직이가 통 천하에 어디 있단 말이와. 원 내가 다 분해 죽겠네 참!"

벗은 생각하고 자못 흥분한다.

그러나, 성눌은 대답할 용기조차 없었다. 피여 물었던 담배를 한숨과 같이 또, 저도 모르는 사이 바위 위에 힘없이 썩썩 비벼 다시 못 올 그 순간의 생애를 표시하는 한 토막의 자취를 무심히 바위 위에 기록할 뿐.

6

성눌은 힘없는 발길을 또 산막으로 돌린다.

돌릴 때까지는 그래도 조용한 짬을 타서 저녁에 다시 한 번 자기가 직접 졸라 보리라 은근히 마음에 먹었으나 먹었던 마음을 건네 볼 겨를도 없이 건네 볼 용기를 잃고 말았다. 들어오는 저녁 밥상이 전에 없이 얌전이의 손에서 늙은이의 손으로 바뀌어 들려 들어왔던 것이다. 그러니, 그것은 도시 자기라는 인물은 인제 다시는 믿을 수가 없는 것이니 얌전이를 예전대로 함부로 들여보낼 수가 없다는 반증이 아닐 수 없다.

성눌은 밥을 먹기보다 짐을 싸지 않아서는 안 될 것이란 생각이 먼저 들었다. 그러나, 그 뒤에 그리운 얌전이—.

하지만, 또, 자리끼도 늙은이의 손에 들어오기를 잊지 않는 것을, 그리고 얌전이는 그림자도 눈앞에 얼른하지 않는 것을…….

성눌은 밤을 두고 생각하여 보았으나 결국은 다시 더 말을 걸어 본대야 그것은 도리어 낮만 더 무지는 쑥스러운 짓이 될 것임을 깨닫고 이튿날 아침에도 의연히 늙은이의 손에 들려오는 밥상을 낯 간지럽게 받아 물리고 그렇게도 잊기지 못하는 얌전이를 생각에 누르며 산막을 떠나 집으로 내려왔다.

7

집에는 뜻하지 않았던 한 장의 편지가 성눌을 기다리고 있었다.

—우리들에게는 이제야 운이 왔다. 경상도 어떤 재벌을 붙들어 무진회사 비슷한 성질의 회사를 우리 그룹에서 하나 꾸며 놓았는데 우리 그룹에서는 군이 제일 미덥고 똑똑한 인물이라고 만장일치로 군을 재무계 주임으로 이미 추천을 하여 놓았으니 지체 말고 빨리 올라오라는 예의 그 벗 5, 6인의 엽서 편지다.

성눌은 이 편지를 읽는 순간, 저도 모르게 낮이 뜨거워 옴을 어찌하는 수 없었다. 자기의 마음이 끌리는 얌전이에게는 절대로 필요치 않은 존재가 믿겨워하지 못하는 벗들에게서는 이렇게도 신용을 받는 것이다. 미더운데 버림을 받고, 미덥지 못한데 신임을 받는 것은 결국 그런 유에서나 신용할 수 있는 그러한 존재에 틀림없을 것을 증명하는 것이 되는 것이다. 성눌은 순간 그것을 마음 아프게 깨달은 까닭이다.

즉석에서 성눌은 회답을 썼다.

이 순박한 농촌의 자연처럼 자기의 마음을 살지우는 데는 없다. 차마 농촌을 떠나기가 싫다. 내일부터는 나도 머리에 수건을 질끈 동이고 낫을 들고 들로 벼 가을을 나가련다. 군들과 나는 인제 너무도 차이가 있는 동떨어진 사람이 되련다. 나 같은 사람은 서울 장안에 그득 들어찬 게 그것일 것일 테니 나는 아주 잊어 주는 것이 좋을 듯싶다. 그리고 그것을 나는 두 번 세 번 당부하고 바랄 뿐이다.

손성눌

그리고 이튿날 성눌은 실제로 낫을 들고 나섰다.

늙으신 아버지가 자기를 위하여 모든 것을 다 희생하시고 생전 쥐여 보지 못하던 낫을 들고 여름내 피땀을 흘려서 지어 놓은 벼 가을을 또한 손수 하시고, 그것의 마당질 품으로 남의 품벼를 베다가 그만 서투른 낫에 다리를 상하여 꼼짝 못하고 누워 계시니 마당질만은 혼자서는 할 수 없는 일인데 인제 품을 못 지리면 아버지 혼자로서 하여야 될 앞날의 마당질 처리를 내다볼 때 성눌은 그대로 앉아 있을 수가 없었던 것이다.

"베 부이기가 바로 그렇게 헐한 줄 아네? 이제 너마자 또 어디 다치려구……."

아버지는 섬깨 떨듯 말리는 것을 성눌은 뿌리치고 품벼를 베러 나섰다. 천여 석의 씨를 뿌리나는 이 넓은 들에는 논배미마다 모두들 다리와 팔뚝을 걷어올리고 무슨 진리를 거두기나 하는 듯이 오직 거기에만 정신을 쓰고 낫들을 놀린다.

성눌이도 발을 뽑고 논배미로 들어섰다. 아직 햇볕을 보지 못한 아침물은 어지간히 차다. 발바닥에 집히는 물이 산득산득 소름을 끼쳐 주는 정도인가 하니 차츰 발가락에는 얼음이 꽂이는 듯 아리다.

그러나, 이 논에 같이 들어선 7, 8인의 가을 일꾼들은 그런 것쯤은 느끼지도 못하는 듯이 흥에 실린 낫만이 그저 분주하다. 못 견디게 물은 차나 성눌은 그것을 참기 어려워 뛰어나올 자리는 못 된다. 강잉히 이빨에 힘을 주어 그들과 같이 의연히 한 켠짝으로 열을 지여 가며 낫을 놀릴 밖에…….

그러나, 일꾼들은 따를 길이 없다. 겨우 다섯 단을 묶어 놓고 보니 그들은 벌써 십여 단씩이나 뒤에 남겨 놓고 서너 발 푼수나 앞서 나가 있다. 성눌은 좀더 속력을 내여 일단의 정력을 다 들여 본다. 그러나, 그러한 속력으로는 아무리 힘을 들인다 해도 손 익은 그들의 일에는 딸려지는 것이 아니다. 맞은짝 논둑까지 다 베어나가 허리를 펼 때 보니 성눌은 겨우 논배미의 한복판에 서 있었다.

그러나, 그것도 얼마 동안이었다. 낮 밤을 지나고 낮을 때는 끊어져 내는 허리를 펼 수가 없었다. 그런 것을 그대로 우기자니 전신은 땀에 뜨고, 근력은 잃는다. 그러니, 일의 능률은 처음보다도 차츰 떨어져만 간다. 그래도 성눌은 시늉이라도 하게 남아 있는 힘이 제 자신 기적 같았다. 그리고 그것이 햇것 남아 있기를 바라나, 어서 해가 졌으면 하는 생각이 들 때는 속일 수 없이 코로 단김이 몰아 나옴을 인식하는 때였다.

해가 지기까지 베는 시늉을 하고 또, 베여 놓은 볏단을 등짐으로 메어내여 배까지 치고 났을 때는 실로 촌보에 자유가 능치 못하게 전신의 동맥은 굳어진 듯했다.

눈으로 보고 상상하는 짐작의 노력으로는 도저히 및지 못할 일임을 성눌은 이제 깨달았다. 그리고 얌전이에게서 거절을 받은 이유의 일단도 여기에 선이 밝아지는 듯하였다.

“성눌이 오늘 혼났디?”

“자네들은 허리가 아프지 않은가?”

“하하하 우리들은 한 사람 목에 백여 단씩 돌아갔는데 님잰, 머, 겨우, 쉰 단 푼수나 부였을까 헌데 머, 허리가 아파?”

“아무랬건 성눌 용쉐. 첨으루 그래두 쉬지 않구 진종일 손 노락질이래두 헌게 용티 멀 그래!”

한 대씩 붙여물고 논둑으로 나와 한담 끝에 그들은 내일의 품꾼들을 제각기 따지고 일어선다.

오늘 일꾼 중에서 품에 빠진 사람은 다만 성눌이 혼자뿐이었다. 그와는 누구나가 하나같이 내일의 품을 말하는 사람이 없었다.

성눌은 자기의 품을 들이라기가 미안해서 그러나 보다 하고 자청 품을 청해 보았다.

“자네네 벼나 하루 더 비여 볼까?”

“웬걸 님잰 하루 쉐서 비시. 그렇게 갑자기 일을 되게 하단 탈 생김메! 괴니―.”

동정에 말인 듯싶다. 단 몇 십 리 길만 걸어도 며칠 동안은 다리가 아파 자유로 몸을 놀리기도 거북하던 것을 미루어 보면 참으로 오늘의 여울은 상당히 몸에 깊이 배여 있을 듯하다.

성눌은 다시 아무 말 없이 집으로 돌아왔다.

8

이튿날도 오력은 상당히 말잰 것이 기운이 없었다.

그러나, 성눌은 품자리만 있으면 또 나서기로 내일의 품을 찾아 주기를 기다린다. 아버지를 위해서도 그렇다고 그대로 앉아만 있을 수는 없었거니와 제 자신 솟구쳐 들먹이는 생활에 대한 정열을 익일 길이 없었던 것이다.

하지만 한나절이 기울어도 품을 요구하는 사람은 없었다. 성눌은 기다리다 못해 자신이 나서서 품을 구하기까지 해 본다. 하는데도 아버지의 다리가 좀 나았나 그것을 묻고 아버지의 품을 은근히 요구하는 사람은 있으면서도 성눌에게는 품을 거론도 아니했다.

"어머니! 누구 품 안 쓰겠답디까?"

마을 나갔다 들어오는 어머니에게 성눌은 묻는다.

"멀? 네 품 말이가? 아니, 네 품을 이제야 누구레 쓰간!"

"웨요?"

"웨라니! 어즈께 박서방넨 너까타나 베 쉰 단 밋뎃따구 아니 그 소리가 동네에 통이했는데 멀 그르네."

"……"

"그 사람들이니 와 안 그를내던. 같은 값이문 남의 반목두 참네 못하는 널 품으로 쓰갔네? 나보탄두 안 쓸데…… 너 없을 적에 사랐간. 그르다 탈 나리라, 너야 거저 늘 책이나 보게 생겠디—."

성눌은 이 소리를 듣자 별안간 낯이 확확 달았다. 그것은 여기에서도 자기는 의연히 필요치 않은 인물인 것을 말하는 것인 것이다. 마음이 붙지 않는 곳에서는 반겨 청하고, 마음이 붙는 데서는 거역을 당한다. 성눌의 눈앞은 금시에 어두워졌다. 이 넓은 세상에 자기의 마음은 의연히 담을 데가 없는 것이다.

성눌은 갑자기 숨이 막히는 듯 가슴이 답답함을 느낀다. 그러나, 숨이 끊어지지 않는 것을 보면 분명히 숨을 쉬고 있는 것으로 공기를 호흡하고 있는 것은 사실이나, 마음의 호흡이 괴로운 것을 보면 분명히 세상의 공기는 탁해진 것 같다. 이 탁한 공기 속에서 숨을 쉴 수가 없다. 어디를 가야 내 마음은 가을하늘같이 명랑하여질꼬? 한번 시원히 대공을 훨훨 날아 속진에 무젖은 때를 깨끗이 씻었으면 마음이 가득할 것 같다. 아아! 공상 속에만 아름다움은 있는 것인가. 그럴진댄 차리리 공상 속에 살고 싶다. 영원히 살고 싶다. 현실을 공상과 같이 그렇게 아름답게 아름답게 빚어 놓는 수는 없나?

아름답게 아름답게 보담 더 아름답게 생활의 꿈을 공상 속에 빚어 보기에 여념이 없는 며칠 동안 서울 벗들로부터 상경 재촉의 전보를 성눌은 또 받는다.

——전보를 받고도 올라오지 않으면 쫓아라도 내려가서 목을 매여 끌어 올리겠다는 문구다.

성눌은 두 번 볼 필요도 없이 일견에 찢어 버린다. 그리고 회답할 생각조차 엄두에 두는 길 없이 그들과의 교섭은 잊으려고 했다. 그들은 생각할 때마다 성눌은 마음이 더욱 답답함을 느끼는 것이다.

그러나, 전보가 일축된 대신, 그 내용과 같이 거짓없이 사람은 기어코 내려오고야 만다. 김군이 왔다.

김군은 영업적인 그 회사의 내용 이야기를 한 바탕 펴 놓아 성눌의 비위를 낚는다.

"나를 위하는 벗들의 충성은 진심으로 감사하나, 내가 서울이 싫어졌다는 것은 편지로도 이미 말한 것인데 군들은 왜, 이렇게 자꾸만 나를 서울로 끌어 올리자는 거야?"

"여러 말 말구 내일 아침 일찍이 떠날 차비나 해. 내, 아야 역에서 자네 차표까지 미리 두 장을 다 사가지고 왔네 이것 보게나."

단마디에 성눌의 입을 틀어막으려는 듯이 짐꾼은 호주머니 속에서 두 장의 경성행 차표를 들어내 보인다. 기어코 데려 올려가고야 말 텐데 뭘 하는 시위가 아닐 수 없다.

순간, 성눌은 그 자기의 자유의지를 임의로 무시하려는 태도에 자못 불쾌함을 느꼈다.

"차표까지 미리 사가지고 그건 무슨 시위가?"

"시위! 시위라기보다는 벗의 군을 위하는 그 성의는 생각지 못하나?"

"그래 벗을 위한 성의는 벗의 자유의지도 무시할 수 있는 건가?"

대답은 이렇게 하여 놓았으나 불쾌한 반면에 그실 반가운 우정을 아니 느낄 수도 없기는 없다. 자기를 오직 믿지 않았으면야 일부러 사람까지 내려보냈으리라고 아니, 차표까지 사가지고 왔으리라고 하면 그것도 좀한 우정에서가 아니고는 못할 일 같았다. 그들의 주위에도 실직으로 밥을 땅땅 굶고 있는 친구가 수두룩한 것을 모르는 바 아닌데 하필 자기를 끌어 올리자는 것은 오직 자기에게 대한 그들의 정의의 발로밖에 없으리라 생각하니 성눌은 주위의 탁하던 공기가 얼마쯤 완화되는 듯한 정세를 느꼈다. 그리운 서울이 아니었으나 벗들의 그 벗을 위하는 충성에 성눌은 반항할 용기를 문득 잃는다. 어디를 가도 자기의 마음은 담을 데가 없다. 그럴진댄 터럭만한 도움도 되어지지 못하는 존재가 피땀을 흘리어 벌어 놓은 늙은 아버지의 등을 파먹고 있느니보다는 다시 서울로라도 가서 내 손으로 벌 수 있는 일을 하여 먹는 편이 차라리 나으리라 성눌은 생각을 굳히고 두말없이 이튿날 아침차에 김군과 같이 몸을 실었다.

9

몇 달 동안에도 서울의 변화는 컸다. 있던 집이 없어지고 없던 집이 눈에 낯설다. 눈에 익던 남대문 통의 ××루라는 중국요릿집이던 꽤 크다란 벽돌집이 벗들의 손에서 수가 난다는 회사로 알른알른하게 수리가 되어 있다. 눈에 뵈지 않는 변화인들 얼마나 있어 사람들을 울리고 웃기고 했을꼬. 변화무쌍한 세태를 생각해 보며 성눌은 거리를 걷는다.

올라오는손 그 저녁 벗들은 또 명색 성눌의 환영회를 열어 진고개 어느 요정으로 가는 길이다.

밤 늦도록 소리하고 마신다. 오랜간만에 성눌은 얼근히 취해 본다. 괴로움을 잊는 즐거운 밤이었다.

한시 가까이 좋은 기분에 벗들로 어깨를 같이하고 귀로에 나섰다. 깊은 밤의 장안 거리는 어지간히 고요하다. 행인이 딱 끊진 바는 아니나, 이 성눌의 환영회 일행의 세상인 듯이 그들의 구두 소리만이 장안에 찬다.

좀 신중하지 못한 벗 한 사람은 같은 정도의 주기이면서도 술을 빙자하여 거리의 부랑자가 된다. 기분일 탓일까 목이 찢어져라 유행가를 소리 높이 불러도 보고, 타지도 않을 택시를 손을 들어 스톱도 시키고, 지나가는 여인의 손목을 붙들어도 보며……

하지만, 거리 사람들이 그의 주기에 다 같은 호의로 그를 대하려고 하지는 않는다. 한 번은 지나가는 행인의 어깨를 길을 어이다 잘못 되는 채 힘껏 들이받았다. 그러나, 받고 보니 잘못이다. 싸움은 일어났다. 옳거니 그르거니 밀치며 제치며 시비를 따지는 판.

성눌은 중재를 위하여 나선다. 붙은 싸움을 떼고 새에 들었다. 그러나, 들고 보니 친구는 날쌔게도 빠져나 구두 소리 높이 밤거리의 적막을 깨치며 도망친다.

그 친구를 놓친 적은 분함을 참지 못하는 듯 성눌에게로 돌려 붙는다.

"이 자식! 그래 네가 쌈을 도맡을 작정이냐? 덤벙 템 덤베라 에따!"

볼 새도 없이 턱 하고 들어오는 주먹은 번개같이 성눌의 턱을 받는다. 그것뿐이면 좋았다. 단 한 개에 성눌은 쾅 하고 뒤로 자빠지며 돌같이 단단한 아스팔트 위에 머리를 받쫓는다. 또한 그것뿐이면 좋았다. 두부에서는 검붉은 피가 게재하게 흘러서 순식간 머리는 핏속에 파묻힌다. 성눌은 죽었는지 살았는지 혼도한 채 의식을 잃은 성싶다.

잘못은 어느 편에 있었다든지간에 죽었는지 살았는지 근더저 그대로 꼼짝 못하고 피만 쏟아내는 벗, 이 벗을 위하여 일행은 응당히 복수의 의무를 느껴야 옳을 것이나, 일견 적진의 행색은 거리의 부랑패에 틀림없다. 쓰봉을 땅에다 찰찰 끌며 셔츠 바람에 캡을 비스듬히 쓴

사람이 둘, 노타이에 머리를 반반히 재워서 바른 골을 딱 갈라붙이고
모자도 없이 와이셔츠 소매를 팔뚝까지 걷어올린 사람이 하나, 싸움에
는 아무런 기술도 갖지 못한 벗들은 그들에게 손을 쓰기커녕은 도리어
그들의 손이 자기에게로 올까 두렵게 말로라도 한마디 대항해 볼 용기
조차 잃고 다만 자기의 신변을 지키기에만 급급해 있는 동안,
　"이놈들아! 다음엘랑 술은 먹드라두 점잖게 먹고 거리를 걸어라!"
　약점을 본 그들은 사람을 핏속에 묻어 놓고도 오히려 뻐젓이 서서
훈계를 하고 골목으로 술능술능 사라진다.
　그제서야 일행 중의 한 사람이던 조군은 제 자신 모욕을 느꼈는지
실로 벗의 치명상이 분했든지 또는 성눌에 대한 자기의 체면을 유지하
자는 데선지 저고리를 벗고, 넥타이를 끄르며 고함을 친다.
　"이놈덜아! 네놈들이 가면 어디를 갈 테냐? 덤빌 테면 덤벼 보자!"
　그러나, 사람을 죽여 놓고 그들이 설사 이 소리를 들었댔자 돌아올
이치 만무하다. 반응이 없는데 조군의 소리는 더 높아진다.
　"이놈덜아! 내 단주먹에 가루를 만들리라. 어디를 숨어 이놈들 나오
느라!"
　그리고, 있는 힘을 다하여 길바닥이 깨여져라 발을 쾅쾅 구른다.
　남은 벗 세 사람은 여기에도 격동할 용기가 없는 듯이 어리둥절해
서 조군의 태도만 묵묵히 바라보다 움죽하고 팔을 놀리는 성눌의 거동
이 눈에 띄자 아직 생명이 있다는 것을 짐작하고,
　"성눌이! 성눌이! 정신 차려 응? 성눌이!"
　부르며 김군이 성눌의 팔목을 잡아다린다. 성눌은 일어서 보려고
전신에 힘을 준다. 그러나, 의외로 몸을 거누지 못하야 삐뚝하고 도로
쓰러진다. 피를 너무 많이 쏟은 탓인가 얼굴은 백지같이 하얗다.
　조군은 혼자서 덤비나마나 세 사람의 벗은 얼겁결에 성눌을 뒤쳐
엎고 병원을 찾아 내달았다.

10

　새하얀 붕대로 머리를 겹겹이 둘러 감고 ××병원 이등실 한쪽 침대에 고요히 몸을 던진 성눌은 또다시 한 번 무심히 눈을 떴다. 천장에 매여 달린 오십 촉 휘황한 전등이 번개같이 눈에 꽂히며 시력을 압도한다.

　주위에는 여전히 벗들이 졸리는 눈에 잠을 싣고 그린 듯이 앉았다. 그 모양은 자기에게 대해 심히 미안해하는 거동같이 성눌에게는 짐작된다. 그것이 그에게는 한껏 불쌍하게도 보였다. 이미 받은 상처니 앉아서 밤을 새며 졸아야 자기에게는 하등 필요가 없는 것을 인사상 자기의 옆을 떠나지 못하고 조는 것이다. 자기의 신변에 위험이 미칠 염려가 있을 때는 인사에 그렇게 무디다가도 신변의 위험을 느끼지 않을 때는 이렇게도 마음놓고 거룩히 인사를 지키는 벗들이다. 이 벗들이 자기의 벗이요, 자기는 또 그들의 벗이 된다. 그리고 자기는 그들에게 절대의 신임을 받는다. 절대의 신임을 받으므로 서울까지 올라오게 되여 받은 상처가 지금 두부에 크다. 아니, 마음에 크다.

　그들의 눈에 비친 자기는 인간적으로서의 신임할 만한 그런 신임을 위한 신임을 받았던 것이 아니요, 신임할 수 있으니 자기네들에게는 이로운 것이라는 상업정책의 한낱 도구로서 신임을 받았던 존재밖에 되는 것이 없다.

　성눌은 한숨과 같이 다시 눈을 감았다.

　"꼭 의사의 지시대로 치료를 받아야 하네."

　벗의 손에 흔들림을 받고 다시 힘없이 눈을 떴을 때는 어느새 불은 전등에 없고, 동편 유리창을 통해야 명랑한 아침 햇살이 줄기차게 들여 쏘고 있다. 그제서야 벗들은 돌아갈 차비를 한다.

　"진단 선언은 삼주간이래두 보름 동안이면 퇴원이 될게지. 어젯밤 일은 그게 말끔한 신수야. 밥 먹고 우리 또 올께."

  그리고, 다시 돌아오는 김군의 손에는 미깡 꾸러미가 들려 있었다.

  성눌은 못 볼 것을 또 보게 되는 듯이 마음이 산뜻함을 느끼고 힘없
이 눈을 내려간다.

〔발표지〕《조광》(1939. 2.)

〔수록단행본〕 *『병풍에 그린 닭이』(조선출판사, 1944)

캉가루의 조상이*

1

실제를 이상화하기는 쉬워도 이상을 실제화하기는 그렇게도 어려운 듯하다.

문보가 약혼을 하였다는 것은 자신이 생각할 적에도 이상과는 너무 멀었던 사실이다.

'내가 약혼을 하다니!'

앞길의 판재에 현재를 더듬어 미래를 내다볼 땐 천생에 죄를 지은 듯이 마음이 두렵다.

멘델의 유전학적 법칙은 완전히 무시할 수 있다 하더라도 정문보가(家)의 유전적 내력은 무시할 수 없는 것이다.

쥠손이, 절름발이, 곱사등이, 앉은뱅이, 애꾸눈이——대대로 이런 불구자를 계승하여 내려오는 가계(家系)에서 자기 따라 이, 목, 구, 비가 분명하고 사지 백체가 제대로 가진 인간으로 대를 가시어 놓기 바랄 수 있을 것일까?

오십여 생을 손이 묶인 듯이 쓸 수 없던 (쥠손이) 아버지의 불행에

---

* 〈조광〉 제5권 제5호(1939. 5.)에 발표한 작품으로, 원제는 「캉가루의 祖上이」였는데 『병풍에 그린 닭이』(1944)에서는 '행복의 탐구'로 제목이 바뀌었다. '이는 일제의 강압에 의해서 그리된 일로 원제대로 복구시켜야 한다'고 필자가 적고 있다.

비하면 한 눈이 멀다는 자기는 행복된 인간이라고도 할 수 있으나 차라리 한 눈이 마저 멀어 세상의 모든 것을 애초에 볼 수가 없었더면 얼마나 행복된 일이었을까? 불구의 고민을 잊을 때가 없거니, 이제 자기의 불구한 고민에 비추어 볼 때 이러한 불행한 생명을 세상에 내어 놓아 자기와 같은 고민 속에서 일생을 보내게 한다는 것은 몇 번이고 생각해도 그것은 인생에 대한 죄악이었다.

자기 한 몸을 희생하여 불구의 불행한 씨를 근절시켜 놓는 것이 차라리 그들의 행복이리라, 결단코 결혼을 하여서는 아니 된다. 인생의 반생을 한뜻같이 독신으로 살아온, 아니 영원히 살려던 문보였다.

비록 한 눈은 멀었을망정 그것이 흉하여 자수의 짙은 안경을 매양 끼고 있으니 좀 건방져는 보일망정 문보가 불구한 인간인 줄은 꿈에도 모르고 그 나머지 부분의 붙음붙음이 분명하고 고르게 정리된 뚜렷한 용모와 체격의 남자다운 늠름한 품격이 남달리 이성에의 흠모의 적(的)이 되어 동경의 학창 시대엔 결혼 신청을 받기도 실로 수삼차에만 그친 것이 아니었건만, 이런 것들을 물리치기에는 조그마한 무란도 없이 그의 생각은 철저하였다.

눈에 들고자 갖은 아양을 피워 가며 계집으로서의 온갖 미를 아낌없이 자기의 앞에서 떨어 낼 때 인생의 본능에 자극을 아니 받을 수 없어, 그것을 이겨 내기란 참으로 괴롭지 않은 것이 아니었다.

한 번은 동경에서도 이름난 미인으로 유학생들의 입술에서 오르내리고 있던 금봉으로부터 열렬한 사랑의 편지를 받았을 때, 그리고 자기를 위하여 아까운 것 없이 바치기를 아끼지 않으려 할 때, 금봉의 미모와 정열에 청춘의 마음이 본능적으로 휘어 들어감을 억제치 못하여 하마터면 실수를 할 뻔한 적도 있기는 있었다.

그러나 한 번 문보의 불구한 부분을 찾게 되므로 금봉은 그만 실색을 하고 돌아서서는 다시 찾아 주지를 않던 것이 지금도 다행한 일이었다고 생각하여 오거니와, 그 후부터 문보는 이성에 대한 교제는 더

한층 각별히 주의를 하여 왔다. 학창 시대에 동경서 같이 노닐던 벗들은 학업을 필하고 고향으로 돌아와 모두 결혼들을 하여 벌써 아들딸을 둘씩이나 둔 사람도 있었건만 문보는 애써 결혼에까지는 맘을 두지 않아 왔다.

그러나 미자와의 교제가 도타워 갈 때, 그것은 지난 겨울이었다.

하루는 새로 발표한 창작에 대하여 뜻 아니한 미지의 여성으로부터 한 장의 찬사를 받게 된 것이 그의 맘에 밈을 돌린 시초다.

문단에 나선 지 칠팔 년 작품을 발표한 수도 적지 않건만 불구한 성격이 빚어낸 그의 독특한 인생관—남달리 이상한 문체, 그 주의는 언제나 독자의 이해 밖[外]에 악평의 적(的)이 되어 유명 무명 간에 들어오는 투서는 누구의 것이나 판에 박은 듯이 욕으로 일관된 그 속에서 미자의 편지를 찾은 것은 확실히 한 가닥의 기쁨이었다.

비로소 예술의 이해자를 찾은 문보는 미자란 이름을 잊을 길이 없어 염두에 두고 지내 오던 어느 날 돌연히 또한 그 여자의 방문을 받은 것으로 교제는 시작이 되었다.

그러나 가끔 만난대야 문단과 예술 방면의 이야기로 만족할 수 있던 미자는 차츰 그것만으로는 만족할 수 없는 의미를 은근히 비추기도 했다.

하지만 문보는 그저 모르는 듯 냉정했다.

그러나 미자의 정열은 식는 것이 아니었다. 마침내는 하려는 말을 기어코 하고야 말았다.

"선생님! 전 선생님을……."

듣기에 놀라운 소리였으나 엷은 강철같이 떨리는 음향은 그다지도 문보의 마음을 당기었다.

이럴 때면 문보는 인생의 행복을 멀리 등진 불구의 고민과 싸우지 않을 수 없었다. 괴로움에 그의 마음은 탔다.

"선생님, 선생님……."

못 견딜 듯이 정열에 타는 미자의 눈, 매어나 달리는 듯한 아양에 떨리는 몸부림——그래도 문보의 마음은 휘지 않았다.

"나를 잊어 주시는 것이 차라리 행복이리이다. 나는 당신을 사랑할 자격을 잃고 있습니다."

"건 저를 모욕하시는 거에요. 자격이 없으시단……."

"아니 정말 자격이 없습니다. 나는 솔직히 말합니다. 불구자입니다."

미자는 문득 놀라고 더 말이 없다.

"거짓말을 왜 하겠습니까. 나는 한 눈이 좀 부족합니다."

문보는 어디까지든지 미자의 마음을 돌리게 하기 위하여 숨김없이 사실 그대로를 말하였다.

그러나 이 소리를 들은 미자는 그것만으로는 불구자랄 것도 없다는 듯이 금시에 낯갗은 다시 화기에 물들며,

"네, 건 예전부터 알고 있었에요. 전 뭐……."

"……."

"전 뭐, 선생님의 마음에 움직인 것 같애요. 사람을 용모로 따진다면 그건 결국…… 네? 전 선생님을……."

놀란 것은 도리어 이쪽이었다. 불구자인 줄은 알면서도 사랑한다! 맘을 사랑한다는 말이다. 사람을 외모로써 찾으려 하지 아니하고 마음으로 찾는 미자, 미자는 그런 사람을 찾는다! 이 세상이 미자같이 참되다면 자기는 결코 불구한 사람이 아니다. 자기의 마음을 아는 사람은 다만 미자를 본다. 왜 뻐젓이 눈을 내어놓지 못하고 미자 앞에서 가리고 다니었던가? 이제 그것이 부끄럽기까지 하다. 그렇게도 열렬하게 사랑하던 금봉이가 한 번 자기의 불구한 부분을 찾자부터는 그만 실색을 하고 말던 것에 미루어 보면 미자는 범인을 초월한 초인적 존재도 같았다. 무엇인지는 꼬집어 말할 수 없으나 불구의 고민 속에서 오늘까지 찾아 오던 진리는 비로소 미자의 마음속에서 찾은 것 같았

다. 그리고 미자의 마음과 자기의 마음과는 떼려 뗄 수 없는 한 개의
물체로 융합이 되는 듯 휘어들어갔다.

마음의 힘이란 그렇게도 센 것일까. 장래의 문제엔 마음을 보낼 여
유도 없이 실로 그 일순간에 사랑의 관계는 맺히고 약혼은 성립이 되
었던 것이다.

그러나 마음의 융합이기로 유전적 법칙이 무시될 리는 없는 것이
다. 이것이 그 후에 따르는 문보의 고민이었다.

2

날마다 근심은 더해 왔다.
'불행의 씨가 생기지 않았나?'
생각과 같이 그것은 따라오고 마음은 두려웠다.
'며칠 동안에야 무에 그리 쉽게 생겼을꼬?'
그러나 그것은 두려움에 자위(自慰)요, 보증할 수는 없다.
'단연히 파혼을 해야 돼.'
언제나 생각하다가는 이렇게밖에 더 맺혀짐을 찾지 못하던 그 결론
이 지금도 다시 돌아와 맺힘을 당연한 일이라고 문보는 마음속에 따져
보다가도, 그러나 이미 씨가 들어 있는 몸이었다면 그 곤란할 것 같은
처리에 다시금 생각은 얼크러져, 보면 알기나 할 것인 듯이 치맛감을
마르고 있는 미자를 힐끗 치어다보았다.
"이 치마 빛은 봄빛보다는 좀 짙지?"
자기로 인하여 문보의 마음속에는 커다란 난이 일어난 줄도 모르고
미자는 혼자 즐거움에 엉뚱한 질문을 들이댄다.
문보는 하고 싶은 대답도 아니었으나 실상은 대답할 수도 없는 질
문임에 잠자코 말았다.
"봄빛은 물빛보다도 짙어야 산뜻한데 그런게 원 있으야 말이지."

아무래도 그것은 마음에 개운치 않은 빛인 듯이 뒤적거리던 치맛감을 훌훌 털어 허리에 두르고, 잠깐 아래위를 훑어보며, 그리고 보아 달라는 듯이,

"아무래두 빛이 좀 짙지?"

하기 싫은 대답이라고 세 번째나 못 들은 척할 수는 없다.

"옥패(친구의 아내)두, 뭐 그런 빛을 입었든데?"

"아이 어찌나!"

"뭣이?"

"옥패가 이런 빛을 입으문 난 못 입어."

"건 또?"

"옥패야 벌써 애를 낳지 않었수? 애를 낳면 맘도 늙는다우."

"그러문 그 치맛감은 두었다 애를 낳어야 입겠군."

"싱겁긴!"

"싱겁긴 뉘가 싱거운데? 그렇게 뻔히 알면서 그런 치맛감을 사올 때야 애가 그리워 기저귀를 마련하는 격이……."

"아이 망칙두 쉐— 뉘가 뭐 애를 낳겠대나! 바스럭거린다니께 꼬집지 흐응!"

"배면 안 낳고 배길 장사가 있어 그래?"

"글쎄 난 죽어두 앤 안 날 테데 뭘—."

이 말은 결코 아직 애는 안 밴 말이다.

우연한 문답에서 문보는 어렵지 않게 미자의 뱃속을 들여다볼 수 있었다.

순간, 문보는 얼크러졌던 마음의 고삐가 스르르 하고 풀리며 결론은 다시 굳어졌다.

'당장 파혼을 해야 돼.'

"애를 배면 청춘이 간답니다."

그러나 문보는 이론을 더 앞으로 계속하려고도 아니하고 그저 파혼

을 하여야 된다는 데만 열이 올라, 다시 더 여기에 마음이 돌지 말고 자, 아주 굳혀 버리기로 벌떡 일어서 테이블을 마주하고 의자에 하반 신을 묻었다.

어제 저녁에 배달된 신문이 그대로 테이블을 덮고 있다. 집어드니 마음은 먼저 학예면을 더듬고, 눈은 이달의 창작평에 멎는다.

가장 회심의 작이라고 자처하고 싶던 이번의 작품도 자기의 것만은 또 악평의 대상이었다. 도대체 무슨 소린지 이런 작품은 아마 인류사 회 이후에는 몰라도, 인류의 역사가 있기까지는 이해할 수 없을 것이 라 단안을 내렸다.

반드시 비평가만이 작품을 바로 본다고 믿을 것은 아니로되, 벗들 사이에서도 이미 이러한 의미의 말을 여러 번 들어 왔고 또 며칠 전에 는 미지의 독자들로부터서도 역시 같은 뜻의 서면을 받고 있던 것을 미루어 이제 그 평점이 일치됨을 찾고 문보는 일반의 이해에 벗어나는 자기의 예술에 다시금 우울함을 느끼었다.

자기가 보는 인생관 사회관은 이 세상에서는 이렇게도 이해를 못 가지는 것이다. 그만큼 자기는 현실 사회와는 인연 먼 존재 같다. 그 러나, 일반의 이해를 잃었다 하여 자기의 마음을 결코 슬퍼하고 싶지 는 않다. 도리어 현실을 비웃고 싶은 마음이다.

그러나, 마음에 공명하는 이 없으니, 자기가 옳다는 데는 자만심이 꺾이지 않아도 마음을 통하여 즐거움을 느낄 수 있는 집단 속에 사는 개인의 심정으로서는 아니 고적할 수가 없었다.

문보는 그 작품이 실린 잡지를 집어들고 자기의 작품을 다시 한 번 읽어 본다. 구절구절이 도리 정연한 문장이다. 한 사람의 불구자의 입 을 빌려 현실 사회를 상징적으로 표현시킨 그 시미창일한 문장 속에 스스로 취하여 자기도 모르게 무릎을 쳤다.

그리고, 다음 순간, 문보는 문득 놀라고 눈앞에 나타나는 미자를 보 았다. 써 놓은 원고를 한 장 한 장 옆에서 읽어 주고 정리하여 주던 미자가 과연 하는 솜씨라고 그 조그마한 무릎을 연거푸 세 번이나 치던 그 구절이 역시 그 구절이었던 것을 문득 생각하는 까닭이다.

그리고 보니 이 작품을 읽은 사람은 많았으되, 이 작품의 이 구절에 작자인 자기가 무릎을 쳤고, 그리고는 다만 미자가 쳤을 따름이다. 그렇게도 미자는 자기의 예술에 공명을 갖는다. 이해를 잃은 고독한 마음에 오직 미자로부터 공감을 받는 것이 새삼스럽게 느껴지는 듯 미자가 마음에 든다. 그리고, 그런 미자와의 파혼이 차마 아까움을 순간 느낀다. 언제라도 미자의 마음은 싫지 않을 것 같고 생애에 있어 미자는 영원한 마음의 반려일 것 같다. 이해를 잃은 곳에 생활의 윤택은 없다. 사는 것이 잘 사는 것이 희망일진댄 이해자를 차버리는 것은 스스로 파멸을 도모하는 것과도 같다. 가뜩이나 침울한 생활은 미자를 잃을 때 그 얼마나 더할 것일까?

못 견디게 아까운 마음에 문보는 파혼에까지 결론을 지었던 이론을 다시 이렇게도 전도시켜 보았다.

그러니, 그적에는 그 뒤에 따르는 두려운 그 유전.

문보는 가리기 어려운 괴로운 마음에 아프게 몸을 비틀었다.

3

"오늘 아침 신문에 사꾸라꽃이 벌써 핀댔구먼?"

약혼이 성립되던 날 결혼은 사꾸라꽃 필 무렵에 하자던 문보가 창경원엔 일 주일 이래로 야앵이 개원되리라고 하는데도 이렇다 준비가 없는데 미자는 은근히 문보의 마음을 짚어 보는 것이다.

"철두 좀 빠르군. 벌써 사꾸란가!"

"아이, 그런데 참 날을 받어야 안 해요?"

문득 생각킨 듯이 미자는 바싹 따진다.

"머, 꽃구경은 반다시 해야 하는 법인가?"

"아니 그날 말에요."

"그날이라니?"

"아이, 왜 당신이 그적에 사꾸라꽃 필 무렵에 하자고 안 그랬에요?"

"으응, 결혼식 말야 뭐?"

"쉐! 바루 모르는 척허지, 능측허기두."

사실 문보는 능측하였다. 미자의 말가퀴를 모를 리 없건만 대답할 말에 이미 준비가 없었으매 이야기의 빈곤을 아니 느낄 수가 없었던 것이다.

"그런 가식이 그리 바쁠 게 머야."

"가식!"

"그럼 가식 아니고, 난 결혼에 예식의 필요를 그리 절실하게 느끼지 않는데…… 본시 결혼이란 마음의 결합을 의미하는 것이니, 마음의 결합보다 더 튼튼하고, 굳고, 아름다운 것이 어데 있어? 예식으로 그것을 의미하는 것은 그 자체부터가 가식인 동시에 결합에의 모욕이거든."

아직 마음을 결정하지 못한 문보는 만일을 위하여 농담 삼아 이렇게라도 말해 둘 필요를 순간 느끼었다.

그러나, 미자는 이 말을 조금도 농담으로 듣고 싶지 않았다. 농담이라 하여도 진정으로 듣고 싶을 만큼 가식을 벗어난 그 진실한 맘의 태도에 오히려 감복하는 것이 있었다. 가식에 얽매여 뜻 없는 마음으로 애석히 청춘을 썩여 내던 지난날의 결혼생활을 연상하는 때문이다.

미자는 이미 어느 전문학교 교수와의 결혼 생활이 있어 보았다. 그러나, 인생관 사회관이 다른 그 결합에서 귀하다고 하는 개성을 살릴 수가 없어, 견디다 못하여 가정을 박차고 뛰어나온 '노라'의 후예였다.

부모가 간섭한 강제의 결혼도 아니었고, 인물이든지 학식이든지,

그 사회적 지위든지 무엇에 있어서나 남편으로서의 갖춰야 할 조건은 다 갖추었다고, 그리고 그것을 사랑하는 마음에 장래의 행복을 그와 더불어 꿈꾸었던 것이다.

그러나, 정작 결혼을 하고 지내 보니 동경하던 행복은 오지 않았다. 알 수 없이 마음은 여전히 공허하고 까닭없이 그리운 것이 있었다. 그렇게도 있는 정성을 다하여 아내를 사랑하는 남편이었건만 그것으로는 만족할 수 없는 마음의 우울이 있었다. 아내로서의 사랑을 받기 전에 마음의 사랑을 받고 싶었고, 또 그 마음을 주고 싶었다. 그리하여 그 속에서 정의 용해를 얻으므로 자기라는 존재를 찾고 싶었다. 그러나 그것을 느낄 수 없는 곳에 마음의 우울은 깃을 들이고, 그리고 그것은 처녀 시절에 알 수 없이 우울하던 그런 것과는 달리 마음의 파멸을 침노하였다.

여기서 미자는 처녀 시절에 알 수 없이 마음이 허하고 무언인지가 만지고 싶게 그립던 것은 이성을 상대로 일어나는 한낱 사춘기의 여성의 마음이었음을 깨닫고 그것만을 만족시키므로 만족할 수 없는 마음 속에서 아내로서의 알뜰한 정이 남편의 그것과 융합되지 못함을 안타까워하며 삼 년을 하루같이 결혼이란 법망에 얽매여 뜻 없는 생을 지탱해 오다가 충실한 문보의 독자이던 미자는 지난 겨울에 발표한 「사람」이라는 작품을 읽게 되므로 비로소 그 속에서 자기를 찾은 듯이 마음의 위안을 느끼고 불구한 문보인 줄을 알면서도 약혼까지 성립시키었던 것이다. 그리고, 맘의 이해 속에서 영원한 행복을 꿈꾸려 사꾸라 꽃이 필 무렵이 어서 오기를 기다리고 있었던 것이다.

"참, 그래요. 예식이라는 건, 한낱 눈을 속이는 거짓이구요. 결혼식 있었다고 마음이 변한다면 그 사랑이 아니 깨어질 수 있겠어요? 깨어진 사랑이 예식에 얽매여 부부생활이 계속된다는 건, 건, 허수아비 장난이구……."

참으로 그렇다는 뜻을 강조하는 의미는 태도를 정색하게 가진다.

도리어 문보는 놀랐다. 난처한 경우에서 대답에 궁하여 그럴듯이 끌어다 붙인 말이 그렇게도 미자의 마음을 살 줄은 꿈에도 생각지 못했던 것이다.

이러한 주장이 여자의 처지로서는 극히 불리한 것인 줄을 미자가 모를 리 없건만 그렇게까지 미자는 허식을 떠나 참을 찾는 그 아름다운 마음에 문보의 마음은 흔들렸다. 불구한 고민 속에서의 그들의(자식) 불행한 일생을 건져 주기 위하여 절대의 독신주의를 지켜 오던 자기가 이렇게도 미자와 약혼까지 성립을 시키고 동거를 하고 있는 것을 그리고 이미 그것이 그릇된 것임을 깨닫고 있는 자기이면서도 마음을 판단하지 못하고 거짓말로 마음의 자위를 얻으려는 자기는 도무지 사람 같지 않았다.

"참, 생각하면 너울을 쓰고, 반지를 받아 끼고, 맹세를 하고— 맹세는 뉘게다 하는 게에요. 우스워요. 그럼, 우린 어느 날 그저 동무들이나 청해 놓고 기념 사진이나 한 장 찍을까요?"

그렇게 해도 그것은 소위 그 결혼 그것을 의미하는 것이다. 결정적으로 대답할 수 없었다.

"글쎄?"

이렇게 말끝을 흐리어 놓을 밖에…….

4

며칠을 두고 애를 태웠으나 시원한 해답은 얻어지는 것이 아니었다.

이쪽을 누르면 저쪽이 돋우서고, 저쪽을 누르면 이쪽이 돋우서고—.

이에 생에 대한 의문은 점점 문보의 마음속으로 스미어 들었다. 어떻게 생각해도 제 마음을 제 스스로 못 가짐은 사람 같지 않았던 것이다.

사람이 살아 있다는 것만으로는 사람이 될 수가 없는 것이었다. 개

도, 돼지도 살아는 있다. 살아 있다는 것〔生存〕과 산다는 것〔生活〕은
자못 그 거리가 멀다. 살아 있다는 것은 다만 죽지 않았다는 대명사에
불과한 것이 아닌가.

그래도 자기가 무엇인지를 알고 그 마음에 충실함으로 삶을 다하려
던 자신이 가엾기도 했다. 세상에는 이러한 뼈 없는 존재가 결코 자기
만은 아닐 것이지만 이러한 무리들은 무엇 때문에 살아야 되나? 이러
한 무리들은 생선 엮듯 한 묶음에 꽁꽁 묶어서 한강의 깊은 물속에 풍
덩실 들어 던진단들 세상은 조금도 애석해하지 않을 것 같다. 이러한
뼈 없는 무리들이 그래도 저로라고 뽐내는 이 사회는 장차 어찌 될 것
인가? 차아펙은 그 작품 속에서 인조인간(人造人間)을 일찍이 예언하
였고, 어떤 학자는 인류 다음에 올 고등동물은 캉가루라고까지 설파하
였다. 이 학설을 그대로 믿고 본다면 인류는 올챙이가 개구리로 화하
듯 캉가루로 화하여 가는 그 과정에 처한 존재가 아닌가. 그렇다면 선
조가 쌓아 놓은 인류 문화의 이 찬연한 탑을 우리는 아무러한 반항도
없이 그날그날의 생활에 순응하고 만족함으로 캉카루 사회에 양여하여
야 옳은가? 영원한 인류 문화의 축적에 피를 흘린 거룩한 역사에 한
개 삽이 되어 미진의 북돋움이 되지는 못할지언정 장래 사회의 인류의
혼을 애석히 추모하는 캉가루의 조상이 될진대 차라리 값없는 목숨이
귀할 것 없었다. 단연히 끊는 것이 도리어 인류 문화에 공헌을 더하는
표시는 되는 것이다. 캉가루의 조상에서 인류를 구하는 셈은 되니까.

이렇게도 생각한 문보는 잠에서 깨는 사람처럼 정신이 새로웠다.
비로소 앞길을 내다본 듯이, 그리고 큰 짐을 벗어 놓는 듯이 마음이
가뿐하여지는 것 같았다.

자살, 그것은 어려운 것이 아니었다. 방법은 얼마든지 있을 것이고,
또 그것이 값있는 것이라면 아까울 것이 없었다.

그리고, 생이란 것이 그렇게도 괴로운 것이라면, 그 모든 것을 잊
게 하는 것만으로라도 생에 대한 대접은 되는 것이다. 자기 한 몸을

희생하여서라도 불구의 불행한 씨를 근절시키는 것만이 원이었더라
면 그 행하기 어려운 삶을 질질 끌어 가며 버둥칠 필요가 나변에 있
는가?

어떠한 방법으로든지 근절시키므로 그들의 행복만을 도모하였으면
그만이 아닌가? 그리고 거기에 만족할 것이 아닌가.

그는 문득, 이렇게도 생각하고, 그러한 목숨을 스스로 끊는 데 있어
과연 자기는 이 세상에 대하여 한 점의 미련도 없을까를 마음속에 따
져 보았다.

그러나, 문보는 그 순간, 아깝게도 스스로의 대답이 궁함을 느꼈다.
돌아보아야 모든 것에 있어 손톱만한 미련이 없었건만 차마 그 미자의
마음은 버리기 아까웠던 것이다.

문보는 여기서 미자와의 정사를 또 문득 생각한다. 자기의 마음을
그렇게도 이해하는 미자라면 여기에도 이의는 아니 가질 것 같은 것이
다.

정사! 이래 두고 세상에는 정사가 있는 것이 아닌가 하고 문보는 지
금까지 이해할 수 없던 그 정사자의 심리를 엿본 듯하였다.

"미자!"

문보는 자기도 모르게 소리쳤다.

"으응?"

"난 영원히 살 도리를 찾고 있는데……."

"네에?"

미자는 그것이 무엇을 두고 하는 말인지 몰라 잠깐 멍하지 않을 수
없었다.

"만일 이 세상에 내가 없다 해도 미자는 살 수 있겠나?"

"당신은 제가 없으문 어떡허지요?"

"난 살 수 없어."

"그럼 저도 못 살 게 아네요?"

"그러기 말야 미자! 난 이 세상에선 더 살고 싶지 않구, 그렇다구 또 미자는 떨어지구 싶지 않구 어쩌면 좋은가?"

"아이 또 소설 재료에 궁하셨나베. 남의 맘을 엿뜨려구……."

"아니 그런 게 아냐 미자! 미자는 혹 정사라는 걸 생각해 본 일이 있는지, 나는 미자와 같이 이 세상에선 인연을 끊고 싶어. 그래서 도무지 세상을 잊고 싶단 말야."

열정에 떠는 침착한 문보의 태도는 실없는 농담도 무슨 소설의 재료도 아닌 것 같은 데 미자는 놀라고 대답이 막힌다.

"응? 안 그래 미자?"

"그게 진정으로 하시는 말씀이에요?"

"진정이라는 것보다도 내 가슴은 미자를 사랑하는 마음에 불붙고 있으니까."

"그러면 왜 그렇게 진실한 사랑을 안고 세상에서 인연을 끊을 필요가 있겠어요?"

"난 살기가 무서운 것이 있어. 난 천벌을 받은 사람이 아닌지 몰라. 조상 적부터 대대로 내려오는 이 불구의 유전——내 할아버지도, 내 아버지도, 다 병신이었어. 그리구, 나두 병신이니, 이 유전적 법칙을 어떡헌단 말야. 후계 자손에게도 반드시 이런 불구자는 오구야 말 것이니, 나의 이 불구한 고민을 생각할 땐, 차마 자손에게까지 이 불행을 물려주고 싶지가 않구만. 아니, 그것은 죄악두 같아. 그러나, 그렇다고 미자와는 떨어질 수 없으니 후계 자손에게 영원한 행복을 도모하랴면 목숨을 끊는 길밖에 없단 말야. 안 그래? 미자!"

뜻밖의 사실에 미자는 놀라고 잠깐 말이 없더니 고개만이 점점 숙어진다. 눈물이 스미어나옴을 느끼는 까닭이다.

문보는 더 말하고 싶지 않았다. 미자의 눈물은 확실히 죽음의 절망 속에서 삶의 화살을 겨누는 약자의 무기임이 틀림없었던 것이다.

그렇게도 모든 것에 있어서 마음이 일치되면서도 오직 죽음이라는

데 있어선 뜻을 달리 가진다.

죽음이라는 것은 그렇게도 두려운 것일까. 이렇게 죽음을 두려워하는 미자의 마음이 아까운 것은 무슨 뜻일꼬?

알 듯 하면서도 알 수 없는 마음이 안타까웠다.

'나 혼자는 왜, 죽지 못하나?'

5

괴로움에 일어서 나온 것이 거리였다.

거리는 자기의 마음보다도 어지러운 것 같다. 발을 임의로 옮겨짚기에도 주의가 가는 복잡한 거리——자동차, 전차, 자전거, 인력거, 심지어 오토바이, 구루마까지도 전날보다 더 나도는 듯 걸음의 자유를 구속한다.

어디로 가자는 목적이 있었던 것은 아니었으나 남대문통으로 내려가던 문보는 고스톱을 기다리기가 싫어 가던 길을 되돌아서 동일은행을 꺾어 지향 없는 발길을 다시 종로로 내켰다.

가지 각가지로 제멋대로의 단장을 하고 나서서 꿈틀거리는 인파는 마치 쓰레기통을 쏟아 놓은 듯이 정리의 필요가 있는 듯하다. 사람은 다 같은 사람이로되, 왜 그 행색은 그리 일치하지 못할까. 그들의 행색은 다 그들의 마음의 표시가 아닐까. 머리를 깎고, 기르고 혹은 골을 가르고, 뒤로 넘기고, 그리고 검고, 누르고, 회색, 갈색, 무어라 이름조차 따지기 어려운 그러한 빛깔의 옷까지 떨쳤다. 무슨 까닭일꼬. 신은 사람을 이렇게 창조하여 놓고 멋에 살며 허덕이는 꼴을 봄으로 무쌍의 행복을 일삼는 것이 아닌가. 그렇지 않다면 사람 제 자신이야 삶에 대한 그러한 멋으로 만족할까보냐. 그것은 확실히 슬픈 멋이다. 사람은 반드시 이런 멋 속에 신의 노리개가 되어야 하는 것인가. 한번 사람 제 자신의 멋대로 삶을 통제시켜 창조의 신으로 하여금 노리개를 삼음으로 멋을 잃은 신의 괴로워하는 꼴을 보고 우리도 한번 무쌍의 행복을 느껴 보면 얼마나 통쾌한 일일고? 생각하다 문보는 문득 얼른 하고 앞에 꺼꿉서는 시커먼 그림자에 놀라고 우뚝 걸음을 세웠다.

"나리! 한푼만 적선하십쇼? 나리!"

거지의 애원이다.

문보의 손은 두말없이 호주머니 속으로 들어가 한 닢의 동전을 찾았다. 그러나 거지의 손바닥 위에 던져진 것은 뜻하지도 않았던 오십 전 은화다.

굽실하고 거지는 참으로 고맙다는 뜻을 표하고 또 그럴 만한 손님의 앞으로 옮아선다. 그러나 손님은 거절이다. 다음 손님도, 또 그 다음 손님도…….

이것을 본 문보는 자기의 적선이 우스웠다. 생을 붙안고 살아갈 인간들이 그 불쌍한 거지에게 이렇다 한푼의 적선도 없는데 자살을 도모하는 자기가 살겠다는 인간에게 적선은 다 무엇인지 알 수가 없었던 것이다. 미자밖에 미련이 없던 그가 이 거지에게 동정이 가는 것은 무슨 마음이었을까. 사람마다 본 척 만 척 지나치고 마는 거지, 그 거리를 왜, 자기따라 불쌍히 여길까고? 언제나 거지에게 일전 한푼의 거역은 있어 본 일이 없었지만 그 이상 더는 그를 이하여 마음을 가져 본 일도 없었다. 그러나, 설잡힌 그 오십 전이 결코 아깝지 않다. 그리고 그 마음은 언제까지라도 버리고 싶지 않았다. 생각하면 거리 사람들이 오히려 사람으로서의 일면을 갖추지 못한 것 같다. 불구한 거리에 삶을 찾는 이 불구한 무리들——자기가 육체의 불구자라면 그들은 확실히 맘의 불구자다. 이 맘의 불구자들은 죽음이라는 것은 생각지도 않는다는 듯이 생기에 충만하다. 맘의 불구자는 삶을 찾고 육체의 불구자는 죽음을 찾는다! 자기가 이미 자살을 도모하였을진댄 맘의 불구자들은 벌써 이 세상 사람이 아니었어야 옳을 것이 아닌가. 그리고도 그들이 그렇게도 살기를 원할진댄, 제 책임을 다하지 못하는 시계는 그 불충분한 기계를 드러내고 완전한 것으로 갈아 넣어야 되듯이 그 맘의 불구한 부분을 갈아 넣어 주고 싶다. 그리하여 그들에게 영원한 값있는 생명을 부어 넣어 캉가루의 조상이 되기 전에 인류 문화의 축적에 빛이 되는 거룩한 인류의 조상을 만들어 주고 싶다.

이 거리에는 이런 인간 수선의 기사는 없는가.

생각하다 문보는 제결에 놀라고 다시 우뚝 걸음을 멈추었다. 그것은 제 자신에게도 마땅히 찾아야 할 종류의 것은 아닌가 하니 금시에 도모하던 자살이 유성처럼 번쩍 하다 눈앞에서 부서지고 생에 대한 집착이 오히려 굳세어짐을 느끼었던 것이다.

그리고 보니 지금까지 되풀어 온 이론은 모두 저도 모르는 가운데서 지금까지 생긴 죽음에 대한 미련의 반증도 같았다. 그렇지 않다면 거리에 대한 애착이 이다지도 알뜰할 리가 있었을까. 다만 한 개의 여자로 말미암아 제 생명을 스스로 끊는다는 것은 그 순간의 고통 속에서의 일시적 착각임이 틀림없는 게고, 자살이란 이러한 경우의 그 순간을 넘지 못하는 데서 생기는 인생의 가장 처참한 한 장면일 것도 같았다. 백을 넘기지 못하는 인생의 한 명이라는 것을 다 살고 죽는다 하여도 그것은 확실히 비극의 한 토막이어늘 삶의 목숨을 중도에서 스스로 끊는다는 것은 그것은 너무도 비극적이다. 만일 창조의 신이란 것이 분명 있어 인생의 운명을 지배하고 있다면 제 목숨을 제 스스로 끊는 그 처참한 행동을 취할 때 신은 자신의 작희에 한 마리의 순한 양같이 아무러한 반항도 없이 끌려 들어가는 것을 보고 얼마나 통쾌해 할 것인가. 자살이란 신의 작희에 만족을 주는 것밖에 더 되는 것이 없을 것 같았다.

생, 그것이 사람의 빛이 아닐까. 사람은 사는 데 그 존재가 있을 것이고 죽음으로 벌써 그는 한 개인간의 역사요, 인간은 아니다. 인간은 역사를 짓기 위하여 살 것은 아니고, 생을 빛내기 위하여 산다. 생이 빛나는 곳에 인간의 역사 또한 빛날 것이 아닌가. 단연히 미자는 잊어야 옳다. 잊지 못하는 곳에 불행의 씨는 반드시 가까운 장래에 깃들여질 것이다. 그러면 그들의 고통은 또 얼마나 할 것이며, 신은 자기의 그 조화의 기능에 얼마나 만족해할 것인가.

이렇게도 생각하면 미자란 사람의 마음을 긁어먹는 악마도 같았다. 인간의 어여쁜 악마! 그것이 미자가 아닌가? 자기의 마음을 이렇게 흔들어 놓았던 것은 틀림없는 미자였다. 이러한 미자를 생명을 걸고 사랑하였는가 하면 전신에 소름이 쭉 끼친다.

그러나, 지금이라도 미자를 눈앞에 대하기만 하면 그 아름다운 마음과 미모에 다시 마음은 끌려 들어갈 것 같다. 문보는 집으로 들어가기가 차마 두려웠다. 하릴없는 거리를, 거리에는 밤이 오는데도 거리거리 돌고 있었다.

그러나, 언제까지라도 거리로만 돌아가는 수는 없다. 그는 문득 며칠 전에 받은 대동강 선유에의 벗의 청요장을 생각하고 주저도 없이 떠난다는 전보를 쳤다.

6

차에 올라서 그는 한 장의 편지를 미자에게 썼다.

가장 집물은 다 당신의 것으로 하시오. 이달 집세는 아니 낼 수 없으니 ××사에 고료를 채근하면 그것이 될 게요. 내가 가는 길은 알았댔자 필요 없는 줄 아오.

밤차 속에서 정문보 씀

간단한 사연이었다.

차는 다리를 지나는지 더 한층 소리는 높아진다. 창 밖의 하늘엔 빛

잃은 봄달이 외롭고 한가한데—.

〔발표지〕《조광》(1939. 5.)—원제는 '캉가루의 조상이'

〔수록단행본〕*『병풍에 그린 닭이』(조선출판사, 1944)

신기루(蜃氣樓)

1

　돈을 잡은 것은 확실히 유쾌한 사실이었으나, 돈의 노예가 되는 것은 어디까지나 슬픈 사실이었다.

　그러나, 슬픈 사실인 줄은 알면서도 노예의 사슬에 얼킨 몸을 구태여 벗어나자기는 자꾸만 미련이 발목을 붙든다.

　그것도 애초에 돈 그 물건을 위하여 돈을 잡자던 계획이었다면 모르되, 생명과 같이할 한낱 사업의 자금으로 많이도 말고 꼭 만 원만 잡자고 체면에도 양심에도 다 눈을 감고 의지까지 희생하여 불면불휴 삼십대의 청춘을 썩임으로 기어이 손안에 넣은 그러한 돈이다.

　그런데 그것도 인젠 만 원을 훨씬 넘어 이만 원에까지 가까웠건만 돈이 손안에 들어오므로 돈에 대한 욕망은 그만치 커가고, 욕망이 커가느니만치 마음속을 먹는 벌레는 차츰 깊이 파고 들어가, 돈에 대한 욕망을 깨끗이 씻어 버리자고 하면 뒤미처 돈에 대한 욕망의 검은 손이 양심을 덮어누른다.

　오늘은 기어이 한군에게 회답을 써야 할 텐데 정암은 아직도 그 회답할 문구에 이렇다 마음을 꽉 정할 수가 없다.

　한군의 뜻을 일러주자면 “그렇다, 돈 만 원이 나를 잡은 것은 사실이다. 군의 말대로 그것을 다 투재하면 잡지 하나는 넉넉히 해 나갈 수가 있을 것이다. 내 처리되는대로 걷어가지고 나갈 테니 우선 군은 모든 것을 준비하게." 하여야 할 것이나, 또 그렇게 하자고 했던 것이 자기의 근래의 숙원이기도 하다.

그러나 어떻게 잡은 그 돈이라고 손해를 보면서까지 해야 될 것이 빤한 그 사업에 투재는 차마 마음이 허하진 않는다. 겨우 문안만을 서두에 써 놓고 대답할 재료에 적절한 문구를 찾지 못해, 자꾸만 잉크를 찍어올려서는 붓방아를 찌어 말리다 못해, 종시 초안대로 "군은 너무 일찍이 보채는구려. 군이 보채지 않은들 내가 그 잡지야 꿈엔들 잊을 건가. 이만 원 설은 터무니도 없는 허설이오, 돈은 아직 잡았달 것도 없는 게 소문은 그리 굉장하구려. 잡았다는 게 겨우 이삼천 원에 불과한데 그러니 그까짓 것으로야 밥도 못 먹을 걸 잡지가 다 무언가. 삼년만 더 참게. 그러면 내 풍설 부럽지 않게 정말 만 원 하나는 묶어 가지고 나갈 자신이 있으니……."

이렇게 내용을 삼고 마침내 편지의 끝은 맺었으나 터무니없는 거짓말이 양심에 걸려 당초에 돈을 잡자던 궁리가 틀린 거라고 자책을 하며 생명과 돈과 씨름을 붙여 보다가 돈에 대한 욕망을 종시 잊을 길이 없어, 그것은 벌써 쓸데없는 뉘우침임을 즉석에서 깨닫는다.

그래 애초에 돈을 잡자는 궁리를 아니 하였더라도 돈은 여전히 없을 것이니 종시 그 잡지 사업은 못 하게 될 것으로 청춘이 그대로 썩기야 마찬가지가 아니었을 것이냐 하면 아직까지 그 간난이 자신의 개인뿐만이 아니라 집안의 화기를 송두리채 빼앗고 주림에 떨고 있을 것에 비하여 생활의 안정만이라도 얻어 놓은 점은 틀림없는 돈에 대한 공덕으로 감사하지 않을 수 없는 것이다.

그래 이러한 논조로 생각을 계속하면 오히려 그 돈 속에 모든 평화와 행복이 깃들어 있는 듯싶게 지난날의 생애엔 추억의 줄기줄기 잇몸이 시다.

본시 선조의 조읍을 물려받는 혜택을 입지 못하고 아직 부모의 노력 밑에서 밥을 받아먹어야 할 열둘이라는 나이에 제 손으로 제 몸을 치지 않아서는 안 되는 운명을 짊어진 채 향학에 솟구쳐 넘는 정열에 고향을 떠나 이역의 손이 되기는 하였으나 뜻을 개운히 이르기까지에는 힘을 다하는 노력도 믿지 않았다. ××이라는 전문의 야간부를 그래도 그럭저럭 마치게 된 것을, 실사회에 나와 보니 자기에겐 그것도 한낱 기적인 듯싶었다. 그만큼 실사회에서는 동정의 여유에 더한층 매몰한 것이었다. 그래도 문화의 역할에 한몫의 고임돌이라도 되어 보고 싶은 양심의 충동은 밥만을 위해서 허덕이지는 못하고 학생 적부터의 소망인 출판 문화에 현념은 잊지 못했다. 그래서 돈 있는 친구들의 교섭에 몇 해의 세월을 허비하였으나 될 듯 될 듯한 것이 알고 보면 모두 각자가 어려운 데서의 방패막임들이었다. 여기 정암은 청춘의 끓는 피가 보람없이 썩어나는 것을 통절히 가슴을 치고 아무 짓을 해서라도 돈 만 원은 붙들어와야 한다! 시골서 근근히 농사를 지어서 지내는 늙은 아버지의 주머니 귀를 털어가지고 이 북만으로 들어온 지가 칠 년째 돈에다 생명을 걸은 이 시절의 생활——그것은 생활의 마디마디 모골이 소연타.

　——처음 오 전 십 전짜리의 봉지를 상대로 아편 밀매를 시작한 것이 육칠 개월에 돈 백 원이 난 수월히 잡을 수 있어 앞길에의 진전을 어느 정도까지 꾀할 수 있는 서슬에 그맛 것도 돈이라고 도적은 들었다.

　앞가슴에 총부리를 겨누고 마주서는데도 돈을 내어놓지 않았음은 어리석은 짓이었을까? 생명을 팔은 돈이라 생명을 걸고 싸우지 않을 수 없었다. 겨눈 총부리 앞을 날쌔게도 달려들어 주먹으로 면판을 받쪼아 거꾸러치고 교묘히 몸을 피해낸 것은 지금 생각하여도 장하거니와 앞 목에 한 놈이 또, 파수를 보고 있는 줄을 뉘 알았으랴! 호각 일성에 붙들린 몸이 되어 돈은 돈대로 빼앗기고도 두 개씩이나 받은 상처가 뒷가슴에 깊다. 쌍줄로 솟아흐르는 피를 막아 볼 여념도 없이 흐르는 대로 길바닥 위에 점점이 붉은 물을 들이며 방향도 없는 길을 허

겁지겁 내달아 피한 곳이 마안한 들판의 청초 속——풋수수 시절임이
다행이라 할까 그것으로 끼니를 이며 공포 속에 치를 떨고 배겨 있기
무릇 닷새에 다행히 창흔은 곪는 법 없이 자연히 순조로 치료도 되어
다시 풀밭을 기어나오기는 하였으나, 집에는 불까지 질러 놓고 갔다.
몸 담을 곳이 없었다.

　두루 헤매던 끝에 친교를 맺어 오던 왕가라는 중국인의 호의로 임
시 처소의 염려는 떨렸으나 앞길의 타개책은 여전히 아득하다. 무슨
짓이야 안 해 보았으랴, 거리의 짐꾼도 되어 보고 곡괭이를 잡아도 보
며 수삼 개월의 육체 노동에 약질의 건강은 더 시달릴 길이 없이 곯아
떨어져 자못 그 몸 가질 바 태도에 아득한 판, 이 적지 아니 큰 마을
에는 죽음의 계절을 만난 듯이 쥣병이 사람의 생명을 휩쓸고 있었다.
하루에도 몇 십 명의 송장이 마을 밖으로 끌려나간다. 생사의 공포 속
에 잠긴 이 마을——그러나 이것이 정암의 생활 타개에 천재일우의 기
회가 될 줄이야……. 문전의 출입도 완전히 엄금된 이 마을이라 시체
의 처치가 곤란하다. 시체를 놓은 집들에서는 그 처치의 감당을 동네
사람들에게 원한다. 뒷산 높은 봉 위에서는 으리으리한 호령 소리가
하루에도 몇 때씩 마을을 타고 흐른다. 몇 통 몇 호에 시체가 놓여 있
으니 누구든지 내다 묻어 주면 상당한 사례를 드린다고.

　그러나 돈이면 돈이지 누가 그 우글거리는 병균의 시체를 짊어져다
묻어 주리오. 응하는 사람이 없는 양 같은 주소엣 시체를 외이는 고함
소리가 짬짬이 들리는데 그 보수의 가격만은 들릴 때마다 오른다. 저
녁 무렵에는 이백 원이라는 숫자에까지 끌어올려 부르는 소리가 똑똑
히 정암의 귓속으로 흘러들었다.

　이 소리를 듣는 순간, 정암은 저도 모르게 가슴이 후득거림을 느꼈
다. 단 백 원에 생명을 걸고 총부리와 싸우던 일을 생각하고 이 이백
원이란 돈을 생각하니 은근히 군침이 흘렀던 것이다. 처지를 생각하면
죽을 진악을 다 써도 지금 같아서는 청내가야 그맛 돈을 손안에 쥐어

볼 것 같지 못하다. 요행 죽지만 않는다면 게서 더한 땡은 없다. 방금 눈앞에 겨눈 총부리와 싸웠으랴, 그것보다는 오히려 헐한 품이다. 마침내 거사에 용단을 내어 그즈른히 누운 세 개의 시체를 세 차례씩이나 등짐으로 날라다 묻고, 일금 육백 원을 손안에 들었다.

일을 일단 치르고 나니 그것이 생시 같지는 않았다. 생존욕이 있는 사람으로 정신에 이상이 없는 한 도저히 못 할 일같이 제 자신의 정신이 발랐었던가를 몇 번이나 의심하게 되는 나머지 께름칙한 생각이 온몸을 공포 속에 떨게 하였다. 창자 속에는 호열자 균이 시를 다투어 백 마리 천 마리 자꾸 번식을 하고 있는 것 같아 금시 그것들의 작용은 복통을 일으킬 것 같은 생각에 무릇 며칠 동안은 단잠이 이루어지지 않았다.

그러나 다행히 뱃증 한 번 하는 일 없이 그 달음에 거리로 뛰어나와 언제나 한번 하여 보리라던 소망대로 명색 요리업을 차려 놓았던 것이, 소경이 문고리를 잡은 격으로 이역에 헤매는 가난한 홀아비들의 주머니 귀를 털어내는 좋은 계기가 되어 마침내 소욕의 돈을 묶어 놓게 된 것이다.

그러니, 누구의 경우가 이래도 그 돈이 허스럽지는 않을 게다. 돈을 쏟히면 다시 그 고생을…… 할 때에 정암은 더 생각을 계속하려고도 아니하고 편지를 봉투 속에 집어넣었다.

2

"고반상!"
"고반상!"
"고반노 하루꼬상!"
몇 번이고 불러도 응답이 없다.
"고반산떼바!"

짜증에 가까운 높은 음성이 다시 한 번 관내를 찌르릉 울려내는 데도 아무런 반응이 없음에 서기는 이층으로 달려올라가는 양 쿵쿵쿵 층대를 밟아넘는 발자국 소리가 재다.

이년이 기어이 또 무슨 수를 피는 것이 아닌가, 정암은 쾌씸한 감정이 불쑥 치받쳐 오른다.

번번히 주릿대를 내리나 듣지 않고 떼를 쓰는 하루꼬다. 어디 한 번만 더, 하고 별러 오던 차다. 어떻게 대답을 하나 보자. 서기의 발소리 끝에 그것들의(색시들) 방문이 열리고 거기서 흘러나올 하루꼬의 대답에 정암은 귀담아 정신을 모았다.

그러나 문소리는 열리자 곧 닫기고 되돌아 나오는 기척은 서기의 보고를 기다리지 않고도 벌써 하루꼬가 이층에 없는 것을 알 수 있다.

"없지?"

"없습니다."

어디로 달아났다면 큰 탈이다. 하루꼬는 이 요리점의 존재를 말하고 있다. 그것에의 단골이 얼마인지 모른다. 그것이 흥이 없는 때 영업에는 타격이 온다. 다시는 구할래 드문 계집인데……. 근심과 같이 찾아온 손님 처리에 생각이 옹색한 판 하루꼬는 변소에 있다는 보고를 받는다. 제 말은 뒤를 보았다고 하나, 시간으로 보아 이십 분씩이나 뒤를 보았다는 건 곧이들리지 않는 말이다. 역시 피난처가 그곳이었을 것임에 틀림없을 게다. 쾌씸한 생각은 당장 주릿대를 내리겠으나, 손님이 기다린다. 독을 보아 쥐를 못 치는 격, 손님을 보낸 뒤에 어디 보자, 흥분을 누르고 한마디의 훈계도 없이 모르는 체 서기의 지휘대로 내버려두었다.

시간 손님이었다. 손님은 곧 돌아가고 고방은 나온다.

지독히 여윈 얼굴이다. 한참 나이를 자랑할 연지빰에 청춘의 물이 시들시들 날았다. 그래도 그 고르게 정리된 윤곽이 아직도 사람의 눈을 끌기는 하는 것이나, 그것도 화장의 힘이 아니라면 속이지를 못할 것 같다. 단발에 아이롱질을 한 더벅머리는 오히려 여윈 얼굴을 초라하게 만드는 것이었으나 그래야 손님의 비위에는 맞는다.

불러다 놓고는 아무 말도 없이 정암은 담배만 태운다. 먼저 하루꼬의 사죄를 기다리는 눈치다.

"저를 부르셨에요?"

"왜 불렀는지 몰라?"

첫마디가 장히 대답하기 힘든 일이다.

"절 부르셨에요?"

무슨 말인지 알아듣지를 못한 것처럼 되물어 보는 수밖에 없었으나, 그것이 억지임은 하루꼬 저도 안다.

"아, 왜 불렀는지를 모르느냐 말야!"

"모르겠에요."

"생각해 봐도 몰라?"

"잘못했습니다."

죽어 대령이 봉변을 피하는 수단임을 아는 까닭이다.

"잘못 알기는 아는 모양인데 글쎄 왜 알면서두 그리 생떼를 쓰자는 게냐?"

"제가 언제 생떼를 썼에요?"

"아, 이년이 그럼 내가 너를 꾸짖기 위해서 생말을 지어내는 게냐?"

"요전엔 정말 배가 아파서 그랬에요."

애원에 가까운 음성이요, 그것은 태도에 더하다.

"배쯤 좀 아픈 게 네겐 그렇게 큰 일이드냐?"

"정말이에요. 그적엔 지독히 아팠에요."

"그래서 그적엔 배가 아팠다 하구, 아까는 무엇이 또 아파서 세 번 네 번 불러도 대답두 없이 어데를 갔든 게냐?"

묻는 말이 빤히 아는 눈치니 핑계가 쑥스러움을 순간 깨닫기는 하였으나, 언제나 이러한 경우면 모면이 난처함에 자기의 잘못을 뉘우쳐

왔음이 하필 이번뿐이 아니다. 난치의 숙질이 그러지 않아도 괴로운데, 당탁한 직업에 충실하잠이란 죽기로서 끔찍하다. 오히려 거짓말이 헐한 품, 안 속을 줄 알면서도 뜨문이 핑계를 대었던 것이 사실이다. 대답할 말이 없다.

"왜, 대답이 없어?"

"잘못했에요."

할 밖에 더 말이 있을 수 없는 괴로운 마음은 안타까운 홍분 끝에 또 기침 줄기를 터뜨린다. 입을 손으로 싸고 쿨룩거리더니 마침내 뒤미처 시뻘건 선지피를 받아낸다.

정암은 아연하고 실색하는 나머지 하려던 말을 더 계속하지 못하고 하루꼬의 괴로워하는 표정에 자기를 잊은상 멍하니 앉았을 뿐.

"고반상!"

또 서기의 부르는 소리.

"잘못했에요. 다시는 안 그러겠어요. 저를 또 부르나 봅니다."

"고반상떼바!"

"하이 하이."

3

"탕!"

총소리.

"탕!"

연달아 또 한 방.

바라보니 사무실 앞에 한군이 편지를 읽으며 섰고, 그 뒤에 하루꼬가 총부리를 겨누었다.

"탕!"

뒤달려오는 총알은 딱 하고 철궤의 열쇠 구멍에 명중되어 두 쪽으로 쫙 갈라진다. 지전 뭉치가 우르르 쏟아져 나온다. 그들의 눈에 뜨일까 두려워 손 빨리 장찬을 하려 하나 발이 땅에 붙어 떨어지지 않는다. 안타까움에 헤매는 동안 ‘탕 탕!’ 총소리는 난사에 가깝다. 하나만의 짓은 아닌 것을 깨닫고 살피니 총을 든 것은 하루꼬뿐이 아니다. 에미꼬, 가나리아, 쿠로리아, 시라유리, 다리아, 히바리, 스즈랑—— 계집이란 계집애는 있는 대로 여덟이 모두 떨쳐나 하루꼬를 선두에 일렬로 서서 총부리를 겨누었다. 떨어지지 않는 발을 겨우 떼어 해어진 돈뭉치를 움켜집으려는 순간, 다시 건너오는 총알은 ‘탕!’ 소리와 같이 손목에 명중된다. 제결에 ‘으앗!’ 소리를 치고 보니 움켜잡은 것은 돈이 아니라 이불귀요, 아무것도 없는 방안에 댕그라니 혼자 누워 있는 자기인 것을 정암은 알았다.

괴악한 꿈이다. 전신이 땀에 떴다.

이게 무슨 징조인고? 꿈은 마음의 상징이라니 이런 노릇은 하면서도 한편 마음의 가책은 늘 받게 되는 양심의 반영이 이러한 꿈을 빚어 보이는 것인가? 만일 꿈이 현실의 상징이라면 하루꼬를 선두로 계집 여덟이 모두 자기에게 총을 겨눈 원수에 틀림없다. 그리고 한군도 하루꼬에 지지 않는 원수로 자기를 대하는 것이 아닌가. 그게 한군에게 차마 하여야 할 짓이었을까. 마음을 같이하고 살아온 벗이 한군이다. 섧을 때나 즐거울 때나 같이 울고 즐기며 팔과 다리같이 서로 의지하여 믿고 붙들어 왔다. 결코 허영에서가 아니라 기어이 우리들의 소망인 잡지는 내 손으로 만들어 놀 테다. 한군은 지금 그것을 믿고 뜻 아닌 월급 푼에 목을 매고 눈알이 뒤솟도록 자기를 기다리고 있을 것이다. 한군에게 한 편지는 과연 할 짓이었을까. 하루꼬도 그렇다. 밥을 위하여 북만에서 헤매는 존재이었다고는 하나, 그 길을 바르게 지도는 못 해 줄망정 감언이설로 그것을 꼬여들였다. 그리고는 사정에 눈감은 것이 분명 자기였다. 계집애가 여덟이나 있건만 돈을 잡아 준 것은 오직 하루꼬의 은혜라고 해도 지나치는 말은 아닐 게다. 요릿집 추월관

(秋月館) 하면 벌써 손님은 하루꼬를 연상하고 하루꼬 하면 그것은 추월관인 줄을 안다. 그만큼 그의 존재는 높아 손님을 끌며 추월관의 이름을 굳혔다. 비로소 깨달은 것이 아니라, 병이 들자부터는 실로 허스럽지 않은 동정이 가는 것이 사실이기도 하였다. 그리하여 참을 수 없이 몸이 괴로워하는 기색이 보일 때면 피로를 풀 여유를 주어 보려고도 아니한 것이 아니었으나 그러나, 이런 여유를 받게 되고 보니 도리어 그것을 약점으로 자기를 이용하여 보다 더한 여유를 얻고자 떼를 쓴다. 그리하여 그것은 뭇 계집들에게까지 영향은 밎게 되는 것이어서 이런 영업에는 도시 눈이 어두워야 될 것이 진리임을 깨닫고 눈을 딱 감아 버렸던 것이다.

며칠 전의 그 밤으로 말해도 그렇게 고단해서 피신까지 한 것을 찾아 내다 시달림을 주고 각혈하는 것을 볼 때 아랫목에 눕혀 놓고 피로한 몸과 마음을 얼마 동안이라도 안정시켜 주었으면 하는 생각이 없지도 않았으나 버릇을 길러 주어서는 안 된다는 생각이 뒤이어 부르는 고방의 호명에도 눈을 감아 버렸던 것이다. 이것이 하루꼬에게 과연 하여야 할 짓이었을까 생각하니 그러한 꿈은 자기의 꿈속에 반드시 나타나 마땅할 것 같다.

그러면 앞으론 한군과 하루꼬에게 어떠한 태도로 대하여야 할 것인고? 이 노릇을 그만두는 수밖엔 역시 묘한 방책이 없다. 그러나 수만 금이 눈앞에 왔다갔다 보이는 이 노릇을 그만두다니 하면 지금까지 쌓아올린 지위와 권리를 일조에 짓밟아 버리는 것이 되는 것밖에 없다. 돈에 따라다니는 그 지위와 권리를 어디서 다시 붙잡을꼬? 자기와는 상대도 안 하던 놈이 지금은 황공히 머리를 숙이는 것이 아닌가. 어차피 살아가자면 머리를 숙이고 살기보다는 들고 사는 편이 아무리 해도 상쾌한 일 같다. 한 편이 좋으려면 언제나 상대되는 그 한 편은 희생이 되어야 하는 것은 하필 이런 노릇에서뿐이 아니라 세상의 온갖 이치가 그러하다. 돈 앞에 머리를 숙이고 예기가 죽어살던 지난날을 돌아보면 모욕의 분풀이로라도 머리를 숙이던 놈에게 그 숙어드는 머리를 고개를 돋우들고 발길로 한번 직긋 눌러 보고 싶기까지 하다. 잡지 사업 그것은 인제 취미의 대상이 아니다. 사람은 취미로 산다. 삶에 취미를 잃는 때는 제 목숨을 스스로 끊기도 한다. 하물며 잡지 사업에랴! 삶의 승리는 돈에 있다. 이러한 꿈에 굴복한 것이 아니라, 힘차게 정복을 해야 한다. 생각을 굳히는 동안 "소곰 소곰" 하고 가나리아의 외치는 소리가 세면대로부터 들려온다. 또 하루꼬의 각혈인 모양이다.

정암은 하루꼬의 각혈이 요즘 와선 차츰 그 번수가 잦아 오는 것을 보고 여생이 앞에 닥친 것을 미루어 이태만 더 살아라 속으로 외며 다시 자리를 바로 하고 이불 속으로 들어갔다.

4

그러나, 하루꼬는 그 이듬해 봄을 잡으면서부터는 급각도로 살이 깎였다. 뜰 뒤 장독대 언저리엔 한참 봄뜻을 머금은 몇 그루의 낭이꽃이 하얗게 피어나건만 하루꼬의 얼굴은 하얗게 시들어만 갔다.

이렇게 하루꼬의 얼굴에는 완연히 병색이 드러나게 되니 손님이 차츰 줄어든다. 단골 손님까지도 발을 딱 끊고 마는 것이다. 그러니 아직 목숨은 붙어 있다고 하더라도 이 영업에 있어선 이미 목숨이 없다. 봄이 제 시절인 이 영업에 추월관의 존재를 말하는 하루꼬가 이렇게 목숨이 없으니 영업에는 타격이 크다.

정암은 이에 대한 대책을 세워야 하는 것이 이 봄을 접어들면서의 커다란 한 가지 일이었다.

그러나, 아무리 탐색을 해야 하루꼬만한 매력을 가진 계집이 좀처럼 나서지 않는다.

5

오늘은 또 산촌으로 계집의 물색을 떠난다. 조선 계집애를 수양딸로 두었던 진가라는 중국인이, 인물은 이쁘나 행실이 부족하여 그것을 팔겠단다는 왕가의 종용으로 떠나는 길이다.

닿은 곳은 마안한 들판을 바라보며 산턱 아래 외로이 떨어져 박힌 한 채의 작지 않은 기와집이었다.

왕가는 색시를 교섭한다고 진가와 같이 나가고 정암은 혼자만이 남아서 피곤한 다리를 쭉 버드러치고 앉아 담배를 피워 물었다.

"텅!"

뒷문이 닫긴다.

그리고, 쇠를 잠그는 소리.

또 곁문이 "텅" 하고 닫긴다. 쇠 잠그는 소리.

사람을 방안에 두고 밖으로 쇠를 문마다 잠그는 것이 이상하지 않을 수 없다. 별안간 정암은 으즈즈한 생각에 오싹하고 머리카락이 있는 대로 올려뻗친다. 벌떡 일어서 문을 밀어 본다. 당당하게 마친다.

까닭을 몰라 멍하니 천장을 바라보고 있는 동안, 벽장문이 스르르 열리고 진가가 섬쩍 내려선다.

"너 글 알지?"

진가는 손에 들었던 지, 필, 묵을 내려놓는다. 색시의 계약을 하자는 말인가, 순간 정암은 생각이 옹색하여 바라만 보니,

"글 알어?"

힘있게 곱채는 진가의 눈에는 불빛이 번쩍 하고 빛난다. 조금 전에 대하던 그렇게 사람 좋아 보이던 그러한 진가의 인상이 아니다.

정암은 그 순간 도둑의 굴에 빠진 것은 아닌가 하는 의심이 바짝 일어났다.

"글 쓸 줄 아는가 하는데?"

펙 지르는 소리에 흠칠 놀라고 바라보니 어느새 어디서 빼내었는지 날이 새파랗게 번쩍이는 한 자루의 단도가 그의 손에 들려 있다.

순간, 정암은 쓸 줄 안다는 대답을 하고 나서도 황겁중 자기 입에서 나온 말이 무엇이었던지도 몰랐다.

"그러면 여기 내가 부르는 대로 편지를 써라."

명령과 같이 붓에 먹을 찍어 정암의 앞으로 내어민다.

"자, 이렇게 써라. 왕가와 같이 색시를 사러 와 보니 그 집에 도적이 무서워 옛적부터 땅속에 묻어두었던 은전이 몇 만원어치가 있는데, 이것을 샀으면 수가 날 것인즉, 대지급으로 이만 원만 보내라. 지금 경쟁자가 있으니 돈이 속히 오고 속히 안 오는 데 큰 부자 하나가 왔다갔다할 것인즉 시각을 지체 말고 보내라. 이렇게 써라!"

그리고, 한 걸음 무릎을 바싹 다가 나앉으며 방바닥에 턱 하고 칼을 꽂는다.

정암은 정신이 아찔했다. 이미 듣고 있던 사실을 지금 자기가 봉착하고 있는 것이다. 편지를 쓰라는 대로 쓰지 않으면 그 진가의 칼날에 자기의 목숨은 날아난다. 처음 귀를 베고, 다음에 코를 베고, 그래도 말을 아니 들으면 목을 자른다는 것이 그들의 행동임은 이미 잘 들어 알고 있는 사실이다. 그러나, 편지를 쓰는 날이면 새빨간 몸뚱이로 권리도 지위도 다 잃고 한지에 나서는 날이다. 어떻게 이 자리에서 감쪽같이 몸을 피해낼 길이 없을까 엉뚱한 생각에 잠겨 보는 동안,

"이놈아! 목숨이 귀하거든 빨리 써!"

진가는 한 걸음 더 바싹 다가앉으며 칼자루로 손이 간다.

그래도 정암은 어떻게 잡은 그 돈이라고 차마 붓이 손에 가지 않아 머뭇거리니,

"그래 못 쓸 테냐? 후회 마라!"

단 한 마디로 잡았던 칼자루를 드는가 하더니 어느새 진가의 한 켠 손은 정암의 바른쪽 귓바퀴를 더듬어 잡는다.

"쓰 쓰겠습니다."

그러나, 이미 귓바퀴에서는 새빨간 피가 비치었다.

그 쓰겠다는 소리가 한 초 동안만 더 입안에서 지체되어 나왔던들 자기의 한쪽 귀는 완전히 떨어지고 말았을 것임을 생각하니 그것만도 다행한 일 같다.

생명이란 이렇게도 귀한 것일까. 진실로 정암은 생명이 돈보다 귀함을 이 순간에서 절실히 느꼈다. 다시 그 칼이 올까 두렵게 벌벌 떨리는 손에 붓대를 더듬어 들었다.

6

이튿날 아침에야 정암은 자기의 정신으로 돌아왔다.

편지는 썼으니 아내는 의심 없이 돈을 보낼 것이요, 돈이 오게 되면 자기는 이 굴 속을 벗어는 날 것이니 생명은 건지게 될 것이나, 그 옛날적 운명으로 다시 돌아가야 하는 것이 한없이 슬프다. 왕가 그놈을 친구라고 믿다니! 그놈의 꼬임에 빠지다니! 벗으로서의 왕가의 의리에 정암은 진저리가 나도록 몸서리를 쳤다.

그러나, 그 순간, 정암은 한군과 자기와를 또 문득 생각하고 다시 한 번 몸서리를 치지 않을 수 없었다.

왕가와 자기, 자기와 한군, 그것은 조금도 다름이 없었던 것이다.

(戊寅 3월)

〔발표지〕《조광》(1940. 12.)

〔수록단행본〕*『백치 아다다』(대조사, 1946)

후심(後心)*

일등 상이라는 것이 겨우 마늘밑〔蒜球〕이었다.

마늘 한 밑을 세 토막에 내어 맨 밑둥은 일등 상, 다음 토막은 이등 상, 그리고 마지막 토막인 이파리는 삼등 상.

아이들은 이것을 보고 덤빈다. 저의 집 채원에도 한참 성히 푸르렀을 그 마늘이다. 그러나 그것은 맛이 없다. 상이라는 명예가 붙은 그 마늘이 유별히 맛났다.

금방 뛰고 난 다리는 어지간히 맥이 뽑혀 보들녹진한 것이 호들호들 떨리건만 만금이는 또다시 라인에 나섰다. 아무케서도 한번 그 일등상을 앗아 보고 싶은 욕심의 충동을 참을 길이 없었던 것이다.

이번에 나선 아이들은 모두 여덟이었다. 그러나 그저 성해와 재성이만이 좀 무서울 뿐, 그 다음엣것들은 문제가 아니다.

"주의—잇!"

상 줄 마늘을 토막치고 앉았던 정학이는 아이들이 일자로 나란히 나선 것을 보자 주의의 호령을 힘차게 부른다.

아이들은 귀를 종긋이 모으고 뒤로 뻗친 바른 다리에 힘들을 굳게 주며 뒤축을 지긋이 돋우든다.

아직 숨을 채 돌리지도 못하고 나선 만금이는 깝진깝진 걸어진 침

을 혀끝으로 모아 개어선 탑탑 말려 오는 목구멍을 추겨 가며 어떤 식으로 뛰어야 성해와 재성이를 보기 좋게 떨어뜨릴까 하는 생각에만 마음이 바쁘다. 마음껏 자귀를 팔아 버쩍버쩍 내달아 볼까, 역시 자귀를 자주 놓아 늘 뛰던 그 식대로 그저 줄달리는 편이 낫지 않을까, 엇갈리는 생각에 코스인 집을 싸고 이리도 한 번, 저리도 한 번, 바퀴바퀴 돌아 본다.

"어 어 어이! 금! 금 만금이 앞발 너무 나왔소."

정확히는 "제의잇!" 소리와 같이 들었던 팔을 다시 내리면 주의를 준다.

최후의 "탕!" 소리를 기다리던 아이들은 그만 맥이 풀리어 다시 허리들을 펴고 자리를 가다듬는다.

몇 바퀴씩을 뛰고 숨이 그렇게 차서 헐덕거리면서도 한 토막의 마늘에 열이 올라 다투는 아이들의 그 꼴을 보는 것이 정학으로선 무한한 흥미였다. 그리고 그것을 그렇게 시키는 것이 그들보다 자기는 한 층 돋구어 보이는 것 같아 스스로 자기를 높이 앉아 보는 그 자존심, 그것이 정학으로 하여금 날마다 하학을 하고 돌아와서는 어머니 몰래 채원에서 마늘을 뽑아가지고 근처 집 아이들을 모아다는 이렇게 경주를 시키는 것이다.

이 집을 두 바퀴나 돌면 아이들은 누구나 할 것 없이 대개는 다들 맥이 뽑히어 하늘에 닿은 숨이 쌔근쌔근 잔톱질을 해내는 것이기는 하나, 정학은 그것으로 만족하지 못했다. 참을 수 없이 안타까워하는 꼴, 그 꼴을 보는 것은 얼마나 흥미있는 일일꼬? 방도를 찾아 짬짬이 생각을 쥐어짜나, 묘책이 용하게 나서는 것이 아니어서 그저 이 집을 전과 같이 돌되, 오늘은 그 도는 바퀴의 번수만을 늘리어 네 바퀴를 돌아야 상을 준다고 명령을 하였다. 그러나 세 바퀴만에는 더 할 수 없이 기진들 해서 그들은 모두가 하나같이 반대를 하고 뛰지를 않기 때문에 마침내는 한 계교를 내어 바퀴 수는 두 바퀴 역시 그대로 두고

이 집을 도는 커브의 모롱고지에 발이나 하나 들어갈 만큼 웅덩이를 파고 그 안에다는 똥을 퍼다 두고 질적하게 오줌을 누었다. 그리고는 짤장귀잎을 뜯어다 그 위에 덮고 마른 흙을 엷게 살짝 비끼어 밟기만 하면 물씬 하고 빠져 신발을 버리게 만들어 놓았다.

그러나 어떻게 된 일인지 두 바퀴씩이나 다섯 놈이 물불을 가릴 여지 없이 뛰어돌면서도 한 놈도 빠지지 않아 이번에야 어디 하고 정학은 누가 똥물에 빠지나를 보려는 자못 흥미로운 가운데서 다시 손을 번쩍 들며 호령을 하였다.

"주의잇!"

귀들을 모으기가 바쁘게,

"탕!"

최후의 호령은 일제히 아이들을 몰아냈다.

"만금이 정신 차려, 정신 차려!"

숨이 할락할락하면서도 다시 나선 만금이가 하도 재미있어, 정학은 그의 의기도 돋을 겸, 반은 놀리는 의미에서 정신 차리라는 소리를 연방 지르며 손뼉을 쳤다.

역시 만금이가 단거리는 잘 뛴다. 재성이보다 좀 떨어져 출발을 했건만 얼마 안 나가서 만금은 재성을 떨군다. 이제 성해 하나만을 떨어뜨리면 의불없는 일등이다. 만금이는 잡힐 듯 잡힐 듯하는 성해의 뒤를 그야말로 있는 힘을 다하여 따른다.

"정신차려, 정신차려!"

정학은 쫓아가며 소리를 지른다.

아이들은 커브 짬 똥웅덩이도 머지 않게 다다랐다. 정학의 가슴은 후득후득 뛴다. 눈위에 새첨을 놓고 그놈이 들어갈까 기다리는 맛과 흡사 같다.

"야—."

빠지는 줄만 알았던 성해가 이번에도 또 그 구덩이를 뛰어넘고 달아

난다. 그러면 만금일까? 재성일까? 긴장된 가슴이 그들의 드놓는 발자국 쫓아 뜨끔뜨끔 뛰었건만 역시 쓸데도 없는 조바심이었다. 만금이나 재성이뿐이 아니다. 뒤에 달린 아이들도 하나같이 휙휙 걸넘고 달아난다.

구덩이가 필시 너무 작았던 탓이리라. 그들이 볼까 꺼리어 덤빈 것이 원인임을 뉘우치는 동안 아이들은 또 한 바퀴를 돌아 넘어온다. 어느 겨를에 만금이는 재성이를 떨어뜨리고 단연 앞을 섰다.

악을 쓰고 지지 않으려는 만금의 그 불 같은 정열은 정학의 흥미를 그럴듯이 돋구었다. 달리는 만금의 옆으로 덤석 달려들어 같이 뛰는 시늉을 해 보이며 의기를 북돋우었다.

"참, 잘 뛴다. 잘 뛴다. 이젠 만금이로다 일등은. 여차 여차!"

기진한 듯 속력을 내지 못하고 차츰차츰 만금의 꽁무니에서 멀어만 가던 성해는 만금에의 격려에 질투를 느낌인지 여차 소리와 같이 악을 쓰고 속력을 낸다. 성해가 뒤에 덧달리는 눈치를 챈 만금이는 뒤를 한번 힐끗 돌아다보더니 또한 주먹을 딱 바르쥐며 속력에 박차를 더한다.

"야아! 만금아! 따른다. 재성이 따른다!"

정학이는 그것이 왜 그리 좋은지 몰랐다. 엉덩이를 뚜들기고 발을 굴러 가며 소리소리 질렀다.

그리고는 점점 또 가까워지는 커브 짬 웅덩이에 주의를 모으고 달리는 아이들의 발뒤축으로 시선을 보냈다.

격려 소리에 흥이 실린 만금이는 한층 더 기운이 뻗치는 듯이 커브 짬을 맞닥뜨리니 장쾌하게 두 팔을 날개같이 벌리고 힐끔 한 번 재성이를 돌아다보며 커브를 꺾는다.

"아―."

또 그대로도 넘어가는 게라고 맥이 풀리는 순간,

"행앳!"

만금이는 두 팔을 잔뜩 펼친 채 앞으로 콱 꺼꾸러진다. 이번에야말로 적소의 그 한복판을 알맞추 밟아내었던 것이다.

그러나 그것만도 아니었다. 뜻도 않았던 새 사실이 줄달아 흥미를 주었다. 뒤에 달리던 재성이가 급커브에서 거꾸러진 만금이를 피해낼 도리가 없어 그만 제결에 냅다 걸차고 그 위에 쓸어지는가 하더니 성해 또한 "햇" 하고 재성이의 잔등에다 콱 나가 엎어진다. 한 코에 셋이 걸린 셈이다.

만일 그들의 뜀뜀이 다들 어슷비슷하여 연달아 주룽주룽 뒤를 꼭다가 달리어왔던들 한 꼬치에 꼬인 것처럼 일제히 툭툭 근더져 쌓이는 장쾌한 맛일걸…… 정학은 이제 그것이 오히려 바래지는 섭섭함이다.

웃음을 참고 모르는 체 달려갔다.

"아니! 돌에 걸네채완?"

"아쌔끼―."

계교에 넘은 줄을 아는 모양이었다. 성해는 멋쩍게 눈을 흘기며 일어난다.

알게 된 걸 아니라고 버틸 필요는 없다. 계교임을 알게 되는데, 모르고 빠졌음이 그들로서는 더욱 분할 것이다.

"맛이 좋와?"

좀더 골리는 문제다.

"아쌔끼―."

옷에 묻은 먼지를 터는데,

"에에― 퉤―."

재성이는 흙을 한 입 물고 일어선다.

"아 하하하."

"쌍놈우 새끼!"

"아 하하하."

"간나 쌍 백정놈우 새끼로구나."

재성이 골이 잔뜩 오르는데,

"이 간나 쌍, 이놈우 새끼, 어디 보자."

옆에서 건너오는 또 다른 공격. 새빨갛게 얼굴에 피투성이가 된 만금이다. 콧집이 터진 모양, 쌍줄로 흘러내리는 피를 가눌 길이 없어 얼굴을 수굿하고 땅 위에다 그대로 점점이 물을 들이고 섰다.

"이놈으 새끼, 내레 똥 묻어 논 걸 모르구 빠진 줄 아네? 알구두 구만, 이번에 내레…… 재성이 너두 알았디?"

"고롬."

"성해 너두 첨보탄 알았디?"

"거 몰랐간, 고롬."

"헤—에 아새끼 바루……."

흐응 코를 풀어 피를 찌우고 발잔등에 덕지덕지 묻은 똥을 물끄러미 내려다보며 더러운 듯이 발을 탁탁 굴려 떨어낸다.

정학은 암말도 못하고 멀거니 서 있었다.

한껏 골을 올려서 그들의 분이 극도로 흥분되는 것을 봄으로 만족할 것 같은 그 계획의 성공은 여간 멋쩍은 것이 아니다. 남이 싫어하는 것을 보는 것은 그렇게도 재미있는 일이라면 알고도 넘어져서 콧집까지 깨어졌으니 그가 아파하는 이만큼 그만큼 쫓아서 흥미도 올라야할 것인데 그것을 모르는 그 어떤 위압, 그것은 어디서 오는 것일까, 콧집은 안 깨지고 웅덩이에만 빠졌다 해도 마음이 이랬을까?

"너 과이 다치진 않았디?"

진심으로 위로의 마음이 갔다.

"글쎄 구덩이 파 논 줄을 다 알구두 빠데서. 아새끼 바루……."

"다른 덴 상한 데 없디? 글쎄!"

(1941. 5.)

〔발표지〕《조광》 제7권 제8호(1941. 8.) — 원제는 '심월(心月)'

〔수록단행본〕 *《신한국문학전집》 제6권(어문각, 1976)

시(詩)

어이없어 웃었다. 수염이 세인 것이다.

내천자(川)로 그어진 이마에 주름살이 인제 뚜렷이 나타나게 되었거니 하는 정도에서밖에 더 자기의 늙음이 내다보여지지 않던 근호는 오늘 아침의 면도에서 뜻도 않았던 수염이 턱밑에 세임을 찾았다. 그리고는 벌써! 하는 놀라운 마음에 아내의 경대 속에다 유심히 턱을 비추어보다가 턱밑의 그 한 곳에만 수염은 세인 것이 아니고 여기저기 심심찮게 히뜻히뜻 찾김을 보고는 다시 한 번 놀라지 않을 수 없었다. 아침마다의 면도날에 자라 보지도 못하는 수염이기에 그렇지 그대로 버려두는 수염이었더라면 서릿발 같은 수염이 인젠 제법 츠렁츠렁 옷깃에까지 허여니 드리워졌을 게다.

'허— 수염이 센다! 마흔다섯, 수염이 세!'

어이없어 다시 한 번 웃었다.

이마에 그어진 주름살이 그렇지 않아도 일에 능률을 못 낸다. 애숭이들 판에 말썽이 많은데 턱밑에 수염까지 세인 것을 본다면 더욱 그러한 인식이 그들에게 무젖어들 것 같다. 그리고 생각하면 이 잡지사에서의 자기의 운명도 인젠 정말 앞으로 얼마 남지 않은 것 같아 금시 우울하여짐이 전에 비할 정도가 아니다. 펄펄 뛰는 청춘과 불 같은 정열을 가지고도 제 갈 길을 걷지 못해 근 십 년을 하루같이 잡지 편집에 목을 매고 늘어져 허리를 굽혀 오는 몸이 수염에 흰 물을 드린 이제 무엇으로 어떻게 앞길을 타개해 나갈 것인고? 생각하면 아득하기 짝이 없는 앞날이다.

면도를 놓고 부엌을 향하여 소리를 질렀다.

"쪽집게 거, 어디 있든죠?"

"네?"

"쪽집게 말야 쪽집게!"

'쪽집게?'

생각이 아득한 채 아내는 물 묻은 손을 건성 쥐어 뿌리며 들어온다.

"어디 가시가 드르셨에요?"

"아니야 좀……."

"먼데요? 그럼……."

"아니야 좀 저……."

골라 놓은 세인 수염 오리를 놓지 않으려는 듯이 거기에 대인 손을 떼지 못하고 턱만 흔들어 보인다.

그러나 그것이 무엇을 말하는 것인지를 모르는 아내는 경대 속에 비치는 남편의 턱만 먼저 바라보아야 할 것이 할 일인 줄만 알았다. 그러나 알 길이 없다. 멍하니 바라만 보고 섰으려니,

"비러먹을 어느새 수염이 센담!"

못마땅한 듯이 남편은 머리를 흔든다.

그적에야 아내는 영문을 알았다.

"난 또 아이구 무어라구. 당신 수염 센 지가 언젠데……."

"머?"

"인제야 아르세요? 수염 센 걸."

"그럼 당신은 알구두 잠자코 있었구려?"

"아니 그럼 수염 셀 나이에 수염 세는 걸……."

속살을 몰라주는 아내의 말이 안타깝다. 넌지시 그것을 일러라도 주었다면 그에 대한 방비책이라도 벌써 써 보았을 걸 인젠 사 안에서 도 모르는 사람이 없이 다 알 것 같아 마음이 심히 마땅치 못하다.

"쪽집게 어디 있느냐구 하는데?"

저도 모르는 역정이 별안간 튀어져 나왔다.

뜻밖의 역정이다. 원인 모를 역정에 아내는 순간, 감정이 좋지 않았으나, 역정과 동시에 변하는 남편의 이상한 낯갖은 다시 더 대꾸가 긴치 않음을 깨닫게 하였다.

그러나, 알 수 없는 족집게다. 젊었을 때 경대 설합에 넣어두고 아침마다 잊을 길이 없이 써 오던 것이었으나 애들이 주롱주롱 달리게 되자부터는 한 번도 손에 대어 본 일이 없다. 어디 들었는지 창졸간 생각이 까마득하다.

"쪽집겔 내라는데?"

아내는 우선 장롱 설합을 열었다. 핸드백 속을 뒤졌다. 없다. 어디 들었을꼬? 옹색한 생각을 다시 더듬어 보는 동안 '땡' 하고 뒷벽에서 시계가 치기 시작한다.

아까 일곱 개를 쳤으니 보지 않아도 이번엔 여덟 개임이 틀림없을 게다. 여덟시면 면도가 끝나고 밥을 한 절반은 넘어 먹었어야 출근시간에 알맞다.

"상, 상 드려와요?"

명령과 같이 근호는 놓았던 면도를 다시 들어 경대 속에 턱밑을 비추고 깎던 짬에다 새파란 날을 되대였다. 습포를 했던 수염이 어느새 말라서 칼을 놀릴 때마다 따끔따끔 아프다. 그러나, 고쳐 습포를 할 시간의 그대로 우기자니 거센 수염이 칼날과 뻣뻣 마주서며 따끔거릴 때마다 눈물까지 쏙쏙 나온다.

'츠으— 아니, 족집게가 핸드백에두 없구……?'

중얼거리다 아내는 불현듯 생각이 나는 듯이 치마를 들치고 새빨간 주머니 속에 손가락을 넣더니 조고마한 개발 족집게를 들어낸다.

'정신두 참, 주머니에다 넣군…….'

미안한 듯이, 그러나 미소로 남편의 앞에 내어민다.

인젠 그러나, 수염을 한가로이 골라 뽑을 시간의 여유도 없거니와, 수염은 벌써 이미 다 깎이어져 있다. 이제 와선 다만 먹어야 할 밥이 그저 시급할 따름이다.

되는대로 두 공기를 퍼 넣었다. 출근시간까지에 꼭 십오 분이 남는다.

전차 정류장까지 5분, 전차를 타고 15분, 또 내려서 걷고…… 아무리 해도 시간이 빳빳할 것 같다.

전차를 내려서 보니 부민관의 이마빼기에 시계 침은 벌써 기역자로 꺾이었다. 아홉시 반이다.

뛰다시피 걸음을 놓다 보니 자기의 꼴이 못 견디게 우습다. 수염에 흰 물을 드리고 출근부에 제재를 받아, 먹은 밥이 부꾸여 오르도록 뛰어야 한다는 것은 확실히 자신에의 모욕인 것이다. 그러나 출근부에 빨간 도장이 나란히 찍히지 못하는 때 말썽은 일어난다. 아니 뛸 수 없다. 이러한 속살을 아는 벗이 뒤에서 자기의 꼴을 보고 손가락질을 하며 코웃음을 치는 것 같아 아니아니한 마음을 주려 잡고 뛰어가지 않는 것처럼 보여질 만한 정도의 걸음으로 씨걸씨걸 내닫는다.

기어코 시간은 늦었다. 벌써 출근부는 정리가 되어 있다. 정리를 표시한 자줏빛 스탬프의 '整' 자 인이 또렷이 찍히운 위에다 곤호는 멋쩍게 도장을 꾹 누르고 제 자리로 와 앉는다.

제각기 저 할 일에 바쁜 사무원들은 여전히 머리를 수굿하고 펜을 놀릴 뿐, 한 번 거들떠보지도 않는다.

곤호의 책상 위에도 교정은 수두룩이 와 쌓여 있다.

오정까지 끝내야 될 교정임을 깨닫고 펜을 들었다.

그러나, 어쩐지 일이 손에 붙지 아니하고 자기에게 대한 사원들의 태도가 예전보다 더한층 심해지는 것만 같게 마음이 놓이지 않는다. 그의 손은 저도 모르게 턱으로 가서 쓸었다. 습포를 아니 하고 깎은 수염은 거칠게도 깔궁깔궁 손 끝에 마친다. 그러나, 세인 오리가 척

보이게 그렇게 늦깎인 것은 아니겠지 마음을 놓자 해도 개운치 않다. 다시 손을 대었다. 목 가까운 턱 아래서 그대로 깎이지 않은 두 푼은 자랐을 것 같은 한 대의 수염 오리를 붙들고 놀랐다. 이놈이 공교히 세인 것은 아닐까 안심찮아 벌떡 일어서 세면대로 갔다. 한숨이 나왔다. 요행 그것이 세인 오리는 아니었던 것이다.

그러나, 그 체경 속에 비치는 얼굴은 아침 집에서 볼 때보다 주름살이 더 간 것 같게 청춘의 윤택이 아주 부족해 보였다. 광대뼈 위에 돋은 검버섯은 그것이 확실히 청춘의 피부를 좀집으며 있는 증거가 아닐까. 두 손으로 얼굴을 한 번 쭉 쓸어 보았다. 뻐정뻐정한 것이 정떨린다. 손이 가면 착 달라붙든 청춘, 그 청춘이 한없이 그립다. 청춘과 같이 그럼 인젠 자기의 모든 능력도 줄어만 들 것인가. 마치 그 역정이나 풀려는 듯이 근호는 깎이지 않은 그 수염 오리를 다시 더듬어 잡고 힘차게 나꾸채었다. 쪽 하고 소리가 나는 것처럼 뽑히어나온 수염 끝에 하이얀 살이 쌀눈같이 뭉틀하게 묻어 나왔다. 근호는 어쩐지 그것이 아깝게만 여겨져 버리지를 못하고 물끄러미 눈앞에 대고 섰다가,

"한근호 씨!"

부르는 소리에 놀랐다. 돌아다보니 체소하기 짝이 없는 주간의 체구가 바로 어깨 뒤에 와서 있다.

"오정까진 교정이 다 되겠죠?"

"되겠죠."

못 한다고 할 수가 없어 제결에 대답은 하였으나 벌써 시계는 열 시 반에 가까웁다. 시간 반 동안에 40여 매의 교정을 깨끗이 보아내는 재주는 없다. 여느 때 같으면 하루쯤 좀 늦더라도 괜찮을 것이 연말 관계로 오늘 검열을 넣지 못하면 잡지가 제 기일에 나오지 못할 것이므로 그 책임이 큼을 깨닫게 되니 별안간 정신이 무거워진다. 그러지 않아도 제 홈을 못 잡아 하는 사원들이다. 잡지가 늦어지구만 보면 어떠

한 영향이 자기의 신변에 미칠른지 모른다. 그러니 아무래도 다 보아 내지 못할 교정을 불벼락으로 보고 앉았느니보다는 차라리 책이 늦어 지는 데서 돌아올 책임 문제의 불을 재워 놓음으로써 신변의 보호책을 강구하여야 할 것이 뭣보다 먼저 하여야 할 일 같았다.

그는 들었던 펜을 다시 놓고 사장실로 내다랐다.

사장은 편지를 쓰는 모양, 수굿이 머리를 두루마리 위에 떨구고 붓 방아를 찧기에 문이 열리는 줄도 모른다.

굽실 하고 허리를 굽혔으나 받는 인사가 아니멩 근호는 낯을 붉히 며 문 안에 그대로 우뚝 읍을 하고 섰다.

기다리면 용건을 물으려니 한 것이었으나, 사장은 그저 저 할 일만 이 할 일인 듯이 눈을 감았다 떴다 두루마리 위에서 드는 머리가 아 니다.

사람이 문 안에 들어와 서 있는 줄을 알면 아무리 바빠도 우선 인사 는 받고 볼 성싶은데 생각에 열중하여 필시 주위에는 아무것도 보이지 를 않는 것일까. 자기가 여기 서 있다는 것을 알리고저 나오지 않는 기침을 한 번 허엄 하고 기쳐 보았다. 그러나, 그저 여전히 감았다 떴 다 하는 눈이요, 그 붓방아에 조금도 변하는 동작이 아니다.

창피한 대로 일단 나갔다 편지가 끝나기를 기다려 다시 들어올까 돌아서려는 즈음, 사장은 방아질하던 붓대를 제꺽 소리가 나게 내어다 던지다시피 놓고 머리를 든다.

근호는 이 기회를 놓치지 않으리라, 버썩 한 발걸음 내어 디디며 허 리를 굽혀 다시 머리를 숙였다.

그러나, 머리를 들자 일어선 사장은 생각이 옹색하였던 모양, 유리 창을 통하여 멀리 바라보이는 북악산 허리에 이미 눈은 가 있는 때였 다. 사장의 뒷통수에 인사는 갔다. 더한층 멋쩍음에 후끈 하고 다시 얼굴이 달아오른다.

"사장님!"

찾는 것이 실례는 아닐까? 그러나, 언제까지고 섰기도 뭣해서 망설이다 망설이다 찾아 보았다.

하지만, 북악산 허리에 눈을 쏘은 그대로 여전히 귀는 먹은 사장이다.

말을 내었다가 대답을 받지 못하는 때처럼 무안한 노릇은 없다. 사장이야 댓구를 하건 아니 하건 일단 내어놓은 말이라 할 이야기는 하고 보리라는 마음을 먹었다.

"사장님께 드릴 말씀이 잠깐……."

"먼데 아까부터 와 섰어. 말은 못 하구 그래. 또 월급 마에가리야?"

사장은 픽 돌아서며 근호에게로 눈을 쓴다. 알기는 언제부터 알고 있었든 모양이다.

"아니올시다. 저— 이번 신년호에 사장님의 신년사를 싣고 싶습니다."

"내 글을?"

"네—."

"권두에다?"

"네!"

"건 그래서 멀 허게."

"아무리 생각해두 신년호니만치 사장님의 정중한 권두사가 있어야 잡지의 권위가 한층 더 설 것 같습니다."

"내가 머 그리 잘나서?"

"미다시 우에단 잇승마루로 사진을 넣구 두 페이지로 짜겠습니다."

"사진두 넣어?"

"네 넣엽죠. 사진두."

"내 그 잘난 상판을 왜, 그리들 광골 시키려구 야단인구. 접댄 신문에서 사진을 자꾸 졸라대드니."

"원곤 여덟 장 가량 써 주시면 두 페이지가 됩니다."

"여덟 장이구 아홉 장이구 난 이즘 그런 걸 쓸 겨를이 없네. 정 내 권두사를 넣어야 잡지 꼴이 창피치 않겠다면 자네 하나 써 넣게나."

결코 명예를 싫어하지 않는 사장이었다. 말만 내이면 못 견디는 체 오히려 반갑게 승낙을 할 것이 아닐까 미리부터 짐작은 하였던 것이나 이제 그 계획의 결정적 성공을 보게 되니 이젠 책이 늦어져도 충분히 대답할 말이 있는 것이다. 근호는 졸아들었던 사지가 늘어나 나는 것처럼 마음이 시원스러웠다.

"네 그럼 제가 글은 최선껏 쓰겠습니다만은 그러지 않아도 책이 늦어졌는데 사진은 미리 동판을 만들게 한 장 주셨으면 좋겠습니다."

"사진두 머 넣어야 돼?"

마음이 달갑게 내키지 않는 것 같은 반문이면서도 사장의 손은 이야기와 동시에 뺄함 속으로 들어가 한 장의 사진을 더듬어 내었다.

그것은 절대한 효력이 있었다.

늦어도 그 전달 20일까지에는 못 나와 본 적이 없는 잡지가 새해가 넘어 나왔어도 말썽은 일어나지 않았다.

직접 편집은 근호가 맡아 한다 하더라도 이것을 통솔해 나가는 주간에게도 늦어진 책에 대한 책임이 없을 리 없었다. 그리하여 주간도 사장의 책망을 각오하고 은근히 염려를 마지않아 왔으나 다음부터는 꼭 기일을 지키기에 힘쓰라는 훈시가 있을 뿐, 웬일인지 전에같이 심혹한 벼락이 내리지는 않았다.

사장이 주간의 골을 올려야 순서대로 주간이 또 편집자를 골림으로 골이 풀리게 되고, 그리하여 편집자는 아래로는 더 돌릴 데 없는 책임을 뒤집어씀으로 전 사원의 미움을 한몸에 받게 될 것인데, 이번엔 도무지 사장이 주간의 골을 올리지 못했다. 그런데다 언제나 근호를 옹호해 오는 주간이었다. 가끔 가다가 근호에게 쓴소리를 하게 되는 것도 그 실은 주간으로서의 주간 된 그 책임상 피할 수 없는 그러한 잔

소리에 지나지 않았다.

근호는 문단적으로 십여 년의 선배요, 이러한 선배가 나이 오십대에 수염에다 흰 물을 들이고 한낱 잡지사의 평사원으로 자기의 밑에서 머리를 숙여 가며 겨우 가난한 가정을 붙들어 가는 그 가엾은 처지, 그 처지에 동정하여 사로서의 그에 대한 태도에 은근한 근심까지 가지고 신변을 지켜 오던 것이다. 사장이 말이 없는 한, 더는 밀려나려갈 데 없는 책임을 그에게 뒤집어씌움으로 그에 대한 사내의 공기를 악화시킬 필요는 조금도 없었던 것이다.

그리하여, 책이 늦어진 책임을 당당히 지므로 한낱 말썽거리가 근호를 위협하여야 사원들의 마음은 시원할 것인데, 침 먹은 지네처럼 사장의 태도가 부드러운데 권리가 없는 사원들은 저희들끼리만 그저 수군거리며 혼자 배들만 앓았다.

행여나 말썽이 일어날까 판매계에서는 오늘이야 나오는 잡지를 광고는 열흘이나 전에 내어놓아서 그동안은 독자의 주문이 산적하였는데도 수응치 못하여 신용상 이러한 타격이 어디 있느냐고 짬짬이 볼을 붙이는 것이었으나, 주간은 도시 그것이 인쇄의 책임이라고 말끝마다 근호에게로 몰리는 책임을 덮어막곤 했다.

근호도 이 사내의 공기에 주간의 동정을 모르지 않는다. 아는데 가슴이 아팠다.

자기를 이렇게 옹호하는 주간이기는 하나 길러낸 후배로부터 받아야 하는 옹호에 차마 자존심이 허하지 않았다. 그리하여 이 허하지 않는 자존심은 도리어 그 옹호가 미움으로 변하여 논의를 하면 얼마든지 자기의 뜻을 받아 줄 줄은 알면서도 차마 그러기가 싫었다.

이번도 그 예를 벗어나지 못하여 주간의 눈을 속이고 사장을 이용하여 자기의 능률 부족에의 책임을 회피하는 수단을 써 보았던 것이다.

이 비루한 행동, 이 부끄러운 행동! 자기를 올려다나 보는 듯이 펼쳐놓은 신년호 권두사 위에 놓인 동골한 사장의 얼굴, 제가 쓴 듯이 신년사의 제목 아래 뚜렷이 박힌 사장의 성명, 자기의 이름과 사진을 사장은 지금 자기와 같이 들여다보며 결코 싫어하지는 않을 것을, 아니 만족한 미소를 짓고 있을 것은 아닐까? 미루어 보니, 그것은 어떻게도 무서운 농락 같게 사장과 주간에게 다 같이 미안함을 참을 길이 없다. 왜 뻐젓이 마음을 버치고 양심이 허하는 밥을 먹을 직업을 자기는 이미 가지지 못하였을까? 시(詩)를 써 온 지 20년 그것을 생명으로 지켜 온 것이 밥을 위한 사회적 지위는 한 개 잡지사의 사원으로 문단적 경험으로는 길러 내다시피 한 실로 10년은 연치가 어린 주간에게 머리를 숙여 가면서도 밥에 구차를 받아야 한다! 이것이 시에 생명을 걸은 죄이다.

애초에 시에다 생명을 걸은 것이 밥을 위한 수단은 너무도 아니었다. 자기 일신은 시를 위하여 목숨을 바쳐도 오히려 그것이 본의인 것이다.

그러나, 자식을 키울 의무를 가진 한 사람의 아들의 아버지로서의 시인임을 생각할 때 그것은 얼마나 슬픈 시인지 모른다. 자기도 아버지로서의 의무에 자식을 볼 낯이 과연 앞날에 있을까? 이러한 시인, 이런 시인이 되는 시를 지금 중학 3년 자식은 마치 아버지의 업이나 이으려는 듯이 밤낮을 파고 들고 있다. 학교에서 돌아만 오면 읽는 것이 시요, 쓰는 것이 시다. 바로 꽂혀 있어야 할 책장에 책이 지긋둥 모로 빗설만치 성그러져 있기에 조사를 해 보았더니 뚜르게네프를 자기의 책상 위에다 옮겨놓았다. 하이네를, 발레리를 솔금솔금 뽑아낸다. 이것으로서 자기의 신세를 뛰어넘어 장래 사람의 아버지로서의 의무 이행에 군색만 없을 것이라면 재기나 바라고 격려라도 해 주어 볼 일일까. 가장 높은 정신을 가져야 할 시인으로서 무서운 농락을 능히 꾸며내어야 하는 이 시의 길, 이 길을 또 밟으려는 자식, 자식의 그 길을 그대로 걷게 버려두었던 것이 마치 제 발등을 찍으려 갈고 있는 도끼를 보고도 빼앗지 못하였던 것처럼 이제조차 절실히 가슴속에 뉘우쳐 진다.

필시 지금도 자식은 교과서 대신에 발레리를 들고 앉았는 것은 아닐까. 자식에 대한 염려가 진종일 마음을 붙잡고 놓지 않았다.

"정선아!"

집으로 돌아오기가 바쁘게 근호는 아들을 불렀다.

그러나, 마주 받는 대답은 정선이가 아니라 아내였다.

"아이, 오늘은 퍽두 이르시네. 걘 도서관에 갔에요."

아궁이에 넣으려던 장작을 한 손에 든 채 아내는 부엌문을 드르릉 밀고 머리를 넌지시 내민다.

"도서관?"

"이에. 제 동생이 공부를 못 하게 아침 한겻 지부렁시니께 그마 도서관에나 간다구 점심 먹군 달아났에요. 걘 이즘 밤낮 무엔지 그저 쓰구, 읽구 아주 공부가 열심인데요."

이러한 정선이의 근면을 아버지도 알고 있을까? 저만 아는 사실인 것 같아서 덧붙이는 말인 것 같다.

"읽구 쓰구 건 공부가 아니야."

무뚝뚝하게 건너오는 까닭 모를 남편의 대답. 아내는 의아하지 않을 수 없었다.

"이에?"

캐어물었으나,

"어서 저녁이나 지어요."

더한층 엉뚱한 대답이다.

오늘은 전에 없이 들어오는손 정선이를 찾고, 말투가 역겹게 나오고—이 애가 무슨 일을 저지른 것이 아닌가 마음이 놓이지 않아 다시 한 번 더 재쳐 물었다.

"이에?"

그러나, 근호는 아내의 물음에도 귀가 먹은 듯 저 할 말만 그대로 계속한다.

"나는 밤낮 집에 붙어 있지를 못하니 정선이가 어떤 경향으로 기우러지는지 알 수 없군요. 금후론 당신이 집에서 그 애 공부하는 걸 좀 주의해 지도하도록 하우."

그 애가 학교 성적이 나빠 학교 선생한테 혹 무슨 주의를 받은 것이나 아닌가? 그러나, 정선의 공부에 있어서만은 더 주의가 필요 없다는 듯이 너그러운 대답이다.

"보나 안 보나 정선인 글쎄 책으로 밤을 밝혀서 걱정인데 그러세요?"

"글쎄 건 공부가 아니라니깐."

툭, 튀어나오는 남편의 역정.

"아이 난 어떻게 하시는 말씀인지 도무지 모르겠네. 밤을 밝히며 책을 보는 건 공부가 아니구……."

영문 모를 역정에 아내도 역겨웠다. 말끝을 할퀴며 머리를 들이민다.

"걔가 시집을 늘 보죠?"

아내야 어쩌건 남편은 물을 대로 묻는다.

"시집도 보나 봅디다."

"글쎄, 그러기 말야. 그게 탈이거든. 당초에 그런 책은 인젠 못 보게 하란 말야. 그리구, 과학 방면으루 치를 돌리게 늘 일러요. 참, 걔 일생에 아주 중대한 문제일 거요."

"갑자기 건 무슨 말씀이에요? 제 장끼대로 어떠한 방면으로든지간 보아서 시켜야 할 게 아냐요?"

"장끼구 수펑이구 글쎄 장래를 생각해야 하는 게야."

"걘 지금 아버지의 시를 천편일률 격으로 밤낮 같은 소리만 되읊는다구 아주 통렬한 비판까지 내리우며 대시인의 꿈을 꾸고 있는데, 이제 그 치가 졸연히 돌려질까요."

근호는 몸이 흔들릴 만치 놀랐다. 시의 뿌리는 벌써 정선에게 이렇게 깊이 박혀진 것일까? 한참 시에 미쳤던 자기의 그 옛날적 정열이 어제런 듯 생각키우며 뿌리가 깊어갈수록 그것은 제 장래의 불행일 것만 같게 자식이 가엾어 보였다.

졸연히 돌리기 어려운 시의 치, 이것을 돌릴 방법은? 생각이 아득한 채 근호는 방으로 들어가 넥타이를 끌렀다.

저온 생활엔 졸업을 했다고 아는 근호이건만 밥만을 익혀내는 것밖에 군장작 맛을 힘입어 보지 못한 구들은 불과 영하 12도의 추위인데도 어지간히 몸에 마친다. 옷을 갈아입고 나니 으스스한 맛이 대뜸 등골을 엄습한다.

'이게 다 시의 벌인데!'

생각을 하며 근호는 외투를 다시 떼어쓰고 책상 앞으로 마주앉았다.

아침 면도 전에 쓰던 시가 던져둔 그대로 책상 위에서 어서 끝을 마쳐 주기를 기다리는 듯이 마주 올려다본다. 생각해 넣었던 상이 쓰다 놓을 자리를 본 듯이 밀려나온다. 버릇대로 근호는 펜을 들어 원고지 위에 대어다놓았다. 원수의 시, 자기는 그 원수의 붓을 다시 들었던 것이다. 자식에게서 시의 뿌리를 뽑아 주려 한맘을 먹고 돌아왔던 자기가 다시 그 시에 붓을 대다니…… 생각이 미치는 순간, 근호는 반이나 넘어 쓰여진 시고(詩稿)를 한 주먹에 쓸어웅켰다. 그리고 사정없이 국적국적 구기어 쥐었다. 그러나, 어쩐지 그것이 차마 쓰레기통 속으로는 던지어지지 않는다. 내일까지는 써 주겠노라고 한 약속의 시고다. 한참 앉아 끝을 맺었으면 장작 30관의 마련은 넉넉히 된다. 손안에서 갈피갈피 꾸겨진 시고를 그는 다시 펴서 책상 위에 놓고 손대림으로 주름을 펴기 시작했다. 쿵 하고 마루에 책보 던지는 소리가 난다. 정선이가 도서관에서 돌아오는 것인가 보다. 자식에게 무슨 못 할 일을 하다 들킨 것처럼 새삼스럽게 그를 대하기가 무서워진다. 금방 문을 열고 들어서는 것만 같아 얼른 시고를 밀어넣고 책상 앞을 물러나 비스듬히 벽을 지고 기대었다.

"아버지 오늘은 일찍 오셨네. 날이 굉장이 치워요."

새빨갛게 언 볼을 한 손으로 쓸며 정선이가 문을 연다.

정선이가 돌아만 오면 당장 시에서 손을 떼라 이르고 시집을 빼앗으려던 아버지의 입은 인사조차 받기에 무거웠다.

"차 참 칩드라 날이."

그리군 더 말을 못했다. 제가 하고 싶어하는 일이 오히려 앞날의 행복이 아닐까. 정선을 대하고 보니 엉뚱한 생각이 자꾸만 입 앞을 가로막는 것이다.

이게 다 아직 시에 대한 미련이다. 그것은 자기 도취에의 아름다운 꿈이요, 현실은 조금도 여기서 용납지 않는다. 빤한 결론이 다시 돌아와 맺히기는 하였으나, 그래도 야붓야붓 말은 나오다 들어가고 들어가고 입이 떨어지지 않았다.

저녁이 끝나자 정선이는 책상으로 들러앉는다. 가만히 보니 뽑아드는 것이 또 시집이다. 그것이 눈앞에 바라보여지던 순간, 근호는 저도 모르게 불렀다.

"정선아!"

"네?"

"마루 책장에서 하이네 시집을 네가 빼냈니?"

"네?"

"그 책을 머 네가 보니?"

"보죠."

보는 것이 장한 듯한 대답이다.

"보아?"

"그럼요."

"못쓴다."

까닭을 몰라 정선이는 순간 눈이 둥글해진다.

"그런 책을 보아선 안 돼."

"왜요?"

"넌 그런 문학류의 책에서 일체 손을 떼어야 한다. 그리구 학교에서 배우는 것만 열심히 공부할 차비를 해야 한다. 혹 과외로 무슨 책이 보구 싶건 과학 잡지나 그런 걸 사 보도록 해라."

"시는 왜 못 쓰세요?"

"글쎄 시를 배워선 안 된다."

"아버진 시인이 시는 왜 그리 벽색이세요?"

기가 막히는 질문이다. 대답할 말이 없어 담배를 한 대 꺼내 물음으로 부자연한 표정을 감추려 했다.

"아버진 그럼 인제 시 안 쓰세요?"

"아니, 그건 내가 시인이니까 하는 말이다. 그 이유는 말해야 너는 아직 그것까지는 모른다. 덮어놓구 과학 방면으로 전공을 하도록 미리부터 마음을 꽉 정하는 것이 너의 장래를 위해서 차라리 행복일 것만은 지금이라도 장담이 될 줄 안다. 그러니간 시에선 뿌리가 백히기 전에 아여 결심하고 손을 떼야 한다. 알아들었지?"

오늘 별안간 아버지의 이 태도는 무슨 까닭인지 정선이는 알 수가 없었다. 이미 내심으로는 은근히 단테나, 괴테 같은 대시인이 되리라 잔뜩 마음을 먹어 왔다. 버릴 수 없는 것을 버리겠다고도 그렇다고 버리라는 걸 버리지 못하겠다고도 할 수가 없어 대답할 바를 몰라 머리만 숙였다.

"내 말을 명심해야 한다. 시에선 아무리 해도 손을 떼어야 할 것을 지금 나는 네 귀를 불고 이르는 줄 알어라."

"그럼 전 장래 무엇을 전공해야 할까요?"

"글쎄 과학 방면이래두? 공과나 이과나 해야지."

"……"

"왜 대답이 없어?"

“…….”

“응?”

“…….”

“정선아!”

답답한 듯이 주먹으로 책상을 울렸다.

“그럼 문학은 그만두겠어요.”

장히 꺼리다 힘들게 나오는 대답이다. 헐히 나오는 것보다 오히려 미덥게 들렸다.

그만했으면 저 스스로도 생각함이 있으리라 근호는 마음을 놓았다.

그러나, 정선이의 손은 한결같이 교과서보다는 시집을 뽑는 편이 많음을 또 보았다. 이래서는 정말 안 되겠다. 근호는 심혹한 책망과 같이 그의 책상 위에서 하이네를 발레리를 모조리 골라 빼내었다.

그 후부터 정선이는 완전히 시에서 손을 뗀 듯이 아무런 눈치에도 채이는 것이 없기에 아주 마음을 놓고 지나던 근호는 얼마 뒤 자식의 책상 설합 속에서 뜻도 않았던 보들레르의 국역본 한 권을 또 발견할 수가 있었다. 그것은 자기의 장서에는 없었던 것으로 손수 제가 사다 넣어 두었음이 틀림 없었다.

제타하고 근호는 아무런 말도 없이 들어내었다. 어디다 또 가져다 감추거니 바라보고 있던 정선이는 뜻도 않았던 실로 뜻도 않았던 아버지의 그 대담한 행동에 놀람을 마지못했다. 마당으로 내려서자 한복판을 되는대로 섬적 갈라 쥐드니 사정도 없이 쭉쭉 찢어선 고깔처럼 이마를 맞대어 땅 위에다 마주 세워놓고 성냥을 그어대는 것이다.

“아버지!”

그러나, 아버지는 듣는지 못 듣는지 불을 사르기에만 일심이다.

보들레르는 차마 불벌을 받을 신세는 아니라는 뜻이 마치 몸부림이나 하는 것처럼 넘어지며 넘어지며 대항을 하는 것이었으나, 성냥개비의 힘이란 그렇게도 위대한 것일까. 세 개비만에는 오금을 못 쓰고 사

로잡히고 만다. 불길은 새빨간 혀끝을 조각마다의 틈틈으로 날름거리
며 우석우석 기어오른다.

"아버지!"

무슨 말을 하렴인지 정선의 표정은 극히 긴장되어 있었으나, 아버
지는 여전히 귀먹은 대로 그저 흰 줄기 검은 줄기 구불구불 엇갈리며
끝없이 허공으로 구름처럼 피어오르는 연기만 정신없이 멀거니 바라보
고 있었다.

〔발표지〕《조광》(1942. 4.)

〔수록단행본〕*『병풍에 그린 닭이』(조선출판사, 1944)

마부(馬夫)

응팔은 한 손에 고삐를 잡은 채 말을 세우고 부러쥐었던 한 켠 손을 또 펴며 두 눈을 거기에 내려쏜다.

번쩍 하고 나타나는 오십 전짜리의 은전이 한 닢, 그것은 의연히 땀에 젖어, 손바닥 위에 놓여져 있는데, 얼마나 힘껏 부러쥐었던지 위로 닿았던 두 손가락의 한복판에 동고랗게 난 돈 자리가 좀처럼 사라지질 않는다.

이것을 본 응팔은 그 손질이 한 번도 가 보지 못한, 이제야 겨우 발이 잡히기 시작하는 거치른 수염 속에 검푸른 입술을 무겁게 놀리며,

'제 제레 이 이렇게 까 깎 부러줬는 데야 어디루 빠 빠져나가?'

하고 돈을 잃지 않은 자기의 지능을 스스로 칭찬하고 만족해하는 미소를 빙그레 짓는다.

응팔은 오늘도 장가드는 신랑을 태워다 주고 돈을 얻어선 여기까지 십 리 길을 걸어오는 동안, 아마 다섯 번은 더 이런 짓을 반복했으리라. 그러니 아직도 집까지 닿기에는 또한 십 리 길이나 남아 있다. 몇 번이나 또 이런 짓을 되풀어야 될는지 모른다.

무엇이나 귀한 것이면 응팔은 두 개의 주머니가 조끼의 좌우짝에 멀쩡하게 달려 있건만 넣지 못한다. 손에서 떠나 있으면 마음이 놓이지를 못하는 것이다. 살에 닿는 그 감촉이 있어야 완전히 그 물건이 자기에게서 떠나지 않고 있다고 안심이 된다.

그러나 응팔의 이런 의심증은 결코 그에게 이로운 것이 아니었다.

한 번은 그때도 역시 사람을 태워다 주고 오십 전 한 닢을 얻어, 손에다 쥐고 오다가 문득 말을 세우고 줌을 펴 보았다. 손에는 돈이 없었다. 조금 전에 오줌을 누며 허리춤을 뽑을 때 그만 쥐고 있던 돈을 깜박 잊었던 것이 뒤미처 생각키었다. 그리하여 돈은 그때에 떨어졌으리라는 것은 분명히 알 수 있었으나, 그래도 그는 그 후부터도 돈을 주머니에 넣지 못하고 줌에 부러쥐기를 의연히 잊지 않으며 그저 펴 보는 그 번수만을 자주 할 뿐이었다.

그러면서도 그는 또 사람을 대해서는 이상히도 의심을 못 가지는 것이 특색이다. 사람이라면 그는 누구나 믿으려고 한다. 자기를 해치려는 말에까지도 넘겨짚을 줄을 모른다. 자기의 마음이 곧으니 남의 마음도 곧으려니 맹신을 한다. 이것이 또한 그에게 이로움을 주지 않았다. 아내까지 남에게 빼앗기고 의지 없이 이렇게 남의집살이를 하며 말을 끌고 떠돌아다니게 된 것도 바로 그 때문이었다.

십 년 전까지도 응팔은 남의 집에 쌀 꾸러는 다니지 아니하고, 비록 몇 날갈이의 발뙈기에서 더 되는 것은 아니었으나 부모가 물려준 것을 받아가지고 제 손으로 벌어서 목구멍에 풀칠을 하기에는 그리 군색함이 없었다.

그러나 장가를 들자부터 생활은 차츰 쪼들러 오게 되었고, 그렇게 몇 해를 지나는 동안, 저도 모르는 사이 그야말로 꿈 같게도 하루아침에 아내도, 세간도, 다 남의 손으로 넘어가고 알몸만 댕그라니 돌리워 한지에 나서게 되었던 것이니, 속살 모르는 아내를 아내로서만 믿고 돈을 벌어다는 의심 없이 맡겨 오던 것이, 그 근본 불찰이었다. 남 같은 지혜를 못 가졌다고 보이는 그 남편을 아내는 형식으로서밖에 섬기지 아니하고 은근히 따로이 정부를 두고는 돈을 솔곰솔곰 뒤로 빼어돌리다가 나중에는 도장까지 훔쳐내어 남편의 이름에 있는 밭날갈이, 아니 집까지 옭아가지고 어디론지 뺑소니를 쳤던 것이다.

그리하여 생계가 어려워진 응팔은 거지처럼 이리저리 밀려 돌다가

이 진초시네 머슴을 살게 되기까지의 쓰라린 경험이 이미 있었건만 그래도 그는 사람을 믿기에는 의심이 없었다. 오직 자기를 해친 그 사람만이 대하지 못할 사람이라 욕을 해 넘길 뿐, 그 사람의 마음에 비취어 다른 사람까지도 의심할 생각은 조금도 않았다.

이렇게도 이상히 사람을 믿는 그라, 주머니에도 못 넣고 손에 쥐고 다녀야 안심할 수 있는 그런 돈이었건만 마치 지난날 아내를 의심 없이 믿고 돈을 맡기듯, 주인 진초시에게도 돈을 벌어다가는 이렇게 맡기기를 잊지 않았다. 그것은 오히려 자기의 손에 있는 것보다 더 튼튼하다는 듯이, 한 점의 의심도 없이 마음을 턱 놓고,

'헤― 일 일천칠백 낭〔百七十圓〕에 꼬 꼬리가 다 달리누나!'

응팔은 이미 초시에게 맡긴 일백칠십 원에 지금 그 오십 전을 또 가져다 맡기면 일백칠십 원 하고도 또 오십 전이 붙는 것을, 그리하여 또 그렇게도 불어만 나가 큰 돈이 자꾸 뭉쳐지는 것을, 그리고 이제 그 돈이 아내를 또 얻어 주리라는 것을, 은근히 생각해 보며 부러쥐었던 줌을 금시에 다시 펴서 손바닥 위에 나타나는 돈을 물끄러미 내려다보고 쯜쯜쯜 혀를 끼리며 다시 혁을 채었다.

집에 닿기까지에는 해도 저물었다. 마굿간에 들어서니 마지막 숨을 쉬는 그날의 붉은 노을 줄기가 용마루에 길이 쏘아져 걸렸다.

"오늘은 또 얼마 얻어옴마아?"

드르르 밀리는 밀창 소리와 같이 언제나 찡기지 못하는 초시의 풍안한 얼굴이 쑥 내민다.

"다 단 낭〔五十錢〕이오."

말을 구유에 매고, 사랑으로 들어간 응팔은 초시의 앞으로 나가, 벌떡 줌을 폈다. 그리고 열병 환자같이 땀에 뜬 돈을 즈르르 삿자리에 미끄러쳐 놓는다.

너무나 눈에 익은 응팔의 행동이라, 초시는 그 태도를 이상히 여길 것도 없이 돈만을 당기어 장부에 기입을 한다.

이런 기색을 눈치챈 초시는 또한 맞방망이로 응팔의 비위를 맞추느라고 묻기도 전에 장부에 기입을 하고 나서는 인제는 얼마가 된다고 미리 알리어 주곤 한다.

지금도 초시는 붓대를 놓자 응팔의 말이 건너오기도 전에,

"일백칠십 원 오십 전이 됨메. 꽃 같은 색씨가 이제 차차 돈 속에서 왔다갔다하눈. 하하하하ㅡ."

하고 응팔을 보고 웃는다.

"대 대 주디 않아두 다 다 알아요. 일 일천 칠백 단 낭인 줄."

응팔은 말을 끌고 오는 동안 도중에서 벌써 그 액수를 외어 넣었던 것이다. 자기가 먼저 다 계산하고 있다는 것을 자랑 삼아 대답을 했다. 그리고 그것이 맞는 줄은 알면서도 입버릇으로 중얼중얼 일천칠백단 낭을 입안에다 다시 굴려 보며 나간다.

초시는 응팔이가 그 돈의 액수를 똑똑히 아는 것이 마음에 키었다. 그것을 그가 알므로 그의 입은 뭇 입에다 다리를 놓아 온 동네가 다 알게 되면 재미없으리라는 것이 자못 근심이었던 것이다. 그리하여 응팔이가 행여 이것을 잊어 주지 않을까 며칠만큼씩 초시는 그것을 따져 본다.

"님잰 글을 모르니 머릿속에다 단단히 치부를 해두어야 하느니?"

하고 이르는 듯이 말을 하면 응팔은,

"아, 안 잊어요. 일 일 일천 칠백 단 단 낭을 잊어요?"

하고 거침없이 쭉 뱉아놓는다. 그러면 초시는,

"그렇지, 잊어선 안 되?"

하고, 이르는 듯이 말은 하나, 실은즉 속으로는 너무도 똑똑한 그의 기억에 '하하아!' 하고 탄식을 하는 것이었다.

초시는 여기에 한 계획을 세웠다. 이것은 비로소 세운 계획이 아니라, 이미 계획하여 오던 것을 급히 다가놓는 데 지나지 않는 것이었

다. 그것은 안심부름 감으로 길러 오던 종의 새끼 삼월이를 그와 맞붙여 줌으로 장가 비용을 빙자해서 액수가 밝아진 그 돈을 우선 흐려 버리자는 심계였다.

그러면 흔히는 길러내면 서방을 얻어 뺑소니를 치는 버릇이 있는 종의 습성이라, 삼월의 발목도 붙드는 수단이 되고 삼월의 인물이 또한 깨끗하니 그러지 않아도 제법 수작을 붙이고 다니는 눈치인 응팔이라, 흡족해하지 않을 리 없을 것이고, 그러므로서 마음은 더욱 가라앉을 것이니 그렇게 하는 것이 그들 둘을 다 영원히 붙들어두게 하는 수단도 될 것임으로써였다. 그러면 종이라는 것은 딸을 낳아서 그 딸이 시집을 갈 만한 나이가 아니고는 임의로 그 집을 떠날 수가 없는 법임은 이미 그들도 잘 알고 있을 것이므로 설사 그들이 나갈 의향을 혹 가졌다 하더라도 거연히 염을 못 내고 딸을 낳아서 십여 살까지의 성장을 기다려 그 딸을 바치고야 나가게 될 것이니 그적에는 나가지 않아도 걱정이다. 오십이 넘게 될 응팔이니 무슨 소용이 있으랴.

초시는 이런 이해타산을 일단 세운 다음, 어느 날 응팔에게 조용히 말을 걸었다.

"내 님재 색씨감을 참헌 걸 하나 골랐음메. 날레 당개를 드르야디, 늘 홀아비루야 적적해서 어떻게 살갔음마?"

"고 고로므뇨, 당 당개 가가가 가가시요."

응팔은 그러지 않아도 인제 모은 돈이 장가 밑천은 된다고 속으로는 은근히 색시의 물색을 하던 참이었다. 눈이 번쩍 띄어 대답을 했다.

"그래 내가 작년부터 색씨감을 골라 왔디만, 암만 두구 골라 봐야 그저 고년만큼 참헌 년이 없어."

"어디메 있소? 색 색씨레?"

"아, 그 삼월이 말이야. 내 참 고년을 뉘가 얻어가노 했더니 그년이 님재게로 감메게레."

이 말을 들은 응팔은 말없이 잉큼 놀라며 눈이 둥글해진다.

삼월이를 얻어 준다면 입이 헤 하고 벌어질 줄 알았던 초시는 까닭을 몰라, 더 말을 못하고 응팔의 태도만 이상히 바라보니,

"머 머시요? 삼 삼월일……?"

하고 응팔은 자기의 귀를 의심하는 듯이 재쳐 묻는다.

"고년 참 오즐기 똑똑헌 년인가, 사람은 그저 인물이 밴밴해야…… 남재두 늘 지내 보디만 고년 참 얌전허디 않아?"

"글쎄 삼 삼월이 말이디요?"

"글쎄 삼월이 말이야."

"아아니요. 삼 삼 삼월인 시시시 싫에요 난."

"싫다니! 삼월이가 싫어?"

"그 그 그렇게 곱 곱게 생 생긴 걸 누 누구레 얻 얻잤소!"

응팔은 진저리가 난다는 듯이 머리를 절레절레 흔든다.

이상히도 사람을 믿는 그였지만 삼월이 같은 애교 있고 반반한 계집은 생각만 해도 이에 신물이 돌았던 것이다. 이미 자기를 옭아먹고 달아난 그 아내가 그것을 말하는 것이었다.

동네 사람들이 밤마다 모여서 시시덕거리는 걸 그저 놀기 좋아 그러거니 했더니 후에 알고 보니 고년의 애교에 모두들 반하였던 것이다. 열 번 찍어 안 넘어가는 나무가 없다. 근덕시니 요년은 휘여져서 자기를 돌려 따던 것이다. 그러면서 없는 정을 있는 체, 속으로는 딴전을 펴는 그것은 그 여자의 밴밴한 데 숨어 있는 요염이 시키는 짓이라 하여 저 여자가 이쁘다 하고 눈에 띄는 여자면 그는 장래 아내로서의 대상을 삼자는 데는 마음에도 두지 않았던 것이다. 그저 좀 못난 듯 하면서 입이 무겁고 상판이 좀 넓적지근하고 두터운 가죽에 털색인 두미두미한 여자가 아내로서의 영원한 대상 같았고, 그리하여 그런 여자를 꿈꾸어 왔던 것이다. 응팔이가 삼월에게 눈치를 달리 가졌다는 것은 그것은 다만 홀아비로서의 여자이므로서 대하는 그러한 행동에 지나지 않았던 것이지 결코 삼월에게 마음이 쏠렸던 것은 아니었다.

"응팔이 상 좀 내가우?"

하고 이상히 재끗하는 삼월의 그 감기는 듯한 눈초리는 웃지 않아도 웃는 것 같은 옛날 아내의 그 사내들을 호리는 그 맛보다 어덴지 더 힘센 매력이 있어 보였고, 그것은 그대로 거짓말 같았다. 이제 그 아름다움으로만 되었다고 볼 수 있는 삼월이를 응팔이는 아내로 얻을 수가 없었다.

"초 초시님! 난 그 그 서마울 댁 행낭 영감 딸 닌 닌네가 마 맘 있어요."

응팔은 이 동네의 처녀들 가운데서 그 닌네를 제일이라고 눈여겨보고 점을 쳐두었던 것이다.

"이 사람! 그걸 아, 그 믹째길! 그년이 임재 왜 시집을 못 가구 스믈이 넘도록 파묻혀 있는 줄 알마? 어찌면 색이라니 계집이란 첫째 인물이야. 아, 게다가 눈을 두다니! 아여 생각을 돌리시."

이것은 지어서 하는 말만이 아니라, 초시의 실지이기도 했다.

"그래두 난 난 이 이미네(아내) 고 고훈 건 시 싫에요. 재 재미있게 대리구 살내기 이미네디 보기만 고 고흠은 머 멀 허갔소 그까짓 거."

"안 그렇대두 그래. 어서 내 말을 들으시? 내 말이 그저 옳습머니. 내 이 봄으루 아여 성례꺼지 시켜줄 터인데, 머, 날 받아서 삼월이 머리만 얹음은 될걸."

초시는 누가 듣기나 하겠다는 듯이 혼자 이렇게 단정을 하고 문갑 위에서 역서를 집어들고 손마디를 짚어 돌아가더니,

"사월 보름이 대통일이로군."

하고 인제 작정은 다 되었으니 다시 더는 여기에 이의를 말라는 듯이, 그리고 위엄으로 응팔의 마음을 누르려는 듯이 애햄 하고 시침을 따며 되사리고 앉아 재떨이에다 담뱃대를 타앙 탕 뚜드린다.

이런 일이 있은 후부터 응팔은 손에 일이 오르지 않았다. 가복(家

覆), 개바주, 담뜸, 이런 것들이 어서 치워져야 또 자롱 논에 거름도
실을 터인데 초시는 삼월이를 기어이 붙여 주게 차부이니 도무지 일에
기운이 탁 빠졌다. 그러면서 삼월이야 무슨 죄련만 그년은 보기만 하
여도 머리칼이 오싹거리고 눈꼴이 가로서 볼 수가 없었다.

삼월이 귀에도 이런 말이 벌써 들어갔는지 전에 달리 자기는 대하
기를 수줍어하며, 그러는 태도에 나타나는 그 얌전한 듯한 가운데 마
음을 끄는 매력엔 천하에 있는 간사와, 요염과, 표독이 다 숨어 있는
듯이 생각되었다. 그리고 이것이 한데 얼크러져 꼬리를 두르는 날에는
영락없이 자기는 옛날의 그 아내쩍 운명을 벗어나지 못하고 말 것만
같았다.

그러니 삼월에게 대한 홀아비로서의 마음조차 삼월에게는 느껴지지
않고, 무슨 못 볼 요물을 보는 때와 같이 삼월은 먼발치에서 빛만 보
여도 등어리에 찬물이 와닿는 듯이 몸이 오싹거렸다. 그러면서 자연히
나가지는 말에도 삼월을 대해서는 밉게만 쏘아지는 것을 어찌하는 수
가 없었다.

언제인가 한 번은,

"응팔이 새 좀 뽑아 디리우?"

하고 삼월이가 이를 때,

"구 구 구무 여우 같은 년, 넌 넌 손 손목재기가 부러졌네? 쌍 쌍년
같으니!"

하고 응팔은 저도 모르게 욕을 쏘아붙였다.

그러니 삼월이 감정이 또한 좋을 리 없다.

"하 좋다! 꼴이 꼴 같지두 않은 게…… 누구레 욕 주머닐 달구 다니
나! 야하, 참!"

하고 응팔을 능멸히 보는 삼월은 가늘게 감기는 눈이 새침하게
흰자위만을 반득시며 코웃음이다.

그러면 응팔은 또 약이 오른다.

“요 요 패 패라한 년 머 머시 어드래?”

“욕 안 허군 말 못 허나?”

“요 요 요년 봐라! 요 요 요 마 마주 시는 꼴!”

“아이구 저것두 머 수커라구 계집을 없우이 여기나……”

“아, 아니 요 요년이 누 누 누굴 보구……!”

“어서 새나 뽑아 거리라우? 잔말 말구?”

그러니 응팔이가 참나, 삼월이가 지나, 마주 서 입론만 되게 되면 흔히는 둘이 다 볼이 부어서 하나는 씨근씨근, 하나는 쌔근쌔근 결려 댄다.

이럴 때면 초시는 화해를 붙이노라고,

“닭쌈 또 하나 머? 내외 쌈은 칼루 물 베긴 걸……”

하고 이미 부부가 다 되었다는 뜻으로 이렇게 능청스럽게 사이에 들어서 중재를 시킨다.

그러나 아무리 삶아야 응팔은 삼기지 않았다.

초시의 속살을 넘겨짚지 못하는 응팔은 초시가 자기를 그처럼 생각하고 인물이 깨끗하고 된 품이 얌전하다고 삼월이를 얻어 주려 싫대도 우기는 초시의 그 자기를 위하는 정성에는 이심으로 감사하나 백년해로를 눈앞에 놓고 일생을 바라볼 땐 아무리 마음을 지어서 먹으려 하여도 삼월이와는 살 수가 없었다.

그리고 그 반면으로 서마울 댁 행랑 영감의 딸 닌네만이 자꾸만 잊혀지지 아니하고 알뜰하게 마음을 붙들었다. 프르둥둥한 살빛, 넓적한 상판, 웃을 때 헤 하고 있는 대로 벌어지는 커다란 입, 비록 그것이 색으로 마음을 끄는 것은 아니었으나, 그러한 모습에 담기운 순진한 마음은 조금도 사람을 속일 것 같지 않았다. 그리하여 그러한 계집이 언제든지 자기의 짝이리라 생각하면 그저 그리운 것이 닌네뿐이었다. 그래서 그 닌네를 만일 얻는다면 하고 장래의 살림 배포까지 짬만 있으면, 아니, 일을 하다가도 문득 손을 놓고는 머릿속에다 베풀어 본

다. 그러면 그것은 몇 번이라도 전날의 그 아내쩍 살림보다는 순조로,
그리고 단란한 가정이 웃음 속에서 깨가 쏟아져 보였다.

　"내 내 거돈 거 일 일천 칠백 단 단 낭이디요?"
　응팔은 사월 보름이 오기 전에 그 돈을 초시에게서 찾아내어 닌네
를 살려고 액수를 다시금 단단히 따지었다.
　"그래 거 잊어선 안 됨메."
　"이 잊다니요! 나 이전 거 거 다 달라구요?"
　초시는 뜻밖의 돈 채근에 눈을 치뜬다.
　"돈 내 돈 이전 다 달란 말이우다."
　"아니 머시? 이 사람이 정신이 있나 원! 삼월이 몸값을 이백 원으로
친대두 삼십 원 돈이나 부족헌데 거 무슨 말이야?"
　"자 이 이건! 걸 누 누구레 삼 삼월일 머 얻잤대기 그르우?"
　"아, 머시? 아 사월 보름으루 날까지 받아놓지 않았나?"
　"난 난 삼 삼월인 글쎄 시 싫어요. 다 다른 데 난 당 당갤 갈래는데
머 멀 그루우?"
　"아아니 건 안 될 말이야. 천부당 만부당두 푼수가 있디. 내가 님재
장갤 보낼라구 오륙 년을 힘써 왔는데 또 이건 동네에서두 다 아는 일
이웨. 그러니 님재가 장갤 잘못 들었다면 그래 남들이 누굴 욕하겠나?
날 욕할 테야 날. 그래서 내가 여지껏 똑똑한 계집을 고르누라구 힘을
써 왔는데 삼월일 마대구 다른 델 가겠대면 난 그 돈 못 줘. 못 주구
말구, 돈 주구 욕 얻어먹으려구? 바루 내가 삼월일 싫대면 또 다른 데
얻어 볼 법은 해두, 그렇지 않아? 생각을 해 보시."
　"글쎄 난 닌 닌넬 얻을래는데 머 멀 그르우? 일 일천 칠백 단 단 낭
다 달라우요?"
　응팔은 날마다 졸랐다. 그러나 초시는 종시일관 들으려고 하지 않
았다.

이러는 가운데 갈 줄만 아는 세월은 사월 보름도 며칠밖에 앞으로 더 남겨놓지 않았다. 이 며칠 안으로 성공을 못 하는 날이면 삼월은 꼬리가 떨어질 것이요, 그러므로서 자기는 행랑방으로 옮아앉아야 될 판이다. 그러면 삼월은 명색이 아내, 그렇게 밴밴한 계집이…… 생각하면 뒤에 올 것은 이를 악물고 다한 머슴살이 육 년의 결정이 삼월이 요염 속에서 제멋대로 놀아나는 밑천밖에 더 될 것이 없을 건 빤한 일 같았다.

응팔은 생각하다 못하여, 한 방도를 생각했다. 받을 수 없는 돈을 받자면 돈을 훔쳐낼 수밖에 없다는 어리석은 지혜가 그것이었다. 훔쳐낸다고는 하지만 내 돈이기에 내가 임의로 하는 것이니 죄라기보다는 당연한 일일 것 같았고, 또 훔쳐내서는 곧 그 뜻을 알릴 것이니 죄랄 것이 없으리라는 것이었다.

일단 이런 계획을 세워놓고는 응팔은 날마다 밤이면 돈을 훔쳐낼 그 기회만을 엿보는 것이 게을리 하지 않는 일이었다.

오늘 밤도 사랑 윗목에서 그렇게 억센 일에 종일을 지친 피로한 몸이었건만 깊이 잠이 들지 못하고 이불 속에서 초시의 드는 잠만을 엿보기에 온 정신을 모으고 있었다.

원체 한번 잠이 들면 깰 줄을 모르고 내자는 습성이 있는 초시인 것은 예전부터 알아 오는 일이지만 그래도 하고 용단을 못 내 오던 것이, 오늘 밤은 거기에 콧소리까지 높이 들려 아주 잠이 깊이 들었다는 것이, 용기를 돋구게 했다. 그런데다가 벽장문 열쇠를 열어야 할 것이 늘 근심이던 판에 오늘 따라 낮에 벼 판 돈이 그대로 초시의 조끼 호주머니 속에 들어 있다는 것을 알은 응팔은 더 참을 수가 없었다.

응팔은 마침내 이불을 젖히고 일어나 숨소리를 죽였다. 그리고 어둠 속을 두 다리 두 팔로 짐승같이 조심조심 초시의 머리맡으로 기어가 낮에 보던 그 불룩한 누런 봉투를 조끼 주머니에서 그대로 들어냈다.

이튿날 아침 봉투가 없어졌다는 것은 곧 탄로가 되고, 한 방에서 잤다는 이유로 혐의의 화살은 응팔에게 쏘였다.

응팔은 자기가 가져야 할 액수만을 갈라 가지고 나머지를 미처 들여놓지 못한 것만이 미안했다. 초시의 눈앞에서 봉투를 가르자니 초시가 그 봉투를 보고는 그대로 있지 않을 것 같아 주위의 화살이야 오건말건 그 돈을 가르기까지 넣어두리라 사랑 부엌 아궁에 불을 지피고 있는 동안, 뜻밖에도 시꺼먼 그림자가 문 앞에 마주 선다. 순사였다.

"난 난 죄 죄 없어요. 일 일천 칠백 단 단 낭을 내구, 디 디리놓문 회 회계가 되요. 일 일천 칠백 단 단 낭은 다 내 돈이에요."

응팔의 목소리는 부지깽이를 잡은 손과 같이 떨렸다.

"정 정말이에요. 일 일천 칠 칠백 단 단 낭은 다 다 내 내 돈이에요."

그러나 순사는 그의 팔목을 묶는 데만 열심이었다. 그리고 꽁꽁 묶어서 뒤로 늘이운 포승의 끈을 말고삐처럼 붙들고 끌어냈다.

응팔은 분명히 자기가 주재소로 끌리어가고 있는 것은 현실인 줄 알면서, 왜 끌리어가는지, 무엇이 죄 될 것인지를 똑똑히 분간할 수 없는 것이 그저 꿈속 같았다.

〔발표지〕《농업조선》(1939. 5.)

〔수록단행본〕 *『한국문학전집』 제12권(민중서관, 1959)

부부(夫婦)

하필 들어와 앉는다는 것이 그 밑이었다. 무엇이 장하다고 한 다리를 찢어져라 공중으로 들고 선 묘령의 단발양——서커스단의 광고 포스터 치고는 그리 추잡한 것은 아니로되, 앉아서 올려다보니 맹랑하다.

"여보, 이거 치어 줘요."

매담에게 시선을 보내며 한 손으론 포스터를 가리켰다. 눈치 빠른 긱다껄은 매담의 지시도 있기 전에 달려와 정호의 머리 윗벽에 붙은 포스터를 뗀다.

"고히!"

그러나, 고히보다 시보리가 먼저 온다.

"시보리 안 써."

"안 쓰세요?"

"안 써."

그리고, 담배를 꺼내 왼손 엄지손가락의 손톱 위에 긁을 박으며,

"성냥!"

그러나, 그적엔, 커피가 왔다.

성이 가시는 듯이,

"어이, 성냥 가져와요."

다시 크게 소리를 질러놓고 보니, 성냥갑은 이미 탁자 위에 놓여져 있는 것이 있다. 멋쩍게 집어들어 담배를 붙이고 나니 계집은 성냥을 또 가져온다.

할 말이 없다. 말없이 정호는 찻잔을 들었다.

열한시가 넘은 다방 안은 한산하기 짝이 없다. 건넌쪽 야자수 그늘 아래 마주앉았던 한 쌍의 젊은 남녀가 가즈런히 떠나 나가니 정호에게는 들리지도 않는 '아베 마리아' 곡이 쓸데없이 떠들고 있다.

담배 한 개 필 동안만 기다리라던 한군은 곱잡아 붙인 담배가 반이 넘어 타서도 오지 않는다.

필시, 술이 또 과해진 모양이다. 그러나, 그것은 그쪽의 사정이요, 정호로서는 이 위약이 여간 불쾌한 것이 아니다. 시가 바쁜 취직의 결과 여부가 알고 싶은 것은 말할 것도 없거니와 열시에는 꼭 들어와야 된다는 아내의 다짐을 받은 그 약속한 시간이 이미 지난 지 오래였으매 들어가면 또, 귀치않게 빠악빡 바가지를 긁혀야 할 것이 적지 아니 근심인데 한군을 만나지도 못하고 들어간다면 그적엔 또 거짓말을 꾸며대어야 할 것이 허스러운 일이 아닌 것이다. 거짓말이야 얼마든지 하면 못 하련만 너무도 해놓아서 인제는 실상 곧이들을 말을 좀체로 생각해 내기가 어렵다.

생각하면 참 우습기도 하고 기도 막혔다. 외출에서 늦게만 돌아오면 아무리 바른 말을 해야 곧이는 듣지 않고 그저 어느 계집을 보러 갔던 줄만 믿고 하루같이 앙탈이다. 그러니, 실상 계집은 보러 아니 갔던 때도 기생이라든가 하다못해 카페 여급이라도 데리고 술을 먹었대야 왜 그랬느냐고 앙탈은 부리면서도 그래도 남편의 정체를 바로 캐어낸 것이 개운한 듯이, 그리고, 속지를 않은 것 같아 좀 마음을 풀지. 이건, 사실은 친구와 술잔을 나누다 어찌어찌 늦어져서 밤늦게 들어가도 그대로 고백을 하면 자꾸 바로 대라고 오금을 못 쓰게 무릎을 꼬집고 따집고 야단이니 그의 마음을 시원하게 풀어 주자면 거짓말을 아니 하게 되는 수가 없다.

그러나, 거짓말도 한정이 있지 밤낮 계집만을 보러 다녔달 수도 없고, 또 밤낮 같은 계집만을 보았다면 곧이들을 수도 없는 것이다. 그래서 요즘은 실상 거짓말의 준비에도 궁핍한 참이다.

그래도, 한군을 만나 보고나 들어가면 취직 여부는 아직 모른다 하
더라도 어쨌든 거짓말을 꾸며대는 데는 다소 참고가 될 것도 같은데
한군은 이렇게도 위약을 한다.

좀더 기다리면 오려나? 담배를 다시 한 개 들어내어 태우자니 종내
열두시를 치고 만다. 다방은 그만 철폐다.

정호는 이제부터 본격적으로 거짓말의 준비에 머리를 써야 할 경우
에 다다른다. 오늘 저녁은 어떤 계집과 또 무엇을 어떻게 놀았다고 꾸
며대야 되노? 옹색한 생각에 머리를 쥐어짜며 다방을 나왔다.

기어코 아내는 뾰로통 얼굴을 찌푸렸다. 문을 열고 들어서는데도
눈 한 번 거들떠보는 법 없이 옷가지 위에 떨어친 눈을 그대로 숨쳐가
는 바늘 끝에만 주고 앉았는 품은 묻지 않아도 알 일이었다.

지극히 섭섭한 일이다. 오늘 밤의 외출은 취직 건으로서의 그것이
었으니 여보 어떻게 되었소 하고, 혹은, 반가이 맞아 줄지도 모르리라
던 생각은 쓸데도 없는 자위에 틀림없었다.

이러한 아내에게 먼저 말을 걸기도 자존심이 허치 않는다. 언제나
이러한 경우이면 취하는 버릇 그대로 암말도 없이 넥타이를 끄르고 아
랫목에 털썩 주저앉아 벽을 졌다.

"몇 시나 됐수?"

말잰 말이다.

손목에 얹히운 시계가 죽었을 이치 없건만 구태여 자기에게 묻는
말은 지금이 몇 시인데 인제야 들어오느냐는 투정이 아닐 수 없다.

"눈으로 못 보우?"

오는 말이 곱지 않으니 가는 말이 고울 리 없다.

"오늘은 술도 안 잡수셨구려."

"찻집에서두 술 먹나?"

"여듧시에 들어간 손님을 열두시가 넘도록 앉혀두는 찻집은 있구
요?"

비로소 바늘을 멈추고 고개를 돌리긴 하였으나, 으드등 찌푸린 낯
은 여전히 화기를 주려잡고 펴지 않는다.

"글쎄 당신은 왜, 말을 늘, 그리 비꼬아만 하군 하우?"

"제가 비꼬아서 하구 싶어 하우? 당신이 하게 만드니까 하는 게죠."

"허 참!"

"허 참이 아니라 그렇지 머에요?"

"허!"

"글쎄 암만 허, 하구 얼굴을 나려쓸어두 전 못 속여요."

"속이긴 또 머!"

"그럼 그래 여듧시에 들어가 여지껏 찻집에만 앉았다 오셨수?"

길끗 눈을 남편의 얼굴에다 쏜다.

"뉘가 여지껏 찻집에 있다 왔대나?"

"그럼 당신이 찻집에서 한선생과 만나자고 했다고 그리고 나가시지
않었수?"

"그래 찻집에서 만나자고 해서 나갔는데 무엇이 어쨌단 말요?"

"아니 그럼 여지껏 찻집에만 있다 왔단 말에요? 그래?"

"제발 좀 그러지 마러요. 왜 그리 사람을 믿지를 못하우? 내 속 시
원히 다녀들어온 경과를 곧이곧대루 보고 하리다. 여듧시에 '전원'으
로 가서 한군을 만나기는 했으나 아직 사장을 못 만나 보았다고 하기
에 그러면 이제라두 알아보라고 ××회사로 보내고 '샹크레르'에서 열
한시에 또 만나자구 약속을 하구는 본정으루 가서 책전엘 좀 돌아다니
다가 다시 약속한 대루 '샹크레르'루 와서 기다렸으나 한군이 오지를
않어서 여지껏 기다리다 돌아오는 길인데 무엇이 그리 의심스럽소?"

"귀에 잘 들어가지 않는다는데요?"

기어이 또 오늘도 거짓말을 듣고야 말려는 심사인가 보다.

정호는 금시 걸어지는 침이 입안에 쓰디씀을 느끼고 입맛을 다시 었다.

"왜, 대답을 못 하우? 인제는 거짓말을 못 꾸며대겠수? 아마 취직이 라는 건 외출을 하기 위한 구실인가 봐? 언제부터 한군 한군 하고 된 다는 취직이 이게 벌써 한 달이 넘었음 넘었지 한 달에 하루래두 모자 라지는 않았을 걸요? 그래 바루 못 대요? 갔던 곳을……."

휙 돌아앉으며 일감을 뒤로 던진다. 바로 대지 않으면 어디까지든 지 해 보겠다는 어투요, 태도다.

그러나, 이미 말한 것이 거짓 없는 고백이다. 물끄러미 정호는 아내 의 얼굴을 마주 바라보며 대답할 말에 지극히 빈곤함을 느낀다.

"왜, 거짓말을 또 못 꾸며대구 앉었수? 그래 대답하기두 거북한 걸 계집질은 왜 해요? 허길! 내 속 태워주구, 가정을 불화케 만들구……."

"뭐이?"

정호의 감정은 순간 아무것도 모를 만치 흥분에 젖어든다.

"그럼 계집질을 당신이 안 하구 왔단 말요? 그러면 자정이 넘두룩 글쎄 찻집에만 그냥 있었다는 거야 말이 되야죠."

"아, 뭣이?"

정호는 저도 모르게 물팍을 한 걸음 아내의 곁으로 미끄러쳐 놓는다.

"제가 그렇게 싫수? 네? 이건 묻는 내가 잘못이지. 싫기에 계집을 볼 게 아닌가? 저는 그렇게두 당신 곁을 떨어지고 싶지가 않은데, 당 신은 참 제 속을 이렇게두 몰라준단 말이우. 정이란 하나만인 것두 당 신은 아지요? 둘은 아니구. 그런데두 저를 몰라주는 걸 보면 당신의 정이 가정에서 멀어져가는 것은 뭐 빤한 일이죠, 빤한 일이에요."

기가 막히는 소리였다. 이렇게도 아내는 자기의 속을 몰라준다! 어 떻게도 자기는 아내를 사랑하는 것인고? 그 기막힌 사정의 마음을 순 간 정호는 아내에게 말끔히 털어 보일 수 없는 것이 말할 수 없이 안 타까웠다. 이러한 자기의 속을 아내는 왜 이리도 모르고 의심만 하는 것일까. 그 의심만 푼다면 원만한 사랑 속에 아주 행복한 가정이 이루어질 것 같은데……? 하니 그 순간 정호는 아내의 그 의심을 어서 바삐 풀어 사랑하고 싶은 마음의 정이 마음껏 자기에게로 건너오므로 또한 그것을 마음껏 받아들여서 정이 서로 얼크러져 보고 싶은 충동이 불일 듯하였다. 그래서 아내의 마음도 시바삐 풀어 주므로 살뜰히 오는 정을 사고 싶었다. 그러니, 아내는 얼마나 자기를 사랑하고 싶은 마음에 그렇게까지 자기를 의심하는 걸고 하는 생각이 도리어 들여 무릎팍을 내어밀 때 쥐어졌던 주먹과 성은 슬프디 슬픈 정으로 돌려 풀리고 만다.

"제가 당신을 사랑하는 것처럼 당신은 저를 사랑하지는 못하죠? 사내로 생겨서 전연 외입을 안 하리라구는 저도 믿지는 않아요. 그러나, 그것을 속이는 건 아내에게 사랑이 없다는 증거거든요. 아내에게 남편으로서야 못 할 말이 세상에 무에 있겠어요? 글쎄—."

"참 할 수 없군. 당신은 한 번두 속일 수가 없으니 원 참!"

아내의 그 자기를 살뜰히 사랑하는 것 같은 정에 사로잡힌 정호는 시바삐 거짓말이라도 해서 그 아파하는 마음을 어서 풀어 주고 싶은 충동에 못 이긴다.

"글쎄 난 못 속여요. 남편한테 속구 살게스리 그렇게 천치는 아니거든요."

비로소 남편의 입에서 바른 말이(실상은 거짓말) 나오게 만들었다는 장함과 또 남편의 속을 알게 되는 것들의 반가움이 이야기도 듣기 전에 벌써 그의 낯갗에 찡그렸던 주름살을 어느 정도까지 펴 놓기에 족하였다.

"아까 그적에 말이야 '샹크레르'를 갔더니 기다리는 한군은 오지 않구 왜 지금 내가 말 있는 ××회사에 타이피스트가 있지? 그 여자가 엉뚱강산에 들어오거든. 그래, 심심두 하던 차에 둘이 앉어서 이야기를 하다가 실인즉 그 여자와 같이 진고개루 갔던 게야. 자, 이제 실토를 했으니 심사가 편안하우?”

하기 싫은 거짓말이었으나 이 순간 빙그레 웃는 아내의 얼굴을 바라볼 수 있을 때 그것은 결코 슬픈 일만이 아님을 그 순간 인식했다.

“그것 보아요 글쎄 저는 못 속인다니께. 인제 그 여급은 어떻게 또 돌려따구 타이피스트에게로 돌라붙었수? 취직을 한다구 거기 다니드니 계집을 끌러 다녔구려. 참, 그런 수는 용하시지. 내, 또, 고년이 심상치두 않다구 늘 생각은 해 왔지. 그래 취직은 거짓말이지요? 내 그 취직 인제 곧이는 안 들을 걸. 여보! 취직보다 계집에 더 마음이 있으니 어떡헐 테요? 글쎄. 집안은 오가리처럼 자꾸 오그라만 들구, 아이 참 지긋지긋한 취직이야. 그래 본정 가선 뭣을 했에요? 당신 성질에 그저 돌아다니기만은 안 했겠죠?”

“그저 찻집 순례지 하긴 뭘 해—.”

“건 또 거짓말이에요. 왜, 찻집에만 들어가 있었을라구요? 계집을 다리구 간 차비에…….”

그러나, 아무리 거짓말을 꾸며댄다 하더라도, 또, 아내의 마음을 풀기 위한 것이라 하더라도, 아내가 시원하게 듣고자 하기까지의 그 관계라는 것이 있었다고는 아무리 거짓말이라도 차마 하는 수가 없었다.

“인제 더 그런 말을 물으면 나는 불쾌해하겠소. 그만 잡시다. 자리 깔우?”

그러나, 아내는 그것까지 들어야 개운하겠다는 그러한 표정이 아직 완전히 풀리는 것은 아니었으나 그래도 어느 정도까지 휘여드는 마음은 그런 이야기만으로서도 커다란 효과가 있었음을 알 수 있다.

“오늘 밤은 사랑하는 계집과 같이 산보를 했으니께 아주 단잠을 주무시겠지.”

빈정은 거리면서도 깔라는 대로 자리는 깐다.

비로소 정호는 한숨을 쉬었다.

이튿날도 저녁때에야 한군은 소식을 전한다.

그러나 보람 있는 소식이다. 늦었어도 반갑다.

어제 저녁은 실례했네. 술이 그랬네그려. 전화로래도 못 간다는 말을 알리고 싶었으나, 원, 선술집에 전화가 있어야 말이지. 그러나, 반가운 소식을 이제 전하니 엊저녁의 노염은 풀리고도 남음이 있을 줄 아네. 되었네 되었어, 취직이 되었단 말일세. 내 어제 저녁 바루 그 길로 사장을 만나보고 따졌던 것일세. 이제 회사에 일이 정리되는대로 정식 통첩이 군께로 날아들 겔세. 멀어도 아마 사흘 후이면 될 것이라 아네. 일 없이 바빠 용달을 시키고 못 가네. 나 지금 또 술 먹으러 가는 길이야.

아니 반가울 수 없었다. 실직한 지가 일 년, 실로 군색함이 이를 데 없었다. 빚을 내라 빚쟁이한테 모욕을 당하고 반찬값을 내라 아내한테 쪼들림을 받고—.

"여보! 이것 좀 와 보우."

메신저가 문 밖에 나서기가 바쁘게 정호는 아내를 불렀다.

아내로 더불어 아니 같이 반가워할 수 없는 성질의 편지인 것이다.

그러나, 아내는 그것이 벌써 무엇인지를 다 아는 듯이,

"뉘게서 온 거에요?"

할 뿐, 그 편지를 보기에 흥미조차 느끼지 않는다.

"한군, 한군이 했어."

같이 반가워할 것을 믿고 알리나,

"네에."

마지못해 편지를 당기어 보는 체, 보고 나서도 반가워하는 빛은 없다. 흡사 무슨 일을 저지른 때의 그것과 같은 태도다.

"한군 참, 이번에 수구해서."

"그래두 취직이 될 때가 있긴 있군요."

하는, 소리도 힘이 없다.

까닭 모를 일이었다. 아내도 어떻게나 기다리던 그런 취직이었다. 결코 반갑지 않을 이치 없는데 아내의 태도는 그렇지 않다. 낮에 옷감을 끊으러 화신엔가를 다녀온다고 할 때부터 어째 낮갗에 화기가 없어 보이는 것 같더니 필시 무슨 불쾌한 일이 그 사이에 있었던 것이 아닌가? 그래서 그것이 아직 풀리지 않은 탓인가.

"아까 사온 저구리감 거 얼마라죠?"

게서 무슨 단서를 잡아볼까 물었다.

"삼 원 오십 전에요. 그래두 썩 좋지는 못한가 봐요."

"요즘 화신엔 사람 많죠?"

"많다니! 웬 옷감들을 그리 끊어 내겠어요!"

"거리는 인제 덥죠?"

"아니 참 아까운 봄이 인젠 다 가세요."

그러니, 원인을 알 수가 있나.

"인젠 아침밥 때문에 당신 새벽잠 다 잤소."

말을 돌려 물었다.

"새벽밥 짓게 된 걸 잠에다 비하겠어요?"

어딘지 그 말 속에는 어감에 부자연한 맛이 깃들인 듯하다.

"그래두 그 고소한 아침잠 못 자게 될 게 난 근심인데."

"늦잠 못 자기야 저나 당신이나 매일반 아니겠어요."

가까스로 물어보나 경위를 알 수 없다.

그러나 그 부자연한 맛은 여전히 어딘지 모르게 감출 수 없이 드러나 진심으로의 반가워하는 기색이 없는 것만은 의심할 여지가 없었다.

알 수 없는 채 그것은 며칠이 지난다.

사흘이 지나도 회사에선 기별이 없다. 오늘이나 있으려나 해도 내일을 바라보게 만들었다. 그러면 내일이나? 그래도 아닌 것을 한 주일을 기다려서도 소식은 있는 것이 아니다.

오늘도 아침 체부를 눈이 빠지도록 기다려 보았으나 문앞을 그저 지나가고 만다. 필경 까닭이 있는 일이다.

정호는 더 기다리고 있을 수 없었다. 한군을 찾아 집을 나섰다.

그러나 급기야 한군을 만났을 때의 정호는 뜻도 않았던 사실에 놀라고 도리어 한군을 만나지 않았던 것만 못한 무안에 머리를 못 들었다.

"아, 자네 사람을 망신을 시켜도 분수가 있지 그게 대체 뭐란 말야?"

만나기가 바쁘게 눈이 둥글해서 마주 서는 한군의 태도에는 적이 심상치 않은 데가 있었다. 그러나 까닭을 모르는 정호라 멍하니 마주 바라보고 서 있을 밖에.

"응? 아니 그게 대체 어찌된 일야? 글쎄 일이……?"

다시 재처 묻는 것이었으나 정호로선 그것이 무엇을 두고 하는 말인지 해득할 수가 없었다.

"무엇이 어쨌다고 야단이야? 좌우간 껀을 말하고 봐야지 무두무미로 원 알 수가 있나?"

"말 다 해야 알겠나? 자네 취직 껀 말이네 취직 껀."

"아니 참, 그게 어찌된 일인구? 곧 기별이 있으리라더니……."

"기별! 하하 이 사람 참, 일이 어떻게 되었다구 기별이 가겠나? 다 된 죽에다가 코를 떨러놨으니……."

"뭐!"

"아, 그 회사에 타이피스트를 보구 남의 서방을 빼앗느니 어째느니 하고 자네 부인이 찾아와서 욕을 하고 일대 전쟁이 벌어지는 판에 사장 나리까지 그 광경을 목도했다는데?"

"응?"

놀라운 소리였다. 듣고 보니 마춰는 데가 있다. 아내가 한군의 편지를 보고도 반가워하는 표정이 없이 꼭 무슨 일을 저지른 사람 같더니 하는 생각이 선뜻 가슴에 집히는 것이다. 그리고 생각하니 옷감을 끊으러 나갔던 것은 결국 핑계였고 목적은 타이피스트를 만나러 그 회사를 찾아갔던 것이었음을 이제 짐작할 수 있었다. 정호는 입맛이 썼다. 그날 저녁 창졸간 거짓말을 꾸며대일 것이 없어 생각나는 대로 그만 그 타이피스트를 끄집어다 거들었더니 이것을 아내는 곧이듣고 이렇게도 일을 저질러 놓았음에 틀림없었다.

"사실인가 그게?"

창피한 물음인 줄을 모름이 아니었으나, 너무도 의외라 한번 따지어 아니 물어볼 수가 없었던 것이다.

"사실이라니! 이 사람! 말을 좀 듣게나 글쎄. 그러니 사장이야 자네와 타이피스트와 그 어떤 관계가 있는 줄로 알지 않을 겐가? 그러니 지금 사장과 그 타이피스트와 어떠한 새라구 그 취직이 되겠나. 아, 어제 그 회사 앞을 지나다가 자네도 이즘은 출근을 할 것 같고 해서 들렀더니 제에길할 사장한테 욕만 실컷 얻어먹었네. 그게 무슨 짓이겠나 글쎄!"

이까지 이야기하는데 정호는 뭐라고 입을 벌릴 말이 없었다.

"어쨌든 자네 연애 사냥은 참 용하데. 몇 번 만나지도 않은 그 계집을 또 언제 그렇게 후렸던 겐가? 관계가 아주 단단했기에 자네 부인두 그렇게 분을 참지 못했겠지."

오직 부끄러울 따름이다. 아무리 허물없는 벗의 앞이라 하여도 그 수치스러운 마음은 정면으로 얼굴을 들고 마주 대할 수가 없었다.

"아내가 본래 몸이 허약한 데다 그동안 앓고 나서 정신이 좀 이상한 듯하더니…… 그러나 마뜩해 그런 짓이야……."

그렇다고, 그러니, 아내에게 그런 책임을 돌리긴 창피한 일이요, 모른다니 말이 안 되어 이렇게 꾸며는 대었으나, 이러한 말이 그의 귀에 곧이 들어가 맞길 바랄 수는 없다. 그러니 그러한 아내로서의 남편인

자기의 꼴이 그의 인상에서 좀체 사라지진 않을 게라고 보여 속으론
자기의 얼굴을 빤히 들여다보며 입을 비쭉 하고 비웃는 것도 같다.

　하지만 이미 일은 저질러져서 그러한 치소를 아니 받게는 되지 못
하였다. 말없는 한숨을 정호는 속으로 삼키고 수치감의 흥분에 저도
모르게 옆에 찔렀던 손이 부르르 하고 호주머니 속에서 그대로 떨림을
깨달았다.

　그러나 집으로 돌아왔을 때의 정호의 손은 아무 작용도 하기를 잊
은 힘없는 손이었다.

　"아이 지금 돌아오세요? 오늘은 날이 짐작 더운데! 아이 저 이마에
땀 보셔!"

　마주 달려나와 모자를 받고 웃옷을 받을 때 일찍이 돌아오면 이렇
게도 반가이 맞는 아내가? 하는 생각이 몰리었던 그의 손에 힘을 하나
도 남기지 않고 온통 빼앗았던 것이다.

　"으흐응!"

　다만 괴로운 마음으로 이렇게 한숨과 같이 갚았을 뿐, 등덜미의 땀
을 씻어 주는 대로 아내에게 몸을 맡기고 있었다.

(己卯 5월)

〔발표지〕《문장》(1939. 7.)
〔수록단행본〕*『백치 아다다』(대조사, 1946)

희화(戲畵)

낮비 소리보다는 밤비 소리가 더욱 가슴에 마친다.

──정력적으로 쭈룩쭈룩 그렇게 세차게나 퍼부었으면 오히려 나을 것이, 오기도 싫은 것을 보슬보슬 끊임도 없이 속삭이는 가랑비 소리 ──그것은 마치 사람의 눈을 피하여 조심조심 걸어오는 사신(死神)의 발자국 소리나처럼 정암의 귀에는 들린다.

날마다 살이 깎여만 내릴 줄 아는 팔뚝을 들여다는 보면서도 그래도 마뜩해 죽기야 하리? 하던 그 굳센 신념만은 조금도 꺾이지 않던 것이, 며칠째의 의사의 진찰 태도에 그만 정암은 그렇게도 굳세던 마음이 일조에 꺾이고 죽음의 공포 속에 자꾸만 오력이 재려든다. 더욱이 오늘 아침의 진찰에 와서는 청진기를 가슴에 대기가 바쁘게 머리를 흔들며 실색을 하던 그 의사의 태도는 그것이 벌써 무엇을 의미하는 것인지를 모르지 않는 것이다. 별안간 가슴이 덜컥 하고 내려앉으며 정신이 아찔하여진다. 그때부터 정암은 세상의 모든 것이 자기와는 인젠 손톱만한 인연도 없는 듯이 자기의 죽음을 시바삐 재촉하는 듯하고 또 찬미하여 마지않는 것만 같다. 그러면서 무엇이나 그윽히 그리고, 고요하게 들려오는 음향이면 그것은 자기의 죽음을 재촉하는 그 무슨 신의 호령이나처럼 그의 귀에는 들린다.

사람이 한 번 죽는다는 것은 피치 못할 철칙이로되, 이제 그 불가제항의 죽음이라는 것이 참으로 찾아와 시간을 앞에 놓고 자기의 운명을 노리고 있거니 하니 이리도 짧은 사람의 일생이 안타깝기 그지없다.

독자(獨自)의 예술을 개척하여(그는 그렇게 알음) 주위의 벗들을 뭇누르고 호올로 문단에 뚜렷한 지위를 얻기까지의 그 정력의 소비, 분투와 노력을 생각할 때 지금까지 쌓아온 그 노력의 헛됨이 지극히 아깝다. 지금 죽는다 해도 이미 얻은 그 문단적 지위는 움직일 수 없이 뚜렷은 할 것이나, 정암은 그것만으로 개운히 마음에 만족하지 못한다. 백만 대중을 위하여 자기의 경지를 개척할 예술적 소재가 복안에 많은 것을 이렇다 세상에 발휘하지 못하고 가슴속에 지닌 채 자취도 없이 자기와 같이 영원히 썩어지고 말 것임이 길이 미련에 남는다. 다만 몇 해 동안이라도 그 소재의 예술화를 보기까지 죽음에서 생의 여유를 얻는다면 하고 때로 앞날을 내다보는 것이나 다음 순간, 그 의사의 실색하던 태도가 뒤미처 떠오를 땐 그러한 생각조차 그것은 너무나한 억지임을 그 즉석에서 깨닫지 않을 수 없다. 아무리 해도 자기는 한 주일이 멀다. 그 안으로 기어이 죽고 말 것만 같다.

그러니 죽음과 같이 영원히 잊고 말, 잊기 어려운 그 예술——그 예술도 자기에겐 없을 것을 미루어볼 때 정암은 좀더 예술 속에 깊이 사라지고 싶은 알뜰한 충동에 못 이긴다. 여생이 이제 앞으로 얼마 동안이나 더 계속될는지는 모르나, 다만 몇 시간 동안이라도 깨끗하게 더러운 생활을 예술화시키므로 사람으로서의 보람있는 최후를 마치고 싶다. 그러니 오늘까지 살아오는 동안 양심에 걸리던 자기 자신의 비행이 저리게도 가슴에 마친다. 그 가운데서도 더욱이 참을 수 없는 그 한 가지——그것은 자기의 문단적 지위를 높이어 준 예술적 창작의 동기가 되었던 비인위적 행위 그것이다.

사람으로서의 차마 하지 못할 행위를 범하고도 오늘까지 비밀히 감추어 두었던 것은 지위를 보존하므로 거기에 따라 예술 가치도 앞으로 더욱 높이자는 데 있었던 것이나, 자기와 같이 예술의 소재도 영원히 사라지고 말진대 완전한 사람으로서의 인격을 바로 가짐으로 나머지의 여생이나 깨끗이 예술화하여 보다 더한 한낱 완전한 인간으로 예술 그 물건이 되어 죽고 싶다.

그 비인위적인 무서운 범죄로 우정(友情)을 써서 문단적 지위를 얻게 되던 사실, 그것을 정암은 시바삐 밝힘으로 완전한 죄 없는 사람이 되어 죽고 싶은 알뜰한 충동에 자못 이길 수 없다.

"여보!"

정암은 아내를 부른다. 그리고 급히 천양을 좀 청해 달라 이른다.

그리고는, 얼마 동안을 무슨 사념엔지 다시 고요히 잠겼던 정암은 천양의 기침 소리가 들리기 바쁘게 힘없는 눈을 번쩍 뜨고 지극히 반가움에 못 이기는 태도로 천양의 팔목을 덥썩 더듬어 쥔다.

"요즘은 좀 어떤가?"

다른 한 손으로 정암의 빼빼 마른 팔목을 천양도 마주 쥔다.

"나는 이젠 죽는 사람이야. 군과 이렇게 손목을 잡구 이야기를 하게 되는 것도 이것이 필시 마지막일까 보아."

"그런 소리를 왜, 하나!"

"아냐 나는 죽는 사람이지. 군의 그런 인사말도 지금 내 탈에는 너무 늦어."

"글쎄 그런 소린 말래두—."

"아니, 죽지. 죽고 말고……. 내가 죽으면 군! 세상은 나더러 무어라고 할 것인가? 군은 비평가이니만치 응당 나에게 대한 문단의 여론을 좀더 정확히 짐작할 테지?"

"군의 지위야 소설가의 한 사람으로 영원히 살고 있을 텐데……. 군의 우정이야 우리 문단에서뿐 아니라, 외국의 어느 문단에 가져다 놓더라도 손색이 없을 불후의 걸작으로 이미 세평이 높잖은가. 그것만으로도 군의 지위는 영원히 살고 있을 것이라 믿네."

별안간 정암의 눈에는 눈물이 핑 돈다. 천양의 입으로 우정의 찬사를 받을 때 정암은 양심상 참을 수 없는 그 무엇이 아프게 가슴을 찌르는 것이다.

"천양! 군은 이 나라는 존재를 무엇으로 알고 있었나? 바루 말하여 주게, 군!"

"내 동무로서의 둘도 없는 벗으로 알지. 군과의 교의는 세상이 우정을 믿듯이 나는 군을 믿으니까. 안 그래? 정암! 군도 나를 믿어 주지?"

정암의 눈물이 다시는 소생할 여망이 없는 데서 자기와의 우정에 참을 수 없이 흘리는 그러한 눈물인 줄만 아는 천양은 이를 데 없이 안타까운 마음에 다정히 손목을 흔들어 묻는다. 그러나, 정암은 여전히 눈물로써 대답을 받을 뿐, 말이 없다.

"정암! 마음을 굳세게 먹어야 돼. 군은 그맛 탈을 중히 알고 마음을 약하게 먹으니까 그게 탈이거든. 나는 군의 탈이 전에보다 분명히 떨리고 있는 줄로 아는데 무슨 근심이야 글쎄 근심이."

"용서하게 천양!"

아무 말도 없이 눈물만 흘리던 정암은 마침내 무엇을 결심한 듯이 눈을 크게 뜨고 이빨에 힘을 준다.

"용서라니! 무엇을 말야?"

"나는 군에게 죄를 지고 있어."

"응? 무슨 말이야 대체 그게."

"나는 오늘까지 그것을 속여 왔으니까 군도 모르지, 용서하게."

"아 이 사람! 그게 무슨 말인지는 자세히 모르겠네만, 설혹 무슨 잘못이 있대서 군과 나 사이에 죄라구까지 이름을 붙일 무엇이 있겠나 걱정 말어."

"정말 용서하여 줄 텐가? 천양! 나는 군과의 정의가 그만큼 두터우므로 해서 죽으면서까지는 군을 속이지는 못하고 밝히고 가려는 거야. 나의 「우정」은 그게 모델을 두고 썼든 소설이거든……."

"응?"

의외의 사실에 천양은 닝큼 놀란다.

"그러기 내가 용서를 청한 것이 아닌가? 군!"

천양은 마치 의식을 잃은 사람 모양으로 멍하니 정암의 얼굴만 뚫어져라 바라본다.

"용서한다더니 응? 군!"

"……."

"천양! 응? 천양! 죽으면서까지 나는 그런 사실을 속일 수가 없었네. 차마 속일 수가. 군을 속일 수가……."

천양은 힘없이 한숨을 쉬며 고개를 벽으로 돌린다. 정암의 우정을 오늘까지 혀끝에 침을 튀어 가며 칭찬을 하여 불후의 명작으로 만들어 놓은 그 소설의 모델이 이제 자기의 아내와의 간통에 있었던 것을 생각할 때 천양은 너무도 자신이 부끄러움을 금할 수 없는 것이다.

"생각하면 십 년 전 군이 북선 방면으로 순회 강연을 떠났을 때 나는 군에게 죄를 지었네. 그것이 잘못인 줄은 물론 잘 알면서도 그때 내 마음을 나는 나도 억제할 수가 없었으니……."

"정암! 그게 사실인가? 사실이라면 그런 사실을 내 귀에 고하지 말구 그대로 안고 가지를 왜 못하나? 내 아내를 더럽혀 준 것이 동기가 되어 그것을 모델로 짜여진 작품을 내 입으로 칭찬을 하여 예술적 가치를 높이어 준 것을 생각할 때 내 마음이 아플 것을 군은 짐작하지 못하였던가?"

"아니, 나는 나를 나라는 일개 완전한 인간으로 내 몸을 세우므로 예술 속에 깨끗이 죽기 위하여 고백을 한 것이야. 내가 그것을 지금껏 숨기어 온 것은 내 인격을 보존하기 위하자는 데 있었으나 내가 죽으면 나라는 인간은 이 세상에서 아주 영원히 없어질 것이 아닌가. 그러면 그때에는 인격을 보존할 필요도 아무것도 없을 것이란 말야. 그래서 나는 나라는 인간을, 다시 말하면 죄 없는 깨끗한 인간으로 인격을 세우고 죽기 위하여 죄를 고백하지 않고는 참을 수가 없었거든."

어떻게 생각하면 정암의 그 고백은 자기에게 모욕을 주기 위한 농락도 같은 것이 천양은 분하다.

"너는 도무지 나를 농락하는 데 불과하구나. 자기의 인격만을 위하여 남의 인격을 이렇게두 비웃어 놓는 법이 천하에 어디 있단 말이냐? 나도 너를 농락하려면 농락할 만한 사실이 없는 것이 아니야. 내가 내 붓끝으로 칭찬을 하여 걸작으로 만들어 놓은 소위 그「우정」은 전연 내 붓끝이 만들어 놓은 명작이었고 내 마음이 허하는 그러한 명작은 너무도 아니었던 게야. 우리는 그때 우리의 정치사상을 건설하기 위하여 우리의 그룹을 옹호하지 않을 수 없었고, 또 내세우고 추켜올리지 않을 수 없었던 것이었지. 그래야 사회적으로 권위도 얻게 될 것이요, 그러므로 가난한 우리가 밥도 먹게 될 것이므로 그렇게 칭찬을 했던 게지. 이러한 예가 그때의 문단에 있어 한 통폐이었던 것은 군도 잘 알고 있는 사실일 테다. 이제 말하거니와 군의「우정」도 그 한 좋은 예이었던 것임을 알아야 하네."

아직 여생이 구만 리 같은 천양으로서는 차마 못 할 소리를 한다는 듯이 정암은 끔쩍 놀라고 겨우 뜨이는 눈이 동글해지며,

"아니 천양! 그게 무슨 소린가? 군은 아직도 여생을 살아갈 앞날이 많이 남았는데 군 자신의 입으로 그런 소리를 한다면 뉘가 군의 붓끝을 신용할 것인가, 안 그래? 군!"

그리고, 앞날에 있어서의 벗의 지위를 지극히 염려해 마지못하는 듯한 일종 애연에 가까운 낯갖으로까지 변한다.

그러나, 천양은 이 소리를 듣는지 마는지 홍분해 거리지는 침을 힘주어 몰아삼키며,

"반듯한 말이, 그때부터 군의 지위는 문단적으로 섰고, 그리하여 밥 문제도 어느 정도까지 해결이 되었던 것을 군도 빤히 알고 있는 사실일 테지. 그리고, 군은「우정」을 내세우고 어깨를 우쭐거리고 다녔지. 나는 그것을 보고 얼마나 늘 웃어 왔는지 모르네. 그러면서, 세상이란 일개 비평가의 붓끝에 이렇게두 속나 하고 세상을 좇아서 다시 한 번

웃으며……."

"아니 군! 군은 아직 살아갈 여생이 여생이……."

되풀면서 괴로운 표정 속에 정암은 뒷말을 더 계속하지 못하고 눈을 감는다.

침묵이 흐른다. 영원한 침묵을 지키려는 정암의 가쁜 숨소리와 같이…….

그러하여, 침묵이 계속되는 고요한 방안에는 전등불만이 혼자 밝아서 현실(現實)의 역사(歷史)를 지키고, 창 밖의 어둠 속엔 가랑비 소리가 여전히 보슬보슬 정암의 최후를 재촉하고…….

(壬申 6月)

〔발표지〕《문장》(1940. 10.)
〔수록단행본〕*『백치 아다다』(대조사, 1946)

이반(離叛)

1

　오늘 아침도 어멈은 벌써 세 번째나 내가 일어났는가 하는 여부를 살피고 들어가는 눈치였건만 나는 그저 자는 척 이불 속에서 그대로 뒹굴었다. 열한시도 넘었으니 아침을 안 먹은 몸이 어지간히 시장함을 느끼게 되면서도 일어나서는 또 먹어야 할 그 백미밥을 생각할 땐 뱀의 혀끝을 보는 것과 같이 몸서리가 떨려 시장한 배를 쥐어틀면서도 이렇게 아니 넘어졌게 되지 못한다.

　백미밥을 먹으면 각기는 낫지 않는다는 것을, 그리고 심하면 생명에까지 관계된다는 의사의 주의를 받게 되자부터는 차마 그 백미밥이 목구멍 너머로 넘어가질 않았던 것이다.

　그러나 나는 내 생명이 귀하길래 시재의 고픈 배가 야속해서 이렇게 한껏 누워 넘어졌다가도 필야엔 일어나 억지로 눈을 감고라도 이 백미밥을 또한 아니 먹게 되지 못한다. 여기에 나의 고민은 크다.

　백미밥은 병에 관계되는 것이므로 팥밥을 지어 달라고 주인 마누라더러 몇 번이나 부탁을 하여 오건만 마누라는 기어코 팥밥은 지어 주지 않는다. 쌀값과 팥값과를 비해 보면 결코 팥값이 앞서는 것은 아니나, 주인은 주인대로 그렇지 않은 이유가 또한 있었던 것이다.

　내가 이 집에 기숙을 한 지 반 년이 되건만 처음 두 달 것밖에 밥값을 치르지 못한 것이 그 벌이다. 밥값을 제때에 내지 못하는 나를 내어쫓자는 것이 그 계획으로 병자니까 병에 관계되는 요구를 들어주지 않으면 어디 가서라도 돈을 마련해다 놓고 나가리라는 것이 중요한 이유인데다 팥밥이란 여름 한철에 있어선 쉬기를 잘하는 것이어서 먹다 남으면 버리고 말게 되는 데 대한 이해의 타산이 또한 있었고, 그리고 설혹 쉬지를 않는다손 치더라도 먹던 밥의 표가 나는 팥밥이니 다른 손님의 밥에 섞어도 못 주게 되고 병자 자신에게만 주자니 전혀 팥밥이 되고, 병자의 것이니 자기네도 먹기가 싫고 하여 결국은 버리는 것밖에 없이 되고 마는 것이어서 도무지 팥밥은 하지 않아야 이롭다는 것이 그 전체적 이유다.

이러한 사실을 비로소 알았을 때 나는 이렇게도 인정에 매몰한 사람이 있을까 자못 놀라지 않을 수 없었다. 밥값을 내라고 앙칼스레 조를 때는 밥을 팔아먹는 사람으로 아니 그럴 수 없는 일이거니 하여 너무 심하다고는 생각하면서도 밥값을 내지 못하는 내가 도리어 미안함을 느끼어 왔으나, 병중에 있는 손님에 대해서 동정은 못 하나마 되려 이 기회를 이용하여 내어쫓음으로써 돈을 받는 것만이 당연히 하여야 할 일인 줄 아는 보통의 범주를 넘어선 주인 마누라임을 알았을 때 나는 내 목숨을 위하여 이 집을 떠나지 않아서는 안 되었다.

그러나 당장으로 치르고 나올 돈이 없다. 그래도 취직만 되면 살아갈 도리가 있으리라, 있는 세간을 거의 다 들추어 가지고 올라왔던 이백 원이란 돈은 되지도 못하는 그 취직운동이 한 달이 머다 한푼 없이 물어 가고 빈손 안에 손금만 지고 앉았게 되니 동무들로부터도 버림을 받게 된다. 동무라야 노·홍·조·백·허 다섯 사람밖에 없었지만 그들은 내가 언제부터 돈 한푼 없이 각기로 고통을 받고 있는 줄은 잘 알면서도 그저 모르는 체다. 아니 언제인가는 한 번 참다 참다 돈의 융통을 좀 원해 보았더니, 그들은 손실을 피하기 위하여선지 그적부터는 하나같이 나의 하숙에까지 걸음발을 딱 끊고 말았다.

그러니 도리가 없는 나는 병을 더치는 백미밥인 줄을 알면서도 이 집을 떠날 수가 없어 그저 운명에 목숨을 맡기고 눈치의 그 밥이나마 주어 고맙게 받아 먹고 지나는 수밖에 없었다.

2

어멈은 다시 나오는 기색이다. 신 끄는 소리가 중문턱을 넘어선다.

순간, 밥이라는 것이 다시금 전광처럼 눈앞에 번쩍 하고 나타날 때 나의 눈은 어느새 책상 위에 놓인 한 권의 서적에 곁눈질을 하였다. 그것은 철학에 관한 서적으로 내 생애에 있어 사람 된 나의 전부를 키워 준 자모와 같은 것이어서 어떠한 난처한 경우일지라도 품 밖에 내어 보내서는 안 된다는 내 신념도 그렇거니와 그것은 또한 난처한 경우일수록 그것의 해결을 지어 주는 그야말로 내 생애에의 나침반과 같은 것이어서 이천여의 장서를 모두 팔아먹으면서도 그것만은 오직 품안에 품고 다니던 것이언만 너무도 절박한 사정이 어제 저녁 불면의 고민 속에서 차마 목구멍으로 넘길 수 없는 백반이 다시 내일 아침을 엿볼 때에 절대한 생명은 사랑하는 책이길래 생명을 위하여 희생하자고 알뜰히도 서두르는 것이어서 지금까지 끌어 오며 마침 나는 이것의 이론에로 정당화를 시켜 놓았던 것이다.

"아이 오정이 나세요 서방님!"

어서 일어나라는 말이다.

"나 밥 안 먹겠어."

시원한 듯이 어멈은 "왜 그러세요" 한마디의 물음도 없이 발꿈치를 돌린다.

"안 먹겠으면 진작 안 먹겠다구 할 게지 한껏 자빠져서 남의 골을 올리고야…… 빌어먹을 녀석!"

어멈의 보고를 받은 마누라는 중문 밖까지 들려라 하는 듯이 조금도 조심성 없게 뱉어 놓는다.

그러나 이러한 소리는 너무도 평범하리만치 나의 귀에는 익다. 그
것은 조금도 내 감정을 움직이는 것이 못 된다. 나는 다만 흥! 하고
머리를 들어 어제 저녁의 고민 속에서 한 권의 서적과 같이 절대한 생
명에의 후보로 나섰던 춘추의 합복을 벽에서 떼어 입고 그리고 예의
그 책을 집어 든 다음 왜 봉변을 당하였는지 아궁에 손잡이를 박고 넘
어진 단장을 주워들어 전신에 피가 멎은 것 같은 무거운 몸을 의지하
여 대문을 나섰다.

며칠 만에 걸음을 걸어 보는 다리는 전에 비하여 별로 더한 줄은 모
르겠으되 결코 가벼워진 맛은 없다. 그러나 손끝에까지 무엇을 매어다
단 것같이 심하게도 팔깍 쫓아 떨어져 오는 것을 보면 병은 그동안에
도 분명히 깊이 들어갔음을 알게 한다.

오랜간만이라 진고개라도 가 볼까 하던 나는 이런 몸으로 운동이
과하면 안 될 것을 짐작하고 관훈정 어느 서점으로 들어가 그 책을 마
침내 일금 일 원 오십 전에 바꾸어 들었다. 팥죽을 한번 배껏 먹어 보
자는 것이다.

그러나 팥은 긴또끼에도 있다. 타오르는 목은 우선 발부리 앞 다방
으로 먼저 유혹한다. 나는 선풍기 가까운 야자수 그늘 아래 자리를 잡
고 긴또끼를 청했다. 섬벅섬벅 떠서 몇 숟갈 입에 넣으니 등골에 땀방
울이 가다든다. 시원한 맛에 의자에 몸을 기대어 싣고 청량음료를 나
르기에 분주한 끽다거얼을 하릴없이 바라보다가 나는 시야에 벌어지는
뜻아닌 그림자를 찾는다. 저쪽 매화분 뒤로 조·홍·노 세 사람이 헤
엄쳐 들어왔던 것이다.

순간 나는 나도 모르게 반가움에 그들을 맞기 위하여 빙그레 웃으
며 몸을 일으켰다. 그러나, 그때의 나의 시야에는 벌써 그들의 그림자
는 어느 새인지 사라지고 만다. ──조군의 시선이 정면으로 나의 시선
과 마주칠 때 조군은 무슨 보아서는 안 될 원수나 본 것처럼 얼른 시
선을 피하여 누구를 찾으러 온 사람같이 휘 한 바퀴 장내를 둘러 살펴

는 지냥을 하더니 뒤에 달린 홍·노 양군에게 일변 눈짓을 하며 단장으로 앞을 가리켜 어서 나가자는 뜻을 말하던 것이다.

나는 맴을 돈 것같이 갑자기 정신이 횡하여졌다. 눈앞에서는 알 수 없는 무수한 원형의 그림자가 빙빙 떠돌을 뿐 아무것도 보이지 않았다.

대개 그들이 요즘 나와 사이를 멀리하는 것이 나의 난처한 사정에 물질로써의 자기네들의 손실을 피하기 위한 의미에서일 것이겠거니 하는 정도에서밖에 그들을 보다 더 악의로 해석하고 싶지 않은 나였건만 이렇게 만나서까지 인사 한마디 없이 전연 원수와 같은 태도로 대하는 것을 볼 때 내 가슴은 미어지게 아팠다.

내가 그들에게 이렇게까지 악감을 갖게 한 그러한 행동이 있었을까. 아무리 생각해도 알 수 없다. 다만 턱을 여러 번 얻어먹고 한 번도 갚지 못한 것——이런 것까지 생각하게 되면 이런 일은 있었다.

언젠가 조군은 이 삼복 고열에 나의 아직 벗지 못한 춘추의 합복을 가리켜 "나는 실장 너와 같이 다니기가 창피하더라. 나의 동무가 군과 같은 차림새라면 사람들이 나를 어떻게 보겠나." 하던 것이요, 그런지 며칠 후 그의 여관을 찾아 갔을 때 그는 또 나의 양복에 눈질을 하며 "이 여관 집 딸이 나에게 호의를 가지는 모양이니 연애가 성립되기까지 군의 양복 자태는 제발 좀 사양하여 주게." 하던 것이다.

그때 나는 그런 말을 듣고 아무리 그것이 농담이라 치더라도 다소 무안함을 금할 길이 없었다. 그러나 그와 나와는 서로가 못 하는 말이 없이 지내 오던 터이므로 이역 농담이었을 것이거니 하고 웃음으로 받고 말았으나, 이제 그들의 행동을 이렇게 살피고 그것을 되풀어 보니 그 언사는 분명 내가 역하여 참마음에 농담의 껍데기를 씌우고 하였던 말임이 틀림없었던 것을 깨달을 수 있었다.

그러니 그 원인은 물론 나와 자리를 같이하면 나를 위해서 자기네의 인격이 떨어지게 된다는 그것이니 나를 대하여서는 재미없다는 것일 것이다.

사람의 마음이란 이렇게도 변하는 것일까? 십여 년 동안 학교에서 맺어 온 그와 나와의 교분은 그것이 결코 허스러운 것이 아니었다. 그때에는 사람들이 좀해선 허하지도 못하는 돈이라는 관계에 있어서까지라도 네것 내것이 없이 서로 주머니를 뒤져 쓰던 그러한 처지였다. 참으로 그는 나를 못 잊어 함이 다른 그 어느 동무에게나 비할 정도가 아니었다.

내 집안이 어떠한 사정에서 일시의 몰락을 피치 못하여 일 년을 앞으로 남겨 놓은 학교를 마치지 못하고 집으로 돌아오지 않아서는 안 될 운명에서 귀향의 도에 오를 때 동경역에서 품천(品川)까지 전송을 나오던 조군의 눈에서는 연인을 떨어지는 계집애같이 석별에 못 이기는 눈물이 끊임없이 두 뺨으로 흘러내려 나로 하여금 눈물을 아니 흘리게 하지 못하던 그러한 교분으로서의 그였다. 그렇던 그가 이제 돈이 없는 나라 해서 이렇게 원수같이 대하지 않아서는 안 되는 것이다.

"어이 삐루?"

나는 술을 아니 청하지 못했다. 이때의 내 마음을 참고 이기게까지 내 마음은 세지를 못했다.

나는 가져오는 삐루를 사정없이 들이켰다. 본시 잘 먹지 못하는 술이었지만 아니, 술을 먹으면 각기에 해롭다는 의사의 주의까지 받은 것이었지만 나는 내 바른 정신을 아니 흐리우고는 배겨날 수가 없다.

그러나 술이 들어갈수록 정신은 더 똑똑해만진다. 나의 그 간난하디 간난한 주머니를 뒤집는 그 돈의 액수로는 족히 흥분된 내 정신을 흐리울 길이 없었다. 그리하여 그것은 내 마음을 보다 더 괴롭히는 것밖에 더 되어지는 것이 아니었다.

3

며칠이 지났다. 그날 밤 새로 두시나 되었을까 잠이 드는 둥 마는

둥 어렴풋이 정신이 흐리었을 때 별안간 대문이 왈칵 하는 바람에 나의 눈은 놀람에 번쩍 뜨였다.

"누구요?"

"손님 왔습니다."

자칭 손님이란다. 이상한 대답이다. 그러면 이 사람은 손님을 데리고 온 사람인가. 손님! 나를 찾아올 손님은 서울 장안에 없는데— 더구나 이 아닌 밤중에.

"누구를 찾으십니까?"

"이 방 손님 계세요? 오신 손님이 몸이 위태하시니 빨리 문을 좀 열어 주세요."

밖에서는 나의 방 뒷미닫이를 똑똑 두드려 보인다.

비록 나의 이름은 따져 부르지 않는다 하더라도 이 방 손님 그것은 내가 틀림없다. 나를 찾아온 손님이다. 나를 찾아온 손님이 몸이 위태하다! 나를 찾아올 손님이 그러한 손님이 있을까? 나는 의아한 눈을 둥그렇게 뜨지 않을 수 없었다.

"당신은 대관절 누군데 누구를 찾으십니까?"

"어 어 어이 어 안군!"

이번에는 겨우 입술 끝에 떨어놓는 힘없는 다른 목소리가 분명히 나의 성자를 불러 놓는다.

나는 정신이 펄쩍 들었다. "안군" 하는 그 음성은 심히도 귓맛에 익은 음성이었던 것이다. 그래서 나는 그것이 누구일까는 헤아려 볼 여지도 없이 내 벗의 한 사람이 몸이 위태하여 나를 찾아온 것이라는 생각에 어느새인지 나는 나도 모르게 문을 냅다 밀고 뛰어나가 대문 빗장을 더듬어 열었다.

대문을 정면으로 향하고 마주 놓은 한 채의 인력거, 그 위에는 한켠짝 손과 머리를 붕대로 동이고 전신에 피투성이가 된 사나이가 힘없이 고개를 어깨 위에 떨어치고 있다. 누굴까 살피어 보고자 머리를 쑥 내미니,

“아 안군!”

하며 손을 마주 내미는데 자세히 바라보니 아! 뜻이나 하였으랴! 그것이 조군이라고야!

그 순간 나는 그가 왜 이렇게 되었을까 하는 생각보다 나를 왜 찾아왔을까 하는 생각이 선뜻하게 나의 마음을 앞서 찌른다. 나와는 전연 인연을 끊은 것처럼 따돌리고 대하기조차 피하던 조군, 이제 그 조군이 나를 찾아왔다. 피에 젖어서 나를 찾아왔다. 이것이 정말 생시인가 나는 멍하니 서 있지 않을 수 없었다.

그러나 그 다음 순간, 피에 젖어 고민을 느끼는 그의 얼굴을 똑바로 바라볼 수 있을 때 나는 어느새인지 그의 손을 덥석 더듬어 쥐었다.

그는 말없이 눈물을 흘리며 힘없이 몸을 비튼다.

“조군! 이게 웬일인가?”

“…….”

역시 말없는 한숨과 같이 그의 입에선 확 하고 술 냄새가 풍기어 나온다. 그는 그 상처에 술까지 더할 수 없이 마비되어 있는 성싶다.

인력거꾼과 나는 좌우에서 그를 부축하여 방안으로 들여다 눕혔다.

“무 물 나 물 좀…….”

한참 동안 그린 듯이, 아니 죽은 듯이 눕힌 그대로 넘어져서 몸 한 번 움직이지 않던 조군은 눈살과 같이 얼굴을 찡그리며 머리를 반쯤 든다.

그리고 주발에 남실거리게 떠다 주는 물을 꿀꺽꿀꺽 단숨에 삼키고 나더니 정신이 드는 듯이 휘 방안을 한 번 살펴보고는 다시 누우려다가 참기 어려운 무엇이 있는 듯이 강잉히 얼굴을 찌푸리며 이빨을 부득부득 간다.

“조군! 조군! 웬일이야? 이게 —.”

“에익!”

대답도 없이 그는 방바닥이 깨어져라 두드리며 고함을 지른다.

“이놈! 이놈들! 이놈!”

“조군! 조군!”

원인을 모르는 나는 그저 멍하여 부를 밖에 없었다.

“죽는다. 나는 죽는다. 죽어.”

미친 듯이 몸부림을 하며 그는 눈물과 같이 설움까지 터뜨린다.

“조군! 조군! 조군! 조군!”

그가 정신에 이상이 생긴 것은 아닌가? 나는 슬그니 겁이 나서 어쩔 줄 모르고 자꾸 불렀다.

“나는 죽어, 이 꼴을 하구 내가 이놈들을, 에이.”

“조군! 무슨 일이야 어떻게 된 일인데 그래?”

“나는 동무두 없는 놈이야. 나는 죽어, 내가 그놈들을……”

그는 더욱 세차게 방바닥을 두드린다.

상처받은 그 손을 그렇게 함부로 쓰는 것이 마땅치 못한 것 같아 나는 그의 손을 우선 붙들었다.

“안군, 글쎄 안군, 내가 군을 찾아와서 이렇게 시끄럽게 구는 건 참말 미안한 일이야. 그러나 사람이 이거야 원 안타까워 살 수가 어디 있나. 에이 씨—.”

분함을 못 참는 듯 멎었던 눈물이 다시금 주르르 미끄러져 나온다.

나는 너무도 격분한 그의 태도에 뭐라고 위로할 말을 몰랐다.

“글쎄 이놈들에게 내가, 그놈들을 동무라고 믿다니! 노가놈, 홍가놈, 허가놈 하나같은 놈들, 이놈들! 작당을 하고 나 나를…… 글쎄 내가 오늘 저녁 그놈들을 데리구 명월관엘 가지 않았겠나? 군! 그런데 말이야. 산홍이라는 기생년을 내가 뜻을 둔 지가 오랜 것은 군두 아는 사실이지만 그래 오늘 저녁에두 그녀를 불렀드니 아 그년이 글쎄 나만 좋아서 내 곁을 떠나지 않고 서어비스를 불공평하게 하니까 이놈들이 샘이 나서 강주정을 부리며 트집을 잡지 않겠나. 그러드니 필야엔 홍가놈이 아, 산홍이년의 따귀를 갈긴단 말이지. 그게 글쎄 꼴이 무어겠나? 막잡이들도 아니구 적어도 최고학부들을 나온 인텔리들이 기생년

에게 손을 대다니. 그래, 내가 그년을 붙들구 위로를 하는 척했더니
아 그적엔 날더러 꼭같은 자식이라고 막 달려들겠지. 홍가놈, 노가놈,
백가놈, 허가놈 할 것 없이 이놈들이 왼통 달려 붙어서 나를 미친 개
나 치듯 난타질을 한단 말이야. 내 이 양복 꼴이, 이 피를 좀 보게나?
내가 이제 원수를 못 갚나 군 두고 보게. 그놈 홍가놈의 대강이를 당
장에 으스라치렸더니 내가 그놈을 안다리를 걸어 깔고 앉지야 못하겠
나, 그만 식탁 위에 컵을 손으로 집고 넘어가는 바람에 이 손까지 아
마 동맥이 끊긴 것 같은데 에이 내 이놈들을……."

걸어진 침을 힘주어 삼키며 그는 뿌드득 다시 이를 간다.

나는 도무지 알 수가 없었다. 조군을 대장 격으로 앞세우고 다니며
나를 그룹에서 따돌리는 그들, 그들은 이제 대장 조군을 구타하였다.
일개 계집애의 시기로 구타하였다. 동무(나)를 버리고 동무한테 버림
을 받은 조군, 버림을 받고 버렸던 벗(나)을 다시 찾아온 조군, 조군
은 나를 무슨 뜻으로 찾아왔을까?

"안군, 그러니 이 꼴을 하고 여관으루야 차마 들어갈 수가 있어야
지. 여관에서는 나를 부량자로 틀림없이 볼 거야. 우선 그 윤희(여관
집 딸)가 내가 매를 맞았다면 내 위신을 어떻게 볼 것인가. 지금 윤희
는 한참 내게 반했는데. 그래서 나는 윤희한테 내 이 꼴을 차마 보일
수가 없어서 군을 찾아왔지. 너무 시끄러워 말게."

나는 여기에 무어라고 대답할 말을 몰랐다. 자기의 인격을 보지하
기 위하여 버려도 아깝지 않던 벗을 딱한 사정에 직면하여선 당당히
찾아올 권리를 가지는 것이다! 나는 입안이 씀을 느끼고 아무 말도 없
이 걸어진 침을 삼킬 뿐이었다.

4

밤을 새워 아침을 먹고 병원에 갔던 조군은 세 주일 동안의 치료를

받아야 되겠다는 진찰을 받고 돌아와서 그때까지 나에게 시끄러움을 부득불 좀 끼쳐야 되겠다고 하면서 여관에다가는 한 삼 주일 동안 북선 지방에 여행을 다녀온다고 전화를 걸어 놓았다.

그리고는 그 이튿날부터 나의 방에서 그냥 자고 일며 병원에를 다녔다.

돈 내음새를 맡은 주인 마누라는 조군에게 할 수 있는 한 친절을 다하는 눈치였다. 돈이 말하는 그 풍채에 홀대할 수가 없었던지 혹은 그를 영원히 자기 집에 붙들어 두고 밥을 팔아먹을 심계에서였던지 어쨌든 친절은 나에게 대하는 그러한 정도가 아니었다. 식찬 같은 것도 전에 나의 것에 비하여 배 이상이 늘었을 뿐 아니라 특별히 정성을 다하여 요리법에 애를 쓴 흔적까지 보였다.

이렇게 주인 마누라의 특별한 대우를 받으며 날마다 병원에를 다니던 조군은 보름을 넘어 다니고 나서 어느 날은 병원에를 가는 듯이 나가선 진종일을 들어오지 않았다. 아니 그 이튿날도, 또 그 이튿날까지도 들어오는 것이 아니었다.

사흘째 되던 날 저녁이었다. 나에게는 뜻밖에 '피솔'이라는 각기약 이백오십 그램의 한 병이 진고개 ××약방으로부터 조권수(趙權秀)라는 이름의 딱지를 달고 배달이 되어 왔다.

나는 이것을 보고 문득 놀라는 나머지 조군은 이 집을 아주 떠난 사람인 것을 깨달았다. 그리고 생각하니 조군이 이 집을 떠난 이유도 있을 것 같았다.

그날 아침 조군은 병원에를 떠나기 전에 자기의 집으로부터 오는 돈 3백 원을 받은 것이었다. 그리하여 그 돈을 찾고 보니 돈을 가지고서 병중에 돈이 없이 쩔쩔매는 나와 같이 있기가 차마 미안하여 슬그니 이 집을 떠난 것인지도 모를 일이었다. 그러면서 그동안 나에게 시끄러움을 끼친 보상으로 그 약을 사 보내고.

"그게 머예요?"

주인 마누라가 묻는다.

"약인가 보군요."

"그거 사오는 게유?"

그는 돈이 없다는 내게 약이 오는 것이므로 이상하여 묻는다.

"조군이 나 약 먹고 살아나라구 사 보냈나 보군요."

"아이 참 사정 있는 양반두—. 그런데 그이는 사흘씩이나 멋 하구 안 들어온대요?"

"내가 걸 알 수 있습니까. 약을 사서 보냈을 때에야 아마 이젠 아니 들어올 사람인가 보죠."

"머요! 안 들어와요?"

"돈 있는 사람과 돈 없는 사람과 같이 있으면 손해 나지 않나요."

"아, 그럼 우리 집은 머 아주 떠난 사람이게! 아니 무슨 사람이 그럴까? 아니 난 그날 아침에 돈 십 원을 좀 맡았다 달라고 주기에 받아 넣었드니 이제 그걸 그럼 식비로 쳤군. 멀쩡한 사람이 그게 무슨 인사야!"

마누라는 적이 섭섭한 표정이나, 그러나 식비는 잘리우지 않은 것만이 다행이라는 듯이 중얼거리며 허리에 찬 주머니를 치마 위로 한 번 쓸어 본다.

이 기회에 마누라는 식비 이야기가 났으니 말이지 하고 말머리를 내게로 돌려붙여 식비 채근을 또 할 것만 같아 아니아니한 마음에 나는 슬그미 방안으로 들어가고 말았다.

(甲戌 7월)

〔발표지〕《문장》(1941. 2)
〔수록단행본〕*『백치 아다다』(대조사, 1946)

준광인전(準狂人傳)

1

선생님! 세상에는 이런 일도 있노이다. 제가 미쳤노이다. 제가 왜, 미치겠노이까. 그러나 선생님! 세상은 저더러 미쳤다 하노이다. 그러니, 저는 과연 미쳤는가. 미치지 않은 것 같은 이러한 제 마음은 정말 미친 것인가. 제 마음이건만 저도 분간을 못 하고 있을 밖에 없노이다.

선생님! 저는 이제, 저를 길러 주신 선생님에게 이렇게 미치게 되기까지의 그 경과를 아니 사뢸 수가 없노이다. 제가 미쳤다면 선생님은 제 자신보다도 더 아파하실 것을 모름이 아니오나, 한편 생각하올 때면 저의 신변에 이러한 일이 있었음에도 숨기고 있다는 것은 선생님에게 대한 저로서의 도리에 도리어 예의가 아닌가 하여 차마 들기 부끄러운 붓을 벼르다 벼르다 이제 들었노이다.

선생님! 바로 그게 사 년 전 그 해의 여름이었노이다. 그날 오정 가까이 김군과 같이 읍내의 옥거리를 지나다가 하도 목이 클클하기에 맥주집에 찾아들어갔더니 게서 우연히도 한군과 손군을 만난 것이 아니었겠노이까. 그리하여 우리 네 사람은 한 자리에 합석이 되어 오래간만에 서로들 술잔을 나누며, 유쾌한 시간을 가질 수가 있었노이다.

그런데, 선생님! 그때 제가 말한 이야기 가운데는 저도 하기 싫은 이야기였노이다만은 몹시도 그들을 놀라게 한 것이 있었노이다. 바로 영주가 세상을 떠났다는 보고가 그것이었노이다.

"머야! 영주가 죽어?"

"아— 사람이 그렇게도 죽나!"

한군과 나는 서로들 이렇게 놀라며 인생의 무상함을 다시금 느끼는 듯이 한숨을 쉬고 고인의 모습을 그리어 보는 듯이 눈들을 내려깔고 무엇인지의 생각에 잠깐의 침묵이 계속되었노이다. 그러는 동안 또 조, 박, 허, 세 사람이 하던 부채질을 하며 들어오는 것이 아니었겠노이까. 선생님! 마치 이날은 그 술집이 우리들의 회합 장소나처럼 되었노이다.

그런데, 선생님도 아시다시피 조, 박, 허, 그들도 다 같이 허물없는 저의 친한 벗이요, 또 영주의 벗이었기 때문에 이야기는 자연 그들로 하여금 또다시 영주의 죽음에 대한 이야기로 되풀이하지 않을 수 없었노이다. 그리고는 고인의 장점, 단점의 비판, 또는 그의 생전의 자랑거리이던 그 아릿자릿한 로맨스, 이런 것들로 친구의 인물된 품을 추억하며 노닐던 나머지 우리들 사이에는 벗을 조상하는 뜻을 어떠한 형식으로 표하는 것이 가장 적당할 것인가 하는 의견이 또, 바꾸이게 되었노이다. 그리하여 우리 여덟 사람이(민군과도 교섭을 하여 참가케 하기로 하고) 한 폭에다 연서를 하여 만사를 보내기로 결정을 하였었노이다. 그리고는 우리 여덟 사람이 일행으로 다 같이 장례에 참여하여야 할 것을 결의하고, 만사는 비단으로 하되, 글씨는 한군이 쓰기로, 글은 박군이 짓기로 각각 그 장기를 따라 맡기고 내일 모레는 다시 ×× 구락부로 모여서 서명은 각기 자서로 하기로 하였었노이다. 그렇게 하는 것이 우리 일동이 다 같이 친의가 보다 도텁다는 표시도 될 것임으로써였노이다.

그리고는 이런 뜻을 민군에게도 속히 알리기로 박군에게 그 책임을 맡기고 우리 일행은 각각 집으로들 헤어졌던 것이었노이다.

2

그랬으니까 선생님! 그 이튿날 하루를 지나서 저도 약속한 대로 ×
×구락부를 향하여 떠날 것이 아니겠노이까. 그러나, 그날 저는 피치
못할 가정의 약간 사정으로 작정한 시간보다 거의 두 시간이나 늦어서
열두시에 모이자던 것이 새로 두시가 가깝게야 집을 떠나게 되었노이
다. 그리하여 걸음에 불이 번쩍이도록 그야말로 속력을 다해서 읍을
향하여 걷고 있었노이다.

그런데, 선생님! 큰길을 추어올라서 거리로 들어가는 십자길 어구
에 선 광고판에는 어제 없던 광고가 큼직큼직한 글자로 가장 눈에 뜨
이기 쉽게 붉은 잉크로 관주까지 그리어 붙인 것이 아니었겠노이까.

> 金哲鎬는 미친 사람이니 누구든지 一擧一動에 있어 그와는 삼가기를
> 바란다. 虛無한 存在를 事實인 것처럼 꾸미어 一般人心을 迷惑케 하는
> 것이 그의 이즘의 行動이다.

아, 선생님! 이게 웬일이겠노이까. 거기에는 분명히 이렇게 쓰여져
있었노이다. 김철호, 그것이 제 이름인 이상 실로 아니 놀랄 수 없었
노이다. 그러나, 미치지 않은 제 자신을 너무도 똑똑히 아는 저이오
라, 한편으로는 우습기도 하였노이다.

하지만, 선생님! 다시 생각하올 때 미치지도 않은 사람을 이렇게 광
고판에까지 대서 특서하여 붙인 것은 불쾌하다면 불쾌하지 않을 수도
없는 일이었노이다. 혹, 김철호라는 사람이 저 밖에 또 있어 그가 미
친 것은 아닌가도 문득 생각이 들었으나, 그것은 글씨로 보아서 한군
의 글씨에 틀림없었고 문투로 보아서 박군의 문투에 조금도 의심할 여
지가 없었노이다. 그리하여, 그것은 벗들 가운데서 저를 가리켜 한 장

난임이 즉석에서 깨닫기었노이다.

선생님! 이것이 너무 과한 장난이 아니겠노이까. 아무리 허물없는 벗으로서의 악의 없는 장난이라 하더라도 이러한 장난을 받는 저로서는 다소 불쾌하지 않을 수가 없었노이다. 이렇게 큰길 가에다 써도 크게 써 붙인 광고였으니 이것은 저만이 보았을 것도 아니고, 이 길로 지나는 사람이었으면 누구나 한 번씩은 다 눈을 거치었을 것이오니 만일 저를 모르는 사람이라면 김철호라는 사람은 정말 미친 사람으로 알 것이 아니겠노이까. 그리고, 남의 단처라면 침을 흘려 가며 외이고 싶어하는 것이 세상의 인심이오라, 이런 말이 어찌어찌 세상에 퍼지게 된다면 저의 신변에 어떠한 불리한 영향이 미치게 될는지도 모를 일이 아니겠노이까. 그리고, 생각하니 선생님! 솔직하니 말씀이오이다만 불쾌함을 참을 수 없었던 것이 사실이었노이다.

선생님! 그리하여, 저는 제가 벗들 가운데서 이토록 미친 사람으로 농을 받도록 그러한 미친 짓을 한 때가 있었나 우두커니 서서 생각하여 보았노이다만 아무리 생각하여 보아도 기억에 남는 그러한 일은 찾아낼 수가 없었노이다.

그러니, 선생님! 그것이 대체 어찌된 영문인 것을 저인들 알 턱이 있었겠노이까. 궁금한 수수께끼를 안은 채 구락부로 그대로 달릴 밖에 없는 저이었노이다.

3

그랬더니, 선생님! 구락부에 막 발을 들여놓자 저를 대하는 첫인사가 한군의 입으로 또 이렇게 나오는 것이 아니었겠노이까.

"미친 자식!" 하고.

이미 광고를 보고 오던 길이오라, 혹은 이러한 말을 듣게 될는지도 모른다고 전연 예기를 아니하였었던 바는 아니었으나, 그 순간, 여간 마음이 좋지 못하였던 것이 아니었노이다.

그러나, 그뿐이오리까.

"이 자식 오늘두 정신이 들지 않았군, 지금이 몇 시인데 이제야 보이는 게야."

"정신이 그렇게 쉽게 들면 사람 구실 허려구!"

"에이익 미친 놈!"

벌써 모여 앉았던 벗들은 한군의 말이 미처 끝도 나기 전에 제각기 이런 말을 던지는 것이었노이다.

저는 그만 무안하였노이다. 여느 때 같으면 이런 말이 그리 나무럽게도 들리지 않고 그저 귓결으로 흐르고 말았으련만 이때만의 제 감정은 실로 좋지 않았노이다. 그러나, 뭐라고 대답하여얄지를 모르는 저는 다만 발을 문 안에 들여놓다 말고, 어리둥절하여 그대로 섰을 밖에 없었노이다.

"저 눈! 저 눈 봐! 미친 놈의 눈 같다드니 멀쩡히 먼산만 바라보네."

민군도 또 이렇게 나서는 것이 아니었겠노이까.

선생님! 이것이 물론 벗으로서의 농담에는 틀림없을 것이오나, 광고까지 보고 이런 말을 뒤이어 들을 때의 제 감정은 차츰 도수를 더해 왔노이다. 그러나, 제가 그에 대한 감정을 꺼내어놓는다면 아무리 제 감정은 좋지 못하다 하되, 농담을 농담으로 받지 못하는 저를 도리어 글렀달 것이므로 그렇다고 제가 그 자리에서 감정을 그대로 토로할 수는 없었노이다.

"이 자식들이 미치긴 웬 뚱딴지로……."

이렇게 말을 받으며 저는 그저 빙그레 웃어 보일 뿐이었노이다.

"네가 그럼 미치지 않구?"

민군이 또 나섰노이다.

"어째서?"

“어쩌다니! 저게 무슨 장난이야? 그럼!”

민군은 뒷벽을 돌아보며 손짓을 하였노이다. 거기에는 다섯 자 길이나 되는 백숙소 전폭에 한군의 글씨로 영주의 만사가 쓰여져 걸려 있었노이다.

선생님! 그래서 저는 영주의 만사로 해서 제가 그런 농담을 받을 만한 조건이 있었던 것을 비로소 짐작을 하게 되었노이다. 그러나, 그것이 어떻게 되어서 그런 탈을 쓰지 않으면 안 되었던 것인가는 물론 알 턱이 없었노이다. 저는 무엇보다도 그것이 궁금하였었노이다.

“그게 어쨌단 말이야 그래?”

이렇게 묻는 저의 말은 저도 모르게 시치미를 뗀 항의적 언사이었노이다.

“저것이 군의 설도라는데!”

“그래 내 설도라면?”

“군은 왜 영주의 만사를 이렇게 하지 안해서는 안 되었든구?”

“군은 그럼 벗으로서의 영주의 만사에 동의하지 않는단 말인가?”

저와 민군의 이야기가 이까지 진행되었을 때에 일동은 별안간 와― 하고 웃었노이다. 그러니까 민군도 다시 뒤를 이으려던 말을 못 잇고 따라 웃는 것이었노이다. 저는 이것이 물론, 어떤 영문인지는 모르면서도 그들의 기분에 띄어 저도 모르게 웃어 버렸노이다. 그러니까 좌중은 아 하하― 하고 더욱 소스라쳐 웃게 되었노이다. 한군과 민군은 박수까지 치는 것이 아니었겠노이까.

선생님! 여기에 저는 그들이 저로 해서 웃었음을 알았고 따라서 제가 웃음은 제가 저를 웃는 격이 되었음을 그 순간 또 깨달았노이다. 제 얼굴에는 후끈 하고 불덩이가 지나갔노이다. 저는 될 수 있는 대로 그런 기색을 나타내지 않으려고 마음에 힘을 주었노이다만은 저의 붉어진 얼굴은 그들의 눈에 아니 띄우지는 못하였던 모양이었노이다. 그리하여, 제가 너무도 미안해하는 것 같은 기색을 그들도 살피었음인지

웃음 소리를 일시에 뚝 그치고 한군이 나서며 하는 말이,

"아니 웃지들만 말구 김군의 의혹을 풀어 주어?"

하는 것이었노이다. 그러니까, 민군도 한군의 의견에 동의를 하는 듯이 아까와는 다소 태도를 달리하여 나직한 음성으로 말을 건네는 것이었노이다.

"김군! 글쎄 동의 부동의는 고사하구 웬 뚱딴지로 영주가 죽었다구 짓이 이 짓이야 글쎄! 만사까지 써서 걸고……."

"아니 이건 누구더러 하는 말이야? 자네가 그런 말을 전하지 않았나?"

"이건 정말 미쳤군!"

"왜, 누가 미쳐?"

"누가 미치다니 내가 언제 군더러 영주가 죽었다구 했나? 영주의 동생 영수가 죽었다구 그랬지."

이렇게 저는 그때 들었던 대로 대들고 대답을 하였노이다만 본래 듣길 민군에게서 들었던 것이오라, 제가 그때 잘못 들었던 것으로 아니 깨달을 수 없어 민군의 말을 그대로 부인하고 우길 수 없었노이다. 동시에 저는 저의 미쳤다는 원인을 알게 되었고, 또한 이것으로 저를 한번 놀려 주려는 계획이었던 것을 알았노이다.

"글쎄 그러기에 미쳤다지 영수가 죽었다는 걸 영주가 죽었다구 들었으니 웬―."

그리고, 민군은 하하 하고 웃는 것이었노이다. 그러니, 조군이 또 나서며,

"아니 그 두 놈이 다 미쳤군. 제각기 옳다구 떠드니 뉘가 옳은지 우리야 알 수가 있나."

하면서 박수를 치는 것이었노이다.

여기에 선생님! 제가 어떻게 대답을 하였겠노이까? 그저 무안함에 잠자코 있을 따름이었노이다. 제가 오전을 하였으므로 뻔히 살고 있는

친구 영주가 만사까지 받게 되는 미안함도 말할 수 없었거니와 만사를 하게 만들었던 벗들에게까지 미안함을 금할 길이 없었노이다.

"아 그래서 이 자식들이 나를 미쳤다고 떠들고 야단이로군. 광고까지 써 붙이고—."

저는 도리어 그들을 위로하기 위하여 이렇게 농을 붙이며 웃을 밖에 없었노니다.

4

선생님! 이까지 이야기한 사실은 우리의 일상생활에도 흔히 있을 수 있는 웃음거리에 불과할 것이 아니겠노이까. 그러나, 선생님! 그 결과는 사람의 일생에 이런 일도 있을까 하리만치 파멸의 구렁에 저를 끌어가지고 들어갈 줄이야 어떻게 알았겠노이까. 응당 그 일곱 사람의 벗들도 제가 이렇게까지 되리라고는 예기도 못 하였을 것이었겠노이다.

그 이튿날 거리에 나선 저의 귀에는 이러한 소리가 들리는 것이 아니었겠노이까.

"김철호가 또 미쳤대나. 유전이란 할 수가 없어. 그의 할아버지가 미쳐서 죽드니 점잖은 가문에 원—."

이 말은 얼마나 저를 놀라게 한 것이었겠노이까.

그러나, 선생님! 저는 그 사람에게 내가 왜, 미쳐? 하고 대들 수는 없었노이다. 그것은 대드는 것이 도리어 제가 미쳤다는 것 같은 것을 보이는 것도 같아서 못 들은 척 그저 지나가고 말았을 따름이었노이다. 그러나, 이제 좇아 생각하오면 대들지 않았댔자 무슨 소용이 있었겠노이까. 그것은 아무러한 효과도 주는 것이 되지 못하였노이다. 날이 갈수록 여전히 저는 미친 사람으로만 화하여 가는 것이 아니었겠노이까. 그 광고를 본 사람이면 누구나 김철호가 미쳤다는 것을 자기가 가장 먼저 아는 것 같은 자랑으로 만나는 사람마다 그런 말을 아끼지

않았을 것이라 추측되노이다. 그리고, 그런 말을 들은 사람의 입으로
는 또 다른 사람의 귀에 이렇게 자꾸자꾸 다리를 놓아 한 달 후에는
저는 완전한 미친 사람이 되어 버리었노이다.

선생님! 제 벗 조, 김, 허, 민, 손, 한, 박, 이 일곱 사람 외에는
누구나 저를 대하는 태도가 일변하여 버리지 않았겠노이까. 혹 거리에
서 아는 사람을 만난다 하여도 그는 제가 자기를 어떻게든지 해칠 것
만 같아서 곁을 멀리하여 피하고, 피하여서는 아는 사람끼리 수군거리
는 것은 그렇게 똑똑하던 사람이 미치다니 하는 것이었노이다.

선생님! 저는 기가 막히었노이다. 지금껏 제 지방 사람들이 저를 가
리켜 위인이 똑똑하다고 그렇게 신용을 하여 왔다는 것은 제가 결코
선생님에게 대해서 하는 저의 자랑이 아니노이다. 그러나, 선생님! 김
철호가 미쳤다는 풍설이 돌아가자부터는 저의 신용은 납작하여지고 말
았노이다. 범사에 있어 도무지 저와는 말하기를 싫어하고 자리를 같이
하여 주지 않노이다. 따라서 저는 저 호올로 이 세상에서 인생의 뒷골
목길을 걷지 않으면 안 되었노이다. 그리고 선생님! 아이들의 놀림을
받지 않으면 또 안 되었노이다. 미쳤다는 제 입에서 어떠한 허튼 말이
나오나 제 입에서 나오는 말이 가령, 우스운 말이라면 그것을 들으므
로 서로 웃어, 웃음으로써 한때의 행복을 삼으려는, 다시 말씀하오면
즉 저라는 물건으로써 쾌락의 대상을 삼으려는 일종 향락을 위할 따름
이었노이다.

선생님! 정신이 멀쩡하여 이렇게 미친 사람의 대우를 받지 않으면
안 되는 제 자신을 생각할 때 울고 싶도록 가슴이 아팠노이다. 아니,
선생님! 이런 것뿐이었겠노이까. 근거도 없는 허무한 풍설이 저를 이
끌고 자꾸자꾸 파멸의 구렁으로 들어가는 것이었노이다. 김철호는 벌
써 인간의 궤도를 벗어난 사람이다. 도덕과 예의는 물론 그에게는 오
류가 없다. 계집을 함부로 농락하고 사람을 치기가 일쑤다. 선생님!
글쎄, 이러한 풍설까지 도는 것이었노이다.

선생님! 저는 저에게 대하여 세상 사람들이 이러한 태도를 취할 때 자신이 파멸의 밑바닥에 떨어져 들어가는 것보다 허무한 풍설을 그대로 듣고, 믿는 그들이 오히려 더 불쌍하게 생각키었노이다. 이렇게도 세상은 어두운 것인가. 기분에서 기분으로 마치 의식이 없는 그것과도 같이 허공을 떠돌지 않으면 안 되는 것이 그들의 존재임을 알았을 때, 선생님! 참으로 가슴이 아팠노이다.

선생님! 저는 이제 여기에 제 인격이 더할 수 없이 파멸에 떨어져 완전히 미친 사람의 대우를 받게 되기까지의 에피소드를 말씀드리겠노이다.

5

선생님! 세상의 월편에서밖에 존재의 인정을 받지 못하는 저는 언제나 술을 찾아서 우울한 제 마음을 위로하지 않으면 안 되었노이다.

어떤 날이었노이다. 그날도 저는 어느 카페의 한 구석 의자에 앉았는 몸이었노이다. 그리하여, 웨이트레스로 위안을 받으며 술을 들이키고 있었노이다.

선생님! 이때였노이다. 카페 문이 스르르 밀리더니 저를 힐끗 한 번 마주 바라보고는 무슨 못 볼 원수나 본 것처럼 부리나케 다시 문을 밀어닫고 되돌아나가는 사람이 있었노이다. 저는 그것이 민군인 것을 알았노이다.

선생님! 이때 저의 마음이 불쾌하였던 것이 잘못이었노이까. 여느 때 같으면 멀리서라도 더욱이 술이라면 저를 보고 싫대도 굳이 청할 민군이었노이다. 만은 아무리 제가 세상에서 버림을 받은 존재라 하여도 옛날의 정의를 살필진댄 그렇지는 못할 것인데 아무러한 인사도 없이 원수나 본 것처럼 피치 않으면 안 되는 그의 행동에 저의 가슴은 기가 막히도록 아팠노이다. 저는 물론 민군이 저에게 대한 이러한 태

도가 어디 있는지를 잘 아노이다. 민군도 일곱 사람 가운데 한 사람이
니까 제가 정말 정신에 이상이 생긴 사람으로 아는 사람은 아니었노이
다. 민군은 저를 위하여 어디까지든지 세상의 의혹을 풀어 주기로 힘
을 쓰는 줄도 저는 잘 알고 있었노이다.

그러나, 선생님! 그는 저를 피하지 않아서는 안 되었노이다. 물론
민군 자신은 제가 완전한 정신의 소유자인 줄은 아나, 세상은 저를 믿
지 않으니까 세상이 믿지 않는 저를 대하여 자리를 같이한다면 세상은
저와 친의를 같이한다는 이유로 해서 자기에게까지 어떠한 영향이 미
치리라는 이유에서일 것이 빤한 것이었노이다. 그리하여, 그들까지도
세상 사람과 같이 저를 미친 사람으로 대하지 않으면 안 되었고 차 버
리지 않아서는 안 되었던 것이었노이다.

선생님! 저로서 이러한 민군의 태도를 생각할 때 제 마음이 과연 어
떠하였겠노이까. 그러나, 선생님! 어쩐 일인지는 저는 그에게 항의하
고 싶은 마음은 조금도 없었노이다. 저는 저도 모르게 그를 찾았노이
다. 이것은 물론, 저의 참을 수 없는 알뜰한 정의 발로에서였으리라는
것을 저는 지금도 믿고 있노이다.

"어이 민군!"

그러나 민군은 대답이 없었노이다.

"어이 민군!"

그래도, 대답이 없음에 저는 좀더 힘차게 부르며 그를 따라 나갔노
이다.

"민군! 어 어이 민군!"

"누구야! 그게."

민군은 그적에야 피치 못할 줄을 알고 비로소 뒤를 힐끗 돌아보는
것이었노이다.

"무엇 잊은 것이 있나? 왜, 채 들어오지도 않고 돌아서나?"

"난 누군가 했지 또."

민군은 그제서야 누구인지를 알았던 것처럼 이렇게 책임을 피하려고 하였노이다.

그런데, 선생님! 제가 민군을 대하는 태도가 더할 수 없이 반가움에 사무친 그러한 마음인 것이야 민군 자신인들 모를 것이었노이까? 그러나, 민군은 저와 같은 정으로 저를 대하려는 것이 아니었노이다. 그의 태도와 인사는 어디까지든지 냉정하였노이다. 그것은 분명히 '너는 세상 사람들에게 믿음을 잃은 폐물이니 옛날과 같은 나의 친구는 못 된다' 하는 뜻이 아닐 수 없었노이다.

선생님! 제가 사회에서 믿음을 잃은 옛날과 같은 그러한 벗은 못 된다손 치더라도, 그리고, 저와 친교를 옛날과 같이 그대로 맺는 것이 자신에게 다소 영향이 미친다 하자 하더라도, 이유 없이 사회에서 믿음을 잃게 된 불쌍한 옛날의 친의를 위하여 다정하게 손목이야 한 번 쥐어 주지 못할 것이 무엇이었겠노이까. 그리고, 또 다정한 말로 저의 이 터질 듯한 심정을 조금이라도 어루만져 주지 못할 것이야 무엇이었겠노이까.

선생님 여기에 저의 감정이 될 대로 흥분되었던 것이 잘못이었겠노이까.

"술 한잔 먹자!"

"나 술 인제 안 먹네."

"그럼 카펜 왜 들어왔어?"

"아 저 잠깐 좀 만나볼 사람이 있어서 왔던 게야."

"누군데 그게?"

"으— 저—."

저는 벌써 그의 심리를 다 알았으므로 다시 더 따지어 물을 필요도 느끼지 않았노이다.

"자 들게, 오래간만에 우리 한잔 먹세."

"글쎄, 나 술 안 먹어 이젠."

“그래 한 잔두 못 먹어?”

저의 음성은 아니 높아질 수 없었노이다.

제 기색을 살핀 민군은 아무 말도 없이 한 잔을 들이켰노이다. 저는 다시 그 잔에 술을 따랐노이다. 그러나, 민군은 다시는 그 잔을 들지 않고 밑을 떼었노이다.

“정말 못 먹겠나?”

저는 저도 모르게 부어 놓았던 술잔을 그의 가슴으로 건네 안기었노이다.

“이 자식 정말 미쳤어!”

“머시? 한 번 더 해라 그런 말을……?”

저의 손은 민군의 멱살을 바싹 치켜들었노이다. 그도 가만히 있지 않았노이다. 제각기 지지 않으려고 붙안고 돌아갔노이다.

그런데, 선생님! 제가 민군보다 본래 힘이 세인 것은 아니었노이다만은 어찌된 셈이온지 제 빗장거리에 민군은 그만 잔뜩 탁자 위에 허리를 걸고 넘어졌노이다. 그리하여, 민군은 눈을 뒤집고 정신을 차리지 못하였노이다. 그러니까, 카페 안이 떠들썩할 것이 아니었겠노이까. 구경꾼이 쭉 모여드는데 실로 창피하였노이다.

그런데, 선생님! 이렇게 방안에서 떠들썩하니까, 밖에서 숭숭거리던 패가 문을 열고 들어오는데 보니 그것이 또 우리들의 패거리 그 일곱 사람이 아니겠노이까. 짐작컨대 그들은 민군과 같이 왔다가 제가 여기 있음을 알고 몸을 피하였으나 민군이 그만 나에게 붙들려 들어왔음에 가지도 못하고 그의 나오기를 기다리고 있었던 모양이었노이다. 선생님! 이들의 태도까지 어떻게도 그리 민군의 태도와 똑같은 것이었겠노이까.

선생님! 그들은 민군을 일으키기에만 열심이었노이다. 민군은 허리를 잘 쓰지 못하고 비뚝 걸음으로 그들의 부축을 받으며 카페를 나갔노이다.

　선생님! 이 사건에 있어서 민군 자신은 물론, 그들의 일행인 그 여섯 사람까지도 제가 그것이 정신의 이상으로 지은 행동이 아니었던 것이야 모를 것이겠노이까. 만은 저의 파멸의 씨를 뿌려 준 것이 민군이라 해서 그에 대한 감정으로 그러한 행동을 취하였다고는 촉각 오해하기 쉬울 것이라 알았노이다. 그러나, 선생님! 저의 그 민군과의 싸움이 감정에 있었던 것은 너무도 아니었노이다. 솔직히 말하노이다만 그저 참을 수 없는 정의 발로가 그렇게까지 되었던 것이었노이다. 그러나, 이것이야 제 자신밖에 백이 백 말 하면 곧이들어 줄 사람이 있겠노이까.

　그러니까, 선생님! 이것을 또 세상은 김철호라는 광인의 장난이라고 한동안의 이야깃거리가 되어서 그들의 소일감이 되는 동시에 저에게 대하는 태도는 더욱 심해 가는 것이었노이다.

　아니, 선생님! 이런 일이 세상에 정말 있다고 어떻게 말씀을 드리겠노이까. 글쎄 선생님! 이 일로 말미암아 저는 제 가정에서까지 믿지 못하는 몸이 되어 버리었노이다. 제 어머니가 저를 못 믿고, 제 아내가 저를 못 믿어 주노이다. 그러니까, 제 가정이 저와 같이 파멸의 도상에 걷고 있게 되는 것이 아니겠노이까. 제 힘이 아니면 제 가족은 목숨을 이을 수가 없노이다. 그러나, 선생님! 저를 믿지 못하노이다. 믿어 주지 못하는 것이 가정의 파멸인 줄을 모르노이다. 저의 정신의 이상은 신의 장난이라, 무당을 데려다 푸닥거리를 한다 굿을 한다 야단까지 부리니, 글쎄, 선생님! 이게 세상 사람에게 저라는 인간은 믿지 못할 사람이라 오히려 광고를 하는 것이 아니고 무엇이겠노이까.

　그러니, 선생님! 저는 장차 무엇이 되려노이까. 무엇이 될 것이겠노이까.

　그리고, 선생님! 이런 말씀을 제가 선생님에게 드리오므로 선생님의 안온한 마음을 슬프게 하옵는 것이 잘못은 아니겠노이까, 선생님!

(辛未 6월)

〔발표지〕《신세기》(1939. 9.)
〔수록단행본〕 *『백치 아다다』(대조사, 1946)

묘예(苗裔)

들에도 한 점의 바람이 없다.

거름 썩은 논귀의 진장물 위에 두 다리를 힘없이 쭉 버드러치고 뚱뚱 떠서 헐떡이는 개구리, 나른히 시든 풀잎 위에 깃을 축 늘어뜨리고 붙어 조는 잠자리 —— 보기만 하여도 기분조차 덥다.

양산으로 볕을 가리었다고는 하나 등에 업힌 손자나, 손자를 업은 할아버지나 다 같이 땀에 떴다. 턱밑에 흘러내리는 땀을 할아버지는 건성 머리를 흔들어 떨며 가랫밥 위의 고르지 못한 논두렁길을 허덕허덕 지팡이로 더듬는다.

"엄마, 젖?"

조는 듯 갸웃이 한쪽 볼을 할아버지의 등에 기대었던 손자는 또 머리를 든다.

"엄마 이제 젖 주디."

언제나 어르던 말 그대로 얼러는 보나, 아직도 엄마의 김터까지에는 한참이나 걸어내야 하겠다.

아무리 늙었다고는 해도 작년만 같더라도 이런 논틀이 같은 것은 볏짐을 잔뜩 지고도 날다시피 걸어냈다. 칠십 여생을 진날 마른날이 없이 짓이겨 내며 잔뼈를 굵히고 늙혀 온 길이다. 다리만 성하고 보면 그까짓 가랫밥 길쯤 한 십 리는 어느 겨를에 걸어냈는지 모르겠다. 그러나 늙음에 풍까지 맞은 다리는 그렇게 마음대로 척척 몸을 실어 옮겨 놓을 수가 없다. 지팡이를 다리 삼아 운용을 하자니 힘은 들고 걸

338

어지지는 않고.

날마다 젖이 늘 늦어져 울어 내는 손자가 측은해서 오늘은 좀 일찍 나온다고 한 것이 다리에 힘은 날마다 줄어드는 듯 며칠 전보다도 한결 더 걸어지지 않음이 현격하다. 해는 벌써 한낮이 기울었거니 아침에 한 번 젖꼭지를 물려 본 아이가 아니 보챌 수 없다.

"엄마 젖?"

"엄마 젖 준대두? 이제 조꼼만 더 참으믄."

할아버지는 무거운 몸을 지긋둥 지긋둥 좀더 지팡이에 힘을 실어 본다.

그러나 제 한 몸만 해도 한 다리로 걸어내긴 된 짐이었다. 아무리 젖먹이의 어린것이라고는 해도 그것은 숨주머니다. 결코 헐한 짐이 아닌 것이다. 맥을 조금만 놓다가도 그것의 요동을 받을 땐 자꾸만 한편으로 쓰러지려는 위태로움을 느끼게까지 된다.

하건만 할아버지는 그것이 조금도 괴롭지 않다. 그 괴로움 속에 도리어 낙이 있음을 맛보는 것이다. 자기의 잔등이에 만일 이 손자의 숨소리가 없다면 자기의 여생은 얼마나 쓸쓸한 것일까. 앞날의 영원한 행복은 이 잔등이엣것의 숨소리를 두고는 다시 없을 것만 같게 여겨지는 것이다.

손이 모자라서 남 다 떼는 김을 떼지 못하고 이렇게 김이 늦어져 혼가이 떨쳐나서도 쩔쩔매는 것을 보면 단박이라도 머리에 수건을 자르고 논배미로 뛰어들든지 그렇지 않으면 수차에라도 기어올라 다만 한 이랑의 김이라도, 다만 한 바퀴의 물이라도 메고 돌리고 하여 보고 싶은 마음은 참아 낼 길이 없으나, 다리가 말을 안 들어 바로 요 며칠 전에도 한 번은 남 모르게 슬그니 수차 위로 올라섰다가 물은 한 바퀴도 못 돌리고 뒤로 나자빠져 물만 먹고 기어나오던 일을 뒤미처 생각할 때 인젠 자기의 천생인 직능을 잃은 듯이 그리하여 인생으로서의 온갖 힘을 다 잃은 듯이 눈앞이 아득한 적막을 느끼다가도 자기에겐 이미 성장한 아들이 있고 그 밑에 또 어린 손자가 있음을 헤아릴 땐, 그리하여 그것은 이제 무력해진 자기의 직능에 대를 이어 주는 생명의 연장인 것임을 미루어 보고는 도리어 알 수 없는 생의 의욕에 이렇게 손자를 자기의 품속에서 키울 수 있게 되는 것이 얼마나 즐거운 일인지 몰랐다.

"엄마!"

손자는 엄마를 보았다. 반가움에 손을 내저으며 요동을 한다.

그러나 온 정신을 감탕 속에 모으고 수굿이 머리를 모〔畝〕 속에 묻은 엄마의 귀에는 이 소리가 들리지 않는다. 그저 수굿하고 풀을 고르고 감탕을 주물러야 하는 것이 그의 할 일이었다.

"엄마! 엄마!"

손자는 자꾸 뒤로 자빠져 나오며 머리를 흔들어 낸다.

"젖 멕이구 봐? 아무래두 오늘은 못 다 맬 걸 멀."

건너쪽 개울에서 논귀로 물을 퍼올리던 아버지가 먼저 보고 아내에게 말을 건넨다.

절절 끓는 이 폭양에 밑에서 웃통을 쭉 벗고 사루마다 바람으로 수차 위에 올라서 쉬임없이 연해 바퀴를 짚어 넘기는 아들 ― 볕에 그을고 들바람에 씻긴 그 적동색 살갗, 다리를 드놓을 때마다 떡 벌어진 어깻죽지와 울근거리는 근육, 불근거리는 종아리, 그 건강, 그 힘 ― 볼 때마다 할아버지는 만족하다. 이미 자기는 그것을 감당할 능력을 잃었다 하더라도 자기의 그 억센 힘은 손자를 위하여 앞날을 바라보기에 아무러한 미련도 없을 것 같은 것이다.

"너두 좀 쉐서 푸람? 아무래두 오늘은 못 다 풀 걸."

손자를 어미에게 내어 주고 두렁 위에 펄썩 주저앉으며 할아버지는 자식을 올려다본다.

"쉬다니요! 물이 자라질 않아서 김이 더 늦어지는데요."

"날이 무던히 덥구나."

"아부님 제 걱정은 마르우. 그까짓 물 한 열흘쯤 못 퍼 넘으갔소."

마음까지 든든한 아들이다.

"그래두 정 힘들문 좀씩 쉐서 푸군 해라. 제 몸은 제레 돌봐야디."

"저야 지금 한참 혈기에 무슨 걱정이 있소. 이 더위에 아부님이 그저 그걸 날마다 업으시구……."

"아니로다. 난 그게 낙이로다. 내 잔등에 그 재석이 없어만 봐라, 내가 오죽 적적하겠네. 늘그막에 자식 기르는 낙 없이 무슨 맛에 산단 말이냐?"

이야기를 하는 동안, 시퍼렇게 불은 엄마의 젖을 마음대로 주무르며 한참이나 빨고 난 손자는 그제야 마음이 가득한 듯이 젖꼭지를 놓고 엄마의 얼굴을 치어다보며 벙긋 웃는다.

"쨋! 쨋!"

할아버지는 무릎을 돋우 세우며 혀를 채어 손자를 어른다.

손자는 소리를 내어 깨룩거리며 할아버지를 향하여 그 조그마한 두 팔을 날개같이 벌리고 안기려 내어 쏟는다.

할아버지도 같이 팔을 벌려 건너오는 손자를 가슴에다 바싹 받아 안았다.

엄마의 젖을 빨아먹고는 으레 자기의 품속으로 건너와 안길 줄 아는 손자, 그것을 받아 안을 때의 귀여움, 할아버지는 어떻게 할 줄을 몰라 손자의 뺨을 옴옴 빨아내며 말랑거리는 엉덩이를 찰싹찰싹 두드렸다.

손자는 나날이 다르게 살이 포동포동 오르고, 할아버지는 나날이 다르게 살이 삐듯삐듯 깎이어 내린다. 김이 채 끝나기도 전에 할아버지의 다리는 지팡이를 짚고나마 손자를 등에 없을 기력을 잃었다.

마치 한 떨기의 풀이 서리를 맞고 추위를 몰아 오는 거센 바람에 떡잎이 점점 시들어 말리듯이, 그러나 시들수록 그 떡잎 속에서 힘찬 생명이 새파랗게 봄 준비를 하고 기다리듯이 기력이 점점 쇠퇴하여 가는 할아버지의 품안에선 그 어린 손자가 모락모락 자라나고 있었다. 할아버지가 완전히 다리를 못 쓰고 앉아서 뭉개게 되었을 때엔, 손자는 가끔 일어설 공부까지 하였다.

"서어마 서마— 서마—."

할아버지는 방안이 좁다 기어다니며 짬짬이 일어서 보기에 힘을 넣는 손자를 바라보다가 그 일어섬을 자기의 힘으로 도와나 주려는 듯이 물팍걸음으로 쫓아다니며 대고 손을 공중으로 추어올려 격려를 하였다.

그러면 손자는 더욱 신이 나서 일어서 보려고 애를 쓰기는 하나 그것은 아직 조계였다.

겨우 한 팔이 방바닥에서 떨어졌는가 하면 그만 한 다리가 모로 쏠리어 픽픽 주저앉고 만다.

그리고는 마치 떡잎을 헤치고 나올 힘이 부족한 듯이, 그리하여 그묵은 떨기 속에서 좀더 단련을 하려는 것처럼 벌레벌레 쭈르르 기어와서는 할아버지의 품속으로 기어든다.

할아버지는 손자의 섬의 더딤이 여간 마음에 섭섭하지 않다. 대개는 아이들이 열 달이나 그만한 세월이 흐르면 다 설 줄을 아는데 왜 이리 손자의 섬은 더딜꼬? 풀마나 하듯 짬짬이 손을 잡아 일어세워선 끌어서 걸려도 보며 단련을 시키나 할아버지의 손의 의지가 없이는 아무리 애를 써내도 제 힘으로는 설 줄을 몰랐다.

그 해 가을이 지나고 겨울이 접어들어서도 손자는 완전히 일어서지를 못했다.

봄이 왔다.

마을 안은 살구꽃에 붉고, 산 속은 새소리에 푸르다.

농가에서는 또 농사 준비에 한창 바빠야 할 시절이다.

헛간 구석에 아무렇게나 처박아 두었던 연장을 들어내 먼지를 털고 물러난 사개를 맞추는 마치 소리가 날마다 마을 안에 요란하다.

봄이 왔다고만 해도 할아버지의 마음은 길러 온 버릇을 잊지 못해 방안에 누워서도 씨를 뿌리고 재를 덮고 자구를 밟고—생각에 못 잊히는데 마치에 맞아 물러났던 연장의 사개가 치칙 소리를 내며 들어가 맞는 부딪침 소리를 들을 땐 자기도 금방 밭길이에 한몫 메고 나서야 할 것만 같아 봄뜻에 서두는 마음을 이겨 낼 길이 없었다.

"우리 밭은 웬제 가네?"

마당에서 연장 수선에 바쁜 아들에게 말을 걸었다.

"우린 낼 보리밭 냄을 내게 했어요."

"자구 밟을 꾼이 없갔구나?"

"제 에미와 밟으래디요."

자구나마 허치 않는 다리, 할아버지는 답답함을 못 참았다. 지팡이를 구석에서 당기어 문을 밀었다.

앞집의 지붕 너머로 바라보이는 누동의 오리나무 그 가지마다에 하이얗게 앉은 왁새들—한창 둥지를 틀기에 바쁘다. 수놈은 줄불이 나게 나뭇가지를 물어 오고 암놈은 둥지를 지키며 앉았다가 그것을 받아 쌓고—금년에도 여전히 왁새가 누동으로 들어와 둥지 트는 것이 할아버지는 여간 반갑지 않다.

할아버지는 왁새처럼 사랑하는 새가 없었다. 왁새는 그 해의 그 마을의 농사를 말하는 영조다. 왁새가 촌중에 봄마다 들어와서 새끼를 쳐 내가야 그 촌중에 운이 든다는 것은 예로부터 들어오는 말이다. 그러기 때문에 장난받이 아이들이 알을 내리러 오르내리는 것을 할아버지는 한사쿄 말려 오며 보호를 하여 오는 그 왁새인 것이다. 그 왁새가 잊지 않고 이 봄에도 또 들어왔다. 들어와서 봄 역사를 한다. 왁새와 같이 농사를 위하여 봄을 맞고 싶은 마음—.

그러나 자기에겐 손자를 보는 일밖엔 인제 더 던지어진 일이 없다. 오직 거기에 정성을 다함으로 힘을 쓸 것이 자기에게 남은 책임이다.

손자, 그것은 인생의 봄 싹이다. 그것을 가꾸어 내는 것은 좀더 뜻 있는 일인지 모른다. 한창 서려고 공부하는 손자, 그 아양이 더할 수 없이 귀여워진다.

눈을 돌려 방안을 살피었다.

그러나 손자는 방안에 없다. 그제야 할아버지는 조금 전에 밖으로 나가자고 어미를 졸라 등으로 기어들며 쪼륵시던 것을 생각했다.

제나 내나 꼭같이 걸음은 걸을 수 없는 몸이건만 손자는 호령 일령으로 마음대로 어미의 등에서 바깥출입을 하는 자유를 행사한다! 자기는 인제 모든 것을 손자에게 바치고 난 몸인 것 같다.

"애놈 밖에 있네?"

아무의 대답도 없다.

"애놈 밖에 없어?"

"들어가요."

대문 밖으로 들려오는 어미의 대답. 필시 어디를 갔다가 돌아오는 모양이다. 이윽고 방안으로 들어와 업었던 손자를 내려놓는다. 손자의 손에는 한 포기의 꽃이 들렸다. 화편 안이 새빨간 할미꽃이다.

뒷산에 올라갔다가 산소갓 잔디판에 핀 할미꽃을 자꾸만 꺾어 내래서 꺾어 주었노라는 어미의 말을 들으며 할아버지는 품속으로 기어드는 손자를 안고 코끝에 닿는 꽃 향기에 봄의 조화를 잊었던 것처럼 그 신비스러움에 다시금 놀랐다.

저렇게 새빨갛게 예쁜 꽃이 어떻게 새까만 땅 속에서 생기어 날꼬? 죽으면 하잘것없는 한 줌의 흙밖에 더 되어지는 것이 없을 것 같던 적막하던 마음은 저런 꽃을 피워내는 거름이 되는 것이 아닐까 하니 장차 자기의 죽음도 사람의 마음속에 아름다운 정서를 자아내게 하는 그런 보람이 되는 것이라면 생각과 같은 그런 적막한 죽음이 아닐 것 같다.

이렇게 되는 것이 죽음의 원칙일까? 원칙이라면 자기는 농사꾼이니까 아마 곡식을 키우는 거름이 될 것만 같다. 되기만 한다면 얼마나 원하고 싶은 일이랴! 당장 죽어도 한이 없을 것 같다. 자기는 땅 속에서 벼를 빚어내고 손자는 땅 위에서 그것을 가꾸어 키우고—.

할아버지는 다시금 손자가 귀여움을 느낀다. 품안을 두 팔로 얼싸안았다. 그러나 안은 것은 아무것도 없다. 손자는 품안에 있지 않았다. 언제 품을 빠져나갔던지 발치 구석에 세웠던 호미를 더듬어 들고 그것을 의지해서나마 서 보려는 것처럼 일어설 공부에 일심이다. 한 팔은 완전히 땅에서 떨어졌다.

"서어마! 서어마! 서어마!"

할아버지는 손자나 마찬가지로 안타깝게 마저 떼어 보려는 호미를 든 다른 한 손에 눈을 주고 부르짖었다.

손자는 할아버지의 격려 소리에 더욱 흥이 실려 조심스럽게 몸에 힘을 주며 손을 떼었다. 짚었다 한다.

"서마 공둥! 서마 공둥!"

할아버지는 그 호미 든 한 편 손도 점점 떨어져 올라가는 것을 보고는 어쩔 줄을 모르고 두 팔을 들어 허공을 치받으며 얼러댄다.

"서마 공둥! 서마 공둥!"

부르짖다 할아버지는 저도 모르게 어깨를 으쓱 추며 무릎을 탁 쳤다. 손자는 필경 일어서고야 만 것이다.

그러 일어선 것도 아니요 호미를 들고 일어선 손자, 할아버지는 어떻게도 만족한지 몰랐다.

아이가 처음으로 일어설 때에 가지고 일어서는 그 물건으로 장래 그 아이의 운명이 결정된다는 것을 할아버지는 그대로 믿어 온다. 호미를 들고 일어섰다는 것은 필시 농사를 상징한 것이 아닐 수 없다. 그가 성장함을 보지 못하고 죽는다 하더라도 이제 그것은 틀림없이 자기의 뒤를 이음으로 집안의 대를 농사로 이어 갈 것임이 마음에 놓였다.

일어선 것이 너무도 기꺼워 벙글거리고 섰는 손자의 손목을 할아버지는 잡았다. 손자는 지긋지긋 걸어와 할아버지의 무릎 위에 몸을 내어다 던지는 듯이 털썩 주저앉는다. 그리고는 만족한 듯이 할아버지를 치어다보며 끼르륵 웃는다.

"그저 내 손주 싸디 요놈이!"

할아버지는 품안에 들어오는 손자를 바싹 끌어안으며 엉덩이를 뚜드려 냈다.

〔발표지〕《매신사진순보》(1941)

〔수록단행본〕 *『병풍에 그린 닭이』(조선출판사, 1944)

시골 노파(老婆)

1

그러다가 모습을 몰라보고 혹시 지나쳐 버리지는 않을까, 거의 20년 동안이나 못 뵈온 덕순 어머니라, 정거장으로 마중을 나가면서도 나는 그게 자못 근심스러웠다.

그러나 급기야 차가 와 닿고 노도처럼 복도가 메여 쏟아져 나오는 그 인파 속에서도 조고마한 체구에 유난히 크다란 보퉁이를 이고 재바르게도 아장아장 걸어나오는 한 사람의 노파를 보았을 때, 나는 그것이 덕순 어머니일 것을 대뜸 짐작해 냈다. 어디를 가서 단 하룻밤을 자더라도 마치 10년이나 살 것처럼 이것저것 살림살이 일습을 마련해서 보퉁이를 크다랗게 만들어 가지고야 다닌다는 이야기를 전에 시골 있을 때 얻어 들었던 기억이 그 노파의 머리 위의 보퉁이를 보는 순간, 문득 새로웠던 것이다. 출찰구를 다 나와 바로 내 옆으로 새려는 것을 나는 어깨를 꾹 눌러 붙들었다.

"덕순 어머니시죠?"

"아아니! 네 네레 세컨댁 준호가?"

받는 대답이 틀림없는 덕순 어머니다.

그리고는 눈이 둥글해서 쳐다보는 게 준호라면 그렇게도 몰라볼 수가 있느냐는 태도다.

"절, 잘 모르시겠죠?"

“모르다니! 아, 그렇게두 어릴적 모습을 몰라볼 법이 세상에두 있네? 네레 날 알아보구 찾았게 그르디, 난 널 한나투 모르갔구나. 그래, 네 처두 잘 있구, 아덜두 공부 잘허디?”

반가움에 못 참는 듯이 덕순 어머니는 내 손목을 꽉 붙든다.

“그럼요. 자라나는 애들을 그럼 알아보시겠어요?”

이렇게 대답은 했으나 실상인즉 늙어 가는 모습도 자라나는 모습에 지지 않게 변하는 성싶다. 그 보통이 생각으로 짐작해서 붙들었게 그렇지 어렸을 때 대하던 그 모습의 상상만으로서는 도저히 찾아낼 수 없을 뻔했다. 그 작은 키와 아장거리는 걸음만을 그저 의구하게 그대로 지니고 늙었을 뿐, 그렇게도 풍만하던 피육은 다 빠져서 눈을 속인다.

“거저 내레 길을 알문 펜지 없이 차에서 척 내려 걸어들어가련만, 괘니 새벽통에 남 잠두 못 자게 넘젤 나오래서 미안허웨.”

“천만에 말씀을 다 하십니다. 저야 머 밤새껏 다리 뻗고 잤는데요. 참, 아주머닌 차에서 퍽 곤하셨겠습니다.”

인사와 같이 나는 우선 그의 머리를 내려 누르고 있는 보통이를 받으려고 머리 위로 손을 내밀었더니,

“건 내리눴다 엣다 함은 멀 하갔슴마. 집이 어딘데 그대루 들어갑세 게레.”

“그 짐을 이군 못 들어가십니다. 짐은 지게꾼을 시켜야죠. 어서 인 내리놓슈.”

하고, 다시 손을 보통이로 가져갔더니 덕순 어머니는 눈이 둥글해진다.

“지게꾼을 시키문 또 돈을 주야디 않나! 요걸 멀 못 개지구 들어가서 돈을 또 새기갔슴마. 집에서 덩거당루 나올 적에두 20닐 내레 이구 나온 걸.”

“그러나, 그 짐을 가지구야 사람 많은데 어떻게 전차를 탑니까?”

“전차를 타! 아, 집이 얼마나 멀기?”

멀어야 장안일 겐데 얼마나 서울이 넓어서 그러노 하는 듯이 사방을 한 번 쭉 둘러 살핀다.

"머지야 않습죠. 바루 조 산 밑이니까요."

나는 손가락으로 금화산 기슭을 가리켜 보였다. 했더니 덕순 어머니는,

"아아니, 거길, 머, 요걸, 못 이구 걸어 들어가서 지게꾼을 시키구, 전차를 타구 해! 성성한 다리들을 뒀다간 멀 하겠슴마? 어서 앞세시. 내 걱정은 말구."

하면서 버쩍 내 앞으로 나선다.

그러나, 나는 늙은이에게 더욱이 나를 찾아오는 손님에게 짐을 그대로 이우고 뒤에 달려 들어가기가 미안도 할 뿐더러 인사로도 그럴 수가 없어서 몇 번이고 짐은 짐꾼을 주고 전차를 타고 가자고 하였건만 종시 짐은 내려 놓으려고 하지 않고 곧장 그대로 이고 서서 자꾸 걸어 들어가자고만 재촉이다.

처음 어려서 시집을 올 때에 겨우 채농 한 바리를 해가지고 온 것이 세간의 전부였던 가난한 살림으로 근처 집 논을 몇 마지기 얻어서 농사를 지으며 추수를 하여 가지곤 왕복 70리나 되는 가깝지도 않은 산골길을 남, 다 타는 기차 한 번 타는 일 없이 장이면 장마다 모가지가 부러지도록 벼를 찧어 이고 들어가선 국수 한 그릇도 안 사먹고 선자리로 또 좁쌀을 팔아 내다가 그것도 아깝다 죽을 끓여먹으며 푼돈을 아끼고 뜯어 모으기 무릇 몇 해에 논마지기까지 10여 두락을 잡아 놓았으니, 오죽한 여자가 아니라는 소문을 동네에 남기었던 덕순 어머니인 줄을 나는 잘 안다. 더 말을 해야 듣지도 않을 것 같고, 내 시간도 바쁘고 해서 미안한 대로 나는 그만 앞을 서서 걸어 들어가기로 했다.

그러나 들어오면서 뒤에 쫓아오는 덕순 어머니의 동작을 가만히 살펴보니 말로는 그 보퉁이가 헐한 것처럼 이야기는 해도 환갑이 넘은 노인에게 그것이 결코 헐한 짐이 아니었다. 짐작 몸에 마치는 모양으

로 갈수록 숨소리는 거세 가고, 거리는 점점 멀리 떨어지며 쫓아오지를 못한다.

그 보퉁이를 받아서 내가 좀 가져다 드리고 싶은 생각이 없지도 않았으나 그렇게 하자면 역시 그것을 이는 수밖에는, 아름이 넘는 그 큰 짐을 옆에다 낀다든가, 손에다 든다든가 하게는 도저히 생겨먹지를 않았다. 그러니 양복을 입고 외투를 걸치고 모자를 쓴 차비의 내 머리에다는 그걸 이는 수가 없어서 그대로 눈을 감고 모르는 체 나는 그저 수굿이 길잡이 노릇만을 하면서 집까지 모시고 들어왔다.

2

밤새도록 차 안에서 뜬눈으로 새우고 그 무거운 보퉁이를 또 이고 시달리고 노인이 피곤하지 않을 수 없었다. 대문을 들어서는손,

"나 물 좀 주시."

해서 거의 한 주발이나 냉수를 꿀꺽꿀꺽 들이키고 나더니,

"이전 늙어서!"

하고 방으로 들어오자 누울 자리부터 보기에 베개를 내려다 드렸더니 베기가 바쁘게 잠이 맥시근히 들어 버린다.

대체 이 노파가 무엇을 보퉁이 속에다 이렇게 많이 넣어가지고 서울로 올라왔을까? 전에부터 보퉁이로 유명한 덕순 어머니라, 나는 무던히도 그 속이 들여다보고 싶었다.

손으로 꾹 찔러 보았다. 솜밖엔 아무것도 없는 것처럼 물큰한다. 그러나, 서울 행장에 솜이 무슨 필요가 있을까, 들어 보니 솜도 아닌 것 같다. 맛즐하게 무겁다.

"그게 다 머래요?"

하도 큰 보퉁이라, 아내도 궁금해서 묻는 것이었으나, 찔러는 보았다고 해도 거기엔 나 역시 대답할 자격이 없다.

“글쎄……..”

“무얼까……?”

아내까지도 괜히 호기심이 그 보퉁이 속으로 끌려 들어갔으나 남의 짐에 임의로 손을 댈 수가 없고 해서 한참이나 돌아가며 아내도 나도 찔러 보고 만져 보고 하다가 시간이 좀 바빠서 그만 나는 궁금한 대로 집을 나왔다가 오후 두시쯤 해서 돌아와 봤더니 덕순 어머니는 그때까지도 잠이 든 채 깨지 아니하고 있었다.

아내는 점심을 지어 놓고 덕순 어머니를 깨울까? 그러나, 곤히 잠든 노인을 깨우기도 뭣하고 해서 어찌해야 좋을지를 몰라 망설이고 있는 중이었다.

“멀, 깨워야지 다 식지 않나?”

“글쎄요.”

아내는 그래도 꺼리는 것을 나도 시장해서 같이 상을 받으려고 덕순 어머니를 흔들기로 했다.

“아주머님!”

말없이 눈을 겨우 떴다 다시 감는 걸 보니 잠이 덜 깨는 모양이다.

“퍽 곤하시죠? 점심이 다 되었는데요 일어나슈.”

한 번 더 몸을 흔들었더니,

“아이구 점심은 와! 내레 구만 참 잘래기 잊었쉐게레.”

하고 부시시 일어나며 발 길카리에 놓았던 보퉁이를 당긴다.

밥이 너무 뜬다고 서둘던 아내도 그의 손이 보퉁이로 가는 것을 보자 돌아서던 발을 다시 돌려 세우고 눈을 그리고 쏟는다.

보를 여미어 둘러싼 그 가장자리마다 굵은 실 두 겹으로 꼼꼼히 친 실밥을 덕순 어머니는 끊어질세라 채근채근 골라 뽑는다.

“점심을 잡수시구 보시죠?”

“아니 여기 내레……..”

하면서, 덕순 어머니는 그냥 실밥을 뽑아 내더니 보퉁이를 푼다. 아청 무명 이불 한 자리가 비죽이 드러난다. 덕순 어머니는 보 귀를 활짝 풀어젖히고 말았던 이불을 드러내어 드르르 편다. 베개만큼씩한 보퉁이가 또, 그 안에서 둘이 나온다. 그는 그 가운데서 좀 길쭉한 놈을 골라 드러내더니,

"아마 굳었을 걸. 섭섭해서 떡을 뒤 되치 해 개지구 왔구만."

하고, 그 보를 또 푼다. 당즉이 나온다. 샛노란 콩가루 속에 무친 찰떡이다.

"아, 아주머니두! 떡은 그렇게……."

"아니, 얼마 되나 머, 섭섭해서 거저 그르디. 자 하나씩 들자우? 김치나 있음 좀, 딜오시?"

하고, 허리춤에서 장도칼을 뽑아내더니 그 떡을 썩썩 벤다.

나는 그 떡에 구미보다 남은 보퉁이에 구미가 더 동했다. 그것은 또 무엇일까가 궁금한 것이다.

그러나, 덕순 어머니는 거긴 무슨 비밀이나 담긴 것처럼 떡을 드러내 놓고는 남은 보퉁이는 다시 먼저 모양으로 이불 속에다 꽁꽁 말아 놓는다.

3

눈을 좀 붙이고 점심을 먹고 나니 그적에야 정신이 드는 듯이 덕순 어머니는,

"서울 와서 구경은 안 하구 잠만 자다니!"

하면서, 마당으로 내려선다.

"집이 무던히 초라하죠?"

상을 들고 뒤로 좇아나가던 아내의 이야기였다.

"그런데 마당은 어드메 있노?"

하고, 덕순 어머니는 엉뚱한 소리를 하면서 사방을 휘이 둘러 살핀다.

하도 마당이 좁으니까, 마당이 마당으로 보이지 않는 모양이다. 마당 한복판에 서서 마당을 찾는다.

"서울집 마당이야 그저 대게 다 이렇죠."

"아아니 그럼 저건 채원이구!"

하고, 물독 옆에 파가 두어 포기 서 있는 걸 턱으로 가리킨다.

아닌 게 아니라, 그게 우리 집 채원이었다. 어디다 무어 풋나물 같은 것 한 포기 심어 먹을 데 없고, 가게에서 사다가 먹자니 며칠씩이나 묵었는지 생기라고는 하나도 없는 시들은 것이 늘, 손에 들어오기 쉬워서 아내는 항상 파라든가, 배추라든가, 이런 것을 사다가는 기껏 꽂아야 열 포기를 더 넘기지 못하는 그 물독 옆에다 흙을 약간 호미로 헤집고는 뿌라를 묻고, 물을 주어 며칠씩 살리어서 먹곤 한다. 지금 남아 있는 그 파도 사실은 그런 것이라고 설명을 해 드렸더니,

"세상에 푸성귀가 그렇게 귀해서 어떻게 살갔슴마! 서울선 일습을 그저, 돈 주구 사다 먹는대기 펜한 줄만 알았는데…… 우리겐 지금 한참 흔한게 시금치라, 산나물이라, 이거야 돈이 덜 주나! 가서 뜯어오믄 되는 거."

하면서, 마치 우리 집 구경이나 온 것처럼 부엌으로부터 광이라, 변소라, 넘석넘석 구석마다 돌아가며 살펴보구 나더니,

"엄물은 어드메 있음마?"

하고, 아내를 바라본다.

"우물이야 여기 어디 있나요. 수돗물을 지게로 대 먹죠."

"그럼 서답질(빨래)은?"

"건 삯 주구요."

"머, 서답질을 다 삯을 줘!"

"빨아단 바느질까지 삯을 준답니다."

"아아니, 바느질두? 고롬 님잰, 서답질두 안 하구, 바느질두 안 하고, 거저 밥허는 거밖엔 허는 일이 없갔쉐게레."

"그럼은요. 살긴 그저 편하죠. 밥두 식모가 나가서 지금은 제가 짓게 그러지 밥이나 짓나요."

하는 것이, 아내는 서울 살림에 그것 한 가지가 그저 자랑이라는 듯이 빼는 눈치다. 그러나, 덕순 어머니는,

"편안이라니! 아니 그게, 어드메, 편안이와?"

하고, 아내의 의사를 거스린다.

이 소리에 아내는 비위가 좀 틀리는 듯이 약간 표정이 달라지는 것 같더니,

"그럼, 머, 시굴서처럼 돼지 놀음만 하구 살겠어요? 서울 왔음 호강두 좀 해 봐야지."

하고, 어성이 좀 세차진다.

"난 그른 호강은 호강인 줄 모르갔습데 여부시! 제 입에 넣구, 제 몸에 걸치는 건 제 손으루 허구 앉았으야 호강이디, 그게, 멀, 호강이갔슴마? 마당 귀에 어물두 하나 없구!"

"아주머니처럼 그럼 일평생을 일만 하다가 없어야 그게 호강이겠어요? 시골 사람은 참, 생각험 불쌍해."

하고, 비웃는 눈치를 보이니,

"애개개 불쌍두 쌔해라!"

하고, 무엇을 잊은 것처럼 새삼스럽게 하늘을 쳐다보며,

"해레 이전 볼세 반저녁이 됐다! 물레 없음마?"

하면서, 마루로 올라선다.

"물렌 해선요?"

"멩디실 올렬 걸 좀 개지구 올라왔더니…… 글쎄 내레 물렌 없을 줄 알아서. 고롬, 꾸리나 게르야갔군."

하고, 혼자 말을 주고받으며, 방안으로 들어와 이불을 젖히고 남은 보퉁이 하나를 또 드러낸다.

푸는데 보니, 그 보가 하나 전부 명주실을 올린 가랍사리 뭉치요,

꾸리를 겯는 데 쓰는 도구들이다.

"그거 보세요. 아주머니 잠깐 서울 구경 와서두 좀, 편히 앉아 계시지 못하구? 그건, 일이 아니라, 일에 노예에요 노예."

"아니, 머, 달라 그름마. 글쎄 메느리레 멩딜 짜기 시작했는데 걸, 내레, 꾸릴 게레 주야디 누구레 게레 주갔슴마? 그래서 가랍싸릴 좀, 개지구 올라왔더니 참 짐만 되웨."

하고, 빈 자리가 없이 헌겁으로 몇 겹이나 발라낸 밑빠진 채 바퀴를 드러내서 막대기로 가랍싸리를 꿰어 걸어놓더니, 남이야 아무러건 자기 할 일은 그저 그것이라는 듯이 덜덜 꾸리를 겯기 시작한다.

4

이튿날은 덕순 어머니가 목적하고 올라온 창경원 벚꽃 구경을 마침 일요일이라, 내가 모시고 떠났다가 돌아오는 길에 그는 화신(和信)만 들어가 보자는 걸 나는 진고개로 빠져서 미나까이, 히라다, 미쓰꼬시, 죠지야까지 구경을 시켜 드렸다.

"꽃이 인제 활짝 피었겠죠?"

그러지 않아도 그제부터 창경원엘 가 보겠다고 벼르던 아내는 꽃소식이 급한 듯이 마주나오며 묻는다.

"구경이 거저 사람 구경입데게레. 오월 수리 씨름판보다구 더해. 에에게, 웬, 사람이 그렇게 많갔슴마 사람두—."

덕순 어머니는 엉뚱한 대답을 하며, 마루에 털썩 앉는다.

"이제, 밤에 한 번 더, 가 보서야죠. 아주 만개죠?"

"싫쉐 여부시. 밤에두 거저 거 같디 무슨 벨 꽃이 있갔슴마? 난, 구경 꽃구경 허게 제법 훌능한 줄 알았더니 거저 그르투만 머."

대수롭지 않은 대답이다.

"글쎄, 어쩌문 야앵이라는데 밤에 한 번 더 가 보서야죠. 저녁 먹구 또, 가실까요?"

"건, 무슨 구경이라구 이자 와서 또, 가갔슴마. 난, 밤엔 꾸릴 좀
게르야갔쉐. 볼레 내레 이번에 어디 서울을 올라올 길이와? 메느리레
배틀을 버테놓질 않았나, 셋째레 젖 끝에 매달래 제 에미 배 못 짜게
송활 안 시키갔나 하는 걸 거저. 그래서 난, 싫대두 야레(아들) 다자
꾸 방금 죽기나 하갔는디 구끼기 전에 금년엔 어서 서울 구경이나 한
번 하시구 내로라구 너무두 그래서 말을 안 들음 그것두 또, 어떻게
정성을 깨티는 것 같애서 올라왔디 서울이 머이와 다 내레."

하고, 수건을 벗어 보이얗게 묻은 먼지를 턴다.

"그러믄요. 막 떠나야 구경을 올라오시지 어쩌문 시골서 서울 구경
이라는데."

하고, 나도 마루로 올라섰다.

"아니 여부시! 난 그까진 꽃구경보다두 백아딤(百貨店) 구경이 더
스럽습데게레. 아이구 거, 천덜두 고훈 게 많기두 헙데. 사발이랑,
또, 댕가장 단대긴 얼마나 묘헌 게 있구! 난, 거저 고게 탐납데."

"그래서 죠지야에서 아주머니 그저 그걸 들구 그리 만지적어리셨군
요?"

하고, 낮에 덕순 어머니가 그래서 그걸 놓지 못하고 만지고 섰더랬
거니 하는 생각이 나서 히죽이 웃었더니,

"나, 고걸 한 개 사 개지구 올 걸 그랬나봐. 손주놈 밥상에 놔 주
게."

하고, 무던히도 아련해한다.

"그렇게 아련허심 요 앞에서 사시지요. 그런 건 사기전마다 드립다
쌓인 게 그거랍니다."

했더니,

"응! 있어? 요 앞에두 그게? 그럼 여부시! 나하구 좀, 또, 나갔다
드룹세."

하고, 일어선다.

종일 돌아다녔더니 맥이 폭삭이 나는 게 조금도 움직이기가 싫은데 또 나가 보잔다.

"그맛 거야 그리 급하실 거 머 있어요?"

"급할 건 없디만 앉았음 멀 하갔슴마. 살 건 사 놓야 마음이 쌔완해난."

하는 말이 곧 나가 주었으면 하는 눈치다.

그래서, 앞 거리엘 또 모시고 사기전으로 나갔더니 죠지야에서 보던 것처럼 그렇게 묘한 게 없다. 세 집이나 돌아가며 보았어도 그런 게 눈에 뜨이지 않았다. 그러니 그적엔 나온 김에 또 죠지야로 다시 가 보자는 것이다. 그러나 벌써 다섯시 반, 백화점들은 문을 닫힐 때다. 내일 내가 회사에 갔다 오는 길에 사다 드린다고 해서 안심하고 돌아 들어오던 덕순 어머니는 금물전 가게 앞에 이르러 문득 발을 멈추더니,

"여부시!"

하고, 나를 찾는다. 돌아다보니 집게에 집어서 문 앞에 매달아 놓은 무슨 나무핀쪽 같은 것을 가리키며,

"우리 데거 한 개 살까?"

한다.

"그게 먼데요?"

"그게 쥐창애 아니와? 우리게선 지금 그걸 살래야 살 수가 없음데게레. 그래서, 광이두 없구 지난 겨울엔 고노무 쥐새끼덜이 벨 얼마나 축낸는디 가마니란 가마닌 모주리 돌아가맨서 쏠구."

하면서, 올려다보다가,

"데거 얼마요?"

하고 묻는다.

그래, 십오 전이라니까 그럼 둘을 달래 가지고 들어오다가 아내를

보더니,

"참 서울은 서울이구만 우리게선 살 수 없는데. 내레 작은메느리네 두 한 개 개지다 줄라구 그래서 둘을 사서."

하고 자랑처럼 이야길 한다.

"그래 서울 오셨다 작은며느리 비단 치마 저구리 감이나 한 불씩 끊어다 주시지 아주머니두 원, 쥐창애가 머시에요."

하고 웃으니,

"혼 나갔쉐 여부시! 비단 초매 조고리 입구 김을 어떻게 매갔슴마! 니불감 봐가멘서 발을 페야디."

하고 방으로 들어가 보자기 속에다 그걸 꽁꽁 싸넣는다.

그리고는 내일 저녁차로는 집으로 내려가야겠다고 부지런히 꾸리를 겹는다. 밤에도 몇 시에야 잤는지 열한시쯤 해서 우리 내외가 이불 속으로 들어갈 때까지 그는 드르릉드르릉 그저 꾸리만 겹고 앉아 있었다.

5

이튿날 아침 아마 여덟시는 되었을까 어쨌든 그러한 시각이었다. 전에 같으면 이맘때이면 벌써 일어나서 세수를 하고 밥상 들어오기를 기다리고 있을 시각이언만 어제 종일 돌아다닌 것이 몸에 마치었던 모양인지 그때까지 나는 잠을 깨지 못하고 있다가 아내의 부르는 소리에야 겨우 눈이 틔었다.

"여보! 어서 일어나서 밖에 좀 나가 보세요."

아내는 무슨 민망한 일이 있는 듯이 미닫이를 방싯이 열고 말끝을 비빈다.

전에 같으면 어서 일어나서 상을 받으라고 할 것인데 밖에를 나가 보라는 것이 이상한 말이다.

"왜 그래 밖엔?"

하고 나는 이불을 젖히고 일어났다.

"아니 아까 난 일어나기두 전에 덕순 어머니가 부스럭거리구 일어나 나왔는데 어딜 갔는지 뵈지를 않아요."

아내는 이상도 한 일이라는 듯이 눈을 약간 크게 뜬다.

그렇다면 사실 이상한 일이 아닐 수 없었다. 거리엘 나갔다가 혹 집을 잃은 것이 아닐까. 그러지 않으면 못 잊어 하던 그 고추장 단지를 사러 죠지야엘 혼자 간 것인가. 어쨌든 문 앞을 나가 보기로 옷을 추려입고 막 마당으로 내려서려는데 대문이 찌궁 하고 밀리기에 내다보니 덕순 어머니는 물이 남실남실 담기운 바케쓰를 들고 숨이 차서 들어오다가 문턱 안에 겨우 들어 넘겨놓고는 후우 하고 한숨과 같이 허리를 뒤로 젖힌다.

"아니, 아주머니 이게 무슨 일이에요!"

아내가 마주 달리어 나가니,

"후우 님잔 어서 밥이나 지으시 내 걱정은 말구."

하면서 바케쓰를 들어다 물독에 붓는다.

그리고는 아무 말도 없이 또 바케쓰를 들고 대문을 향하여 나가려고 돌아선다.

"여보 아주머니! 물은 왜 깃누라구 그르세요? 근처에서 흉들을 보게……!"

아내가 바케쓰를 붙드니,

"흉은 내 손발 개지구 내레 물 깃는데 어느 누가 봄마! 벨 소리 다 마르시."

비웃는 태도로 뿌드친다.

"누가 물이 바르대기 아주머니 그르시우? 칠십 노인이 그 칭칭대 길을 물 바케쓰를 들구……."

나도 마주 나가 말리었다.

가만히 보니 어제 아침 물장수하고 아내가 말다툼하는 걸 덕순 어머니가 들은 모양이다.

지게로 물을 대니 사실 물을 마음대로 풍족히 쓸 수가 없다. 그런데다 꼭 마흔여섯 층계를 올라와야 하는 금화산 턱의 돌층대 길이라 맨몸으로 마음을 턱 놓고 올라오재도 어지간히 숨이 찬 지대이니, 이 지대를 새벽 다섯시부터 물지게를 지고 오르내리는 물장수가 힘이 아니 들 수 없다. 눈치를 보아 가다가는 가끔 잡수를 한다. 어제도 아내가 뒷간에 들어가 있는 것을 알고는 세 지게를 가져와야 할 것을 두 지게만 가져오고는 다 가져온 듯이 시치미를 딱 떼고는 찌궁 하고 대문을 닫히고 나간다. 그래 물이 한 지게 오지 않았다고 채근을 해도 물장수는 곧장 다 왔다고 버티니 싸움을 못 할 바엔 하는 수가 없다. 이래서 한번 물이 모자라면 일정하게 날마다 쓰는 물이라 날마다 그만큼씩은 물에 군색을 보게 되는 것이어서 밤에도 물 때문에 혼자 중얼거리는 것을 덕순 어머니도 듣고 앉았다가,

"늘 그래서야 거 어떡하갔슴마!"

하고, 제 걱정같이 근심스러워하더니 그 발러 돌아갈 물을 채워 줄 궁리였던 모양이다. 그 정성에는 지극히 감복되는 데가 있었지만 그렇다고 해서 그 노인의 손에 물 바케쓰를 그대로 둘 수가 없었다.

"어서 바케쓰를 놓고 들어오세요."

나도 바케쓰를 붙들었더니,

"글쎄 내 걱정은 말래두 그래."

하고 여전히 뿌리치면서,

"바루, 제대루 길었음 볼쎄 데 독은 다 채웠을 걸 거 참 흉측한 노릇이웨. 아 글쎄 님재네 물이 오늘 또 바르갓기에 물을 길어다 붓는다는 걸 이 앞집 물독에다 세 바케쓰나 길어다 부엇쉐게레. 아니, 세상에 그렇게두 집 모양두 마당 모양두 물독 모양꺼지 같을 법이 어드메 있갔슴마! 네 바케쓰째 들고 들어가서 부을래는데, 거 누구요 하고 방안에서 나오는 낸〔女人〕을 보니께니 아 그게 님재레 아니구 낮선 낸이

아니갔슴마! 그래서야 그게 님재네 집이 아니구 노무 집인 줄을 아랐슴메게레."

하고, 스스로 생각해도 어이없는 듯이 웃는다.

우리도 이 소리를 듣고는 아니 웃을 수 없어 같이 웃고 나서,

"그러기 길도 서툴고 한데 그만 들어가십시다."

했더니,

"난 생겨 먹길 어떻게 생겨 먹어 그른디 가만히 앉아 있으문 속이 쏴서 못 앉았갔습데게레. 사지를 놀리멘서 거저 돌아가야디…… 그래서 그르디 머 님재네 일 도와주느라구 그름마 머 내레."

하고, 부득부득 또 대문 밖으로 나간다.

"손님은 손님 체면을 차려야지 거 멀 그러세요?"

하면서, 좀 세게 말을 하여 보았으나,

"애개개! 체면이 사람 죽이는 줄 모름마?"

하고, 종시 듣지 아니하고 그 돌층대 길을 노인이 또, 허덕허덕 내려간다. 그래 하는 수가 없어 하는 대로만 보고 있었더니 쉬임없이 연거푸 몇 바케쓰를 거듭하여 기어코 그 고른 물독을 물이 남실남실하게 채워놓고야 만다.

그 후부터 나는 아내와 물장수가 말을 다툴 때마다 덕순 어머니를 생각하게 되고, 생각하게 될 때마다 이 늙은이가 지금은 무슨 일에 또 그리 앉았지도 못하고 분주히 돌아갈까. 아직도 몸은 여전히 튼튼하신지? 지극히 그 안부에 궁금함을 느끼곤 한다.*

---

* 이 소설의 결말이 『현대한국단편문학전집』 제8권(문원각, 1974)과 『한국문학전집』 제12권(민중서관, 1959)에는 이렇게 되어 있다.
　—그리고는 아침을 먹고 나서 아내더러 조지야에 가서 고추장 단지를 하나 사다 달래 가지고는 며칠 더 누해서 내려가시래두 듣지 않고 그날 밤차로 기어이 내려갈 차비를 하였다.

〔발표지〕《야담》(1941. 11.)

〔수록단행본〕*『병풍에 그린 닭이』(조선출판사, 1944)

그래서 나는 그렇게 서울을 싱겁게 다녀가려고 뭐 하러 그 지루한 차로 밤을 밝히면서 고생을 하고 올라왔느냐고 하였더니,

"고생인 줄이야 뉘가 모르나. 님잰 내 속을 몰라 그러디. 글쎄 어제 저녁에두 말했디만 애가 그르케 죽기 전에 어서 하래는 서울 구경을 아니 하구 죽음은 것두 정성을 깨티는 것 같애서 올라온 거야. 정성은 정성으루 받으야 아니 하겠슴마? 그르케 하래는 서울 구경을 내가 안 하구 죽어 보시. 그르면 개가 얼마나 섭섭해 할 거와?"

하고 보따리를 꾸리기 시작했다.

수달*

　아무리 형의 집이라고는 해도 이태씩이나 끊었던 발을 들여놓자기는 여간 쑥스러운 게 아니다. 꾹 마음을 정하고 오긴 온 길이로되, 막상 대문을 맞닥뜨리고 보니 발길이 문턱에 제대로 올라가질 않는다.

　그것도 멀리 떠나 있어서 서로 그립던 처지 같았으면야 이태 아니야 이십 년이 막혔다 치더라도, 아니 그랬으면 오히려 반가운 품이 좀 더 간절할 것이련만, 이건, 아래윗동네에서 고양이 개 보듯 서로 등이 결려 지내 오던 처지다. 이제 그 형이 이 동생을 맞아 줄 리 없을 것 같다.

　그동안 서로 막혔던 인사쯤으로 방문의 소임이 다 되는 것이라면 아무리 틀렸던 것이기로 형제의 분의에 찾아가는 동생을 그렇게는 역겹게까지 대하지는 않을 것이련만 끄집어 내고야 말 돈 이야기, 그 이야기가 난다면 미상불 아니 역겨울 수 없을 게고, 그나새나 거절을 당하게 된다면 꼭대기를 털고 되돌아와야 할 멋쩍음――발길은 대문 턱에 뚝 멎고 떨어지질 않는다.

　틀린 것도 본시 이래서였다.

　갈라 가지고 나온 세간은 십 년이 머다 말짱하게 탕진이 되니, 동생은 가족의 목숨을 형님에게 다시 의뢰하려 했다. 전연 의뢰하잘 면목

---

　* 『별을 헨다』에 「수달피」로 되어 있는데 『신한국문학전집』에는 「수달」로 제목이 바뀌었다. '수달피'는 수달의 가죽을, '수달'은 족제빗과의 포유동물을 각각 뜻한다. 소설내용상 '수달'이 타당하다고 믿어 이를 따랐다.

이야 있었으련만 할 수 없는 경우이면 으레 형을 넘겨다보았다.

넘겨다보는 걸 처음엔 형도 형 된 죄라 알고 열 번에 한 번만큼씩은 들어도 왔다. 그러나 들으면 뒤가 없는 일을 청내 이럴 수는 없다고 몇 번 만에는 아예 딱 자르고 죽여 응치 않았다.

그러니 동생이 굶어 죽는대도 모르는 형을 형이랄 수가 없다 해서 동생 초시는 형의 집 문전에 발을 끊고 지나오기 무릇 이태였던 것이다.

그러나 가세는 조금도 복구되는 것이 아니고 왠지 날이 갈수록 점점 더 쪼들려만 와, 그야말로 군색의 절정에 초시 내외는 있었다. 친지의 신세도 돌아가며 졌다. 그러나 늘, 그러잘 수도 없는 것이, 면목상 어쩐지 형에게 조르기보다 거북함이 몇 배나 더했다. 두루 생각하던 끝에 해〔年〕도 저무니 앞으로의 빚냥도 적지 않은 근심이어서 그래도 혈육을 가르고 나온 형님이었다. 그 중 헐할 성싶어 또 찾아보자던 것이기는 하였으나 그것도 역시 거북하긴 마찬가지다.

한참이나 서서 머뭇거리고 있으려니까 인기척을 경위챈 개가 짖으며 나온다. 자기의 태도를 누가 보는 것은 아닌가 초시는 성큼 발을 들여놓고 태연히 사랑 쪽을 향하여 걸어 들어갔다.

"아, 저근이!"

개 짖는 소리에 밀창 밖으로 넘석이 머리를 내밀었던 형이 먼저 동생을 보았다.

"아, 형님!"

"님재! 이게 얼마 만이와?"

"해가 바뀌두룩…… 형님 이거 죄송하웨다."

"분주하믄 그저 그렇게 되는 법이워니. 어서 이리 드로시."

형도 동생이 오래간만에 반가운 모양이었다. 아무런 티도 없는 인사가 바뀌었다. 그러나, 다음 순간에 숨기지 못하는 어색한 표정들이었다. 오직 경위만을 서로 살피는 침묵이 담배연기와 같이 하잘것없는 방안을 배회하였다.

다 탄 담배가 공기를 완화시키는 동기가 되었다. 형님은 재를 재떨이에 턱턱 털고 나서 입을 열었다.

"말허디 않아두 다 들어 알갔디만 저근이 참, 우리 집안두 이전 운이 다 진헌 모양이웨."

"아! 형님 그동안 무슨 일이……?"

초시는 어떻게 하는 말인지를 몰라 형님을 바라보았다.

"늙은이(아내를 가리킴)가 일 년젤 병으루 누워서 일어날 날이 없으니 약값은 태산이웨게레."

여간한 걱정이 아니라는 듯이 형은 한숨을 허연 수염으로 몰아내보낸다.

"참 아즈마님 탈두 거 원……."

초시도 같이 근심스러운 태도를 지었다.

"탈이라니! 사람의 집에 연고가 없구 볼 말이디 그러디 않아두 밑 빚이 무거워 일어날 수가 없는데 이건 엎친 데 덮친 기루…… 허기야 뭐 없음은 못 갚았디 별수 있음마."

뚝 불겨나오는 이런 소리가 동생의 내의를 짐짓 넘겨다보고 하는 방패막임 같기도 했다.

"형님!"

"응?"

"형님이 빚 걱정을 그리 하시면 저 겉은 놈은 어떻게 살아갑니까? 늘그막에 괜히 걱정 마시구 마음이나 편안히 가지시다 돌아가시는 게 그게 복이원다. 아무래슴 형님 당대에 이 큰 집 세간 가지구 밥을 굶으시겠어요? 아야 그런 걱정은 마시우."

초시도 형의 말 가퀴를 모를 리 없었다. 달려붙을 차비를 하였다.

맞받아내는 동생의 말이 어지간히 마치는 모양이었다. 형은 한참 서슬이 푸르던 자탄이 주그러진다.

"글쎄 내니 걱정을 할래 하고 있음마? 그럼 님재 정황두 딱하구 말구 여부가 있음마."

"정황이 딱하다니요! 오죽하면 제가 다시 이렇게 형님 전에 또 사정을 품하레 왔겠습니까?"

마침내 초시는 물고 늘어졌다.

형은 힘없이 머리를 숙이고 담뱃대를 든다.

"형님!"

"응?"

"아무리 간신하시드래두 오늘 돈 백 원만 꼭 좀 변통해 주셔야 남을 우이지 않을까 봅니다."

"돈! 아, 아까 내 말 못 들었음마? 금년엔 글쎄 진 빚이 무거워 니러날 수가 없는데 백 원이라니! 이게 무슨 말이와? 이즘엔 뭐 땅돈 한 푼 어쩔 수 없음메."

형은 머리를 굳게 흔들어 보인다.

"그래두 형님이야……."

"그래둔 넷날이야."

"돈 백 원에야 설마 형님이……."

"그건 형님을 모르는 말이구."

"그럼 이 동생은 굶어 죽어두 모른단 말씀이신가요?"

"그렇게 극언은 못 하는 법이워니."

"형님!"

"글쎄 못 해."

인사로 대할 땐 그렇게 부드럽던 형이 돈으로 대할 땐 이렇게도 차다. 더 말이 긴치 않다는 듯이 형은 딱 잡아떼고 안으로 들어간다.

이쯤 되면 백 번 말해야 꺾을 수 없는 것이 형의 고집임은 너무도 잘 아는 동생이다. 더 앉았을 필요가 없음을 깨닫고 일어서려는데 오늘 장에도 수달은 나지 않았더라고 심부름꾼이 사랑으로 들어와 이른다.

들으니 형수의 탈에는 수달이 약이라 해서 벌써 달포 동안이나 사처로 구해 온다는 것이다.

초시의 비위는 문득 여기에 동했다. 수달 그놈을 구하지 못할까? 그놈만 구한다면 단 돈 백 원에 그렇게 강경하던 형님의 마음도 미상불 풀려질 것 같다. 그놈을 못 구하다니! 그놈을 구해 보리라, 형님의 마음을 푸는 데도 그렇거니와 그것이 약이 된다는 것을…… 하고 한 맘을 먹어 보는데 안으로 들어갔던 형님이 돌아나온다.

"저근이! 우리 오래간만에 저녁이나 같이 먹습세. 찬은 뭐 없쉐."

형은 저녁이나 대접해 보내려는 눈치다.

"저녁이야 뭐 집에 간들 못 먹소워리."

"아니 찬은 없어, 오래간만에게 그러디. 님잰 이즘 무슨 찬이와?"

"찬이랄 게 있나요. 요즘엔 얼음을 까구 고기 새냥을 했더니 그게 찬입디요."

"겨울에 생선 반찬 그게 좀 귀한 거와?"

"아, 그런데 형님! 고기잽이 말이 났으니 말이디 그저껜 얼음 구녕에서 이상한 즘생을 한 마리 잡디 않았갔소? 아, 물속에두 네 발 가진 즘생이 있습디다."

주사의 눈은 금시 둥글해지더니 빨던 담뱃대를 놓고 허리를 펴며 돋우 앉는다.

"물 속에서 나왔는데 네 발을 가져서? 그래 그걸 어드캤음마?"

"아, 하두 이상한 즘생이기에 갯다 뒀습디요."

"그게 수달 아니와?"

"글쎄 다들 그걸 수달이라구 그르나 봐요."

"거 수달이웨게레 수달이야. 그런데 저근이! 내 이자 안에 들어가서 꼼꼼히 생각을 해 봤더니 이놈의 핏줄이란 무엇이기에 그리 정을 붙잡는 것이와? 님재 부탁을 거역하구 나니 눈물이 가슴속에서 막 솟아 오름메게레. 같은 아부님의 자손으루 나는 밥 먹구 님잰 밥 굶는다니 이

거야 가슴이 아파 살갔습마? 이 정상을 알으시믄 지하에 계신 아부님 두 편히 주무시질 못하실 거야. 내 아무리 간신하더래두 백 원 다는 못 하갓쉐만 베나 한 댓 섬 별 아침 내 내려보내워리. 정 급헌 데나 약간 머 좀 부슬거리구 그럭저럭 그저 또 지나가몐서 봅세게레.”

별안간 노그라지는 형의 태도였다. 수달의 탐은 기어코 형의 마음을 움직여 놓았던 것이다.

이튿날 아침 벼는 어김없이 닷 섬이 초시 댁으로 꼬박 소 잔등이 두 짐을 날라냈다.

마지막 바리 뒤에는 형님이 넌지시 덧달리었다. 형 역시 이태 만에 발길을 들여놓아 보는 동생의 집이었다.

“아즈바님 손수 오시기까지 아이…….”

초시의 아내가 마주 달려나갔다.

“오랫동안 데수님두 못 보였구…….”

인사가 끝났다.

제수는 아즈반이의 다음 말을 받아야 할 것이 은근히 근심이었다. 아즈반은 틀림없이 그 수달 때문에 내려오셨을 것이고, 왔으니 수달을 보잘 것은 빤한 일일 것이다. 그러나 이에 대한 아무런 대책이 없다. 일을 이렇게 만들어 놓고는 대답이 어려우니까 남편은 쓱 몸을 피했다. 잡지도 않은 수달을 뭐라고 대답해야 되나 가까스로 생각이 바쁜 동안,

“데수님!”

아즈반은 부른다.

“에?”

“저근인 어디 나갔소?”

“해변 내려간다구 아침 일즉이 나갔는데요.”

“그럼 늦게야 들을까 보우다레?”

“어드케 됨 메츨 될디두 모르갔다구 그래요.”

남편이 이르던 대로 아내는 대답할 밖에 없었다.

"하하! 그래요?"

계획이 틀리는 듯이 머리를 흔들더니 별안간 눈을 치뜨며,

"그런데 뭐 저근이가 수달을 잡아왔어요?"

하고, 제수를 건너다본다.

아니나 다르랴, 수달 이야기는 기어이 나오구야 만다.

대답할 말이 없다. 초시가 이르긴 역시 모른다고 하랬으나 차마 그렇게 말이 나오지 않는다. 그렇다고 또한 달리 꾸며댈 말도 없다.

"수달이라니요?"

우선 반문을 해 보는 것으로 생각에 여유를 주어 보았다.

"고기를 잡으러 갔다가 수달을 잡아왔다구 하던데요?"

아즈반은 의아한 눈이 둥그래서 제수를 바라본다.

"고기 잡으러 갔던 일두 없는데요. 저 모를 소리우다."

"고기 잡으러 갔던 일두 없어요?"

"그럼으뇨, 없디 않구요."

"그름 그 사람이 거 무슨 소리야?"

아즈반은 놀라지 않을 수 없었다. 피뜩 머리에 떠오르는 것이 있었던 것이다.

'수달을 구헌대니까…… 고이헌 놈!'

"머 아즈반이 보시구 수달을 잡아왔다구 말씀을 디립더니까?"

'……허, 고이헌 놈!'

(1934. 12.)

〔발표지〕《야담》(1941. 11.)

〔수록단행본〕『별을 헨다』(처희문사, 1954)

*『신한국문학전집』제6권(어문각, 1976)

자식(子息)

　장맛비는 그대로 초록 기름인 듯하다. 연 닷새를 거푸 맞고 난 볏모
는 떡잎에까지 새파란 물이 들었다.

　꽂아놓고는 물을 대지 못해 뿌리도 못 박고 샛노랗게 말라들던 볏
모였다. 돌보기조차 싫어 내키지 않던 논틀을 날이 들자부터는 잊는
법이 없이 저녁마다 한 바퀴씩 돌아 들어오는 것이 주사의 유일한 취
미였다.

　보면 볼 때마다 다르게 싱싱 자라오르는 기름진 꾀기였다. 여간 귀
여운 것이 아니다. 만득으로 둔 아들 명호의 거처에 늘 마음이 떠나
보지 못하듯, 연연한 것이 그것이었다. 집에 들어오면 건강한 명호가
눈앞에 놀아야 마음이 놓이고, 들에 나가면 이지러진 데 없는 볏모를
보아야 마음이 가뜬하다. 명호가 아이들과 싸우는 것이 아닐까? 볏모
를 밟아대는 짐승은 없을까? 들고 날 때마다 엇바뀌는 생각이었다.

　오늘도 논귀에는 기어이 이상이 있었다.

　두렁의 감탕 위에는 동글하게 난 체바퀴 자리가 올림픽 마크같이
연달렸고 그 밑에 귀접이에는 군데군데 물이 흐리어 돈다. 아이들의
고기잡이가 분명히 또 있었던 모양이다.

　볏모가 상한 데 없는 것만은 다행이라 하겠으나 날마다 일러도 듣
지 않는 아이들의 장난이 괘씸하다. 단단히 한번 일러야지 그러다가는
기어이 또 볏모를 밟아대는 날이 있으니라, 마음을 먹으며 동을 넘어

서니 동 너머 늪에는 아이들이 한 늪 들어서서 오리새끼처럼 옥작이고
있다.

늪을 메운다고 그렇게 일러 오는데도 귓등으로조차 안 듣고 논귀로
돌아다니며 고기를 잡다가는 감탕칠을 해가지고선 늪으로들 넘어들어
씻어내는 것이 바로 장난의 한 순서 같다.

인기척이 없이 슬그니 동을 넘어 옷들을 모두 거둬오면 요놈들이
달아나지도 못하고 오히려 쫓아오며 빌 것이 아닐까? 자국도 조심히
놓으며 달려갔다.

그러나, 한두 번째가 아니요, 늘, 지나 보는 그들인 데다 이때만큼
씩은 또 으레 주사가 이 논틀을 한 바퀴씩 돌아 들어가는 것임을 잘들
알고 있다. 각별한 주의를 가지고 서로 망을 보며 멱을 감던 그들인가
보다. 동짬에 이르기도 전에 물 밖으로 한 놈이 건성 뛰어나오더니,
옷을 더듬어 안고 달아난다.

여기에 다른 놈들도 그만 경위를 채였다. 위야! 하고 물속을 뛰어나
와 달아난다.

한 놈도 못 붙잡고 놓치게 된 주사는 이젠 엄포라도 해서 혼이나 내
는 수밖에 없었다.

"뛰면 너희들이 어디로 갈 터이냐? 요놈들 잡아라!"

고함을 치며 발을 굴렀다.

그러나, 그저 그럴 뿐 덧달리는 주사가 아니었다. 힐끗 뒤들을 한
번 돌아다보고는 걸음이 떠진다.

어른의 말을 무서워까지 할 줄 모르는 아이들의 태도가 더 한층 얄
밉다. 한 놈 붙들어 보지 못할까? 갑자기 치미는 흥분에 쫓아가 보기
는 하였으나 그 울퉁불퉁한 가랫밥 위의 동뚝길을 아이들처럼 재빠르
게 요리조리 피해 걸어내는 수가 없다. 늪까지 이르렀을 땐 벌써 아이
들은 다들 저 갈 데로 뿔뿔이 달아나고 말았다.

그러나, 급작통에 옷을 버리고 뛴 놈이 있나 보다. 감탕이 지질지질

묻은 옷이 두 무더기가 동 위에 남아 있는 것은 상쾌하다.

"네 요놈들은 인제 내한테 경을 쳤느니라."

소리를 치며 주사는 두 무더기의 옷을 한 줌에 움키어 허리띠로 꽁꽁 꽁쳐 들었다.

그리고 보니, 아니나 다르랴! 동 너머 개울 속에서 빨가숭이 한 놈이 더 달아나지를 못하고 숨어서 고개를 넘성거리며 주사의 눈치만 엿보고 있는 것이 아닌가.

"요놈 네가 옷을 버리구두 집으루 들어가겐? 그대론 못 들어갈 테지? 와만 바라 어디―."

우선 고놈을 골리는 본새로 옷을 흔들어 구겨 보이며 또 한 놈은 어디 숨었을까 살피었다.

늪 속에 물이 이상히 흔들리는 데가 있다. 급하니까 미처 나오지를 못하고 물속에 그냥 소꾸막질을 해서 숨어 버린 것인가? 두고 보았으나, 그런 것은 아닌 것 같다. 물 밖에 겨우 내민 두 손이 어지럽게 허공을 허우적거려대는 것을 보면 필시 깊은 골에 빠지어 물 밖을 헤어 나려고 애를 쓰는 꼴임이 틀림없다.

"최서방!"

개 건너에서 김을 매는 최서방을 향하여 소리를 질렀다.

"사람이 물에 빠졌으니 얼른 좀 오게! 얼른!"

원체 이러한 고함 소리가 제대로 척 들릴 그러한 가까운 거리가 아니었다. 최서방도 자기를 찾는다는 것만은 짐작했으나 무슨 소리인지가 자세치 않아 고개를 넘성이 빼고 반문이었다.

"예? 절 부르시우? 절……?"

"아, 사람이 물에 빠졌다는데 절 부르시우라니? 아, 얼른 좀 오라구? 얼른 얼른……."

주사로선 할 수 있는 데까지 높이 질러 본 고함이었으나, 이 소리도 역시 제대로 똑똑히 최서방의 귀에 건너가 들리는 것이 아니었다. 오라고 헤기는 손짓이 어쨌든 급한 일인 줄을 알아채리고야 비로소 호미를 던지고 내닫을 차비를 하였다.

물 속의 손은 어서 살려 달라는 듯이 쉬임없이 그냥 허공을 헤기여 대고 있다.

주사의 안타까움은 최서방의 뛰는 걸음도 뜬 느낌을 주었다.

"얘! 넌 넌 저 늪에 들어가 세지 못하니?"

행여 빨가숭이의 힘은 빌어 보지 못할까? 개울 속을 건너다보며 소리 질렀다.

그러지 않아도 누가 늪에 빠졌을까 주사의 덤비는 꼴에 지극히 가 보고 싶은 호기심였으나 갔다가 경을 치면 하는 공포심에 발걸음이 내키지 않았던 것이다.

"네 거기요?"

주사의 말이 떨어지기가 바쁘게 빨가숭이는 더는 두 말이 없이 동을 넘어 달리어왔다.

"넌 이 늪에 서서 꽤 건너다니군 허지?"

"저두 그 한복판엔 깊어서 잘 못 들어가 세는데요!"

그리곤, 그저 그게 누구일까를 빨가숭이는 일심으로 생각하는 듯이 물속에서 연방 허우적거리는 손만 눈을 까박까박하며 바라보고 있더니.

"주사님! 거 빠진 애가 명호 아니예요?"

빨가숭이는 저도 놀라지 않을 수 없다는 듯이 별안간 눈을 둥그랗게 뜨며 주사를 올려다본다.

"응? 머!"

"글쎄 아까 애들이 주사님 보구 다 혼이 나서 뛰어나오는데두 명호는 머 저네 늪이라구 일없다구 안 나오구 그대루 멕을 감으면서 놀겠다구 했는데요!"

“머시? 어째!”

주사는 어쩔 줄을 몰라 한 발을 내밀었다 들이밀었다 하다가 꽁치어 들고 섰던 옷뭉치를 부리나케 풀었다. 하이얀 모시 바지에 샛노란 도리매 적삼, 그것은 분명히 아침에 가라입힌 명호의 옷이다.

“명호의 옷이지요? 그게?”

빨가숭이는 그래도 자세히 몰라 궁금해 묻는 것이었으나 주사의 귀에는 그까짓 소리는 들리는 것도 아니었다. 저고리 고름으로 손이 가다 말고 옷 벗기도 더딜세라 그대로 첨버덩 물속으로 뛰어들었다.

그러나, 지금껏 허우적거리던 손은 다시 물 위에 나오지 않는다. 수면 위엔 그저 바람조차 집히는 잔물살이 주름을 잡으며 물거미를 태우고 흔들릴 뿐, 아무러한 이상도 나타나지 않는다.

짐작으로 물속을 허방지방 어릅쓰는 수밖에 없었다.

한참 만에야 것틋 하는 물체를 찾았다. 분명히 그것은 아이였다. 따스한 온기가 손안에 통했다.

주사는 잡히는 대로 그러안고 나왔다.

그리고, 곧 동섭에 눕히어 물을 토케 하였으나, 아이의 목은 힘이 없이 되는대로 놀고 있었다.

‘그게 명호인 줄을 알았다면 최서방을 부를 것 없이 단박 뛰어들었을 텐데……’

한탄과 같이 주사는 명호의 시체를 얼빠진 사람처럼 내려다보고 있었다.

(辛巳 11월)

〔발표지〕《야담》(1943. 2.)
〔수록단행본〕*『백치 아다다』(대조사, 1946)

불로초(不老草)

─묘예(苗裔)의 삽화─

봄밤이 곤하단 말은 늙은이에게는 적용되지 않는 말이다. 춘곤을 느낄 기력조차 인젠 다 빠졌는지 그렇게도 고소하던 새벽잠이 날마다 줄어드는 것 같다.

어제 저녁에도 며느리가 못자리에 오리를 보고 들어와 누운 다음에도 담배를 아마, 다섯 대는 나마 태우고 누웠으나, 눈을 붙이기까지에는 자정도 훨씬 넘었을 것인데, 한 잠도 달게 들어 보지 못하고 첫닭의 울음소리에 그만 눈이 띄어 가지고선 아무리 태수를 해야 다시는 잠이 들지 않는다.

닭도 이젠 두 홰나 울었으니 머지 않아 동은 트겠으나 잠시라도 눈을 좀 붙여 볼까, 눈에 힘을 주고 누웠다 못해 할아버지는 이불을 제치고 일어나 담배를 또 한 대 재여 문다.

"어!"

벙긋 하고 성냥불이 방안을 비추자 어미의 품속에서 자는 줄만 알았던 손자가 언제 깨어 있었던지 물고 늘어졌던 젖꼭지를 놓고 녀석이 머리를 들며 히쭉 웃는다.

그러나 할아버지는 모르는 체 담배만을 붙이고 나서는 불을 죽인다. 그것이 또 일어나 설레이게 되면 진종일을 밭갈이에 시달리다가 곤히 든 에미 애비의 잠이 깨일까 염려스러웠던 것이다. 담배도 조심히 빨고 있었으나,

"어!"

심심하면 언제나 하던 버릇대로 손자는 또 놀자고 수작이다.

그래도 할아버지는 못 들은 체 담배만 빤다.

"어!"

"……."

"어!"

"……."

"어어으!"

건네도 건네도 수작을 받지 않으니 손자는 되어지게 소래기를 지른다.

하는 양을 보니 그대로 잠자코 있으면 그런 고래 소리가 필시 또 나오고야 말 것 같다. 대꾸를 아니 하는 수가 없다.

"애비 깨갔다! 어서 자라. 조꼼 있으문 밝갔는데, 우리 이제 밝은 댐에 니러나서 놀자구나. 용티 내 새끼가."

속삭이다시피 얼린다.

그러나 손자는 제 청을 들어주지 않고 거역하는 것이 참을 수 없이 분한 듯이 말끝도 채 떨어지기 전에 '으아!' 하고 울음을 터뜨린다.

오히려 더한 우환을 만들어 놓았다.

"야! 야! 데 머시기 엉야! 데……."

울음을 그칠까 할아버지는 얼렁뚱땅 달래며 하는 수 없이 성냥을 그어 등잔에 불을 밝힌다.

그러나 그것도 손자는 제 소원이 아니었던 듯이 에미의 팔고비에 파묻은 머리를 들 염도 않고 그냥 엉엉 응석을 부린다.

"아쌔기두 참! 고롬 일러루 오갔네?"

불러 보아도 머리를 들지 않는다.

"넌 좀 씩씩 자기나 하람! 무슨 일이 바빠서 신새박부터 니러나서 놈두 못 자게 또 설레바릴 틸래네!"

하는 수 없이 할아버지는 손을 내밀어 손자의 손목을 잡아 끈다.

그래도 손자는 찌뿌둥한 채, 그러나 끄는 대로 어미 애비의 배를 되

는대로 차부도 없이 타고 넘으며 끌리어 와선 할아버지의 무릎 위에
엉덩이를 둘러 대고 털썩 안긴다.
　"다 죽어 가는 늙은이 물팍이 머이 그리 도와서 밤낮 안기갔다구만
서두네? 서둘길!"
　그러면서도 할아버지는 새벽녘의 한기가 춥지는 않을까 안기는 손
자를 이불귀로 감싼다.
　그적에야 만족한 듯이 손자는 엉석 울음을 뚝 끊이고 할아버지를
돌아다보며 히죽 웃는다.
　밉고도 고운 것은 그것이었다.
　자기의 품안이 그렇게도 좋아서 만족히 히쭉거리는 웃음을 받아들
이는 순간, 할아버지는 모든 감정을 왼통 손자에게 빼앗기우는 듯이
야기에 역겹던 귀찮음도 봄눈처럼 금시 스러지며 못 견디게 귀여움을
참아낼 길이 없다.
　"아이 아쌔기두!"
　할아버지는 으스라지게 바싹 껴안으며 손자의 뺨에다 뺨을 대이고
비빈다.
　"거저 너 까타나 내레 못 죽누나!"

　오늘도 날씨는 좋을 것 같다. 새벽 안개가 마을 안에 자욱하다.
　아직 해도 뜨기 전인데 소 잔등에다 연장을 싣고 떠나는 밭갈이꾼
이 벌써 신작로로 연줄 닿는다.
　"놈덜은 발쎄 밭갈일 다 나가누나?"
　바깥을 내다보던 할아버지는 마당을 쓸고 아들에게 우리는 떠나기
가 늦어지지 않았나 재촉이다.
　"소레 죽을 채 먹디 않아서 그래요. 이제 떠나디요."
　그동안에나 죽을 다 먹었나 아들은 빗자루를 든 채 소궁이로 가서
넘석이 들여다본다. 아직 소는 죽을 반도 못 먹었다. 콩이 떨어져 맨

여물만 익혀 주었더니 맛이 덜 나는 모양이다.

"식디 않안? 식어슴 더운 걸 좀 타 주람!"

"머 괜티않아요."

"한참 밭갈이에 콩을 못 네 줘서 그르누나! 그게 절반은 더 농사를
제 주는 걸……."

할아버지는 한숨과 같이 끙 하고 갑으며 길머리에 쉬쌀 바가지를
당기어 들고 닭을 부른다.

"쥐주우— 쥐주 쥐주쥐주……."

"나아—나아—."

우�끗 가마니틀에 붙어서 혼자 자질을 하며 놀기에 세상을 모르던
손자가 닭 부르는 소리를 듣더니 그만 또 제가 주겠다고 소래기를 지
르며 달리어온다.

닭의 모이를 제 손으로 주는 걸 손자는 왜 그리 좋아하는지 모른다.
아침 저녁으로 모이 주는 기색만 보이면 한사코 쫓아와서 모이 그릇을
빼앗는다.

처음에는 모이를 함부로 쥐어 뿌릴까 염려스러워 맡기기가 자못 안
심치 않았으나 지나 보니 인젠 그것도 셈속이 빤한 것 같았다. 이러이
러하게 모이는 주어야 된다고 한 번 일러 주었더니 영락없이 이른 대
로 꼭꼭 주는 것이 신통도 했다. 이미 준 모이가 한솟 없어져 닭들이
머리를 들고 다시 바랄 때가 아니면 더는 허투루 던져 주는 것이 아니
다. 할아버지는 그게 재롱스러워서 몇 번 모이 바가지를 맡겨 보았더
니 인젠 바로 닭의 모이는 제가 맡아서 주어야 할 책임이나 가진 것처
럼 꼭 제 손으로 주려고 차부*다.

닭들은 모두 토방 위로 올라서서 목들을 길게 빼고 꾸득거리며 모
이를 기다린다.

---

* '채비'의 평북 방언.

"쥐 쥐 쥐……."

열 마리가 넘으니 닭들은 모일 대로 다 모였는가 본데 손자는 쥐 소리를 부르면서야 닭의 모이는 주는 것인 것처럼 연방 쥐 쥐 불러 내며 쉬쌀을 집어 뿌린다.

모이가 떨어지는 대로 쫓아다니며 남보다 한 알이라도 더 얻어먹으려고 눈이 뻘개서 덤비는 닭들, 그 경쟁판에서 한 다리로 깨금질하여 다니며 수고로이 모이를 줍는 한 마리의 땅뚱이—손자에게는 그것이 모이를 줄 때마다의 동정의 대상이 되는 듯싶었다. 모이를 거듭 던질 때마다 땅뚱이에게 주력을 하고 쥐어 뿌린다. 그러나 떨어지는 모이 좇아 우욱 하고 몰려다니는 성한 놈들의 분주통에 무더기로 떨어지는 모이는 한 번도 참예를 못하고 번마다 밖으로 밀리어 나와선 알주이밖에 더는 못 한다.

손자는 혼자 얻어먹지 못하는 그 땅뚱이가 가엾어 보였던지 모이를 주어 보다 주어 보다 못해 그만 바가지를 놓고 토방으로 나서더니 그 중에서도 제일 미꿀스럽게 덤비며 어린것들을 무시하는 묵은 수탉을 통통거리며 쫓아낸다.

그러나 수탉은 쫓을 때마다 성큼성큼 피할 뿐, 돌아만 서면 여전히 덤비기에 조심도 않는다. 몇 번이고 쫓아 보아도 쫓을 수 없는 수탉임을 안 손자는 할아버지에게 응원을 청하는 듯이 수탉을 가리키며 손목을 잡아 끈다.

할아버지는 손자의 그 착한 맘씨에 놀랐다. 아직 엄마 아빠 소리밖에 말도 할 줄 모르는 인제 겨우 두돌잡이에게 벌써 그런 착한 마음씨가 깃들었다니! 악할 줄 모르고 선을 위하여 정성을 베푸는 마음! 그것이 예로부터 농가의 마음이었다. 그 마음이 자기의 집에서도 대를 이어 내려왔음을 안다. 자기 아들도 그런 마음을 받았다. 이제 거기, 억센 힘, 굳은 의지가 배양만 된다면, 그리하여 천여 두레의 물을 단숨에 콸콸 퍼낼 수 있는 장정이 되어 주기만 한다면 자기는 게서는 더 손자에게 바랄 것이 없었다. 손자의 그 싹트는 귀여운 마음을 북돋아 주는 의미에서라도 그가 원하는 대로 당장 그놈의 수탉을 몰아내어 주고는 싶었으나, 변소 출입도 자유롭지 못한 풍 맞은 다리는 문턱 넘어 토방도 천릿길이었다. 지팡이를 들어 쉬쉬 내둘러 보았으나 그것은 손자의 쫓는 힘에도 밑지 못했다. 닭들은 지팡이가 나올 때마다 머리를 한 번씩 들어 볼 뿐, 그저 그것이었다.

정말 인젠 죽은 목숨인가보다 할아버지는 느껴진다. 두돌잡이의 어린것만치도 마음의 자유를 행사할 수 없다니! 작년 여름까지만 해도 그걸 등에다 업고, 십 리나 넘는 들길에 젖을 먹이러 진날 마른날이 없이 다녔는데, 날로 치면 한 해도 못 흐른 그 짧은 세월에 앉아서 뭉개던 손자는 마음대로 척척 일어서 걸을 수가 있고 걸을 수 있던 자기의 다리는 걸음이 여물수록 무거워만지고──젊어선 노새 다리라고 소문을 놓았던 그 다리의 힘도 인젠 자기의 것이 아니다. 아주 손자에게 물려나 주고 만 것 같다.

그러나 아직 마음만은 조금도 시들지 않은 것은 스스로 생각해도 장한 일 같다. 비록 몸은 건강이 허락치 않는다 하더라도 마음만은 조금도 다름없이 물이나 한 천 두레, 밭이나 한 것 갈이쯤은 쉬지 않고 단숨에 푸고, 매내일 것 같은 싱싱한 젊음이다.

몸뚱이는 썩어서 형체가 없어진다 하더라도 이미 다리의 힘이 손자에게 물리어졌을진댄 늙어도 늙지 않는 그 마음조차도 영원히 물리어져 두 마음의 힘이 서로 합하여 한 사람이 두 몸의 일을 능히 해낼 수 있는 그런 억센 힘이 길리어지는 도리는 없을까? 저놈이 일어설 때에 호미를 들고 일어섰거니 너도 농사 귀신이 될 것만은 염려없이 마음 놓고 죽겠으나, 앉아서나마 그 솜씨를 못 보고 죽게 될 것임이 길이 미련에 남는다.

솟구쳐 넘치는 늙지 않는 마음, 그 마음으로 정성껏 다루고 싶은 논밭──그 논, 밭의 푸근한 흙, 그 흙의 향기를 다시는 맡아 보지 못하

고 죽다니! 하니 이미 살은 희수(稀壽)의 칠십 여생도 못내 짧아 보인
다. 죽기 전에 마음에 남은 젊은 힘을 마음껏 흙 속에다 왼통 부어 넣
어 보지 못할까 생각을 하면 남들이 새벽부터 메고 나서는 연장이 여
간 부러워지는 것이 아니다. 한시가 새로운 이 파종기에 다리를 못 쓰
고 앉아서 뭉개다니! 먹고 사는 인간이 봄이 두려운 것도 같아 아들의
밭갈이가 늦어지는 것도 안타까웠다.

“야! 너 이전 거 죽 다 먹디 않았네? 소레!”

한낮에 가까운 볕은 녹여나 낼 듯이 장글장글 또 방안으로 기어들
이 시작한다.

아들을 재촉해서 밭으로 내어는 보냈다고 해도 제 몸이 밭으로 못
나가게 되는 것이 아침 한겻의 한이었는데, 뉘가 밭을 가는지 ‘외나
마 마라 꼬 꼬—’ 하는 소 모는 소리가 연방 뒤꼍으로 들려와 그러지
않아도 봄뜻에 서둘던 할아버지의 마음은 더한층 보깨인다.

김선달네 밭일까? 김선달네는 보리를 심는댔으니까 밭은 벌써 갈았
을 것인데 송서방네 밭임직하다. 알면 뭣 하련만 밭갈이에로만 향하는
마음은 그저 앉아 있지를 못하게 한다. 지팡이를 당기어 뒷문을 민다.

그러나 산탁 아래 경사진 송서방네 밭에는 밭갈이꾼들이 아니라,
메를 캐는 마을 처녀들이 한 밭 둘러앉아 오구장단일 뿐이다. 어디서
가는 밭이었을꼬? 가만히 귀를 모았다. 아무 소리도 들리는 것이 없
다. 분명히 소 모는 소리는 들렸는데…… 한참이나 주위의 소리에 귀
담아 힘을 주고 더듬어 넣었으나 메 캐는 아이들의 재갈거리는 소리밖
에는 역시 더 들려오는 소리가 없다.

“어!”

손자의 부르는 소리가 귓가에 어렴풋하다. 할아버지의 눈은 게슴츠
레 떴다 감긴다.

“어어!”

좀더 큰 소리에 할아버지의 눈은 좀더 크게 뜨인다. 그적에야 할아버지는 볕이 간지러워 휘즈듯이 눈이 감겨 있는 것임을 깨달았다.

든 듯이 들리지도 않는 잠에조차 따라다니는 연연한 밭갈이 — 결코 꿈은 아니었는데, 없는 소리가 밭갈이로 다 들리고 — 이게 모두 몸이 허약해진 탓이 아닐까? 인제 정말 며칠 못 가 죽을 것만 같은 생각이 문득 든다.

잠을 실어오는 볕이 싫다. 눈이 시려 자리를 고쳐 앉으려는데,

"어!"

또 손자는 소리를 건넨다.

무슨 장난을 하면서 자꾸만 그리 보라고 소리를 연방 지를까, 할아버지는 눈을 비비며 머리를 든다.

자기에게 향하여 할아버지의 고개가 들리는 것을 본 손자는 웃음으로 히쭉 한 번 받더니 어느 틈에 가져갔는지 들고 섰던 할아버지의 담뱃대를 방바닥에 대고 쪼으며 겨석겨석 걸어 나간다.

담뱃대가 상하나 보아 눈이 둥그레지던 할아버지는 그것이 논을 쭙는 시늉인 것을 알자 그만 치뜨이던 눈이 커지다 말고 버썩 한 무르팍 걸음을 내놓는다. 손자의 마음에도 어느 새 봄은 온 것이다. 늙도록 매고 심고 할 영원한 봄의 마음, 그 마음은 이제 봄과 함께 손자에게도 깃들여 왔다. 자기는 아니 잊을 수 없는 봄을 손자는 이렇게 맞아들인다. 몸은 이미 반이나 죽은 목숨이래도 젊은 대로 시들지 않고 자꾸만 흙 속에 부어 넣고 싶은 마음, 그 마음조차 인젠 손자에게로 물러가는 것 같은 것이 마음껏 흡족하다.

"논을 가누나! 네레!"

대통이 지치러질 생각도 잊고 할아버지는 소리를 지른다.

손자는 더욱 신이 나서 그저 머리를 수굿한 채, 거불거불 쪼으며 나간다. 건너쪽 바람벽에 턱 하고 대통이 부딪친다. 마치 논두렁에 가래광이가 닿았을 때와도 같이 손자는 우뚝 걸음을 새우고 잠간 허리를

펴 쉬는 시늉을 하더니 다시 돌아서 장한 듯이 힐긋힐긋 할아버지를
곁눈질하며 또 돌아 나온다.

사실 할아버지는 장하다고 안다. 그게 다 장래 제 구실을 말하는 징
조가 아닐 수 없는 것이다.

"소리를 허멘서 쫍자구나! 내 메기니께니?"

정말 논을 쫍고나 있는 듯이 할아버지는 목청을 놓는다.

"에헤야 헤에—야 에야라 헤요—."

"헤야 헤야 헤요."

손자도 받았다.

받는데 할아버지의 흥은 더욱 돋구인다.

"에헤야 헤헤—야 에야라 헤요—."

"헤야 헤야 헤요."

"에헤야 헤헤—야 에야라 헤요—."

"헤야 헤야 헤요."

"잘 쫍누나 참!"

흥에 실린 할아버지는 저도 모르게 손을 들어 그 부성스런 무르팍
을 탁 친다.

"농사허는 집 티구 밥 굶는 집 없느니라. 농사허는 나라 티구 흥허
디 않는 나라 없구—."

알아나 듣는 듯이 손자는 히쭉 웃는다.

할아버지는 이 재미에 산다.

"어응?"

손자는 또 소리를 먹이라는 재촉이다.

그것은 진종일을 하재도 싫지 않은 청이다.

"에헤야 헤에—요 에야라 헤요."

"헤야 헤야 헤야."

"뿌리는 씨 씨마다 싹이 트고—."

“······.”

“트는 싹마다 이삭이 맺혀—.”

손자의 혀는 돌아가지 않으나 마나 할아버지는 혼자 흥에 겨웠는데, 마당에 신 끄는 소리가 들린다. 자구를 밟으러 갔던 에미가 낮밥을 지으러 돌아오는 참이다.

“엄마! 젖!”

에미의 빛이 보이기가 바쁘게 손자는 담뱃대를 집어던지고 달려나와 치맛귀를 붙들고 가슴으로 대고 추어오른다.

“젖! 으응? 젖!”

“야레 와 이리 뎀베네! 큰아버지 시당하시갔는데 진지 제 디리구 보자꾸나?”

“아니로다 메느라! 걸 어서 젖 메게라. 난 밥 안 먹구 이제 죽어두 맘이 든든하갔다. 오늘은 그 재석이 하는 지냥이 거저 농사 수엽이로구나! 농사—.”

마치 자기의 마음을 개완이* 물릴 데가 없어 세상을 못 떠났던 것처럼 손자가 논을 쫍던 흥내를 보고는 인젠 죽어도 마음이 든든하겠다고 그렇게도 만족해하더니 그날 밤 할아버지는 아랫도리로만 몰려다니던 풍이 윗도리에까지 치밀어 오금을 쓸 수 없다.

자다가 깨니 두 손에 맥이 다 돌지 않는다. 머리맡에 요강도 임의로 당길 수가 없었다.

“야아!”

할아버지는 금방 죽는 것만 같아 아들을 부른다.

그러나 곤하게 든 잠이요, 게다가 첫잠이 든 아들의 잠귀는 십 리나처럼 멀다.

---

* ‘개운하다’의 평북 방언.

"야아!"

"야아!"

할 이야기를 미처 하지 못하고 죽게 되지는 않을까 할아버지는 연방 아들을 부른다.

"야아! 큰아야!"

좀더 큰 소리가 나왔을 때에야 아들의 눈은 뜨인다.

"야 큰아야! 난 이전 죽았는가 보다!"

희멀쑥이 풀어진 눈이 예기 없이 일어나는 아들을 바라본다.

뜻밖의 소리에 아들도 놀라 눈이 둥그레진다.

"난 이전 죽았는가 보다."

"즘으시다가 갑제기 그게 무슨 말씀이시우? 아바지!"

"풍은 자다가 죽는 병이래더라. 손두 쓸 수 없구나 이전. 다리 못 쓰구 손 못 쓰니 죽었디 별수 있네?"

"아부님!"

"난 죽기 전에 너덜께 딱 한 가지 부탁할 게 있어 그른다."

"에."

정말 임종이나처럼 아들은 머리를 숙인다.

"나 죽은 댐에 내 몸둥이는 산에 가져다 묻디 말구 밭에 가져다 묻어 다우?"

"어머님과 합장으로 모시야디요."

"건 너덜 인사구. 난 산에 가서 쓸데없이 썩어지기보다 밭으로 가 썩어제서 곡석을 키우는 걸금*이 되구 싶구나."

"……."

"내 맘은 거저 죽어서두 농사를 하구만 싶어. 내가 밭으로 가믄 몬저 죽은 네 에민 산에서 좀 섭섭해할리라만……."

---

* '거름'의 방언.

“아부님!”

“와? 너덜은 그게 싫으니?”

“풍이래는 건 더했다 낫다 하는 건데, 아직 그른 말씀은 마시우?”

“닐흔다슷이믄 오래 살았디. 시들은 잎은 어서 떨어져야 새순이 오력을 페느니라.”

죽음이란 결코 저만 죽어서 가는 것이 아닌 것 같게 어떻게 하고 죽어야 죽는 보람이 있게 죽는 것일까 하는 것이 이 밤 따라 더욱이 간절한 할아버지다.

또 눈을 내려깐다.

닭이 운다. 베개 위에 받치운 할아버지의 귀에는 무슨 소린지 자세치 않게 어렴풋한가 보다. 눈을 떠 소리를 더듬는다.

“닭이 우나 봐요.”

“닭이 우러? 첫닭이로구나!”

닭의 울음소리라는 게 할아버지는 자기의 죽음에 무슨 새날의 계시인 거나처럼 알 수 없이 반갑다.

“분명 닭이 우렀디?”

“에―.”

“그럼 머디 않아 동이 트갔구나.”

자기의 귀에도 개완이 듣고 싶은 닭의 울음소리다. 다시 들려올까 귀에 힘을 모았을 때 할아버지는 분명하게 닭의 울음소리를 듣는다.

“우리 닭두 우누나! 야아! 큰아야!”

“에?”

“네 에밀 산에 혼자 버려두기가 미안하믄 에미꺼지 파다 밭에 묻어주람?”

아들은 어떻게 대답할 바를 몰라 망설이는데 손자가 씩씩하고 잠자리에서 눈을 비빈다.

“어!”

또 저도 깨었다는 알림이다.

할아버지의 눈은 번쩍 뜨인다. 무슨 빛이 부르는 소리인 것처럼 마음이 울리는 것이다.

"애놈아! 네가 깼구나 오나라!"

"어응!"

소리를 크게 내지르는 모양이 손을 안 내민다는 역정인가 보다.

그러나 쓸 수 없는 손이다. 내밀 수가 없다.

"난 이전 손두 못 쓴다. 이리로 네가 걸어오느라."

"어응!"

그래도 듣지 않고 좀더 크게 소리를 지르더니 무슨 잊었던 것이 있는 것처럼 후더덕 이불을 제치고 빨간 덩이가 쭈루루 윗목으로 올라간다.

"어!"

가만히 자를 거꾸로 들고 다리를 쩍 벌려 디디며 할아버지를 쳐다본다.

시선이 마주치자 손자는 히쭉 웃고 자를 앞으로 떠받았다 당기었다 한다. 물을 푸는 지냥*인 것이다.

"데게 보배 아니가? 글쎄! 물을 또 푸누나!"

순간 할아버지는 잊을 수 없는 욕망이 끓어올라 돋구는 흥을 참아낼 길이 없었다. 물 헤는 소리가 저절로 입 밖에 나온다.

"열이로오다! 열인적 스물에해 스으물헤 스으물 스으물 아 스으물……."

〔발표지〕《춘추》(1942. 6.)

〔수록단행본〕*『병풍에 그린 닭이』(조선출판사, 1944)

---

* '시늉'의 평북 방언.

별을 헨다

1

산도 상상봉 맨 꼭대기에까지 추어올라 발뒤축을 돋워 들고 있는 목을 다 내빼어도 가로놓인 앞산의 그 높은 봉은 눈 아래 정복하는 수가 없다.

하늘과 맞닿은 듯이 일망무제로 끝도 없이 마안히 터진 바다, 산 너머 그 바다, 푸른 바다, 고향의 앞바다, 아아 그 바다, 그리운 바다.

다시 한 번 발가락에 힘을 주어 지긋 뒤축을 들어 본다. 금시 키가 자랐을 리 없다. 역시 눈앞에 우뚝 마주 서는 그놈의 산봉우리.

"으아—."

소리나 넘겨 보내도 가슴이 시원할 것 같다. 목이 찢어져라 불러 본다.

"으아—."

그러나, 소리 또한 그 봉우리를 헤어넘지 못하고 중턱에 맞고는 저르릉 골 안을 쓸 데도 없이 울리며 되돌아와 맞는 산울림이 켠 아래서 낙엽 긁기에 배바쁜 어머니의 가슴만을 놀래 놓는다.

별안간의 지랄 소리에 어머니는 흠칠 놀라고 갈퀴를 꽁무니 뒤로 감추며 주위를 둘러 살핀다. 소리의 주인공을 찾는 모양이다. 어머니의 귀에는 사람의 입에서 나오는 큰 소리가 총소리보다도 더 무섭게 들린다.

집이라고 가마니 한 겹으로 겨우 둘러싼 산경의 단칸 초막, 날은 추워 온다. 겨울 준비가 없을 수 없다. 그러나 산등성이에 자연히 자라난 풀도 금단의 영역에 속한다. 풀이 없으면, 눈비의 사태질이 산 밑의 집들을 위협하는 줄을 모르느냐는 핏줄 서린 눈알이 엄한 호령과 같이 군다. 가슴이 뜨끔거리는 낙엽 긁기다. 위로와 도움은 못 드릴망정 부질없는 고함 소리로 어머니를 놀래이었다. 자기인 줄을 알려야 할 텐데 어서 알리고 싶어 몸짓을 하며 몸을 내빼어 보나 어머니가 그 형용을 알아줄 리가 없다. 눈을 둘러 주다가 자기의 그림자를 산상에서 찾고는 긁어 모은 낙엽도 모르는 체 그대로 버리고 슬며시 돌아선다. 필시 자기를 아침마다 호령하는 그 눈 붉은 사나이로 아는 모양이다.

"소나무 위에서 까치가 푸득 하고 날아만 나두 가슴이 막 내려앉는 것 같구나! 글쎄."

어제 아침에도 낙엽을 한 아름 긁어 안고 들어오며 한숨과 같이 허리를 펴는 어머니의 말을 무어라 받아얄지 몰랐다.

귀국한 지가 일 년, 지난 겨울이 곱돌아 오도록 집 한 칸을 마련 못하고 초막에다 어머니를 그대로 모신 채 이처럼 마음의 주름을 못 펴 드리는 자기는 구관을 제대로 가진 옹근 사람 같지가 못하다. 가세는 옛날부터 가난했던 모양으로 아버지도 나와 한가지로 만주에서 시달리다가 돌아가셨다지만 제 나라에 돌아와서도 이런 가난을 대로 물려 누려야 하는 것이 자기에게 짊어지워진 용납 못할 운명일까. 만주에서의 생활이 차라리 행복이었다. 노력만 하면 먹고 살기는 걱정이 없었고 산도 물도 정을 붙이니 이국 같지 않았다. 노력도 밎지 않는 고국—무슨 일이나 인젠 하는 일이 내 일이다. 힘껏 하자, 정성껏 하자, 마음을 아끼지 않아 오건만 한 칸의 집, 한 자리의 일터에조차도 이렇게 정에 등졌다.

일본이 물러가고 독립이 되었다. 자기도 반가웠거니와 제 땅에 뼈

를 묻게 된다고 기꺼워하시던 어머니, 아버지도 고토에 뼈 못 묻힘을
못내 한하셨다. 자기만 고토에 묻힐 욕심이 있으랴, 아버지의 유골도
같이 모시고 나가야 한다. 밤잠을 못 자고 무덤을 파서 뼈마디를 추려
가지고 나온 것이 산 사람의 잠자리도 정치 못하였다. 나올 때에 보자
기에 싸 가지고 나온 그대로 어머니의 곁에서 초막살이다. 묻기야 어
딘들 못 묻으련만 고국도 고향이 그렇게 그립다.
　고향은 찻길이 직로라 차로 오자던 고향이 뱃길이 안전하다고 뱃길
로 돌아왔다. 어디는 제 땅이 아니냐 아무 데나 내려서 가자, 인천에
와 닿고 보니 뜻도 않았던 삼팔선이 그어져 제 나라가 아닌 것처럼 남
과 북이 제멋대로 굳었다. 그래도 내 땅이라 못 갈 리 없다고 삼팔의
경계선을 넘다가 빵 하고 산상에서 터져 나오는 총소리에 기겁들을 하
고 서성이다 보니 동행자 중 한 사람이 거꾸러졌다. 삼팔의 국경 아닌
국경을 넘기란 이렇게도 모험인 것을 체험하고, 고향이라야 일가친척
도 한 사람 없는 그리 푸진 고향도 아니다. 어디를 가도 제 손으로 터
를 닦아야 할 차비다. 서울도 내 땅이라 보퉁이를 풀어 놓고 터를 닦
자니 날로 어려워만지는 생활, 겨울까지 눈앞에 떨어졌다.
　초막의 추위는 지금도 고작이다. 밤새도록 담요 한 겹에 싸여 신음
하는 어머니, 가슴이 답답하다. 시원한 바람이 그립다. 눈이 짝해지자
산을 탔다. 산을 타니 산바람이나 시원할까, 고향이 그립다. 배꼽줄이
떨어져서부터 놀던 바다, 고향의 앞바다, 푸른 바다, 시원한 바다, 그
바다나 마음껏 바라보았으면 바다 끝같이 가슴이 뚫릴 것 같다. 부질
없이 봉우리를 추어올라 지랄을 부려 보니 마음이 후련할까, 아침이
늦었다고 시장기만이 구미를 돋군다.

2

　마음이 배바빠 아침도 덤비어 치이기는 하였으나 쓸 데도 없는 호

의에 걸음만이 더디다. 백 번 생각해도 그것은 실행할 일이 아닌 것을……

진고개 너머 어떤 일본집에 수속 없이 제 집처럼 들어 있는 사람이 있는데, 정식 수속을 밟아 내쫓고 들어가게 해 준다고 부디 오늘 오정 안으로 만나자는 친구가 있다. 집이 없어 한지에서 겨울을 날 생각을 하면 마음이 으쓸하다가도 그러니 있는 사람을 내쫓고 들자니 생각을 하면 내쫓긴 사람이 역시 자기와 같은 운명에 놓여질 것이 아니 근심일 수 없다.

자기도 처음 서울에 짐을 푼 것은 한지가 아니었다. 푸진 것은 아니었으나 그래도 일본집 다다미방 한 칸이 베풀어지는 호의를 힘입어 겨울을 나게 되었음은 다행이었다 할까. 해춘도 채 못 미처 수속이 없다 나가라고 하여 쫓겨난 이후로 이래 아홉 달을 한지에서 산다. 남을 한지로 몰아내고 그 집으로 들어가겠다고 눈을 감을 염치가 없다. 이런 기회는 몇 번이고 있었다. 비로소 듣는 이야기가 아니요 받아 보는 호의가 아니다. 일언에 거절을 하였더니,

"이 사람아, 고양이 쥐 생각두 푼수가 있지 그런 맘 쓰다가는 이 세상에선 못 사네."

친구는 어리석은 생각임을 비웃는다.

"그런 얌전만 피다가는 자넨 금년 겨울에 동사하네 동사."

아닌 게 아니라 듣고 보니 그것이 말만이 될 것 같지도 않다.

"글쎄, 그 사람이 쫓겨나왔어두 집을 잡을 수가 있어야 말이지……."

"흥, 아, 그럼 자네처럼 제 집 없으면 한디에서 겨울 날 줄 아나. 그저 별 생각 말구 눈 딱 감구 내 말만 듣게. 집이 생길 게니."

친구는 승낙도 없는 상대방의 의견을 임의로 무시하며 혼자 약속을 하고 갔다.

해를 두고 마음을 바꾸며 사귄 친구도 아니다. 만주에서 나올 때 우연히 같은 배를 타게 되어 뱃간에서 사귄 것밖에 없는 교분이다. 복덕

방을 뒤타 돌아가다가 어제 저녁 뜻밖에도 거리에서 만나 된 이야기다. 염려하여 주는 호의는 열 번 감사하다.

그러나 호의에만 맡겨지는 호의가 반드시 바른 길이라고 생각할 수는 없다. 욕심껏 마음을 제대로 누르고 살아오지는 못했을망정 제 뜻을 버리지 않고도 삼십을 넘어 살았다. 호의가 무시되는 나무람에 자재하여서는 안 된다. 복덕방을 찾아나가야 할 것이 오늘도 의연히 자기에게 던져진 떳떳한 길이다. 그러나 친구는 혼자 약속이라도 기다리기는 기다릴 눈치였다. 그를 거쳐가는 것이 걸음의 순서는 된다. 결론을 짓고 나선다.

남대문 시장의 남미창정 어귀라고만 하여 놓은 것이 하도 사람이 안고 뒤여 좀해서는 찾을 수가 없다. 어른, 아이, 늙은이, 색시까지 뒤섞여 물건들을 안고 지고 밀치며 제치며 비비 튼다. 같이 비비고 끼어들어 보니 안쪽 구석으로 낯익은 그림자가 시야에 들어온다. 잠바 홍정이 붙었다. 친구는 양복 위에다 잠바를 입었다. 물건 주인은 값이 맞지 않는 모양으로 어서 벗으라고 잠바 앞섶을 한 손으로 붙들고 당긴다. 조금도 다라진 맛이 없는 것 같은 스물다섯이 채 되었을까 한 청년이다.

"안 팔다니! 팔백 원이면 제 시센데 시세를 다 줘두 안 팔아? 이건 누굴 히야까시루 가지구 나와서?"

친구는 눈을 매섭게 부릅뜨고 팔을 뿌리친다.

"글쎄, 그르켄 못 팔아요. 이천 원 다 줘야 돼요."

청년의 손은 다시 잠바로 건너간다. 친구의 눈은 좀더 매섭게 모로 빗기더니,

"받아요."

지전 묶음을 청년의 호주머니 속에 억지로 넣어 주고 돌아선다.

넣어 준 돈을 청년은 다시 꺼내 부르쥐고 뒤를 쫓는다.

"여보!"

친구의 옷자락을 붙든다
"누구야! 왜 붙들어? 바쁜 사람을……."
"인줘요."
"주다니, 뭘 줘?"
"잠바 말이에요."
"당신 정신 있소? 물건을 팔구 돈까지 지갑에 넣구 다니다가 딴 생
각을 허구선…… 이건 누굴 바지저고리만 다니는 줄 알아? 맘대루 물
건을 팔았다 물렀다……."
몸부림을 쳐 청년의 붙든 손을 떨구고 떨어진 손을 와락 붙들어 이
마빼기가 맞닿을이만치 정면으로 딱 당겨세우고 눈을 흘기며 가슴을
밀어젖힌다.
"이러단 좋지 못해, 괜히."
밀어젖힌 대로 물러난 청년은 더 맞잡이를 할 용기를 잃는다. 멍하
니 친구를 바라보고만 섰더니 어처구니없는 듯이 뭐라고 혼자 중얼거
리며 그래도 쥐고 있던 돈을 세어 보고 집어 넣는다.
무서운 판이었다. 총소리 없는 전쟁 마당이다. 친구는 이 마당의 이
러한 용사이었던가 만나기조차 무서워진다. 여기 모여 웅성이는 이 많
은 사람들은 다 그러한 소리 없는 총들을 마음속에 깊이들 지니고 있
는 것일까. 빗맞을까 봐 곁이 바르다.
"아, 여 여보!"
어서 이 자리를 떠나고 싶어 자기를 찾는 듯이 살피는 친구를 꾹 찔
러 부른다.
"지금 왔소?"
"나 좀 바뻐 먼저 좀 가얄까 봐. 기다리겠기에 들렀지."
"바쁘긴 내 다 아는 걸…… 글쎄 그래 가지군 백만 날 돌아다녀야
집 못 얻는달 밖에. 난 아직 아침도 못 먹구…… 우리 점심 같이 허구
잠깐 집에 들려 옷 좀 갈아입고 나가세."

“아니, 정말 난……”

“글쎄, 이리 와요.”

손목을 잡아끌어 앞세운다. 강박히 부딪칠 수가 없다.

점심이라보다 술이었다. 실로 얼마 만에 쇠고기 찜을 실컷 하고 확
확 다는 얼굴을 느끼며 남산 밑을 돌아 후암동(厚岩洞)으로 따라간다.
어느 커다란 회사의 중역이 살던 숙사인 듯 반 양식의 빨간 기와집
이다.

“이 집도 그렇게 얻었거든.”

친구는 전령의 단추를 누른다.

꼭같은 알몸으로 보퉁이 한 개씩을 등에 걸머진 채 인천(仁川)에 내
려서 헤어진 지 일 년, 친구의 살림은 벌써 틀이 잡혔다. 가구의 준비
까지도 완비가 된 듯 장롱이니 의걸이니 놓아야 할 건 제대로 다 들여
놓았는데 놀랐다.

“팔백 원, 참 싸구나! 이건.”

들고 온 잠바를 친구는 다다미 위에 내던진다.

“거긴 하루 한 때만 들러두 밥벌인 되거든. 일자린 없겠다, 쌀값은
비싸겠다, 그대로 댕그라니들 앉아서 배겨날 장사가 있나. 전재민이
가지구 나오는 물건이 여간 많은 게 아니야. 능지에서 자라난 풀대 모
양으루 희멀쑥한 얼굴이 물건을 제대루 내놓지두 못허구 옆에다 끼구
선 비실비실 주변으로만 도는 걸 붙들기만 하면 그건 그저 얻는 폭이
지. 잠바도 만주 건가 봐. 가죽이니 좀 좋아? 작자가 어리숭해 가지구
그래두 첫마디엔 안 놓아 주구 제법 쫓아오던데? 글쎄 외투루부터 저
구리, 바지 차례루 다들 팔아자시군 쪽 발가벗고들 눈이 멀뚱멀뚱하여
누워서 천장에 파리똥만 세구 있는 사람두 있대나? 하하— 자네도 이
런 데 눈 뜨지 않으면 파리똥 세게 되네, 괘니—.”

“파리똥두 집이 있어야 헤지, 난 별만 헤네.”

농으로 받기는 하였으나 친구의 상식과는 대재비가 되지 않는다.

기만 막히는 소리뿐이다.

"난 가겠네."

"아, 이 사람아! 같이 나가? 내 정말 한 놈 내쫓구 집 들게 해 준달 밖에."

"우리 단 두 식구 살 집 그리 커선 뭘 하나. 난 방이나 한 칸 얻을 까 봐."

"방은 그래 얻을 듯싶어? 보증금이 만 원두 넘는다네."

"방두 못 얻으면 이북(以北)으로 가지."

"저런! 이북선 누가 거저 집 주나? 다 저 헐 나름이라구. 여기서 못 살면 거기 가두 못 살아. 괘니 고집 부리지 말구 앉게."

"그래두 가는 사람이 많던데?"

"아, 가는 사람만 봤나? 오는 사람이 더 많은 건 못 보구. 이 좋은 시세에 서울서 못 살면 어디서 산다는 게여."

"아니, 정말 이러단 오늘두 참 내가……."

일어서는 옷자락을 친구는 붙든다.

"글쎄 앉아."

"놓아."

"앉으라니깐."

그래도 뿌리치고 기어코 돌아선다.

"저런 반편이…… 태만 길러서!"

쫓아나와 중얼거리는 소리를 층층대를 내려서며 듣는다.

3

낮의 거리는 여전히 사람들의 발부리에 닦인다. 거리가 비좁게 발 부리를 닦는 무리들, 허구한 날을 이렇게도 많을까. 겨레도 모르고 양 심에 눈 감은 무리들은 골목마다에 차고, 땀으로 시간을 삭이는 무리

들은 일터마다에 찼다. 차고 남아 거리로 범람하는 무리들이 이들의
존재라면, '반편이야 태만 길러서'의 축에 틀림없다.

이 반편의 축들은 다들 밤이면 별을 세다가 오라는 데도 없는 걸음
이 이렇게도 싱겁게 배바쁜 것일까. 언제까지나 싸늘한 별을 가슴에다
부둥켜 안고 세어야 태 속에서 벗어나 거리에의 정리에 도움이 될까.
피난민 구제회의 알선으로 어떤 문화사에 이력서를 내고 총무부장과의
인사 끝에 집이 있느냐고 묻기에 솔직히 대답한 한마디가 다 된 죽에
떨어진 코 격이었다. 기별이 있겠으니 그리 알라고 돌리어온 채 이래
반 년을 감감소식임이 문득 생각키우며 집이란 것이 사람으로서 존재
의 인정을 받는 데 그렇게도 큰 역할을 하고 있는 것임을 새삼스럽게
느끼다가 펄럭이는 복덕방(福德房)의 휘장을 본다. 골목을 접어들다가
깜짝 놀란다. 별안간 총소리가 귓전을 때리는 것이다.

"타앙."

건설이냐 파괴냐.

"타앙."

연거푸 또 한 방.

아로새겨지는 역사의 페이지에 단 한 점 콤마점이라도 찍혀지는 역
할일까.

분주히 눈을 둘러 살핀다. 시야에 들어오는 짐작이 없다. 어디서 날
아났는지 기겁을 하고 공중에 뜬 까치 두 마리가 걸음아 날 살려라 몸
이 무거움을 느끼는 듯이 깃부침*만이 바쁘게 북악으로 날아 달릴 뿐,
언제나같이 평온한 골목이다. 거리에도 이상이 없다. 전차도 오고 간
다. 자동차도 달린다. 사람들도 여전하다.

어디서 난 총소릴까. 듣고만 있을 총소릴까.

이윽고 밤도 아닌데 이마빼기에 쌍불을 달고 아앙 소리를 냅다 지

---

* 날갯짓.

396

르며 서대문 쪽을 향하여 종로 한복판을 질풍같이 달리는 한 대의 하얀 미군 구급차가 풍진이 일었다.

무슨 일인지 단단히 난 모양이다.

총소리와 관련된 차일까 생각을 더듬다가 또 골목으로 들어선다. 복덕방의 깃발이 헤기는 것이다.

"방 있습니까?"

"방 얻을 생각은 말아요."

안경 너머로 눈알이 삐죽하다 말고 맞붙은 장기판 위에 도로 떨어진다.

"그렇게도 없습니까?"

쓸데도 없는 소리를 되묻는다는 듯이 거들떠 보려고도 않고, 장훈*이 소리만을 기세 있게 허연 수염 속으로 내뿜으며 무릎을 조인다. 다시 더 두 말이 긴치 않을 눈치다. 골목을 되돌아 나온다. 어디나 매일반인 대답, 가을내나 다름이 없다. 싹도 찾을 수 없는 방, 날마다 종일을 품만 놓는 방이다. 마음도 지쳤거니와 다리도 지쳤다. 다시 뒤탈 생념에 정열이 빠진다. 찌뿌둥 흐린 날씨는 눈까지 빗는 것인가. 젊은 놈이야 한지에선들 마뜩해 얼어야 죽으련만 어머니는 환갑이 넘었다. 정말 이북으로 가 보나 생각을 하니 생각마다 간절한 이북이다.

4

아들이 돌아오는 발자국 소리가 그렇게도 기둘키었을까. 말라 까부러진 낙엽이 발밑에 바서지는 싸각 소리가 벌써 어머니의 귀에 스치었나 보다. 산곡을 접어들기가 바쁘게 반짝 초막에 불이 켜진다.

"진지 잡수셨어요?"

---

* '장군'의 평북 방언.

“오늘도 저물었구나. 집은 얻었네?”

앉기도 전에 어머니는 냄비를 밀어 내놓는다. 저녁이었다. 밀가루 떡이 네 개 소복이 담기었다.

“어머니 더 잡수시지요. 오늘두 집 못 얻었습니다.”

“아이구 집이 그렇게 힘들어 어떻거간. 큰일났구나. 오늘은 너 들어 오길 어떻게 기다렸는데.”

전에 없던 한숨이 힘없이 길다.

“왜, 늘 벽작 고는 눈 붉은 사람 있디 않네? 그 사람이 곽쟁이(갈 퀴)를 빼뜨러 갔구나!”

“네?”

“아까 저녁때 새를 또 좀 해 볼라구 나섰다가 그 사람헌테 붙들려서 욕을 보았구나. 방공호두 하두 많은데 하필 이 산 속에 들어백여 남꺼 지 못살게 할라구 그러느냐구 눈을 부르대이누나.”

“그러세요?”

“우리가 여기서 겨울을 난다면 산이 새빨개지구 말 터이니 봄에 나 가면 산 아래 집들은 하나없이 사태에 묻히겠다구 어디서 거지 같은 것들이 성화냐구 막 욕을 퍼붓디 않갔네?”

“욕을 퍼버요! 그래서요?”

“그래서 집을 얻는 중이라구 그랬더니 거지 쌈지 보구 누구레 집을 빌리리라구 하멘서 피난민 소굴루 가래누나. 당춘단이 소굴이라 나······.”

“네에, 그래요.”

“이것 좀 보람 글쎄. 가두 당장 가라구 눈을 홀근댕이며 곽쟁이루 이 가마니짝들을 그러 댕겨서 다 떨어 놓지 않안? 그래서 내레 저녁 한결을 돌아가멘서 데르케 잡아매 놨구나.”

“네 알겠습니다. 아무래두 이북이 인심이 날까 봐요. 이북으루 떠나 가십시다. 어머니!”

"야, 봐라! 그 끔찍헌 삼팔선을 어드케 또 넘갔네."

"남들이라구 다 오구 가구 허겠어요?"

"그래 가는 사람두 있던? 머—."

"아, 있구 말구요."

"고롬 가자꾼 우리두. 위선 네 아버지 뻬다굴 처티허야디 그걸 어드
케 늘 안구 있갔네. 그래 거긴 인심이 살기 도태던?"

"여기같이야 허겠습니까."

"야 그롬 가자."

두 개 남았던 초를 밤이 깊도록 다 태우고 이튿날 아침 담요를 팔아
여비를 마련한 다음 밤차에 대어 어머니와 아들은 청단(靑丹)까지의
차표를 한 장씩 들고 서울역에 나타났다.

간단한 짐이었다. 아들은 하나 남은 담요에다 아버지의 유골을 덧
말아 등에 지고 냄비 두 개에 바가지 하나는 어머니가 꿰어 들었다.

사람은 확실히 거리로 범람한다. 가는 곳마다 이렇게도 많을까. 정
거장 안도 촌보의 여지가 없이 들어찼다. 비비고 들어가 겨우 벤치의
한 자리를 뚫어 어머니를 앉히었다.

"아아니! 이게 공경골 아즈마니 아니요?"

옆에 앉았던 여인의 눈이 둥그레서 어머니의 손목을 붙든다.

"너 박촌짓 딸 아니가?"

어머니도 알아본다.

아래윗 동네에서 살다가 만주로 들어가게 되어 서로 떨어졌던 고향
사람끼리 우연히도 여기서 만난다. 아들과 여인의 남편도 서로 알아
본다.

"아, 이게 십 년 만이구나!"

감격한 악수가 손안에 다정하다.

"아니 그런데 아즈마니, 어드케 여기서 맞내요? 되따에선 원제 나오
셨기……?"

“참, 넌 어드케 여기서 맞내네?”

“우린 지금 이북서 넘어와요. 살기가 너머 어려워서 듣는 말이 이남이 도타구 그래 강원도루 가는 길이에요.”

“머이! 살기가 어려워? 우린 이북으로 가는 길인데—.”

“이북으루요? 아이구, 갈렴 마르우. 잘사는 사람은 잘살아두 못사는 사람은 거기 가두 못살아요. 돈 있는 사람 덴답과 집들을 다 뼤슴 멀허갔소. 없던 사람들이 당사들을 해서 그만침은 또 다 잡아났는데— 우리두 그른 당살 했음 돈 잡았디요. 우리 옥순이 아바진 그른 당사엔 눈두 안 뜨구 피익 픽 웃기만 허디요. 그르니 살기는 어려워만 가구 좀 허믄 그르케 힘든 국껑(국경)을 넘어오갔소?”

“아이구 우리 아와 신통히두 같구나. 만주서 같이 나온 사람들은 야미 당사들을 해서 돈 모은 사람들이 많은데 우리 아가 그런 건 피익 픽 웃디 밥을 굶으맨서두. 거기두 고롬 그르쿠나 거저. 살기가 같을 바에야 멀 허레 그 끔즉헌 국껑을 넘어가간.”

“그르믄요. 아이, 여기두 고롬 살기가 그르케 말째우다레 잉이? 머 광다부〔廣木〕 한 자에 삼십 원 헌다, 사십 원 헌다 허더니.”

“우리 가제 와선 그르케두 했단다. 어즈께레 옛날인데 멀 그르네. 거기 집은 어드르니 그른데. 얻긴 쉬우니?”

“쉽다니요! 발라요. 거저 집이라구 우멍헌 건 내만 놓문 훌떡훌떡 허디요. 그르기 어디 빈 간이 있게 그르우? 만주서 나와 집 찾는 사람두 있디요? 제 집 쬐께 나서 어디 빈 간이나 있을까 허구 돌아가는 사람두 있디요? 머 촌이나 골이나 딱 같습두다. 난이에요, 난.”

“여기두 그르탄다. 우린 집을 못 얻구 한디에서 내내 살았단다. 밥이라군 밀가루 떡만 먹구.”

“여기두 고롬 그르케 집이 없어요! 것두 같수다레, 고롬?”

“글쎄 네 말을 들으니께니 집 없는 것꺼지 신통두 허게 같구나 참.”

“아이, 괘니 넘어왔나 봐.”

“우린 꽤니 넘어갈라구 허구.”

두 여인만이 서로 한심해하는 게 아니다. 사내들도 같은 말을 바꾸고는 난처해 마주섰다.

앉았던 사람들이 별안간 일어서며 웅성인다. 개찰이 시작되는 모양이다.

“어머니!”

“와 그르네.”

“고향 가두 시언헌 건 없을까 봐요.”

“글쎄 박촌짓 딸 네기(이야기) 들으니께니 그르태누나.”

한심해서 서성기는 동안 승객들은 다 빠져나가고 개찰구는 닫긴다.

물 쎈 바다같이 갑자기 휑해진 대합실 안엔 한기만이 쨍하게 휘이 떠돈다.

(1946. 12. 8.)

〔발표지〕《동아일보》(1946. 12.)

〔수록단행본〕*『별을 헨다』(처희문사, 1954)

『현대한국단편문학전집』제8권(문원각, 1974)

금단(禁斷)

쌀붕어, 송사리, 기름치, 눈검쟁이, 메기 ― 웅덩이가 비좁게 모여들어 오구장단이다. 물줄기를 찾아 모여들기까지는 용하였으나, 웅덩이의 물도 이틀이 멀 것 같다. 크대야 고작 대들잎만한 놈도 몸을 자유로 세우고 활기나마 마음대로 칠 수 있을 그만한 여유에까지도 물은 절박하였다. 설 수도 없고 물은 탁하고 모두들 모로 누워서 숨이 막히는 듯이 대가리들을 내저으며 꼬리를 친다. 미운 게 메기다. 그러지 않아도 탁한 물이었다. 남의 생각은 조금도 않고 제멋대로 꼬리를 휘저으며 그 탁한 죽탕물을 여지없이 흐리며 돌아간다. 볼수록 괘씸하다. 잡아 던졌으면 시원할 것 같다. 손을 넣었다. 아가미 짬을 단단히 붙잡기는 하였으나 꼬리의 요동이 무던하다. 굽실 하고 내두르는 바람에 감탕이 얼굴에 푹 뒤집어씌운다. 홈칠 하고 놀래어 놓았다. 놓고 보니 사람의 물결이다. 자전거가 지나간다. 자동차도 달린다.

개원(開原)의 들판이 아니요 서울이었다. 아침에 와 앉았던 그대로 남대문로 조흥은행 지점의 벽돌담을 지고 앉아 있었고, 무릎 앞에는 가져다 놓았던 그대로 그저 담배와 빵이 상자 속에 여전히 담기어 있다. 그제서야 연이는 조금 전에 휘즈뭇이 졸리어 눈이 감겨 오던 것을 생각하고 그것이 꿈이었던 것을 깨닫는다. 손으로 얼굴을 쓸어 보았다. 감탕 한 점 묻어나지 않는다.

'꿈, 꿈이었구나! 왜 이런 꿈을 꾸었을까?'

작년 여름 물 마른 논귀에서 체로 송사리를 건지던 생각이 불현듯 떠오른다. 그렇게 재미나던 고기를 채 다 못 잡고 우리나라가 독립되었다는 소리에 인젠 우리나라로 나가 살자고 부랴부랴 짐을 꾸리는 아버지를 조력하던 생각, 나오다가 되놈한테 짐을 다 빼앗기고 알몸이 되어서도 제 나라로 살러 나가는데 그까짓 옷가지쯤 대수냐고 어머니의 걱정에도 관심치 않던 생각, 제 나라로 나가면 옷도 있고, 밥도 있고 다 잘살게 되리라고 기뻐하던 아버지 생각, 별 생각이 다 떠오르다가 별안간 시장기에 가슴이 쓰림을 느낀다. 생각을 더듬어 볼 여지도 순간 잊는다. 눈은 저도 모르게 상자 속으로 떨어져 빵을 노린다. 다섯 개에서 두 개 팔고 남은 세 개가 어지간히 구미를 돋군다.

'한 개만 먹을까?'

그러나 손이 나가지 않는다. 금단의 빵이다. 한 개도 축내서는 안 된다. 생활의 토대가 무너지는 것이다. 빵 다섯 개, 담배 열 갑에 가족의 생명이 달렸다. 날마다 팔아서 사 보는 금이 빤하다. 그게 다 팔려야 내일 아침 먹을 양식과 내일 팔 쌀값, 담뱃값이 마련된다. 반쪽의 여유도 허치 않는다. 그런데도 날마다 요맘때면 눈앞에 마주 바라보이는 그 빵조각이 어떻게도 가슴 쓰린 식욕의 대상인지 모른다.

'오늘 아버지와 어머니의 장사가 잘만 되어두……?'

날마다 하던 생각이 또 떠오른다. 잘만 되면 한 개쯤은 축내어도 괜찮을 것 같다. 제일 커 보이는 놈으로 하나 골라 든다. 손이 떨린다. 아버지와 어머니의 장사도 날마다 충분하지 못함이 뒤미처 떠오르는 것이다. 오늘 따라 잘 되길 바랄 수가 없다. 언젠가 한 번은 그적에도 참다참다 못해 손을 대었더니 그 여울에 어머니가 혼자 몰래 아침을 굶는 눈치를 엿보았다. 생각이 더듬어질수록 손에 힘이 빠져 나간다. 빵은 제자리에 도로 떨어진다.

"얼마냐?"

손님이었다. 빵에다 손가락질을 한다.

"육 원이에요."

두꺼비 잔등 같은 노동자의 커다란 손이 두 개의 빵을 움켜쥐고 십이 원을 던진다.

반갑다. 오늘은 아마 다 팔리려나 보다. 아직 이른 저녁때다. 해가 멀었다. 한 개 처리는 문제도 없을 것 같다.

그러나 한 개만 남은 빵, 안타까운 식욕의 대상이다. 마저 팔릴까 보아 도리어 겁이 난다.

'나 먹을 건?'

버쩍 동하는 식욕이었다. 또 이 빵에다 눈을 건 손님은 없나 주위를 살피며 집어 든다.

장사치 아이 하나가 마주 걸어온다. 빵에다 눈을 건 모양이다. 빵 쥔 손을 연이는 얼른 치마폭으로 감싼다.

"빵 있니?"

"다 팔았는데―."

얼결에 대답은 하여 보냈으나, 정말 먹나 하니 금시 피가 마르는 듯이 몸이 오싹인다.

'팔걸?'

자못 후회스럽다.

'먹어?'

'아니, 팔아야지'

망설이다 망설이다 그만 놓고 만다.

별안간 아이들이 물건 담은 상자들을 들고 뛴다. 교통정리인 모양이다. 부리나케 연이도 상자를 들어 안는다. 휩쓸려 오는 먼지와 같이 잦은 발소리, 골목을 찾아 도는 난탕. 어느 아이에게 부딪치었는지 연이의 상자는 가슴 안에서 거꾸러진다. 순경이 뒤에 달린 것은 아닌가 돌아다본 게 실책이었다. 떨어진 빵덩어리는 딱따구리처럼 시멘트 포도 위를 굴러 달린다. 담배는 주울 생각도 못하고 빵만 쫓아 달리었으나, 다 쫓아간 발부리 앞에서 공교롭게도 빵은 하수도 구멍으로 빠져 떨어진다.

　들여다보아야 새까만 구멍이었다. 아무것도 보이는 것 없이 구린내
만이 코에 맞선다.

(1946. 10.)

〔발표지〕《민족일보》(1946. 12.)
〔수록단행본〕 *『한국문학전집』 제12권(민중서관, 1959)

인간적(人間的)

1

바람은 아닌 것 같다. 유리만 흔들리는 것이 아니라 판장까지 울린다. 분명히 무에 문을 두드리는 소리다.

'환잔가?'

"여보세요!"

부르기까지 한다. 틀림없는 사람이다. 뜨인 눈에 정신이 좀더 새로워진다. 스위치 줄을 당긴다. 짤깍 불빛이 방안에 찬다. 아내의 눈도 뜨인다.

"머에요?"

"머 환자겠지."

"아이, 내버려 두세요, 그냥."

아내는 역한 게 밤 환자다. 언제나 잘 때에 오는 환자면 내버려 두란다. 남편의 행동은 자기에게까지 영향이 밎는다. 간호부도 약제사도 없다. 환자를 들이면 남편과 같이 일어나 행동을 함께하여야 하는 것이 던져진 직책이다. 그것도 돈이나 왕왕 들어오는 시끄러움이라면 역할 것도 없겠다. 남편의 의사술론 밤마다 밤잠을 못 재워도 언제라고 이런 궁박은 면할 수 없을 게 빤히 내다보인다. 본시 남과 같이 자본을 많이 들여 이렇다 눈에 번쩍 뜨이도록 그렇게 병원을 차려 놓지는 못했어도 이만한 정도로도 남들은 다들 번지르르하게 산다. 아무리 쌀값이 비싸다 하더라도 양식도 마음놓고 못 대는 병원, 무엇이 탐탁해 밤 잠까지 못 자고…… 생각할수록 사람만 밑지는 짓 같다. 으스하게 느껴지는 한기가 더욱이 오력을 주려잡는다.

"어서 불 끄구, 누우세요. 내버려둠 저 찾다 가지 않으리."

귀찮은 듯이 아내는 이불을 푹 뒤집어쓴다. 진도 정말 일어나기가 을씨년스럽다. 싫은 마련으론 모른 체하고 그대로 누웠겠으나, 환자라면 뗄 수가 없다는 생각이 늘 한 걸음 먼저 앞선다. 밤 아니야 비바람이 들고 쳐도 개업 이래 칠팔 년을 환자 한 번 모르는 체 돌려보내 본 일이 없다. 이게 아내의 비위에는 날마다 역해진다.

"아이, 세시가 들어가는데……."

아내는 여전히 내버려둠 하는 눈치나, 진은 제대로의 생각에 옷도 그러나 분주히 주워입고 문간으로 나간다.

2

왕진이었다. 인력거가 등대했다.

진은 다시 들어와 벽에서 외투를 뗀다.

"그래 가세요?"

"가야지, 그럼. 박군이 탈이 급한 모양이로군. 이 밤에 사람을 보냈을젠."

"박선생요? 그럼 뭐, 안 가셔도 괜찮지 않아요? 그 변덕 많으신 이가 배나 좀 아프신 게지. 아, 어제두 멀쩡하신 양반이 한참이나 웃구 떠들다 가시지 않았어요?"

"병이란 눈썹에서 떨어진단 말 못 들었소?"

"아이, 추운데. 왕진비도 없을걸……."

"그래서 친구를 좋대는 게지."

"당신만 친굴 좋댐 뭘 허우. 친구도 당신을 좋대야지. 그이가 장작

장살 크게 하니 우리가 장작 걱정이 없수? 포목상을 크게 하는 친구가 있으니 우리 집이 허울을 안 벗구 지나우? 감기만 좀 들어두 찍하면 밤이구 낮이구, 오느라 가느라 고생만이지. 그 비싼 약 공으로 제공하구…… 약값을 안 받으면 장작값도 안 받아야 경위가 옳잖아요?"
　"저번엔 남보다 백 원을 싸게 받더라면서?"
　"그럼 우리두 인제부터 약값을 꼭같이 매구 한 백 원 덜 받읍시다."
　"……."
　"아이, 정 참, 인젠 약값 사람 봐 가면서 붙여요. 다른 병원에서들은 환자의 옷 보구 약값을 매두만…… 남보다 헐히 받으면서두 그것두 못 허구……."
　"괜히 그런 말 마우. 우리보다 더 싸게 받는 병원두 있을지 누가 아우?"
　"당신은 그저 늘 자신이 헐허시면서두 영악허거니 허시것다! 영악해두 헐허거니 해야겠는데…… 우리보다 약값 싸게 받는 병원이 서울 장안에 그래 어디유? 그러구선 뭘 먹구 살려구, 우리도 못사는 걸……."
　"우리 이건 그래 사는 게 아닌가? 죽은 게구……."
　"어련히 죽으나 다름없는 목숨이리요. 우리 사는 걸 그럼 산다구 하겠어요? 당신은 나 하나를 남처럼 한번 잘살아 보겠다는 욕심이 당초에 없으시것다!"
　"사람은 다 제멋에 사는 게야. 남은 그렇게 산대두 난 이렇게 살아야 마음이 가뜬하거든. 마음 가뜬히 사는 게 제일 잘사는 게지 뭐야."
　"당신만 맘 가뜬험 뭘 허세요, 내 맘두 가뜬해야지. 정, 참, 이젠 방침을 좀 고쳐야 할 거예요. 친지의 환자두 약값을 받아야 할 게구. 그렇지 않음 전 병원 일 다 몰라요. 친구의 약값에 관심 안 험 영에 가까운 수입을 무엇으루 지탱해요, 글쎄? 당신 간호부랑 약제사랑 다 두구 허세요. 난 가정 헐구 그 단련은 이제 이에 신물이 돌아."

진은 대답이 어려웠다. 결혼 이후 이래 십여 년에 처음으로 듣는 되알진 불평인 것이다. 자기의 뜻이라면 싫든 좋든 거역 한 번 해본 일 없이 웃으며 실행해 온 아내다. '병원 일 다 몰라…… 이에 신물이 돌아' 아니 놀랄 수가 없다. 자기의 생활이 아내에겐 그렇게도 역겨웠던 것인가? 그런 걸 아내는 참아 왔다! 참다 못해서 이야기한다! 과연 그토록 자기의 생활은 아내가 참을 수 없이 역겨운 정도로 그렇게 보통의 범주를 넘어선 자기만을 위한 생활이었던가? 진은 자기 자신이 생활 신념에 대한 커다란 의구를 느끼지 않을 수 없었다.

'내 생활이 가정을 헌다……?'

"왜 나무라세요? 대답이 없으신 걸 보니 나무라신 것 같군요. 그래두 내 성의나 노력만은 어디까지든지 당신을 따라갈 수는 있어요. 그러나, 지금 우리 앞에 자라나는 자식이 넷 아니에요? 당신의 생활 신념 속엔 이게 뵈지 않으니까요. 이것들의 육성 책임은 누가 져야 옳죠? 이런 책임을 느끼게 된다면 우리의 영업에 반드시 새로운 방침이 세워져야 할 거예요. 그래서 그러는 거예요. 그것들의 치다꺼리를 직접 책임 맡은 나만큼 당신은 모를 겁니다."

분명한 대잡이가 더욱이 진의 정신을 때린다. 진은 사실 그런 건 모른다. 가정이 어떻게 되는지 정말 모르고 지냈다. 아이들의 옷감이 없다 해도 그렇거니 하고, 그저 들었을 뿐이고 장작이 없다, 무엇이 없다, 해도 그저 그렇거니 들었을 따름, 그에 대한 대책을 세우려고 한 일도 없다. 환자가 찾아오면 병을 보아 줄 뿐이었고 처방을 써 주었으면 그만이었다. 생활비가 어떻게 쓰이는지 약값이 어떻게 들어오는지 전연 관심이 없었다. 이 비과학적인 생활이 가정의 장래를 우려케 된다는 말이다. 정신이 든다.

"난 당신이 그렇게 가정을 몰라볼 줄은 몰랐어요. 환자의 노예로만 그렇게 충실허시구. 아마 명년 이때가 돌아오면 가족이 하나 더 붓게 될 것두 당신은 모르고 계시죠?"

아내는 또 하나의 회임까지 은근히 알린다. 이것도 몰랐던 사실이다. 그러니 가장의 책임은 자꾸만 무거워 간다는 말이다. 자기의 어깨도 금시 거북한 것 같음을 진은 느낀다.

'생활 방침을 고쳐야 한다……?'

병을 고치라면 무서울 것 없어도 돈을 벌라면 무서울 것 같다. 어떠한 태도를 취해야 생활 방침이 새로이 서게 될 것일까? 어리벙벙한 생각을 안은 채 진은 인력거의 재촉을 받는다.

3

도사리고 앉아 웃으며 맞는 환자를 진은 어이없이 바라본다.

"나 잠 좀 자게 해 줘."

"자넨가? 환자란……."

아닌 게 아니라 여기엔 진도 불쾌하다. 멀쩡한 사람이 날도 좀 추운가? 밤도 깊었는데 자는 사람을 깨워 가지고 명령이었다.

"웬일인지 어제 저녁부터 못 자네. 오늘 밤까지 못 자면 이틀 밤을 꼬박 새게 되는 푼수니 이렇게 잠을 못 자구야 수면 부족으루 꼭 병이 들구야 말았지 별수 없을 것 같애."

"잠쯤 좀 못 자는 걸 가지구 사람을 명령이야? 밤마다 뜬눈으로 새는 사람은 벌써 병들어 죽은 지 오래겠네. 오늘 밤은 또 자네 때문에 새게 되지 않나."

"미안하네. 이러단 꼭 죽을 것만 같으니 어떻하나. 그래두 무슨 밑병이 있게 잠이 안 오겠지, 좀 봐 주게."

저고리 고름을 풀며 나앉는다.

진은 기계적으로 가방에서 청진기를 꺼내 꼭지를 귀에 꽂고 나발주둥이로 가슴을 짚는다. 젊은 여인의 가슴같이 풍만한 피육이다. 청진기 주둥이가 살 속에 푹 잠긴다. 주의해서 들어 봐야 피로한 피도 아니다. 심장도 무던하다. 짚어 보고 두드려 보고 거듭해 보아도 조금도 이상이 없는 건강체다.

"왜 못 자나?"

의사의 손이 몸에서 떨어지기가 바쁘게 묻는다.

진은 말없이 미소를 짓는다. 병을 자청하는 병이었다. 유한계급에 항용 있는 환자로 "그런 환자에게서 뜨끔히 못 떼고 어디서 떼요?" 하고 아내가 늘 그저 돌려보냄을 아쉬워하는 그런 상대인 것이다.

진은 순간 대답이 어려웠다. 그렇지 않아도 오늘 밤은 아내의 불평이 생활의 설계 위에서 조리가 분명하였다. 박군이 이런 환자인 줄을 안다면, 그러고도 치료 방법이 전과 다름이 없었다면 불평이 좀더 어지러울지 모른다. 자기도 이제부터 박군을 위시해서 이런 유의 환자이면 한 보름이고 달포고 날마다 축일해서 병원에를 다니게 하고 포도당이나 그런 엉뚱한 주사라도 주며 정신 치료를 시켜 볼까. 아내의 의견 좋아 마음이 끌렸다.

그러나 그 순간뿐, 더 달리 대답이 좀체 변통되지 않는다.

"응? 왜 못 자?"

다시금 환자의 재촉을 받을 때,

"군은, 군은 그게 유한병이야."

해야 할 대답에 거침이 없었다.

"유한병?"

"멀쩡한 사람이 병을 자청하는 병이란 말일세."

"병을 자청해?"

"안 오는 잠을 자꾸 병이 있어 안 오는 것처럼 부등부등 애를 쓰니까 더 잠이 안 오지. 그래서 이렇게 자꾸 애를 쓰면 정말 병이 생기는 병이야."

"정말이야? 아무리 자려구 눈을 힘껏 감구 있어두 잠이 안 오는데?"

"병이 있거니 생각을 하면서 눈을 감았는데 잠이 왜 오겠나? 병이 없거니 하고 눈을 감아야 잠이 오지.”

“아니야, 병이 없거니 하구두 눈을 감아 봤어. 그래두 잠이 안 와.”

“병이 있거니 하면서 없거니 해야지 하구 눈을 감으니간 글쎄 잠이 안 오는 게야. 그러니까 말이야, 내가 이게 다 무슨 일인구, 없는 병을 있거니 의심을 하구, 이렇게 한번 생각을 하면서 제 자신을 비웃고 마음을 턱 놓고 누워서 눈을 감아 보게. 스르르 잠이 안 들랴.”

“아니야. 그래두 못 잘 것 같애. 무슨 생각이야 안 하구 누워 봤겠나? 나 수면제 좀 줘. 무슨 주사나 그런 건 없겠나?”

“수면제구 주사구 다 필요 없네. 글쎄 무슨 병이 있다구 수면젠 쓰며, 주산 놓겠나. 수면제라는 게 그게 나쁜 걸세. 그걸 쓰면, 그게 습관이 되어서 수면제를 안 쓰군 잠을 못 자네. 그러니까 약의 효력을 빌려구 하지 말구 마음으로 다스려야 되는 게야. 병이 없다는 굳은 신념을 가지구 말이지. 어디 한번 그런 마음으로 누워서…….”

이러한 종류의 환자이면 언제나 하던 이야기 그대로 되뇌어 약이 필요가 없다는 말을 신이 나서 역설하다가, 진은 문득 아내가 눈앞에 나타나 끝을 채 다 못 맺고 저도 모르게 멍하니 환자만 바라보았다. 그리고 아무리 바른 말을 해도 곧이듣지 않으려는 이런 환자의 그 묘한 심리엔 얼마든지 아내의 의견을 적용시켜도 감쪽같이 속을 것임이 뒤미처 생각키었다. 그러나 이미 숨김없이 쏟아 놓은 이야기였음이 미루어질 때, 역시 가뜬한 마음임은 어찌하는 수가 없었다. 무슨 어려운 한 장면을 치르고 난 것 같은 후련한 기분이다.

“자네 병은 약이 필요 없네. 꼭 맘으루 다스려얄 병이야, 맘으루.”

아주 그런 신념을 굳게 주기 위하여 진은 거듭 주의에 힘을 준다. 그러나 환자의 마음엔 약 이외에 병이 다스려질 것 같지 않다.

“아니 마음만으룬 암만해두 정말 못 잘 것 같애. 수면제 좀 줘.”

애원을 하다시피 환자는 진의 손목을 붙든다.

“정 그렇게 수면제 아니군 못 잘 것 같은가? 그러면 내 수면젤랑은 좀 주지, 줄 테니 쓰지는 말구 수면제와 한번 싸워 보게. 수면젤 머리맡에 놓구, 여기 약이 있다. 그래두 잠이 안 올 테냐? 안 오면 먹는다 하는 마음으루 약과 마음과 싸워 보란 말이야. 그럼 내 좀 보내지."

4

이야기를 다 해 놓고 일어서며 생각하니 밤 세시에 자다가 일어나 내버려두라는 왕진을 갔다 와서 간단한 수면제 한 장의 처방만을 천연스럽게 조제실 창구에다 내밀어 놓기는 전에 없이 아내에게 미안스럽다. "병원 일 다 몰라, 이에 신물이 돌아" 소리가 그대로 귀에 젖었다가 자욱 따라 앞선다. 박군의 병명은 알릴 필요도 없이 슬그니 손수 약을 지어 보내는 것이 양책일 것 같다. 진은 병원으로 돌아오는손 조제실로 들어갔다.

그러나 아내가 깨우기 전에 깨어 있었을 줄을 몰랐다. 전에 같으면 처방을 내놓을 따름, 모든 것을 조제실에 맡기고 아랑곳도 안 하였을 남편이 외투도 모자도 벗지 못하고 조제실과 약간장으로 손이 손수 가는 것이 범상치 않은 왕진이었던 것 같게 아내의 눈에는 띄었다.

"아니, 그이가 무슨 급헌 탈이세요?"

눈이 둥그래 나와 마주 서는 아내다. 진은 대답이 곤란하다. 머뭇거려 보나 묘책이 없다.

"아니야."

우선 나가는 대로 꾸어델 밖에 없다.

"그럼, 머예요?"

"난 당신이 자나 해서……."

약을 손수 짓는 데 대한 변명으로 또 받아 본다.

"자기는요! 돌아오시면 약을 지으려구 등대하구 있었는데요. 무슨 탈인데요?"

"대단치 않아."

"대단찮은데 밤에 사람을 오래요?"

하다가 짓는 약이 단순한 수면제임을 아내는 본다.

"잠을 못 주무세요? 그이가."

"응."

"대단찮은데 잠을 못 주무세요?"

"응."

"감기예요?"

"……."

대답은 여전히 곤란하다. 짓는 약이 수면제임은 아내의 눈이나 자기의 눈이나 꼭같이 내려다보고 있다. 속이는 수가 없다.

"아무것두 아니야. 잠 못 자는 병……."

결국은 제대로 알릴 수밖에 없게 된다.

어이없는 일이다. 사람만 밑지는 짓이었다. 속임수엔 요행도 없는 것임을 다시금 체험하고 제멋대로 마음을 행사하는 것이 언제나 편안한 마음임을 진은 좀더 깊이 깨닫는다. 대답에 자신이 선다.

"왜, 그 돈 있는 사람들 그런 병 흔히 있지 않어?"

"멀쩡해서 자지 못하구 애쓰는 병 말예요?"

"그렇지."

"그래서요?"

"그래서 수면젤 짓지 않우."

"그래 것뿐이에요?"

"그럼, 잠 못 자는데 멀 더 줘?"

언제나 하냥인 남편이었다. 어이없는 듯이 아내는 남편의 손끝에서 접히기 시작하는 약봉지에만 눈을 주고 대답이 없다.

"수면제두 쓰면 습관이 되어서 쓰나. 내 지어 보내긴 보내두 쓰진 말구 잠과 싸움을 시켜 보라구 그랬지. 머리맡에 놓구서……."

(1946. 12. 26.)

〔발표지〕《백민》(1947. 2.)
〔수록단행본〕*『별을 헨다』(처희문사, 1954)

바람은 그냥 불고

1

　산허리로 무심히 넘는 해를 등에다 지고 동쪽으로 길이 뻗은 신작로 위로 흘러내리는 오렌지빛 놀 속에 물들며 물들며 순이는 걷는다.
　오늘 하루를 두고는 다시 오지 않을 이 해〔年〕의 마지막 넘어가는 저 해〔日〕가 인젠 아주 자기의 운명을 결단하여 주는 것만 같다. 저 해가 넘어가도 그이가 돌아오지 않으면 그이는 영원히 돌아오지 못하는 그이다. 그럴진대 차라리 저 해와 함께 운명을 하고도 싶다. 저 해에 희망을 붙이고 살아오기 무릇 일 년이었다. 앞으로 기다릴 저 해가 아니었던들 자기는 이미 이 세상 사람이 아니었을는지도 모른다. 생각을 하다가 순이는 또 문득 걸음을 세운다. 대체, 가면 어디까지 가자고 해도 넘어가는데 젊은 계집년이 무작정으로 이렇게 걸어만 가는 것인가.
　'오긴 무에 온다구, 죽었을걸…….'
　아주 단념을 하자고 하다가도 차마 단념이 가지 않는 안타까운 한 가닥의 미련——
　"……염려 마라 살았다. 이 해 안으로는 단정 들어서리라."
　지금도 그 소리가 또렷하게 귓전에 남아 있다.
　싸움은 끝났다고 해도 일제히 들어서는(출정했다가) 사람들이 아니었다. 가까운 곳에서부터 츠음츰 들어서는 사람들었다. 시일이 차면

어련하랴 하였으나, 라바울 갔던 사람까지 들어서는데 일본 갔던 남편
의 소식이 이렇게도 없는 덴 애가 키지 않을 수 없었다. 불안한 속에
서 기다리며 기다리며 날을 세다가 그 해도 설을 넘길 적엔 그대로 앉
아만 있을 수가 없었다. 생사의 여부를 무당에게 물었던 것이, 무당의
대답은 이렇게도 분명하였던 것이다. 무당의 말이라 믿을 것이 있으랴
하다가도 자꾸만 그대로 믿고 싶은 마음이었다. 이 해가 다 저물었다
하더라도 이 하루까지는 어련한 이 해다. 마지막 이 날이라고 들어오
지 말랄 법 있으랴, 혹시……? 하는 한 가닥 희망이 다시금 가슴속에
정성껏 무젖어 든다. 오면 차에서 내려올 테지, 정거장까지 마중을 가
보자, 치맛자락에 바람을 순이는 다시 몬다.

　깊바닥 위에 깔렸던 놀이 차츰 그 빛을 잃는 걸 보면 보지 않아도
산 너머로 무썩무썩 깊이 해는 이제 아주 떨어지는 고비에 접어들고
있음을 알겠다.

　그러나 놀이 걷히면 어둠이 바뀌어 깔릴 밤길에의 공포도 지금 순
이는 모른다. 준비를 하고 나선 길이 아니다. 두루마기도 목도리도 없
건만 저녁 바람의 차가움도 지금 순이는 모른다. 모든 무서움이 지금
순이에게는 없다. 다만 간다는 것, 오늘 하루 안으로 생각이 닿는 끝
까지 간다는 단순한 일념이 있을 뿐이다. 그것이 지금 순이의 생명
이다.

2

　산 모롱고지에 별안간 검은 연기가 피어오르는가 하더니 시꺼먼 물
체가 씩씩거리며 산허리를 꺾어 돈다. 기차다.

　어느새 다섯시 차일까. 이 차가 그 차면 인제 객차는 없다. 보얗게
얼은 유리창 속에 담뿍 담기운 사람들의 그림자가 희미하게 얼른얼른
칸마다 연달린다. 분명일시 객차다. 발락발락 좀더 서둘러 걸었던들

정거장에서 저 차를 마음 놓고 맞았을걸…… 저 차와 같이 걸음을 달릴 수가 없을까. 그이는 죽었느냐 살았느냐 최후의 판단을 싣고 자기의 운명을 결단하여 줄 이 해의 마지막 객차가 지금 들어오는 것이다.

가로놓인 신작로 한복판의 레일을 타고 기차는 정거장을 바라보았다. 뀌익 소리를 냅다 지르며 숨이 찼다.

지리한 몸을 쿠션에서 일으켜 모자를 떼어 쓰고 트렁크를 시렁에서 내리는 손님들이 순이의 눈에는 보인다. 그 손님들 가운데서 그이의 모습을 순이는 찾는다. 그러나 내릴 준비를 하는 그이이기보다 떠나보내던 그이의 모습만이 눈앞에 생생하다. '祝 金鎭秀君 入營'이라는 면장의 글씨로 정성껏 씌어진 붉은 다스끼를 가슴에다 걸고 눈썹 위까지 푹 눌러쓴 사각모를 차창으로 내밀어 플랫폼에 선 어머니와 자기를 말없이 번갈아 바라보던 충혈된 두 눈, 이윽고 차가 바퀴를 움직이기 시작할 때 와아 하고 아들을, 손자를, 동생을, 남편을 보내는 가족들의 마지막으로 모습이나 한 번 더 다시 보리라는 죄어드는 분비 속에 붉은 다스끼들이 창턱마다에 가슴을 걸고 내미는 손 가운데는 그이의 하이얀 손도 자기의 눈앞에 있었다. 저도 모르게 쭈룩 흘러내리는 눈물이 뺨 가에 뜨거움을 느끼며 저도 말없이 손을 내밀어 그이의 손안에 가만히 넣을 때 따스한 온기가 꼭 부르쥐는 힘과 함께 뼛잠까지 스며드는 듯하던 생각, 차 안의 손과 차 밖의 손이 서로 붙들고 늘어진 무수한 손들, 놓으면 다시는 잡아 볼 수 없는 손안에 사무친 정이 서로 끄는 손들은 굴러나가는 차바퀴에 따라 저절로 당기어진다. 그이의 손안에 감기운 자기의 손도 으스러지게 팽팽히 당기웠다. 떨어지지 않으려고 손끝에 힘을 주어 그이의 손가락을 자기도 감싸쥐고 쫓아가며 쫓아가며 여유를 주는 것이었으나 속력을 내기 시작한 차체의 힘과는 저항이 되지 않는다. 마침내 뻐드러져 나가던 손, 뻐드러져 나간 손들은 차 안에서나 차 밖에서나 서로들 두르며 두르며 떠나는 정과 보내는 정을 잇[續]는다. 그이의 손도 자기를 향하여 허공을 추켜올리며 그냥 두르는 것이었으나, 자꾸만 흘러내리는 눈물이 앞을 가리어 얼굴로만 손을 가져가게 만들던 생각——언제나 그이가 생각키면 이렇게 먼저 보이는 것이 붉은 다스끼요 떠나보내는 형상이다.

기차와의 거리는 점점 멀어진다. 정거장에 차가 멎고 사람들을 내려놓을 때에야 겨우 역전의 광장에까지 달릴 수 있는 순이였다.

거리로 쏟아져 흩어지는 사람들을 순이는 낱낱이 살핀다. 보퉁이를 머리에다 잔뜩 인 여인네가 아니면 류색을 등에다 무겁게 걸머진 중년의 사나이가 대부분이다. 한참 나오던 사람들이 츰해지는데도 그이 같은 모습은 찾을 수가 없다. 정거장 안까지 들어섰을 때 육중한 트렁크를 한 손에다 들고 몸을 일며 아직도 플랫폼에서 헤매는 한 사람의 그림자가 순이의 눈에 쏘인다. 어딘지 눈에 서투르지 않은 익은 인상임이 대뜸 들어왔던 것이다. 그일까 하는 생각에 별안간 가슴을 뒤노이며 짙어 가는 어둠 속에 똑똑히 알아볼 수 없는 형상임을 초조로이 눈에 힘을 주며 주며 바라보다가 질겁을 하고 순이는 놀란다.

영세, 그것은 틀림없는 영세였던 것이다. 생각만 하여도 치가 떨리는 영세, 하필 왜 이 자리에서 이렇게 영세를 만난단 말인가. 그이를 마지막으로 기다리는 오늘 마지막 차의 마지막 손님이 그이가 아니고 그이를 전지로 몰아낸 영세라니! 영세를 맞으러 자기는 어둠도 추움도 무릅쓰고 오 리나 되는 정거장 길을 집안도 모르게 이렇게 달리어왔더란 말인가. 영세가 나오기를 이렇게 눈이 빠지도록 기다리었단 말인가. 속이 떨려 두 번 다시 거들떠보기도 으즈즈하다. 얼굴을 돌린 채 제결에 몸을 피하여 터전으로 순이는 뛰어나왔다.

3

영세는 순이네와 논틀이 하나를 사이에 둔 건너마을에 산다.

옛날부터 내려오는 문벌과 재산이 그를 우러러보게 만드는 데다가,

경도제대 경제학부를 졸업하고 돌아오게 되자부터는 학력까지 그를 따를 사람이 없어 금력으로나 학력으로나 물심양면에 있어서까지 선망의 적(的)이 되어 동네의 추존을 한 몸에 받아 오다가 서울로 올라가자부터는 그 이름이 언론기관에 끊일 새 없이 오르내리게 되어 신문장이나 보는 사람치고는 박영세라는 이름을 모르는 사람이 없이 되었다.

누구나 동네의 빛으로 동네를 말할 때에는 그를 내세우고, 자기도 그 동네에 사노라 말했고, 친하다 말했다. 그리고 개인의 사정이나 동네의 사정으로 혼자 처리하기에 썩 마음이 내키지 않는 일이 있을 때면 일부러 서울까지 올라가 그와 더불어 문의를 하고 그의 말을 좇았다. 면사무소에서, 주재소에서 창씨(創氏)를 하라고 그렇게 강권을 하는데도 사람이 어떻게 성을 고치느냐고 하나 없이 뻗대이었으나 영세가 솔선해서 다까야마〔高山〕로 고치는 것을 보고는 영세가 고치는 것이라 아니 고치고는 견딜 수 없는 창씨인가 보다고 다들 면사무소로 달려가 제멋대로 성들을 갈았다.

그리고 뒤이어 몰아치는 학도지원병 영이 발포되매 막다른 골목에 든 이 위급을 피해 보려고 학교도 집어치우고 집안도 모르게 어디론지 숨어 버린 진수를 끌어 내는 데도 이 영세의 영향이 절대하였던 것이다.

주재소에서는 아들을 내놓으라 날마다 졸랐으나 그 아버지 선달은 모르노라 응치 않았다. 응치 않음이 그대로 강경함에 경찰서 고등계에서는 형사까지 둘씩이나 나와 선달을 데려다가 유치장에 집어넣고 승낙서에 도장을 찍으라, 그렇지 않으면 싸움이 끝날 때까지 가두어 두리라 위협 위협이었다. 그래도 듣지 않음에 반이나 넘어 세인 선달의 그 허연 수염을 형사들은 둘러앉아 승벽으로 뽑으며 만행으로 단련을 시켰으나 수염 아니야 목을 뽑히는 한이 있더라도 승낙은 못 한다 하여 턱이 맨숭맨숭하게 수염이 한숫 다 뽑힐 때까지 굳이 승낙을 하지 않고 죽일 테면 죽여라 뻗치고 있는데 하루는 서울서 강연대가 내려와

공회당에서 명사들의 시국강연이 열리니 다 가서 듣자 하여 학병 지원에 승낙을 않는다고 가두고 단련을 시키던 학부형 십여 명을 다 나오래서 데리고 갔다.

선달은 군중 속에서 늙은이(아내)도, 적은이(동생)도 다 들어와 앉아 있음을 보고 주재소에서 반드시 이 강연만은 들어야 한다고 같이 들어가자 해서 들어들 왔노라는 말을 들었다.

강연은 들으나마나 누구나 전문 학생이면 다 지원을 해야 된다는 소리였다. 여기서 선달이 놀란 것은 이 연사 세 사람 가운데 영세가 섞여 있음을 본 것이었고, 황은(皇恩)에 보답할 길은 오직 자식을 나라에 바치는 길밖에 없다고 테이블을 주먹으로 치는 것을 보는 데서였다. 그리고는 영세 같은 사람이 돌아다니면서 이렇게 열과 성을 다하여 저런 강연을 할 때에는 이것도 창씨와 같이 피할 수 없는 성질의 것일까, 죽어라 하고 수염을 뽑히면서도 움직여지지 않던 선달의 마음 속엔 그 어느 한 구석이 흔들리우는 것 같음을 그 순간 느꼈다.

그러나, 영세도 하는 수가 없어 이렇게 붙들려 다니며 저런 강연을 하지 않고는 못 견디는 것은 아닐까 몇 번이고 생각해도 믿어지지 않아 저녁에 사석에서 조용히 좀 만나 의견을 들어 보리란 생각까지 은근히 두었던 것이, 그러지 않아도 이 연사들과 지원에 대해서 문의할 일이 있으면 얼마든지 하라고 이에는 구속도 않으므로 선달은 가족들을 다 데리고 그의 여관으로 찾아가 하룻밤을 같이 묵으면서 의견을 들었다.

사석에서의 의견도 다른 데가 없었다. 지원을 아니 하면 그보다 더 무서운 징용이 내린다는 것이요, 그것까지 거부하게 되면 가족의 일체 배급 정지로 가정은 파멸되고 말 것이니 이왕이면 선뜻이 지원을 하고 나서는 것이 상책이라는 것이다. 그리고 싸움을 나간다고 다 죽는 것이 아니요, 승리를 하고 싸움이 끝나 돌아오게 되면 명예와 권세가 그 한 몸에 넘칠 것이니 하루바삐 지원을 하는 것이 유리하리라는 것이었다.

하나에서부터 열까지 믿기에 의심이 없는 영세이었던 것이다. 그대로 고집을 한다는 것은 그것은 결국 자승자박을 하는 셈이 되는 우둔인 것임을 깨닫고 산속 깊이 절간에 가서 숨어 있는 아들을 수소문하여 찾아다 놓고 온 가족이 모여앉아 지원서에다, 승낙서에다 도장들을 부자가 각기 찍고는 눈물을 흘리며 진수를 떠나 보냈던 것이다.

자기가 자기 손으로 도장을 찍어서 아들을 내보내 놓고 누구를 원망하랴만 지원서에 도장 찍기를 굳이 피하고 숨어 돌아가던 학생들 중에는 간혹 적발도 되어 징용장을 받기도 하였으나 피하면 얼마든지 피해 돌아갈 수 있고, 또 피치는 못했댔자 그것이 총알이 왔다갔다하는 전장판보다는 비교도 안 되게 헐한 것임을 알았을 때 순이네 가족은 가슴을 치고 통탄해하지 않을 수 없었다. 그리고 영세를 원망하지 않을 수 없었다. 그나마 남과 같이 살아 돌아오기나 했으면 모든 것을 꿈처럼 잊어나 버리고 말았으련만, 아아.

4

'무당도 다 소용이 없어, 인젠 아주 그이는 잊고 말자.'

영세가 뒤에 달리는 것 같아, 늦어진 허리를 다시 단정히 고칠 여유에도 초조로이, 집으로 내닫기 시작한 순이는 치마 뒤를 땅에다 지일질 끌면서 몇 번이고 마음에 힘을 주어 가며 뇌인다.

'잊어야지, 안 잊음 별수가 있나.'

그러나, 누구를 믿고 살 것인가가 뒤미처 생각킬 땐 받느니 옷자락에 눈물이었다.

부모네들의 옛날부터 내려오던 우의에서 그이는 대학에 들어가던 해, 자기는 고녀를 나오던 해, 그 해 봄에 약혼이 되어 결혼은 그이의 졸업을 기다려 하자던 언약이, 꿈에도 생각지 못하였던 학도지원병 영이 내리게 됨에 부랴부랴 결혼을 하여 한 달을 채 못다 살아본 남편이

었다. 이러구러 정신없는 얼떨떨한 삼 년 동안의 시집살이였다. 이것
으로 자기라는 인생은 다 산 것이란 말인가. 학생 시대에 꾸던 무한히
즐겁던 청춘의 꿈은 이렇게도 삭막하게 뒤집히고 만단 말인가. 인젠
나라도 찾았다. 제 나라에서 거리낌없이 마음껏 살 수 있는 아름다운
꿈이 그이로 더불어 한껏 즐거울 것이련만 이렇게도 청춘은 애달프단
말인가. 그이가 나가기 전에 부모네들이 하루바삐 결혼을 서두른 의미
도 모르지 않는다. 그러나 그것도 한낱 꿈이었다. 부모네들의 소망대
로 한 점 혈육이나마 남기었더라면 대(代)나 이음이 되지 않을 것인
가. 자기의 존재는 이 집에 무엇으로 있단 말인가. 불쌍한 며느리, 죽
기까지 들어야 할 측은한 대명사──그것이 인젠 다만 자기에게 남은
존재일 뿐이다.

'더 살음 무얼 해. 그이가 간 곳을 나도 인제 따라가야지.'

그러나, 자기마저 그이 따라 이 집을 떠나간다면 늙은 시부모 양주
는 누구를 믿고 의지하고 산단 말인가. 생각이 이에 미치면 제 마음이
건만 제 마음을 저로서도 결단할 용기가 차마 나지 않는다.

그이는 이 집의 기둥이었다. 그이의 어깨에 늙은 부모가 매달려 있
었고, 거기 자기가 또한 덧붙은 것이었다. 시아버지는 늙마에 만득으
로 그이 하나를 두시고 그이를 위하여 넉넉지도 못한 가산을 기울여
학자를 대었다. 몇 마지기 안 되는 땅이 들어간 것은 그이가 중학에
들어가던 해요, 학병으로 끌려 나가던 해엔 집문서까지 금융조합에 들
어가게 되었으나, 이제 한 해만 더 참으면 졸업을 하게 된다. 오히려
반갑게 매어들 달리려던 기둥이었다. 그 기둥이 이제 부러졌다. 의지
할 데가 없는 것이다. 여전(餘錢)은 다 쪼아 먹고 집문서는 찾을 기약
조차 까마아득한데 배급은 없고 쌀값은 나날이 오른다. 조반석죽도 구
차하다.

이게 인제는 모두 자기의 손에서 해결이 되어야 할 무거운 짐으로
바뀌어진 것이다. 그이는 아주 잊는다 해도 이미 자기가 그이의 아내

었다면 이 집은 아주 잊을 수가 없는 것이 도리다.

그러나, 이 집을 붙들고 나갈 그만한 힘이 계집으로서의 자기에게
과연 있을 것일까. 생각하니 그저 아득한 앞날이다. 다시금 눈시울이
뜨거움을 느끼며 짙어 가는 어둠 속을 분주히 집으로 집으로 순이는
걷는다.

5

시부모도 오늘 하루를 은근히 기다리다 지치고 만 모양임이 드러난
다. 이미 밤은 깊을 녘에 들었건만 사당에도 제석에도 아직 불이 없
다. 해마다 섣달 그믐밤이면 초저녁부터 칸마다 불을 밝히고 복을 맞
아들이던 수세(守歲)의 풍습도 이 해 따라 이 집에선 지금 무시되고
있다.

작년에도 재작년에도 이 수세의 점등(點燈)만은 잊지 않고 손수 정
성을 들이던 시어머니였던 것이, 이게 다 그이 때문이로구나 하니 모
든 것을 잊자던 순이의 가슴은 다시금 뭉크레하여진다. 들어서는손 장
종백이를 말끔히 닦아 솜으로 심지를 비벼 넣고 피마자 기름을 부어
사당과 제석에 먼저 불을 밝히고 큰칸으로 건너갔다.

시어머니는 샛문 발치에 이불을 쓰고 누웠고, 시아버지는 아랫목에
서 팔패를 뗀다. 시아버지의 팔패는 화 팔패다. 속이 상할 때에는 언
제나 늘 팔패로 화를 푸는 것이 버릇이다. 한동안 그쳤던 팔패를 오늘
저녁 시아버지는 또 꺼내 들었다. 그 원인이 어디 있음을 순이는 모르
지 않는다. 마음대로 맞아떨어지기나 하는 것일까, 그렇다면 한결 위
안이라도 되련만…… 생각을 하며 아랫목으로 내려가,

"추운데 손 시럽지 않아요? 밧 날이 끔찍이 찬가 봐요."

하고 방바닥을 순이는 손으로 짚어 본다.

"응 난 괜찮다. 네가 얼었구나, 어디를 갔다 오니?"

"어디 간 데두 없어요. 괜히 밖에 있었죠."

곧이들을는지 모르나 그렇지 않아도 가뜩이나 침울해 팔패까지 또 손에 대신 시아버지였다. 아들의 이야기를 하여 아픈 상처를 건드리기보다는 정거장까지 갔더란 말은 숨기는 것이 예의였다.

이것은 순이만이 취하는 태도가 아니다. 이 한 해 동안의 이 집 가족은 며느리나 시부모나 서로들 눈치와 위로로 산다. 털끝만큼도 진수에 대한 이야기는 서로 입 밖에 내지 않고, 누가 얼굴을 푹 숙이고 앉았든가 먼산만 좀 바라보아도 진수를 생각하나 보아 필요도 없는 이야기로 어루만지는 것이 누구나의 태도였다.

"아, 참, 너 이박기 먹어라. 며느리 이박기 내려 주구려."

시아버지는 팔패 떼던 손으로 마누라를 흔든다.

마누라는 눈이 좀 붙었던 모양이다. 기지개와 같이 일어나 장문을 열고 고리당즉을 들어낸다.

"주막집 엿장사가 이박기라구 엿을 갖다 맡기누나. 어서 먹어라, 너 들어온 담에 같이 먹으려구 기대렸단다. 영감님두 드세요. 영감님이 먼저 드세야 애가 먹지."

시어머니도 극진하다.

"아이, 먼저 잡수실걸요. 아부님 드세요. 어머님은 치아가 없으셔서 넣고 녹이서야알걸요."

근심 없는 마음의 표현들 같다.

이렇게라도 가정이 지속만 될 수 있다면 죽는 날까지 이러구러 살다는 볼 것이, 맞닥뜨린 절박한 사정은 이러한 눈물겨운 단란도 허치 않았다. 금융조합에서는 인제 더 연기는 하는 수가 없으니 그리 알라는 최후의 통첩이 떨어진 것이다. 지금 선달이 떼는 팔패에는 이러한 것들의 처리에 판단을 댄 앞날에의 운명이 점쳐지고 있었다. ── 오늘도 진수는 들어서는 애가 아니니, 이 애는 인젠 정말 아주 잊어야 옳으나, 옳다면 붙고 글타면 맞아떨어져라, 떨어지는 데 마음을 대고 떼었던 것이, 붙고 떨어지지 않는다. 그러면 정말 진수는 죽었느냐, 차마 믿고 싶지가 않아, 삼태 양승(兩勝)으로 행여 다시 떼어 보았던 것이, 영락없이 연달아 붙고 떨어지지를 않는 덴 눈앞이 아득했으나 하는 수가 없는 일이다. 정말 잊어야 옳은 앤가 보다, 쓰린 가슴을 억누르며 금융조합의 빚처리로 넘어가 돈은 집을 팔아서라도 갚아 주고 여전을 벗겨 생활의 밑천을 삼는 것이 옳으냐, 옳다면 떨어지고 글타면 붙어라, 또 떨어지는 데 마음을 대고 떼어 본 것이, 마음과 같이 마저 떨어졌다. 그렇다면 집은 파는 것이 바른 길이긴 길인가 보나, 쓰고 있을 집이 그적엔 또 있어야 아니하나, 서방은 죽어 돌아오지 않고 집은 팔아먹고 그래도 며느리는 청상과부로 있을 데도 없는 이 집을 족히 지키며 개가할 의사가 없이 수절을 하고 지낼 것인가, 아들을 생각할 때마다 연달아 떠오르는 며느리의 귀추가 자못 궁금하다. 개가할 의사가 있느냐 없느냐, 없다면 떨어지고 있다면 붙어라, 떨어지는 데 마음을 또 대고 떼었던 것이 신통하게도 이번에는 장마다 맞아 돌더니 끝내 떨어진다. 그렇지 않아도 인젠 며느리밖에 의지할 데가 없다고 은근히 생각을 해 오던 것이다. 이것이 시아버지는 기막히는 사정 가운데서도 한결 마음의 위안이었다. 더욱이 이 패를 떼는데 어딘지 나갔던 며느리가 섬적 들어서고, 또 그 앞에서 뗀 패가 이렇게 대었던 마음대로 떨어지고 마는 것은 이것이 무슨 한낱 자위책으로서의 그러한 노름이 아니요, 정말 며느리 앞에서 그러마 하는 굳은 맹세를 받는 것도 같아, 엿을 들면서도 시아버지는 참 기특도 하다고 생각을 하며 몇 번이고 며느리를 바라보다가 한 가락 엿을 채 못 다 들고 수염을 닦고 나더니,

"며느리 너—."

하고, 부르며 얼굴을 든다.

팔패는 마음대로 떨어졌다. 떨어진 팔패와 같이 며느리의 마음은 과연 그렇게 굳어 있는가, 집을 팔자면 살아갈 방도에 있어 무엇보다

알고 싶은 것이 며느리의 마음이었다.

"네 앞에서 내가 어떻게 이런 말을 하랴만 목구멍이 야속해서 산 사람은 그래도 먹구 살아야겠으니 어찌하겠니?"

"아무럼요. 지나간 일은 다 잊구 산 사람은 살 도리를 해야죠. 아부님 근심 마세요."

철난 대답이다. 아무런 티도 없이 천연하게 받는 며느리다. 시아버지는 놀랍고도 반가웠다.

"으니라 참, 너 선선하구나! 네 입으루 그런 말을 들으니 내 마음이 얼마나 풀리는지 모르겠다. 공부헌 여자란 참 다르다. 그럼 그러지 않음 도리가 있니?"

"그이는 아주 돌아오지 못할 사람으루 알아야 해요."

"아무럼 이젠 어련히 그렇게 믿구 지내야지. 그런데 말이로구나, 살랴니간 그놈의 빚 때문에 집을 안 팔구는 못 배길까 보다. 창피하게 집행을 겪기보다는 팔아 물어 주는 것이 떳떳한 일 같구나. 네 의견은 어떠니?"

"제가 멀 알아요. 아버님 생각이 어련하시겠어요."

"어련험 멀 허겠니. 팔구 나서 살 길 때문에 그러지. 남저지를 벼끼문 외막살이나 한 채 살까. 그것두 십 만 원을 받아야 할 말이구. 그러문 또 집만 쓰구 있음 사니, 먹구 살 밑천이 그적엔 또 있어야지. 다른 게 아니구 이게 걱정이 돼서 그러누나."

여기엔 순이도 할 말이 없다. 그렇지 않아도 못 잊는 근심이었다. 정거장에서 돌아오면서도 눈앞이 아득해 발길조차 더디었던 것이다. 다시금 암담한 생각에 순이는 얼굴을 무릎 위로 떨어뜨린다.

"글쎄, 그 섬나무자리 너 말지기 그것만 가지구 있어두 우리 세 식구 자농감은 걱정이 없으련만 논이나 좀 좋은가 천상수(天上水) 판에……."

하다가 시아버지는 별안간 흑흑 느끼는 소리에 주위를 둘러 살피다

가 며느리의 어깨가 분주히 들먹이고 있음을 보고는 더 말을 계속하지
못하고 그만 한숨과 같이 고개를 숙인다.

'그럼 그만치 참는 것두 나이 봐선 용허지. 저두 기가 왜 안 막히려
구, 서방은 죽어 돌아오지 않구, 집까지 팔아먹게 되니…….'

6

"칠(칠만 원)이면 놓게 놓아."

집을 내어놓기는 내어놓으면서도 이 동네에서 작자가 그리 쉽게 나
서리라고는 믿지 않았는데 의외에도 며칠이 안 되어 박구장은 어디서
작자를 구해 놨는지 자꾸 와서 값을 튀긴다.

"글쎄, 채여 놓래두 그래. 하나(십만 원)루."

"하나 다는 안 된대두 그러눈. 이게 꼭 작자니 놓아. 이 작자 놓치
면 집 팔기 힘드네. 그래 이 동네 집 살 사람이 어디 있어, 빤한 형편
아닌가?"

"작잔 누군데 그러나?"

"건 미리 알아 쓰나. 문서 쓸 때 알아야지. 어서 칠이면 놓게."

"사실 작자라면 우리 집은 하나라두 싸네. 위치가 이 촌중에서 젤
아닌가. 손자 손향 판이지, 건자 건향 판이구. 다자꾸 내 운이 진해서
집을 팔아먹지, 집이야 좀 좋은 데 놓였나. 건넌말 박영세네 집자리를
좋다구들 말하지만 그건 집이 푹 백히구. 어디 우리 이 집에 대겠나,
전에 우리 조부님이 뒷산에 올라서서 촌중을 쓱 내려다보시군 참 집
자린 일등이라구 번마다 말씀을 하시던 집 아닌가."

"자네 말 솔두 늘었네게레. 고집 말구 놓게. 저녁엔 문서나 하구 우
리 오래간만에 한잔 하기나 하세."

"글쎄, 여러 말 말구 하나만 채여 놔."

"놓래니까 글쎄? 칠이면 고집 말구."

"이 사람 어렴두 없는 소릴 자꾸…… 칠에 어떻게 놓으래나 이 집을."

"자, 그러믄 그럼 팔만 허지. 팔에 또 말을 듣겠는지 모르겠군 저짝에서. 자네만 팔에 놓는대문 내 건 떼여올게."

제 욕심만 부리다 작자를 놓치면 사실 팔기도 그리 수월치 않음을 안다. 십만 원을 다 받는다 하더라도 예산은 닿지 않는다. 팔이면 무던도 해 보이는 것 같다.

"구꺼지만 올려 대 보게."

우선 높여 보다가 할 말이다.

"그저 팔, 팔, 팔이면 꼭 정가야. 어서 팔에 말을 뚝 자르게."

"글쎄 구에만 끌어 대여."

"어서 팔에 말 떼래두."

"허, 이건 권에 못 이겨 방립을 쓰는 격이야?"

이만했으면 승낙하는 의미의 말임을 박구장이 모를 리 없다.

"그럼 잘 됐네. 저녁 세시쯤 문서 허지. 내 저짝에 가서두 그렇게 잘라 가지구 또 오겠네."

이렇게 언약은 되고, 저녁 세시를 기하여 다시 박구장은 찾아와 계약을 하러 같이 가잔다.

그러나 즐거워 파는 집이 아니다. 구장을 따라가 제 손으로 집 문서에 도장을 찍기가 차마 싫다. 선달은 계약 일체를 도장까지 내어 구장에게 맡기고, 대체 나를 몰아내고 우리 집으로 들어올 사람은 누구일까, 촌중에는 아무리 훑어보아야 없는 것 같고 읍에서 누가 퇴촌을 하는 것인가, 구장이 돌아오기를 기다리고 앉았다가 선달은 계약서를 받아들고 놀란다. 매수자가 뜻도 않았던 영세였던 것이다.

'내 집이 영세의 손으로 들어가다니!'

순간, 떠오르는 생각과 같이 자기의 이름과 가지런히 쓰이고 분명하게 朴永世란 도장이 찍힌 부분을 얼빠진 사람처럼 선달은 내려다본다.

"자 인젠 우리 흥정이 됐으니 술이나 한잔씩 노누세. 주막에 마침 곳주가 들어왔기에 한 병 넣어 달래 가지구 왔지. 아주머니 그 머 김치 쪼각이나 좀 들여오시우."

구장은 품 안에서 술병을 뽑아 낸다.

"아니, 영세 그 사람이 우리 집을 뭘 하러 사나?"

"가만 보니 동생들 분가(分家)를 시킬 눈치드군."

"동생들의 분가?"

"넷을 일시에 다 시킬 모양인가 봐. 웃말 홍첨지네 집두, 유사과네 집두 지금 흐르고 있는 판인데 것두 아마 오늘 저녁쯤은 떨어지게 될걸."

"아아니! 그게 무슨 일인가 갑자기 — 그 사람이 동생들의 분가는 왜 그리 갑자기 일시에 서둘까?"

선달은 의아한 눈이 둥그래진다.

"까닭이 있드군 그래. 앞으로 법이 서면 토지가 국유루 될 것 같으니까 동생들을 분가시켜가지구 논아서 제 몫금씩 갈라 세울 모양이야. 그리구 대명동 토지, 웃당모루 토지는 전부 내놓았다는데."

무슨 비밀이나 말하는 것처럼 구장은 나직이 수군거린다.

"그래서 그럼 그이가 일전에 내려왔군요. 법이 세면 토지는 자농감 몇 정보씩을 내놓구는 유상 몰수가 될진 몰라두 다 몰수하게 되리라구 그리는 소리를 들었드니……."

순이도 의아한 태도로 참예를 한다.

"그 사람이 지금두 서울서 그런 우두머리루 다니는 사람이니까 그런 거야 아마 잘 알 테지. 미리 손 쓰는 셈이로군 그럼."

이제야 깨달은 듯이 선달은 머리를 주억시며 들었던 잔을 쭉 들이킨다.

"암, 영세 그 사람이야 알구 말구. 확실히 알게 누대루 내려오던 토지를 팔아 없애려구 내놓구, 또 부리나케 동생들을 위해서 집을 사는 게 아니겠나?"

"아아니, 나라를 위해서 정치를 하자는 사람이 큰 게는 잡아서 제 구럭에 먼저 넣구, 정친 참 바르게 되겠네. 한때는 일본 사람들한테 남이야 어찌되었든 저만 곱게 보이구 살려구 남의 귀한 자손들을 전장판으루 나가야 한다구 목구멍에 핏대를 돋히구 연설을 다니드니 이젠 또 나라를 위하여 나섰다는 사람이 제 실속부터 차린다! 그럼, 아, 그 대명동 토지 사는 놈은 쫄딱 망하겠구먼. 돈 주구 샀다가 왼통 몰수를 당할 테니까. 에이 내 앉아서 그대루 죽음 죽었지 영세헌테 내 집은 못 파네. 그 여보게 집 해약해다 주게."

문갑 빨함에 넣었던 계약서를 선달은 되꺼내어 구장의 무릎 위에 던진다.

"이 사람이 벌써 취했나? 술두 몇 잔 안 들어가서."

"아니, 취허긴 이 사람아 그럼 전 눈 좀 밝다구 모르는 사람을 속여 먹어야 옳은가. 몰수당할 토지를 팔아먹으문 사는 놈은 녹을 줄을 몰라? 그놈 아니문 내 자식두 쌈 나가서 죽질 않았어. 내 자식두 내 집 두 그놈으 손에 다 녹아나야 옳아? 뻔뻔헌 놈! 체면이 있지, 자식을 먹구 미안하지두 않아서 집을 또 먹게서? 이 집이 이게 누구 때문에 파는 것인 줄 몰라? 난 못 파네, 내 집을 그놈의 손에단. 어서 물러다 주게, 허 세상이—."

아닌 게 아니라 선달은 벌써 주기가 얼근히 도는 모양이다. 손세까지 이상히 쓴다.

"그 무슨 소리야, 이 사람 정말 취했네게레. 자 자 그런 소린 말구 어서 또 잔이나 내게."

"글쎄 아니야, 내 집은 백 번 죽어두 그놈의 손엔 안 넣네. 어서 일어서게 이 사람?"

선달은 잔을 바로도 못 들고 술을 옷자락에다 줄줄 흘리며 들이키더니 상 위에다 잔을 엎어 놓으며 일어선다.

“이 사람이 이게 앉아.”

“아니야, 일어서래두.”

“앉아요 글쎄. 이게 무슨 일야 이 사람.”

구장은 선달의 손목을 끌어당긴다.

“아니, 안 일어날 텐가? 그럼 내가 가겠네.”

팔을 뿌리쳐 구장의 손을 떨구고 감투를 눌러쓰며 계약서를 집어들더니 문을 차고 나간다.

설도 지났으니 양지쪽엔 이미 봄뜻도 푸르련만 날씨는 그대로 차다.

종일을 그칠 줄 모르는 바람이 그냥대로 누동의 구새 먹은 오리나무 가지를 왕왕 울린다.

“이 사람 여 여보게 선달.”

구장은 쫓아가며 부르나 선달은 들은 체도 않고 옷자락을 날리며 건넌마을 논틀이 길을 취한 사람도 같지 않게 총총걸음으로 내닫고 있다.

7

시아버지가 혹 취중에 무슨 실수나 하지 않을까 순이도 덧쫓아 나와 넌지시 논틀이를 뒤따른다. 그러나 차마 영세네 집까지엔 발길이 내키지 않는다. 누동 마루 오리나무 아래 그만 걸음이 멎는다.

구장은 그냥 선달의 뒤를 바틈이 따라가며 연방 뭐라고 말리는 모양이나 대꾸도 없이 선달은 활깃세를 쓰며 앞만 보고 그저 내닫더니 영세네 마당에 발을 들여놓기가 바쁘게 소리를 지른다.

“영세.”

개가 세 마리씩이나 짖으며 우르르 밀려나온다.

“영세 있나?”

“영세.”

세 번 만에야 밀창이 밀리며 영세의 머리가 기웃하더니,

"아 선달님 오래간만이십니다."

하고, 대 아래로 쫓아 내려와 인사를 한다.

"나 자네 좀 볼일이 있어 왔네."

"네 그러세요? 들어오시지요."

영세는 사랑 곁으로 손을 내밀어 인도한다.

"아니, 들어갈 것두 없어. 집이나 물러 주게."

"이 사람 취언두 웬. 술두 몇 잔 안 허구 그리 취해? 어서 들어가 담배나 한 대 붙여 가지구 가세."

구장은 선달의 옷소매를 붙들고 사랑 쪽으로 이끈다.

"이 사람 왜 붙들구 이래 자꾸. 취허긴 누가 취했다구. 어서 집 물러 주게."

"참 취허셨군요 선달님."

하긴 하면서도 영세는 자못 불쾌한 태도다.

"취허다니! 집을 물러 내라는데?"

선달은 정색을 하고 영세의 옆자락을 낚챈다.

어인 까닭인지를 몰라 말없이 영세는 선달을 노려본다.

"집을 물러 달라는데 자네가 나헌테 도리어 눈을 부릅떠? 허 이거 세상이!"

"아니, 대체 어떻게 하시는 말씀입니까?"

영세도 눈이 길쭉해지더니 정면으로 마주 선다.

"하, 눈을 부릅뜨구 마주 선다! 이놈 너 그래 마주 섬 어떡헐 테냐?"

버쩍 나서며 선달은 영세의 멱살을 붙든다.

"아니 이게 무슨 행패란 말이오? 해방이 됐다니까 괜히 모두들……."

"머야? 행패? 해방이 됐다니까? 그래 해방이 돼서 넌 잘허는 일이 머냐? 나라는 어떻게 되든 제 배만 불렸음 되구, 촌중은 어떻게 되든 저만 잘살았음 그만이로구나. 고이헌 놈 하늘이 내려다본다 이놈."

선달은 멱살을 붙든 손에 힘을 주어 버쩍 당긴다.

"아니 남의 멱살은 무슨 까닭으루 붙들구 이래요? 내가 영감네 집을 억지루 빼앗는단 말요? 하 참, 별일 다 보겠네, 집을 판다구 내놨기 샀는데……."

"집을 판다고 내놨기 샀는데? 이놈 너 무슨 까닭으루 동네 집들은 돌아가며 다 사들이니? 너만 집 쓰구 살 테냐? 이놈 매양 하는 버릇이…… 응? 이놈 이놈아! 내가 집을 왜 파는지 몰라? 이놈 이놈아! 학병으루 지원 안 한 놈은 하나두 안 죽었구나 글쎄? 이놈아 이놈아 가슴이 터진다 이놈아!"

선달의 팔은 와들와들 떨린다.

영세도 여기엔 할 말이 없는 듯이 충혈된 눈만을 꺼벅실 뿐 아무런 대꾸가 없다.

"이놈아 내 아들이 죽었구나, 이놈아. 이놈아 이놈아, 내 아들이 죽어서? 진수란 놈이 죽어서? 이놈아 이놈아, 진수란 놈이? 진수야아 진수야아!"

목이 찢어지는 듯이 기를 쓰며 발악을 부리더니 별안간 선달은 눈을 뒤어쓰며 뒤로 나가 쓰러진다. 기를 앗긴 모양이다.

"아, 아니 이게 무슨 여 여보게 선 선달 선달!"

싸움을 말리노라 서서 어르다니던 구장은 어쩔 줄을 모르고 선달의 팔을 잡아당긴다.

"아부님 아부님! 정신을 차리세요, 네? 아부님!"

순이도 달려와 떨리는 손으로 시아버지의 어깨를 거칠게 흔들며 달래나 흰 자위만으로 뒤어쓴 눈이 그저 무섭게 마주 올려다볼 뿐, 아무러한 응냄도 없다.

동네 사람들이 몰려와 사랑으로 안아다 눕히고 냉수를 떠다가 얼굴에 뿌린다 사지를 주무른다 갖은 짓을 다 해 보았으나 선달은 종시 피어나지를 못하고 그대로 세상을 떠나고 말았다.

"잘 죽었지. 외아들 죽이구 더 삼 무슨 낙을 보려구."

"암 잘 죽구 말구."

"아들을 따라 갔구먼."

"불쌍헌 건 며느리야."

숙덕이는 동네 사람들의 이야기에 순이의 가슴은 더한층 미어지는 듯하였다.

'나는 왜, 그이를 따라 가지 못할까. 아니, 그이는 정말 죽었을까.'

하염없이 내리는 눈물을 순이는 걷잡지 못한다.

(1947. 4. 23.)

〔발표지〕《백민》(1947. 7.)
〔수록단행본〕*『별을 헨다』(처희문사, 1954)

일만 오천 원(一萬五千圓)

집이 좀 드높기만 해도 그렇지는 않으련만 여섯 자 기둥의 납작한 단체 조선집엔 간판 세 개쯤 붙이기도 곤란하다. 좌우 기둥에 이미 두 개씩이나 내려붙은 간판이 모두 주춧돌 위에서 얼마씩 트이지를 않는다. 그러지 않아도 붙일 자리가 염려되어 이번 것은 한 자 반 넓이에 길이 한 자로 아주 조그맣게 맞춰 왔건만 그것이나마 편안히 들어 놓일 번주그레한 자리가 없다. 아무리 돌아가며 살펴보고 대 보고 해야 대문 판장에밖엔 용납되는 데가 없다.

'제엔정! 큰 집에라두 좀 살았으면…… 괘니 해 왔군 이건.'

이번 건 두었다가 집이나 한 채 큼직한 게 마련되거든 붙일 생각도 난다.

그러나, 이왕 맞춰 온 걸 붙이지 않고 그대로 처박아 둔다면 그렇지 않아도 간판만 붙이구 살겠느냐고 지금도 되알진 불평이 충천했던 아내였다. 값도 못 주고 외상으로까지 맞춰다가 버린다면 그 동알거리는 치소를 들어야 할 게 또 귀찮다. 그까짓 치소쯤 아랑곳할 게 있으련만 실상 아내에겐 하나도 필요 없는 간판일 것이 사실이긴 사실이다. 밥이 나오는 무슨 그런 탐탁한 간판도 아니다. 오늘 아침엔 신문 배달에게 여러 차례나 신문값을 내라는 졸림을 또 받았던 모양으로,

"여보! 그 신문은 정 참 이젠 하나만 보아요. 그건 왜 칠팔 종씩 보시구 월말임 쩔쩔매는 거죠? 이따 저녁때 또 온다구 했으니 오늘은 돈을 내놓구 나가슈. 그러지 않음 당신 게 섰어 맡아 겪든지."

비웃기까지 하는 태도 같았으나 그러니 문화사업을 의미한 간판을 두 개씩이나 걸어 놓고 찾아까지 와서 보아 달라는 신문을 위신상 거절하는 수가 없다. 이것도 넉넉지 못한 살림엔 여간한 부담이 아니다. 저녁거리의 콩나물 값에까지 군색한 아내에겐 이런 간판들이 곱게 보일 리 없다.

그러나 자기에겐 이게 여간 지중한 간판이 아니다. 남과 같이 돈이나 많았으면 돈으로나 출세를 하지, 학식이나 풍부하면 학식으로나 출세를 하지, 이 간판이야말로 자기의 생명인 것이다. 이미 이 간판을 걸지 않았던들 해방 이후 자기라는 존재는 무엇으로 있을 것인가. 복덕방(福德房)의 직함을 어디다가 내놓으며 내놓는담 탐탁할 게 무어냐. '××文化社' '實業××社' 이 두 개 회사의 사장이란 관사를 놓고 찍힌 명함만으로 '네에' '네' 한두 번씩 거들떠보지 않는 사람이 없다. 신문사 같은 덴 찾아가 명함만 내놓아도 인사 소식란이 홀대를 못한다. 그까짓 신문값쯤……

"이따 훗날들 오라구 그래요. 뉘가 안 준다나 신문값을……."

큰소리를 하고 나와 간판 걸 자리를 보살피던 참이다.

'에라 아무 데나……'

도리 위에다가 걸어 보려고 못 박을 준비를 하고 있는데,

"여보세요!"

등뒤에서 부르는 소리가 들린다.

"미안하지만 이 유상동 ××번지가 어데쯤……."

하다가,

"아, ××문화사 여기로군!"

하고, 인제야 찾았다는 듯이 소리의 주인공은 잔뜩 제치고 서서 숨을 태이며 가방 속에서 종이 쪽지를 찾아내더니,

"문상헌 씨 댁이지요?"

한다.

“왜 그리우? 내가 문상헌이오.”

대답이 떨어지기가 바쁘게 청년은 들어낸 쪽지를 건넨다.

“소득셉니다.”

“머? 소득세!”

“선생의 사업 봐선 오히려 헐하게 나온 품입니다.”

“일만 오천 원?”

‘일만 오천 원!’

몇 번이고 보아도 숫자엔 틀림이 없었다.

(1947. 4. 27.)

〔발표지〕《백민》(1947. 11.)
〔수록단행본〕 *『별을 헨다』(처희문사, 1954)

짐

1

대문을 들어서자 건너방 문 소리가 나더니 전에 없이 처조카 아이가 마주 달려나오며 숨이 찼다.

"짐, 짐이 왔어요."

이 소리를 내가 들으면 오죽 반가워하랴, 어서 일러 드리고 싶은 마음에 나 들어오기를 조급히 기다리고 앉았던 모양이다.

"짐, 짐이 두 짝이래요."

여전히 찬 숨이다.

"짐이 왔어! 두 짝?"

사실 반가웠다.

8·15 이후 굳어진 삼팔선 때문에 겨울옷 한 벌을 댕그라니 입은 그대로 초라히 고향을 떠나 올라와, 이불 한 자리밖에 더 마련을 못 하고 오늘까지 해로 이태, 스물넉 달 동안을 사철 두루 그 옷 한 벌로 지냈다. 그나마 새것이나 입고 왔더라면 그래도 좀 나을 것이 삼팔경계선에서 입은 옷까지 벗기고 내의만 남겨 돌려보내는 일도 없는 일이 아니라고들 해서 옷을 벗기울 예정으로 일부러 낡은 것을 택했던 것이다. 몇 달이 못 가서 사타구니 쨤이 히룽히룽 물러나며 엉덩이에 창이 드러난다. 이런 걸 천연하게 입고 뻐젓이 나다니게까지 그렇게 나는 탈속을 못했다. 창피해서 그래도 꿰어지지 않은 게 좀 낫지 않을까,

일정 시대 강제에 못 이겨 입던 정말 입기 끔찍한 그 소위 국방복으로 (이것은 내 자식이 삼팔선을 넘을 때 입고 온 것) 바꾸어 입었더니 그나마 며칠이 못 가 엉덩이 판이 해작해진다. 이럴 바에야 하필 국방복을 입잘 필요가 없어, 벗어 던졌던 그 동복을 도로 바꾸어 입었다. 이러구러 또 다시 여름을 맞아 거리에는 벌써 베옷에 노타이가 희끗희끗 날마다 늘어 가는데 동복 그나마도 여지없이 해어진 걸 더덕더덕 꿰매 입고 땀을 흘리며 다니자니 짐이 왔다는 소리가 아니 반가울 수가 없다.

"두 짝이래? 잉이 짐이?"

나는 다시 재차 물었다.

짐이 두 짝이면 시재 입고 살 건 가져왔을 것이다. 눈이 번쩍 뜨인다. 마루 위부터 살펴보았다.

그러나, 마루엔 아침에 나갈 때와 마찬가지로 배급 받아다 놓은 밀가루 자루가 댕그라니 하나 안쪽 구석에 놓여 있을 뿐, 아무것도 눈에 뜨이는 것이 없다. 방안에 들여다 놓았나 구두를 벗고 올라서려는데,

"봉래정으루 다 왔다구 이자 태진이가 와서 그래서 고문 짐 가지러 갔어요."

뒤에 달려 들어오며 처조카 아이는 또 전한다.

봉래정이란 누이의 집이다. 제 남편이 역시 8·15 이후 서울로 올라와선 내려오지를 않으므로 궁금해서 올라와 보니 집 한 칸을 못 쓰고 전재민이 들어 있는 봉래정 어느 무너져 가는 시멘트 창고 비슷한 움막에 방이라고 신문 조각을 발라 꾸려 놓고 들어앉아 박봉으로 허덕이는 젊은 홀아비 살림은 말이 아니었다. 서른도 아직 먼 한참 혈기에 돈 일천 오백 원에 목을 매고 늘어져서 점심도 못 먹고 밀 수제비 빵조각으로 조석의 끼니나마 간신히 이어 가는 딱한 사정을 목도하였을 때 아내로서의 누이의 마음은 자못 처량하였던 것이다. 다시 집으로 내려가 가장 집물을 다 팔아 올려다 가두에 나앉아 빈대떡 장사라도

해야 살 것 같아 삼팔선을 다시 넘어간다고 해서 이왕이면 그럼 우리 짐도 좀 가져다 줄 수 없겠느냐고 아내는 부탁을 했던 것이다. 부탁은 하면서도 원체 곧잘 잃는 짐이요 떼이기가 일쑤인 짐이라, 무사히 올라올 것인가가 자못 의문이었다.

작년 가을 아내도 내가 혼자 와 있는 것을 염려하여 시재 필요한 옷가지를 륙색에 한 짐 넣어 짊어지고 오다가 기어코 말썽이 생겨 해주 어느 안다는 여관에 맡겨두었던 것이 그 후 도적을 맞았노라고 빙자하고 내어주지를 않아 한 가지 건지지 못하고 온통 잃어먹은 예도 있다. 그리곤 다시 옷을 가져올 생념이 나지 않아 거지 모양으로 차리고 한 번 삼팔선을 넘어온 그대로, 방공연습에 끌려다니며 입던 소위 그 몸빼(이것도 아내가 뺏길 예정으로 일부러 택해서 입고 올라왔던 것) 한 벌에 싸여 치마도 없이 삼동을 났다. 내 매부보다는 그래도 그 수입이 좀 나은 편이나 월급 푼에 약간의 고료가 받쳐지는 그러한 정도의 수입으로는 먹고 사는 데만도 여유가 없다. 그런 데다가 이북 고향에서 알몸으로 연일 넘어와 며칠씩 묵삭는 손님이 큰 부담이다. 입는 데까지 눈을 넘겨다볼 겨를이 없었다. 아내 역시 옷가지가 올라왔다는 데 아니 반가울 수 없었을 것이다. 곧 달려간 눈치다.

2

이윽고 대문이 밀리고 아내가 들어서는데 보니 머리 위에는 손재봉틀 한 대가 위태롭게 얹혀 있다.

"아아니! 재봉틀두 가져왔어?"

나는 놀라지 않을 수 없었다. 옷가지도 어려운 데 재봉틀까지…….

"아니, 걔가 이걸 어떻게……?"

"글쎄 말이예요. 아이 고생 무척 했나 봐요."

아닌 게 아니라 고생은 무척 하였을 게 빤하다.

"청단(靑丹)으루 왔대? 배루 왔대?"

"청단으루 오면서 배두 타구 하다가 국경을 넘어서야 차를 탔대나
요. 아이, 여자가 혼자서 그걸 어떻게 드다루구……."

"제 짐두 있을 텐데?"

"있다뿐이겠어요! 방안으로 하나를 가져다 놨는데."

아내는 그 육중한 걸 이고 봉래정서 이까지, 꽤 목이 아픈 모양이
다. 목을 좌우로 지긋둥지긋둥 일며 운동을 시키더니,

"아, 참 좁은데 어서 남의 짐은 치워 줘야겠더라. 범수(처조카) 너
얼른 짐 좀 가서 가져오너라,"

이르고 아내는 마루로 올라와선 재봉틀을 떠나지 못하고 붙들고 앉
아,

"아이 저걸…… 저걸 글쎄 누이가 가져왔구만."

하고 어떻게나 만족해하는지 모른다.

옷도 옷이려니와 재봉틀에도 여간 목이 말랐던 아내가 아니다.

얼마 전 꿰어진 내 양복을 들고 남의 집 걸 좀 얻어 써 볼까 떠났다
가 병이 났노라, 혹은 바늘이 없노라, 심지어는 쇠를 잠그고 쇠를 잃
었노라 하고 빌리기를 거절하는 집까지 있어 재봉틀 생각이 더욱 간절
했던 데다가, 재봉틀 한 대만 가졌으면 여자도 제 밥벌이는 근심이 없
다는 소리를 어디서 얻어듣고는 삯바느질이라도 해서 군색한 살림에
보텔 의향으로 재봉틀을 어떻게 하나 구했으면 하고 말을 하다간 그것
이 까마득한 공상임을 미루어 보고는 한숨을 짓곤 하던 그 재봉틀이
다. 그런 재봉틀이 뜻밖에도 왔다. 생활의 밑천이 이젠 생긴 것이다.
여섯시를 들어가건만 저녁 지을 생각도 않고,

"상헌 덴 없나?"

"인젠 또 실을 사야지. 참 이비갬질 기계가 쫓아왔는지 모르겠군."

하고 벌써부터 바느질 설계를 세우는 듯이 손잡이를 둘러 보고, 뺄
함을 열어 보고 하며 수선이다.

3

짐은 밤에야 왔다.

둥글둥글한 시꺼먼 보자기가 커다란 고리짝 하나만은 한 부피다. 이태나 묵은 껍데기를 갈아입혀 줄 짐 속이라, 이 짐 속이 급하게 엿보이지 않을 수 없었다. 나도 짐 앞으로 대뜸 나앉았거니와,

"고춧가루도 넣었대더라, 사발두 넣구."

하고 아내도 덩실 나앉으며 먼저 짐에다 손을 댄다. 과연 고춧가루 단지, 사발개가 짐 속에서 디그르르 미끄러 떨어진다.

"이것 보지! 아이, 어머니가 객지에서 이런 게 오직 귀할까 염려스러워 다 넣어 보냈으리—."

이런 것에까지 생각이 미친 어머니를 못내 감사해하는 듯이 중얼거리며 미끄러지는 족족 들어 내놓는다.

"아이! 장보기두 있네."

이런 건 참 꿈 밖이라는 듯이 신기해서 나더러도 어머니의 그 주밀한 솜씨에 감사의 동의를 구하는 것처럼 들어내 가지곤 내 눈앞에 내민다. 나는 보기도 싫었다.

알루미늄 대접 두 개밖에 산 것이 없고, 미국 통조림 깍대기로 밥그릇을 대용하고 있는 그러한 형편이라, 주발 같은 것도 필요치 않은 건 아니다. 그러나 밥만 있으면 그릇은 문제가 아니다. 지금 모양으로 바가지에다 한 그릇 그냥 떠다 놓고도 통조림통 몇 개면 얼마든지 들어 붙어 나누어 먹을 수가 있다. 벗고서는 나다니는 수가 없다. 시급한 문제가 옷가지다. 우선 겨울 양복을 벗어야 살겠다. 그 그릇들 대신에 실제적일 옷가지를 한 가지라도 더 넣었으면 하는 생각에 나는 도리어 불쾌하기까지 했다.

"이건 또 당신 밥 담아 잡숫던 합(盒)."

"아이! 내 것두 올려보냈어."

아내는 노상 혼자 흥이 나서 기명을 들어낸다. 이런 걸 다 꺼내 놓고 이불 한 자리, 요 한 자리를 들어내니 입을 것이라곤 겨우 아내의 바지 두 개에 치마 하나, 그리곤 겨울에 입을 내 명주 바지저고리 한 벌뿐, 꿰어진 버선목다리를 빨은 게 다섯 켤레가 된다. 그리고 나중에 남은 손보자기를 풀어헤치니 버선을 기워 신으란 건지 필(疋)도 아닌 쓸데도 없는 조각 무명 오락지가 그 손보자기로 하나이 가득했다.

기가 막힌다. 양복 한 벌 없다. 내의 한 벌 없다. 대체 이 짐이 어떻게 된 영문인지 알 수가 없었다. 사람도 자유로 다닐 수 없는 삼팔선, 이 삼팔선을 짐을 가지고 넘어오는 모험, 이런 모험이 다시 두 번 있을 것 같지 않은 이 기회에 기껏 가져왔다는 것이 없어도 무방할 밥그릇이요 버선목다리 따위다. 이것이 꾸리는 짐에 주요시되었던 게 분명하다. 이건 필시 저쪽에서 올려 보낸 사람보다 이쪽에서 이른 사람의 잘못인 탓 같아 보인다.

"여보! 누이더러 어떻게 짐을 가져오라구 일렀기에 대체 온 짐이 이 모양이오?"

나는 이렇게 아니 물어볼 수 없었다.

"이르긴 머 버선 한 켤레 없어 버선까지 사 신는 형편이라구 그랬지요."

"그리군?"

"그릇두 없어 바가지에다 밥을 퍼다가 먹는다구 그랬구요."

답답한 소리다. 화가 벌컥 동한다.

"그랬으니 짐이 이렇게 된 게 아니요?"

나는 주먹으로 책상을 울렸다.

"그만침 일렀음 다 없다는 소린 줄 알게 아니에요? 누이 저두 와서 형편을 보기까지 했는데."

"어머니 같으신 시굴 노인이 서울 있는 지금 우리 형편을 어떻게 그렇게 소상히 안단 말이요? 들음 듣는 대루 짐작할 따름이지, 일러 보내길 똑똑히 일러 보냈음 안 이렇게 되요, 짐이? 듣는 말이 짐 한 짝 넘기는 데 사천 원이라구 하는데 두 짝임 돈이 얼마야? 입을 것두 없는 장종백이, 버선목다리를 가져다 놓구 돈이 만 원이야, 만 원!"

안타까움에 나는 다시 책상을 손바닥으로 두드렸다.

그 중 돈이 됨직한 이불이니 요니, 바지저고리 따위 같은 건 다 주위 팔아도 실상 이 짐삯 만 원을 지울 것 같지 못하다. 빈대떡 장사라도 해서 어떻게 살아 보겠다고 삼팔선을 넘어가 모험을 해온 돈이다. 갚아 줘도 시급히 갚아 줘야 할 경위다. 눈앞이 다 아득해진다.

"인젠 재봉틀을 팔아 짐삯을 물어 줘야겠소."

홧김에 한 말이긴 하나 실상 이렇게 아니 되고는 만 원 구처가 딱하다.

"아이, 양복이 그 장롱 위 양복통에 죄다 들어 있는데―."

재봉틀을 판다는 소리가 아내는 가슴에 맺혔는지, 새삼스레 안타까웠다.

"필목(疋木)이나 몇 필 가져왔어두 두 짐삯은 거나 팔아두 지울 걸……."

그러나 이미 쑤어 놓은 죽이 밥이 되는 수는 없다.

벌여 놓은 짐을 주위 담을 생념도 없어 멍하니 저대로 벽만 건너다 보며 앉아 있었다.

(1947. 5. 28.)

〔발표지〕《백민》(1947. 8.)
〔수록단행본〕*『별을 헨다』(처희문사, 1954)

이불

남편의 숙직날 밤처럼 근심인 것은 없었다. 취직을 못하였을 적엔 그저 걱정인 것이 밥이더니 인젠 또 잠자리가 적지 않은 걱정이다.

덮을 이불이 갖아서 제각기 따로따로 덮고 지낼 수만 있었으면야 아무리 한 방안이라고 하더라도 시아버지와 더불어 같이 지내지 못하랴만, 한 이불 속에서 자는 수는 없는 것이다. 한 이불 속이라고 하더라도 남편이 집에서 잘 때에는 시아버지가 아랫목에 눕고, 그 다음에 남편이 눕고, 그리고 영숙 자신이 눕고, 그러한 순서로 남편이 사이에 질려 잘 수 있는 밤이면 불편한 대로 그래도 잘 수는 있었지마는, 새 통에 남편이 끼지 않은 그 이불 속엔 아무리 발가락이 얼어 들어와도 시아버지가 덮은 이불을 들치고 들어가는 수가 없다.

이 딱한 밤이 또 찾아왔다.

한 달에 네 번씩 있는 이 밤이었다.

이번 숙직날부터는 어떻게 해서든지 아내의 밤잠을 편히 도모해 보리라 무척이도 애를 써 보았건만, 이불 한 자리의 마련도 그리 용이한 것이 아니었다.

"할 수 없군요. 그대루 또 하룻밤 지내야지."

그리곤 미안쩍어 아침을 물리자 회사로 쑥 나가 버린 남편이었다.

"아이 여보오, 난 몰라요."

이렇게 매달려는 보았으나 남편을 나무랄 수도 없었다.

자기네들보다 몇 달씩 앞서 올라온 사람들도 집 한 칸을 못 얻고 지금껏 산언덕에 거적을 두르고 겨울을 나는 형편인데, 그래도 남의 행랑칸일망정 한 칸 얻어 들고 하찮은 직업도 붙들었다. 해주(海州)서 배를 타고 경계선(삼팔선)을 넘으려다가 경비대한데 붙들리어 짐을 다 떼이고(온 세간을 다 팔아 마련한), 가지고 오던 옷가지 이불때기 같은 걸 팔아 여비를 다시 마련하지 않을 수 없이 되었을 적에도 그 운용이 교묘해서 남들은 정말 알몸 그대로 올라오는데, 이불이라도 한 자리 남긴 것이 남편의 재주였다. 불평이 있을 수 없다.

'아직 눈 위도 아닌데 뭘 못 참아.'

마음을 사려 먹고 윗목에 가 고스란히 누웠다.

이불 없이 자야 할 것이 염려되어 장작을 몇 개비 두둑히 넣었더니 구들은 윗목까지 제법 미지근하다.

시아버지는 벌써 잠이 들었는지 혹은 자는 체하는 것인지 얼굴까지 이불을 뒤집어쓰고 누워서 도무지 알 수가 없다. 아들이 밖에 나가 자게 되는 밤이면 시아버지 역시 며느리의 잠자리가 불편할 것이 아니 근심일 수 없었다. 언제나 하던 그대로 오늘도 며느리가 이불 속으로 들어오기에 어려움성이 좀 덜어질까 해서 초저녁부터 일찌감치 벽을 향하여 드러누워서 이불을 넉넉히 뒤로 남겨 놓았다. 영숙이도 그 눈치를 모르지 않는다. 이러한 정성을 저버리고 그 이불을 같이 아니 덮잠도 미안할 것임을 모르지 않는다. 그러나 그렇다고 해서 그 아직 한 번도 당기어 같이 덮어 본 일이 없다. 추운 대로 댕그라니 새우처럼 까부라치고 혼자 누워서 견디어 냈다.

김장철을 지나고 나니 날씨는 제법 맵다. 어제가 옛날이다. 바람벽을 뚫고 스며드는 한기는 도저히 한 밤 동안을 이불 없이 댕그라니 누워 견디어 낼 것 같지 못하다. 참기 어려운 게 우선 발가락이다. 견디다 못하여 발가락으로 치마폭을 내려당기어 동글하게 아랫도리를 되사려쌌다.

하

　차례를 안 지내면 안 지냈지 조상님에게 강냉이밥이야 어떻게 지어
대접하겠느냐고, 저녁상을 물리자 입쌀을 마련하러 나간 남편이 밤늦
도록 돌아오지 않는다. 내일 아침 차례 준비를 해 놓아야 할지 몰라
망설이고 앉았다가 남편이 들고 들어오는 입쌀 됫박을 받아 놓고야 결
국은 확정된 차례였다. 동이 훤하게 틀 때까지 분주히 돌아가도 손이
모자란다.
　시아버지와 남편은 벌써 의관을 정제하고 방안에 앉아서 부엌을 넘
성거리며 말없는 재촉이다. 과실이나 부침 같은 건 이미 사당에 진열
이 되었으나 메(제삿밥)가 좀처럼 끓지 않는다. 장작개비를 연방 집어
넣어 그야말로 마음에까지 불을 달고, 배바쁘게 메를 지어 담아야 소
반에다 받쳐들고 뒤란으로 돌아가 사당문을 열다가 놀란다. 알 수도
없는 수염이 하얀 영감이 하얗게 소복으로까지 차리고, 조상님의 신주
를 안고 조그마한 눈을 거슴츠레하게 반득이며 앉아서 들어오라고 대
고 손을 헤긴다.
　"아이머니!"
　저도 모르게 소리를 치며 뒤에 덧달려 들어오던 남편을 붙안았다.
　"며느리, 너 꿈 꾸네?"
　꼭 시아버지 목소리 같다. 그게 더욱이 듣기에 무섭다. 얼굴을 비비
며 파고 들어 허리를 바싹 껴안았다.
　"애, 며늘아! 며늘아!"
　안긴 몸이 몸부림을 친다.
　안긴 몸이 며느리라고 부르는 소리에 귓맞이 쨍하고 새롭다. 얼떨
떨한 정신이 점점 수습되며 눈이 뜨인다. 살펴보니 고향 집 사당이 아
니다. 서서 붙안았던 남편도 남편이 아니다. 역시 들어 있는 셋방, 그
방안이요, 품안에 바싹 끌어안고 누운 것은 내복 바람인 시아버지의

부대한 몸집이다. 별안간 정신이 팔짝 든다. 놀라 넝큼 일어나 앉았다.

'꿈!'

그러나 다 꿈이 아니었다. 남편을 붙안기까지만 꿈이었고 꼭 시아버지 목소리로 꿈을 꾸느냐고 묻던 그 소리부터는 뻐젓한 현실이었던 것임이 미루어진다. 온몸에 땀이 바짝 서린다.

'이게 무슨 일이야!'

부끄러워 얼굴을 들 수가 없다. 치마폭으로 아랫도리를 되사려싸고 누웠다가 발가락이 정말 참을 수 없이 얼어 들어와 이불귀를 들치고 발만은 넌지시 넣은 생각이 어렴풋하지만, 대체 어떻게 시아버지 이불 속으로 들어갔는지, 그리고선 꿈을 꾸다가 이 망신이었는지 알 수가 없다.

'시아버지는 정말 꿈을 꾸다가 그런 줄 알겠지?'

그렇게 알아는 준대도 아니 부끄러울 수 없다.

시아버지도 웬걸 그새 벌써 잠이야 고쳐 들었으랴만 자는 체하는 것도 역시 자기가 부끄러워할 것을 염려하는 데서라고 짐작하니 몸이 다 오싹거린다. 숨도 크게 쉬기가 부끄러워 그대로 앉았을 수가 없다. 밖으로 뛰어 나왔다.

밤은 얼마나 깊었는지 주위는 고요한데 한기만이 깔맵다.

안집 장독대 옆에까지밖엔 더 내어디딜 면적이 없는 마당이다. 거닐 데가 없다. 아무 데나 주춤하고 섰다. 사당에서 신주를 안고 손을 헤기던 그 하얀 영감이 눈앞에 그대로 나타난다. 현물세(現物稅)를 세 차례씩이나 바치고 먹을 양식이 없어 강냉이를 사다가 그것도 죽을 끓여 먹는 형세에, 차례를 지낼 수가 없어 남편은 자기의 금동곳을 들고 나가 팔아다 입쌀과 바꾸어서 차례를 지내던 작년 설 일이 그대로 비슷이 꾸어졌는데 사당 안에 하얀 영감은 왜 꿈에 나타났을까? 그건 무얼까? 좋은 징졸까 나쁜 징졸까? 자기네 집과는 강계(江界) 사람이 바꿔든다고 했는데, 그 집 영감이 그렇게 눈이 거슴츠레하고 하얄까? 그

러면 그 영감이 신주는 왜 끌어안고 앉아서 자기를 들어오라고 손을
왜 헤기는 것일까? 헤기는 그 하얀 손이 지금도 눈앞에 또렷하다. 몸
서리가 오싹 떨린다. 무서워 견딜 수가 없다. 돌아서니 방안으로도 발
길이 내키지 않는다. 시아버지가 눈에 보인다. 허리를 양팔로 바싹 끌
어안았던 생각을 하면 시아버지를 바라볼 낯이 없다. 눈앞엔 그대로
손을 헤기는 하얀 영감이 사라지지 않고 무섭게 만든다. 꿈이면 꿈이
지 생각만 해도 오조조한 하얀 영감이 하필 신주를 붙안고 앉아 손을
헤겨서 시아버지에게 망신을 시켜 놓나? 그대로 밖에 섰기도 무섭고,
방안으로 들어가기도 부끄럽고—.

한숨과 같이 영숙은 어쩔 바를 모르고 어둠 속을 그냥 헤맨다.

어디로서 나타났는지 미국 비행기 한 대가 가슴패기에다 새빨간 불
을 달고 푸릉푸릉 별도 숨은 새까만 밤하늘을 당돌기 시작하는데…….

(1947. 10. 19.)

〔발표지〕《민성》(1947. 10.)
〔수록단행본〕*『별을 헨다』(처희문사, 1954)

수업료(授業料)

어제 직원 회의에서 결정을 하기까지는 그까짓 아무렇지도 않게 생각되던 것이 막상 이런 여학생들을 정면으로 딱 대하고 보니 수업료를 못 가지고 왔다고 책보를 싸 가지고 당장 돌아가라는 말이 그렇게 수월히 척 나오지 않았다.

자기의 입에서 지금 무슨 말이 나올 것인지는 꿈에도 생각지 못하고 그저 전과 같은 국어 시간이거니만 여겨 새끼 제비가 먹을 것을 지니고 돌아오는 어미를 반겨 맞듯이 교단에 올라서자 일제히 경례를 하고 머리를 들어 책을 펼쳐 놓으며 배우고자 반가이 맞아 주는 학생들을 대할 때 선생은 그만 혀가 굳어졌다. 더욱이 서무실에서 지적하여 준 미납자 명부를 보면 전 반(班)의 반수 삼십여 명이 거의가 모두 성적이 좋은 모범생들뿐이었다. 언제나 이 애들 때문에 시간이 재미있었고 또 가르침의 의의도 있었다. 백 번 가르쳐도 알아듣지 못하고 장난만 치는 말괄량이 말썽꾸러기들은 애초부터 상대도 안 되는 존재, 이 학생들 삼십여 명을 몰아내고 누구를 가르친단 말인가. 수업료 이야기는 차마 나오지 않고 선생은 어리둥절 학생들의 얼굴만 멍하니 바라보고 있었다.

"선생님! 이 시간은 말이죠, 어제 배운 것 다시 한 번 해석해 주세요. 한문 문자가 퍽두 많아서 아니 무척 어려워요."

한 학생이 제의를 하였다.

그러나 이 시간은 학생의 이런 제의를 받음으로 시간을 시작하는 것이 시간의 순서가 아니었다. 아무리 생각해도 이미 직원 회의에서 결정이 된 일. 어차피 이야기는 이 시간에 하여야 될 판, 한다면 어떻게 하느냐 하는 그 방법만이 다만 자유의사에 허용되어 있을 뿐이다. 그리하여 학생들이 감정을 보다 상하지 않게 말을 고이 해서 돌려보내야 할 것만이 생각할 문제였고, 먼저 하여야 할 순서였던 것이다.

그렇다고 이 학생의 제의를 또한 들은 척 만 척 그대로 무시할 수는 없는 일이어서 우선 그것은 뒤로 미룬다는 뜻으로,

"그런데……."

하고 하여야 할 말의 본 궤도로 말을 몰아넣기는 하였으나, 다음 말에 여전히 용기가 없어,

"그런데……."

하고 선생은 다시 한 번 말을 더듬었다.

대답은 아니하고 '그런데……'로 말을 돌리고, 또 더듬는 그 '그런데……' 소리가 어째 학생들은 이상한 것 같아 남의 옆구리를 쿡쿡 쥐어지르며 끼득거리던 말괄량이들까지도 이 '그런데……' 소리에 귀들을 쫑긋이 모으고 새카만 눈동자를 깜박깜박 선생의 얼굴로, 얼굴로만 너도나도 건너 쏘았다.

"에, 에, 수업료를 못 가져온 학생들은 에, 에, 오늘부터 집으로 돌아가 자습을 하기로 됐소."

선생의 말은 여전히 더듬이었다.

있을 법한 일이었다. 언제부터 가져오라는 수업료다. 최후의 단안이 아니 내리리라고는 믿지 않았다. 그러나 마침내 일을 당하고 보니 아연하지 않을 수 없다. 찢어질 듯한 긴장 속에 힘없는 고개들이 이 구석 저 구석에서 책상 위로 힘없이들 숙숙 수그러진다. 묻지 않아도 미납자들임을 알겠다.

"그러니까 책보를 싸 가지고 집으로 돌아가시오."

일단 말을 한번 낸 선생의 태도는 단호하였다. 그러나 누구 하나 책

보를 싸는 학생이 없었다.

“선생님! 전 내일 가지고 오겠어요.”

머리를 숙였던 학생 하나이 부끄러운 듯이 자세를 바로 가지지도 못하고 일어서 용서를 빌었다.

“그러나 오늘은 돌아가야지. 오늘은 오늘까지 완납한 학생에게만 수업을 시키게 됐으니까.”

“킹!”

하고 설움이 터지는 것 같은 눈물 어린 소리가 들리더니 그 아이는 머리를 숙인 채 책가방을 들고 일어서 나간다.

누가 먼저 나가나를 기다리기나 하였던 듯이 그제야 머리를 숙였던 학생들은 슬금슬금 다들 책보를 정리하여 가지고 그 애의 뒤를 따라 나갔다.

시간을 끝내고 복도로 나오던 선생은 운동장 기슭 산턱 아래 쭈그리고 앉아 있는 일군의 여학생들을 보았다. 집으로 돌아가지 아니하고 책보를 든 채 학교 주위를 배회한다는 것은 누가 본다 해도 그것은 학교의 명예를 위하여 재미 없는 일이었다. 선생은 백묵을 든 채 학생들이 몰려 있는 산 기슭으로 달려갔다. 반에서 나온 아이들은 하나도 가지 아니하고 모두 몰려들 있었다. 책을 펴들고 앉았는 아이, 뜨개질을 하는 아이, 혹은 한심스러운 얼굴로 턱을 고이고 앉아 무엇인지에 깊은 생각에 잠겨 있는 아이——.

“왜 집으로들 돌아가지 않고 여기 모여 앉았니?”

못마땅한 듯이 선생의 어조는 좀 흥분하였다. 고개를 한 번 거들떠 볼 뿐, 누구도 대답하는 아이는 없었다.

“어서 집으로들 가서 내일은 다들 수업료를 마련해 가지고 와.”

“우리들은 여기에서 책이랑 보면서 놀다가 하학 후에 딴 애들과 같이 돌아가겠어요.”

책을 보고 앉았던 한 아이가 새침해서 이야기를 하였다.

"하루 종일을 여기서 놀아?"

"그럼 놀지 않구요."

"딴 애들하구 같이 갈 이유는 무엇인데?"

"저번 이십일 날까지 가져오라는 월사금을 못 마련해서 그저께도 어머님은 우셨는데요. 오늘 쫓겨나가서 돌아왔다면 우실 거예요. 그래서 여느 때와 같이 아이들과 함께 돌아갈 테요."

"그럼 월사금을 못 내서 쫓겨왔다는 말은 안 하고 어머님을 속이게?"

"그럼, 속여야죠."

"아니, 그럼 월사금을 속히 마련해 주나? 쫓겨왔다고 집에 가서 울어야지."

"선생님, 뭐 마련할 데가 있는 돈을 우리 집에서 등한히 하는 줄 아세요? 쫓겨났다면 어머니의 마음만 더 아프실 거예요."

하고 눈시울이 붉어지더니 하얀 눈물이 별안간 눈알에 씌운다. 거짓없는 마음의 표현인 것 같다. 선생의 가슴도 찌릿하였다.

"너의 아버지는 신문사에 다니신다지?"

"네."

"월급은 얼마나 받으시냐?"

"일만 팔천 원이래나 봐요."

"가족은 몇인데?"

"여섯이예요."

"학교 다니는 학생은 너밖에 없니?"

"소학교 다니는 남동생이 하나 있어요."

이만 원도 못 되는 수입으로 여섯 가족이 생활을 해야 된다! 게다가 두 아이의 학비를 대야 하고——과연 어려운 처지다. 이만 사천 원을 봉급으로 네 가족에 학비 하나를 대는 자기도 살림이 되지 않아 딸년의 수업료 독촉을 날마다 받는 형편이다. 그까짓 모른 척하는 것이 상책인 것을 공연히 이런 것을 다 물었다고 선생을 짐짓 후회스러웠다.

"다들 가거라. 임시 시험이 월요일부턴데 공부들을 해야지."

"여기서 책 봄 어때요? 오늘은 날두 춥지 않어 바깥두 괜찮아요."

"안 된다. 어서 가!"

"선생님 월사금은 못 내두, 날마다 학교에 왔다 감, 공 안 맞죠? 전 지금껏 공 하나두 안 졌는데요."

결석이 아쉬운 학생도 있었다.

예기도 못 했던 질문이다. 선생은 순간 그 가름이 어려웠다. 원칙적으론 수업료 납입까지는 결석으로 간주해야 할 성질의 것이다. 질문을 받고 보니 딱하다. 대답이 어렸웠다. 다시 캐어 물을 것 같은 추궁이 귀찮아,

"글쎄 수업료 없이는 학교에 오지 말라니까."

하고 학생의 입을 막기 위하여 어세를 높였다. 그리고 이것은 체조 선생의 명령을 빌지 않고는 돌려보낼 수 없다고 생각을 하며 교실로 돌아오다 보니, 학교 뒷산턱 아랫기슭에도 딴 반에서 쫓겨나온 학생들이 곳곳에 몰려서 점조를 하고 있었다.

셋째 시간이 거의 끝날 무렵이었다. 어떤 젊은 여자가 급한 일이 있으니 잠깐만 뵙겠단다는 서무실의 전달이다. 특별한 경위가 아니면 시간이 끝나기까지 면회를 기다려야 하는 총칙을 무시한 이 젊은 여자, 급한 볼일, 대체 여자란 누구며 볼일이란 무엇일까? 아무리 생각해도 예측이 가지 않는 아득한 생각을 더듬으며 선생은 교실을 나섰다. 교장실을 지나, 서무실 쪽으로 꺾어들려고 하는데,

"나예요 나."

하는 소리가 별관 쪽으로 갈라져 들어가는 복도 어귀서 났다. 보지 않아도 귓맛에 익은 아내의 음성을 알 수 있었다.

무슨 일일까? 좀 있으면 집으로 돌아가겠는데 그동안을 못 참아 학

교까지 찾아온 것은 필시 심상치 않은 일일 것이다. 순간 무엇인지 모르게 가슴이 철렁함을 느꼈다.

"아이, 순자가 수업료 때문에 쫓겨왔어요!"

하고 이를 어쩌냐 하는 듯이 아내는 남편을 대하기가 바쁘게 언짢은 듯한 표정을 짓는다.

"월요일부턴 임시 시험인데 수업료를 못 냈다고, 시험 때에 축출을 하는 모양이 안됐으니까 아마 미리 하나 봐요."

"……."

"그러니 오늘은 어떻게 변통해야 되겠기에 왔어요. 그래야 내일 결석을 하지 않죠. 아이, 결석두 결석이려니와 수업료를 못 내서 풀이 죽어 늘 돌아가는 아이가 불쌍해서 우선 안됐어요. 글쎄 첫시간에 쫓겨났다고 아예 돌아와선 여지껏 찌일찔 짜고만 쭈그리고 앉았지 않겠어요?"

"……."

"시탄비 오천 원은 추후에 내두, 수업료 일만 구백 원하고, 증축비 이천 원하군 같이 바쳐야 된다구요."

"이건, 아니, 걸 누가 몰라?"

선생은 울컥 화가 치밀었다.

담임 선생도 잘 아는 처지다. 더욱이 저도 교원, 나도 교원, 사정도 서로 모르는 형편이 아니다. 수업료를 못 냈다고 자기의 딸에게도 이렇게 일률적으로 사정이 무시되리라고는 생각지도 못했던 것이다. 다리가 후들후들 떨렸다.

"시탄비를 추후로 미니까, 예산보다 오천 원이 헐해졌는데……."

"아니, 이런 남의 집 식구 같애! 그래두 일만 삼천 원 돈이야 돈이! 그게 적어?"

화가 나는 듯이 폭 쏘고 선생은 교실로 발길을 돌렸다.

운동장 산 기슭에는 아직도 돌아가지 않고 서성이는 처녀들이 구름

떼처럼 밀려 돌고 있었다.

〔발표지〕《신경향》(1950. 1.)

〔수록단행본〕*『현대한국단편문학전집』제8권(문원각, 1974)

물매미

물매미 놀림은 역시 아침결보다 저녁결이 제 시절이다. 학교로 갈 때보다는 올 때가 아무래도 마음이 놓이는 모양이다. 아침에는 기웃거리기만 하다가 내빼던 놈들이, 돌아올 때면 그적에야 아주 제 세상인 듯이 발들을 콱 붙이고 돌라 붙는다. 오늘도 돈 천 원이나 사 놓게 된 것은 역시 오후 네시가 지나서부터다.

지금도 어울려오던 한 패가 새로이 쭈욱 몰려들자, 물매미를 물에 띄운 양철 자배기 가장자리로 돌아가며 칸을 무수히 두고, 칸마다 번호를 써넣은 그 번호와 꼭같은 번호를 역시 1에서 20까지 쭉 일렬로 건너쓴 종이 위에 아무렇게나 놓았던 미루꾸 갑을 집어들고,

"자, 과잔 과자대루 사서 먹구두, 잘만 대서 나오면 미루꾸나, 호각이나, 건, 소청대루 그저 가져가게 된다. 자, 누구든지."

하고 노인은 미루꾸 갑을 도로 놓고 조리를 들어 물매미를 건져서 자배기 한복판에 굵다란 철사로 둥굴하게 휘어, 공중 달아 놓은 그 동그라미 속으로 몰아넣었다. 그 동그라미를 통하여 물 위에 떨어진 물매미는 물속을 버지럭버지럭 헤어 돌더니, 4자 번호 칸으로 들어간다.

"자, 보았지? 4자에다 미루꾸를 대고 이렇게 되면 미루꾸를 가져가게 되는 판이다. 자, 누구든지."

하고 아이들을 쓱 훑어보았다.

그러지 않아도 구미가 동하여 한쪽 손을 호주머니 속에 넣고 오물거리던 한 아이가 자배기 앞으로 바싹 나서며 란드셀을 멘 채 쪼그리

고 앉더니, 십 원짜리 한 장을 밀어 내놓는다.

노인은 내놓은 십 원짜리를 무릎 앞으로 당기어 놓고, 종이 봉지 속에 손을 쓱 넣었다가 내더니,

"자, 받어. 이렇게 과자는 과자대루 주구……."

하고, 콩알만큼이나 한, 가시가 뾰족뾰족 돋은 알락달락한 색과자 세 알을 소년의 손으로 건넨다.

소년은 과자를 받아 우선 한 알은 입에 넣고, 미루꾸 갑을 당기어 8번에다 대이고 조리를 들어 물매미를 떠서 동그라미 속에 몰아넣었다.

물 위에 공중 떨어진 물매미는 잠겼다 솟았다 수염을 내저으며 뒷다리를 버지럭버지럭 헤어 돌아간다. 8자 주변 가까이로 물매미의 수염이 키를 돌릴 때마다 소년의 가슴은 호둑호둑 뛰었다. 그 은근하게 마음이 졸였던 것이다.

그러나, 허사였다. 물매미는 7자 칸으로 들어가고 말았다, 소년은 약이 오르는 듯이 십 원 짜리를 또 꺼내 이번엔 7자 번에다 대었다. 그러나, 물매미는 이번엔 또 8번으로 들어갔다. 몇 번을 대 보았어도 물매미는 미루꾸 대인 번호로는 한 번도 들어가지 않았다. 백 원짜리까지 한 장을 잃고 난 소년은 인제 밑천이 진한 듯이 얼굴이 빨개서 물러난다. 노인은 좀 미안한 듯이,

"한 번 맞춰내진 못했어두 손해난 건 없지? 과잔 과자대루 돈 값에 받았으니까. 자, 또 누구?"

하고, 아이들을 또 한 번 건너다보았다.

"저요!"

한 아이가 또 들어섰다.

그러나, 역시 물매미는 미루꾸 대인 숫자로는 좀체 들어가지 않았다. 백 원짜리 석 장이 고스란히 나가기까지 겨우 한 번을 맞추었을 뿐이다.

"요 깍쟁이 자식이!"

소년은 약이 바짝 올라서 물매미 욕을 하며, 백 원짜리 한 장을 또

꺼내, 이번에는 아무래도 한 번 맞추고야 말겠다는 듯이, 모두 스무 구멍에서 절반이나 차지하는 열 구멍에다 번호를 골라 지적하고, 그 백 원을 단태에 다 대었다. 그리고는 조심스레 물매미를 떠넣었다. 여기엔 장본인인 소년 자신뿐이 아니라, 둘러섰던 아이들은 누구나 할 것 없이 다 같이 마음이 조였다.

동그라미를 통하여 물 위에 떨어진 물매미가 지적하여 놓은 그 번호 가까이로 헤어돌 때마다, 홈칠홈칠 마음들을 놀랬다. 그러나 물매미는 요번에도 들어갈 듯이 그 지적한 번호의 주변을 몇 번이고 돌았을 뿐, 나중 가선 엉뚱한 구멍에 수염을 쳐박고 넙주룩이 뜨고 만다.

소년은 그게 마지막 태였다. 더는 밑천이 없다. 그만 울상이 되어 일어선다.

"고놈의 짐승 참 이상하게두 오늘은 미루꾸 대인 구멍으룬 안 들어가네."

노인은 너무도 돈을 많이 잃은 소년이 딱해 보여서 위로 삼아 해 본 말이었으나, 소년은 이 말에 도리어 부아가 돋귀었다. 킹 하더니 손잔등이 눈으로 올라간다.

노인의 마음도 좋지 않았다.

노름에 돈을 잃고 눈물을 흘리며 돌아가는 아이를 오늘 비로소 대한 게 아니다. 날마다 한둘씩은 으레 있는 일이었고, 그럴 때마다 노인은 자기의 직업이 한없이 미워졌던 것이다. 머리에다 흰 물을 잔뜩 들여가지고 손자 뻘이나 되는 어린 학생들의 코 묻은 돈푼을 읽아내자고 물매미 노름을 시켜, 울려 보낸다는 것은 확실히 향기롭지 못한 노릇이었다. 무슨 직업이야 못 가져서 하필 이런 노릇으로 밥을 먹어야만 되는 것일까? 자기 자식도 그들과 꼭 같은 어린것이 학교엘 가고 있다. 아이들을 바른 길로 인도하고 가르쳐 주지는 못할망정 그들을 꼬여서 읽아 먹자는 것은 아무리 생각해도 나이가 부끄러운 일이었다.

'밥을 굶어두……'

하고, 금시 집어치우고 싶은 생각이 들다가도,

  '정말?'

하고, 다시 따져 볼 땐 그만 용기가 죽곤 했다. 밤도 구워 보고, 고구마도 구워 보고, 빵도 쪄 보고, 담배도 팔아 보고, 갖은 짓을 다 해 보았어도 시원치가 않아서, 또 이런 노름으로 직업을 아니 바꾸어 볼 수 없었던 것을. 그리고 그래도 이 노름이 제법 쌀뒷박이나마 마련되는 노름인 것이 뒤미처 생각킬 때, 노인은 마음을 냉정하게 가지지 않을 수 없었던 것이다. 여지껏 내지 못하고 밀려 돌아가던 학교 증축비 부담액 이천 원을 오늘 아침에야 들려 보낸 것도, 이 노름이 시작되면서 이 며칠 동안에 마련된 돈이었다. 생각하면 그저 냉정해야 살 것 같았다. 냉정하자, 그저 냉정해야 되겠다. 지금도 생각하다가 노인은 금시 마음을 다시 새려먹고, 그 소년이야 돈을 잃고 울며 돌아가든 마든 아랑곳할 게 없다는 듯이 소년에게 향하였던 눈을 다시금 물매미 자배기로 돌렸다. 그리고 마음을 굳세게 가다듬는 듯이 에헴 하고 목청을 새롭게 돋우며,

  "자, 또 누구? 과잔 과자대루 십 원어칠 받구두, 재수만 좋으면 백 원짜리 미루꾸 한 갑을 공으로 얻게 되는 재미나는 노름! 자, 또 누구?"

하고 그들의 비위를 돋구기 위하여 물매미를 또 떠서 동그라미 속으로 넣어 보인다.

  그러나, 아이들은 인제 다들 말꼼히 마주 건너다보기만 하는 패들일 뿐, 썩 나앉는 아이가 없다. 호주머니들이 끓은 모양이다. 호주머니 끓은 아이들을 상대로는 아무리 떠든댔자, 나올 것이 없을 건 빤한 일이다. 날도 저물었다. 벌써 해그림자가 땅 위에서 다 말려들었다.

  학교패들도 이젠 다들 저 갈 데로 헤어져 가고 말았을 것이다. 더 벌려 놓고 그냥 앉았댔자, 집으로 돌아가는 지게꾼이나 장난바치 아이들이 어쩌다 걸려들면 들을 것밖에 없었다. 두어 번 더 아이들을 구겨 보다가, 노인은 그만 짐을 싸 가지고 일어섰다.

집에서는 마누라가 벌써 저녁을 지어 놓고 영감님과 막내가 학교에
서 돌아오기를 기다리고 있었다.

막내가 돌아올 학교 시간은 이미 늦었는데, 웬 까닭인지를 알 수가
없었다. 저녁을 다 먹고 나서도 막내는 돌아오지 않았다. 기다리다 못
하여 노인은 학교로 가 물어보았다. 숙직선생은 아이들이 돌아간 지는
이미 오랬다고 하고, 몇 학년이냐고 묻기에 이학년이라고 했더니, 최
영돈이 그 애는 오늘 결석이라고 했다.

노인의 머릿속에는 무슨 알 수 없는 불길한 예감이 스치고 지나갔
다. 전차가 보였다. 자동차가 보였다.

"분명히 개가 오늘 오지 않았어요?"

미안쩍어 노인은 다시 한 번 재쳐 물었으나,

"제가 최영돈이 반 담임이 돼서 오구 안 오는 걸 잘 압니다. 글쎄
한 번두 결석이 없던 앤데, 오늘 처음으로 결석이기에 나도 이상히 여
기구 있습니다. 그럼 집에서는 영돈이가 학교로 간다구 나오기는 했군
요?"

하고, 평상시의 출석상황까지 정확히 알고 말하는 선생의 대답을
들으면, 영돈이가 학교에 오지 않았던 것만은 의심할 여지가 없었다.

어디로 갔을까, 어디로 가서 종일토록 집으로 돌아오지 않을까, 전
차, 자동차, 설마 그렇지야 않겠지? 오늘 학교 부담금 이천 원을 넣고
나간 그 돈으로 관련되어, 무슨 일이 혹 생긴 것은 아닐까, 노인은 알
수 없는 생각을 안은 채 눈이 둥글해서 되돌아왔다.

밤이 이슥해서다. 문 밖에서 두런거리는 소리가 나기에 내다보았더
니, 군밤 장수 권서방이 영돈이를 데리고 들어오고 있었다.

"아아니, 너 어디 갔다 이제 오니? 아, 권서방은 어떻게 또……."

노인은 돌아오는 막내를 보고 반가워 마주나갔다.

"허, 너 인제 들어가거라. 그런데 영감님, 영돈일 너무 꾸짖지 맙시

오. 애들이 철이 없어 그랬겠으니 차후일랑 그러지 말라구 이르구……
어서 너 들어가아—.”

하고, 권서방은 막내의 등을 안으로 밀었다.

역시 까닭은 있었구나, 노인은 그것이 궁금하지 않을 수 없었다.

“아아니, 너 어딜 갔더랬어? 아, 권서방이 어떻게 밤늦게 걜 데리
구…… 아니, 어디서 권 사방이 걜…….”

하고 노인은 부썩 마주섰다.

“아니 뭐 그런 게 아니구요. 아마 영돈이가 아침에 학교에 갈 때,
저어 종점께서 물매미 노름을 했나 보죠. 그래, 돈을 잃군 학교두 안
가구 우리 놈하구 우리 집으로 밀려들어와선 종일 놀구 있기에, 저녁
이나 먹군 집으루 가 자랬더니 아버지한테 꾸중을 듣겠다구 못 가겠다
기에 내가 데리구 왔죠. 뭐 꾸짖을 것두 없어요. 아이들에게 물매미
노름을 시키는 어른이 글렀지요. 그까짓 철없는 애들이야 그거 뭐 아
나요. 어서 들어가 자거라!”

노인은 그만 더 추궁할 용기가 없었다. 권서방 보기가 부끄러웠던
것이다. 얼굴이 들리지 않았다.

“어서 들어가 주무십시오. 너두 들어가 자구…… 아이, 참 달두 밝
다. 전등이 없으니깐 더 밝은 것 같군.”

돌아서는 권서방을 멍하니 바라만 보았을 뿐 뭐라고 인사말도 나오
지 않았다.

말도 없이 그대로 마당가에 우두커니 서 있는 늙은 아버지와 어린
자식을 흐르는 달빛만이 유난히 어루만지고 있었다.

〔발표지〕《문예》(1950. 4.)

〔수록단행본〕*『현대한국단편문학전집』제8권(문원각, 1974)

『한국문학전집』제12권(민중서관, 1959)

환롱(幻弄)

　점심 한 끼 굶고 지나기도 거북한 노릇이다. 오늘 따라 굶어 본 점심이 아니건만 이리도 유별히 몸에 마친다. 머리가 다 지긋지긋하고 다릿맥이 뽑힌다. 비비 틀리고 시달리기가 싫어, 영 전차는 안 타는 성질이었건만, 오늘은 정말 전차 생각이 다 난다.

　그러나 단돈 십 원 없다. 명동서 돈암동까질 그대로 걸어야 했다.

　글을 쓴다는 건 확실히 자기 모욕이다. 밤을 새워 가며 글을 써다 주고 재삼 독촉을 해도 받을 수 없는 원고료였다. 오늘도 이걸 믿고 나왔다가 허탕이다. 책이 나온 다음에야 준댔으니 미끈한 노릇이긴 했지만 보니 아내는 경위가 저녁 쌀이 떨어진 모양이었다. 돈 나올 구멍이 없는 것을 빤히 아는 아내라 그러지 않아도 늘 미안해하는 남편임을 눈치챈 이후부턴 쌀이 떨어져도 자기 앞에선 돈 소리 한마디 아니하고 저 혼자 어떻게 우물쭈물 마련해다가 위급을 면하곤 하는 것이 더욱이 미안해서, 고료가 오늘 안 되면 달리라도 변통을 해 보리라, 그리하여 저녁 끼니도 끼니려니와 우선 남편으로서의 위신도 세워야 하겠다고,

　"오늘쯤은 아마 식량이 또 떨어지게 되었을걸?"

　"그럼, 돈을 또 변통해 와야겠군."

　하고, 아내의 대답이 있기도 전에 저 혼자 말을 주고받으며 돈 변통이 그리 어려운 게 아니라는 눈치를 보이고 나왔던 것이, 고료(稿料)는 역시 또 안 되었다. 맥이 뽑히는데 좋지 않은 기분까지 덮치어 정

말 들리지 않는 다리를 지긋지긋 옮겨놓으며 인젠 혜화동 김군이나 찾아가서 사정을 해 봐야겠다고 창경원 곁담을 끼고 터덕터덕 올라가다가 문득 그는,

"으응?"

하고, 우뚝 걸음을 멈추더니, 대학병원 정문 앞으로 걸어 내려오는 한 젊은 여인에게 눈을 쏘고 돌릴 줄을 모른다. 아무리 보아도 그건 자기의 아내였던 것이다.

'어딜 갈까?'

'손에 든 그 보퉁이는 무얼까?'

순간, 그의 머리에는 책이란 생각이 떠올랐다. 그렇다, 아내는 책을 가지고 떠났는지 모른다. 돈에는 늘 신용이 없는 자기라, 저녁 쌀이 떨어졌는데도 그런 남편을 어떻게 믿고만 앉았으랴, 용수를 하여 보지 않을 수 없어 떠난 것일까. 필시 그랬을 것이라고 짐작이 되니, 아내와 눈이 마주칠까 보아 겁이 난다. 책까지 뽑아들고 나오게 만든 아내라 대하기도 미안하려니와, 우선 만나면 어떻게 인사를 하여야 될 것인지가 아득했던 것이다. 어디 숨어라도 버리고 싶게 몸이 줄어드는 것 같음을 느끼며 못 본 체 그대로 서서, 어디로 가는 것인가만 가로수를 등지고 곁눈으로 바라보니, 아니나 다르랴, 들었던 보퉁이는 그게 책이 분명하였다. 아내는 그 아래 십자길을 건너서더니 불문곡직하고 발길을 과학서점으로 들여놓았던 것이다.

'무슨 책일까. 팔아서는 안 될 책을 뽑아가지고 나온 것은 아닐까.'

그렇다고 하더라도, 이미 아내는 그렇게도 아끼던 제 반지까지 벌써 다 팔아먹은 걸 안다. 자기가 아끼는 책을 판다고 큰소리 할 처지가 못 된다. 자기를 못 믿어 저녁 쌀을 대겠다고 애를 쓰는 건 당연한 일일는지 모른다. 그리하여 자기는 아내에게 감사해야 할는지 모른다. 그러지 않아도 이제 김군에게서 돈이 안 되면 어떻게 하노 하고 근심이 태산 같던 자기이었음은 변명할 여지도 없다. 친한 사이라고 해도

정말 남에게 돈 소리 하긴 끔찍하다. 열두 번 잘 된 일 같았다. 인젠 김군에게 돈 이야기를 않아도 위급은 면했것다, 돈도 변통 못 해가지고 들어가 아내가 마련해다 짓는 밥을 기다리고 앉았다가 받아먹겠다고 하기보다는 다 지어 놓은 다음에 들어가 먹는 편이 어째 마음에 좀 덜 거북할 것 같아, 이왕 가던 길이니 김군한테 들려 바둑이나 한 판 놓으며 시간을 보내다 들어가리라, 다시 힘없는 발길을 떼어 수긋하고 그냥 걸어올라갔다.

한 판만 놓자던 바둑이 붙으면 늘 도깨비 씨름이 된다. 한 판만 더, 한 판만 더 하던 것이 잡은 참 다섯 판이나 붙게 되어 일곱시가 넘어서 집으로 돌아오니 저녁을 지어 놓기커녕은, 아내는 자기 들어오기를 눈이 빠지도록 기다리고 앉았던 눈치다.

'어떻게 된 일일까.'

그 연유를 묻기도 멋쩍어서, 아무 말도 없이 그냥 아랫목 벽을 지고 털썩 주저앉아 피로한 다리만 쭉 내뻗었다. 아내 역시 "늦으셨군요." 하는 한마디의 인사가 있을 뿐, 더는 말이 없이 뜨던 자켓만 그저 뒤적이고 있었다. 저녁을 못 지었단 말이 차마 나오지 않았던 것이다.

"오늘 어디 나가지 않으셨소?"

"나가긴요? 홧김에 일만 했에요."

아내의 눈이 가리키는 대로 그의 손에서 매만져지는 자켓을 건너다보니, 반도 안 되어 구들밖에 덜렁덜렁 굴던 자켓이 오늘 하루 동안에 거의 다 떠져 있었다.

'아니, 아까, 낮에, 그 원남동 과학서점으로 보퉁이를 끼고 들어가던 여자가 그게 분명헌 아내였는데 대체 어떻게 된 일이람.'

그러나, 일해 놓은 품으로 보아서도 아내가 밖에 나가지 않았던 것만은 틀림없는 것 같으니, 필시 자기가 사람을 빗보았던 것이 분명한 모양이다.

'아니, 이젠 이놈의 눈깔까지 다 환장이 되었나!'

스스로 생각해도 어이가 없는 노릇이었다. 입맛이 썼다. 정색을 하
고 그대로 앉았긴 차마 낯이 없었다. 네 활개를 훌쩍 펴고 번듯이 나
가넘어져 한쪽 팔을 이마에 얹었다. 이렇게라도 해서 자신의 무안한
낯을 스스로 모면해 보는 일밖에 더 무슨 말이 있을 수 없었던 것이다.

[발표지]《문학》(1950. 6.)

[수록단행본] *『한국문학전집』제12권(민중서관, 1959)

치마감

　1만 5천 원 월급으로 네 식구가 한 달 동안 사는 재주는 없었다. 아무리 바득바득 악을 써 보았댔자 그건 턱에도 당치 않는 노력이었다. 그래도 좀 피울 날이 있겠지 하고 당치도 않은 예산을 우겨 가며, 이것저것 옷가지를 팔아대어 보았으나, 피울 날은커녕은, 이젠 그나마 뒤조차 대일 여유도 없다. 이제 남았다는 건 꼭 벨벳 치마감이 하나 의장 밑에 덩실하니 들어 있을 뿐이다. 이건 남편도 모르게 깊숙이 간직하고 아끼던 치마감이다. 여기엔 차마 손이 나가지 않았다. 그러니 이것까지 마저 팔아먹으면 무얼 입고 나다녀야 되나, 지금도 아내는 혼자 속으로 내일은 또 팔아야 할 쌀 걱정을 하다가, 문득 무슨 묘책이나 떠오른 듯이 고개를 번쩍 들며,

　"여보."

　하고, 책을 뒤적거리는 남편 곁으로 한 무릎, 앉은걸음을 바싹 다가놓는다.

　"우리 저어 건넌방, 당신 서잴, 셀 주문 어때요? 서잴, 이 방으로 옮기문 애들 때문에 방핸 되겠지만 어쩌우. 이즘 방 한 칸에 보증금이 5만 원이나 된다는데 그걸 받아서 돈놀이래두 좀 해 봤음……."

　그리고는 남편을 바라보며, 이 뒤에 사는 누구는 돈 10만원 본전으로 그 이자를 따서 아이들의 학비를 댄다는 둥 누구는 놀구 앉아먹는다는 둥 한참 늘어놓는다.

　남편의 귀에는 이 소리가 잘 들어오지 않았다. 변놀이를 하는 것도

사람 나름이지, 당당히 제 돈을 꾸이고도 필요한 때 내란 말 한마디 뻐젓이 못 해 보는 자기다. 게다가 변까지 내어라, 어림도 없는 생각이다. 그런 용기가 있더라면 지금 이런 군색을 왜 보아.

'흥 변놓이!'

아내는 거들떠보지도 않고 혼잣말처럼 중얼거리며 수긋하고 그대로 앉아서 뒤적이던 책장만 그냥 넘기고 있었다.

"왜, 변놓인 못해요? 굶기보다야 안 나으리요."

"글쎄 허긴 뉘가 허는데?"

"누군, 제가 하지요. 그런 거 허는 사람은 뭐 배 안에서 배워가지고 나왔나요? 신용 있는 자리에 주기만 허문 영락없대요."

아내 역시 할 수 없어, 이런 궁리까지 내어 보기는 하는 것이겠지만, 그 성질의 적 부적은 차치하고, 그런 걸 족히 감당해내게끔 그렇게 마음이 영악하게 생겨먹지를 못했다. 바로 무슨 장사면 그건 혹 모르거니와 돈놓이란 얼토당토 않은 궁리였다. 그러나 그렇다고 손 싸매고 그대로 앉았을 수는 인젠 정말 없긴 없는 처지다. 길인즉 막다른 골목에 들었다. 되건 안 되건 무어든 해 보긴 해 보아야 될 형편임은 남편 역시 모르고 있는 것이 아니었다.

"당신이 서재만 내놓으신다문 전 아무래도 그걸 한번 해 볼 테에요, 남들이 남들이라구 그런 변놓이루 밥 먹겠어요?"

거듭 따지고 한 무릎 다시 나앉을 때 남편은 더 할 말이 없었다. 가장으로 앉아서 가족을 벌어먹이지 못하는 자신이 실상은 부끄럽기도 했던 것이다. 하자는 대로 아니 내맡겨 볼 수도 없었다.

이튿날 아침 남편의 서재는 안방 윗목으로 옮아오고, 뒤이어 건넌 방 전세 5만 원이 손으로 들어왔다. 아내는 이제야 살통이 생긴 듯이,

"글쎄, 열흘마다 5천 원씩 이잘 받으면 한 달에 꼭 일만 5천 원이 아니에요? 다들 이런 식으로 계산을 한답디다. 그럼 우리 월급과 신통히두 같은 수입이야. 10만 원을 가졌음 살어는 가요."

하고, 벙글거리며 뒷집 마님의 소개로 양키 장사를 한다는 젊은 청년에게 그날 아침으로 그 돈 5만 원을 열흘마다 이자 5천 원씩 계산으로 다 놓았다.

그러나 그 결과는 생각과 같이 그렇게 척 쉽게 들어맞는 것이 아니었다. 약속 기일인 그달 그믐날을 밤이 깊기까지 기다려서도 원금은커녕 이자도 한푼 이렇단 말이 없었다. 날이 밝자 일찌감치 찾아가 보았으나 ‘며칠만 좀더’ 하던 대답이 며칠을 지나서도 역시 ‘며칠만 좀더—’였다.

이 ‘며칠만 좀더—’가 그대로 계속만 되어도 희망은 있을 것이, 어느 겨를에 홀짝 한 달이 넘는가 보다고 여기던 어느 날부터는 채근해 볼 상대조차 없어지고 말았다. 날마다 가 보고 경위를 엿보고 해도 그가 거처하던 방엔 일체 들어오는 사람이 아니었다. 소개를 했다고 뒷집 마님을 붙들고 찾아내랬으나 ‘난들 그럴 줄이야 알았소.’ 하고 잡아떼는 데는 그저 기만 막히는 노릇이었다. 돈 값에 물건이라도 떼어 왔으면 그만일 것이나, 그의 세간이란 늘 륙색에 지고 다니는 것이 그 전부였다. 사람이 없어졌으니 륙색인들 있을 리 없었다.

아내는 남편에게 이런 말을 하지도 못하고 혼자 속으로 끙응끙 앓으며 그저 그 사람이 장사를 하다가 실패를 보아서 이렇게 돈이 천연 세월 된다고 하고 정 못 받게 되면 물건으로라도 받아오겠노라고 어물어물 지나는 오나,

“자, 봐요. 그것두 해먹는 사람이 따루 있지. 누구나 다 하는 게 아니라니간. 잃었지, 잃었어.”

하고, 처음엔 이맛 정도의 말에 그치던 것이, 이제 건넌방 사람이 나간다고 돈을 내라면 그 돈을 무얼로 어떻게 구처를 해얀단 말인가 하고 생각을 할 땐, 슬그니 땀이 나서,

“아, 장담하고 준 돈을 못 받아와?”

하고, 별로이 들어 보지 못하던 높은 음성이 끌을 채고, 고막에 와

부딪칠 때, 아내는 더는 어물어물 넘길 수가 없었다. 남편의 입도 입이려니와, '배 안에서 배워가지고 나온 사람이 있나요?' 하고 장담을 하던 자기의 위신도 우선 회복시켜야 할 일이었다.

"있다 또 가 보겠어요. 오늘은 물건이라도 떼 와야지!"

하고, 아침에 남편을 회사로 보내 놓고는 마지막 남았던 그 벨벳 치마감을 의장 밑에서 들어내 신문지에다 싸 놓았다가 저녁에 남편이 돌아오는손 그걸 내놓았다.

"에이 시언해. 양키 시장까지 따라가서 이걸 받아왔지, 치마감에요."

"자식! 돈이 없으면 물건으로라도 진작 갚을 게지. 그게 5만 원짜리가 되긴 되나?"

남편도 적이 시원한 눈치였다.

"되다니요? 이게 시장에서 6만 5천 원짜리에요. 벨벳 중에서두 제일 고급으루 가져왔는데— 우리 이걸 팔까요?"

"팔문 멀 해. 물가는 자꾸 올라가는데 물건으로 두는 게 나을걸."

아내는 남편의 의견을 존중이나 하는 듯이 동의를 하며, 풀어 놓았던 신문지를 다시 싸느라고 수선이었다.

(庚寅 3月)

〔발표지〕《한성일보》(1950)

〔수록단행본〕*『신한국문학전집』 제6권(어문각, 1976)

치마

아홉시까지는 보낸다고 했는데 아홉시가 넘어서도 오는 사람이 아니다. 대접할 건 없어도 오래간만에 명절 빙자해서 한번 맞나 이야기라도 하고 싶어서 청했던 것이요, 저도 맞나고 싶어한다고 초하룻날은 그렇지 않아도 오겠다는 말이 있더라는 그 남편의 대답이었다.

'동무가 그렇게 고생을 허구 삼팔선을 넘어왔다는데 한번 찾아 주지두 않는다구 혹 노하지나 않았나?'

사실은 저도 한번 찾아간다는 것이 살림에 얽매어 차일피일하고 있던 게 후회스러웠다.

기다리다 못해 정희는 저희대로 아침을 차리고 나서, 인젠 점심이나 같이 하는 수밖에 없다고 경애를 가서 데려오라고 식모를 보냈다.

그러나, 데리려 갔던 식모도 저만 덩그러니 그저 들어섰다.

"안 와?"

"안 오신데요."

"왜, 안 오신데?"

"훗날 간다구 어물어물하는 게 어째 이상해요."

"빌어먹을 년, 노했구만 필시. 아니 그럼 내가 저를 찾아봐야겠나? 제가 나를 찾아봐야 경위가 옳지. 세상은 분명 거꾸로 되나 봐."

자기를 무시하는 것 같은 데 정희는 독이 오른다.

나이로 해도 자기가 선배요, 학교 졸업으로 해도 자기가 선배다. 아니 이런 무슨 자기를 윗사람으로 섬겨야 할 그런 조건은 말고라도 힘입은 은혜로 해도 그렇지는 못할 것 같다.

　'결혼을 허구 직업이 없어 쩔쩔매는 걸 우리가 먹여 살렸구, 고향으루 소갠지 뭔지를 해갈 때두 비용이 모자래 쩔쩔매는 걸 우리가 보뎄것다! 아니, 또 제 서방이 해방 직후에 예산두 없이 알몸으루 뛰여 올라와 있을 데가 없어 내 집에서 달포나 묵삭다가 그것두 애 아버지가 잡지사엘 붙혀 줬지? 방꺼지 얻어 주구. 서방께 들었음 이런 것두 알텐데, 년이 인사가 무어람!'

　생각수록 경애의 소행이 분하다. 바짝 치밀어 오르는 신경은 욕이라도 실컷 해 주지 않고는 풀리질 못할 것 같다. 속이 다 떨린다. 선 자리로 정희는 달리어 갔다.

　"아이, 언니!"

　경애는 열은 문을 미처 닫지도 못하고 맨발로 뛰어 나와 정희의 손을 꽉 붙잡더니 눈물을 쭈르르 흘린다.

　"아이, 미안해요, 언니!"

　"미안헌 줄은 아누나, 그래두?"

　"아이, 그럼 어떻게 해요? 치마가 없는 걸……."

　사정이 그러니 욕하는 무어든 마음대로 해 달라는 듯이 경애는 정희에게 몸을 맡기며 흑흑 느낀다.

　정희의 입에선 더 말이 나오지 못했다. 치마가 없다는 말을 듣고 비로소 경애의 몸에 눈이 갔을 때, 때가 덕지덕지 낀 지지미 홑바지 한 겹에 싸인 그임을 보았던 것이다. 윗도리도 등골이 다 찢어진 적삼 한 벌에 덩그라니 싸였다. 약간 옷가지는 보퉁이에 싸서 이고 거지 모양으로 삼팔선을 넘다가 거지도 용서가 없이 보퉁이도 돈도 다 빼앗기고 알몸으로 넘어왔더라는 말을 그 남편에게서 듣던 기억이 이제 새로웠다.

　그리고 입고 넘어온 그 거지탈을 아직도 벗지 못하고 이 추운 겨울을 그대로 나고 있던 것임을 알았다.

"치마나 마련되면 걸치구 가서 뵌다구 벼르기만 하는 게 아이, 언니! 용서해요"

"……."

정희는 암말도 못하고 자기의 가슴에 몸을 실은 경애의 뻘겋게 들대는 등덜미만 하릴없이 내려다보고 있었다.

(1947. 3. 3.)

〔수록단행본〕*『별을 헨다』(처희문사, 1954)

거울

　문혜는 아침 학교로 떠날 때마다 꽃분이가 근심이었다. 인제 열네 살이니 그까짓 게 무어 칠칠히 일은 하랴만 그래도 나이 봐선 못 하는 일이 없이 제법 하는 편인데도 어머니의 비위에는 틀렸다. 가다가 실수는 누구에게도 있는 일, 그런 걸 탓 잡자면 아니 잡힐 사람이 없을 것이다. 장작을 패고 숯불을 지피고 쌀을 일어 놓으면 그적에야 어머니는 부엌으로 내려와 솥에 쌀을 안치고 다시 들어갔다가 밥이 다 잦아야 한 번 나와서 밥을 푸는 일뿐이었고 상을 물리면 그 뒤치다꺼리까지도 도맡는 게 꽃분이의 역할이었다. 아니 아침 저녁의 식사 때문이 아니라 배급을 타오느니 찬거리를 사오느니 하는 잔심부름에다 빨래까지 겸하여야 하는 것이므로 날이면 날마다 잠시나마 밑 붙일 짬이 없이 서서 돌아가며 손을 놀려야 하는 것이니 일을 적게 하는 데서보다 많이 하는 데 그 실수가 많이 따르게 될 것은 빠안한 일이다. 그것도 후에는 주의를 하라고 약간 욕으로 이르는 정도라면 혹 몰라도, 지독한 욕에다 손까지 대어서 하루도 몇 번씩 꽃분이의 눈물을 보고야 마는 성질이니 꽃분이의 이러한 정경을 목도할 때마다 문혜는 혼자 안타까웠다.

　보다 못해,

"아이 어머니 너무해요. 그만두세요."

하면 그적엔 욕이 자기에게로 건너올 뿐 아니라 한층 더 서슬이 푸르러 꽃분이에게로 가는 욕이 좀더 심해짐으로 이즘은 어머니가 욕을 하거나 말거나 매를 치거나 말거나, 알은 체도 아니 하고 그대로 두고 만다. 아무리 지독한 욕이 나와도 잠자코 있는 편이 도리어 꽃분이를 위함이 되어지는 것이기 때문이다.

문혜의 이러한 내심을 꽃분이도 모를 리 없다. 욕을 먹을 때마다 마음으로 동정을 하여 주고 아연히 여겨 주는 문혜가 고맙기 짝이 없었다. 그리하여 문혜가 옆에 앉아 있어야 어쩐지 마음이 든든한 것 같고 그렇게 서럽지도 않은 것 같아, 문혜가 늘 자기와 같이 집에 있기를 바랐으나 문혜는 날마다 아침이면 학교로 가야 했다. 그러므로 꽃분이에게는 문혜가 아침 학교로 떠날 때처럼 안타까운 일이 없었고, 저녁에 집으로 돌아올 때처럼 반가운 일이 없었다. 마나님의 그 모진 욕에 차마 견디기 어려울 때는 그까짓 죽어라도 버리라는 생각이 문득 들다가도 그러면 문혜의 그 자기를 위한 따뜻한 정은 영원히 받아 보지 못하게 될 것이 아닌가 하면 금시 문혜가 그리워서 학교에서 돌아오기만을 기다리며 모든 것을 참아 오는 것이었다.

지금도 부엌에서 설거지를 하고 있던 꽃분이는 책가방을 들고 마루로 나오는 문혜의 인기척을 엿듣고 금시에 날이 어두워지는 듯한 적막에 문을 방싯이 밀고 애처롭게도 갸웃이 마루 쪽을 내다보았다.

이러한 꽃분이의 마음을 문혜 또한 모르진 않는다. 그러지 않아도 꽃분이를 집에 혼자 두고 학교로 가는 것이 갈 때마다의 근심인데 이렇게 자기를 떨어지기 싫어 어머니가 보면 일을 아니 하고 넘석거린다고 욕을 먹을 줄 번연히 알면서도 자기를 가까이 하려는 꽃분이의 그 아연한 마음을 헤아려 볼 때는 정말 측은한 생각에 눈시울이 찌릿거렸다. 그러나 어머니 듣는 데서 꽃분이에게 무슨 위로의 말을 주는 수는 없다.

"어머니 저 학교에 다녀오겠어요."

하고는 언제나같이 꽃분이에게는 눈짓으로만 다녀온다는 뜻을 보이
고 또각또각 대문 밖으로 나갔다.

하

"뭐냐!"
마나님은 그릇 부딪치는 소리를 들었다.
"아네요."
"아니라니! 무에 쟁강 했는데?"
"아네요."
"아니가 다 뭐냐!"
터르릉 하고 안방 문 밀리는 소리가 난다. 마나님이 달리어 나오는
눈치다.
책상을 훔치려고 거울을 옮겨 놓다가 그만 꽃병에 부딪쳐 쨍 하고
났던 소리다. 실수한 것이 없다.
그러나 달려 나오는 마나님은 무섭다. 실수는 없는데도 무얼 깬 게
아니냐고 바로 말을 하라고 자기 비위에 만족할 때까지 따집고 쥐어박
고 할 건 늘 지나 보는 일이라, 빠안하다.
오늘은 웬일인지 마나님이 종일을 낮잠으로 참견이 없었으므로 요
행 아무 일도 없이 지나게 되는가 보다 알았는데 문혜가 돌아올 시간
이 되어 방이 너무 어지럽기에 말짱히 좀 훔쳐 준다고 들어갔던 것이
그만 또 이렇게 걸려들게 되었던 것이다.
'빌어먹을 유리 부딪치는 소리가 왜 그리 쨍 할까?'
꽃분이는 거울이 꽃병에 부딪쳐 내는 그 쨍 하는 소리를 야속스럽
게 여기며 거울을 채 놓지도 못하고 손에 든 채 어리둥절하고 있었다.
문이 밀린다.
있는 힘을 다하여 미는 듯한 그 문소리도 놀라웠거니와 미간의 주

름이 세 줄로 꼿꼿이 내려뻗히고, 한껏 독을 몰아넣은 듯한 눈초리를 세모지게 찡그린 마나님의 얼굴과 부딪칠 때 꽃분이는 머리끝이 쭈뼛하고 올려뻗히며 소름이 쭉 전신을 엄습해왔다. 그 순간 꽃분이는 알 수 없는 공포에 저도 모르게 걸음이 뒤로 물러가다가 비칠 하고 몸의 균형을 잃었다. 걸레를 담아 들여다 놓은 물대야에 발뒤꿈치가 걸렸던 것이다. 그리하여 다리보다 상반신이 먼저 뒤로 쏠리는 바람에 몸의 진정을 얻으려고 비칠비칠 발자국을 옮겨놓다가 그만 대야를 밟게 되어 더욱이 걸음의 균형을 잃게 된 꽃분이는 몸의 진정을 위하여 애를 쓰다가 손에 들었던 거울까지 떨어뜨렸다. 대야 가장자리에 허리를 맞은 거울은 쨍강하고 두 쪽으로 짝 갈라졌다.

"이년, 이년 이것 봐!"

문도 채 밀지 못하고 모로 비비적거리며 들어온 마나님은 다짜고짜 꽃분이의 볼따구니를 쥐어박고 끌채를 감아쥐었다.

마나님이 건너오지 않았으면 깨질 거울이 아니었으나 어쨌든 마나님의 눈앞에서 일을 저질렀으니 이건 변명할 도리가 없다. 하는 대로 욕을 먹고 때리는 대로 맞을 밖에 없었다.

"글쎄 이년은 일을 한다는 게 일을 저지르는 일이것다! 거울 한 개에 이천 원두 넘는다드라, 이년아!"

한참 끌채를 흔들다 말고,

"울어? 무얼 잘 했다구 울어? 제 꼴에 거울은 무슨 거울, 들여다봐야 두꺼비 상이지. 계집년이 나이는 먹어 간다구 그 잘난 상판을 닦느라구 비싼 밥 멕여 가면서 속을 썩이는 네년이 잘못이야, 이년아!"

이번엔 볼따구니를 또 쥐어박고,

"이년아! 일 년이나 들인 길든 거울을…… 문혜가 작년 대학에 들어갈 때 친구들께 선사로 받은 기념품이라구 끔직이 애끼던 거울인데, 이년아!"

또 두어 번 잔등을 쥐어박더니,

"짜꾸만 섰음 제일이니? 이년아!"

그리고 다시 끌채를 흔들기 시작하는데 문혜가 들어선다.

문혜는 대문 밖에서부터 어머니의 음성을 듣고, 무슨 일로 또 꽃분이를 골릴까, 꽃분이에 대한 측은한 생각이 순간 또 마음을 언짢게 하여서 들어가 꽃분이의 그 말 못 하고 안타까워하는 심정을 위로해 줘야겠다, 어머니의 애매한 욕에 오늘은 얼마나 시달리며 자기가 들어오기를 기다렸을까, 실수를 이해 못하는 어머니의 협소한 마음을 언제나 같이 야속하게 생각하며 달려 들어왔던 것이다.

"오, 너 오누나. 이것 봐라, 이년이 네 거울을 잡았다! 글쎄 이걸 어떻거니 이년을⋯⋯."

문혜는 의외의 사실에 놀라지 않을 수 없었다. 어머니의 이야기를 들으며 가리키는 손가락 끝을 좇아 눈을 주었을 때 물탕이 된 방바닥에는 두 쪽으로 동강이 난 거울이 물 위에 긍정하게 잠겨 있음을 보았던 것이다.

순간, 문혜는 가슴이 철렁하고 눈앞이 아득하여지는 그 무슨 어려운 그림자가 지나가는 환영을 느끼었을 뿐 아무것도 감각하는 것이 없었다. 그 거울은 동무들에게서 선사를 받은 것이라고 어머니를 속여 오는 것이지만 실인즉 대학 입학 기념으로 그이에게서 받은 기념품이었던 것이다. 그리하여 그 거울 속에 그이의 혼이 담긴 것처럼, 그리고 그 혼이 자기의 혼과 완전히 융합되어 있음을 만족하게 느끼며 책상 위에 세워 놓고 무시로 얼굴을 비춰어봄으로 혼과 혼의 융합을 찾아내고는 삶의 보람이 거기에 있는 듯이 그야말로 생명같이 아끼던 거울이었다. 이제 그 거울이 두 조각으로 갈라져 아무렇게나 방바닥에서 구는 것을 볼 때 그것은 그이와 자기와의 장래의 파탄을 말하는 그 무슨 전도와도 같게 가슴 깊이 마치는 데가 있었던 것이다.

"저년이!"

문혜의 눈은 꽃분이를 쏘았다. 지금 밖에서 느끼던, 아니 오늘까지 여지껏 그를 불쌍히 여겨 오던 그 측은한 마음은 그 어느 감정의 한 귀퉁이에서도 움직여지는 일 없이 밉기만 한 꽃분이었다. 어머니의 욕이 천 번 지당한 것 같았다.

"인젠 저년두 상판에다 거울을 댄다? 너 없는데 네 방에 들어가 그 잘난 상판을 쓰다듬다가 아이, 그 아까운 거울을 깼구나. 저년이……."

"아니에요. 거울을 본 게 아니에요."

꽃분이는 비로소 입을 열었다. 그리하여 그건 너무도 억울한 이야기라는 듯이, 그리고 그 사유를 문혜는 알아달라는 듯이 거울을 깨치기까지의 경위를 이야기하였으나 문혜의 귀까지도 그것은 곧이들리지 않았다.

"아 저년두 이젠……."

정신없는 사람처럼, 처음 들어와 선 그대로 책가방을 든 채 꽃분이에게 쏘였던 눈이 좀더 매섭게 비낄 뿐이었다.

꽃분이의 눈에서는 걷어들었던 눈물이 새롭게 다시금 주르르 흘러내렸다. 문혜는 왜 오늘따라 자기의 실수를 알아주지 못할까. 그 언젠가 걸레에 잉크병이 걸려 떨어져 깨었을 때에는, "어머니가 너무 오력을 펴지 못하게 욕을 해서 개 손이 제 자유로 놀려지질 않는 까닭이에요." 하고 도리어 자기의 편을 들던 문혜였다.

억울한 실수에 등덜미를 쥐어박히며 문혜만이 알아주리라던, 그리하여 문혜의 돌아옴만이 그렇게도 그리웁던 꽃분이의 마음은 인제 의지할 데가 없었던 것이다. 문혜는 깨어진 거울이 차마 안타까운 듯이 동강이 난 조각을 주워들고 맞대어 붙여 보다가 인젠 그까짓 다 무모한 짓이라는 듯이 획 내동댕이를 치며 증오의 눈초리를 다시금 꽃분이에게로 돌려 쏘았다. 꽃분이의 눈에서는 눈물이 그냥 흘렀다.

〔수록단행본〕 *『현대한국단편문학전집』 제8권(문원각, 1974)

설수집(屑穗集)

닭

　겨울 밤에 국수 추렴이란 참 그럴듯했다. 게다가 양념이 닭고기요, 국물이 동치미일 때에는 더할 나위 없었다.

　이 겨울에도 마을 앞 주막에서 국수를 누르게 되자부터 욱이네 사랑에서 일을 하던 젊은 축들도 이 국수에다 구미를 또 붙이게 되었다. 자정이 가까워 배가 출출하게 되면 국수에 구미가 버쩍 동해서 도시 일이 손에 당기지 않았다. 참다참다 못해서

　"제기랄 또 한 그릇씩 먹구 보지."

　누가 걸핏 말만 꺼내도 이런 제의가 나오기를 기다리고나 있었던 듯이 모두들

　"그래라, 제길 먹구 보자."

　하고 일하던 손을 일제히 떼었다. 그리고는 우르르 주막으로 밀려 나가곤 했다.

　그러나 가마니 닢이나 치고, 새끼 발이나 꼬는 것을 가지고 밤마다 국수 추렴이란 따지고 보면 곤란한 일이었다. 외상이라고는 하지만 섣달 그믐까지는 세상 없어도 깡그리 갚아야 하는 것, 힘에 넘치는 부담인 것이다. 웃을 노릇이 아니었다. 그냥 계속하잘 수가 없어서 다시 건명태개와 오징어 마리로 환원을 하자는 축도 있었으나, 국수에 맛을 붙인 그들의 구미엔 그까짓 오징어 마리나 명태개로서는 인젠 구미의

481

대상으로 되지 않았다. 그래도 어떻게 국수를, 하고 국수 먹을 방도만 강구해 오던 그들은 결국 이러한 안을 얻었다.

닭과 동치미는 누구의 집에도 있는 것, 국수는 사리로만 사다가 손수 말아 먹는 방법, 그것은 값으로 따져 보아도 오징어나 명태 마리의 비용에 비해 별로 대차도 없었던 것이다. 진작 이런 생각에 옹색하였음을 못내 한탄하면서 그날 밤부터 그들은 그 안을 실행하기로 하였다. 국수는 사리로만 주막에서 사다가 욱이네 집에서 말아 먹자, 밤마다 한 사람씩 돌림차례로 국수 여덟 사리에 김치 한 통, 닭 한 마리씩을 가져오면 된다. 어려운 일이 아니었다. 다만 문제거리인 것이 욱이었다. 욱이는 집 주인이니 욱이 몫은 빼어야 옳으냐 빼지 않아야 옳으냐 하는 데 있을 뿐이었다. 욱이 어머니는 밤마다 국수를 마는 시중을 들어야 할 것이니까 공몫이 당연하다고 하더라도 욱이의 경우는 그와는 달랐다. 주인이라고는 하지만, 같은 사랑방의 일꾼이요, 또 같은 친구들의 노름꾼이다. 도의로 해도 빠져서는 안 될 것인데 욱이 어머니는 여기에 반대였다. 욱이는 일터인 사랑방을 제공한 주인이라는 것이 그 이유였다.

그러나 사랑방을 제공한 주인이라고는 하지만, 애초에 욱이 어머니가 사랑방을 자기네들에게 일터로 제공하게 된 것은 무슨 자기네들을 위하여서라기보다는 제 아들인 욱이를 위해서였음은 잘 아는 사실이다. 욱이는 일을 싫어했다. 손바닥에서 번갯불이 일도록 일을 해도 시원치 않을 가정 형편인데 이건 밤낮을 가리지 않고 괜히 남의 일터에 가 앉아서 담배만 피우며 시시덕거리다가 밤이면 자정을 훨씬 넘어서야 돌아오곤 했다. 이런 욱이의 손에다 일을 붙잡혀 주기 위하여 마을돌이를 하지 못하게 하는 방편의 하나로 사랑방을 수리해 놓고 욱이와 가장 가까이 지내는 마을의 여덟 사람을 변동 청탁이나 하다시피해서 모아 왔던 것이다. 생각하면 자기네들이 저희네 사랑으로 와서 욱이와 같이 일하는 것을 도리어 감사해야 할른지 모른다. 또 사랑방에 밤마다 불을 넣는다고는 해도 그것은 자기네들의 일감에서 나오는 짚검부러기로도 충분함을 안다. 아니, 어떤 때에는 사랑방에는 넣고도 남아서 소죽을 끓이는 안방의 시량에까지 도움이 됨을 안다. 자기네들이 사랑방으로 밤마다 모인다고 해도 욱이네에게는 결코 손해 되는 일이 없다. 욱이 자신도 그것은 잘 안다. 그러나 모든 권한이 어머니의 손에 달린 욱이다. 욱이의 마음대로는 되는 것이 아니었다. 이런 욱이의 사정을 그들도 또 모르는 것이 아니었다. 다만 욱이 어머니의 소행이 불쾌한 게 문제일 뿐이었다.

그러나 욱이 어머니의 소행이 불쾌함을 참기만 한다면 그까짓 욱이 한 사람으로 해서 약간 부담이 더 돌아가게 된다는 것으로 실행을 못할 바는 아니었다. 그들은 결국 그 어머니의 소행이 미운 대로 욱이의 몫은 빼기로 하고 즉좌에서 여덟 사람이 턱을 낼 돌림 순서의 제비를 뽑았다.

재성이가 첫 차례였다. 박수로 환영을 하였다.

밤마다 국수턱은 순차로 돌아갔다. 여드레가 지나니 전원이 한 차례씩 돌아갔다. 그리고 다시 또 재성이 차례가 돌아왔다.

그러나 재성이는 자정이 가까워 와도 여느 때와 달리 아무 말도 없이 그저 잠자코 새끼만 꼬고 있었다. 사실 재성으로서 오늘밤의 턱은 사정이 딱했다. 외상으로 가져오것다, 국수 열 사리는 문제가 아니었다. 금년에는 동치미도 넉넉히 담았다. 문제는 닭에 있었던 것이다. 예년만 하더라도 그렇지는 않았는데 금년에는 병아리 적에 족제비가 축을 많이 낸 데다 계역을 겪고 나서 여섯 마리밖에 통 닭이 없었다. 그런 걸 전차에 한 마리 잡아오고 이제 남은 것이 수탉 한 마리에 암탉이 꼭 네 마리. 오는 봄에도 네 배는 안겨야 그 한 해의 가용 닭이나 될 형편이다. 그래서 재성이 말이라면 무어나 거역하는 일이 없던 어머니까지도 요 전날 밤 닭을 잡아 주면서 더는 축내지 말라고 당부까지 하던 것을 재성이는 똑똑히 들었던 것이다. 닭을 한 마리 어디 근처에서 사 볼까도 했으나, 외상으로 닭을 사기는 그리 수월한 일이 아니었다. 어떻게 해야 할까, 그 처리 방법에 재성이는 밑이 무거웠던 것이다.

필경은 주위의 독촉을 받고야 일어섰다.

국수는 사리로 미리 낮에 부탁을 해 뒀던 것이다. 시간도 지체 없이 곧 날라왔다. 그리고 동치미 한 통을 날라오고는 시간이 좀 뜸해서야 암탉 한 마리를 안고 들어섰다.

바깥 날은 꽤 추운 모양이다. 재성이 코끝에는 콧물이 다 맺혀서 대룽거리고 있었다.

닭고기를 찢어서, 썬 동치미와 뒤버무려 가지고 짓이긴 마늘과 빨간 고춧가루를 끼얹은 윗덮기에, 기름이 동동 뜨는 닭 국물에다 동치미 국물을 쥐탄 싱싱한 국이 양은 대접의 가장자리가 늠실거리게 담겨서 저마다의 앞에 한 그릇씩 놓였다.

바깥 외양간에서 새김질을 하던 암소의 하품 소리가 꺼지게 들리는가 하면, 울파주 엮음 사이로 스며드는 바람을 헤여 나느라고 또 숯대잎이 떨리며 새삼 소리를 낸다. 방안에서는 국수사리를 국물과 함께 입안이 붕긋하게 베어물고 당기며 마시는 소리. 정취도 정취려니와 맛도 맛이었다. 사실 산촌의 농민들은 이러한 밤 이러한 정취 속에 국수와 같이 살이 지는지 모른다.

욱이 어머니는 국수 그릇에보다 뼈다귀 바가지로 먼저 손이 갔다. 살코기가 붙은 뼈다귀를 그저 버리기가 아까웠던 것이다. 이것저것 뼈다귀를 골라서는 이빨로 깎고 혀로 핥고. 양쪽 쭉지까지 다 깎고 핥고 난 욱이 어머니는 닭의 다리를 또 더듬어 들었다. 그리고 입가로 가져가다가 문득 눈이 둥그레진다. 그 닭의 다리에는 가운데 장발가락이 한 가락 반이나 나가 짤리어서 뭉틀한 것이 자기네 씨암탉의 발가락과 흡사히도 같았던 때문이다. 한참이나 우두커니 들여다보던 욱이 어머니는 관솔가치에 성냥을 켜 대더니 부르르 바깥으로 나갔다.

"재성이 쌔끼 도죽놈으 쌔끼!"

이윽고 들어온 욱이 어머니는 들어서기가 바쁘게 재성이를 향하여 욕을 들입다 퍼부었다. 그것은 병아리 적에 쥐한테 물려서 발가락이 잘라졌던 자기네 씨암탉에 틀림이 없었다. 아무리 찾아 보아야 그 닭은 홰에 없었다.

"머라구요?"

"머라니, 이 도죽놈으 쌔끼 너 우리 닭 잡아 들여온 게 아니냐."

"아니, 아즈마니, 그럼 경위가 됐단 말이오? 욱이두 닭이나 한 마리 내야 경위가 옳지오."

"머야 이 도죽놈의 쌔끼, 악지가리질이."

"아니, 아즈마니, 거 무슨 말을 그렇게 하우, 도죽놈이라니오! 아즈마니 손으루 닭의 멱을 따서 아즈만네 솥에다 삶아서 아, 아즈마니 손으로 손수 날라다 주시군 날 도죽놈이래요?"

딴은 그렇다. 욱이 어머니는 창졸간 더 할 말을 몰랐다. 한참이나 머뭇거리더니

"아니, 욱이 쌔끼 넌 귀때기가 썩어졌네? 족제비가 좀 와서 어르다니기만 해두 닭이 홰에서 붓는 법인데 그걸 잡아낼 땐 끽소리라두 질렀을 텐데―."

"아즈마니 건 모르는 소리웨다. 손바닥을 쩍 벌려가지구 허리춤으로 쑤서 넣어 뜻뜻한 배때기에다 한참 대고 있다가 그 뜻뜻한 손을 닭의 면두에다 가져다 대면 얼었던 면두가 개완해서 그저 꾸둑꾸둑 하고 도리어 목을 쓰윽 내뺀답니다. 그럴 적에 모가지를 덥석 잡아당기어서 가슴에다 끌어 안으면 끽소릴 한마디 어디 질러 보기나 하나요, 아즈마니두 원 내 참."

사월 스무닷새던가, 구월 초닷새던가, 좌우간 오(五)자가 하나 달린 날짜에 춥지도 덥지도 않은 계절이라는 것만은 틀림이 없는 것 같은데 도시 아리숭해서 알 수가 없다. 오정 때는 기류계를 걷어간다고 꼭 그 안으로 써 놓으라는 반장의 지시였건만, 아내의 생일 날짜가 썩 떠오르지 않았다.

아내의 생일 날짜는 언제나 이런 계출을 하게 될 적마다 말썽이었다. 왜 그리 자꾸만 잊히는지 들으면 듣는 그시뿐, 그 뒤로는 그저 까먹고 까먹고. 하여간 조상의 젯날과 가족들의 생일 날짜를 까먹는 데는 아마 내가 일등일 것이다. 가다가 아내가 부엌에서 송편을 빚거나 빈대떡이라도 부치는 기미가 보이면

"오늘이 또 무슨 날이오?"

해서

"당신은 나 아니면 조상의 제사도 못 지내요."

하는 핀잔을 받게 되는 때도 있었다. 그러면서도 웬일인지 맏이놈의 생일날만은 언제나 필요한 때면 거침없이 쑥 떠오르곤 했다. 그건 섣달 그믐날이라 아마 잊혀지려야 잊혀질 수 없는 특수한 날인 관계인지 모른다.

아무랬건 내 나쁜 기억도 기억이려니와, 원 무슨 가족의 성명 삼자와 생년월일을 적어 넣어야 하는 계출이 그리 많은지 아내는 곁에 없고 생일 날짜는 생각 안 나고 해서 독촉을 받게 될 적엔 화가 동하는 때도 있었다. 이번엔 6·25를 겪고 나서 동적부가 없어진 모양으로 응당 다시 기류계를 정비해야 되게는 되어 있지만.

아무리 생각해도 아내의 생일은 떠오르는 날짜가 이전에 쓰던 그 날짜 같지가 않았다. 그러니 식량을 바꿔 온다고 옷가지를 가지고 시골로 간 아내라 쉬이 돌아올 건 아니고 그대로 앉아서 붓방아만 찧다

가 에라, 그까짓 생일을 제대로 똑똑히 적어 넣어선 무슨 필요가 있을 거냐, 편할 대로 내 생일과 같이 적어 넣자, 그러면 언제나 이러한 경우엔 아내가 곁에 없어도 될 게 아니냐, 생각을 하고 나니 바로 무슨 무거운 짐이나 졌다가 벗어 놓은 것처럼 몸이 가벼워진다. 김성천(金性天)이라고 쓴 자기의 이름 곁에 가지런히 이혜자(李惠子)라고 이름을 써 놓고 비워 놓았던 생년월일란에다 3월 15일이라고 적어 넣은 자기의 생년월일과 나란히 꼭같게 3월 15일이라고 써 넣었다.

계출을 해 놓고 보니 그건 참 그럴듯한 안이었다.

그 후 피난살이를 하며 돌아다니자니 기류계도 기류계려니와, 피난민증을 받는 데도, 또 자리를 뜨게 되면 뜰 때마다 퇴거계니 전출계니 또 무슨 배급이라 무어라 하여간 가족의 성명과 생년월일을 적어 바쳐야 하는 계출이 어떻게도 많았던 것인지, 그러면서도 나는 전과 같이 아내의 생년월일 때문에 조금도 머리를 쓰는 일 없이 이런 일을 대할 때마다 척척 그저 기록해 넣을 수가 있었으니.

그러나 아내는 그게 여간한 불평이 아니었다. 그렇게 자기의 생년월일을 잊곤 한다면 수첩에라도 기록해 두었다가 뒤져 보면 될 게 아니냐고 따지었으나, 그때는 미처 그런 생각도 못 했거니와 또 했댔자 모르는 생년월일을 어딘들 기입할 수 없었겠지만, 애당초 나는 수첩이란 가지지 않기로 한 사람이다. 수첩에 이것저것 기입해 두었던 비밀이 사람의 눈을 거치게 될 때 분하던 생각을 하면 수첩 생각만 하여도 끔찍했다. 일단 무슨 혐의만 받게 되어 경찰서에 들어서는 날이면 수첩은 공개되고야 마니까.

또 아내는 하필이면 왜 제 생일과 같이 자기의 생일을 집어넣는 것이 아니라 제 생일을 자기의 생일과 같이 집어넣는담 하고 볼 부은 소리도 하였으나 그까짓 건 마찬가지다. 만일 내가 내 생일을 모르고 아내의 생일만 알고 있더라면 그야 어련히 아내의 생일과 같이 내 생일

을 집어넣었으리라고. 대체 문서상 생일이 정확하다는 게 무슨 필요성
이 있단 말인가. 내가 아무 날 났다는 것을 내가 알고 있으면 그만이
지, 또 모르면 어때? 편리하게 사는 게 제일이지.

　피난지에서 서울로 다시 수복이 되어 환도를 하니 무슨 수속이 또
많았다. 우선 해야 할 것이, 가호적을 해가지고 피난민증과 서울시민
증을 바꿔야 하는 것이었다.
　그러나 별치도 않은 이런 수속이 그리 용이하지도 않았다. 양식대
로 다 옳게 쓴다고 했는데 무에 틀렸는지 동회를 거치기까지 한 게 구
청에서는 퇴짜였다. 퇴짜를 맞고 나니 퇴짜를 맞는 그 자체부터가 불
쾌도 하였지만, 그 퇴짜를 맞기까지 구청 복도에 우두커니 서서 몇 시
간이고 기다려야 하는 것이 맥살 나는 일이었다. 그래서 그 이튿날은
서류를 다시 정비해 가지고 사람이나 좀 없을 때 가져다 낸다고 일찌
감치 갖다 냈더니 서류를 한참 뒤적이며 들여다보던 계원은
　"가만 있자, 이거 여보세요, 생일이 또 틀리지 않았습니까?"
　하고 접수구로 고개를 기웃했다.
　"본적지도 가는 게 서분한데 생일마저 갈라고 그러슈?"
　"아니, 그런 게 아니고요, 내외분의 생년월일이 꼭같아서 혹시 틀린
것이 아닌가 그래서 말입니다."
　"그건 염려 놓으슈. 딴 건 몰라두 우리 가족의 생일은 내가 더 잘
알 것이니까요."
　"으으 그러시겠지요. 참 천정배필이십니다. 동갑에 생일까지 같으
니!"
　"좌우간 생일만 틀리지 않았다면 딴 건 인제 틀린 건 없지요? 그럼
됐지 뭐요."

떡

　이웃에 사는 무슨 중령인가 한 이의 아들 여섯 살짜리가 요 며칠째
는 매일같이 우리 집에 와서 다섯 살 난 내 손자놈 하고 얼려 논다.
　오늘 아침도 내가 책을 뒤적거리고 있는데 중령의 아들이 손자놈을
찾으며 문을 열고 들어선다.
　내 곁에서 책 뒤적이는 것을 보고 앉았던 손자놈은 중령의 아들이
들어와 앉기가 바쁘게
　"이마, 이 책 봐. 우리 할아버진 책이 이렇게 많다!"
　하고 책장을 가리키며 자랑을 한다.
　"그까짓 책만 많으면 제일이냐. 우리 아버지가 높은 사람이야."
　하고 그는 목세를 쓴다.
　"이마 책이 많아두 높은 사람이야. 우리 할아버진 책을 볼 땐 저렇
게 안경을 낀다!"
　"기까짓 안경. 우리 아버진 안경 없는 줄 아니?"
　"우리 할아버진 안경 둘이야. 밖에 나갈 땐 또 다른 안경을 껴."
　"우리 아버진 또 부대루 갈 땐 권총을 차구 지프차를 타구 가아."
　"지프차가 뭐 좋은 줄 아니. 합승이 좋지. 우리 할아버진 학교루 나
갈 땐 늘 가방을 들구 합승을 타구 가아."
　"합승? 합승은 누구나 타는 거야. 우리 아버진 중령이니까 지프차를
타는 거구."
　순간 손자놈은 말문이 막힌다. 할아버지가 높은 사람인 줄을 알기
는 아는데 남 다 타는 합승만 타는 할아버지라, 합승만 타는 그 이유
의 해명에 궁한 모양이었다. 눈이 새침해서 무엇을 생각하는 듯하더
니, 나의 턱밑에다 제 턱을 바짝 드려다 대며
　"책 많은 사람두 높은 사람이지, 응 할아버지!"
　하고 나에게 응원을 청한다.

“이마, 중령이 높은 사람이라니깐. 우리 엄마가 그랬다, 우리 아버지는 중령이 돼서 높은 사람이라구. 그렇지요, 중령이 높은 사람이지요?”

하고 중령의 아들도 또 나에게 자기의 엄마 말이 참말이라는 것을 입증하여 달라는 듯이 내 앞으로 무릎을 바싹 한 걸음 다가앉는다.

자기네 어버이의 지위를 높이 가짐으로 그것을 자기네들의 자랑으로 삼으려고 서로 지지 않으려는 그들의 입론이 어쩌면 귀엽기도 해서 나는 아무 대꾸도 없이 속으로 웃고만 앉았노라니, 발칫목에서 제 꾸어진 양말 뒤축을 꿰매고 앉았던 식모아이가 불쑥 그들의 입론에 뛰어든다.

“넌 중령 위에 대령이 있는 줄 모르니? 밤낮 중령 중령 하고. 우리 성하(손자놈의 이름) 아버진 대령이라는 걸 알아야 해.”

하니까, 중령의 아들은 금시 얼굴이 시무룩해지며 아무 말도 없이 눈을 푹 내려깐다.

“성하 아버지가 이제 미국서 돌아오면 너의 아버지는 성하 아버질 보기만 해도 기착을 딱하고 경례를 꼬박 붙여야 하는 판이야. 뭘 알기나 하고 그러니. 그러면 너의 엄마두 한풀 꺾이는 날이구.”

하고 재차 냅다 쏘아 놓으니, 눈을 여전히 내려깔고 듣고만 앉았던 중령의 아들은 그만 푸시시 일어나 문을 밀고 나간다.

“그 자식 약올랐나 보다!”

하고 손자놈은 승리의 쾌감이나 느끼는 듯이 만면에 화기가 이럭거리고 있었다.

“약올랐음 어때, 난 걔 어머니가 밉상스러워서 그랬다. 저의 남편이 중령이라구 근처 여자들을 사람으루 보는 줄 아니 그게. 걔두 제 에미에게 듣구서 저의 아버지만 높은 사람이라구 뽐을 내며 돌아가지. 아이, 난 걔 어머닐 보면 구역질이 나아. 배퉁은 왜 그리 내밀구 흔들거리겠니, 이질이질 하면서. 그건 누구나 만나도 인사법두 없다! 아마

이사온 지가 반년은 넘었을 거라, 그래두 근처 집 문턱에 발 한번 들
여놔 본 적 없을걸.”

하고 식모아이는 괜히 저 혼자 흥분해서 두덜거리고 있었다.

그런 지 이틀이 지나선가였다. 중령 부인이 우리 집엘 찾아왔다. 쟁
반에다 떡을 한 쟁반 듬뿍 담아서 꽃보자기를 씌워가지고 인사차로 왔
노라고 했다.

이웃에서 떡이나 그런 별다른 음식을 마련하면 이웃간에 서로 들고
다니는 것이 인사였다. 그러나 이렇게 많이는 받아 본 적도 없고 또
주어 본 적도 없었다. 금방 삶아내서 담아 가지고 온 것 같은, 따뜻한
김이 모락모락 떠오르면 송편과 시루떡이 참으로 먹음직하였다.

떡 쟁반을 받아 든 집사람은, 그 여자가 누구인 줄은 아지마는 언제
만나서 이야기는 고사하고 인사 한번 주고받아 본 적이 없었던 처지
라, 송구스러워서 어떻게 인사를 해야 할지를 몰라 꽃보자기만 한 반
쯤 열어제친 그대로 부인의 얼굴만 멍하니 바라보고 있었다.

“진즉 찾아뵌다는 게 이렇게 늦어서요. 어디 여느 댁과 달라서 맨손
으로야 인사를 올 수가 있어야지요.”

“아이 무슨 천만에 이웃간에서. 떡을 이렇게 원 많이두…… 누구 애
들의 생일이우?”

“아녜요. 그저 좀 했지요. 그런데 대령님의 안부는 종종 들으세요?”

‘대령?’

집사람은 누구를 두고 하는 말인지를 몰라 대답을 못하고 의아한
눈만 둥그렇게 뜨고 부인을 바라보았다.

“저 미국 가 계시는 대령님 말씀이에요.”

‘미국 가 계시는 대령님?’

더더구나 알 수 없는 말이었다.

“대령이라니! 미국 가 계시다니요! 누구 말이에요?”

집사람은 의아한 눈이 한층 더 둥그레서 부인을 바라보았다.

"아니, 성하 아버지 되시는 이 말씀이에요. 그 대령님이 미국 가 계시지 않아요?"

"내 아들이오? 내 아들이 대령! 미국은 웬 미국이오? 내 아들이야 육군 중사루 있다가 재작년에 제대가 되어서 지금은 학교 교사루 나가구 있는데요."

"녜! 아니 그럼 무슨 말을 개가……."

"글쎄 모를 일이군요. 우리 애야 대령이 다 뭐에요. 졸병으루 있었는데— 미국은 가서 공부를 하겠다고 요즘 벼르고는 있나 봅디다."

단식(斷食)

오늘 아침은 어쩐지 박군의 안색이 매우 좋지 않은 것 같기에 어디 몸이 편치 않으냐구 물었더니, 그저

"아닙니다."

하고 말을 피하려고 한다.

원래 책임관념이 센 박군이라, 일을 쉬기가 미안해서 불편한 몸을 억지로 참고 지탱을 해 가며 사무상을 지키고 앉았는 것은 아닌가 하여 정말 몸이 불편하면 퇴근을 하고 집으로 돌아가 편히 좀 쉬라고 하였더니

"녜, 뭐 괜찮을 거에요."

하고 몸이 불편하다는 것을 긍정은 하면서도 그대로 앉아서 뛰고 있던 주판알만 그냥 뛰고 있었다.

"괜치않을 거라니 감긴가?"

"아녜요. 저 저 단식을 좀 합니다."

'단식!'

나는 놀랐다. 4·19 이후 데모와 단식이 각 기관에서 한참 성히 유

행을 하고 있는 차제라, 혹시 우리 회사에도 무슨 그런 무엇이 싹트고
있는 것은 아닌가, 짐짓 염려스럽기도 해서

　"단식! 단식은 왜?"

　하고 박군의 태도부터 살피었더니,

　"네, 뭐 제 집안 사정입니다."

　하고 원기라고는 한푼어치도 없는 것 같은 얼굴에 억지로 미소를
지어 보이면서, 1·4후퇴 때 정주서 아버지 어머니 누이동생, 그리고
저까지 네 식구가 월남을 하다가 해주에 와서 한참 월남민이 밀리어
쏟아지는 바람에 그만 어디서 어떻게 되었는지 아버지를 분비통에 잃
어버리고 찾다찾다 못해서 하는 수 없이 그냥 세 식구만이 월남을 한
이후, 어머니는 아버지가 생존해 계신지, 계시다면 부디 몸 평안히 계
시다가 기회가 있는 대로 넘어오시도록 하라고, 이래 7, 8년을 하루같
이 기도를 드려 오던 것인데, 요즘 와서는 남북통일론이 신문지상에
자주 오르내리는 것을 보시고는, 어서 남북통일이 되게 하여 달라고,
그리하여 하루바삐 남편을 만나게 하여 달라고 이번에는 아버지의 생
신날을 기하여 2, 3일 전부터 단식 기도를 한다는 말을 덧붙이고 나
서, 그렇지 않아도 건강하지 못한 늙은 몸으로 장사를 하는 어머니가
사흘씩이나 단식을 하고 나니 맥이 한푼어치도 없이 즐거 돌아가실 것
만 같아 단식을 중지하시라고 아무리 권해도 들으시지를 않아, 그러면
어머니가 단식을 중지하기까지 자기도 단식을 한다고 말씀을 드리고,
어머니의 단식 중지를 위한 단식을 자기도 어제 아침부터 시작했노라
는 것이다.

　말이 쉽지 장시일의 단식이란 쉬운 일이 아닐 것이다. 남편을 위한
아내로서의 단식이나, 어머니를 위한 자식으로서의 단식이나 이것이
모두 그 성의만은 무던하다 아니 할 수 없으나, 나는 그것이 옳은지
그른지는 모른다. 무어라고 대꾸할 수도 없어서,

　"그래, 그렇다면 어서 돌아가 쉬게. 굶어서 어떻게 일을 보나. 어서

돌아가게."

하고 퇴근을 권하였더니

"아닙니다. 사흘씩이나 굶으신 어머니도 매일같이 장에 나가서 장사를 하시면서 단식을 하고 계십니다. 저라고 일을 쉬면서 단식을 하겠습니까. 배가 아파서 그러지 그까짓 견디면 꽤 견디겠지요. 다섯 끼를 굶었더니 아마 회가 동하나 보지요. 회충산이나 이제 한 봉 사다 먹겠습니다."

하고 박군은 또 예기 없는 얼굴에 미소를 지어 보였다.

'단식을 하면서 배가 아프니 회충산을 먹는다!'

순간 나는 그의 단식의 의의에 놀라지 않을 수 없었다. 단식으로 위해서 오는 복통을 약으로 치료하면서 단식을 하여야 하는 단식! 어머니를 위한 그의 단식이 무던하게 생각되던 조금 전에 그를 대하던 나의 감정은 나도 모르게 얄미움으로 돌변해 옴을 어찌하는 수가 없었다.

"무어 회충산을 먹어! 그게 무슨 단식인가?"

하고 제결에 한마디 내 쏘았더니

"회충산쯤이야 괜치않지 않아요? 유명한 정치인들은 뭐 엥걸 주사를 맞으면서 꿀단지를 옆에다 놓구 단식들을 하였다는데요."

소설 못 쓰는 소설가

내일 모레가 정말 최종 마감이라고, 그날까지는 꼭 써 주어야겠다는 A지의 간곡한 부탁도 부탁이려니와, 너무도 여러 차례나 기일을 어긴 것이 내 자신 미안도 해서, 오늘은 무어든 한 삼십 장 끼적여서 색책을 하리라, 아침부터 책상을 대하고 마주 앉았으나, 언제나 마찬가지로 붓끝에는 흥이 실리지 않는다. 그야 목을 내대고 칼과 대결을 하자면 쓰고 싶은 이야기가 얼마든지 있다. 세상 되어가는 꼬락서니를 보면 가슴속에서 피가 부글부글 끓어 오른다. 그러나 기껏 그 주변이

494

나 어이돌면서 눈치붓이나 들어야 하는 이 붓이니, 이 붓끝에 무슨 홍이 실릴 것인가. 일본의 식민지 백성 노릇을 할 때는 말하지 마자, 이 정권 시대는 어떠했으며, 이정권이 무너진 오늘은 어떤가. 내 복부에 이상이 있어 어떤 한의에게 진찰을 받아 보았더니, 울화를 참으면 피가 복부로 모여서 그런 증상을 나타낸다는 진단이다. 쓰고 싶은 이야기를 쓰겠다고 버둥대다가는 차마 쓰지를 못하고 쓸 수도 없는 이야기를 가슴속에다 간직만 하게 되는 그 울화가 병의 원인이랴면, 그리하여 하고 싶은 이야기를 금시라도 쓰게 된다면 복부에 서렸던 이 피가 온통 펜 끝으로 풀려 나오면서 복약도 아무것도 필요 없이 병은 거뜬하게 나을 것만 같기도 하건만—.

답답하다 창변으로 다가앉아 미닫이를 밀어 본다.

오월의 한낮 볕이 유난히 장그럽다.

'아니! 이런!'

내 눈이 뜨락 주위로 돌아가던 순간, 나는 내 눈이 놀라는 것을 느꼈다. 그리고 마음이 엄숙해지는 것 같음을 느꼈다. 거기 버려져 있는 풍경은 내가 아침 한나절 붓방아를 찧으며 생각하고 앉았던 내 머리 속 풍경과는 너무나도 대차적인 세상이었던 것이다.

——고양이는 블록담 위에 모로 근더져서 꼭대기를 지치며 뒷다리를 들어 새끼들에게 젖을 내맡기고 졸고, 건넌방 마루 위에서는 주인집 할머니가 흐트러진 하얀 머리를 식모처녀의 무릎 위에다 되는대로 내어 맡기고 이를 잡히며 존다. 그리고 마당에 널어 놓은 메주 멍석 귀에서는 쥐 한 마리가 뒷다리에 힘을 주고 제지바듬이 서서 주위를 도록도록 살피다가는 고개를 까닥거린다.

나는 얼빠진 사람같이 그저 멍하니 바라보았다.

바람이 울타리를 넘어 나비와 같이 넘어오며 장독대 곁에 핀 샛노란 개나리꽃 가지를 흔든다. 고양이도 할머니도 쥐도 슬며시 눈을 뜬다. 봄의 향훈이 대기 속에 흩어져 그들의 코로 흘러드는 모양이다.

밤 아홉시부터 복통이 일어난다. 이윽고 구토와 설사. 새로 두 시가 넘기까지 십여 차나 변소를 드나들었더니 통 맥이 뽑히고 속이 부영거려서 그 이튿날까지도 일어날 수가 없었다. 다음날도 오정이 가깝도록 누웠다가 겨우 미음 한술을 마시고 머리를 들고 앉았노라니 A지의 편집인이 또 찾아온다. '내일 모레'라던 원고 최종 마감일이 바로 오늘이라, 원고 때문일 것은 물을 것도 없다.

그러나 나는 여느 때에 원고를 못 썼다고 대답하던 때와는 달리 마음이 괴롭지 않게 대답할 수가 있었다. 그러지 않아도 원고를 못 썼을 것은 뻔한 일이었을는지 모르나 복통 때문에 못 썼다는 말은 거짓말이 아니었기 때문이다.

"그놈 그날 냉면이 탈인가 봐. 그만 제육을 빼랄걸 또 잊어버리고."

낚시질

난생 처음으로 당고 쓰봉에다 등산모까지 받쳐 쓰고 낚시 도구를 메고 나서니, 어쩐지 그저 어색한 것만 같아 마음이 활짝 펴이지를 않고 몸매에만 자꾸 눈이 간다. 더욱이 손때라고는 묻어 보지도 않은, 아직 칠이 채 글지도 않은 것 같이 반들거리는 새 다랭이가 처음으로 낚시질을 나서는 신출내기라는 것을 말해 주는 것 같아 거기에도 신경이 쓰여서 아는 사람들을 만나기만 하면 괜히 그저 낚시 다랭이를 이 손 저 손 바꿔 쥐게 만든다.

하긴 내가 낚싯대를 메고 나서게 되리라고는 내 자신조차도 참으로 생각지 못했던 일이다. 조군은 아마 자기의 권유에 내가 자기와 같이 낚시질을 나서는 줄로 알는지 모르나, 무슨 낚시질은 고상한 취미라거니, 건강에 어떻다거니 하고 권유를 하였으나, 나에겐 하등 관심이 없었다. 그저 나는 나대로 한번 하여 보고 싶은 충동을 새삼스럽게 받았을 따름이다. 어쩐지 요새 나는 사람이 싫어지며 무슨 우리에나 갇힌 것처럼 가슴이 답답함을 더한층 심절히 느끼게 되어 나를 온통 잊고 한번 살아 보고 싶은 생각이 나를 이 길로 이끌게 된 것 같다.

그러나 귀에 못이 박히도록 들어 온 조군의 낚시질 강의에 낚시질에 관한 약간의 지식을 얻게 된 것이, 이 길로 나서는 데 도움이 되었는지는 혹 모른다. 그리하여 조군이 애초에 낚시에 손을 아니 대었더라면 나 역시 그와 같이 낚싯대를 지금 메고 나서게 되지 않았을는지도 모른다.

사람이란 누구나 자기가 나선 길로 같이 나서는 것을 반가워하거니와, 낚시질꾼처럼 반가워함을 나는 일찍이 본 일이 없다. 어제 다방에서 만나, 나도 내일부터 낚시질을 나서련다고 그 뜻을 전했더니, 아, 그 반가워하는 품이란……. 조군과 더불어 사귀어 오기 무릇 20여 년에, 그것도 거의 매일같이 마주 앉아 놀면서 슬픈 일이 있으면 같이 슬퍼하고 즐거운 일이 있으면 같이 즐거워하고 진심이라고 알게 마음을 털어놓고 지내왔지만 내가 낚시질을 나선다는 그 말을 듣고 반가워하는 그 표정은 실로 일찍이 그가 반가워하는 표정에서는 찾아볼 수 없던 그런 반가운 표정이었다. 이렇게 반가운 일이 어디 있을까 하는 그런 심정이 그 표현 속에 흔연히 서리어 있음을 나는 확실히 보았다.

나도 반가웠다. 고기 잡는 것을 본위로 삼고 나서는 낚시질꾼이야 어디 있으랴만, 그까짓 고기는 못 잡더라도 보기 싫은 것, 듣기 싫은 것 다 피하여 좋은 벗으로 더불어 수변에 나란히 앉아 자연인 그대로가 되어서 그날그날을 보내게 될 수 있다는 것만으로도 그건 우리의 생활 주변에선 일찍 맛볼 수 없었던 새로운 삶이 아닐 수 없을 것이다.

버스에서 내리니 행보로는 불과 십 분 미만에 낚시터인 장자못을 접어들게 된다. 조군은 선배답게 여기는 깊다느니, 저기는 얕다느니 하고, 또 수초가 많은 곳에서는 어떻게 해야 된다느니 하고 설명을 하며 앞장을 서서 걸어 내려갔다. 내려갈수록 낚시질꾼은 더 많이 앉은 것 같았다. 우리도 꽤 일찍이 나오느라고 서둘렀건만 벌써 나와 앉은 사람이 좌우의 못 주위에 얼마씩의 상거를 두지 않고 점재하고 있었다. 한참이나 그냥 걸어 내려가던 조군은 활직같이 구부정하게 패어 들어간 우무러진 곳에 이르자, 이미 그곳을 마음속에서 점치고 나왔던 것처럼 다짜고짜 거기에다 도구를 내려놓았다. 나도 따라서 그 곁에 앉았다.

"자,"

하고 조군은 낚싯대 케이스의 단추를 떼며 나를 바라본다.

"자, 우리 멀지시 앉세. 낚시질은 이렇게 가까이 앉아서는 재미없네. 더욱이 가까운 처지에서는."

알 수 있는 말이다. 그러면 자연히 이야기도 주고받고 하게 될 것이니까 낚시질에는 정신 통일이 잘 안 될 것임은 나도 잘 알고 있다. 그러나 그 반면에 우리로서 느낄 그 무엇이 있지 않을까. 오히려 그런 느낌 속에서 나는 날을 보내고 싶었다.

"무얼, 우리 여기 그저 가지런히 앉아서 같이 하게."

하고 나도 케이스 단추를 같이 떼었다.

케이스 단추를 나도 따라서 떼는 것을 본 조군은 좀 당황해하는 기색이더니,

"자넨 저기 저 아래로 내려가 앉게. 한참 내려가면 수초도 별로 없고 좋은 곳이 많이 있을 걸세."

하고 좋다든 싫다든 이쪽의 의견은 들어 볼 여유도 주지 않고 자기의 생각대로만 그저 훌쩍 일어서 도구를 걷어들고 총총걸음으로 왔던 길을 되올라 갔다.

평소에 낚시질을 그렇게도 권하던 조군이, 아니, 어제 낚시질을 나도 하기로 마음을 결정하였노라는 소리를 듣고는 그렇게도 반가워하던 조군이, 오늘 낚시질 터로 나를 급기야 데려다 놓고는 평소에 볼 수 없던 싹 하는 소리가 나는 것 같은 칼바람이 얼굴에서 일어난다.

조군의 이러한 거동을 보는 그 순간, 나는 마치 장자못 가에 데려다

버림을 받은 존재 같은 느낌을 받았다.

나는 그대로 그 자리에 앉아서 낚시를 던졌다.

주름살 한 올이 안 잡히는 잔잔한 수면 위에 곤두선 두 개의 찌가 조용히 내 시야에서 가물거렸다.

해 뜨기 전에 나가야 큰 놈을 잡는다고 항상 붕어의 생리를 설명하던 서군은 지금에야 나온다.

"잘 물리나?"

"아직 맛도 못 봤네."

"그래! 위에서들은 벌써 여러 마리씩 잡았던데. 조군은 일곱 치 가웃이나 될 놈을 한 마리 낚아 놓구."

하면서 급한 듯이 걸음을 멈추려고도 아니하고 아래쪽으로 내려간다.

그러나 자기의 찌에는 여지껏 이상이 없다. 나는 낚시를 들어 보았다. 미끼도 물린 그대로 있다. 다시 낚시를 던지고 깻묵을 또 한 번 더 뿌렸다.

보면, 건넌짝에서들도 가끔 한 마리씩 들어내는 눈치요, 옆 어디선지는 모르나 머지 않은 자리에서는 어지간히 큰 놈을 낚는지 낚싯대를 꺾이었다고 수선거리고들 있는데, 참 이상도 했다. 자기의 낚시찌는 오정이 가깝도록 까딱도 않으니. 초수면은 고기를 낚지 못하고 놓쳐 버릴 우려는 있을는지 모르나, 초수의 낚시라고 통 고기가 아니 올 이치는 없을 게 아닌가. 깻묵이 약한가, 나는 깻묵을 또 한 줌 찌 가에 널찍이 쥐어뿌리고 다시 낚시를 들어 미끼를 검사해 보았다. 피라미 새끼 한 마리 와선 건드려 보지도 않은 흔적이다.

"오늘 참 낚시질 풍세 좋습니다. 바람두 한 점 없구."

돌아다보니 이 변두리 사람인 듯한 풍채의 초로(初老)다.

"많이 잡으셨나요?"

"많인커녕 고기라곤 구경도 못 했소."

"아, 그러세요! 저 아래서들은 꽤 많이들 잡던데요. 어떤 젊은 친구가 낚시 세 틀을 가지고 하기에 한 대 달래서 잠깐 동안에 내가 큰 놈을 한 마리 잡아 주고 올라오지요."

하고 그 초로는 내 옆에 쪼그리고 앉더니, 내 의견도 물어보지 않고 한 짝 낚싯대를 집어 든다. 그리고 줄을 당기어 미끼를 검사해 보려고 더듬어 잡던 그는

"아니, 선생님 낚시질이 처음이로군요. 그러니까 고길 못 잡으셨지. 이 못물이 두 길도 넘는데, 요 지혜를 주어 가지고야 피라미 새낀들 집적거리겠어요!"

수심이 두 길도 넘는다는 물속에다 두 뼘 가웃의 지혜! 만일 이 시골 사람이 아니었더면 진종일을 그 두 뼘 가웃의 지혜를 그냥 달아 놓고 앉아서 고기가 물릴까 하고 기다리고 앉았을 것이 아니었던가, 생각하니 어처구니가 없었다.

"아, 그것두 신통히두 지혜가 같습니다그려, 아니, 수심이 두 길두 넘는 데다! 아침 한나절을 괘니 눈씨름만 허시구."

"흐! 그게 다 세태 인심의 반영인가 봅니다."

동태(凍太)

아니 아니 하면서 몇 잔 더 더 들었다고는 하나, 약주 되반을 셋이서 나누고 이렇게 다리가 휘청거려 보기는 처음이다. 지푸라기로 지느러미 짬을 꿰어 손가락에다 감아 쥔 두 마리의 동태가 휘청거리는 걸음 따라 손 끝에서 곤두춤을 춘다.

달마다 월급날이면 한 잔씩 하는 것이 통례였고 아무리 군색해도 가족을 위하여 소고기 한 근씩은 사들고 들어갈 줄을 알던 것이, 오늘의 월급봉투는 서글프기 그지없었다. 그러지 않아도 월급으로는 그달 그달을 살아갈 수가 없는 살림에, 이 봄에는 아이놈이 국민학교엘 들어간다, 입학금이니 교과서니, 이것저것 치다꺼리가 눈에 차지도 않는

것이, 사만 환의 봉급에서 삼만여 환이나 가불을 월초에 하였던 데다
가 사원의 가족사망 위문금이니, 결혼 축하금이니 하는 것들을 제하고
나온 봉투는 얄팍하게 앞뒤가 착 달라붙은 것이 손맛에서부터 마음이
선뜻하였다. 세어 볼 것도 없이 이천팔백오십 환밖에 들어 있지 않을
것은 뻔한 일이었다.

　'이걸 가지고 다섯 식구가 한 달을 살아야 한다!'

　받아 든 봉투를 그는 넣으려고도 아니하고 그냥 들고 앉아서 눈을
내려 깔았다.

　언제라고 예산을 세우고 살림을 하여 본 일이 있었던 것은 아니지
만, 만 환도 못 되는 이 봉투로 한 달을 살아가야 한다는 데는, 애초
부터 절약이니 무어니 하고 생각해 볼 성질도 못 되었다. 예산 없는
생활이라, 따져 보면 못 살 것 같다가도 그래도 어떻게 꾸리어져 나가
게 되는지 기적적으로 한 달을 넘어가고 또 한 달을 넘어가고 해서 그
한 해를 넘기어 오곤 했으나, 이제부터는 이런 기적조차도 딱 스톱이
되고 말 것 같았다.

　오는 달 열흘만 되면 그 뒤에는 또 어찌 되든 가불을 할 셈치더라도
남은 이달을 채우고 그 열흘까지 보름 동안은 살아가야 할 것이 막연
하였다.

　그러나 묘책이 있을 리 없다. 결론은 역시 기적을 바라고 되는대로
살아갈 도리밖에 없다. 발 잔등에 떨어진 불부터 또 꺼 가며 보자, 내
일 아침 양식이 없으니 천구백 환 정도는 우선 떼어 쌀 닷 되는 들여
놓아야 이달은 살겠고, 또 전차비가 있어야 출근을 할 테니, 저녁에
집으로 돌아갈 때는 걸어간다 치더라도 보름 동안에 열다섯 장 칠백오
십 환은 가져야 한다. 이천팔백오십 환에서 이천육백오십 환을 제하고
나니 남는다는 게 또 돈 이백 환, 약주 한 잔도 친구들과 나눌 여유가
없다. 이런 때면 제법 술꾼이나처럼 비위가 동하는 약주, 내가 언제
이렇게 술 맛을 알았던가 스스로 쓴 침을 삼키며 앉았다가 퇴근 시간

이 되어 동료들과 함께 밀려 나왔던 것이, 봉투들은 제대로 다들 골라서도 그래도 월급날 섭섭하지 않느냐고 농담이 되어, 셋이 어울려 술집으로 들어가 남의 술로나마 울적한 마음을 다소 풀기는 하였으나, 월급날이면 잊어 본 일이 없던 가족을 위한 소고기 한 근 생각이 간절도 하였다. 그래도 자기는 어쩌다가 오늘 저녁처럼 이렇게 밀려다니게 되면 빈대떡이나 곰탕 그릇이 생기게 되는 때가 있지만 집에 파묻혀 있는 가족들은 날이면 날마다 그날을 그날처럼 까야 하는 게 김치조각 뿐이다. 동태국이라도 한 끼 끓여 먹여야 하겠다, 술집에서 나오자 종점 시장으로 들어가 동태 두 마리를 사서 들었던 것이다.

청산도 절로 절로
녹수도 절로 절로

여전히 휘청거리는 다리에 진정을 얻지 못하고 중얼중얼 미아리고개를 비틀거리며 추어 오른다.
별안간 휙 하고 모진 바람이 옆에서 일어난다. 그와 동시에 무엇이 몸을 스치는 것 같은 느낌이었다. 손이 허전하다. 내려다보니 손에는 동태가 없었다.
"어렵쇼."
술에 젖은 게슴츠레한 눈에 힘을 주어 뜨고 고개를 제껴 앞을 내다보았다. 한 대의 지프차가 저만치나 앞에서 질풍같이 내닫고 있었다.
"어렵쇼, 동텔!"

연월(煙月)

술기운이 몸에 얼근히 젖어 들면 어린 자식이 한층 더 귀여워진다. 인제 애빈 줄을 제법 알아보고, 방안에 들어와 앉기만 하면 벌레벌레

기어와 무릎을 파고들며 벙긋거린다. 그럴 때면 정말 통으로 깨물어 보아도 만족할 것 같지 않았다. 뺨을 들입다 빨다가는 말랑거리는 엉덩이를 파악팍 두들겨서 울리기까지 한 일도 있다. 그래도 마음은 개운하지 않다. 지금도 기어드는 자식의 뺨을 빨다가, 엉덩이를 두들기다가, 뒤쳐 업었다. 사랑하는 자식과 더불어 정릉 부근으로 산책이나 하자는 것이었다.

아직 술은 취하는 도중에 있나 보다. 들어올 때보다도 좀더 다리가 휘청거려진다. 진정할 수 없는 다리가 애비에게는 괴로운 일일는지 모르나 업힌 자식에게는 더할 수 없는 즐거움이다. 엎어질 듯 엎어질 듯, 더구나 돌부리를 차고는 끄떡 하고 앞으로 쏠리어 허튼 걸음을 되는대로 비뚝실 땐, 그것이 왜 그리 좋은지 꺄드득 꺄드득 아주 여무지게 웃어댄다.

아버지는 꺄드득거리는 자식의 웃음소리가 더할 수 없이 귀엽다. 위태로운 걸음은 좀더 위태로워진다. 꺄드득거리는 소리에 좀더 흥이 실리는 모양이다.

위태로운 걸음이 돌부리를 찼다. 뒤뚝 하고 몸이 모로 쏠린다. 잔등엣것이 공중 쏟아져 땅 위에 떨어진다. 왼쪽 눈초리가 지츠러졌나 보다. 거기서 피가 흐른다. 아버지는 하하 웃고 아무렇지도 않은 듯이 흐르는 피를 손바닥으로 문질러 자기의 양복 엉덩이짝에 쓰윽슥 비비고 "어비 어비" 달래며 다시 뒤쳐 업는다. 걸음은 여전히 위태롭다. 몇 걸음 안 가서 뒤뚝 하더니 아이는 또 공중 빠져 떨어진다. 이번에는 상처가 나타나지는 않았으나 다치긴 어디 단단히 다친 모양이다. 울음소리가 숨이 넘어가는 듯 자지러진다.

아버지는 "어비" 소리를 또 연방 지르며 뒤쳐 업는다. 뒤뚝, 뒤뚝, 이리로 쏠렸다 저리로 쏠렸다 골목길 좌우 변두리를 뒤쓴다. 자식은 울음을 뚝 그친다. 또 떨어질 것 같이 위태롭게 몸을 일며 뒤뚝거려도 아버지의 등은 맛이 있나 보다. 울던 아이 같지도 않게 꺄드득 웃음이 또 터진다. 웃음소리에 아버지의 마음은 그냥 즐겁다. "어허 이 자식이 이 자식이!" 아버지의 다리에는 좀더 흥이 실린다. 내어디디는 걸음이 넓직넓직 활발하다. 그럴수록 등어리의 자식은 웃음이 여무지다. 더할 수 없이 즐거운 표현이리라. "이 자식아 이 자식아" 아주 흥에 실려 비뚝시다가 그만 뒤뚝 모로 또 쓰러진다. 아버지는 그대로 그 자리에 쓰러졌고, 자식은 그 옆 개울에 거꾸로 떨어져 들어갔다. 개울 옆의 돌담에 맞부딪쳤게 말이지 그렇지 않았더면 얼마나 더 멀찍이 나둥그러졌을는지 모른다. 진창물에 처박힌 아이의 주위로 벌건 핏물이 줄기 따라 퍼진다. 어디 상처가 난 모양이다. 가겟집 부인이 뛰어 나와 아이를 건지려는 아버지를 밀어내고 손수 들어내어 가슴에 안는다. 취한 아버지를 신용할 수 없었던 것이다.

아버지는 자식을 받아 들려고 하나 부인은 자식을 건네지 않는다. 아이는 감탕투성이 그대로 부인의 가슴에 안겨서 그냥 다리를 버둥거리며 운다. 피는 왼쪽다리 복숭아뼈 짬 부근에서 났다. 아이를 받아 들려고 자꾸만 내미는 아버지의 손을 부인은 한사코 물리친다. 아이도 아버지의 품으로 건너가겠다고 악을 쓰나 부인은 응하지 않는다.

"안 되겠어요. 댁이 어디세요? 제가 댁까지 안아다 드릴게요."

"천만에! 이리 주세요."

"아녜요. 선생님은 취하셨어요. 아이를 못 업습니다."

"못 업으나마나 당신이 남의 자식을 무슨 상관이오, 이리 줘요?"

아버지는 아이를 안은 부인의 팔을 붙든다.

"글쎄 선생님은 아이를 또 메칩니다. 어서 제게 맡기고 같이 댁으로 가세요."

"아, 이 여자가 남의 자식을 빼앗으려나 보다! 날 취한 줄만 아나 부지."

이야기가 이렇게까지 나오니 부인은 사정이 딱했다. 아이를 주어서

는 기필코 또 메칠 것 같으나, 그런 사정을 보아주기에는 그의 이야기
는 들을 수 없게 무지하다.

"그럼 아이를 선생님이 업으세요. 제가 부축해서 댁까지 모셔다 드
릴게요."

하고 부인은 아이를 그 아버지의 등에다 업혀 주었다.

지금까지 발버둥질을 하며 악을 쓰던 아이는 애비의 잔등으로 건너
가자마자 금시 울음이 뚝 그친다.

"이거 보세요. 이 자식이 제 애비를 이렇게 아지 않아요? 자식이
참!"

하고 "이 자식이, 이 자식이" 하면서 가던 길로 또 뒤뚝거리며 걷기
시작한다.

부인은 아버지의 옆에 서서 같이 걸어가며 아버지가 뒤뚝 하고 걸
음이 위태로울 때마다 아이가 쏟아지는 것 같아서 두 팔을 불쑥 내밀
곤 한다. 그러면 아이는 저를 어르는 줄만 알고 좋아서 끼드득거린다.
이 소리엔 아버지도 만족하다. 몸을 들추며 걸음이 활발해진다. 걸음
이 활발해질수록 위태로움은 수반이 된다.

"아유머니, 또!"

아버지가 쓰러지는 것을 부인은 보았다. 아이는 저만치나 빠져나가
길 한복판에 정면으로 엎드러졌다. 그렇지 않아도 위태로워 그 아버지
의 옆에 바틈이 붙어서 따라갔건만 날래게 손을 쓸 수가 없었다. 그
아버지는 앞에 질린 실개울을 건너뛰려다 건너 뚝 언덕에 구두코를 걸
렸던 것이다. 땅에다 박은 아이의 이마 언저리에서는 시뻘건 피가 번
져 나왔다. 부인은 달려가 아이를 들었다. 피는 이마에서 났다. 무지
하게 피가 쏟아지는 것으로 보아 상처가 심한 모양이었다. 부인은 저
고리 소매 구멍에서 손수건을 꺼내어 아이의 상처에 눌러대고 황급히
인근의 병원으로 달려갔다.

그러나 부인의 원하는 응급치료를 의사는 응하지 않았다. 아이의

아버지나 어머니가 없이는 아이를 받을 수가 없다는 것이었다. 부인은 아이를 병원 침대에 눕힌 채 하는 수 없이 병원을 나와 그 아버지를 찾아, 사고 현장으로 발길을 되돌렸다.

아이의 아버지도 이마에 상처를 받은 모양으로 피를 흘리면서 비뚝비뚝 이쪽으로 걸어오고 있었다. 부인은 아이의 상처가 심하니 어서 병원으로 가서 응급치료를 시켜야 한다고 아이의 아버지를 재촉하였다. 그러나 술에 마비된 그의 걸음은 그저 한양대로 한가롭게 비뚝실 뿐이었다.

이윽고 병원으로 이르렀을 때에는 아이의 목숨은 이미 끊어져 있었다. 뇌진탕을 일으켰다는 것이다.

"이 자식이 죽었어! 정말 죽었니? 이 자식아!"

아버지는 침대 위에 그린 듯이 누운 아이의 팔목을 잡아 흔들었다. 아이는 흔드는 대로 흔들릴 뿐, 아까같이 꺄드득거리며 웃음으로 대해 주지 않았다.

"이 자식 정말 죽었구나!"

아버지는 자식의 얼굴을 물끄러미 들여다보다가

"죽었다! 그러나 아비의 등에 업혔다 죽었으니 한은 없을 거라."

하면서 고개를 주억거렸다.

그러나 자식도 아버지의 말과 같이 아버지의 등에 업혔다 죽었으니 한이 없을 것인지, 원체 두살잡이라 말은 못 하고 행동으로밖에 의사를 표현하지 못하였지만, 행동으로조차도 인젠 의사를 표현하지 못하고 눈을 굳게 감은 자식이었다.

맨발

하루는 다방 동백에 앉아 있노라니까, 왕군이 불쑥 들어오더니 아무 인사도 없이 나의 맞은짝 빈 의자에 와서 털썩 주저앉는다. 그리고는 고개를 푹 숙이면서 마치 소가 하품을 하듯이 허어엄 하고 이상한 한숨을 길게 내쉰다.

하도 태도가 이상해서 나는 어떻게 말을 해야 할지 몰라 말없이 한참이나 바라만 보고 있다가

"왕군, 왜 무슨 일인가?"

하고 물었다.

그러나 그는 아무 대답도 없이 그냥 그대로 씨익씩 하고 한숨만 쉬고 앉았더니

"선생님 댁 주소가 어디지요?"

하면서 고개를 반쯤 들고 힐끗 곁눈으로 한 번 나를 흘겨본다. 하는 태도가 필시 나에게 무슨 불쾌한 감정이 있는 모양 같았다.

그래 그건 왜 새삼스럽게 묻느냐고 하니까

"찾아뵐 일이 있습니다."

딱 잘라서 하는 대답이 심히 불순한 것 같은 어세였다.

무슨 이유에선지는 모르나 나에게 불쾌한 감정을 품은 그를 어쩐지 나는 딴 자리에서 만나기는 싫었다.

"나를 만나자면 아마 내 집에서보다는 이 다방에서 만나는 것이 더 쉬울 겁니다. 밤에 잘 때밖엔 집에 붙어 있지 않는 것을 군도 미상불 알 건데. 위선 콧구멍만한 방이 누추해서 친구들한테 뵈기두 싫구, 또 불이라곤 내가 든 뒤로 한 번도 넣어 본 적이 없이 차기가 이만저만한 냉돌이 아니니, 이런 방에다 누굴 오라고 하겠소. 실은 내 자신도 방에는 들어앉았을 수가 없어서 밤낮 이 다방 신세만 지고 있는 형편인데."

하고 가정 방문을 은근히 거절하였다.

이것은 그의 심상치 않은 불순한 태도에 대한 방비이기도 하였지만, 그것은 또 사실이기도 했다. 피난 첫 해의 나의 숙소는 실은 그랬고, 또 생활도 사실 그랬다. 그러한 숙소요, 그러한 생활인 줄은 이

친구도 미상불 알고 있을 것이라고 안다. 그러나 그렇다고 해서 집으로 찾아오겠다는 친구에게 농담 아닌 나의 이러한 대답이 물론 상대방에게 불쾌한 감정을 자아 주었으리란 것은 미리 나도 짐작하고 한 대답이다.

그렇기 때문에 나는 이러한 대답을 하면서도 앞으로의 나의 태도를 취하기 위하여 그의 태도를 예리하게 살피었다. 그러나 항상 술에 취해 있는 것 같은 그의 표정에서는 용이하게 그 무슨 별다른 표정을 지찰할 수가 없었다. 사람이 흥분이 되면 먼저 그 눈의 충혈에서 그것을 추찰할 수가 있을 것이나, 이 친구는 본시가 흰자위에 붉은 줄이 서리어 있는 것이어서 그것으로는 추찰이 가지 않았다. 그래 언사에서나 그의 태도를 찾아보려고 거듭 그에게 방문 거절의 뜻을 강조해 보였다. 그랬더니

"아닙니다. 꼭 선생님을 댁으로 찾아 가서 조용히 만나뵈어야 할 일입니다. 여하간 선생님이 댁에 계시는 시간을 그럼 제가 알아 가지고 찾아뵙기로 하겠습니다."

하고 그도 방문에 대한 초지를 굽히려고 하지 않았다. 그리고는 또 인사도 없이 불쑥 다방을 떴다.

그와 나와는 이 다방에서 거의 매일 만나다시피 하는 처지요, 또 만나서는 얼마든지 조용한 이야기도 해 왔다. 지금이라고 이 다방에서 조용한 이야기를 못 할 이치도 없는 것이다. 구태여 버적버적 집으로 찾아오겠다는 심사, 그 심사가 어데 있는 것인지, 하도 어수선한 세상이라 나는 궁금 정도를 넘어서 은근히 불안한 생각까지 들었다.

그래 그를 보내 놓고 혼자 앉아서 곰곰이 생각을 해 보았다. 그러나 그와 나 사이에 무슨 이렇달 감정이어서, 또 꼭 둘이서만 마주앉아서 담판을 지어야 할 그런 일은 아무리 생각해도 있을 것 같지도 않았다.

그도 피난민이요, 나도 피난민, 사고무친한 이 남해의 절해고도에 떨어진 피난민끼리의 의분이란 참으로 이만저만한 것이 아니었다. 모두들 친척이나 매일반으로 두터웠다. 그런 데다가 그와 나는 글을 좋아하는 처지에서 누구보다도 좀더 각별히 지나는 사이였다. 다만 좋아하는 그 글의 분야가 다를 뿐으로 그는 시, 나는 소설, 그래서 글을 쓰는 형식이 다를 따름이었다. 그리고 문단적인 지위에 있어서, 선후배의 관계가 있었을 뿐, 그리하여 나에게는 문단적인 지반이 있었고, 그에게는 지반이 없었다. 흔히 이런 관계에서 오해를 가지는 수가 있듯이, 혹 이 선후배 관계의 지위에 무슨 오해를 품고 있는 것은 아닐까, 이런 데까지 생각이 미치게 될 때, 그가 나에게 시를 가끔 제시하고 비평을 요청하여 왔을 때, 그는 싫어하든 좋아하든 나는 내가 본대로 솔직히 비평을 가해 오곤 한 것이 비위에 틀려서 참다참다 폭발이 되는 감정은 아닐까도 생각을 해 보며 그날의 해를 그 다방에서 예전이나 다름없이 보내고 저녁 식사를 위하여 또 마지못해서 집으로 돌아왔다.

용하게도 그는 내가 집에 있을 만한 시간을 잘 파악했다. 저녁 식상을 필 물려 놓자마자 숨을 헐떡이며 찾아왔다. 열다섯은 역력히 되었으리라, 양쪽 팔고비 부근이 여지없이 해어져서 너불거리는 거무스름한 뀌어진 쉐타에, 역시 무릎마디가 들창이 난, 무슨 빛깔인지도 알 수 없이 변색이 된 흙빛에 가깝다고 해야 할 쓰봉을 그래도 옷이라고 꿴 허름한 웬 아이 하나를 데리고 방안으로 들어서더니 아까 낮에 다방에서와 마찬가지로 내 앞으로 바틈이 마주 앉아선 또 소처럼 긴 한숨을 씨익 내쉬면서 고개를 푹 숙인다. 그리고 한참이나 그대로 묵묵히 앉았더니,

"선생님, 잘못했습니다."

하고 어덴지 이번에는 아까 다방에서와는 딴판으로 진정이 담긴 듯

한 어조로 눈시울부터 적신다.

대체, 이 친구가 어떻게 된 영문인지 정말 알 수가 없어서 그저 그의 태도만 나는 또 살피고 있노라니

"선생님, 저는 요 몇 시간 전까지라도 선생님을 여지없이 원망했습니다. 사람을 무시해도 분수가 없는 것 같애서 선생님과 저 사이에 맺은 우의에 있어서 일대 담판이라도 짓고 망신이라도 좀 톡톡히 주어서 제 참을 수 없는 분을 풀어 보려고 하였던 것이 사실입니다. 그러나 그것이 제 잘못인 것을 바루 조금 전에야 알았습니다. 선생님에게 제가 이런 불순한 생각을 품게 되었던 무지를 진심으로 사과합니다. 제가 아까 낮에 다방에서 선생님을 댁으로 찾아뵙겠다고 부득부득 고집을 부릴 때, 저의 무지한 태도에 선생님은 응당히 불쾌하셨을 것입니다. 아니, 그런 기미를 저는 역력히 추찰하면서도 고집을 피웠던 것입니다. 선생님, 용서해 주십시오."

하고 그는 들었던 고개를 다시 또 푹 숙이며 긴 한숨을 뺀다.

처음엔 무엇을 잘못했고, 또 지금 와서는 무엇을 사과한다는 것인지 도무지 아는 수가 없어, 나는 그저 그대로 멀거니 앉아서 그를 바라만 보며 그의 말을 듣고 있을 밖에 없었다.

"실은 제가 바루 요전 크리스마스 날 제가 근무하는 고아원에 이번 크리스마스를 기하여 구제품으로 똑똑한 옷가지가 여러 점 배급이 되었기에 선생님에게 크리스마스 선물로 그걸 몇 점——양말, 쉐타, 쓰봉, 그리구 넥타이 두 개에다 선생님이 가장 좋아하시는 우리나라 인절미를 조금 사서 거기다 동봉을 하여 댁으로 보내 드렸던 것인데, 구제품이라 선물로는 예의가 아니었을는지 모릅니다만, 선생님도 군색한 피난살이라 형편을 잘 알고 있으므로, 그래도 제 딴에는 선생님 생각이 나서 정말 선생님을 좀 도와 드리고 싶은 생각에서 보내 드렸던 것입니다. 그래 저로서는 선생님에게 제 정성을 다한 것으로 알고 있었습니다만, 이삼차 만나서도 이렇다 인사말 한마디 없으신 선생님을 대

할 때, 저는 선생님을 원망하지 않을 수 없었습니다. '이 자식이 사람을 어떻게 보고 구제품을 크리스마스 선물로 보내다니!' 하고 선생님이 고집하시는 자존심만으로 저의 정성은 여지없이 묵살해 버리려는 처사만 같아서 실로 저는 눈물을 흘리면서 분해했습니다. 그러나 그것이 전연 저의 오해인 것을 알게 되었습니다."

하고 옆에다 앉힌 아이를 힐끗 돌아다보며

"이 망할 자식이 선생님 댁으로 전해 드리라는 그 옷가지를 전해 드리지 않고 가지고 가다가 도중에서 다 팔아먹지 않았겠습니까. 인절미는 제 입에다 처넣구요. 기가 막히는 일입니다. 딴 친구에게도 그런 옷가지를 이 자식에게 같이 보낸 일이 있었습니다만 그 친구 역시 만나서도 이렇다 인사말 한마디 없기에 그적에야 이상해서, 그 친구와 저와는 너나들이를 하고 지나는 처지이므로, 왜 인사도 없느냐고 따졌더니, 무슨 농담을 정색으로 하느냐고 도리어 눈이 둥그레서 반문을 해 오는 것이 아니겠습니까. 그적에야 저는 그 옷가지가 선생님에게 보낸 것이나, 이 친구에게 보낸 것이나 그것이 모두 심부름을 시켰던 이 자식이 전해 드리지 않고 장난질을 했던 것임을 알았겠지요. 그래서 조사를 해 보았더니 글쎄 이 망할 자식이 그 옷가지를 온통 동문통 시장 양복장수한테 가져다 팔아 처먹었던 것입니다. 그래 너무도 약이 올라서 이 자식을 잡아 죽일까 하다가 위선 선생님에게 사과나 시켜 놓고 보려고 붙들고 왔습지요. 제가 변명을 하느니보다 이 자식의 입으로 직접 선생님에게 사과를 시키려고요."

이 말에 비로소 그 알 수 없던 수수께끼가 풀리었다. 그러면 그렇지, 왕군이 나에게 무슨 원한을 품을 그러한 일은 숫제 없을 것이다. 듣고 보니 왕군은 나를 건방지다고 원망도 했을 법하고, 또 지금 와서는 미안함을 느낄 법도 한 일이다. 그 고아에게 대하여 약이 오를 것도 결코 무리는 아닐 것 같다. 한참이나 그냥 정면으로 그 아이의 낯짝을 흘기고 있던 그는

“이 자식아, 죽을 죄로 잘못했습니다 하고 이 선생님에게 사과 드려라.”

하고 그 아이의 팔목을 끌어서 내 앞으로 한 물팍걸음 가까이 앉힌다.

그러나 그 아이는 끄는 대로 끌리어서 내 앞으로 나앉을 뿐, 처음 방으로 들어와서 앉았던 그런 자세 그대로 그저 맞은편 벽만 뚫어져라 바라보고 있었다.

“이 자식아! 잘못했다고 선생님에게 사과를 드리라는데, 입이 붙었니? 이 자식!”

하고 주먹을 그의 앞으로 한 번 불쑥 내민다.

그래도 그 아이는 움직이지도 안하고 그대로 앉아서 그 무엇을 못 참는 듯이 얼굴에서 퍼런 물이 젖어들며 광대뼈 언저리를 푸들푸들 떨었다.

“야, 이 자식아! 선생님 앞에서 네 입으로 잘못했습니다 하고 사과 드리는 것을 보아야 내 면목이 설 게 아니냐? 이 병신 같은 자식아! 입이 붙었어?”

하더니 왕군도 참을 수 없는 듯이 그 아이의 뺨을 손바닥으로 소리가 요란하게 한 대 후려친다.

“왜 때리세요? 선생님!”

그 아이는 비로소 입을 열었다.

“무엇이! 왜 때려? 모르겐 이 쌔끼!”

“아니 그럼 고아원으루 나온 구제품을 고아들에겐 안 노놔 주구…… 전 양말 한 켤레도 못 얻어 신었어요. 보세요 전 맨발이에요.”

하고 그 아이는 무릎 아래다 깔고 앉았던 맨발을 들썩 하고 드러내 보인다.

“이 쌔끼가! 이 버르장머리가!”

하고 다시 왕군의 손은 그 아이의 뺨으로 한층 더 힘차게 건너가 부덮쳤다.

"때리긴 왜 자꾸 때레요. 사실이 안 그래요 그럼?"

　　──이 이야기는 언젠가 수필 형식으로 썼던 것을 창작화하여 본 것이다.

〔발표지〕 *《현대문학》 통권 74, 75, 77, 78, 79호(1961. 2.∼7.)
〔수록단행본〕『신한국문학전집』 제6권(어문각, 1976)

작품 연보

1920년　시 「글방에 깨어져」가 소년잡지 《새소리》 현상문예에 2등으로 당선.

1925년　시 「봄이 왔네」가 《생장》지 작품 현상공모에 당선. 단편 「상환(相換)」이 《조선문단》에 당선.

1927년　4월, 단편 「최서방」이 다시 《조선문단》에 당선.

1928년　「인두지주(人頭蜘蛛)」(《조선지광》 2월호) 발표.

1931년　파산으로 귀국. 장편 「지새는 달 그림자」, 중편 「마음은 자동차를 타고」를 탈고하였으나 분실됨.

1934년　「제비를 그리는 마음」(《신가정》 1월호) 발표.

1935년　「병풍에 그린 닭이」(《여성》 1월호), 「백치 아다다」(《조선문단》 5월호), 「연애삽화」(《신가정》 6월호), 「고절(苦節)」(《백광》 6월호), 「금순이와 닭」(《학등》 9월호, 「심월」로 게재), 「장벽」(《조선문단》 12월호), 「신사 허재비」(《신인문학》 12월호, 「목가」로 게재) 발표.

1936년　「오리알」(《조선농민》 4월 창간호), 「송아지는 멍에를 메고」(《조선농민》 5월호) 발표.

1938년　「심원(心猿)」(《비판》 5월호), 「청춘도(青春圖)」(《조광》 12월호) 발표.

1939년　「유앵기(流鶯記)」(《조광》 2월호), 「붕우」(《비판》 2월호), 「캉가루의 조상이」(《조광》 5월호, 「행복의 탐구」로 게재), 「병풍에 그린 닭이」(《여성》), 「부부」(《문장》 7월호), 「준광인전(準狂人傳)(《신세기》 9월호), 「마부」(《농업조선》 5월호) 발표.

1940년　「희화(戲畵)」(《문장》 10월호), 「신기루」(《조광》 12월호) 발표.

1941년 「이반(離反)」(《문장》 2월호), 「묘예(苗裔)」(《매일사진순보》), 「시골
        노파」(《야담》 11월호), 「수달피」(《야담》 12월호), 「불로초」(《춘추》)
        발표.
1942년 「시(詩)」(《조광》 4월호), 「덕천 할머니」(《야담》 6월호), 「불로초」
        (《춘추》 6월호), 「선심후심」(《조광》) 발표.
1943년 「자식」(《야담》 2월호) 발표.
1944년 「효양방의 애화」(《야담》 2월호), 단편집 『병풍에 그린 닭이』(조선출
        판사) 출간.
1945년 단편집 『백치 아다다』(조선출판사) 출간.
1946년 「금단」(《민주일보》 10월호), 「별을 헨다」(《동아일보》 12월) 발표.
1947년 「인간적」(《백민》 3월호), 「바람은 그냥 불고」(《백민》 7월호), 「일
        만 오천 원」(《백민》 11월호), 「치마」(《조선일보》), 「짐」(《백민》 8월
        호), 「이불」(《민성》 10월호) 발표.
1950년 「물매미」(《문예》 4월호), 「수업료」(《신경향》 1월호), 「거울」(《여학
        생》), 「환롱(幻弄)」(《문학》 6월호) 발표. 단편집 『별을 헨다』(수선
        사) 출간.
1955년 수필집 『상아탑』(우생출판사) 출간.
1961년 《현대문학》에 「설수집(屑穗集)」 연재 중 타계.

연구 자료

노자영, 「계용묵 군에 일언을 여함」, 《조선중앙일보》, 1935. 12. 10.

김동리, 「운무변증법―계용묵 시에 관한 단장」, 《백민》 5, 1947. 5.

임긍재, 「민족문학 제창 후의 작품경향」, 《예술조선》, 1948. 4.

조연현, 「영화의 예술적 운명―'백치 아다다'의 영화화를 중심으로」, 《조선일보》, 1956. 8. 22.

백철, 「과묵의 인 계용묵 형」, 《조선일보》, 1961. 8. 11.

＿＿＿, 「과작과 침묵의 계용묵」, 《현대문학》, 1962. 12.

정비석, 「청빈거사 계용묵」, 《대한일보》, 1967. 5. 25.

장순하, 「한국현대소설사전(6)―계용묵편」, 《현대문학》, 1969. 1.

김영화, 「관조자의 눈―계용묵의 세계」, 《제주문학》, 1974. 10.

채훈, 「계용묵 연구시론」, 《동양학》, 1975. 6.

김영화, 「소설의 수필화―계용묵론」, 《현대문학》, 1975. 9.

정창범, 「계용묵론―작품경향의 분석」, 『인문과학논총』, 건국대, 1975.

이선영, 「사실과 서정―계용묵의 작품세계」, 『한국문학대전집』 8, 태극출판사, 1976.

구인환, 「계용묵론」, 『노인과 닭』, 범우사, 1976.

장백일, 「계용묵론」, 『병풍에 그린 닭이』, 범우사, 1976.

백승철, 「계용묵론」, 『백치 아다다』, 동서문고, 1977.

신동한, 「현실성이 강한 인생파적 작품세계」, 『백치 아다다』, 삼중당, 1977.

박창순, 「계용묵 작품 연구」, 숙명여대 석사논문, 1979.

송백헌, 「계용묵 작품 연구」, 『인문사회과학 논문집』, 충북대, 1979.

홍태식, 「계용묵의 작품 연구」, 명지대 석사논문, 1981

이주일, 「계용묵 소설의 분석 연구」, 『논문집』, 상지대, 1981.

조동길, 「계용묵 연구」, 고려대 석사논문, 1982.

홍태식, 「형식논리의 역전과 욕망— '백치 아다다'의 분석」, 《국어교육》, 1982.

이동하, 「계용묵론」, 『관악어문연구』 7, 서울대 국문과, 1982.

송백헌, 「소박한 삶의 미학」, 『계용묵 작품집』, 형설출판사, 1982.

이형기, 「계용묵의 교훈」, 《현대문학》, 1982. 9.

이연재, 「'백치 아다다'의 주제의식」, 《어문연구》, 1984.

신중혁, 「계용묵론」, 계명대 석사논문, 1984.

성순이, 「계용묵 연구」, 숙명여대 석사논문, 1986.

김창수, 「비극적 전근대인— '백치 아다다'의 아다다」, 《문학사상》, 1988. 5.

채희윤, 「계용묵 소설 연구」, 목포대, 1991.

한혜선, 「'거미'로의 변신과 탈신 연구— '인두지주'와 '지주회시'」, 『이화어
   문논집』 12, 이화여대, 1992. 3.

김일주, 「궁핍과 혼란의 도시문화—김동리, 계용묵, 염상섭, 채만식의 소설
   을 중심으로」, 《국토정보》 178, 1996. 8.

김동윤, 「한국전쟁기의 제주문단과 문학」, 『4·3의 진실과 문학』, 각, 2003.

고정욱, 「계용묵의 '백치 아다다'— 행복을 지키기 위한 적극적 노력」,
   《VOICE》 제5호, 2002 봄.

과작의 작가 계용묵의 적잖은 미덕

계용묵은 「백치 아다다」 한 작품만으로도 한국 문학사에 지울 수 없는 자취를 남긴 작가로 기록되고 있다. 사실 「백치 아다다」는 높은 지명도와 함께 계용묵의 소설세계를 집약적으로 보여준다는 점에서, 그의 대표작으로 내세우더라도 전혀 손색이 없다.

일반적으로 「백치 아다다」는 「최서방」, 「인두지주」로 대표되는 '경향파적' 성향의 작품세계에서 벗어나 '인생파적' 소설세계를 추구한 시기의 수작으로 손꼽힌다. 하지만 그 같은 단절적 시각을 인정한다고 하더라도, 계용묵이 지속적으로 소외된 자에 대한 관심의 끈을 놓지 않았다는 것도 부인할 수 없는 사실이다. 일테면, 「인두지주」의 아랫도리 불구 '창오', 「백치 아다다」의 벙어리에다 백치인 '아다다', 「병풍에 그린 닭이」의 아이 못 낳는 '박씨 부인', 「행복의 탐구」에 나오는 애꾸눈 '정문보', 「장벽」의 '백정 자녀' 등 소외와 핍박을 감내하며 살아가야 하는 인물들에 대한 작가의 관심은 지속적으로 이어진다.

그리고 「백치 아다다」에서 보여준, '소박한 행복에 대한 기대와 그 기대의 좌절'을 그려 나가는 서사구조가 다른 작품에서도 계속 애용되고 있는 점 역시 눈여겨볼 필요가 있다. 「마부」는 표면적 변주에도 불구하고 「백치 아다다」의 서사구도를 그대로 유지하고 있다. 「마부」에서 홀아비 응팔이는 새장가를 들기 위해 열심히 일을 하고 번 돈을 초시에게 맡긴다. 초시는 응팔이를 얼굴 반반한 계집종 삼월이와 맺어줌으로써, 돈도 가로채고 응팔이를 자신의 하인으로 부려먹으려 한다.

하지만 반반한 얼굴 때문에 첫 아내가 달아났다고 생각하는 응팔이는, 삼월이 대신 좀 못났다 싶은 행랑영감의 딸 닌네를 얻어달라고 조른다. 자신의 계략이 어긋날 것을 염려한 초시는 응팔이의 청을 거절하고, 화가 난 응팔은 자기 돈을 찾아간다는 생각으로 초시의 돈을 훔쳤다가 주재소에 끌려가고 만다. 이처럼 주인공이 '백치 아다다'에서 우직한 '응팔이'로 바뀌었지만, 「마부」의 서사구도는 소망과 그 소망의 좌절을 통해 짙은 연민을 불러일으키는 「백치 아다다」의 서사구조와 크게 다르지 않다. 또 설날을 맞아 동네 아이들과 함께 어울려 놀고 싶어 하지만, 그 작은 바람마저 백정의 자식이라는 이유로 좌절되고 만다는 「장벽」의 이야기 역시 그와 별반 다르지 않다. 이처럼 계용묵은 '행복 찾기'의 실패담을 연민 섞인 관조적 시선으로 그려냄으로써, 생의 비애와 삶의 질곡을 담담하게 성찰한다. 낭만적 현실인식이 불합리한 현실 비판을 대신하는 듯한 인상도 그와 밀접한 상관관계가 있을 것이다.

그러나 계용묵이 「백치 아다다」의 작가로만 기억되는 것은 실로 애석한 일이 아닐 수 없다. 그는 해방공간에서 낭만적이고 모호한 현실인식을 걷어내고 당대적 삶의 실상을 생생하게 포착한 작품을 창작해낸다. 특히 당대의 현실을 묘사할 때, 정치·사회적 영역에서 벌어지는 거시적 사건에 초점을 맞추기보다 일상적 삶의 국면에서 개개인이 맞닥뜨리는 미시적 문제에 집중한다. 때문에, 총체적인 역사인식이 부재하는 대신 당대인이 겪을 수밖에 없는 삶의 세목이 매우 생생하게 드러난다.

「별을 헨다」를 예로 들어보자. 주인공은 해방이 되자 부푼 꿈을 안고 만주에서 서울로 돌아오지만, 직장은커녕 가마니를 엮어 만든 초막살이 신세를 면치 못한다. 하는 수 없이, 주인공은 어렵게 열차표를 마련하여 어머니와 함께 북녘에 있는 고향을 찾아가려 한다. 하지만 역에서 우연히 만난 고향 사람에게서 북쪽에서도 살기가 힘들어 남하

했다는 말을 듣고, 이러지도 저러지도 못하고 망연히 역 대합실을 서성인다. 여기서 남과 북, 어디에서도 편안히 정주할 곳을 찾지 못하고 이리저리 떠밀려 다녀야 하는 주인공의 모습은, 당대의 상황을 사실적이면서도 함축적으로 보여주는 현실의 축도 역할을 훌륭하게 수행한다. 어쩌면 이 작품은 정치적 이념적 측면에 비중을 둔 최인훈의 「광장」에 앞서, 생활의 '광장'에 대한 열망을 선취한 작품일지도 모른다. 시아버지와 며느리가 하나뿐인 이불을 덮고 자야만 하는 간난한 생활을 그린 「이불」이나, 입고 나갈 옷이 없어 외출을 포기해야 하는 딱한 처지를 다룬 「치마」도 마찬가지다. 두 작품 모두 짧은 분량의 꽁트지만 시대가 야기한 삶의 곤궁함을 실감나게 묘사하고 있다. 작은 작품임에도 울림만큼은 작지 않게 느껴지는 이유도 거기에 있을 것이다.

　사실 계용묵은 소품의 작가요, 과작의 작가다. 단편 분량에도 미치지 못하는 소품들이 허다한 데다가, 일생 동안 창작한 작품 수를 모두 헤아려도 그리 많다고 할 수 없다. 이러한 현상이 빚어진 데에는 결벽에 가까울 정도로 유별난 그의 장인정신이 적잖은 원인으로 작용했으리라 생각된다. 계용묵은 문장 하나하나에 세심하게 공을 들였으며, 허투루 작품을 남발하지도 않았다. 그러므로 흔히 말하는 것처럼 그를 '기교주의적 작가'라고 평하기는 힘들겠지만, 계용묵이 '성실한 작가'인 것만은 분명해 보인다. 성실한 작가로서의 면모는 시대의 압력에 대응하는 그의 문학적 태도에서도 확인할 수 있다. 그 역시 전쟁에 협력하라는 일제의 강요를 견디다 못해 「시골 노파」, 「불로초(不老草)」, 「묘예(苗裔)」 등의 작품을 창작하고 만다. 하지만 '근로정신의 고취'를 빙자해 일제에 협력하는 모양새를 취한 이들 작품 어디에도 친일의 색채가 드러나 있지 않다. 올곧은 작가정신이 시대의 폭압을 절묘하게 비켜 나가면서도, 문학작품으로서의 품격을 잃지 않은 작품을 만들어낸 것이다.

　성실한 작가 계용묵의 미덕은 이에 그치지 않는다. 그는 소품에 불과한 짧은 작품에다 인간의 미묘한 심리를 넉넉하게 담아낼 줄도 알았다. 「심월」에서는 자신이 처한 상황에 따라 시시각각 변화하는 인물의 심리를 재미있게 묘사한다. 또 「후심」에서는 함정을 파놓고 동네 아이들에게 뜀박질 경쟁을 시키는 인물과, 함정이 있는 줄 뻔히 알면서도 뜀박질을 하다가 거기에 빠져 낭패를 보는 아이들을 통해, 짓궂은 인간의 내면심리를 예리하게 포착해 내고 있다.

더욱이 계용묵은 평북 선천 출신답게 작품 속에서 평안도 사투리를 능란하게 구사하고 있다(민충환, 「'병풍에 그린 닭'이 깃부츰하는」, 녹색연합, 《작은것이아름답다》, 2004. 4.). 「심월」 같은 짧은 작품에도, '쉬쌀'('수수쌀'의 방언), '뒤란'('뒤뜰'의 방언), '가리'('어리'의 방언. 병아리 따위를 가두어 기르는 물건), '곰배님배'('곰비임비'의 방언. 일이 계속하여 거듭되는 모양), '술가리'('언저리'의 방언) 등 감칠맛나는 평안도 사투리들이 수두룩하다. 이는 김동인 외에 평북 언어를 구사한 작가가 드문 현실을 감안할 때, 의미 있는 현상으로 받아들여진다. 또 '재냥스레'(동작이 매우 재빠르고 야무지다), '방싯이'(문 따위가 소리없이 살짝 열리는 모양), '얼결수'(얼떨결에 이루어진 수), '물러걸음'(뒤로 물러나는 걸음) 등 곳곳에 산재한 고운 우리말도 계용묵의 작품이 지닌 미덕의 하나로 간주할 수 있다.

이 밖에도 계용묵의 작품 속에는 우리가 미처 밝혀내지 못한 다양한 면모가 숨어 있을 것이다. 앞으로 그의 작품세계를 깊이 있게 조명하고 새로운 면모를 밝혀내는 연구작업이 지속적으로 이루어지기를 기대한다.

이정석(문학평론가)

엮은이 **민충환**
고려대학교 국어국문학과를 졸업하고 인하대학교 교육대학원을 수료했다.
현재 부천대학 교수로 재직 중이다. 지은이 책으로 『이태준 연구』, 『이태준 소설의 이해』,
『임꺽정 우리말 용례사전』, 『이문구 소설어 사전』, 『송기숙 소설어 사전』, 『박완서 소설어 사전』 등이 있다.

계용묵 전집

1

소설

1판 1쇄 찍음 2004년 11월 25일
1판 1쇄 펴냄 2004년 11월 30일

지은이 계용묵
펴낸이 박맹호
펴낸곳 (주)민음사

출판등록 1966. 5. 19. (제 16-490호)
서울 강남구 신사동 506번지 강남출판문화센터 5층 (135-887)
대표전화 515-2000 / 팩시밀리 515-2007
www.minumsa.com
www.daesan.org

값 25,000원

© 계명원, 2004. Printed in Seoul, Korea

이 계용묵 전집은 대산문화재단과 민족문학작가회의가 공동으로 주최한
'탄생 100주년 문학인 기념문학제'의 일환으로
서울시와 문화관광부의 지원을 받아 제작되었습니다.

ISBN 89-374-1201-2 04810
ISBN 89-374-1200-4 (전2권)

고양이는 피부가 늘어나는 데까지 마음껏 입을 벌려 하품을 한 번 하고 수염 끝에 스치는 향훈마저 핥아 드리는 것처럼 혀를 내밀어 휘이 좌우 수염을 핥아 드리고, 할머니는 사지가 늘어나는 듯하게 기지개를 켜며 네 활개를 주욱 펴고 벗듯이 나가 근더지고, 쥐는 뒷다리마저 꿇고 멍석 위에 코를 박는다.

고양이를 지척에 두고 조는 쥐, 쥐를 지척에 두고 조는 고양이 — 잡념이라고는 깡그리 잊은 평화의 경지다.

이러한 경지도 있기는 있구나 하는 생각이 들어 나도 뜰 안 한복판에 몸을 내던지고 저 분위기 속에 휩쓸려 모든 것을 깡그리 잊고 싶은 생각이 간절하여진다. 그리고 차라리 이 경지를 그대로 떠다가 A지에 주었으면 하는 생각도 든다. 쓰지도 못할 이야기를 쓰겠다고 버둥버둥 애를 써 보느니보다는.

참으로 쓸 수 없는 이야기를 써 보겠다고 버둥대며 애를 쓰다가는 속 깊이 간직만 하여 두고 붓대를 놓게 되는 그 울화의 집적이 병의 원인일까?

합승을 잡아 타고 또 거리로 나온다. 원고지와 마주 앉았다가는 항상 뛰쳐나오는 버릇 그대로다.

속이 클클할 때 뜨거운 커피 한 잔은 참 좋다. 담배를 한 대 피워 문다. 옆 의자에 누가 와 앉는다. A지의 편집인이다.

"그러지 않아도 선생님이 나오셨나 해서……."

구체적인 이야기는 아니나, 이 말이 원고 독촉임은 말할 것도 없다.

"글쎄 지금도 원고를 써 볼까 하다가 답답해서 또 나왔지요."

"내일 모레까지가 정말 최종 마감입니다. 선생님 아직 점심 전이시지요?"

사실은 나도 시장기를 느끼고 있었다.

"오늘은 날이 제법 덥습니다. 냉면 생각이 나는데요."